KB164769

삶과 운명

3

Жизнь и судьба

LIFE AND FATE

by Vasily Grossman

The novel was first published by Editions L'Age d'Homme.

삶과 운명 3

Василий Семёнович Гроссман

Жизнь и судьба

바실리 그로스만

최선 옮김

창비세계문학100

창비

차례

일러두기

1. 이 책은 Василий Гроссман, *Жизнь и судьба* (Санкт-Петербург: Азбука 2017)를 번역의 저본으로 삼았다.
2. 본문 중의 각주는 관련 일차 자료, 이차 자료에서 취해서 역자가 붙인 것이다.
3. 외국어는 가급적 현지 발음에 준하여 표기하되, 일부 우리말로 굳어진 것은 관용을 따랐다.
4. 원서에 외국어(프랑스어, 독일어, 이딸리아어 등)로 표기된 부분은 이탤릭체로 발음을 적거나 뜻을 풀어 적은 뒤, 각주에 원어를 적고 어느 나라 말인지 표시했다. 우끄라이나어는 이탤릭체로 적고 각주에 원어를 적지 않았다. 원서에 외국어가 러시아 문자로 표기된 경우에는 이탤릭체로 적지 않고 각주를 붙였다.

제3부

1

스딸린그라드 공세가 시작되기 며칠 전, 끄리모프는 제64군의 지하 사령부에 도착했다. 군사위원 아브라모프의 부관은 책상에 앉아 닭고기 수프를 떠먹고 곁들인 삐로그[1]를 맛나게 씹고 있었다.

부관이 스푼을 내려놓았다. 길게 내쉬는 숨소리로 보아 수프 맛이 꽤 훌륭한 모양이었다. 문득 끄리모프는 저 양배추 삐로그 한개만 씹고 싶은 맹렬한 욕구에 눈물이 날 지경이었다.

부관이 칸막이 뒤로 들어가 그의 도착을 알렸다. 잠시 침묵이 이어지다가 귀에 익은 목쉰 음성이 들려왔다. 소리가 워낙 작아 무슨 내용인지는 알아들을 수 없었다.

1 고기, 과일, 야채, 잼 등으로 소를 넣고 구운 러시아식 파이.

부관이 나와서 말했다.

“군사위원께서는 당신과 면담하실 수 없습니다.”

끄리모프는 의아했다.

“내가 면담을 요청한 것이 아니오. 아브라모프 동지의 호출을 받고 왔소.”

부관은 말없이 수프만 바라보았다.

“그러니까 면담이 취소됐다는 얘기요?” 끄리모프가 물었다. “도무지 이해가 안 되는군.”

그는 지상으로 나와 협곡을 따라 볼가 강변을 향해서 급히 걸어갔다. 그곳에 군 신문 편집부가 있었다.

저 무의미한 호출도, 다른 이의 삐로그를 먹고 싶은 갑작스러운 욕구도 짜증스러웠다. 그는 꾸뽀로스나야 협곡 방향에서 느릿하니 불규칙하게 들려오는 대포 소리에 귀를 기울였다.

군용 외투 차림에 군모를 쓴 여자가 작전과 쪽으로 지나갔다. 끄리모프는 여자를 쳐다보며 생각했다. ‘엄청난 미인이군.’

심장이 다시금 습관적인 슬픔으로 죄어들었다. 제냐가 생각난 것이다. ‘그녀를 몰아내, 몰아내라고!’ 그는 늘 하듯이 얼른 스스로를 다그친 뒤, 까자끄 마을에서 같이 하룻밤을 보냈던 젊은 까자끄 여인을 떠올리려 애썼다.

얼마 후 그는 스삐리도노프에 대해 생각했다. ‘좋은 사람이야, 물론 스피노자는 아니지만.’[2]

이 모든 생각들, 느릿느릿하고 불규칙적인 포격음, 아브라모프에 대한 짜증 그리고 가을 하늘. 이 모든 것들이 이날 이후 오래도

2 ‘스삐리도노프’라는 발음에서 철학자 스피노자를 연상했으나, 전편 소설에서 묘사된바 그가 금욕적인 사람은 아니라는 의미인 듯하다.

록 그의 뇌리에 선명하게 남았다.

지휘본부에서부터 뒤따라온, 외투에 초록색 대위 견장을 단 참모부원이 그를 외쳐불렀다.

끄리모프는 묻는 듯한 눈길로 그를 바라보았다.

“여기, 이리로 오십시오.” 대위가 손으로 농가의 문을 가리키며 낮은 소리로 말했다.

끄리모프는 보초를 지나 농가의 문으로 들어섰다.

두 사람은 사무용 책상이 있는 방으로 갔다. 판자벽에는 스딸린의 초상화가 압정으로 꽂혀 있었다.

끄리모프는 대위가 무언가 부탁을 하려나보다고 생각했다. 예를 들면 “죄송하지만, 대대 꼬미사르 동지, 좌안의 또셰예프 동지에게 우리 보고서를 전달해주시겠습니까?” 하는 말이 나온다거나……

하지만 그의 입에서 나온 말은 전혀 달랐다.

“무기랑 신분증 내놔요.”

끄리모프는 당황해서 이미 아무 의미도 없는 말로 대꾸했다.

“대체 무슨 권리로 이러는 거요? 내 걸 요구하기 전에 당신 신분증 먼저 봅시다.”

잠시 시간이 흐른 뒤 그는 말도 안 되는 상상 밖의 일이, 의심의 여지가 없이 일어났음을 확신하고는 이미 수천명의 사람들이 이와 비슷한 상황 앞에서 중얼거렸던 말을 입 밖에 냈다.

“말도 안 돼. 절대로 이해할 수가 없소. 전부 오해요!”

하지만 이는 이미 자유로운 인간의 말이 아니었다.

2

"바보 흉내 내지 말고 어서 대답해. 부대가 포위당했을 때 당신을 조직으로 끌어들인 자가 누구지?"

볼가 좌안에 자리한 전선군 특수과에서 그는 심문을 받았다.

페인트칠이 된 바닥과 창가의 화분들, 벽에 걸린 시계에서 시골의 평화로움이 느껴졌다. 창유리의 떨림과 스딸린그라드 쪽에서 들려오는 굉음이 친숙하고 정답게 여겨졌다. 우안에서 폭격기들이 폭탄을 투하하고 있는 듯했다.

시골 부엌 식탁에 앉은 중령은 또 그동안 그가 상상해온 창백한 입술을 한 심문관의 모습과 얼마나 다른지……

하지만 바로 그 중령이 제복 어깨에 벽난로의 새하얀 칠 자국을 묻힌 채 등받이 없는 작은 의자에 앉아 있는 동방 식민지 국가들의 노동운동 전문가, 군복을 입고 소매에는 꼬미사르의 별을 단 사람, 선하고 자애로운 어머니에게서 태어난 남자에게로 다가와서 면상을 주먹으로 후려쳤다.

니꼴라이 그리고리예비치는 입술과 코를 만진 뒤 손바닥을 들여다보았다. 침이 섞인 피가 보였다. 턱을 움직여보니 혀가 돌처럼 딱딱했고 입술은 마비되어 있었다. 그는 페인트칠이 된—또한 물로 씻어낸 지 얼마 되지 않은—바닥을 내려다보며 피를 삼켰다.

특수과 요원을 향한 증오심이 치솟은 것은 밤이 되어서였고, 이 첫 순간에는 증오도 육체적 고통도 느껴지지 않았다. 얼굴 가격은 정신적 파국을 의미했고 무감각과 마비만을 초래했다.

그는 수치심을 느끼며 보초를 돌아보았다. 붉은군대 병사에게 공산주의자가 구타당하는 모습을 보이다니! 그들은 공산주의자 끄리모프를 때렸다. 저런 젊은이를 위해 위대한 혁명을 이루었는데, 자신이 직접 그 혁명에 참가했는데, 바로 그 젊은이가 보는 앞에서 공산주의자 끄리모프를 때린 것이다.

중령이 시계를 들여다보았다. 장교 식당의 저녁식사 시간이었다.

끄리모프는 싸락눈으로 뒤덮인 더러운 마당을 지나 통나무로 지은 유치장으로 호송되었다. 스딸린그라드 쪽에서 공중폭격의 굉음이 더욱 선명하게 들려왔다.

무감각이 지나간 뒤 그를 강타한 첫번째 생각은 독일 폭탄이 이 유치장을 부숴줄지도 모른다는 것이었다…… 이 생각이 스스로에게도 단순하고 혐오스럽게 여겨졌다.

통나무 벽으로 된 좁은 방에 갇히자 절망과 분노가 치밀었다. 그는 자기 자신을 잃고 있었다. 목이 터져라 외치며 비행기로 달려가서 동료 게오르기 지미뜨로프[3]를 맞이했던 그, 클라라 체트킨[4]의 관을 운구했던 그가 특수과 요원을 곁눈으로 살피며 또 한차례 주먹이 날아올까봐 몸을 떨고 있었다. 포위를 뚫고 사람들을 구출했던 그, '꼬미사르 동지'라 불리던 공산주의자인 그가 다른 공산주의자에게 심문을 받고 두들겨맞았으며, 어느 집단농장 출신의 젊은 병사가 그 모습을 혐오 섞인 눈으로 바라보고 있었다.

그는 '자유 박탈'이라는 말의 엄청난 의미를 아직 인식할 수 없었다. 이제 그는 다른 존재가 되어가고 있었고, 그의 안에 있는 모든 것이 바뀌어야 했다. 그는 자유를 박탈당했다.

---

3 Georgi Mikhailovich Dimitrov(1882~1949). 불가리아의 노동운동가이자 정치인, 혁명가. 꼬민쩨른의 서기장으로서 국제 공산주의 운동을 지도했다.

4 Clara Zetkin(1857~1933). 독일의 맑스주의 이론가이자 여권운동가. 1911년 최초로 '국제여성의날'을 조직했으며, 히틀러가 권력을 잡은 뒤 소련으로 망명했다.

눈앞이 캄캄했다. 셰르바꼬프에게로, 중앙위원회로 가자. 몰로또프에게 호소해볼 수도 있겠지. 저 악귀 같은 중령 놈이 총살당하기 전까지 절대 참지 않겠어. 그래, 수화기를 들어 쁘랴힌에게 전화를 하는 거야…… 스딸린도 내 이름을 들어서 알고 있겠지. 스딸린 동지가 언젠가 즈다노프 동지에게 말했다잖아. "끄리모프라면, 꼬민쩨른에서 일했던 그 사람 말인가?"라고 말이야.

이어 곧바로 니꼴라이 그리고리예비치는 발아래 입을 벌린 구렁텅이를 느꼈다. 검은색 콜타르로 가득한 바닥 모를 진창이 그를 마구 끌어당겼다…… 도저히 이겨낼 수 없는, 독일 장갑사단의 위력보다 훨씬 더 강한 무언가가 그를 덮쳤다. 그는 자유를 박탈당했다.

제냐! 제냐! 내가 보여? 제냐, 나 좀 봐! 나 끔찍한 불행을 당했어! 나는 버려져 완전히 혼자야. 당신에게서도 버려졌는데.

쓰레기 같은 인간이 그를 때렸다. 머리가 멍해졌다. 그는 특수과 요원에게 달려들어 손가락에 감각이 없어질 때까지 그를 갈기고 싶었다.

헌병에게도, 멘셰비끼에게도, 그가 심문했던 SS 장교에게도 이와 비슷한 증오는 느껴본 적이 없었다.

그가 자신을 짓밟는 인간 속에서 본 것은 타인이 아니었다. 그는 특수과 요원에게서 자기 자신을, 끄리모프를, "만국의 프롤레타리아여, 단결하라!"라는 공산주의의 구호를 들으며 행복감으로 울던 소년을 알아보았다. 이 유사성을 느끼는 것은 너무나 끔찍했다……

3

어둠이 내렸다. 간혹 스딸린그라드의 전투 소리가 작고 더러운 감옥을 채웠다. 아마 독일군이 바쮸끄를, 로짐쩨프를, 정의로운 일을 위하여 방어하는 이들을 공격하고 있는 듯했다.

복도에서 간혹 움직임이 일었다. 전쟁 기피자, 반역자, 전사자 약탈범, 강간범 들이 모여 있는 공동 감방의 문이 여닫히곤 했다. 죄수들은 쉴 새 없이 화장실에 보내달라 요구했고, 보초는 문을 열기까지 한참이나 그들과 실랑이했다.

스딸린그라드 강변에서 처음 이곳에 왔을 때 그도 잠깐 공동 감방에 수감되었다. 아무도 소매에 붉은 별이 박혀 있는 이 꼬미사르에게 관심을 보이지 않았다. 그들이 궁금해했던 것은 딱 하나, 담배를 말 만한 종이가 있느냐였다. 이들의 머릿속에 있는 거라곤 오직 먹는 것, 담배 피우는 것, 본능적 욕구를 따르는 것뿐이었다.

누가, 누가 작업을 시작했나? 자신에게 죄가 없음을 아는 동시에 빠져나갈 길 없는 죄를 느끼는 것은 얼마나 비참한 감정인지…… 로짐쩨프의 갱도, 6동 1호의 잔해, 벨라루스의 늪지대, 보로네시의 겨울, 도강…… 그는 행복과 편안함을 주는 이 모든 것들을 영원히 잃어버렸다.

거리로 나가서 걷고, 고개를 들어 하늘을 바라보고 싶었다. 신문을 사러 가고, 면도를 하고, 동생에게 편지를 쓰고 싶었다. 차를 마시고 싶었다. 저녁에 빌려온 책을 반납해야 하는데. 그는 시계를 보고 싶었다. 목욕탕에 가고, 트렁크에서 손수건을 꺼내고 싶었다. 하지만 아무것도 할 수 없었다. 그는 자유를 박탈당했다.

얼마 안 있어 끄리모프는 공동 감방에서 복도로 끌려나왔다. 감옥 지휘관이 보초에게 욕설을 퍼부었다.

"러시아 말 못 알아들어? 대체 무슨 귀신이 씌어서 이자를 공동 감방에 밀어넣은 거야? 왜 이렇게 답답하게 굴어? 최전선으로 떨어지고 싶어?"

지휘관이 떠나자 보초는 끄리모프에게 한탄을 늘어놓았다.

"늘 이런 식이지. 독방이 꽉 차 있거든요. 처형될 사람들만 독방에 두라고 제 입으로 말해놓고, 당신을 그리로 보내면 원래 있던 자는 대체 어쩌라는 건지……"

곧 소총병들이 독방에 있던 누군가를 끌고 나왔다. 죄수의 가늘고 야윈 목덜미에 금빛 고수머리가 달라붙어 있었다. 스무살이나 되었을까? 어쩌면 서른다섯살쯤 먹었을지도 모르지만.

그렇게 끄리모프는 빈 독방으로 옮겨졌다. 어스름한 빛 속 탁자 위에 놓인 밥그릇이 보였다. 그리고 바로 옆에는 빵의 속살로 빚은 듯한 토끼가 있었다. 사형수가 방을 나서기 직전에야 그것을 손에서 내려놓았는지 빵은 아직 부드러웠고 토끼의 귀 부분만 조금 말라 있었다.

사위가 더욱 조용해졌다…… 끄리모프는 입을 반쯤 벌린 채 침상에 앉았다. 잠이 오지 않았다. 생각할 것이 너무 많았다. 그러나 멍멍해진 머리로는 도무지 생각을 할 수가 없었다. 양 관자놀이가 짓눌린 듯 아프고 머리통 안에서 죽음이 소용돌이치는 듯했다. 모든 게 빙빙 돌고, 흔들리고, 철썩였다. 도무지 무엇 하나에 집중해 생각을 끌어낼 수가 없었다.

한밤중에 복도에서 또다른 소음이 시작되었다. 보초들이 당번병을 부르는 소리, 복도를 내달리는 장화 소리가 울려왔다.

"제기랄, 저 대대 꼬미사르를 끌어내서 초소에 좀 앉혀놔." 귀에 익은 감옥 지휘관의 목소리가 들렸다. "긴급, 긴급이야. 이거 사령관한테까지 보고가 들어가겠군."

문이 열리고 소총병이 외쳤다.

"나와!"

끄리모프는 밖으로 나왔다. 복도에는 속옷 차림의 남자가 맨발로 서 있었다.

살아오며 나쁜 것을 수없이 보았지만 이보다 더 끔찍한 얼굴은 없었다. 더럽고 누런 반점들이 돋아난 작은 얼굴. 그 입술, 주름들, 떨리는 두 뺨. 얼굴 전체가 애처롭게 울고 있었다. 눈만이 울고 있지 않았는데, 그런 끔찍한 눈은 보지 않는 편이 차라리 나았으리라. 눈의 표정이 정말 끔찍했다.

"자, 움직여." 자동소총병이 끄리모프를 몰아댔다.

초소에 가서 그는 보초로부터 체뻬에 대한 이야기를 들을 수 있었다.

"날 최전선에 보내겠다고 협박을 하는데, 사실 여기가 최전선보다 천배는 나빠요. 정말이지 신경쇠약에 걸릴 지경이라고요. 아까 자해를 한 군인이 처형됐어요. 병원에 가고 싶어서 왼손에 빵 덩어리를 대고 총을 쏜 놈이죠. 그를 총살한 다음 분명 흙으로 덮었는데, 밤이 되자 살아서 돌아온 거예요." 그는 끄리모프를 어떻게 불러야 할지 몰라 난감한 듯 직접적인 호칭을 피하려 애쓰며 말을 이었다. "일을 저따위로 하니 나만 신경이 다 끊어질 정도로 고생을 하지, 원. 언 땅에 잡초 좀 헤치고 되는대로 흙만 덮은 다음 와버렸을걸요. 그러니 그렇게 다시 기어나오지! 지침대로 잘 묻었으면 이런 일은 안 생겼을 텐데."

늘 질문에 올바른 대답을 주고 사람들의 마음을 옳은 길로 돌려놓으며 지내온 끄리모프가 이제는 혼란 속에서 멍하니 질문을 던졌다.

"그런데 그 사람은 대체 왜 다시 돌아온 거요?"

하지만 보초는 비죽이 웃으며 자기 할 말만 지껄였다.

"웃기는 게, 그를 들판으로 데려갔던 특무상사가 이젠 자기가 서류 작업을 하는 동안 그 사람한테 빵이랑 차를 내주라는 거예요. 경리과장은 화가 나서 난리를 쳤죠, 총살당한 자로 등록된 놈한테 어떻게 차를 주냐고. 아니, 일을 엉터리로 해놓은 건 특무상사인데 왜 경리과에서 수습을 해야 하죠?"

"전쟁 전에는 무슨 일을 했소?" 끄리모프가 갑자기 물었다.

"국영농장에서 양봉을 했어요."

"분명하군." 끄리모프는 조용히 말했다. 문득 주위의 모든 것이, 그 자신 안에 있는 것들마저 불분명하고 불합리하게만 느껴졌기에 그렇게 말했다.

동틀 무렵 끄리모프는 다시 독방으로 옮겨졌다. 밥그릇 옆에는 여전히 빵의 속살로 만든 토끼가 놓여 있었다. 하지만 이제 그것은 딱딱하고 꺼칠꺼칠했다. 공동 감방에서 아부하는 목소리가 들려왔다.

"보초, 선심 좀 써줘, 용변 좀 보게 해줘, 응?"

들판에는 적갈색 태양이 떠오르고 있었다. 흙먼지로 뒤덮인 채 얼어붙은 더러운 사탕무가 하늘로 기어오르기 시작했다.

잠시 후 그들은 끄리모프를 1.5톤짜리 트럭으로 데려가 화물칸에 앉혔다. 친절한 호송대 중위가 그의 옆에 앉았고, 특무상사가 중위에게 끄리모프의 트렁크를 건네주었다. 트럭은 삐걱거리며, 행정관리국의 얼어붙은 진흙 마당을 통통 튀어오르며 지나 레닌스끄

비행장으로 떠났다.

차갑고 축축한 공기를 들이마시자 그의 심장이 믿음과 빛으로 채워졌다. 악몽이 끝난 것만 같았다.

4

니꼴라이 그리고리예비치는 차에서 내려 회색빛 루뱐까로 이어지는 좁고 깊은 협곡 같은 통로를 둘러보았다. 몇시간이나 끊이지 않던 모터의 굉음, 벤 들판과 베지 않은 들판, 강과 숲이 만들어내는 풍경, 절망과 확신과 불안으로 어른거리는 머릿속이 시끄러웠다.

문이 열렸다. 그는 숨 막히는 관청의 공기 속으로, 미친 듯 눈부신 관청의 조명이 만들어낸 방사선의 왕국으로 들어섰다. 이곳은 전쟁 밖의 삶, 전쟁을 지나치는 삶, 전쟁 위의 삶이 존재하는 세계였다.

숨 막히는 방은 텅 비어 있었다. 탐조등처럼 선명한 불빛 아래 선 그에게 발가벗으라는 명령이 떨어졌다. 가운을 입은 남자가 신중하게 그의 몸을 더듬는 동안 끄리모프는 경련을 일으키며 생각했다. 전쟁의 굉음이나 무쇠도 이 부끄러움을 모르는 손가락의 체계적인 움직임을 막을 수는 없을 거야……

방독면 안에 "행복한 소련의 삶을 위해서 죽습니다. 집에 아내와 여섯 자식이 있습니다"라고 적힌 쪽지를 지닌 채 죽은 붉은군대 병사. 석탄처럼 새카맣게 타버린 어린 전차병, 다 타지 않고 남아 있던 그의 머리칼. 수많은 늪과 숲을 행군하며 대포로, 총으로 싸웠던 수백만 민병대……

이 손가락들이 확신에 넘쳐 평온하게 제 일을 해오는 동안 꼬미사르 끄리모프는 포화 속에서 소리쳤었다. "게네랄로프 동지, 지금 뭐 하는 거요? 조국 소비에뜨를 방어하고 싶지 않은 거요?"[5]

"돌아서시오. 몸을 굽히고 다리를 뻗으시오."

그다음, 그는 옷을 입고 군복 상의 단추를 푼 채 반 죽은 얼굴로 정면과 측면 사진을 찍었다.

그다음, 그는 민망할 정도로 열심히 종잇장 위에 지문을 찍었다. 그다음, 무심한 얼굴의 요원이 그의 바지 단추를 떼고 허리띠를 풀었다.

그다음, 그는 눈부시게 밝혀진 승강기를 타고 위로 올라간 뒤 카펫이 깔린 텅 빈 복도를 따라 걸었다. 둥그런 유리가 달린 문들이 옆으로 지나갔다. 수술 병동 같군, 암수술. 따뜻하고 관청다운 분위기, 미칠 듯 밝은 전등. 그야말로 사회적 진단을 위한 방사선 연구소였다……

'누가 나를 잡아들였을까?'

앞뒤가 꽉 막힌 답답한 공기 속에서 생각을 하기란 쉽지 않았다. 꿈, 생시, 환영, 과거, 미래가 뒤얽혔다. 그는 자신에 대한 감각을 잃어가고 있었다…… 내게 어머니가 있었나? 아니, 어머니는 없었던 것 같아. 제냐도 더는 중요하지 않았다. 전나무 우듬지 사이로 비치던 별들, 돈강을 건넌 일, 초록빛 독일 로켓, 만국의 프롤레타리아여 단결하라, 문마다 뒤에 사람들이 있구나, 공산주의자로 죽으리, 미하일 시도로비치 모스똡스꼬이는 어디 있을까? 머리에서 소

5 전편 소설에서 박격포수 게네랄로프가 휴식을 취하려 하자 끄리모프가 그에게 했던 말이다.

리가 나는군, 그레꼬프가 나를 쏘았을까? 고수머리 그리고리 옙세예비치,[6] 꼬민쩨른 의장도 이 복도를 따라갔지, 공기가 정말 답답하군, 망할 놈의 조명등…… 그레꼬프가 나를 쐈지, 특수과원이 내 이빨을 부쉈고, 내일은 무슨 일이 생기려나? 맹세하지만 난 아무 죄도 없어, 오줌을 눠야 하는데, 10월혁명 기념일에 멋진 노인들이 스뻬리도노프의 집에서 노래를 불렀지. 베체까, 베체까, 베체까, 제르진스끼가 그 집의 주인이었어, 겐리흐 야고다, 그다음엔 멘진스끼,[7] 그다음엔 키가 작고 눈이 푸른 뻬쩨르부르그 프롤레타리아 니꼴라이 이바노비치,[8] 그리고 지금은 싹싹하고 영리한 라브렌찌 빠블로비치[9]가 주인이고, 그래그래 물론 우리는 만나곤 했지, 알라베르디,[10] 그때 우리는 함께 노래했는데, "프롤레타리아여 일어나라, 우리 모두의 대업을 위해", 나는 무고해, 오줌을 눠야 하는데…… 정말 나를 총살할 작정인가……

날아가는 화살처럼 똑바로 이어지는 복도를 따라 걷고 있는 것이 얼마나 이상한지! 삶이란 그야말로 뒤죽박죽인 것인데, 오솔길, 골짜기, 늪, 강, 사막의 흙먼지, 베지 않은 들판이라 늘 빠져나가고 피해 돌아가야 하는 것인데, 운명은 직선이구나, 빨랫줄처럼 뻗어

---

6 Grigorii Evseevich Zinov'ev(1883~1936). 레닌의 최측근이자 꼬민쩨른 집행위원장. 국제 혁명운동을 지도했고, 레닌 사망 후에는 스딸린, 까메네프와 함께 당의 주류로 반뜨로쯔끼 운동을 벌였다. 이후 스딸린과 대립하여 당에서 제명되었고, 복당과 제명을 거듭하다가 끼로프 암살 사건에 연루되어 처형되었다.

7 Vyacheslav Rudolfovich Menzhinskii(1874~1934). 러시아제국의 혁명가, 소련공산당 지도자. 10월혁명 이후 오게뻬우 수장이 되어 해외에 있던 반소련 인사들을 소련으로 납치하거나 불러들여 처단하였다.

8 예조프를 가리킨다.

9 베리야를 가리킨다.

10 아제르바이잔어에서 유래한 인사말. 지방 연회의 건배사로 즐겨 사용되었다.

있구나, 복도, 복도, 복도에 문들이 나 있고……

끄리모프는 빠르지도 느리지도 않게 일정한 속도로 걸었다, 마치 보초가 그의 뒤가 아니라 앞에 있는 것처럼.

루뱐까에 들어선 순간부터 새로운 것이 와닿았다.

'점들로 이루어진 기하학적인 도형.' 그는 지문을 꾹 찍으면서 생각했다. 바로 이것이 그에게 와닿은 새로운 것을 표현한 말이었지만 정작 그는 자신이 왜 이런 생각을 했는지 이해하지 못했다.

새로운 감각은 그가 자신을 잃어가고 있다는 사실에서 비롯한 것이었다. 만일 그가 물을 달라고 한다면 저들은 물을 줄 것이고, 그가 심장 발작을 일으켜 갑자기 쓰러진다면 의사가 필요한 주사를 놓아줄 것이다. 하지만 그는 이미 끄리모프가 아니었다. 그는 이를 이해하지 못했지만 감지했다. 그는 이미 옷을 입고, 식사를 하고, 영화표를 사고, 생각하고, 자려고 눕는, 늘 그 자신임을 느끼는 끄리모프 동지가 아니었다. 끄리모프 동지는 그의 영혼과 마음으로, 혁명 이전 당내에서의 이력으로, 『꼬민쩨른』지에 쓴 평론들로, 여러가지 크고 작은 습성들로, 습관적인 몸짓으로, 꼼소몰 단원이나 모스끄바 지역위원회의 당 서기나 노동자들이나 당내 오랜 친구들이나 청원자들과 대화할 때의 어조로 다른 모든 이들과 구별되는 인간이었다. 지금 그의 육체는 인간의 육체와 비슷하지만, 그의 동작과 사고 또한 인간의 동작과 사고와 비슷하지만, 인간 끄리모프 동지의 진수는, 그의 존엄과 자유는 사라지고 없었다.

그는 깨끗이 닦은 쪽마루가 바닥에 깔리고 주름 하나 없이 팽팽하게 시트를 씌운 침상 네개가 놓인 직사각형 방으로 호송되었다. 방에 들어서는 순간 세명의 인간이 인간으로서의 관심을 가지고 네번째 인간을 쳐다보는 것이 느껴졌다.

그들이 좋은 인간인지 나쁜 인간인지, 자신에게 적대적인지 무관심한지 그는 알지 못했다. 하지만 어쨌거나 그들로부터 그를 향해 온 감정은 인간의 것이었다.

그는 빈 침상에 앉았고, 무릎 위에 책을 펼친 채 각자의 침상에 앉아 있던 세 인간은 말없이 그를 바라보았다. 그러자 그가 잃어버렸다고 여겼던 것, 경이로운 것, 소중한 것이 다시 그에게 돌아왔다.

그중 한 사람은 몸집이 무척 거대했다. 울퉁불퉁한 면상에, 절반쯤 센 고수머리가 베토벤처럼 무성하게 뒤엉켜 낮고 불룩한 이마 위에 드리워 있었다.

두번째 사람은 종이처럼 하얀 손에 앙상한 머리뼈를 드러낸 대머리 노인으로, 얼굴이 꼭 금속으로 된 부조 같았다. 그의 정맥과 동맥에는 피가 아니라 하얀 눈이 흐르는 듯했다.

끄리모프 옆 침상에 앉은 세번째 사람은 조금 전 안경을 벗었는지 콧마루 양쪽에 빨간 자국이 나 있었다. 착하고 불행한 사람 같아 보였다. 그가 손가락으로 문을 가리키고서 보일락 말락 미소 지으며 고개를 흔들었다. 보초가 감시창으로 들여다보고 있으니 입을 다물라는 뜻이었다.

처음으로 말문을 연 사람은 머리칼이 무성하게 뒤엉킨 사람이었다.

“자, 그럼……” 그가 호인다운 목소리로 느릿느릿 말했다. “무리를 대표해 새로 온 전투원을 환영하는 바요. 어디서 오셨소, 친애하는 동지?”

끄리모프는 당황해 웃으며 대답했다. “스딸린그라드에서 왔습니다.”

“오, 영웅적 방어의 참가자를 만나다니, 참 반갑소. 우리 오두막에 오신 걸 환영하오."

"담배 피우시오?" 하얀 얼굴의 노인이 재빨리 물었다.

"피웁니다." 끄리모프가 대답했다.

노인은 고개를 끄덕이고는 책으로 시선을 돌렸다.

"제가 실수를 했거든요." 친절한 근시의 이웃이 설명했다. "담배를 안 피운다고 말해버려서 동지들이 제 몫의 담배를 받지 못하게 됐어요. 스딸린그라드에서 온 지 오래됐나요?"

"오늘 아침에 그곳을 떠났어요."

"저런." 거인이 말했다. "더글러스로?"

"예."

"스딸린그라드 상황이 어떤지 이야기 좀 해보시오. 아직 신문 구독을 신청할 틈이 없었거든."

"배 안 고프세요?" 친절한 근시 남자가 물었다. "우리는 벌써 저녁을 먹었어요."

"생각 없어요." 끄리모프가 말했다. "독일인들은 스딸린그라드를 장악할 수 없을 겁니다. 그것 하나는 100퍼센트 확실해요."

"내 그럴 줄 알았지." 거인이 말했다. "유대 교회는 굳건히 서왔고, 앞으로도 건재할 거요."

노인이 소리 나게 책을 덮고는 끄리모프를 향해 물었다.

"당신, 공산당원이겠구먼."

"그렇습니다, 공산주의자입니다."

"쉿! 조용히 얘기해야 해요." 친절한 근시가 주의를 주었다.

"심지어 당적이 있다는 얘기도 쉬쉬해야지." 거인이 덧붙였다.

왠지 그 거인의 얼굴이 눈에 익었다. 끄리모프는 한참을 생각하다가 마침내 그를 기억해냈다. 그는 모스끄바에서 사회자로 유명한 사람이었다. 언젠가 제냐와 '원주圓柱의 방'[11]에서 개최된 음악회에 갔을 때 무대에 선 모습을 보았는데, 이렇게 만나는군!

이때 문이 열리더니 보초가 들여다보며 물었다.

"여기 '까K 어쩌고'가 누구지?"

"나요, 까쩨넬렌보겐." 거인이 대답하더니 일어나서 손가락으로 엉킨 머리를 긁고는 느긋하게 문으로 걸어갔다.

"심문받으러 가는 거예요." 친절한 이웃이 속삭였다.

"근데 왜 '까 어쩌고'라 하는 거요?"

"항상 그래요. 엊그제도 보초가 '여기 까 어쩌고 까쩨넬렌보겐이 누구지?'라며 불러내더라고요. 참 괴짜예요."

"그래, 우리끼리 아주 실컷 웃었지." 노인이 말했다.

'당신은 뭣 때문에 여기로 떨어졌습니까, 늙은 회계사 영감[12]?' 끄리모프는 생각했다. '그러고 보니 나도 까 어쩌고구나.'

수인들이 자리에 누운 뒤에도 광포한 전등은 계속 불탔다. 발싸개를 풀고 속바지를 끌어올리고 가슴을 긁으면서, 끄리모프는 누군가 감시창을 통해 자신을 관찰하고 있음을 피부로 느꼈다. 저 전등은 감방에 있는 사람들을 위한 것이 아니었다. 밖에서 이들을 더 잘 볼 수 있게끔 달아놓은 특별한 전등이었다. 만약 어둠 속에서 관찰하는 것이 더 편리하다면 이들은 어둠 속에 가두어졌을 것이다.

회계사 노인은 벽을 향해 누워 있었다. 끄리모프와 이웃의 친절한 근시는 서로를 보지 않은 채 보초에게 입술의 움직임을 들키지

11 모스끄바 '노동조합의 집'의 가장 큰 홀. 대규모 음악회, 집회, 연회가 열렸고 부하린의 재판도 이곳에서 이루어졌다.

12 노인의 창백한 얼굴을 보고 하루 종일 실내에 앉아 일하는 회계사이리라 생각한 것이다.

않게끔 손바닥으로 입을 가리고서 속삭이며 대화를 나누었다.

이따금씩 그들은 빈 침상을 바라보았다. 사회자는 지금 심문을 받으며 어찌어찌 재치 있는 대답을 늘어놓고 있을 테지.

"우리 모두 감옥에서 토끼가 됐어요." 이웃이 속삭였다. "동화에서처럼요. 왜, 마술사가 사람을 건드렸더니 귀가 큰 토끼로 변했다는 이야기 있잖아요."

이어 그는 감방 동료들에 대해 들려주었다.

그가 회계사로 착각했던 노인은 사회혁명당원 아니면 사회민주당원, 혹은 멘셰비끼인 것 같았다. 그러고 보니 니꼴라이 그리고리예비치도 드렐링이라는 성을 언젠가 들어본 적이 있는 듯했다. 드렐링은 정치범 특별 감옥과 수용소에서 스무해를 보냈으니 모로조프,[13] 노보루스끼,[14] 프롤렌꼬,[15] 피그네르[16] 같은 사람들의 복역 기간에 근접한 셈이다. 지금 그가 모스끄바로 끌려온 것은 새로이 제기된 혐의 때문이었다. 수용소에서 재산을 몰수당한 부농들에게 농업 문제에 대한 강의를 하려 했던 것이다.

사회자의 루뱐까 경력도 드렐링 못지않게 길었다. 그는 이십여 년 전에 베체까의 제르진스끼 휘하에서 일을 시작했고, 그다음엔

13 Nikolai Aleksandrovich Morozov(1854~1946) 러시아의 혁명가이자 역사학자, 화학자, 천문학자. 혁명 사상 때문에 실리셀부르그 감옥에 수감되어 이십오년간 복역했다.

14 Mikhail Vasil'evich Novorusskii(1861~1925). 러시아의 혁명가이자 작가. 1887년에 체포되어 1906년까지 실리셀부르그 감옥에 수감되었다.

15 Mikhail Fyodorovich Frolenko(1848~1938). 러시아의 혁명가. 알렉산드르 2세 암살 음모에 가담했다가 1884년 실리셀부르그에 투옥, 1905년까지 수형 생활을 했다.

16 Vera Nikolaevna Figner(1852~1942). 혁명가, 테러리스트. 알렉산드르 2세 암살 음모에 가담하여 모로조프와 함께 수감되었으나 감옥 상황에 불만을 품어 집단적 반항을 조직했다.

오게뻬우의 야고다 밑에서 일했으며, 이어 엔까베데의 예조프, 국가보안부 인민위원국의 베리야를 위해 일했다. 듣자 하니 중앙 기구에 잠시 몸담기도 했고, 이후에는 거대한 수용소 건설을 지휘한 모양이었다.

끄리모프는 자신이 대화 상대인 보골레예프에 대해서도 잘못 생각하고 있었다는 것을 깨달았다. 그는 미술사학자이자 박물관 소장품 전문가였다. 시를 쓰기도 했는데 출판된 적은 한번도 없다고 했다. 시대에 맞지 않았던 것이다.

"하지만 다 끝이에요." 보골레예프가 속삭였다. "모든 게, 모든 게 사라졌죠. 난 이제 그냥 작은 토끼 한마리에 불과해요."

얼마나 이상하고 끔찍한 일인가. 그동안은 부그강[17]과 드네쁘르강을 건너는 일, 그리고 삐랴찐스끄 포위,[18] 오브류치 늪,[19] 마마예프 꾸르간, 꾸뽀로스 협곡,[20] 건물 6동 1호, 정치 보고서, 무기 손실, 정치지도원들의 부상, 야간 습격, 전투와 행군 중의 정치적 과업, 사격 기준점 조절, 전차부대 기습 공격, 박격포, 총참모부, 중기관총…… 이런 것들이 세상의 전부였는데……[21]

17 우끄라이나, 벨라루스, 폴란드에 걸쳐 흐르는 강. 전통적으로 가톨릭과 동방정교회의 우세 지역을 가르는 지리적 경계로 인식되어왔으며, 제2차 세계대전 당시 독일이 폴란드를 침공했을 때는 소련군과 독일군의 대치선을 가르는 주요 분기점이 되었다.

18 역사적으로 가장 많은 수의 병사가 포위된 것으로 알려진 전투. 끼이우에서 포위된 소련군은 저항을 이어가다가 열흘 뒤 항복했다.

19 우끄라이나의 저지대.

20 스딸린그라드에 있는 볼가강 유역 협곡. 스딸린그라드전투 당시 여기서 제64군이 독일군과 전투했다.

21 전편 소설을 포함해 끄리모프가 전쟁 발발 이후 전장에서 걸어온 궤적을 열거하고 있다.

그 똑같은 세상 속에 야간 심문과 점호, 화장실까지 따라오는 보초들, 하나씩 세어서 내주는 담배, 수사, 대질심문, 예심, 특별 심의 결과 외에는 아무것도 없다니.

하지만 이것도 저것도 동시에 존재했다.

그의 이웃들이 자유를 박탈당한 채 감방에 앉아 있는 모습은 어째서 이토록 자연스럽고 불가피한 일처럼 보이는 것일까? 그리고 그, 끄리모프 자신이 이 감방에, 이 침상에 있는 것이 이토록 기괴하고 말도 안 되는 일로 여겨지는 이유는 또 무엇이란 말인가?

문득 자기 자신에 대해 이야기하고 싶다는 억누를 수 없는 욕구가 일었다. 결국 그는 참지 못하고 입을 열었다.

"아내가 날 떠났어요. 누구도 내게 소포 같은 건 보내지 않을 겁니다."

거인 이웃, 국가보안부원의 침상은 아침까지 내내 비어 있었다.

5

언젠가, 전쟁이 일어나기 전에 끄리모프는 밤중에 루뱐까를 지나가며 그 잠들지 않는 건물의 창문 너머에는 무엇이 있을까 생각해보곤 했다. 체포된 이들은 내부 감옥에 여덟달, 일년, 일년 반 동안 들어앉아 있었고 그사이 심리가 진행되었다. 체포된 사람의 가족들은 수용소로부터 편지를 받았다. 꼬미, 살레하르드, 노릴스끄, 꼬뜰라스, 마가단, 보르꾸따, 꼴리마, 꾸즈네쯔끄, 끄라스노야르스끄, 까라간다, 나가예보만灣……[22] 이런 단어들이 입에서 입으로 전해졌다.

내부 감옥으로 떨어진 사람들 가운데 수천명은 영원히 사라졌다. 검찰은 가족들에게 그들이 서신 교환의 권리가 없는 십년형을 받았다고 알려왔지만, 수용소에서 그런 형을 받은 수감자는 한명도 찾아볼 수 없었다. 서신 교환의 권리가 없는 십년형이란 필시 총살을 의미하는 것이리라.

수감자들의 편지에는 늘 따뜻하게 잘 지낸다는 말과 함께 마늘과 양파를 좀 보내달라는 부탁이 적혀 있었다. 가족들은 마늘과 양파가 괴혈병 예방을 위한 것이라고 생각했다. 내부 감옥에서 보낸 시간에 대해 쓰는 사람은 없었다.

1937년 여름밤에 루반까 부근과 꼼소몰 골목을 지나가는 일은 유난히 공포스럽고 으스스한 경험이었다.

무더위로 숨 막히는 밤거리에는 인적이 없었다. 캄캄한 건물들, 열린 창문들. 사람들로 가득 찬 죽은 건물. 그 평온 속에는 평온이 없었다. 불 켜진 창문의 하얀 커튼 너머 그림자가 어른거렸다. 입구에서 자동차 문이 여닫히고 전조등이 갑자기 타올랐다. 거대한 도시 전체가 루반까 건물 유리창에서 나오는 불빛의 시선으로 꽁꽁 묶인 것만 같았다. 끄리모프는 자신이 아는 이들을 떠올렸다. 그들까지의 거리는 공간으로 재어지지 않았다. 그곳은 어딘가 다른 차원에 존재하는 실재였다. 죽음과도 같은 이 심연을 극복할 수 있는 힘은 지상에도 천상에도 없었다. 하지만 그들은 땅속이 아니라, 못을 박아 닫은 관 뚜껑 아래가 아니라 여기, 아직 그의 곁에서 살아 숨 쉬고, 생각하고, 울고 있었다.

자동차들이 계속해서 새로 체포된 사람들을 실어왔다. 수백, 수

---

22 1930년대부터 강제노동수용소가 들어선 곳들.

천, 수만의 사람들이 내부 감옥의 문 너머에서, 부띠르 감옥과 레포르또보 감옥[23]의 대문 너머에서 사라졌다.

지역위원회, 인민위원회, 전쟁부, 검찰청, 산업조합, 종합병원, 공장 관리부, 지방위원회, 공장위원회, 농지과, 박테리아 실험실, 아카데미 극장[24] 지도부, 비행기 설계 사무소, 대규모 화학공장과 금속공장의 설계 기관에서 체포된 이들의 자리로 새로운 담당자들이 파견되었다.

체포된 인민의 적, 테러리스트, 노선 이탈자를 대체하여 도착한 이들 또한 얼마 지나지 않아 적이요 표리부동한 자라는 것이 밝혀졌다. 그들 또한 체포되었다. 가끔은 세번째로 임명된 사람들 역시 적이라는 사실이 드러났고, 똑같이 체포되었다.

레닌그라드에서 온 한 당원이 끄리모프에게 속삭였었다. 자신과 같은 감방에 레닌그라드 지역위원회의 서기 세 사람이 동시에 수감되어 있었다고. 새로 임명된 서기마다 자신의 전임자를 적이요 테러리스트라 지목하며 고발했다고. 그들은 서로에게 분노도 모욕도 느끼지 않은 채 감방에 나란히 앉아 있었다고.

언젠가 예브게니야 니꼴라예브나의 오빠인 미쨔 샤뽀시니꼬프도 한밤중에 이 건물로 끌려왔었지. 아내가 들려준 하얀 꾸러미를 겨드랑이에 낀 채로. 수건과 비누와 속옷 두벌, 칫솔, 양말, 손수건 세장이 거기 들어 있었다. 이 문으로 들어서며 그는 당원증 번호 다섯자리 숫자를, 빠리 무역대표부의 책상을, 아내와 함께한 끄림 여행을 떠올렸다. 그래, 함께 일등 침대칸에서 나르잔[25]을 마시고,

23 모스끄바의 레포르또보 구역에 있는 독방 감옥.
24 연극 공연 전문 극장을 말한다.
25 끼슬로보츠끄에서 솟는 광천 탄산수.

늘어지게 하품을 하고, 『황금 당나귀』[26]의 책장을 넘겼는데…… 물론 미쨔에겐 아무 죄가 없었다. 그래도 그들은 미쨔를 감옥에 넣었고 끄리모프는 넣지 않았다.

언젠가 이 작열하는 전등 밑으로, 자유에서 부자유로 가는 이 복도를 따라 류드밀라 샤뽀시니꼬바의 첫 남편 아바르추끄도 걸어갔었지. 심문을 받으러 가면서 그는 말도 안 되는 오해를 풀겠다고 조바심을 쳤었다…… 그리고 다섯달, 일곱달, 여덟달이 지나서 아바르추끄는 이렇게 적었다. "스딸린 동지를 살해해야 한다고 처음 내게 귀띔한 자는 지하조직 지도부원의 소개로 알게 된 독일군 첩보 기관의 고정간첩이었습니다…… 야우스끼 대로[27]에서 노동절 행진이 끝난 직후 대화가 이루어졌고, 나는 닷새 뒤에 최종 답변을 주기로 약속했습니다. 우리는 다시 만날 장소와 시간을 정했고……"

여기 이 창문들 너머에서 놀랄 만한 일이, 그야말로 놀라 자빠질 만한 일이 이루어졌던 것이다. 아바르추끄는 꼴차끄[28] 군대의 장교가 총을 겨누었을 때도 눈 하나 깜짝 않던 사람인데.

물론 그는 스스로를 고발하는 거짓 진술에 서명해야 했다. 물론 그는 레닌주의로 굳세게 담금질된 진짜배기 공산주의자였고 아무 죄도 없었다. 하지만 그는 체포되었고, 감금되었고, 진술했다…… 반면 끄리모프는 감옥에 갇히지 않았다. 체포되지도, 감금되지도

26 고대 로마의 작가 아풀레이우스(Lucius Apuleius, 124?~170?)의 전기소설. 라틴어로 쓰인 세계 최고(最古)의 온전한 소설 작품으로 알려져 있다.

27 모스끄바 시내에 있는 산책로.

28 Aleksander Vasil'evich Kolchak(1874~1920). 러시아의 군인이자 정치가. 옴스끄 반혁명정부의 군사 장관을 지내다가 쿠데타로 군사독재 정권을 수립했다. 한때 볼가강 근처까지 진격했으나 패하고 혁명군에게 체포되어 총살당했다.

않았으며 진술을 강요받지도 않았다.

이런 일들이 어떻게 조작되고 완성되는지는 끄리모프도 들어서 알고 있었다. 이런 이야기를 들려준 이들은 속삭였다. "명심해. 만일 누군가에게, 네 아내와 어머니를 포함해서 단 한 사람한테라도 이런 얘길 전하면 난 그날로 죽은 목숨이야."

어떤 사람은 술자리에서 다른 이의 자신감 넘치는 어리석음에 부아가 치밀어 불쑥 몇마디 부주의한 말을 내뱉은 뒤 곧바로 입을 다물었다가, 그다음 날 다른 이야기 도중 지나가는 말처럼 하품을 하며 "그건 그렇고, 어제 내가 별별 헛소리를 늘어놓은 것 같은데. 아, 기억 안 나? 뭐, 그럼 잘됐네"라고 말하기도 했다.

또 남편을 만나러 수용소에 다녀온 친구들의 아내들로부터 들은 이야기도 있었다.

하지만 이 모든 게 소문, 쓸데없는 가십에 불과해. 끄리모프에게는 그 비슷한 일이 없지 않았나.

그런데 지금 이렇게 되었다. 그를 감금한 것이다. 믿을 수 없는 일, 말도 안 되는 일, 정신 나간 일이 일어난 것이다. 멘셰비끼, 사회혁명당원, 백군 근위병, 사제, 부농 선동가가 감옥에 갇혔을 때, 그는 그 사람들이 자유를 잃고 선고를 기다리는 동안 무슨 생각을 할까 궁금해한 적이 단 한번도 없었다. 그들의 아내와 어머니와 자식들에 대해 생각한 적도 없었다.

물론 포탄이 점점 더 가까이에 떨어지다가 마침내 적이 아닌 동지들을 해치게 되었을 땐 더이상 무관심할 수 없었다. 이제 감옥에 갇히는 이들은 소비에뜨 사람들, 그와 같은 당원들이었다.

물론 그와 특별히 가까운 몇몇 사람들, 그가 볼셰비끼-레닌주의자라 여겼던 같은 세대의 사람들이 갇혔을 때는 몹시 동요했고 잠을 이룰 수 없었다. 그는 정말 스딸린에게 사람들의 자유를 박탈하고 그들을 괴롭히고 총살할 권리가 있는 것인지 숙고했으며, 그들이 겪는 고통에 대해서, 그들의 아내와 어머니가 겪는 고통에 대해서도 생각하기 시작했다. 그들은 부농도 백군 근위대도 아닌, 볼셰비끼-레닌주의자들 아닌가!

그러나 여전히 그는 자신을 안심시키려 했다. 어쨌든 끄리모프라는 인간은 감옥에 갇히지 않았고, 수용소로 끌려가지도 않았고, 자신의 죄를 고발하는 거짓 진술에 서명하지도 않았고, 거짓 혐의를 인정하지도 않았으니까.

그런데 지금 이렇게 되었다. 끄리모프를, 볼셰비끼-레닌주의자를 감금한 것이다. 이해하거나 해명할 수도, 자신을 안심시킬 수도 없었다. 일이 이렇게 되어버렸다.

그는 이미 무언가를 배웠다. 벌거벗은 인간의 치아, 귀, 콧구멍, 사타구니가 수색의 대상이었다. 그런 다음 그 불쌍하고 우스운 인간은 단추가 없어 연신 흘러내리는 바지와 속바지를 움켜쥔 채 복도를 따라 걸어간다. 시력이 나쁜 사람들은 안경 없이 불안하게 눈을 비빈다. 인간은 감방으로 들어가 실험용 쥐가 되고, 새로운 반사행동을 익힌다. 속삭이고, 침상에서 일어나고, 침상에 눕고, 생리적 욕구를 해결하고, 자고, 꿈꾸는 행위들이 끊임없는 감시와 관찰 아래 반복된다. 모든 것이 괴물같이 잔인하고 불합리하고 비인간적이다. 루뱐까에서 일어나는 일이 얼마나 끔찍한지 그는 처음으로 분명히 이해할 수 있었다. 그들은 볼셰비끼에게, 레닌주의자에게, 끄리모프 동지에게 고통을 주었다.

6

며칠이 지나도록 끄리모프는 호출되지 않았다.

그는 이미 언제 어떤 식사를 주는지 알았고, 산책 시간과 목욕하는 날을 알았고, 감옥의 담배 연기와 점호 시각과 도서관에 있는 책들의 대략적인 규모를 알았다. 그는 보초들의 얼굴을 알았고, 내내 이웃이 심문에서 돌아오기를 기다리며 마음을 졸였다. 가장 자주 불려가는 사람은 까쩨넬렌보겐이었다. 보골레예프는 낮에만 불려갔다.

자유 없는 삶! 그것은 질병이었다. 자유를 잃는다는 것은 건강을 빼앗기는 것과 같다. 전등불이 밝혀지고 수도꼭지에서 물이 나오고 그릇에는 수프가 있지만, 불도 물도 수프도 저들이 제공하는 특별한 것이었다. 심문을 유리하게 끌고 가야겠다 싶으면 저들은 수감자들에게서 전등과 음식과 잠을 빼앗았다. 결국 불과 물과 음식은 그들을 위한 것이 아닌, 저들의 작업 도구에 불과했다.

어느날은 뼈다귀 노인이 심문관에게 불려갔다가 돌아와서 자랑스레 말했다.

"세시간 동안 한마디도 안 했네. 심문관이 확신한 건 내 성이 정말로 드렐링이라는 사실뿐이지."

보골레예프는 늘 상냥했고, 감방 동료들에게 정중한 말투를 썼으며, 아침이면 이웃들에게 건강은 어떤지, 잠은 잘 잤는지 묻곤 했다.

한번은 그가 끄리모프에게 시를 읽어주다가 낭독을 멈추고서 말했다. "미안해요. 당신에겐 재미없을 텐데."

끄리모프는 가볍게 웃으며 대답했다.

"솔직히 말해서 나는 시에 대해서 아무것도 모릅니다. 하지만 헤겔은 좀 읽었죠."

보골레예프는 심문을 몹시 두려워했다. 당번이 들어와 "이름이 베Б 어쩌고인 사람이 누구지?"라고 물을 때마다 어찌할 바를 몰랐고, 심문이 끝나고 돌아오면 전보다 훨씬 마르고 왜소하고 나이 들어 보였다.

심문 내용에 대한 그의 이야기는 늘 혼란스러웠다. 그런 이야기를 할 때 그는 실눈이 될 때까지 눈을 점점 가늘게 떴다. 그의 죄목이 무엇인지, 스딸린 암살 음모인지 아니면 사회주의리얼리즘 작품들에 대한 혐오인지 도무지 알아낼 수 없었다.

"죄목을 잘 꾸며내도록 심문관을 도와줘야 해요." 한번은 거인 국가보안부원이 보골레예프에게 말했다. "이런 식으로 적으라고 해보시오. '나는 모든 새로운 것에 증오를 느꼈으며 스딸린상을 받은 모든 작품을 무차별적으로 비난했습니다.' 십년형쯤 나올걸. 그리고 아는 사람 이름을 가급적 적게 대시오. 어차피 그런 고발로는 구제되지도 못하거니와, 되레 무슨 조직에 참여한 걸로 엮일 수도 있거든. 그러면 특별수용소로 떨어지지."

"무슨 그런 말을 하시는 거요?" 보골레예프가 말했다. "내가 심문관을 어떻게 돕습니까? 그들은 이미 모든 걸 알고 있는데."

종종 그는 자기가 제일 좋아하는 주제에 대해 속삭이곤 했다. 우리 모두는 동화 속 인물이에요. 무서운 사단장, 낙하산병, 마띠스와 삐사레프[29] 추종자, 당원, 지질학자, 국가보안부원, 5개년계획 건설자, 비행사, 대규모 금속공장 설계자…… 누구랄 것 없이 이 경이로운 건물의 문턱을 넘어서서 마술 지팡이에 닿는 순간 작은 새로,

29 Dmitrii Ivanovich Pisarev(1840~68). 러시아의 문학비평가. 체르니솁스끼와 도브롤류보프를 이은 혁명적 민주주의자였다.

새끼 돼지로, 다람쥐로 변신하죠. 우린 이제 날벌레랑 개미 알이나 먹어야 해요……

그는 독창적이고 심오한 정신을 지닌 사람이었지만 일상적 문제에 있어서는 쪼잔하기 그지없었다. 다른 사람보다 먹을 걸 덜 주거나 나쁜 걸 줄까봐, 산책 시간을 줄일까봐, 산책하는 동안 누가 자기 건빵을 먹을까봐 항상 전전긍긍했다.

이곳에서의 생활은 사건들로 가득 차 있었으나 그 모든 게 공허한 허상이었다. 그들은 말라버린 강줄기 속에 존재했다. 심문관들은 그곳의 자갈 밑과 갈라터진 강바닥과 울퉁불퉁한 강변을 탐문했지만, 언젠가 이 강줄기를 만들었던 물은 이미 사라진 뒤였다.

드렐링은 입을 여는 일이 드물었고 그나마도 보골레예프에게만 말을 했는데, 이는 분명 보골레예프가 당원이 아니기 때문인 것 같았다.

그리고 보골레예프와 대화를 나눌 때조차 그는 자주 화를 냈다.

"자네 참 이상한 사람이군." 언젠가 그는 말했다. "우선, 자네는 자네가 경멸하는 사람들에게 정중하고 상냥하게 대하지. 게다가 내가 죽든 말든 조금도 개의치 않으면서 매일 건강에 대해 묻잖나."

그러자 보골레예프는 감방 천장을 올려다보며 두 손을 내젓더니 "자, 들어보세요" 하고는 노래하듯 읊조리기 시작했다.

> "거북아, 거북아, 네 등딱지는 무엇으로 되어 있어?"
> 내가 묻자 거북이는 대답했지.
> "그건 말이지, 내가 모아놓은 공포로 되어 있어."
> 그래, 세상에 그보다 더 딱딱한 건 없지!

"자네가 쓴 건가?" 드렐링이 물었다.

보골레예프는 대답 없이 다시 두 손만 내저을 뿐이었다.

"노인이 겁을 내는 게야. 공포를 한가득 모았구먼." 까쩨넬렌보겐이 중얼거렸다.

아침식사를 마친 뒤 드렐링이 보골레예프에게 어느 책의 표지를 보여주었다.

"이 책 좋아하나?"

"솔직히 별로예요." 보골레예프가 대답했다. 드렐링이 고개를 끄덕였다.

"나도 이 작품을 그리 좋아하지 않네. 쁠레하노프가 그런 말을 했지. '고리끼가 만들어낸 어머니는 하나의 이꼰[30]이며, 노동자계급에는 이꼰이 필요 없다.'"

"모든 세대가 『어머니』를 읽습니다." 끄리모프가 끼어들었다. "이꼰이 무슨 상관이죠?"

"이꼰은 노동자계급을 노예화하고자 하는 이들에게나 필요하지. 당신네 공산주의자들의 성상함 속에는 레닌이 있고, 사제 스딸린도 있소. 네끄라소프에게는 성상이 필요 없었고."

이마, 머리통, 손, 코만이 아니라 그의 말도 전부 하얀 뼈로 만들어져 딱딱 부딪치는 것 같았다.

'몹쓸 인간이군.' 끄리모프는 생각했다.

보골레예프가 화를 내며 말했다. 온순하고 상냥하고 늘 주눅 들어 있는 이 사람이 이처럼 화를 내는 모습을 끄리모프는 지금껏 한

30 러시아 전통의 미술 형태. 아기 예수와 성모마리아, 성인 등의 성상화가 주를 이룬다.

번도 본 적이 없었다.

"문학에 대한 당신네들의 이해력은 네끄라소프에서 한발짝도 더 나아가지 못하는군요. 그 이후에 블로끄가, 만젤시땀이, 흘레브니꼬프가 나타났지요."

"만젤시땀이라는 사람은 누군지 모르겠군." 드렐링이 말했다. "그리고 흘레브니꼬프, 그자는 퇴폐이자 파탄이야."

"관둬요!" 보골레예프의 입에서 처음으로 큰소리가 튀어나왔다. "당신의 빨레하노프적인 진부한 생각이 내겐 정말이지 구역질 날 정도로 지겨워요. 여기 우리 감방에 있는 당신들은 각자 다른 신념을 지닌 여러종류의 맑시스트죠. 하지만 문학에 대해 눈이 멀었으며 절대적으로 아무것도 모른다는 점에서는 모두 똑같아요."

정말 이상한 일이었다. 보초들, 밤 당번과 낮 당번들에게 볼셰비끼이자 전투 꼬미사르인 자신이 저 몹쓸 노인 드렐링과 전혀 구별되지 않는 똑같은 인간이라는 사실이 끄리모프를 특히 괴롭혔다.

상징주의와 퇴폐주의를 참지 못하며 일생 내내 네끄라소프를 사랑해온 그가 지금 논쟁이 일어나면 보골레예프를 지지할 태세가 되어 있었다.

뻐다귀 노인이 예조프에 대해 나쁜 말을 하면 그는 확신을 가지고 변명할 작정이었다. 부하린을 총살한 일, 밀고하지 않았다는 이유로 아내들을 유형 보낸 일, 무서운 선고들, 무서운 심문들까지.

하지만 뻐다귀 노인은 입을 다물고 있었다.

그때 보초가 와서 드렐링을 화장실에 데려갔다.

"닷새 동안 이 감방에 저 노인과 둘이 있었소." 까쩨넬렌보겐이 끄리모프에게 말했다. "얼음 위로 나온 물고기처럼 말이 없기에 내가 그랬지. '닭이 웃을 지경이네. 늙은 유대인 두 사람이 루반까 근교 마을에서[31] 함께 저녁을 보내며 말없이 앉아 있으니.' 그래도 소용이 없더구먼. 아무 말이 없었소. 왜 그렇게 경멸하는 거지요? 왜 나와 이야기를 하지 않으려 할까요? 무서운 복수, 아니면 라끄보이 멜라흐[32] 전야의 사제 살해 같은 건가?[33] 대체 왜 그러지요? 늙은 고등학생이나 다름없소."

"그는 적이오!" 끄리모프가 내뱉었다.

국가보안부원의 머릿속은 정말로 드렐링에 대한 생각으로 꽉 차 있는 것 같았다.

"그는 당연한 듯 여기 들어앉아 있소. 아시겠소!" 그가 말했다. "환상적이오! 뒤에는 수용소가 있고 앞에는 관이 있는데 저토록 강철 같다니. 부럽기까지 하구먼! 데끄 어쩌고를 불러도 저 사람은 나무 그루터기처럼 꿈쩍도 하지 않소. 저들이 알아낸 거라곤 그의 성이 전부지. 아마 높은 사람이 여기 들어와 총을 겨눠도 눈썹 하나 움찔하지 않을 거요."

드렐링이 화장실에서 돌아왔을 때 끄리모프가 까쩨넬렌보겐에게 말했다.

"역사의 심판 앞에서는 모든 게 사소하오. 여기 앉아서 당신과 나는 계속 공산주의의 적들을 증오하고 있지요."

드렐링이 조롱조의 호기심을 띠고 끄리모프를 바라보았다.

"그게 무슨 심판인가?" 누구에게랄 것도 없이 그가 중얼거렸다. "역사의 린치지!"

31 고골의 단편집 『지깐까 근교 마을의 야회』를 빗댄 표현이다.

32 유대인의 축제일을 가리키는 듯하다.

33 『지깐까 근교 마을의 야회』에 수록된 단편 「무서운 복수」 「성탄절 전야」를 연상시키며 복수와 도발을 떠올리게 한다.

까쩨넬렌보겐이 이 뼈다귀 인간의 의지를 부러워하는 것은 공연한 일이었다. 그의 힘은 이미 인간의 힘이 아니었다. 맹목적이며 비인간적인 광신이 제 화학적 열기로 그의 황폐하고 무관심한 심장을 데우고 있었다.

러시아에 휘몰아친 전쟁과 그에 관한 모든 일들은 그의 관심 밖에 있었다. 그는 전방 상황이나 스딸린그라드에 대해 묻는 법이 없었다. 새로운 도시들, 강력한 산업에 대해서도 알지 못했다. 그는 이미 인간의 삶을 사는 대신, 그 자신만이 연루된 감옥의 체스판 속에서 끝없는 환상의 게임을 벌이고 있었다.

끄리모프는 까쩨넬렌보겐에게 커다란 흥미를 느꼈다. 그가 보기에 이 거인은 상당히 영리한 사람이었다. 농담을 하고, 허튼소리를 내뱉고, 익살을 부리는 중에도 그의 명민한 눈에는 권태와 피로감이 어려 있었다. 모든 것을 아는 사람, 삶에 지쳤으며 죽음을 두려워하지 않는 이에게서 볼 수 있을 법한 눈이었다.

한번은 북극 해안을 따라 진행되는 철도 건설에 대해 이야기하던 중 그가 끄리모프에게 말했다.

"놀랄 만큼 멋진 프로젝트지. 그게 1만명이나 되는 인간의 목숨을 앗아간 건 사실이지만."

"끔찍하지 않소?" 끄리모프가 물었다.

까쩨넬렌보겐은 어깨를 으쓱였다.

"당신도 그리로 일하러 가는 수감자 행렬을 봤어야 했는데. 그 무덤 같은 침묵이며, 녹회색 오로라며…… 주위에서는 얼음과 눈과 검은 대양이 울부짖고…… 그야말로 힘이 느껴지는 장면이었소."

때때로 그는 끄리모프에게 조언했다.

"심문관을 도와주시오. 최근에 새로 임명된 사람이라 그 자신도 일을 감당하기 어려울 거요…… 그를 도와주면, 그러니까 입을 좀 열어주면 당신에게도 도움이 될 거고. 적어도 '백시간 컨베이어 벨트'[34]는 피하게 되지. 게다가 입을 열든 말든 결과는 바뀌지 않거든. 특별 심의회는 이미 정해진 예정된 형을 때릴 거요."

끄리모프가 뭐라 반박이라도 하면 그는 대꾸했다.

"개인의 결백이라는 건 연금술, 중세의 잔재요. 똘스또이는 세상에 죄인이 없다고 선언했지만, 우리 국가보안부원들은 그보다 위에 있는 지고의 테제를 내세웠소. 세상에 죄 없는 이는 없다, 고발당하지 않을 이가 없다는 거지. 영장을 받는 사람은 죄가 있기 마련이오. 또 누구에게나 영장을 칠 수 있고. 모두가 영장을 받을 권리가 있다는 얘기요. 심지어 평생 다른 사람들에게 영장을 치며 살아오던 사람도 예외일 수 없지. '볼 장 다 봤으니 이젠 가도 된다'[35]이거요."

이 거인은 끄리모프의 친구들을 많이 알고 있었고, 그중 몇몇은 1937년 사건 당시 피고인 신분으로 만났다고 했다. 자신이 처리한 사람들에 대해 그는 분노나 동요 없이 무언가 낯선 방식으로 — "재미있는 사람이었지" "괴짜던데" "아, 그 사람 참 괜찮았소" — 이야기했다. 그는 아나똘 프랑스와 「오빠나스에 대한 사유」[36]를 자

34 닷새에 걸친 고문과 심문을 의미한다.

35 원문 그대로 번역하면 "무어인이 제 할 일을 했고, 무어인은 이제 가도 된다". 프리드리히 실러의 희곡 『피에스코의 모반』 중 흑인 노예의 대사에서 유래한 말로, 더이상 필요 없어진 사람에 대해 시니컬하게 이야기할 때 쓰이는 관용구이다.

36 오데사 출신의 시인 바그리쯔끼(Eduard Georgievich Bagritskii, 1895~1934)가 쓴 혁명 찬가.

주 인용했고, 바벨의 '베냐 끄리끄'[37]도 종종 입에 올렸으며, 볼쇼이 극장의 가수들과 발레리나들에 대해 이야기할 때는 이름과 부칭으로만 친근하게 불렀다. 희귀 도서 수집가이기도 한 그는 감금되기 얼마 전에 입수한 라지셰프[38]의 값진 희귀본에 대해 이야기했다.

"내 소장서들을 전부 레닌 도서관에 기증하고 싶은데. 안 그랬다가는 가치도 모르는 바보들에 의해 전부 이리저리 흩어져버릴 거요."

그는 발레리나와 결혼했다. 그가 아내보다 라지셰프 책의 운명을 더 걱정하는 듯해 이를 지적했더니 국가보안부원은 대답했다.

"내 안겔리나는 영리한 여자요. 절대로 잘못될 리 없지."

그는 모든 것을 이해하되 아무것도 느끼지 않는 듯했다. 평범한 개념들 — 이별, 고통, 자유, 사랑, 여성의 정절, 슬픔 — 은 그에게 불가해한 것들이었다. 베체까의 업무를 시작했던 첫 몇해에 대해 이야기할 때만큼은 그의 목소리에 흥분이 어렸다. "참 굉장한 시기였지. 정말 굉장한 사람들이었고." 끄리모프의 삶을 이루는 신념을 그는 단순한 선전의 범주로 일축해버렸다.

스딸린에 대해서는 이렇게 말했다.

"나는 그를 레닌보다 더 숭배하오. 내가 진정으로 사랑하는 유일한 인간이지." 하지만 반대 세력 지도자들의 재판 준비에 참여한 남자, 베리야 휘하에서 거대한 북극 지대 굴라그 건설 현장을 지휘한 이 인간이 고향집에서 단추 뗀 바지를 쥐고 야간 심문을 받으러

37 바벨의 작품에 등장하는 주인공의 이름.

38 Aleksander Nikolaevich Radishchev(1749~1802). 러시아의 소설가이자 사상가. 예까쩨리나 2세로부터 '뿌가초프를 능가하는 모반인'으로 규정되어 시베리아 유형을 선고받았다.

다니는 일을 어찌 그리 평온하고 담담하게 받아들이는 걸까? 한편 침묵으로써 자신을 벌하는 멘셰비끼 드렐링을 병적으로 마음 졸이며 대하는 이유는 무얼까?

가끔 끄리모프는 궁금했다. 어째서 그 자신은 이렇게 분노하고 열을 내는 것일까? 왜 식은땀을 흘리며 스딸린에게 편지를 쓰는 것일까? 그 역시 '볼 장 다 본' 사람 아닌가. 1937년에 그와 비슷했던, 그리고 그보다 더 나았던 당원 수만명이 '볼 장 다 보았'듯 말이다. 그런데 어째서 지금 그에게 '밀고'라는 단어가 이다지도 증오스러운 걸까? 그 자신이 지금 누군가의 고발로 감방에 들어앉았기 때문일까? 그는 부대의 정치지도원들로부터 고발장을 받았다. 흔한 일이다. 흔한 고발이다. 붉은군대 병사 랴보시딴이 십자가 문신을 하고 공산주의자들을 무신앙자라 불렀다는 밀고. 그는 징벌부대로 떨어진 뒤 얼마나 살아 있었을까? 붉은군대 병사 고르제예프가 소련 무력을 믿지 않으며 히틀러가 필시 승리할 거라고 말했다는 밀고. 그는 징벌부대로 떨어진 뒤 얼마나 살아 있었을까? 붉은군대 병사 마르꼬비치가 "공산주의자들은 모두 도둑이다. 때가 오면 우리는 그들을 총검으로 찌를 것이며 인민은 자유롭게 될 것이다"라고 선언했다는 밀고. 재판관은 마르꼬비치에게 총살형을 선고했다. 그 자신도 밀고자로서 전선군 정치국에 그레꼬프를 고발했다. 독일 폭탄이 아니었으면 그레꼬프는 지휘관 대열 앞에서 총살되었으리라. 징벌부대로 보내지고, 재판관의 선고를 받고, 특수과에서 심문받은 사람들은 무슨 생각을 했을까?

그리고 전쟁이 일어나기 전까지 그는 이런 일에 얼마나 자주 참여해야 했던가. "뾰뜨르와 대화한 내용에 대해 당위원회에 알렸네." "그 친구, 당 회합에서 이반이 쓴 편지 내용을 솔직하게 털어놓았어." "그가 소환됐네. 공산주의자로서 당연히 모든 것에 대해 이야기해야 했지. 아이들의 상태에 대해서도, 볼로자의 편지에 대해서도 말이야." 친구들이 그런 말을 할 때 그는 얼마나 담담하게 듣고 있었던가.

그래, 그런 일이 있었지. 그 모든 일들이 있었지.

맙소사…… 그가 서면이나 구두로 밝힌 해명들, 그중 어느 것도 감옥의 친구들을 구하지 못했다. 그 해명들의 목적은 오직 하나, 그 자신이 구렁텅이에 빠지지 않는 것, 그들과 거리를 두는 것뿐이었다.

끄리모프는 그러고 싶지 않았지만 친구들을 제대로 방어하지 못했다. 그는 이 모든 일들이 두려웠고, 그래서 온갖 방법으로 피하려 했다. 그런데 어째서 붉으락푸르락 화가 나는 걸까? 대체 그는 뭘 원하는 것인가? 루반까의 당번 보초가 자신의 외로움을 알아주기를? 사랑하는 여자에게 버림받은 것에 대해 심문관들이 탄식해주기를? 그가 밤마다 그녀를 부르며 제 팔을 깨물었다는 사실을 참작해주기를? 한때 그가 엄마에게 니꼴렌까라 불리던 아이였다는 점을 고려해주기를?

밤에 깨어나 눈을 떠보니 드렐링이 까쩨넬렌보겐의 침상 옆에서 있었다. 미친 듯 작열하는 전등이 늙은 수감자의 등을 비추었다. 보골레예프도 깨어나 이불로 다리를 덮은 채 침상에 앉아 있었다.

드렐링이 갑자기 문으로 달려가 뼈다귀 주먹으로 문을 두드리며 뼈다귀 목소리로 소리 질렀다.

"어이, 당번, 의사 불러! 수감자가 심장 발작을 일으켰어!"

"닥쳐!" 감시창으로 달려온 보초가 소리 질렀다.

"닥치라니 무슨 소리요? 사람이 죽어가는데!" 끄리모프도 침상에서 일어나 문으로 달려들어 드렐링과 함께 주먹으로 문을 두들겼다. 보골레예프는 침상에 다시 누워 이불을 덮었다. 이 한밤중의 체뻬에 참여하는 것이 두려운 모양이었다.

곧 문이 활짝 열리고 사람들이 들어왔다.

까쩨넬렌보겐은 의식이 없었다. 그 거대한 몸을 들것으로 옮기기까지 한참이나 걸렸다.

다음 날 아침 드렐링이 불쑥 끄리모프에게 물었다.

"말해보게. 공산주의자 꼬미사르로서 자넨 전방의 불만과 얼마나 자주 부딪쳤나?"

"불만이라니, 무슨 불만 말입니까?" 끄리모프가 물었다.

"볼셰비끼들의 집단농장 정책이나 전쟁 지휘부 전반에 대한 것들, 말하자면 정치적 불만 말이네."

"전혀 없었어요. 한번도, 그 비슷한 기미에라도 부딪친 적이 없습니다." 끄리모프가 말했다.

"그래, 알겠네. 그럴 줄 알고 있었네." 드렐링은 만족스레 고개를 끄덕였다.

7

스딸린그라드에서 독일군을 포위하기로 한 것은 천재적인 아이디어로 여겨진다.

파울루스군의 양 측면에 은밀히 집결한 대규모 병력. 이마가 훤하고 턱이 발달한 남자들이 맨발로 수풀을 미끄러져와 숲에서 온 이방인들에 의해 장악된 동굴을 포위하던 시절부터 내려온 전투의 원칙이 지금 다시 한번 반복된 셈이다. 무엇에 놀라야 할까? 나무 막대기와 장거리포의 차이에 대해서? 아니면 천년이 넘는 세월 동안 변함없는 원칙이 적용된다는 점에 대해서?

하지만 인류의 움직임이라는 바퀴는 그 폭과 길이만 나선형을 그리며 늘어날 뿐 영원히 변하지 않는 축을 지닌다는 사실을 이해한다면, 절망도 놀라움도 느낄 필요가 없으리라.

스딸린그라드 작전의 핵심인 포위 원칙이야 새로운 것이 아니지만 이 공격을 조직한 사람들, 고대의 원칙을 적용할 지역을 제대로 선택한 사람들의 공로만큼은 부정할 수 없다. 그들이 선택한 작전 수행의 시간도 적절했으며, 병력 또한 제대로 훈련되고 규합되었다. 공격을 조직한 이들의 공로는 무엇보다 세 전선군—남서전선군, 돈 전선군, 스딸린그라드 전선군의 상호작용이 제대로 이루어지도록 조직했다는 점에 있다. 자연적 은폐물이라고는 전혀 찾아볼 수 없는 광활한 스텝 지대에 병력을 은밀히 집결시키기란 보통 어려운 일이 아니었다. 북쪽 병력과 남쪽 병력은 만반의 준비를 갖춘 채 기다리고 있었다. 이들은 독일군의 양쪽 어깨를 따라 살금살금 진군하여 깔라치 부근에서 합류한 뒤 파울루스군의 뼈를 부러뜨리고 심장과 허파를 짓눌러 적을 사로잡을 계획이었다. 작전의 세부 사항들을 확인하고 적의 포격 수단, 적의 병력 규모, 적의 후방, 적의 교신을 정찰하는 과제에도 커다란 노력이 들어갔다.

어쨌거나 최고사령관 이오시프 스딸린 원수, 주꼬프 장군,[39] 바실렙스끼 장군,[40] 보로노프 장군, 예료멘꼬 장군, 로꼬솝스끼 장군을

39 Georgii Konstantinovich Zhukov(1896~1974). 소련의 장교이자 원수. 제2차 세계대전 당시 붉은군대의 주요 승리에 기여했다.

40 Aleksandr Mikhailovich Vasilevskii(1895~1977). 소련의 장교. 국방 장관을 역임

비롯해 총참모부의 재능 있는 장교들이 다수 참여한 이 계획의 근본에는 원시의 털북숭이 인간이 도입한 전투 방식, 즉 측면 포위의 원칙이 자리하고 있었다.

껍데기가 아니라 알맹이, 바퀴가 아니라 축에 영향을 미치는 새로운 아이디어를 삶으로 들여오는 사람들만이 천재로 일컬어지는 법. 그러나 이와 같은 신성한 행위들은 마케도니아 알렉산드로스 대왕 시대의 어떤 전술과 전략의 발전에서도 찾아볼 수 없다. 전쟁이라는 사건의 거대함에 눌린 인간의 의식이 그 규모의 거대함을 장군들이 실현한 사고의 거대함과 동일시할 뿐이다.

전쟁사는 장군들이 적의 방어를 돌파하고, 추격하고, 포위하고, 기진맥진하게 하는 작전에 있어 새로운 원칙들을 도입한 일이 결코 없다는 사실을 증명한다. 그들은 네안데르탈인 시대의 사람들이 이미 알던 원칙들, 게다가 짐승 무리를 포위하는 이리들도, 이리들로부터 자신들을 방어하는 짐승 무리도 알고 있던 원칙들을 응용했고 이용했다.

자기 일에 대한 지식이 풍부한 활력 있는 공장장은 자재와 연료의 성공적인 조달과 작업장들 간의 관계를 비롯해 공장 작업에 필수적인 크고 작은 수십가지 조건들을 보장한다. 하지만 공장장의 활동이 제철, 전기 기술, 뢴트겐 분석의 원리를 규정한다고 이야기한다면 역사 연구자의 의식은 반발하기 시작할 것이다. 뢴트겐선을 발견한 것은 공장장이 아니라 뢴트겐 박사라고. 용광로는 공장장 이전에도 존재했다고.

진정으로 위대한 과학적 발견은 자연이 그러는 것보다 더 인간

했고 제2차 세계대전 당시 총참모장으로서 스딸린그라드 반격을 입안했다.

을 현명하게 만든다. 자연은 그 발견들 속에서, 그 발견들을 통해서 자기를 인지한다. 공간, 시간, 물질, 힘의 본성에 대한 인식에 대해 갈릴레이, 뉴턴, 아인슈타인이 행한 일들이 이러한 인간의 업적에 해당한다. 이와 같은 발견을 통해 인간은 자연적으로 존재하는 것보다 한층 깊고 한층 높은 원리를 만들어내며, 그로써 자연의 자기 인식과 그 풍요화에 기여한다.

보다 하위의, 두번째 등급의 발견은 존재하는, 눈에 보이는, 느낄 수 있는, 자연의 의해 정식화된 법칙들이 인간에 의해 재생되는 곳에서 나타난다.

새의 비상, 물고기들의 움직임, 초원의 엉겅퀴와 둥근 바위의 움직임, 나무를 웅성이게 하고 가지를 뒤흔드는 바람의 힘, 해삼류의 반사운동. 이 모두는 이런저런 방식으로 감지할 수 있는, 명백히 드러나는 법칙의 표현이다. 인간은 현상으로부터 그 법칙을 도출하여 인간의 영역으로 이전시키고, 인간의 가능성과 욕구 들에 상응하여 이를 발전시킨다.

비행기, 터빈, 제트엔진, 로켓이 인간의 삶에 지니는 의미는 무척 거대하지만 인류가 이것들을 만들어낸 것은 천재성이 아니라 재능 덕분이다.

이와 똑같은 두번째 등급에 해당하는 것이 자연이 아니라 인간에 의해 밝혀진, 즉 결정화結晶化된 법칙에 근거하는 발견들이다. 말하자면 라디오, 텔레비전, 레이더에서 응용되고 개발되는 전자기장 이론의 법칙 같은 것이 그렇다. 원자력 방출도 마찬가지로 이 두번째 등급의 발견에 해당한다. 우라늄원자로를 처음으로 만들어낸 페르미를, 비록 그의 발견이 세계 역사에서 새로운 세기의 시작이 된 것은 사실이나, 인류의 천재라 불러서는 안 된다.

이보다 낮은 세번째 등급에 속하는 발견들도 있다. 인간이 제 활동 영역에 이미 존재하는 것을 새로운 조건 속에서 구체화하는 경우다. 예컨대 비행하는 기계에 새로운 엔진을 설치하는 일, 선박의 증기기관을 전기기관으로 대체하는 일이 그렇다.

바로 이 등급에 속하는 것이 새로운 기술과 조건 들이 과거의 원칙들과 상호작용하는 전쟁술의 영역에서 인간이 보여주는 활동이다. 전쟁이라는 대사건에서 전투를 주도한 장군과 그가 보여준 활동의 중요성을 부정하는 것은 어리석은 일이다. 하지만 장군을 천재라고 선언하는 것은 옳지 않다. 능력 있는 기술자이자 생산자를 천재라고 부르는 것은 바보 같은 일이다. 그리고 그 대상이 장군이라면, 이는 바보 같을 뿐만 아니라 해롭고 위험한 일이기도 하다.

8

각각 강철 수백만 톤과 살아 있는 인간의 피 수백만 톤으로 이루어진 북쪽과 남쪽의 두 거대한 망치가 신호를 기다리고 있었다.

스딸린그라드에서 북서 방향에 자리한 병력이 처음으로 공격을 시작했다. 1942년 11월 19일 오전 7시 30분, 남서전선군과 돈 전선군의 최전선을 따라 포병부대의 강력한 엄호 포격이 시작되어 팔십분 동안 이어졌다. 화염의 벽이 제3루마니아군이 담당한 전투 지점들을 뒤덮었다.

8시 50분, 보병과 전차 들이 공격에 돌입했다. 소비에뜨 군대의 사기는 각별히 높았다. 이런 정신적 오케스트라의 행진곡에 맞추어 제76사단이 공격에 나섰다.

오후에 적군 방어의 전술적 종심縱深 깊은 곳이 뚫렸다. 전투는 거대한 영역에서 펼쳐졌다.

제4루마니아군단은 격멸되었다. 제1루마니아 기병사단은 절단되어 끄라이네이 지역에 있는 제3루마니아군의 나머지 부대들로부터 고립되었다.

제5전차군은 세라피모비치에서 남서 방향으로 30킬로미터 떨어진 고지들로부터 공격을 시작해 제2루마니아군단의 전투 지점들을 뚫었고, 빠른 속도로 남쪽으로 이동하여 이미 정오 무렵 뻬레라좁스까야보다 북쪽에 위치한 고지들을 점령했다. 소련 전차군단들과 기병군단들은 남동쪽으로 방향을 바꾸어 제3루마니아군의 후방으로 60킬로미터가량 깊숙이 들어가서 저녁 무렵에는 구신까와 깔미꼬프에 도달했다.

이튿날인 11월 20일 동틀 무렵, 스딸린그라드에서 남쪽 방향으로 깔미끄 초원에 집결한 병력이 공세에 나섰다.

9

노비꼬프는 동트기 한참 전에 잠에서 깨었다. 흥분이 너무나 커 그 자신도 실감하지 못할 지경이었다.

“차 드시겠어요, 군단장 동지?” 엄숙하면서도 친근하게 베르시꼬프가 물었다.

“그래,” 노비꼬프가 말했다. “요리사에게 달걀부침을 해달라고 전하게.”

“어떻게 부치라고 할까요, 대령 동지?”

노비꼬프는 말없이 생각에 잠겨 있었다. 베르시꼬프는 군단장이 생각에 빠져서 질문을 듣지 못했나보다 생각했다.

"노른자를 깨지 말고." 노비꼬프가 말하고 시계를 보았다. "게뜨마노프에게 가보게. 일어났는지 모르겠군. 삼십분 뒤엔 출발해야 하는데."

한시간 삼십분 뒤에 포병부대의 엄호 포격이 시작되리라는 것, 하늘에 저공 격추기와 폭격기 수백대의 모터음이 울려퍼지리라는 것, 공병들이 기어가 철사를 끊어 지뢰를 제거하고 보병들은 기관총을 끌고 그가 수차례 망원경으로 살펴보았던 저 안개 낀 언덕으로 올라가리라는 것에 대해 스스로 아무 생각이 없는 듯 느껴졌다. 이 순간만큼은 벨로프와 마까로프, 까르뽀프와의 소통에 대해서도 아무 의식이 없는 것 같았다. 스딸린그라드에서 북서쪽, 포병과 보병에 의해 뚫린 독일 전선으로 소련 전차들이 진입해 깔라치 방향으로 전진하고 있으며, 몇시간 뒤면 남쪽에 자리한 그의 전차들도 이동을 시작해 북쪽에서 오는 전차들과 만나서 파울루스군을 포위하리라는 사실도 그의 머릿속에는 존재하지 않는 듯했다.

그는 전선군을 지휘하는 사령관에 대해서도, 아마도 내일 스딸린이 노비꼬프의 이름이 포함된 명령문을 읊게 되리라는 것에 대해서도 생각하지 않았다. 예브게니야 니꼴라예브나에 대해서도 생각하지 않았다. 브레스뜨의 비행장으로 달려나가며 독일인들이 불을 댕긴 전쟁의 첫 화염에 하늘이 벌겋게 타오르는 순간을 목격했던 새벽녘의 광경도 그의 머릿속엔 없었다.

하지만 그가 생각하지 않은 이 모든 것이 그의 안에 있었다.

그는 부드러운 목이 달린 새 장화를 신을지 아니면 신던 것을 신을지 생각했고, 잊지 말고 시가를 챙겨야겠다고 생각했다.

'또 식은 차를 주었군, 개자식.' 속으로 중얼거리며 달걀부침을 먹은 뒤 빵 조각으로 철판에 남은 버터를 열심히 닦아냈다.

"명령 이행했습니다." 베르시꼬프가 보고하고는 당장 볼멘소리를 늘어놓았다. "자동소총병한테 가서 '거처에 계신가?' 물었더니 '어디 계시겠어요? 계집이랑 자고 있지요' 하던데요."

사실 자동소총병은 '계집'보다 더 센 단어를 입에 올렸지만 군단장과의 대화에서 그 단어를 되풀이해서는 안 될 것 같았다.

노비꼬프는 손가락의 부드러운 안쪽으로 탁자 위의 빵 부스러기를 가만히 눌렀다.

곧 게뜨마노프가 들어왔다.

"차 드시겠소?" 노비꼬프가 물었다.

"출발할 시간이오, 뾰뜨르 빠블로비치." 뚝뚝 끊어지는 말투로 게뜨마노프가 대답했다. "모여서 달콤한 차나 마실 때가 아니오. 독일군을 상대하러 갑시다."

'자못 비장하게 나오는군.' 베르시꼬프는 생각했다.

노비꼬프는 참모부 건물로 가 네우도브노프와 함께 연락이며 명령 전달에 대해 의논했고, 지도를 들여다보았다.

기만적인 고요로 가득한 안개가 노비꼬프에게는 돈바스에서의 유년 시절을 떠올리게 했다. 그때도 대기가 온통 사이렌과 호각 소리로 가득 차고 사람들이 작업장과 공장 문으로 달려가기 직전까지 모든 것이 잠든 듯 고요했었다. 하지만 호각 소리가 나기 전에 이미 잠에서 깨어난 어린 뻬뜨까 노비꼬프는 수백개의 손이 어둠 속에서 발싸개며 장화들을 더듬고 여자들의 맨발이 마룻바닥을 끌고 그릇들과 난로들이 덜그럭거리는 것을 알고 있었다.

"베르시꼬프," 노비꼬프가 말했다. "엔뻬[41]로 전차를 끌고 오게.

오늘 필요할 걸세."

"넵." 베르시꼬프가 대답했다. "안에 군단장님 장비를 넣어두겠습니다. 꼬미사르님 것도요."

"코코아도 잊지 말게." 게뜨마노프가 말했다.

네우도브노프가 외투를 어깨에 걸치고 현관으로 나왔다.

"방금 똘부힌 소장한테서 전화가 왔소. 군단장이 엔뻬로 떠났는지 묻더군요."

노비꼬프는 고개를 끄덕이고 운전병의 어깨를 두드렸다.

"출발하게, 하리또노프."

도로가 마을에서 나와 마지막 농가를 지나 급히 방향을 틀었다가 다시금 급히 방향을 틀어, 하얀 눈더미와 마른 잡초들 사이로 난 길을 따라 서쪽을 향해 달렸다.

제1여단의 전차들이 집결해 있는 분지가 옆쪽에 나타났다.

갑자기 노비꼬프가 하리또노프에게 멈추라고 명령하더니 윌리스에서 뛰어내려 어스름 속에 검게 웅크린 전투차량들 쪽으로 걸어갔다.

그는 아무에게도 말을 건네지 않고 사람들의 얼굴만 들여다보면서 걸었다.

며칠 전 시골 마을 광장에서 본 예비부대원들, 아직 머리도 밀지 않은 그 젊은이들이 떠올랐다. 그야말로 어린애들이었어. 그런데 세상 모든 것들이 그들을 포화 속으로 떠밀었지. 총참모부의 지시도, 전선군 사령관의 명령도, 그가 한시간 뒤에 여단장들에게 내릴 명령도, 정치요원들이 하는 말도, 신문 논설과 작가들의 시에 쓰여

41 최전방의 관측 지점.

있는 말도 모두. 전투로, 전투로! 그리고 까마득한 서쪽에서는 오직 하나만을, 그들이 총알을 맞고, 사지를 잘리고, 무한궤도에 짓눌리기만을 기다리고 있었다.

'결혼식이 있을 거야!' 그래, 달콤한 포트와인도 없이, 아코디언도 없이. "고리꼬!"[42] 노비꼬프가 외치면 열아홉살 먹은 신랑들은 얼굴을 돌리지 않고 열심히 신부에게 키스하리라. 그는 자신이 형제와 조카, 이웃의 자식들 사이를 걷고 있다고, 수천명의 보이지 않는 아낙과 소녀, 노파 들이 자신을 지켜보고 있다고 상상했다.

전쟁의 시기에 어머니들은 자식을 죽음으로 보낼 권리를 거부한다. 하지만 전장에도 어머니와 같은 이들이 있다. "앉아 있어, 앉아 있으라니까. 어디 가? 총소리 안 들려? 내가 보고할 때까지는 괜찮아. 여기서 찻주전자나 데워." 이런 사람들은 상관에게 전화로 보고하며 "알겠습니다. 기관총 앞으로 전진!" 외치고는 수화기를 내려놓으며 말한다. "뭣 때문에 전진을 시키나. 그래봐야 애꿎은 젊은이 하나 죽일 뿐인데."

노비꼬프는 차량으로 돌아왔다. 그의 얼굴은 11월 새벽의 축축한 어둠을 흡수한 듯 우울하고 혹독했다.

차가 움직이자 게뜨마노프가 이해한다는 듯이 그를 바라보며 입을 열었다.

"그거 아시오, 뾰뜨르 빠블로비치? 오늘만큼은 동지에게 말하고 싶소. 동지를 사랑하오. 난 말이지, 동지를 믿소."

42 결혼식 하객들이 새 부부의 키스를 재촉하는 소리.

10

빽빽하고 견고한 적요. 초원도 안개도 볼가강도, 아무것도 세상에 없는 듯 오직 고요뿐이었다. 어두운 구름 위에 밝고 빠른 반점 하나가 지나가자 회색빛 안개가 벌겋게 변하더니 갑자기 하늘도 땅도 굉음으로 가득 찼다……

가까이 있는 대포들의 소리와 멀리 있는 대포들의 소리가 서로 합류하고, 메아리가 이 만남을 한층 단단히 엮어 전투 공간이라는 거대한 입방체 전체를 빽빽한 포성으로 가득 채웠다.

대초원 마을의 진흙 바른 집들이 떨리더니 벽에서 진흙 덩어리가 소리 없이 바닥으로 주저앉았다. 문이 저절로 여닫히고, 딱 하고 얼어붙은 호수의 거울에 금이 갔다.

여우 한마리가 부드러운 털로 풍성한 무거운 꼬리를 감춘 채 내달렸다. 토끼가 그 뒤에 바짝 붙어 달리고 있었다. 낮과 밤의 사나운 맹금들이, 아마도 처음으로 하나가 되어, 무거운 날개를 흔들며 공중으로 솟아올랐다. 마르모트 한마리가 잠에 취해 굴에서 튀어나왔다. 흡사 불타는 오두막에서 흐트러진 모습으로 달려나오는 노인 같았다.

필시 포화 지점의 축축한 아침 대기는 수천의 불타는 대포 포신에 닿아 그 온도가 1도는 높아졌으리라.

최전방 관측 지점에서는 모든 게 분명하게 보였다. 소련 포탄의 폭발, 기름 섞인 검고 노란 연기의 소용돌이, 흙먼지와 더러워진 눈가루, 강철 같은 유백색 불꽃.

포대가 문득 침묵했다. 연기구름이 천천히 흩어지며 뜨겁고 건조한 조각구름을 초원에 깔린 차갑고 축축한 안개와 뒤섞었다.

이어, 당장 하늘이 다시 새로운 소리로 가득 찼다. 부르릉대는 소리, 멀리서 들려오는 둔한 울림, 넓은 영역에 걸친 울림. 소련 전투기들이 서쪽으로 날아오고 있었다. 그 울림, 그 포효가 구름으로 뒤덮인 하늘 여러층의 높이를 명확히 가늠케 했다. 장갑 돌격기들과 격추기들이 낮은 구름을 통과하여 땅에 닿을 듯 날아왔고, 구름 속과 구름 위에서는 보이지 않는 폭격기들이 저음으로 울부짖고 있었다.

독일인이 브레스뜨의 하늘에 있었듯이, 러시아군은 볼가강 유역의 이 초원 위에 있었다.

노비꼬프는 이것에 대해서 생각하지 않았다. 기억하지도, 비교하지도 않았다. 기억이나 비교나 사고보다 더 중요한 것을 그는 지금 경험하고 있었다.

사위가 고요해졌다. 공격 신호를 보내기 위해 침묵을 기다리던 사람들도, 신호에 따라 루마니아군을 향해 돌격 태세를 갖추고 있던 사람들도, 그 고요 속에 한순간 질식할 듯한 기분을 느꼈다.

막막하고 뿌연 원시의 바다와도 같은 고요 속에서, 이 몇초 사이에, 인류의 변곡점이 찍혔다.

조국의 운명을 결정하는 전투에 참가하는 것은 얼마나 복된 일인가. 죽음 앞에서 몸을 일으켜 죽음을 향해 달려간다는 것은 얼마나 괴롭고 끔찍한 일인가. 젊은 나이에 죽는다는 것은 얼마나 무서운 일인가! 살고 싶은데, 어떻게라도 살고 싶은데. 세상에 들어선지 얼마 되지 않은 생명, 젊디젊은 생명을 보전하려는 욕구보다 더 강한 것은 없다. 이 욕구는 생각을 벗어난 곳에 있다. 이 욕구는 생각을 압도한다. 이 욕구는 호흡 속에, 콧구멍 속에 있고, 두 눈 속에, 겨드랑이 속에, 산소를 탐욕스레 삼키는 헤모글로빈 속에 있다.

무엇과 비교할 수도, 측정할 수도 없을 만큼 거대한 욕구. 무섭다. 공격 직전에는 무섭다.

게뜨마노프는 소리 내어 깊이 숨을 한번 들이켠 뒤 노비꼬프를, 전장의 전화를, 무선수신기를 바라보았다.

노비꼬프의 얼굴이 게뜨마노프를 놀라게 했다. 그 얼굴은 게뜨마노프가 알던 얼굴이 아니었다. 그동안 그의 여러 얼굴—화난 얼굴, 걱정스러운 얼굴, 뿌듯한 얼굴, 유쾌한 얼굴, 우울한 얼굴—을 보았건만 이런 얼굴은 없었다.

제압되지 않은 루마니아 포병중대들이 차례차례 살아나 부대 종심으로부터 최전선을 향해 난사하기 시작했다. 강력한 고사포들이 지상의 목표물을 향하고 있었다.

"뾰뜨르 빠블로비치," 흥분에 겨워 게뜨마노프가 말했다. "시간이 됐소! 마시려면 흘리기도 하는 법이오."

대업을 위해 인간들을 희생할 필요성은 굳이 전쟁 때가 아니더라도 그에게 늘 자연스럽고 논쟁의 여지가 없는 것인 듯 보였다.

하지만 노비꼬프는 머뭇대며 중무기 포병연대 지휘관 로빠찐을 연결하라고 지시했다. 로빠찐 포병연대의 총포들은 전차 행렬의 축을 따라 막 작업 중이었다.

"정신 차리시오, 뾰뜨르 빠블로비치. 똘부힌이 당신을 씹어 삼킬 거요." 게뜨마노프가 자기 손목시계를 가리켜 보였다.

게뜨마노프에게만이 아니라 자기 자신에게도, 노비꼬프는 이 창피하고 우스운 감정을 고백하고 싶지 않았다.

"전차 여러대를 잃게 될 거요. 참으로 아까운 일이지." 그가 입을 열었다. "T-34는 아름다운 기계인데 말이오. 겨우 몇분 차이요. 결국 우리는 고사포와 대전차 포병부대들을 완전히 제압할 거요. 어차피 그들 모두 우리 손바닥 안에 있잖소."

초원은 여전히 연기를 피워올리고 있었다. 참호 속에 서 있는 이들 모두 그에게 시선을 고정했다. 전차여단의 지휘관들은 무전 명령을 기다리고 있었다.

그는 지휘관으로서 전쟁을 향한 직업적인 열정에 휩싸였다. 그의 조야한 명예욕이 긴장 속에 떨고 있었다. 게뜨마노프가 그를 재촉했다. 그 또한 상관이 두려웠다.

또한 그는 매우 잘 알고 있었다. 그가 로빠찐에게 하는 말은 총참모부의 기록과에서 검토조차 되지 않을 것이고, 스딸린과 주꼬프의 칭찬도 불러일으키지 않을 것이며, 그가 원하는 수보로프 훈장을 더 가까이 가져오지도 않을 것이었다.

주저 없이 죽음으로 보낼 권리보다 더 큰 권리가 있다. 그건 죽음으로 보내며 한번 더 생각할 권리다.

노비꼬프는 그 책임을 다했다.

11

끄레믈린에서 스딸린은 스딸린그라드 전선군 사령관의 보고를 기다리고 있었다.

그는 시계를 살펴보았다. 엄호 포격이 막 끝나고 보병들이 전진하기 시작했다. 기계화부대는 포대가 뚫어놓은 돌파구로 들어갈 준비를 하고 있었다. 공군 전투기들은 후방과 도로와 비행장을 폭격했다.

십분 전 그는 바뚜찐과 짧은 대화를 나누었다. 남서전선군의 전차부대들와 기병부대들의 작전 수행 속도가 예상보다 빠르다는 이야기였다.

그는 손에 연필을 쥔 채 울리지 않는 전화를 바라보았다. 남쪽 협각의 움직임을 지도에 표시하고 싶었다. 하지만 미신적인 감각이 그로 하여금 연필을 내려놓게 했다. 그는 히틀러가 이 순간 자신에 대해서 생각하고 있으며, 자신이 히틀러에 대해서 생각하는 것도 알고 있음을 분명하게 느꼈다.

처칠과 루스벨트는 그를 신뢰했지만 그 신뢰가 완전한 것이 아님을 그는 알았다. 가장 짜증 나는 것은, 그와 기꺼이 협의하면서도 늘 자기들끼리 먼저 의논을 한다는 사실이었다.

그들은 전쟁은 왔다 가지만 정치는 남는다는 것을 알고 있었다. 그들은 그의 논리와 지식, 사고의 명확성에 감탄하면서도 여전히 그를 유럽의 지도자가 아닌 아시아의 군주로 보아서 그를 화나게 했다.

문득 뜨로쯔끼의 냉혹하리만치 영리한 눈, 경멸조로 가늘게 뜬 그 예리한 눈이 떠올랐다. 처음으로 그가 살아 있지 않은 것이 안타까웠다. 그가 오늘 일을 알았으면 좋았을 텐데.

그는 행복을, 육체적 강인함을 느꼈다. 입안에 납처럼 불쾌한 맛 같은 건 느껴지지 않았고, 심장이 조이지도 않았다. 그에게 삶의 감정은 힘의 감각과 융합되어 있었다. 전쟁이 일어난 첫 며칠부터 스딸린은 육체적 고통을 겪었다. 최고위 장군들이 눈앞에서 그의 분노를 보고 사색이 되어 부동자세를 취할 때도, 볼쇼이극장에서 수천명이 일어나 그를 환영할 때도 그 고통은 떠나지 않았다. 주위 사람들 모두가 언제나 1941년 여름의 혼란을 떠올리며 몰래 그를 비웃는 것만 같았다.

한번은 몰로또프가 있는 자리에서 머리를 감싸쥐고 "어쩌지…… 어쩌지……" 중얼거리기도 했다. 국방위원회에서 목소리가 나오지 않아 모두가 시선을 피한 적도 있었다. 그는 여러차례 어리석은 결정을 내렸고, 그 어리석음이 모두에게 명백한 것임을 알았다…… 7월 3일 라디오 연설 때는 긴장해서 보르조미[43]를 연신 들이켰다. 그의 긴장과 흥분은 그대로 방송을 타고 나갔다…… 7월 말 주꼬프가 거칠게 반박했을 때는 순간 당황해서 "당신이 알아서 하시오" 하고 대답해버렸다. 가끔은 1937년에 자신이 파멸시킨 리꼬프와 까메네프와 부하린에게 군대와 국가를 떠넘기고 싶다는 생각까지 들었다.

때때로 그는 커다란 공포에 휩싸였다. 전장에서 그를 패배시킨 것은 현재의 적만이 아니었다. 히틀러의 전차들 뒤편, 그 먼지와 연기 속에서 그가 영원히 처벌하고 제압하고 복종시킨 줄 알았던 모든 이들이 걸어오고 있었다. 그들은 뚠드라에서 기어나왔고, 그들 위에 닫혀 있는 영원한 동토를 뚫고 나왔고, 철조망을 끊고 나왔다. 부활한 자들을 가득 실은 화물차가 꼴리마에서, 꼬미공화국에서 오고 있었다. 시골 아낙들이, 아이들이, 무시무시하고 비통하며 극도로 지친 얼굴을 한 채 땅속에서 나와 연달아 걸어오며 착하고 슬픈 눈빛으로 그를 찾았다. 그는 누구보다도 잘 알고 있었다. 패배자를 심판하는 것은 역사만이 아니었다.

필시 그의 생각을 알고 있을 베리야를 참을 수 없는 순간들이 있었다.

그 모든 나쁜 생각과 나약한 마음은 아주 잠깐, 며칠 정도만 지속

43 조지아에서 나오는 광천 탄산수.

되었고 가끔만 나타났다. 그러나 우울감은 그를 떠나지 않았다. 가슴앓이가 그를 불안하게 했다. 뒷덜미가 아팠다. 가끔은 무섭도록 어지러웠다.

그는 다시 전화기를 바라보았다. 지금쯤 예료멘꼬가 전차의 움직임에 대해 보고를 해야 하는데.

그의 힘의 시간이 왔다. 이 순간 레닌이 건립한 국가의 운명이 결정되고 있었다. 이성적이며 중앙집권화된 당의 힘이 거대한 공장들의 건설에서, 핵발전소와 열핵 시설, 분사식 비행기와 터빈추진식 비행기, 우주로켓과 대륙간유도탄, 초고층 건물, 학문의 전당, 새로운 운하와 바다의 건설에서, 북극의 도로와 도시 건설에서 자기실현의 기회를 얻었다.

히틀러에 의해 장악된 프랑스, 벨기에, 이딸리아, 스칸디나비아와 발칸 국가들의 운명이 결정되고 있었고, 아우슈비츠, 부헨발트, 모아비트[44] 고문실을 향해 사형선고가 내려지고 있었고, 나치에 의해 만들어진 집단수용소 및 강제노동수용소 구백곳의 문이 활짝 열릴 준비를 하고 있었다.

시베리아로 가야 할 독일군 포로의 운명이, 히틀러 수용소에 있는 소련인 포로의 운명이 정해지고 있었다. 스딸린의 의지는 석방 이후 이들이 함께 시베리아에서 운명을 공유하도록 결정했다.

스딸린의 의지에 의해 시베리아와 까자흐스딴으로 보내진 이들, 역사를 기억하고 모국어로 자식을 가르칠 권리를 잃은 깔미끄인들과 끄림 따따르인들, 발까르인들, 체첸인들의 운명이 결정되고 있었다. 봅시[45] 교수를 수장으로 삼은 유대인 의사들에 대한 불길한

44 각종 정치범들을 수용하던 베를린의 감옥.

45 Miron Semyonovich Vovsi(1897~1960). 소련의 의사. 끄레믈린 병원에서 상담사

재판에 앞서 처형될 이들, 미호엘스와 그의 동료 배우인 주스낀, 작가 베르겔손, 마르끼시, 페페르, 끄비뜨꼬, 누시노프[46]의 운명이 결정되고 있었다. 소련 군대[47]에 의해 구제된 유대인들의 운명이 결정되고 있었다. 인민의 스딸린그라드 승리 10주년 기념일에 스딸린은 히틀러의 손에서 낚아챈 말살의 칼을 그들의 머리 위로 치켜들었다.

폴란드, 헝가리, 체코슬로바키아, 루마니아의 운명이 결정되고 있었다.

러시아 농민들과 노동자들의 운명이, 러시아 사상과 문학과 학문의 자유가 결정되고 있었다.

스딸린은 흥분을 느꼈다. 이 시각 국가의 미래 권력이 그의 의지와 합쳐지고 있었다.

그의 위대함, 그의 천재성은 국가와 국방력의 위대함과 별개로 존재하는 것이 아니었다. 그가 쓴 책들, 그의 학문적 업적들, 그의 철학은 오직 국가가 승리했을 때만 의미를 지니며 수백만 사람들에게 연구와 경탄의 대상이 되었다.

예료멘꼬가 연결되었다.

"상황은 어떤가?" 인사도 없이 스딸린이 물었다. "전차들은 출격했나?"

예료멘꼬는 스딸린의 목소리에서 초조함을 알아채고 황급히 담배를 껐다.

로 일하며 많은 고위 관료와 장군 들을 치료했으나 1953년 '반소련적 테러리스트 조직의 수뇌'라는 이유로 체포되었다.

46 열거한 이들은 유대계 배우와 작가로, 모두 1950년대 초에 체포되거나 사망했으며 스딸린 사후에 복권되었다.

47 1946년에 붉은군대의 이름이 '소련 군대'로 바뀐다.

"아니오, 스딸린 동지. 똘부힌이 엄호 포격을 마무리하는 중입니다. 보병이 방어 제1선을 소탕했습니다만 전차는 아직 진입하지 않았습니다."

스딸린이 크게 쌍욕을 퍼붓더니 수화기를 내려놓았다.

예료멘꼬는 다시 담배를 피워물고 제51군 사령관에게 전화를 걸었다.

"어째서 전차들이 나가지 않는 거요?"

똘부힌은 한 손으로 수화기를 잡고 다른 손에 들린 커다란 수건으로 가슴의 땀을 닦았다. 윗도리의 단추가 풀려 벌어진 순백색 셔츠 목깃 안쪽에 두둑하니 기름진 주름이 드러나 있었다. 가쁜 숨을 고르며, 그는 지나친 흥분이 얼마나 위험한지 온몸으로 이해하는 과체중 남성 특유의 느릿한 어조로 대답했다.

"전차들의 이동 경로에 진압되지 않은 적군 포병중대원들이 남아 있다는 전차군단 사령관의 보고가 있었습니다. 그들을 포격으로 제압할 테니 오분만 달라고 요청하더군요."

"거부!" 예료멘꼬가 단호하게 외쳤다. "당장 전차를 내보내고 삼분 뒤 내게 직접 보고하시오."

"알겠습니다."

예료멘꼬는 똘부힌에게 욕을 해주려다가 자기도 모르게 엉뚱한 질문을 던졌다.

"왜 그렇게 숨을 힘들게 쉬지? 어디 아픈 거요?"

"아뇨, 건강합니다, 안드레이 이바노비치. 방금 아침을 먹었습니다."

"그럼 시행하시오." 예료멘꼬는 수화기를 내려놓은 뒤 한참 동안 손발을 휘둘러가며 쌍욕을 퍼부었다. "아침을 처먹어서 숨을 못

쉬겠다니, 웬 헛소리야?"

새로 개시된 포격에 귀가 터질 듯 소란한 가운데 전차군단 지휘부의 전화가 울리기 시작했다. 당장 돌파구로 전차들을 들여보내라는 군사령관의 전화가 틀림없었다.

똘부힌의 말을 전부 듣고서 노비꼬프는 '속이 훤히 보이는군' 생각하며 짧게 대답했다. "알겠습니다, 중장 동지, 이행하겠습니다."

그가 게뜨마노프를 향해 웃어 보였다. "아직 사분 더 포격해야 하네."

삼분 뒤 똘부힌이 다시 전화를 걸어왔다. 이젠 호흡이 안정되어 있었다.

"여보시오, 대령 동지, 지금 장난하오? 내가 왜 아직까지 포격 소리를 듣고 있는 거지? 당장 명령을 이행하시오!"

노비꼬프는 전화교환원에게 포병연대장 로빠찐을 연결하라고 지시했다. 곧 로빠찐이 연결되었으나 그는 아무 말 없이 정해진 시각을 기다리면서 초침의 움직임을 살폈다.

"이 아저씨, 고집이 보통이 아니군!" 게뜨마노프가 진심으로 감탄의 말을 내뱉었다.

다시 일분 뒤, 포격이 멈추었다. 노비꼬프는 헤드폰을 착용하고 제일 처음 돌파구로 들어갈 전차여단장을 연결했다.

"벨로프!"

"예, 군단장 동지."

노비꼬프는 입을 일그러뜨리며 광포한 목소리로 외쳤다.

"벨로프, 쏴!"

안개는 푸른 연기와 함께 더욱 짙어지고, 엔진의 포효에 대기가 진동하기 시작했다. 군단은 돌파구로 들어갔다.

12

러시아 군대의 공격 목표가 독일의 B집단군 사령관에게 명확해진 것은 11월 20일 새벽, 깔미끄 초원에서 포대가 뇌성을 울리고 스딸린그라드 남쪽 전선군 돌격부대가 파울루스군의 오른쪽 날개에 주둔한 제4루마니아군을 향한 공격으로 넘어갔을 때였다.

소련 돌격부대 그룹의 왼쪽 날개 깊숙한 곳에 자리 잡은 전차군단은 짜짜 호수와 바르만짜끄 호수 사이에 있는 돌파구로 들어가 깔라치를 향해 북서쪽으로, 돈 전선군과 남서전선군의 전차군단 및 기병군단을 마주하려 전진했다.

11월 20일 오후에 세라피모비치로부터 진격해오던 그룹이 파울루스군의 교신을 위협하며 수로비끼노[48] 북쪽으로 나왔다.

하지만 파울루스의 제6군은 아직 포위의 위협을 느끼지 못하고 있었다. 저녁 6시, 파울루스 참모부는 B집단군 사령관 폰 바이히스 중장에게 이날 스딸린그라드에서 정찰부대의 활동이 계속될 예정이라고 알렸다.

저녁에 파울루스는 스딸린그라드에서 모든 공격작전을 중지하고 주요 전차 연합부대 및 보병 연합부대와 대전차 무기들을 분리해 북서쪽에서 타격할 수 있게끔 그의 왼쪽 날개 뒤에 부대별로 집결시키라는 바이히스의 명령을 받았다.

파울루스가 밤 10시에 받은 이 명령은 스딸린그라드에서 독일군의 공격이 끝났음을 의미하는 것이었다.

---

48 돈강으로 들어가는 치르강 하구 근처. 스딸린그라드에서 서쪽으로 150킬로미터가량 떨어진 곳이다.

그리고 사태의 급속한 변전에 이 명령마저 의미를 잃었다.

11월 21일 소련의 공격 그룹들은 끌레쯔까야[49]와 세라피모비치에서 멀리 떨어져나와 90도로 방향을 꺾어 다시 합쳐진 뒤 깔라치 구역의 돈강과 그 북쪽을 향해서, 독일군 스딸린그라드 전선의 후방으로 전진했다.

이날 마흔대의 소련 전차가 돈강의 서쪽 강변 고지에 나타났다. 파울루스군의 지휘부가 있는 골루빈스까야[50]로부터 몇 킬로미터 떨어진 지점이었다. 전차군단의 다른 그룹은 진군 도중 돈강을 가로지르는 다리를 장악했다. 다리를 지키던 보초는 소비에뜨 전차부대를 보고 종종 이 다리를 이용하는 전리품 전차로 무장한 교련부대라 여겼다. 소련 전차들이 깔라치로 들어갔다. 이제 스딸린그라드에 주둔한 독일의 두 군, 파울루스의 제6군과 호트[51]의 제4기갑군의 포위가 뚜렷해졌다. 후방에서 스딸린그라드를 수호하기 위해 파울루스군 최고의 전투부대 중 하나인 제384보병사단이 전선을 북서쪽으로 틀어 방어를 담당했다.

바로 이 순간, 남쪽으로부터 공격해온 예료멘꼬 병력이 제29독일기계화사단을 짓부수고 제6루마니아군단을 격파한 뒤 체르블룐나야강과 돈스까야 짜리짜강[52] 사이로 깔라치-스딸린그라드 철도를 향해서 진군했다.

황혼녘에 노비꼬프의 전차들은 루마니아 군대의 뚜렷하게 증강된 방어 거점으로 다가갔다.

49 스딸린그라드 북서쪽, 돈 강변에 위치한 까자끄 마을.

50 깔라치에서 약간 북쪽에 위치한 지역.

51 Hermann Hoth(1885~1971). 독일의 장교. 제2차 세계대전과 독소전쟁 때 활약했으며, 종전 뒤에는 전쟁범죄 죄목으로 6년간 수감 생활을 했다

52 두 강 모두 돈강의 왼쪽 지류다.

이제 노비꼬프는 지체하지 않았다. 공격에 앞서 위장한 전차들을 은밀히 집결시키기 위해 밤의 어둠을 이용하지도 않았다. 그의 명령에 따라 모든 동체들이, 전차뿐 아니라 자주포, 장갑차, 차량화 보병대의 차량들이 일제히 헤드라이트를 켰다.

수백의 선명한 헤드라이트가 눈부시게 어둠을 부수었다. 어마어마한 숫자의 차량이 초원의 어둠으로부터 질주해나와 대포와 기관총의 굉음으로 귀를 먹먹하게 하고 총검의 번득임으로 눈을 부시게 하여 루마니아군의 방어를 마비시키고 혼란을 불러일으켰다.

짧은 교전 이후에 전차들은 계속 전진해갔다. 11월 22일 오전, 깔미끄 초원에서 온 전차들이 부지놉까[53]로 들이닥쳤다. 저녁에는 남쪽과 북쪽에서 진격해온 선두 전차부대들의 만남이 깔라치 동쪽, 파울루스와 호트 부대의 후방에서 이루어졌다. 11월 23일이 되기도 전에 보병 연합부대들은 치르강과 아끄사이강[54]을 향해 전진하면서 돌격 그룹의 외부 측면을 엄호했다.

붉은군대 최고사령부에 의해 주어진 과제 — 백시간 안에 독일군 스딸린그라드 그룹을 포위할 것 — 가 실현된 셈이었다.

그뒤 상황은 어떻게 되었나? 무엇이 결정적인 역할을 했나? 어떤 이의 의지가 역사의 운명을 결정했는가?

11월 22일 저녁 6시, 파울루스는 무선통신으로 B집단군 참모부에 다음과 같이 전달했다. "군이 포위됨. 짜리짜강 계곡 전역, 소베쯔까야[55]에서 깔라치까지의 철도, 돈강 다리, 서쪽 하안 고지들이 영웅적인 대항에도 불구하고 러시아군의 수중에 넘어감. 전투 물

53 깔라치 구역의 마을.

54 두 강 모두 돈강의 오른쪽 지류다.

55 깔라치에서 북서쪽으로 150킬로미터 떨어진 곳.

자 상황 위급. 식량은 엿새간 충당 가능. 원형 방어가 성공하지 못할 경우를 대비해 자율권을 요청함. 스딸린그라드 및 전선의 북부 일부에서 철수해야 할 것으로 보임……"

11월 22일 밤 파울루스는 자신의 군대가 점령한 구역을 '스딸린그라드 요새'로 명명하라는 히틀러의 명령을 받았다.

그 직전의 명령은 "군과 참모부 지휘관은 스딸린그라드로 향할 것, 제6군은 원형 방어 태세를 갖춘 뒤 다음 명령을 기다릴 것"이었다.

파울루스와 군단 지휘관들의 협의 이후 B집단군 사령관 바이히스 남작은 최고사령부로 전보를 보냈다. "이 결정을 내리며 느끼는 막중한 책임의 무게에도 불구하고, 파울루스 장군의 제6군 철수 제의를 지지할 수밖에 없음을 보고함……"

바이히스와 교신을 이어가던 육군 참모총장 차이츨러[56] 중장은 스딸린그라드에서 철수해야 한다는 파울루스와 바이히스의 견해에 완전히 동의했고, 포위된 거대 병력에 공중으로 물자를 보급하는 것은 불가능하다고 여겼다.

11월 24일 새벽 2시, 바이히스에게 차이츨러가 전보를 보내왔다. 마침내 히틀러를 설득해 스딸린그라드를 포기하도록 하는 데 성공했다는 내용이었다. 제6군의 탈출 명령은 그날 오전 히틀러가 직접 내릴 예정이라고 했다.

오전 10시, B집단군과 제6군 사이의 유일한 전화선이 끊겼다.

이제나저제나 히틀러의 탈출 명령을 기다리던 바이히스 남작은 조속한 작전이 필요하다고 여겨서 자신의 책임하에 요새 봉쇄 해

56 Kurt Zeitzler(1895~1963). 독일군 원수이자 국방군의 마지막 육군 참모총장. 소련 침공 당시 남부 집단군의 선봉 역할을 했다.

제를 명령하기로 마음먹었다.

그의 명령을 전송하려는 순간, 통신 책임자는 퓌러 본부에서 파울루스 장군에게 전달하는 무선통신을 들었다.

"제6군은 일시적으로 러시아군에 포위되어 있다. 이에 군을 스딸린그라드 북쪽 변경 지구, 꼬뜰루반, 제137고지, 제135고지, 마리놉까, 치벤꼬 및 스딸린그라드 남쪽 변경 지구에 집결시킬 것을 명한다. 나는 보급과 적시의 봉쇄 해제를 위해 할 수 있는 모든 것을 할 것이다. 나는 용감한 제6군과 그 사령관을 잘 알며, 군이 임무를 다할 것을 확신한다. 아돌프 히틀러."

이제 제3제국 멸망의 운명을 표현하게 될 이 히틀러의 의지는 스딸린그라드의 파울루스군의 운명이 되었다. 히틀러는 독일 전쟁사의 새로운 한 페이지를 파울루스와 바이히스와 차이츨러의 손을 빌려, 독일 군단들과 연대들의 손을 빌려, 병사들의 손을 빌려, 그의 의지를 실현하고 싶지 않았으나 끝까지 그것을 실현한 모든 사람들의 손을 빌려서 썼다.

13

백시간의 전투 끝에 세 전선군, 남서전선군, 돈 전선군, 스딸린그라드 전선군이 하나로 통합되었다.

어두운 겨울 하늘 아래, 깔라치 변방의 헤집어진 눈밭에서 소련의 선두 전차부대들이 만났다. 눈 덮인 드넓은 초원은 폭발로 불타고 수백의 무한궤도에 의해 조각조각 잘려 있었다. 무거운 차체들이 눈구름 속을 맹렬하게 누비며 하얀 부유물을 공중에 흩날렸다.

전차들이 가파르게 회전하는 자리마다 눈과 함께 얼어붙은 흙 알갱이들이 튀어올랐다.

볼가강 쪽으로부터 항공기와 저공 폭격기, 격추기들이 낮게 날아다니며 돌파구로 들어간 전차 병력을 엄호했다. 북서쪽에서는 중구경 무기들이 포효했고, 연기 뿌연 어두운 하늘은 희미한 섬광으로 번쩍였다.

작은 통나무집 곁에 T-34 두대가 마주 보며 멈췄다. 온통 먼지와 기름때로 뒤덮인 전차병들, 전투의 성공과 근접한 죽음으로 인해 흥분한 이들이 기름이며 탄내가 가득한 전차 안에서 나와 얼음처럼 찬 공기를 기쁘게 들이마셨다. 검은 가죽 헬멧을 뒤로 넘긴 채 통나무집 안으로 들어간 그들의 눈앞에는 짜짜 호수에서 도착한 전차부대 지휘관이 전투복 주머니에서 꺼낸 반 리터짜리 보드까가 있었다…… 누비옷 차림에 커다란 펠트화를 신은 여자가 떨리는 손으로 쟁그랑거리는 잔들을 식탁 위에 정렬하며 목쉰 소리를 내었다.

“세상에! 우리가 살아남으리라고는 생각도 못했어요. 폭격이 시작됐을 땐 꼬박 이틀 밤낮을 지하실에 틀어박혀 지냈죠.”

어깨가 넓고 키가 작아 팽이를 연상시키는 두 전차병이 안으로 들어왔다.

“발레라, 보이나? 우리도 안줏거리 하나 내놔야 할 것 같은데.” 돈 전선에서 도착한 전차부대 지휘관이 말했다. 발레라라 불린 병사는 전투복 깊숙한 주머니에 손을 넣더니 기름 묻은 신문지에 돌돌 말린 훈제 살라미 조각을 꺼내 흑갈색 손가락으로 하얀 비곗살을 야무지게 밀어넣으며 자르기 시작했다.

전차병들은 잔을 비웠다. 행복감이 그들을 휩쌌다.

"이게 바로 합류의 증거죠." 한 병사가 살라미를 우물거리며 미소를 띠고 말했다. "그쪽의 보드까, 우리 쪽의 안주."

이 농담이 모두를 미소 짓게 했다. 전차병들은 동지애를 느끼며 크게 웃고는 내내 이 말을 되풀이했다.

14

남쪽에서 도착한 전차부대 지휘관은 중대장에게 무전을 보내 깔라치 부근의 합류에 대해 보고했다. 남서전선군에서 온 젊은이들 모두 훌륭하며, 그들과 함께 100그램씩 마셨다고도 덧붙였다.

소식은 빠르게 상부로 올라가 몇분 뒤에는 여단장 까르뽀프에 의해 군단장에게 보고되었다.

노비꼬프는 군단 참모부에 자신을 향한 애정 어린 감탄의 분위기가 퍼지는 것을 느꼈다.

군단이 거의 손실 없이 이동했으며, 주어진 임무를 제때 수행해낸 터였다.

전선군 사령관에게 보고서를 발송한 뒤, 네우도브노프는 오랫동안 노비꼬프의 손을 꼭 잡았다. 늘 신경질적이고 불만에 차 있던 참모장의 눈은 이 순간 무척 밝고 부드러웠다.

"자, 보시오." 그가 말했다. "내부의 적이나 노선 이탈자들이 없을 때 우리 국민이 어떤 기적을 만들어내는지 말이오."

게뜨마노프는 노비꼬프를 껴안더니, 곁에 서 있는 지휘관과 운전기사, 전령, 무선통신수, 암호수 들을 둘러보며 모두가 들도록 크게 흐느꼈다.

"뱌뜨르 빠블로비치, 러시아의 감사, 소비에뜨의 감사를 표하오. 공산주의자 게뜨마노프가 당신에게 감사하며 허리 굽혀 절하는 바요." 이어 그는 당황한 노비꼬프를 다시 한번 껴안고 입 맞추었다. "당신은 모든 걸 준비했소. 사람들을 밑바닥 깊은 곳까지 연구했고, 모든 것을 예견했으며, 이제 그 거대한 노력의 결실을 짜냈소."

"예견이라니?" 게뜨마노프의 말을 듣고 있자니 참기 힘들 정도로 거북해 노비꼬프는 말했다. 그가 전투 보고서 서류철을 휘휘 내저었다. "내가 누구보다 기대를 걸었던 마까로프는 꾸물거리다가 지정된 경로를 벗어났고, 측면에서 쓸데없는 작전에 끼어들어 한 시간 반을 허비했소. 게다가 측면 상황에 아랑곳없이 똑바로 돌진하리라 믿고 벨로프를 기용했는데, 둘째 날 그 친구는 방어 거점을 우회하여 북서쪽으로 곧장 뚫고 들어가는 대신 포병과 보병을 상대로 싸움을 벌이는 바람에 방어로 넘어가야 했지. 그 엉터리 짓에 무려 열한시간을 허비했소. 반면 까르뽀프는 처음으로 깔라치를 돌파했을 뿐 아니라, 앞뒤 양옆 돌아보지 않고 돌풍처럼 전진해 처음으로 독일군의 주 통신을 끊어냈소. 보시오, 내가 예견했던 일이 어떻게 됐는지! 난 까르뽀프를 쫓아내야 한다고 생각했었소. 그저 좌우를 살피며 측면에만 머물 거라고 말이오."

"그래그래, 알았소……" 게뜨마노프는 미소를 띠며 말을 이었다. "우리 모두 겸손의 가치를 잘 알지. 위대한 스딸린이 가르친 게 바로 그거 아니겠소……"

이날 노비꼬프는 행복했고, 하루 종일 예브게니야 니꼴라예브나를 떠올리고 있었다. 주위를 둘러보면 그녀가 바로 눈앞에 있을 것만 같았다. 그녀를 진심으로 사랑하는 게 틀림없었다.

"뱌뜨르 빠블로비치," 게뜨마노프가 목소리를 낮추어 속삭였다.

"동지가 공격을 팔분이나 지연시켰다는 사실을 난 평생 못 잊을 거요. 군사령관과 전선군 지휘관이 당장 돌파구로 전차를 들여보내라고 그렇게 다그치는데도 당신은 꿋꿋했지. 스딸린이 예료멘꼬에게 전화해 왜 전차가 미적거리냐고 난리를 쳤다더군. 스딸린을 기다리게 하다니! 그러다가 정말로 전차 한대, 병사 한 사람도 손상시키지 않고 돌파구로 들어간 거요. 이걸 나는 결코 잊을 수 없을 거요."

하지만 그날 밤 노비꼬프가 전차를 타고 깔라치 지역으로 떠나자 게뜨마노프는 참모장에게 가서 말했다.

"장군 동지, 위대한 조국전쟁의 운명을 결정짓는 최고로 중요한 작전의 개시를 제멋대로 팔분이나 지연시킨 군단장의 처신에 대해 내가 편지를 썼소. 어서 이 내용을 읽어보시오."

15

바실렙스끼가 베체 전화선을 통해 스딸린그라드의 독일 집단군 포위에 대해 보고했을 때, 비서 뽀스끄료비셰프[57]는 스딸린 바로 곁에 서 있었다. 스딸린은 뽀스끄료비셰프 쪽을 보지 않은 채 몇분간 반쯤 감은 눈으로 마치 잠든 듯 앉아 있었다. 뽀스끄료비셰프는 숨을 멈춘 채 꼼짝하지 않으려고 애썼다.

57 Aleksander Nikolaevich Poskryobyshev(1891~1965). 1935~52년 사이 스딸린의 비서를 지낸 인물. 놀라운 기억력과 업무에 대한 애정으로 스딸린의 신임을 얻었다. 1952년 이른바 '의사들의 음모' 사건에 연루, 체포되었다가 스딸린 사후에 풀려났다.

스딸린에게 이는 살아 있는 적에 대한 승리의 순간이었을 뿐만이 아니었다. 이는 과거에 대한 그의 승리의 시간이었다. 1930년의 무덤 위로 풀은 더욱 무성하게 자랄 것이다. 북극지방의 얼음과 설산들은 평온한 침묵을 유지할 것이다.

그는 세상 누구보다도 더 잘 알고 있었다, 승리자들은 심판당하지 않는다는 것을.

스딸린은 곁에 그의 자식들, 불행한 야꼬프의 어린 딸, 손녀가 있었으면 했다. 평온하고 마음이 가라앉은 그는 손녀의 머리를 쓰다듬었으면 싶었고, 자기 오두막집 문턱 너머 펼쳐지는 세상에 눈길을 주지 않았으면 싶었다. 사랑스런 딸, 조용하고 병약한 손녀, 유년 시절의 기억, 정원의 서늘함, 멀리서 들리는 강물 소리, 이 이외의 모든 것들이 그에게 무슨 상관인가. 결국 그의 초강력은 대규모 사단들이나 국가의 힘에 의존하지 않는다.

눈을 뜨지 않은 채 천천히, 그 특별한, 목구멍에서 울리는 억양으로 그가 부드럽게 소리 내어 말했다.

"아흐, 작은 새야, 여기로 들어왔구나. 너 이제 그물에서 못 나가. 우리 이제 세상에 무슨 일이 있어도 헤어지지 않게 될 거다."

뽀스끄료비셰프는 스딸린의 허옇게 센, 대머리가 되어가는 머리, 두 눈을 감은 얽은 얼굴을 바라보고는 갑자기 손가락들이 얼어붙는 것을 느꼈다.

16

스딸린그라드 지역에서의 성공적인 공격이 소련 방어선에 뚫린 수많은 균열들을 메웠다. 이러한 현상은 스딸린그라드 전선군과 돈 전선군이라는 거대한 전선의 규모에서만이 아니라 추이꼬프 군과 북쪽에 주둔한 소련의 사단들 사이에서, 후방의 중대들과 소대들 사이에서, 건물에 주둔한 부대와 전투 그룹 사이에서도 일어났다. 단절감, 반半포위 상태로 억눌렸던 감정이 모두의 의식 속에서 사라지며 통일감, 일체감, 단합의 감정으로 대체되었다. 개별적 인간과 대군 간의 합일, 사람들은 바로 이것을 바로 승리의 기세라 부른다.

그리고 물론 그들의 포위에 갇힌 독일 병사들의 머리와 영혼 속에서는 정반대의 일이 일어나기 시작했다. 생각하고 느끼는 수십만의 세포들로 이루어진 거대한 살점들이 독일군이라는 집단에서 차츰 떨어져나갔다. 하루살이보다도 수명이 짧은 전파 방송들, 그리고 이보다 덧없는 군 선전문들이 파울루스 사단의 포위 사실을 다시금 확인해주었다.

똘스또이에 의해 서술되었던 명제, 즉 군을 완전히 포위하기란 불가능하다는 명제는 그와 동시대를 살던 사람들의 전쟁 경험으로 확인된 것이었다.

그러나 1941년에서 1945년 사이에 일어난 전쟁은 군을 포위하고, 땅에 꼼짝 못하게 묶어놓고, 철의 고리로 에워싸는 것이 가능하다는 사실을 증명했다. 그 시기에 포위는 수많은 소련인들과 독일인들에게 가차 없는 현실이었다.

똘스또이에 의해 서술되었던 명제는 그의 시대에 틀림없는 사실이었다. 위대한 인물들에 의해 서술된 정치나 전쟁에 관한 명제들이 대부분 그렇듯, 똘스또이의 명제도 영원한 생명력을 지니지는 못했다.

1945년에서 1946년 사이에 일어난 전쟁에서 포위는 군대의 특출한 기동성과 병력의 특출한 기동성, 이를 지탱하는 후방의 거대하고 요지부동한 육중함 때문에 현실이 되었다. 포위한 부대들은 기동성의 이점을 모두 누린다. 포위된 부대들은 포위된 상태에서 현대 군대의 매우 복잡하고, 거대하고, 공장과도 같은 후방을 조직하는 것이 불가능하기 때문에 기동성을 완전히 상실한다. 마비가 포위된 군대를 섬멸한다. 포위하는 군대는 모터와 날개를 이용한다.

포위된 군대는 기동성과 함께 군사기술적 우위만 잃는 것이 아니다. 포위된 군대의 병사들과 장교들은 현대 문명의 세계로부터 과거의 세계로 떨어진다. 포위된 군대의 병사들과 장교들은 전투력과 전쟁의 전망뿐 아니라 국가의 정치를, 당 지도자들의 감화력을, 규율과 헌법을, 국민성을, 국민의 미래와 과거마저 재평가한다.

그리고 마찬가지로, 제 날개의 위력을 달콤하게 실감하며 옴짝달싹 못하는 저 무력한 희생자 위를 빙빙 도는 독수리처럼 이들 또한 이러한 몇몇 사항을 재평가하는 경향을 보인다. 하지만 물론 이들에겐 저들과 반대의 징후가 나타난다.

스딸린그라드의 파울루스군 포위가 전쟁 노정의 전환점을 결정했다.

스딸린그라드의 승리가 전쟁의 결말을 결정했지만 승리한 국민과 승리한 국가 간의 말없는 다툼은 지속되었다. 이 다툼에 인간의 운명이, 인간의 자유가 달려 있었다.

17

동프러시아와 리투아니아를 가르는 경계, 괴를리츠[58]의 가을 숲에 안개비가 내리기 시작했다. 중키에 회색 레인코트를 입은 한 남자가 키 큰 나무들 사이 오솔길을 따라 걷고 있었다. 보초들은 히틀러의 모습에 숨을 멈추고 부동자세로 얼어붙었고, 빗방울은 천천히 그들 얼굴에서 흘러내렸다.

그는 잠시 혼자서 신선한 공기를 마시고 싶었다. 축축한 공기가 매우 기분 좋게 여겨졌다. 멋지고 차가운 가랑비가 내리고 있었다. 말없는 나무들이 얼마나 사랑스러운지. 부드러운 낙엽을 밟는 건 얼마나 좋은지.

야전 사령부 사람들 때문에 하루 종일 견딜 수 없을 만큼 화가 났다…… 스딸린은 그의 내면에 한번도 존경을 불러일으킨 적이 없었다. 그가 행한 모든 일이, 전쟁 전의 일까지 전부, 어리석고 조잡하게 느껴졌다. 그의 교활함, 그의 배신은 촌놈답게 단순했다. 그의 국가도 엉터리였다. 처칠은 언젠가 신게르마니아의 비극적 역할에 대해 이해할 것이다. 신게르마니아가 온몸을 던져 스딸린의 아시아적 볼셰비즘으로부터 유럽을 지켜냈다는 것을 말이다. 그는 제6군을 스딸린그라드에서 철수하자고 주장한 사람들을 머릿속에 떠올렸다. 그들은 각별히 자제하고 예의 바른 척 굴겠지. 무턱대고 그를 믿었던 사람들도 짜증스럽긴 마찬가지였다. 그들은 여러 말을 늘어놓으며 충성을 보이겠지. 그는 내내 스딸린을 경멸하며 모욕하고 싶었고, 이러한 욕구가 바로 우월감의 훼손에서 비롯했음

58 히틀러 독일군의 총참모부이자 제2차 세계대전 당시 아돌프 히틀러의 동부전선 지휘본부가 위치했던 곳. 현재는 폴란드의 영토다.

을 감지했다…… 잔혹하고 복수심에 가득 찬 인간, 깝까스의 시시한 구멍가게 주인 같으니…… 오늘의 그의 성공은 아무것도 바꾸지 못했어…… 그 늙은 파렴치한 차이츨러의 눈에 조롱의 기색이 있었던가? 영국 수상이 야전 사령관으로서 그의 재능을 두고 했다는 농담을 들려주는 괴벨스의 모습을 상상하니 한층 화가 치밀었다. "재치 있는 사람입니다." 괴벨스는 그렇게 말하겠지. 하지만 그의 아름답고 영리한 눈 깊은 곳에서는 순간 영원히 침몰된 줄 알았던 시기 섞인 환호가 떠오르겠지.

제6군의 재난이 그의 자신감을 흔들었다. 스딸린그라드의 상실도, 사단들의 포위도, 스딸린의 승리도 주가 되는 불행은 아니었다.

그가 모든 것을 제대로 바로잡을 것이었다.

그에겐 늘 보통 수준의 생각, 평범하고 사랑스러운 약점들이 있었다. 그가 위대하고 전능할 때는 그 모든 것이 사람들의 감탄과 감동을 자아냈다. 그 스스로가 독일 민족의 열정을 표현했던 것이다. 하지만 신게르마니아의 힘과 군대가 흔들리자마자, 그의 지혜는 시들어가고 천재성 또한 사라지기 시작했다.

그는 나뽈레옹을 부러워한 적이 없었다. 고독과 가난과 무기력 속에서도 위대함을 잃지 않는 인간들, 어두운 지하실이나 다락방에서 힘을 보전하는 인간들을 도무지 견디기가 힘들었다.

숲을 혼자 걷는 동안 그는 자신의 일상성을 떨쳐내고 영혼 깊숙한 곳에서 최고의 해결책, 총참모부 기술자들이나 당 지도부 기술자들은 다다를 수 없는 해결책을 찾아내는 일이 불가능하다는 것을 깨달았다. 다른 인간들과 동등하다는 느낌이 다시금 찾아들자 참을 수 없는 고통이 일었다.

신게르마니아의 창건자가 되기에는, 전쟁과 아우슈비츠 가스실에 불을 붙이기에는, 게슈타포를 창설하기에는, 인간이라는 게 적당하지 않았다. 신게르마니아의 창건자이자 지도자는 인류라는 종에서 벗어나야 했다. 그의 감정, 그의 사고, 그의 일상은 인간들 위에, 인간들 밖에 존재해야 했다.

러시아 전차들이 그가 떠나온 곳으로 그를 다시 돌려보냈다. 그의 생각과 결정과 선망은 하느님에게로, 세계의 운명으로 향하지 못했다. 러시아 전차들이 그를 인간들에게로 되돌려놓은 것이다.

홀로 숲에 있는 것이 처음에는 편안했으나 이내 무서워졌다. 경호원도 으레 동행하는 부관들도 보이지 않는 지금, 그는 마법에 걸린 어두운 숲에 들어온 동화 속 소년이 된 것만 같았다.

숲속을 걷는 난쟁이. 어두운 수풀 뒤에 이리가 매복한 것도 모르는 채 길을 잃고 헤매는 아기 염소. 지난 수세기에 걸쳐 부식된 어둠 속에서 어린 시절의 공포가 다시금 고개를 들었다. 동화책 속 그림이 떠올랐다. 햇빛 비치는 공터에 새끼 염소가 서 있는데, 축축하고 어두운 나무줄기 뒤에서는 이리가 빨간 두 눈과 하얀 이빨을 드러낸 채 기다리고……

어린 시절에 그랬듯 두 눈을 감고 엄마를 부르며 도망치고 싶었다.

숲속, 나무들 사이에 그의 경호연대가 숨어 있었다. 전광석화 같은 반사적 전투태세를 갖춘 수천명의 훈련되고 강하고 총명한 젊은이들. 이들 삶의 목적은 낯선 자의 입김이 그의 머리카락 한올이라도 움직이지 못하도록 하는 것이었다. 홀로 숲을 산책하고자 마음먹은 퓌러의 움직임 하나하나가 거의 들리지 않게 울리는 전화를 통해 모든 지구와 지대에 전해졌다.

그는 돌아섰다. 그러고는 달아나고자 하는 욕구를 억누르며, 야전본부가 자리한 암녹색 건물 쪽으로 걷기 시작했다.

퀴러가 서두르는 것을 보고 보초들은 참모부에 급한 일이 생긴 모양이라 생각했다. 숲에 어둠이 내리자 게르마니아의 총수가 동화 속 이리를 떠올렸다는 걸 그들이 상상이나 할 수 있었을까.

나무들 너머 참모부 건물 창문에서 빨간 불빛이 새어나오고 있었다. 수용소 소각장에 대한 생각이 처음으로 그의 내면에 인간적인 공포를 불러일으켰다.

18

지휘본부와 제62군 벙커에 있던 사람들은 평소답지 않은 지극히 낯선 감정에 휩싸였다. 그들은 자기 얼굴을 만져보고, 옷을 건드려보고, 장화 속 발가락을 움직여보았다. 독일군의 발포는 없었다…… 고요했다.

고요함이 머리를 빙빙 돌게 했다. 속이 텅 비고, 심장이 마비되고, 팔도 다리도 다른 방식으로 움직이는 듯했다. 고요 속에서 죽을 먹고, 고요 속에서 편지를 쓰고, 고요 속에서 깨어나다니, 정말이지 이상하고 생각할 수 없는 일이었다. 고요는 제 나름의 방식으로, 고요의 방식으로 큰 소리를 울려댔다. 고요가 새롭고 낯설기만 한 여러가지 소리를 낳았다. 나이프가 부딪치는 소리, 책장 넘어가는 소리, 마룻장 삐걱대는 소리, 맨발로 바닥을 밟는 소리, 펜이 종이를 긁는 소리, 권총의 안전장치가 퉁기는 소리, 벙커 벽에 달린 괘종시계의 똑딱이는 소리.

군 참모장 끄릴로프가 사령관의 벙커에 들어섰다. 추이꼬프는 침상에, 구로프는 맞은편 탁자 앞에 앉아 있었다. 끄릴로프가 여기 온 것은 새로운 소식을 전하기 위해서였다. 스딸린그라드 전선군이 공격으로 넘어갔으며 파울루스가 포위되기까지 이제 몇시간 남지 않았다는 내용이었다. 그러나 말을 하는 대신 그는 침상에 앉아 말없이 추이꼬프와 구로프를 바라보았다. 그가 아주 진지한, 새로운 소식을 전한 게 아니라면 그는 두 동지의 얼굴에서 매우 중요한 무언가를 본 것이 분명했다.

세 사람은 조용히 앉아 있었다. 고요는 스딸린그라드에서 말살되었던 소리들을 다시금 태어나게 했다. 고요는 전시에 불필요했던 생각과 열정과 불안 또한 새롭게 일으킬 것이었다.

하지만 이 순간 그들은 아직 새로운 생각들을 알지 못했다. 감격, 공명심, 모욕감, 질투는 스딸린그라드전투의 압도적인 무게 아래 아직 태어나지 않았다. 자신들의 이름이 지금 러시아 전쟁사의 멋진 한 페이지와 연결되어 있다는 사실에 대한 생각도 아직 떠오르지 않았다.

이 고요의 시간이 그들의 삶에서 가장 좋은 순간이었다. 오로지 인간적 감정만이 그들을 지배하는 순간. 이후 그들 중 누구도 자신이 왜 그렇게 커다란 행복과 슬픔과 사랑과 겸손으로 가득 차 있었는지 스스로에게 대답하지 못할 것이었다.

이 장군들에 대한 이야기를 계속할 필요가 있을까? 스딸린그라드 방어군의 몇몇 지휘관들을 사로잡은 보잘것없는 욕심에 대해 묘사해야 할까? 자신이 공유하지 못한 영광 때문에 쉴 새 없이 마시고 쉴 새 없이 욕을 해댄 이들에 대해 말해야 할까? 스딸린그라드 승리를 기념하는 회합에서 니끼따 흐루쇼프가 로짐쩨프를 껴안고 입을 맞추면서도 그 옆에 서 있던 자신에겐 눈길 한번 주지 않았다는 이유로 추이꼬프가 취한 채 로짐쩨프에게 달려들어 목을 조르려 했던 일에 대해 굳이 이야기할 필요가 있을까?

추이꼬프와 그의 참모부가 베체까-오게뻬우의 20주년 기념식에 참석하기 위해 스딸린그라드라는 성스럽고 작은 땅에서 큰 땅으로 첫 행군을 시작했다는 사실을 밝혀야 할 필요가 있을까? 이 기념식 다음 날 아침 인사불성이 되도록 취해 볼가강 얼음 구멍에 빠져 죽을 뻔한 추이꼬프와 그의 동료들을 병사들이 꺼낸 일에 대해, 그에 이어진 쌍욕의 대잔치, 저주, 질책, 의심, 시기에 대해 상세히 묘사할 필요가 있을까?

진실은 하나다. 두개의 진실은 없다. 진실 없이, 또는 파편화된 진실이나 진실의 일부, 잘리고 깎여나간 진실로 살기란 어렵다. 부분적 진실은 진실이 아니다. 그저 이 경이로운 고요한 밤에, 온전한 진실이, 숨김 없는 온전한 진실이 영혼에 머물게끔 두는 편이 나으리라. 이 밤, 우리는 이 사람들에게 그들의 선과 그들의 위대한 노동을 인정해줍시다……

추이꼬프는 벙커에서 나와 볼가강 기슭을 향해 느릿느릿 걸음을 옮겼다. 나무 계단이 발아래서 삐걱이는 소리를 냈다. 사방이 캄캄했다. 서쪽과 동쪽 모두 고요했다. 공장들의 실루엣, 시내 건물들의 잔해, 참호와 벙커 들이 땅과 하늘과 평온하고 말없는 볼가강의 어둠으로 합쳐졌다.

인민의 승리는 이렇게 나타났다. 군악대의 음악 소리와 축하 행진이 아니라, 불꽃놀이와 예포가 아니라 축축한 밤 속에, 땅과 도시와 볼가에 내린 시골의 평온함 속에……

추이꼬프는 흥분을 느꼈다. 전쟁으로 굳어진 그의 심장이 소리 내어 뛰었다. 그는 귀를 기울였다. 이미 정적이 아니었다. 반니 계곡과 '붉은 10월' 공장 쪽에서 노랫소리가 들려왔다. 아래쪽 볼가 강으로부터는 나지막한 목소리와 기타 선율이 올라오고 있었다.

추이꼬프는 벙커로 돌아왔다. 저녁식사를 함께하려고 그를 기다리던 구로프가 말했다. "바실리 이바노비치, 정신 나갈 지경입니다. 너무 고요해요."

추이꼬프는 코만 훌쩍일 뿐 아무 대답도 하지 않았다.

잠시 뒤 그들이 식탁에 앉았을 때 구로프가 다시 입을 열었다.

"동지, 유쾌한 노래를 들으며 우시는 걸 보니 슬픈 일을 많이 겪으신 모양입니다."

추이꼬프는 퍼뜩 놀란 눈으로 그를 바라보았다.

19

스딸린그라드 계곡 사면에 판 토굴 속, 붉은군대 병사 몇명이 간이 탁자에 둘러앉아 있었다. 그들의 머리 위에서는 간이 램프가 빛났다.

특무상사가 잔에 보드까를 따랐고, 사람들은 그 귀중한 액체가 특무상사의 울퉁불퉁한 손톱이 가리킨 흐릿한 눈금을 향해 차오르는 모습을 지켜보았다.

모두들 술을 마시고 빵으로 손을 뻗었다.

"그래, 정말이지 쉽지 않았지." 빵을 잘근잘근 씹으며 한 병사가 말했다. "그래도 우린 해냈어."

"프리츠가 아주 온순해졌던데. 이제 더는 지랄하지 않겠지."

"지랄이라면 실컷 했잖아."

"스딸린그라드, 그 지루한 대서사도 끝이구먼."

"프리츠가 얼마나 큰 고통을 주었는지. 러시아 절반이 타버렸다고."

그들은 서두르지 않고 천천히 씹었다. 이 느긋한 동작 속에서 다들 힘든 노동을 마친 뒤 쉬고 먹고 마시는 일꾼의 행복과 평온을 만끽하고 있었다.

머리가 안개 낀 듯 아득했다. 하지만 이 안개는 보이지 않게 하는 안개가 아니라 특별한 안개였다. 빵의 맛도, 양파의 아삭아삭 소리도, 토굴의 흙벽 아래 쌓여 있는 무기들도, 고향에 대한 생각도, 볼가도, 자식들의 머리를 쓰다듬고 여인들의 몸을 더듬던, 빵을 자르고 담배를 신문지에 말던 바로 이 손으로 얻어낸 승리도 모든 것이 더할 수 없이 선명하게 느껴졌다.

20

피난에서 돌아올 준비를 시작한 모스끄바인들은 실제로 모스끄바와의 재회보다 피난살이에서 벗어난다는 사실에 훨씬 큰 기쁨을 느꼈다. 스베르들롭스끄, 옴스끄, 까잔, 따슈껜뜨, 끄라스노야르스끄…… 이 도시들의 거리와 건물, 빵의 맛, 가을 하늘의 별까지 모든 것이 지긋지긋했다.

소련 정보국에서 제공하는 희망적인 소식을 들으면 다들 이렇게 말했다. "좋아, 이제 곧 돌아가게 될 거야."

물론 불안한 소식을 듣기도 했다. "맙소사, 가족들에게는 허가서를 내주지 않을 거야."

허가서 없이 모스끄바로 들어간 이들에 관해 수많은 이야기가 나돌았다. 장거리 열차에서 공업 열차로 갈아타고, 그다음에는 방차대防遮隊도 없는 곳에서 전차로 갈아탔대.

1941년 10월 모스끄바에서 보낸 하루하루가 고문과도 같았다는 사실을 그들은 잊었다. 불길한 고향 하늘을 따따르, 우즈베끼스딴의 평온과 바꾼 이들을 그땐 얼마나 부러운 눈으로 보았는지……

1941년 10월 그 운명의 날, 수송열차를 놓친 몇몇 사람들이 그저 어떻게든 모스끄바만은 벗어나고자 트렁크와 보따리를 내던진 채 걸어서 자고르스끄로 떠났다는 사실도 그들은 잊었다. 이제 사람들은 그저 어떻게든 피난지만은 벗어나고자 짐과 일자리와 살림을 내던진 채 걸어서 모스끄바로 갈 태세였다.

이렇게 상반된 두 상황 — 모스끄바로부터 멀어지고자 하는 열정적인 원심력과 모스끄바를 향한 열정적인 구심력 — 의 본질은 지나온 전쟁의 한해에 의해 결정된 것이었다. 전쟁이 사람들의 의식을 변화시켰고, 독일인 앞에서 느끼던 미지의 공포를 소련의 힘에 대한 확신으로 바꾸어놓았다.

그 끔찍했던 독일의 공군력도 더는 무섭게 여겨지지 않았다.

11월 중순이 지나자 소련 정보국은 블라지깝까스 구역의 독일 파시스트 집단군에 대한 공격이 시작되었으며 스딸린그라드 지역에서의 공세 또한 성공적으로 이루어졌다고 알렸다. 이주 사이에 총 아홉번의 발표가 있었다. “우리 병력의 진격이 계속되고 있습니다…… 적에 대한 새로운 공격이 시작…… 우리 군대가 스딸린그라드 부근에서 적의 대항을 물리치고 돈강 동쪽의 새 방어선을 돌파해…… 우리 병력이 진격을 이어가며 10에서 20킬로미터가량 전진…… 수일 전 돈강 중류에서 시작한 우리 군대의 공세가 계속되어…… 북깝까스에서 우리 병력의 진격이…… 스딸린그라드 남서쪽에서 우리 군대의 새로운 공격이…… 스딸린그라드 남쪽에서 우리 군대의 진격이……"

1943년 새해 전날 밤 소련 정보국은 "스딸린그라드 외곽에서 벌어진 육주간의 공세 결과"를 보도하며 독일군이 포위된 경위를 밝혔다.

스딸린그라드 공세 준비를 둘러싼 비밀 못지않은 비밀 속에서 사람들의 의식은 삶의 사건들에 대한 완전히 새로운 견해로의 이행을 준비하고 있었다. 잠재의식 속에서 이루어지던 재결정화가 스딸린그라드 공세 이후 처음으로 그 모습을 분명하게 드러내기 시작했다. 비록 겉보기에는 아무런 차이가 없었으나, 지금 인간의 의식 속에서 일어나는 일은 지난 모스끄바 전투 성공의 날 일어났던 것과 완전히 달랐다.

모스끄바의 승리는 주로 독일군에 대한 태도 변화에 기여했다. 1941년 12월, 독일군에 대한 미지의 공포는 사라졌다.

이제 스딸린그라드 공세는 군과 인민의 새로운 자기인식을 가능케 했다. 소련인들, 러시아인들은 자신을 새롭게 이해하고, 다양한 민족들을 새로운 태도로 대하기 시작했다. 러시아 역사는 러시아 농민과 노동자의 고난과 박해의 역사가 아니라 러시아 영광의 역사로 받아들여지게 되었다. 민족성은 형식의 요소에서 내용으로 넘어가 세계 이해의 새로운 기반이 되었다.

모스끄바 전투 성공 당시 사람들의 사고방식은 근본적으로 전쟁 이전과 동일했으며 낡은 사고 규범, 전쟁 이전의 관념이 여전히 작동하고 있었다.

전쟁의 사건들에 대한 재해석, 러시아 군대의 힘, 국가에 대한 인식의 변화는 보다 길고 넓은 과정의 일부였다.

이 과정은 전쟁이 일어나기 오래전에 이미 시작되었지만 주로 인민의 의식이 아니라 잠재의식 속에서 일어났다.

세가지 거대한 사건이 삶과 인간관계에 대한 새로운 재인식의 주춧돌이었다. 이는 농촌의 집단화, 산업화 그리고 1937년이었다.

이 사건들은 1917년 10월혁명과 마찬가지로 거대한 인민 계층들에서 변동과 교체를 가져왔으며, 이러한 변동은 러시아 귀족계급, 산업 부르주아계급, 상인 부르주아계급의 말살에 못지않은, 더 큰 숫자의 사람들의 육체적 말살을 동반했다.

스딸린이 주도한 이 세가지 사건은 새로운 소비에뜨 국가, 일국 사회주의 건설자들의 경제적·정치적 승리를 의미했다. 동시에 이 사건들은 10월혁명의 논리적 결과이기도 했다.

하지만 집단화와 산업화, 그리고 지도 간부들의 거의 완전한 교체가 이루어진 이 변화의 시기에 승리한 새로운 체제는 혁명 이전 러시아 사회민주당의 볼셰비끼 좌익이 형성되던 과정에서 유래한 원칙들을 함의하는 낡은 개념들과 수사적 표현들을 사용하였다. 하지만 이 체제의 기반에는 국가민족주의적 성격이 자리하고 있었다.

전쟁은 전쟁 이전부터 이미 잠복하여 진행되던 현실의 재인식 과정을 가속화했고 민족의식의 발현 또한 가속화했으니, '러시아'라는 단어가 다시금 생생한 의미를 얻었다.

후퇴의 시기에 이 단어는 대개 부정적으로 정의되곤 했다. 러시아적 후진성, 러시아적 혼란, 러시아적 궁지, '운에 맡겨야지' 하는 식의 러시아적 운명론…… 하지만 어느 순간 민족의식이 모습을 드러내고 전쟁 승리의 날만을 기다리기 시작했다.

국가 역시 새로운 범주에서 자기인식을 향해 나아갔다.

민족의식은 인민이 불행한 시기에 강력하고 아름다운 힘으로 나타난다. 이런 때 인민의 민족의식이 힘을 발휘하는 것은 그것이 민족적이기 때문이 아니라 인간적이기 때문이다. 인간의 존엄, 인간의 자유를 향한 사랑, 인간의 선에 대한 믿음이 민족의식이라는 형태로 나타나는 것이다.

그러나 불행한 시기에 깨어난 민족의식은 다양한 모습으로 발전할 수 있다.

'코즈모폴리턴'과 '부르주아 민족주의자' 들로부터 조직을 지키는 인사과 우두머리와 스딸린그라드를 방어한 소련 병사의 민족의식이 상이한 형태로 나타난다는 사실은 논쟁의 여지가 없다.

소비에뜨 제국의 현실은 이 민족의식의 발현을 전쟁 이후 국가의 삶에 있어, 즉 민족적 자주권을 위한 투쟁에 있어, 삶의 모든 영역에 걸쳐 있는 소련적인 것, 러시아적인 것의 강화에 있어 국가 앞에 놓인 과제들에 이용하였다.

이 모든 과제는 전쟁 중이나 전후 시기에 갑자기 나타난 것이 아니었다. 이들은 농촌의 여러 사태, 조국의 중공업 창출, 새로운 간부들의 도래가 스딸린에 의해 정해진 일국사회주의 체제의 승리를 의미했던 전쟁 이전에 이미 나타난 것들이었다.

러시아 사회민주주의의 태생적 오류들이 지양되었고, 말소되었다.

그리고 바로 스딸린그라드 변곡점의 시기에, 어둠의 왕국에서 스딸린그라드의 화염만이 자유의 유일한 시그널이었던 시기에, 이 재인식 과정이 공개적으로 시작되었다.

스딸린그라드 방어 동안 최고의 파토스에 다다른 민족의 전쟁이

바로 이 스딸린그라드 시기에 스딸린에게 공개적으로 국가민족주의 이데올로기를 선언할 가능성을 주었던 것은 당연한 이치다.

21

물리학 연구소 로비의 게시판에 '항상 인민과 함께'라는 제목의 논설이 나붙었다.

전쟁의 폭풍 속 위대한 스딸린이 영도하는 소련에서 과학에 막대한 의미가 부여되며, 당과 정부는 과학자들에게 세계 어디에서도 볼 수 없는 존경과 경의를 표했으며, 소비에뜨 국가는 어려운 전쟁 시기에조차 학자들의 정상적이고 생산적인 작업을 위한 모든 조건을 조성하고 있다는 내용이었다.

논설은 이어 연구소 앞에 놓인 거대한 과제들에 대해, 새로운 건설과 오래된 실험실의 확장에 대해, 이론과 실제의 연계에 대해, 방위산업에서 학자들의 작업이 의미하는 바에 대해 이야기했다.

당은 물론 스딸린 개인의 배려와 신임, 소련 지식인의 영광스러운 선봉대에 선 훌륭한 과학 종사자들을 향한 인민의 맹렬한 희망에 보답하고자 노력하는 과학 종사자 집단과 그들을 사로잡는 애국적 돌진에 대한 언급도 있었다.

논설의 마지막 부분은, 유감스럽게도 이 건강하고 화목한 집단에 인민과 당 앞에 책임을 느끼지 못하는 사람들, 화목한 소련 가족으로부터 떨어져나온 이들이 존재한다는 주장에 할애되었다. 즉 이들은 자신을 집단에 대립시키고, 자신의 개인적 이해를 당에 의해 주어진 그 어떤 과제들보다 우선시하며, 자신의 실제 업적과 가상 업적을 과장하는 경향이 있다. 이들 중 몇몇은 의식적으로 혹은 무의식적으로 낯설고 비소련적인 견해와 경향을 표현하며 정치적으로 적대적인 관념들을 설파한다. 이 사람들은 으레 반동과 몽매의 기운이 침투된 외국 학자-관념론자들의 관념론적 견해들에 대해 객관적인 태도를 요구하고 그들과의 개인적 관계를 자랑스레 과시함으로써 러시아 학자들의 민족적, 소비에뜨적 자존심을 모욕하고 소련 과학의 성과를 과소평가한다는 것이었다.

종종 이들은 짓밟힌 정의의 옹호자인 양 등장하여 근시안적인 멍청이들 사이에서 싸구려 인기를 모으려 애쓰지만 사실상 불화를, 러시아 과학에 대한 불신을, 그 영광스러운 과거와 위대한 이름들에 대한 무시의 씨앗을 뿌리는 짓을 벌이고 있다는 것이었다. 논설은 모든 부패한 것, 외래적인 것, 적대적인 것, 위대한 조국전쟁의 시기에 당과 인민에 의해 과학자들에게 주어진 과제들의 수행을 방해하는 모든 것을 잘라내기를 요구했다. 논설은 "학문의 새로운 정상을 향하여, 맑시스트 철학의 조명이 비추는 영광의 길, 레닌-스딸린의 위대한 당이 우리를 인도하는 길을 따라 전진하자!"라는 문구로 끝났다.

이름이 거명되지는 않았으나 실험실의 모두가 이것은 바로 시뜨룸에 대한 내용임을 알아차렸다.

그에게 이를 처음으로 알린 사람은 사보스찌야노프였다. 논설을 읽으러 가는 대신 새 장비를 조립하는 동료들 곁에 서 있던 시뜨룸은 노즈드린의 어깨에 팔을 두르며 말했다.

"무슨 일이 일어나든 이 물건은 제구실을 해낼 거요."

그러나 뜻밖에 노즈드린이 갑자기 심한 욕설을 마구 내뱉었다. 빅또르 빠블로비치는 그 욕이 누구를 향한 것인지 얼른 이해하지 못했다.

퇴근 무렵 소꼴로프가 시뜨룸에게 다가왔다.

"정말 대단하네, 빅또르 빠블로비치. 아무 일 없었던 듯 하루 종일 일만 하다니 말이야. 소크라테스가 따로 없구먼."

"금발로 태어난 사람이 벽보에 붙었다고 갈색 머리가 되는 건 아니지." 시뜨룸이 대꾸했다.

소꼴로프를 향한 원망은 습관이 되었고, 이젠 너무나 익숙해 그러한 감정을 의식조차 할 수 없었다. 그는 더이상 소꼴로프의 과도한 조심성을 비난하지 않았다. 가끔 시뜨룸은 속으로 생각했다. '장점도 많은 친구잖아. 단점 없는 사람이 어디 있겠어?'

"그래, 하지만 논설도 논설 나름이지." 소꼴로프가 말을 이었다. "안나 스쩨빠노브나는 그걸 읽고 가뜩이나 약한 심장의 상태가 더 나빠졌어. 의무실에서 조퇴를 시키더군."

'대체 무슨 끔찍한 말이 쓰여 있는 걸까?' 시뜨룸은 잠시 생각했지만 소꼴로프에게 묻지 않았고, 다른 이들도 논설 내용에 대해 그에게 말하지 않았다. 환자에게 불치의 암에 대한 이야기를 하지 않듯 다들 그 이야기를 피했다.

저녁에 시뜨룸은 제일 마지막으로 실험실에서 나왔다. 외투 보관소로 자리를 옮긴 수위 영감 알렉세이 미하일로비치가 그에게 외투를 내주며 말했다.

"나 원, 빅또르 빠블로비치, 이게 무슨 일이랍니까? 좋은 사람에게는 이 세상에서 도무지 평안이 깃들지 않네요."

시뜨룸은 외투를 입고서 다시 계단을 올라가 게시판 앞에 멈춰 섰다.

논설을 읽은 뒤 그는 당황해서 주위를 살펴보았다. 당장이라도 체포될 것만 같았다. 하지만 로비는 텅 빈 채 고요했다.

물리적 실제로써 그는 연약한 인간의 무게와 거대한 국가의 무게 사이의 상관관계를 실감하고 있었다. 국가가 그 크고 밝은 눈으로 자신의 얼굴을 집요하게 들여다보고 있으며, 머지않아 국가가 덮쳐오면 그는 바스라져 울음과 비명을 내며 사라질 것 같았다.

거리는 사람들로 붐볐지만 시뜨룸에겐 자신과 그들 사이에 무엇도 살지 않는 땅이 놓인 듯 여겨졌다.

전차에서 겨울 군모를 쓴 어느 남자가 흥분한 목소리로 동행에게 물었다.

"「최근 소식」[59]에 실린 기사 봤나?"

"스딸린그라드!" 다른 누군가가 앞쪽에서 외쳤다. "독일군은 제압되었소!"

나이 든 여자가 시뜨룸을 바라보았다. 마치 그의 침묵을 질책하는 것만 같았다.

그는 다시금 소꼴로프를 떠올렸다. '그래, 모든 사람들이 수많은 단점을 지니고 있지. 그 친구도 나도 똑같아.'

하지만 자신의 결점이 다른 이의 결점과 동등하다고 진심으로 믿는 사람은 없는 법, 그에게도 당장 다른 생각이 떠올랐다. '그런데 그 친구의 견해는 국가가 자신을 사랑하는지, 자신의 삶이 성공적인지에 따라 달라지지. 봄이 오고 승리가 오면 그는 비판의 말을 아예 하지 않을 거야. 하지만 나는 다르지. 국가의 상황이 어떻든, 나를 때리든 애무하든, 국가에 대한 내 생각은 변하지 않아.'

집에 가면 류드밀라 니꼴라예브나에게 논설에 대해 이야기할

59 일간지에서 소련 정보국의 전선 기사를 싣는 부분.

작정이었다. 그에게 본격적으로 손댄 것이 분명했다. 그는 말할 것이었다. “봐, 류도치까, 내가 받은 스딸린상이 바로 이거야. 보통 누굴 감옥에 처넣고 싶을 때 그런 논설을 쓰지.”

‘우린 하나의 운명을 공유하고 있어.’ 그는 생각했다. ‘내가 소르본에 초청되어 명예 특강을 하게 되면 그녀는 나를 따라올 거야. 내가 꼴리마 수용소로 보내진대도 그녀는 나를 따라오겠지.’

물론 류드밀라 니꼴라예브나는 이렇게 말할 것이다. “당신 자신이 이런 끔찍한 길로 스스로를 이끌었잖아.”

그러면 그는 날카롭게 대꾸할 것이다. “내게 필요한 건 비판이 아니라 진정한 이해야. 비판은 연구소에서 받은 걸로 충분하다고.”

문을 열어준 사람은 나쟈였다.

복도의 어스름 속에서 딸아이가 그를 껴안고 뺨을 그의 가슴에 기댔다.

“몸이 차고 젖었어. 외투 좀 벗게 해줘. 무슨 일 있니?” 그가 물었다.

“아빠 아직 못 들었어? 스딸린그라드! 굉장한 승리야. 독일군이 포위됐대. 자, 얼른 들어와봐.”

나쟈는 그를 도와 외투를 벗긴 뒤 그의 손을 잡고 집 안으로 이끌었다.

“여기, 똘랴 방으로 가. 엄마도 여기 있어.”

류드밀라 니꼴라예브나가 똘랴의 책상 앞에 앉아 있었다. 그녀는 그를 향해 천천히 고개를 돌리더니 장엄하고 비통한 미소를 지어 보였다.

그날 저녁 시뜨룸은 연구소에서 일어난 일에 대해 아무 말도 할 수 없었다.

그 대신 그들은 똘랴의 책상 앞에 앉아서 이야기를 나누었다. 류드밀라 니꼴라예브나가 종잇장에 그림을 그려가며 스딸린그라드의 독일군 포위와 자기 나름대로 생각한 전투 작전을 나자에게 설명했다.

그리고 밤중에, 시뜨룸은 방에 누워 생각했다.

'맙소사, 자아비판의 편지라도 써야 할까? 이런 상황에서는 다들 그렇게 하잖아.'

22

벽보에 논설이 걸리고 며칠이 지났다. 실험실의 작업은 변함없이 계속되었다. 시뜨룸은 이따금 우울에 빠졌고, 또 이따금은 생기를 되찾아 실험실을 이리저리 돌아다니면서 자신이 좋아하는 멜로디에 맞추어 창턱과 금속 덮개를 손가락으로 두드리곤 했다.

그는 농담도 했다. 연구소에 근시 전염병이 돌고 있다고. 지인들이 그와 바로 코를 마주칠 지경이 되어도 생각에 잠긴 듯 인사도 없이 그냥 지나쳐버린다고.

한번은 구레비치가 멀리서 시뜨룸을 보더니 아니나 다를까, 생각에 잠긴 시늉을 하며 거리 저편으로 건너가 광고판 옆에 멈춰섰다. 시뜨룸은 내내 그가 어떻게 행동하는지 지켜보았고, 그러다 고개를 돌린 구레비치와 눈이 마주쳤다. 구레비치는 짐짓 놀라움과 반가움이 뒤섞인 표정으로 허리를 굽혔다. 이 모든 게 이미 그리 유쾌하지 않았다.

스베친은 시뜨룸을 만나자 인사를 건네고는 조심스레 한 발을 질질 끌었지만 그의 얼굴에는 꼭 비우호적인 국가의 영사에게 인사하는 사람의 표정이 드리웠다.

빅또르 빠블로비치는 누가 모르는 척 고개를 돌리는지, 누가 고개를 까딱여 보였는지, 누가 자신과 악수를 나누었는지 하나하나 꼽고 있었다.

퇴근해서 집으로 돌아올 때마다 그는 아내에게 물었다. "누구 전화한 사람 있었어?"

그러면 으레 같은 대답이 돌아왔다. "마리야 이바노브나를 빼면 아무도 없어."

이어서 류드밀라는 그다음 질문이 무엇일지 알기에 덧붙였다. "마지야로프한테서 편지 온 것도 없고."

"이것 보라고." 그는 말했다. "매일 전화하던 사람은 가끔 전화하고, 가끔 전화하던 사람은 전혀 안 한다니까."

집에서도 그를 대하는 태도가 달라진 것 같다는 기분이 들었다. 한번은 나쟈가 차를 마시고 있는 제 아빠 곁을 인사도 없이 그냥 지나갔다.

"너 왜 인사 안 하냐? 네 눈엔 내가 무생물로 보여?" 시뜨룸은 딸아이에게 거칠게 소리쳤다.

이 말을 내뱉는 그의 얼굴이 어찌나 애처롭고 괴로워 보이는지, 나쟈는 거칠게 대꾸하는 대신 걸음을 멈추고 서둘러 말했다. "아빠, 사랑하는 우리 아빠, 내가 잘못했어. 용서해줘."

같은 날 그는 나쟈에게 물었다.

"너 그 대장님이랑 계속 만나니?"

나쟈는 말없이 어깨만 으쓱였다.

"이 아빠가 경고하는데, 그 친구랑 정치에 대해서는 이야기할 생각 말아. 그쪽 방면에서는 아직 추적당하지 않았거든."

이번에도 나쟈는 거칠게 대꾸하는 대신 조용히 말했다. "아빠, 그건 안심해도 돼."

아침에 연구소에 가까워지면 시뜨룸은 주위를 살피며 경우에 따라 걸음을 늦추거나 빨리했다. 건물로 들어선 다음에는 복도가 빈 것을 확인하고 고개를 숙인 채 재빨리 걸었는데, 그러다 어디선가 문이라도 열리면 심장이 얼어붙는 것만 같았다.

마침내 실험실로 들어가면 마치 총알이 날아다니는 전장을 지나 참호로 달려온 병사처럼 힘겹게 숨을 내쉬곤 했다.

한번은 사보스찌야노프가 시뜨룸의 방에 들어와 말했다.

"빅또르 빠블로비치, 제발 부탁합니다. 저뿐 아니라 우리 모두의 부탁이에요. 자아비판 편지를 쓰세요. 틀림없이 도움이 될 겁니다. 생각 좀 해보세요, 지금 당신 앞에 엄청난—뭐 겸손하게 말할 필요 있나요—그야말로 위대한 작업이 놓여 있는 이때, 우리 과학의 생생한 힘이 희망을 품고 당신을 바라보는 이때, 이렇게 갑자기 모든 것을 파탄으로 몰아가다뇨. 제발 편지를 쓰세요. 과오를 인정하세요."

"내가 뭘 자아비판 해야 하나? 대체 어디에 과오가 있지?" 시뜨룸이 물었다.

"아…… 뭐, 아무려면 어때요, 모두들 그렇게 하는데. 문학계에서도, 과학계에서도, 당 지도자들도, 당신이 좋아하는 음악계 인물인 쇼스따꼬비치도 자아비판 편지를 쓰잖아요. 이건 정말 아무 일도 아니에요. 그냥…… 개구리 상판에 물 끼얹는 셈이라고요. 자아비판을 한 뒤 일을 계속하는 거죠."

"하지만 내가 뭘, 누구 앞에 자아비판 해야 하나?"

"지도부에 편지를 보내세요, 중앙위원회로. 아무튼 그런 건 다 중요하지 않아요. 아무 데로나 쓰기만 하면 돼요! 자아비판을 했다는 거, 그게 요점이죠. '제 죄를 인정합니다. 왜곡했습니다. 시정을 약속합니다. 깨달은 바가 많습니다' 뭐 그 비슷하게 쓰면 된다니까요. 잘 아시잖아요, 모범 답안이 있다는 거. 중요한 건, 그게 언제나 도움이 된다는 사실이에요!" 늘 유쾌한 웃음기를 머금은 사보스찌야노프의 눈이 이 순간 너무도 심각했다. 심지어 눈의 색깔까지 달라진 것 같았다.

"고맙네, 고마워. 참 소중한 친구군." 시뜨룸이 말했다. "자네의 우정에 감동했네.

그러고서 한시간 뒤, 소꼴로프가 그에게 와 말했다.

"빅또르 빠블로비치, 다음 주에 과학위원회의 공개회의가 개최된다는군. 거기서 발언을 좀 해야 할 거야."

"내가? 왜지?" 시뜨룸이 물었다.

"해명을 해야지. 말하자면 과오를 뉘우치라는 얘기네."

시뜨룸은 사무실을 이리저리 거닐다가 문득 창가에 멈춘 채 마당을 바라보며 입을 열었다.

"차라리 편지를 쓰는 게 낫지 않을까? 사람들 앞에서 내 얼굴에 침 뱉는 것보다야 그게 쉬울 것 같은데."

"글쎄, 가서 발언하는 편이 나아. 어제 스베친 얘기를 들어보니까 거기서는"—이 순간 소꼴로프는 문틀 위쪽을 막연히 가리켜 보였다—"편지보다 발언을 원하나봐."

시뜨룸이 갑자기 그를 향해 몸을 돌렸다.

"아니, 나는 발언도 안 할 거고 편지도 안 쓸 거네."

"빅또르 빠블로비치," 소꼴로프는 환자를 대하는 심리치료사의 어조로 말을 이었다. "지금 그 처지에 침묵은 자살로 직행하는 길이네. 정치적 죄목이 자넬 위협하고 있다고."

"나를 특히 고통스럽게 하는 게 뭔지 아나?" 시뜨룸이 물었다. "모두가 기뻐하는 승리의 시기에 왜 내게 이 모든 일이 일어나야 하는가야. 이제 어떤 개새끼라도 내가 소비에뜨 권력이 끝장나리라 생각하고 레닌주의의 토대를 공개적으로 저격했다고 주장할 수 있겠군. 약자를 때리기 좋아하는 모리츠처럼 말이야."

"그런 견해도 들리긴 하더군." 소꼴로프가 말했다.

"관둬, 관두자고! 날 내버려둬!" 시뜨룸이 말했다. "자아비판은 하지 않을 걸세!"

그날 밤 그는 방에 틀어박혀 편지를 쓰기 시작했다. 그러나 수치심으로 가득 차 이내 찢어버리고 이번에는 과학위원회에서 발언할 문구를 적어내려갔다. 이어 그 내용을 읽어본 뒤, 손바닥으로 책상을 두들기며 다시 종이를 갈가리 찢어버렸다.

"됐어, 끝이야!" 그는 소리 내어 말했다. "될 대로 되라지. 감옥에 처넣으라지."

한동안 그는 꼼짝 않고 앉아 이 최종적 결심에 대해 근심스레 생각했다. 이내 그의 머릿속으로 들어온 생각은, 자아비판을 하기로 마음먹을 경우 자신이 쓰게 될 편지의 초안을 적어보자는 것이었다. 그래, 그냥 한번 써보는 거야. 어차피 난 이미 자아비판 하지 않겠다고 결정을 내렸으니 전혀 굴욕적일 게 없잖아. 아무도, 단 한 사람도 이 편지에 대해 알지 못할 거야.

그는 혼자였다. 문은 닫힌 채였고, 식구들은 잠들어 있었다. 창밖도 고요하기만 했다. 사이렌 소리나 자동차의 소음도 들리지 않았다.

하지만 보이지 않는 힘이 그를 짓눌렀다. 그 최면적인 힘을 그는 느낄 수 있었다. 그 힘은 저 원하는 대로 생각하게 하고, 저 불러주는 대로 받아적도록 그를 강요했다. 그 힘은 그 자신 속에 있었다. 그것이 그의 심장을 얼어붙게 했고, 의지를 녹여버렸고, 아내나 딸과의 관계 속으로, 그의 과거 속으로, 어린 시절의 기억 속으로 스며들어 간섭했다. 문득 그 자신 역시 아둔하고 지루하고 장황한 수다로 주위 사람들을 피곤하게 하는 자라는 생각이 들기 시작했다. 이젠 그의 일조차 광택을 잃고 재와 먼지로 덮인 것만 같았다. 일은 더이상 그를 빛과 기쁨으로 채우지 못했다.

이런 힘을 느끼지 못한 이들만이 그것에 굴복하는 사람들을 보며 놀랄 수 있다. 반면 자신에게 가해진 이런 힘을 인식한 이들은 다른 것에, 한순간이라도 격분할 수 있는 능력에, 갑작스러운 분노의 말 한마디나 소심한 항의의 몸짓에 놀란다.

시뜨룸은 자기 자신을 위해 그 편지, 아무에게도 보여주지 않을 자아비판 편지를 썼지만, 동시에 그것이 어느 순간 자신에게 유용해질 수 있으리라는 사실 또한 마음속 깊이 알고 있었다. 그는 편지를 잘 간직해두어야겠다고 생각했다.

다음 날 아침에 그는 시계를 힐끔거리며 차를 마셨다. 실험실로 갈 시간이었다. 차디찬 고독감이 그를 휩쌌다. 삶이 끝날 때까지 아무도 그에게 다가오지 않을 것 같았다. 사람들이 그에게 전화를 걸지 않는 것은 공포심 때문만이 아닐 것이다. 그가 지루하고 재미없고 재능 없는 인간이기 때문에 아무도 그를 찾지 않는 것이다.

"물론 어제도 날 찾는 사람은 없었겠지?" 그는 류드밀라 니꼴라예브나에게 묻고는 시구를 낭송했다. "나 홀로 창가에 서 있네. 찾아올 사람도, 친구도 기다리지 않네."[60]

“아, 깜빡했네. 체삐진이 도착해서 전화했었어. 당신을 보고 싶어 하던데.”

“정말이야? 어떻게 그걸 깜빡할 수 있어?” 시뜨룸은 책상을 두드려 승리의 음악을 연주하기 시작했다.

류드밀라 니꼴라예브나는 창가로 다가갔다. 시뜨룸은 천천히 걷고 있었다. 큰 키에 구부정한 몸으로, 이따금 가방을 흔들면서. 그녀는 남편이 체삐진과의 만남에 대해, 그와 나눌 이야기에 대해 생각하고 있다는 걸 알았다.

최근 그녀는 남편을 안쓰러워하고 걱정하면서도, 동시에 그의 결점들과 그 주된 원인인 이기주의에 대해 생각하곤 했다.

그래, 그는 시를 낭송했지. ‘나 홀로 창가에 서 있네…… 친구도 기다리지 않네……’ 흥, 그러곤 사람들에 둘러싸여 일하는 실험실로 가는구나. 저녁에는 체삐진한테 가서 12시 전에는 돌아오지 않겠지. 하루 종일 혼자이고, 빈 아파트의 창가에 서 있고, 아무도 곁에 없고, 찾아올 사람도 친구도 기다리지 않는 게 바로 나라는 생각은 해본 적도 없을걸.

류드밀라 니꼴라예브나는 부엌으로 가 설거지를 했다. 이날 아침 그녀의 마음은 유난히 무거웠다. 마리야 이바노브나는 오늘 전화하지 않을 것이다. 언니가 있는 샤볼롭까[61]에 갔으니까.

나쟈도 걱정이었다. 그애는 도대체 아무 말을 안 한다니까. 그러지 말라고 했는데도 계속 저녁 산책을 나가고 말이야. 그런데 빅또르는 자기 일에만 몰두해서 나쟈 생각은 하지도 않지.

60 세르게이 예세닌(Sergei Aleksandrovich Esenin, 1895~1925)의 시 「불길한 사람」 중 한 구절.

61 모스끄바 남부에 있는 거리.

초인종이 울렸다. 어제 약속을 잡은 목수일 거야. 똘랴 방의 문을 고쳐야 해. 류드밀라 니꼴라예브나는 기뻤다. 살아 있는 사람이 집에 오다니. 그녀는 문을 열었다. 복도의 어스름 속에 회색 카라쿨 털모자를 쓴 여자가 트렁크를 손에 들고 서 있었다.

"제냐!" 목소리가 어찌나 크고 비극적으로 튀어나왔는지 그녀 스스로도 놀랄 지경이었다. 류드밀라는 동생에게 입 맞춘 뒤 그녀의 어깨를 쓰다듬으며 흐느끼기 시작했다. "없어, 똘렌까가 없어. 없다고……"

23

욕실의 온수는 가늘고 약하게 흘러나왔다. 약간만 세게 틀어도 물이 차가워졌다. 욕조가 천천히 채워지고 있었지만, 자매는 만난 이후 한마디도 제대로 나누지 못한 기분이었다.

얼마 후 제냐가 욕실로 들어가자 류드밀라 니꼴라예브나는 연신 문 앞으로 다가가 이야기를 걸었다.

"어때? 괜찮아? 등 밀어줄까? 가스 살펴야 돼. 아니면 꺼져버리거든……"

몇분 뒤 류드밀라는 주먹으로 문을 두들겼고 언성을 높여 물었다.

"너 거기서 뭐 해? 잠들었어?"

제냐는 언니의 목욕 가운을 입고 욕실에서 나왔다.

"와, 너, 마녀 같구나." 류드밀라 니꼴라예브나가 말했다.

예브게니야 니꼴라예브나는 노비꼬프가 스딸린그라드에 왔던

날 밤 소피야 오시뽀브나가 그녀를 마녀라고 불렀던 일을 떠올렸다.[62]

식탁이 차려져 있었다.

"이상한 느낌이야," 예브게니야 니꼴라예브나가 말했다. "입석 찻간에서 이틀을 보내고 욕조에 들어가 목욕을 하니 말이야. 평화롭고 행복한 시간으로 돌아온 것 같지만 내 마음은……"

"무슨 일로 갑자기 모스끄바까지 온 거야?" 류드밀라 니꼴라예브나가 물었다. "혹시 아주 안 좋은 일이야?"

"나중에, 나중에." 그녀는 손을 내저었다.

류드밀라는 빅또르 빠블로비치에게 생긴 문제에 대해, 예상치 못한, 우스꽝스러운 나쟈의 연애에 대해 이야기했고, 전화 걸기를 중단하고 시뜨룸을 마주쳐도 알아보기를 중단한 지인들에 대해 이야기했다.

예브게니야 니꼴라예브나는 스삐리도노프가 꾸이비셰프로 왔던 일을 이야기했다. 그는 뭐랄까, 마음에 드는 가엾은 사람이 되었다고, 위원회의 판정이 있기 전까지 그는 새로운 직책을 맡지 못하게 되었다고 말했다. 베라는 아기와 함께 레닌스끄에 있으며, 스쩨빤 표도로비치가 손자 이야기를 하며 울었다고, 그다음에는 젠니 겐리호브나의 추방에 대해, 샤로고로츠끼가 얼마나 사랑스러운 노인인지에 대해, 리모노프가 거주 등록증을 얻는 데 어떤 도움을 주었는지에 대해서 이야기했다.

제냐의 머릿속에는 담배 연기와 기차 바퀴 소리와 찻간의 대화가 머물러 있었다. 언니의 얼굴을 바라보는 것, 목욕한 몸에 부드러

62 전편 소설에 나오는 내용이다.

운 가운의 감촉을 느끼고, 피아노와 양탄자가 있는 방에 앉아 있는 것이 정말로 낯설게 여겨졌다.

자매가 서로에게 이야기한 슬프고 기쁘고 우습고 감동적인 그 모든 사건들 속에는 삶을 떠난 사람들, 하지만 영원히 그들과 연결된 가족과 친구들이 끈질기게 존재했다. 빅또르 빠블로비치에 대해 무슨 이야기를 하든 그 뒤에는 안나 세묘노브나의 망령이 머물러 있었으며, 세료자 뒤로는 수용소에 있는 그의 아버지와 어머니가 모습을 드러냈고, 류드밀라 니꼴라예브나 곁에선 낮이고 밤이고 널찍한 어깨에 두꺼운 입술을 가진 소심한 청년의 발소리가 울렸다. 하지만 이들에 대해 두 사람은 한마디도 꺼내지 않았다.

"소피야 오시뽀브나 소식은 전혀 못 들었네." 제냐가 말했다. "땅속으로 꺼지기라도 한 것 같아."

"레빈똔 말이야?"

"그래."

"나는 그 여자를 좋아하지 않았어……" 그러고서 류드밀라 니꼴라예브나는 물었다. "너, 그림은 그리니?"

"스딸린그라드에서는 그렸어. 꾸이비셰프로 가고부터는 중단했지만."

"너 자랑스러워해도 돼. 비쨔가 피난 갈 때 네 그림 두점 챙겨갔었어."

제냐가 방긋 웃었다. "기분 좋네."

"근데 중요한 얘기를 통 안 하네? 장군 사모님, 어때? 만족스러워? 그를 사랑해?" 류드밀라가 물었다.

"그럼, 행복하지. 사랑하고, 사랑받고……" 제냐는 가운을 여미며 재빠른 시선으로 류드밀라를 살핀 뒤 덧붙였다. "내가 왜 모스끄바에 왔냐고 물었지? 니꼴라이 그리고리예비치가 체포돼서 루뱐까에 앉아 있어."

"맙소사! 대체 뭣 때문에? 그런 100퍼센트짜리 공산주의자가!"

"그럼 우리 미쨔는? 언니의 아바르추끄는? 다들 이미 200퍼센트짜리였던 것 같은데."

"하지만 그는 정말이지 가혹할 정도였잖아……" 류드밀라 니꼴라예브나는 잠시 생각에 잠겼다가 입을 열었다. "니꼴라이 말이야! 집단화가 전면적으로 진행되는 동안 농민들을 조금도 동정하지 않았잖아. 언젠가 내가 이게 다 뭐 하는 거냐고 물었더니 그가 뭐라고 했는지 알아? '부농인데 알 게 뭡니까.' 빅또르에게도 강한 영향을 주었어."

"제발, 류다," 제냐가 질책하듯 대꾸했다. "언니는 늘 사람들의 나쁜 점만 기억하고 굳이 그걸 입 밖으로 꺼내더라. 그것도 그럴 필요가 없는 순간에 말이지."

"어쩔 수 없잖아. 타고난 성격이 끌채처럼 직선적인걸."

"그래그래, 그저 그 끌채 미덕을 자랑스러워하지만 말아줘." 제냐가 말했다.

그녀는 속삭이듯 말했다. "류다, 나도 소환됐었어."

그녀는 소파에 놓인 언니의 머릿수건을 집어 그것으로 전화기를 덮고는 말했다. "도청할 수도 있대. 나한테서 서명을 받아갔어."

"넌 니꼴라이랑 혼인 등록이 안 되어 있는 걸로 아는데."

"안 돼 있지. 하지만 어땠는지 알아? 아내한테 하듯이 나를 심문했어. 내가 얘기해줄게. 신분증을 가지고 출두하라는 통지서를 보낸 거야. 별별 생각이 다 들더라고. 머릿속으로 모든 사람, 모든 것을 다 꼽아봤지. 미쨔, 이다, 심지어 언니의 아바르추끄까지 감옥에 들어앉은 사람을 다 떠올렸지만 니꼴라이 생각은 전혀 못했어. 5시까지 오라고 하기에 관청 사무실로 갔어. 벽에 스딸린과 베리야의 거대한 초상화가 걸려 있는 평범한 사무실이었지. 보통 체격의 젊은 놈이 모든 걸 다 꿰뚫어보는 듯한 눈으로 다짜고짜 묻는 거야. '니꼴라이 그리고리예비치 끄리모프의 반혁명적 활동에 대해 아시오?' 그렇게 시작했어…… 난 두시간 반 동안 거기 앉아 있었어. 이미 여기서 빠져나가긴 글렀다는 생각이 몇번이나 들더라고. 게다가 그는 글쎄 한마디로 노비꼬프가 무슨 몹쓸 괴물이고, 맙소사, 내가 노비꼬프가 무심코 떠벌리는 정보를 듣고서 니꼴라이 그리고리예비치에게 넘겨줄 생각으로 그 사람이랑 가까이 지낸다고 암시했어. 온몸이 다 나무토막으로 변하는 기분이었지. 나는 말했어. '그거 아세요? 끄리모프가 얼마나 광신적인 공산주의자인지 말이에요. 그 사람이랑 있으면 당 지역위원회에 와 있는 것 같다고요.' 그러자 수사관이 그러더라. '아하, 그렇군. 그렇다면 노비꼬프에게서는 소비에뜨적인 인간을 발견하지 못했다는 뜻이지요?' 그래서 내가 그랬지. '당신 정말 이상한 일을 하는군요. 다들 전방에서 파시스트와 싸우고 있는데, 당신은 이렇게 젊은데도 후방에 앉아 그 사람들에게 오물이나 뿌려대잖아요.' 그러고서 이제 면상이라도 얻어맞겠구나 생각했는데, 그 사람은 당황하면서 얼굴을 붉히더라. 아무튼, 니꼴라이는 체포됐어. 뜨로쯔끼주의니, 게슈타포와의 연결이니 하는 무슨 말도 안 되는 죄랑 엮여서 말이야."

"너무 끔찍해." 그렇게 말한 뒤 류드밀라 니꼴라예브나는 생각했다. 똘랴도 포위되어 그 비슷한 의심을 받을 수 있었겠지.

"상상해봐, 비쨔가 이 소식을 어떻게 받아들일지?" 그녀가 말했다. "안 그래도 끔찍할 정도로 신경이 곤두서 있는데. 늘 자기가 감옥으로 끌려갈 거라고 생각하거든. 매번 자기가 언제 어디서 누구랑 이야기를 나눴는지 되짚어본다고. 특히 그 재수 없는 까잔 시절을 얼마나 자주 떠올리는지……"

예브게니야 니꼴라예브나는 얼마간 언니를 뚫어져라 바라보더니 마침내 입을 열었다. "가장 무서운 게 뭔지 알아? 심문관이 그런 말을 하더라. '뜨로쯔끼가 당신 남편의 논설을 읽고 '대리석 같다'고 감탄했다는 얘길 남편한테 들어놓고서, 어떻게 남편의 뜨로쯔끼주의를 모른다고 할 수 있소?' 집에 가면서 생각해봤는데, 분명 니꼴라이는 그 얘길 들려주면서 '당신만 아는 거야'라고 했거든. 그러다 밤에 갑자기 깜짝 놀랐지. 딱 한번, 노비꼬프가 가을에 꾸이비셰프에 왔을 때 내가 그 이야기를 들려준 게 생각난 거야. 정말 너무 무서워서 미칠 것 같더라고……"

"너는 불행한 운명을 타고났어. 바로 너한테 그런 일이 일어나도록 되어 있다고."

"그게 무슨 소리야?" 예브게니야 니꼴라예브나가 짜증스럽게 물었다. "언니한테도 충분히 생길 수 있는 일이야."

"아니, 그건 아니지. 넌 한 남자와 헤어지고 다른 남자를 만났잖아. 그리고 그 남자한테 다른 남자 이야기를 했고."

"언니도 똘랴 아버지랑 헤어졌잖아. 언니도 빅또르 빠블로비치에게 여러가지 이야기를 했을 거야."

"아니, 틀렸어." 류드밀라 니꼴라예브나는 확신에 차서 고개를 저었다. "그거랑은 달라. 그건 비교가 안 되는 거야."

"대체 왜?" 제냐는 언니를 바라보고 문득 노여움을 느끼며 말했다. "언니가 하는 소리는 그냥 어리석은 소리란 걸 인정해."

"몰라, 아마도 그렇겠지." 류드밀라 니꼴라예브나는 평온하게 대꾸했다.

예브게니야 니꼴라예브나가 물었다. "시계 있어? 꾸즈네쯔끼 24번지로 가봐야 하거든." 그러고는 더이상 노여움을 감추지 않고 말했다. "류다, 언니 성격 정말 유별나다. 언니가 방 네개짜리 아파트에서 사는 건 우연이 아니네. 엄마는 까잔에서 집 없는 신세로 지내는 걸 더 좋아하는 반면에 말이야."

이 잔혹한 말을 내뱉자마자 제냐는 후회가 들었고, 둘 사이의 신뢰가 어떤 오해보다 강하다는 사실을 언니가 느끼기를 바라면서 덧붙였다.

"노비꼬프를 믿고 싶어. 하지만 그래도…… 대체 어떻게 그 말이 보안기관에 알려지게 됐을까? 어디서부터 이 끔찍한 혼란이 시작된 걸까?"

이 순간 제냐에게는 어머니의 존재가 너무도 간절했다. 아, 엄마가 있으면 그 어깨에 머리를 기대고 말할 텐데. '엄마, 있지, 나 너무 피곤해.'

"어쩌면," 류드밀라 니꼴라예브나가 말문을 뗐다. "네 장군님이 어쩌다 다른 사람한테 그 이야기를 했을 수도 있지. 그걸 들은 사람이 밀고를 했고."

"맞아, 그럴 거야." 제냐가 말했다. "정말 이상하지, 그렇게 간단한 생각이 내 머리에는 도통 떠오르질 않았으니 말이야."

언니 집의 고요와 안정 속에서, 제냐는 자신을 지배하는 마음의 혼란을 더욱 강하게 느꼈다…… 끄리모프를 떠나며 미처 다 느끼지 못한 감정, 생각하지 못한 모든 것, 그와 헤어져 있는 동안 비밀스레 그녀를 괴롭히던 모든 고통, 사라지지 않은 애정과 그에 대한 걱정, 그에게 익숙해져버린 자신의 상태 같은 것들이 최근 몇주 사이 한층 새롭고 강하게 타오르고 있었다.

직장에서도, 전차에서도, 식료품 사는 줄에 서 있을 때도 그녀는 그에 대해 생각했다. 거의 매일 밤 꿈에서 그를 보았고, 신음하고 비명을 지르다가 잠에서 깨었다. 늘 화재와 전쟁이 나오고, 니꼴라이 그리고리예비치를 위협하는 위험이 도사리는 괴로운 꿈들이었다.

아침에도 그랬다. 서둘러 옷을 입고, 세수하고, 직장에 늦을까봐 걱정하면서도 그녀는 그에 대해 생각했다.

자신이 그를 사랑한다고는 생각지 않았다. 하지만 도대체 사랑하지 않는 사람을 그렇게 항상 생각하는 것이, 그의 불행한 운명을 그렇게 고통스럽게 체험하는 것이 가능한 일일까? 리모노프와 샤로고로츠끼가 비웃음을 흘리며 그가 가장 좋아하는 시인들과 화가들을 재능 없는 자들이라 부를 때마다, 어째서 그녀는 니꼴라이가 보고 싶었던 걸까? 왜 그의 머리카락을 쓰다듬고 애무하며 그를 동정하고 싶었던 걸까?

지금 그녀는 더이상 그의 광신주의를, 박해받는 이들의 운명에 대한 무관심을, 전면적 집단화 시기에 부농에 대해 말하며 내뿜던 증오를 기억하지 못했다.

지금 그녀에게는 그저 좋은 것, 낭만적인 것, 감동적인 것, 슬픈 것만 기억났다. 지금 그녀를 지배하는 그의 힘은 바로 그의 약한 면에서 비롯한 것이었다. 그 어린애 같은 눈, 어쩔 줄 모르는 미소, 어색한 동작이 그녀의 가슴을 파고들었다.

그녀는 다 찢긴 견장을 매달고 회백색 턱수염을 기른 그를 보았다. 밤중에 침상에 누운 그를 보았다. 감옥 마당을 거니는 그의 등을 보았다…… 아마도 그는 그녀가 직감적으로 자신의 운명을 예견했으며, 그것이 결별의 이유라 생각하고 있으리라. 그는 감옥의 침상에 누워 그녀를…… 장군의 아내를 생각하고 있다……

이 감정이 연민인지, 사랑인지, 아니면 양심이나 의무감에서 오는 것인지 그녀는 알지 못했다.

노비꼬프는 그녀에게 통행증을 보냈고, BBC에서 온 친구와 군사 통신으로 의논해서 제냐를 더글러스에 태워 전선군 참모부에 데려오기로 합의를 보았다. 상사는 그녀가 전선에 다녀올 수 있도록 삼주의 휴가를 허락했다.

'그는 이해할 거야. 틀림없어. 내가 달리 어쩔 수 없었다는 걸 그도 알 거야.' 그녀는 속으로 이 말을 수없이 반복하며 자신을 달랬다.

그녀는 자신이 노비꼬프에게 끔찍한 짓을 했다는 것을 알고 있었다. 그는 그녀를 기다리고 또 기다리고 있었다.

그녀는 그에게 가혹한 진실을 모두 솔직하게 적어 보냈다. 편지를 보낸 뒤에야 군 검열관이 그걸 다 읽으리라는 생각이 들었다. 모든 내용이 노비꼬프에게 극심한 해를 끼칠 수 있었다.

'하지만 틀림없어. 그는 이해할거야.' 그녀는 되풀이해 생각했다.

그러나 문제는, 노비꼬프가 그녀를 이해한다면 그녀와 영원히 헤어질 것이라는 사실이었다.

그녀는 그를 사랑하는 걸까? 아니면 자신을 향한 그의 사랑을 사랑하는 걸까? 결국 어쩔 수 없이 그와 헤어져야 한다고 생각하니 혼자 남겨지는 것에 대한 공포와 비애와 경악의 감정이 덮쳐왔다.

그녀 자신이 자신의 의지에 따라 자신의 행복을 망친다는 생각이 정말이지 견디기 어려웠다. 하지만 그보다 더욱 힘든 것은, 이제 자신이 할 수 있는 일이 아무것도 없다는 사실이었다. 그녀는 무엇도 바꾸거나 돌이킬 수 없었다. 그들의 완전하고도 최종적인 결별은 이미 그녀 자신이 아니라 노비꼬프에게 달려 있었다.

노비꼬프에 대해 생각하는 것이 너무나 견디기 어렵고 고통스러울 지경에 이르자 그녀는 니꼴라이 그리고리예비치를 떠올리기 시작했다. 이젠 그와 마주 앉아 대질심문을 받아야 할 것이었다…… 안녕, 내 불쌍한 사람……

노비꼬프는 키가 크고, 어깨가 넓고, 강하며, 권력을 지닌 사람이야. 그 사람한테 내 지원 같은 건 필요 없어. 혼자 추스를 수 있겠지. 그녀는 그를 '호위 무사'라 부르곤 했다. 그녀는 그 멋지고 사랑스러운 얼굴을 결코 잊지 못할 것이며, 늘 그에 대해, 자신이 망가뜨린 행복에 대해 안타까워할 것이다. 자기연민, 자기연민은 안 돼, 안 돼. 그녀는 자신의 고통이 두렵지 않았다.

하지만 노비꼬프는…… 사실 노비꼬프는 그렇게까지 강하지 않지. 이따금씩 그의 얼굴에 어찌할 바 모르는 소심한 표정이 떠오르곤 했잖아……

그리고 그녀 역시 자신에게 그렇게까지 잔혹할 수 없었고, 자신의 고통에 대해서 무관심할 수도 없었다.

동생의 생각을 읽기라도 한 듯 류드밀라가 물었다.

"네 장군님은 대체 어떻게 되는 거니?"

"그걸 생각하는 게 너무 무서워."

"널 한대 때려줘야 할 텐데."

"내가 달리 어떻게 할 수 있었겠어!" 예브게니야 니꼴라예브나가 애처롭게 말했다.

"그 갈팡질팡이 마음에 안 든다는 거야. 한번 떠났으면 아주 떠난 거야. 한번 왔으면 아주 온 거고. 이중적인 태도로 이쪽저쪽 오가면서 들큰한 젤리를 만들어 펴바르지는 말아야지."

"그래서, 악을 떠나 선을 행하라고? 난 그런 법칙에 따라서 살 줄 몰라."

"그런 말이 아니야. 난 끄리모프가 마음에 들지 않지만 그를 존중해. 반면에 네 장군님은 얼굴 한번 못 봤지. 하지만 그 사람 아내가 되겠다고 마음먹은 이상 그 결심에 책임감을 가져야지. 너는 너무 무책임하잖아. 남편이 높은 지위에 올라 전쟁터에서 싸우고 있는데, 그사이 아내는 구금된 남자에게 차입물이나 날라다주고…… 그런 일이 결국 어떻게 끝나는지 너도 알잖아."

"그래, 알아."

"정말 그 사람을 사랑하기는 하니?"

"그만해, 제발." 제냐는 눈물을 흘리며 생각했다. '난 대체 누구를 사랑하는 거지?'

"아니, 얼른 대답해봐."

"나더러 어쩌란 말이야! 좋아서 루뱐까 문턱을 넘어다니는 사람은 없다고."

"너 자신만 생각하지 말라는 얘기야."

"물론 나 자신만 생각하지 않지."

"빅또르랑 똑같은 소릴 하네. 그런데 그 사람 밑바닥에는 오직 에고이즘만 있거든."

"언니 논리 정말 황당하네. 하긴, 어렸을 때부터 늘 놀랍긴 했어. 언니는 그걸 에고이즘이라고 불러?"

"네가 어떻게 그를 돕겠다고. 판결을 바꿔놓을 수도 없잖아."

"자, 언니를 한번 감방에 처넣으라지. 그럼 알게 될 거야, 가까운 사람들이 어떤 도움을 주는지."

류드밀라 니꼴라예브나는 화제를 바꿀 요량으로 불쑥 물었다.

"자, 말 좀 해봐, 이 신랑 못 찾은 여자야. 혹시 너 마루샤 사진 가진 거 있어?"

"딱 한장 있어. 다 같이 소꼴니끼에서 찍은 거. 기억나?" 그녀는 류드밀라의 어깨에 머리를 대고는 원망 섞인 목소리로 중얼거렸다. "나 정말 피곤해."

"진정하고 눈 좀 붙여. 오늘 아무 데도 가지 말고." 류드밀라 니꼴라예브나가 말했다. "잠자리 봐줄게."

제냐는 반쯤 뜬 눈으로 고개를 저었다.

"아니, 그럴 필요 없어. 그냥 사는 게 피곤하다고."

류드밀라는 커다란 봉투를 가져와 동생의 무릎에 사진 무더기를 쏟았다.

제냐는 사진을 한장씩 집어들며 탄성을 질렀다. "와…… 이거 기억나, 별장에서 찍은 거…… 아이고, 꼬맹이 나쟈 좀 봐, 정말 웃긴다…… 이건 아빠가 유형에서 돌아온 다음에 찍은 거네…… 이것 봐, 미쨔 고등학교 때 사진이야. 진짜 세료자랑 놀랄 만큼 닮았다. 특히 얼굴 윗부분이…… 여기 엄마가 마루샤를 안고 있네. 나는 아직 태어나지도 않았을 때지……"

그중 똘랴 사진은 하나도 없다는 것을 알아챘지만, 그녀는 언니에게 똘랴 사진이 어디 있느냐고 묻지 않았다.

"자, 부인," 류드밀라가 말했다. "이제 부인께 식사 대접을 해야겠군요."

"그래, 내가 먹성이 좋긴 하지." 제냐가 말했다. "어렸을 때부터 그랬어. 근심거리가 있어도 식욕은 잃지 않는다니까."

"그래, 다행이네." 류드밀라 니꼴라예브나가 말하고 동생에게 입을 맞추었다.

24

제냐는 위장용 빗금무늬와 점들로 얼룩얼룩한 볼쇼이극장 근처에서 전차를 내렸다. 전쟁 전에 친구들이 출품했었고 언젠가 그녀의 그림도 걸렸던 예술재단의 전시회장을 지나치는 줄도 모른 채, 그녀는 꾸즈네쯔끼 다리를 따라 내처 걷기만 했다.

이상한 감정이 그녀를 휩쌌다. 그녀의 인생은 집시 여자가 점을 치느라 섞어놓은 카드와도 같았다. 그리고 이제 갑자기 모스끄바 패가 나온 것이다.

멀리 루뱐까의 우뚝 솟은 암회색 대리석 벽이 보였다.

'안녕, 꼴랴.' 그녀는 생각했다. 니꼴라이 그리고리예비치 역시 그녀가 가까이 있음을 감지했을 것이다. 아마 이유도 모른 채 불안과 흥분에 휩싸여 있으리라.

옛 운명이 그녀의 새로운 운명이 되었다. 영원히 과거로 사라졌다 믿었던 것이 그녀의 미래가 되었다.

반짝이는 유리창 너머 거리가 내려다보이는 널찍한 새 대합실은 폐쇄되어 있었다. 방문객 접견은 예전 대합실에서 이루어진다고 했다.

그녀는 더러운 안뜰에 들어서서 헐어 부서진 벽을 지나 반쯤 열린 문으로 다가갔다. 대합실의 모든 것이 놀랄 만큼 평범해 보였다. 잉크 자국이 있는 탁자들, 벽에 붙여놓은 나무 장의자들, 나무 창턱이 달린 창구들.

루뱐까 광장, 스레젠까 거리, 푸르까숍스끼 골목, 말라야 루뱐까 거리가 내려다보이는 거대한 석조건물과 이 촌스러운 관청 사무실 사이에 아무런 관련도 없는 것만 같았다.

대합실은 붐볐다. 대부분 여자인 방문객들이 창구 앞에 줄을 서 있었고, 몇몇은 장의자에 앉아 있었다. 알이 두꺼운 안경을 낀 어떤 노인은 탁자 앞에 서서 무슨 종이에 필요한 사항들을 적어넣는 중이었다. 여기 있는 남녀노소의 얼굴들을 바라보며, 제냐는 이들의 눈과 입가의 주름에서 드러나는 유사성을 알아차렸다. 전차에서, 거리에서 이런 사람을 만나면 틀림없이 꾸즈네쯔끼 다리로 간다는 사실을 짐작할 수 있으리라.

그녀는 붉은군대 병사의 제복을 입은, 그러나 왠지 붉은군대 병사 같지는 않은 젊은 수위에게 다가갔다.

"처음이세요?" 그가 묻더니 벽 앞의 창구를 가리켰다.

제냐는 손에 신분증을 쥐고 줄을 섰다. 손가락과 손바닥이 흥분으로 축축해졌다. 그녀 앞에 베레모를 쓰고 서 있던 여자가 나지막한 목소리로 말을 걸었다.

"내부 감옥에 없으면 마뜨로스까야 찌시나로 가야 하고, 거기에도 없으면 부띠르 감옥으로 가야 해요. 그곳에서는 알파벳 순서에 따라 접견 날짜가 정해지죠. 만약 거기에도 없으면 레포르또보 군사 감옥으로 가고, 거기에도 없으면 다시 여기로 오는 거예요. 난 한달 반째 아들을 찾고 있어요. 참, 군검찰청에는 이미 다녀왔죠?"

줄은 빠른 속도로 움직였고, 제냐가 보기에 이는 좋은 징조가 아니었다. 아마 형식적인 한두마디로만 대화가 끝나는 모양이었다. 하지만 나이가 많고 옷차림이 근사한 어느 여자가 창구로 갔을 땐 한참이나 지체되었다. 전화 통화만으로는 확실하지 않아 담당관이 상황을 확인하러 갔다고 설명하는 소리가 들려왔다. 여자는 줄을 향해 반쯤 돌아서 있었는데, 가늘게 뜬 그 눈초리가 자기는 탄압받는 자들의 이 초라한 친척 무리와 똑같이 대우받을 생각이 없다고 주장하는 듯했다.

곧 줄이 다시 빠르게 움직이기 시작했다. 한 젊은 여자가 창구에서 멀어지며 조그맣게 중얼거렸다. “늘 똑같은 소리예요. 차입물은 금지라고.”

“심리가 안 끝났다는 뜻이죠.” 앞에 서 있던 베레모 여자가 예브게니야 니꼴라예브나에게 설명했다.

“그럼 면회는요?” 제냐가 물었다.

“면회요?” 여자가 되묻고는 제냐의 순진함에 씩 웃었다.

인간의 등이 영혼의 상태를 그토록 통렬하게 표현할 수 있다는 걸 예브게니야 니꼴라예브나는 처음으로 깨달았다. 창구로 다가가는 사람들은 하나같이 특별한 방식으로 목을 길게 내밀었다. 그들의 추켜올린 어깨와 긴장한 견갑골이 비명을 지르고, 울고, 흐느끼는 것 같았다.

제냐 앞에 여섯 사람이 남았을 때 창구가 닫히더니 이십분 뒤에 진행된다는 안내가 나왔다. 줄을 이루고 있던 사람들 모두 소파와 장의자로 가 앉았다.

여기엔 아내들과 어머니들이 있었고, 나이 지긋한 남자도 있었다. 그는 엔지니어인데, 베오까세[63]의 통역인 아내가 감금되어 있다고 했다. 어머니가 체포되었고 아버지는 1937년에 서신 왕래 금지 십년형을 선고받은 9학년 여학생도 있었다. 아파트 이웃 여자가 데려온 눈먼 노파도 있었다. 그녀는 아들 소식을 확인하느라 왔다고 했다. 러시아어에 서툰 외국 여자도 있었다. 독일 공산주의자의 아내였다. 그녀는 외국산 격자무늬 외투를 입고 알록달록한 천 가방

63 전 소련 대외문화교류협회의 약어. 1925~58년 사이 존재했다.

을 손에 들었는데, 그 눈은 러시아 노파들의 눈과 완전히 똑같은 표정을 띠었다.

여기엔 러시아 여자들, 아르메니아 여자들, 우끄라이나 여자들, 유대계 여자들이 있었고, 모스끄바 근교의 집단농장에서 온 여자도 있었다. 탁자 앞에서 설문지를 채우던 노인은 찌미랴제프 아카데미[64]의 교수였다. 학생인 손자가 체포되었는데, 아마 저녁 파티에서 떠벌린 말 때문일 거라고 했다.

그 이십분 사이 제냐는 많은 것을 듣고 알게 되었다.

오늘 근무자는 꽤 괜찮은 사람이라고…… 부띠르에서는 통조림을 받지 않는다고…… 괴혈병에 걸리지 않도록 하려면 마늘과 양파는 반드시 넣어줘야 한다고…… 지난 수요일에 어떤 남자가 서류를 받으러 왔었는데, 들자니 그는 심문 한번 받지 않은 채 부띠르에서 삼년을 지내다가 풀려났다고…… 체포된 다음 수용소로 가기까지는 보통 일년 가까이 걸린다고…… 좋은 옷가지를 넣어줄 필요는 없다고, 끄라스나야 쁘레스냐 중계 감옥[65]에는 정치범들과 형사범들이 함께 갇히는데 그때 형사범들한테 전부 빼앗긴다고…… 얼마 전에 여기 왔던 여자의 남편은 최고의 건축 기술자인데 젊은 시절 어떤 여자와 잠시 관계를 가졌다가 한번도 본 적 없는 아이 때문에 평생 양육비를 내주었고, 그 아이가 자라서 독일 진영으로 넘어갔다고, 결국 남자는 조국을 배반한 자의 아버지라는 이유로 십년형을 받았다고…… 선고의 대부분은 58조 10항 반

64 국립 농과대학을 말한다. 식물학자 끌리멘뜨 아르까지예비치 찌미랴제프(Kliment Arkad'evich Timiryazev, 1843~1920)의 이름을 따 흔히 찌미랴제프 아카데미라고 불렀다.

65 모스끄바 호로쇼뵤-므뇨브니끼 구역에 있는 형무소. 호송 죄수들의 중계 감옥이었다.

혁명 선동죄에 근거해서 이루어진다고, 떠벌리고 허튼소리를 했기 때문이라고…… 5월 1일 노동절 전에 많이 잡아들인다고…… 대체로 특히 축제일 전에 잡아들인다고…… 여기 왔던 어떤 여자는 집에서 심문관의 전화를 받았는데 갑자기 남편 목소리가 들렸다고……

이상하게도 제냐는 류드밀라의 집에서 목욕을 마친 때보다 여기 엔까베데 대합실에서 훨씬 더 마음이 편안하고 가벼워졌다.

차입물을 넣어도 된다고 허락받은 여자들이 얼마나 행복해 보이는지!

곁에 있던 누군가가 들릴락 말락 한 목소리로 말했다. "저들은 1937년에 체포된 사람들에 대한 정보를 아무렇게나 꾸며대요. 어떤 여자는 처음 왔을 때 남편이 '살아서 노동한다'는 대답을 들었는데, 두번째로 왔을 땐 똑같은 당직자한테서 증명서를 받았대요, '1938년에 사망함'이라고."

이제 창구 너머에 앉은 사람이 고개를 들어 제냐를 바라보았다. 어제는 아마도 소방행정처에서 일했고, 상부의 명령이 떨어지면 내일은 포상과에서 기록을 작성하게 될 관청 서기의 평범한 얼굴이었다.

"체포된 사람에 대해 알고 싶어서 왔어요. 이름은 끄리모프, 니꼴라이 그리고리예비치입니다." 제냐를 모르는 사람들까지도 지금 그녀가 원래 목소리로 말하지 않는다는 사실을 알아차릴 것 같았다.

"언제 체포되었죠?" 당직자가 물었다.

"11월요."

그가 서류를 하나 꺼냈다. "작성해서 다시 줄을 서지 말고 곧장 저한테 주고 가세요. 답변은 내일 받으러 오면 됩니다."

종이를 내밀며 그가 다시 한번 그녀의 얼굴을 쳐다보았다. 이 순간적인 시선은 평범한 관청 서기의 것이 아니라 모든 것을 기억하는 명민한 시선, 바로 보안부 요원의 시선이었다.

제냐는 서류를 채워나갔다. 그녀의 손가락이 바로 조금 전 이 의자에 앉아 있던 찌미랴제프 아카데미 노인의 손가락처럼 떨리고 있었다.

체포된 자와의 관계를 묻는 질문에 그녀는 '아내'라고 적은 뒤 이 단어를 굵은 선으로 강조했다.

서류를 제출한 다음 제냐는 장의자에 앉아 신분증을 가방에 넣었다. 가방 속 이쪽 칸에서 저쪽 칸으로 몇번이나 신분증의 위치를 바꾸던 그녀는 마침내 자신이 여기 줄을 이루고 서 있는 사람들 곁을 떠나고 싶어 하지 않는다는 것을 깨달았다.

지금 이 순간 그녀가 원하는 것은 오직 하나, 자신이 여기 있으며, 그를 위해 모든 것을 내던지고 왔다는 사실을 끄리모프에게 알리는 것이었다.

그녀가 여기, 그의 곁에 있다는 사실을 알릴 수만 있다면.

제냐는 밖으로 나와 거리를 걸었다. 날이 저물고 있었다. 그녀는 이 도시에서 삶의 대부분을 보냈다. 하지만 그 삶, 전시와 극장, 레스토랑에서의 정찬, 별장 나들이, 교향악 연주회와 함께했던 삶은 이제 너무 멀리 사라져 더이상 그녀의 삶이 아닌 것 같았다. 스딸린그라드도, 꾸이비셰프도, 가끔은 신성해 보일 정도로 아름다운 노비꼬프의 얼굴도 사라져버렸다. 남은 것은 꾸즈네쯔끼 다리 24번지의 대합실뿐이었다. 그녀는 한번도 본 적 없는 도시의 낯선 거리를 걷고 있는 것만 같았다.

25

신발 위에 신었던 고무 덧신을 벗고 가정부 노파와 인사를 나누며, 시뜨룸은 반쯤 열린 체삐진의 서재 문을 힐끔 바라보았다.

나딸리야 이바노브나가 시뜨룸을 도와 외투를 벗기며 말했다. "들어가요. 기다리고 계세요."

"나제즈다 표도로브나는 집에 계십니까?" 시뜨룸이 물었다.

"아뇨, 어제 조카들이랑 별장으로 떠났어요. 빅또르 빠블로비치, 곧 전쟁이 끝날까요?"

"이런 얘길 들었어요." 시뜨룸이 말했다. "주꼬프의 운전사를 아는 사람들이 그에게 전쟁이 언제 끝날지 주꼬프에게 한번 물어봐 달라고 했대요. 그런데 주꼬프가 자동차에 올라타더니 운전사에게 이렇게 말했다지 뭡니까. '이 전쟁이 언제 끝날지 자네 혹시 아나?'"

이때 체삐진이 방에서 나오며 장난을 섞어 말했다. "할멈, 내 손님 가로채지 말고 할멈 손님을 초대해요."

체삐진에게로 오면 시뜨룸은 으레 고양감을 느끼곤 했다. 그리고 지금 특히, 비록 슬픔이 심장을 짓누르기는 하지만, 그간 잊었던 가벼움이 강하게 느껴졌다.

그는 서재로 들어가 책장들을 둘러보고 늘 그랬듯 『전쟁과 평화』의 구절을 입에 올리며 농담을 던졌다. "그래, 뭘 쓰긴 썼네. 농탕만 친 건 아니군."[66]

66 똘스또이의 『전쟁과 평화』 3권 2부 14장에 나오는 구절. 안드레이 공작의 무거운 책장을 밖으로 내가며 농부들끼리 주고받는 대화다.

그의 서가는 첼랴빈스크[67]의 공장 작업장처럼 무척이나 무질서해 보였다.

"아이들에게서는 편지가 왔습니까?" 시뜨룸이 물었다.

"큰애한테서 받았네. 작은애는 극동에 있지."

체삐진은 말없이 시뜨룸의 손을 꽉 쥐었다. 말로는 표현할 수 없는 무언가가 그 행위 속에 담겨 있었다. 노파 나딸리야 이바노브나도 다가와 빅또르의 한쪽 어깨에 입을 맞추었다.

"자네는 무슨 일 없었나, 빅또르 빠블로비치?" 체삐진이 물었다.

"모든 사람에게 일어난 그 일이 있었죠. 스딸린그라드 말예요. 이제 의심의 여지가 없어요, 히틀러 까뿌뜨.[68] 하지만 저 개인적으로는…… 모든 게 좋지 않은 상황이라 해야겠죠."

낮이나 밤이나 자기 병세에만 집착하는 환자의 태도로, 시뜨룸은 자신의 문제에 대해 게걸스럽게 이야기를 늘어놓기 시작했다.

"친구들과 아내는 자아비판 편지를 쓰라더군요. 스스로의 정당함을 비판하라니……" 그는 얼굴을 찡그린 채 어깨를 으쓱이며 말을 이었다. "빵 반죽과 표면으로 떠오르는 갖가지 찌꺼기에 관한 대화 기억하시죠? 전 늘 그걸 떠올려요…… 제 주변에 이렇게 더러운 쓰레기가 생긴 적이 없습니다. 그리고 웬일인지 이 모든 일이 승리의 시간과 동시에 왔어요. 그게 저에겐 특히 모욕적입니다. 정말이지 용서할 수 없을 만큼 모욕적이라고요."

그가 갑자기 체삐진의 눈을 똑바로 바라보았다.

"이게 우연이라고 생각하십니까?"

체삐진은 정말이지 감탄스러운 얼굴을 가지고 있었다. 평범하고

67 우랄 지역의 대도시. 시베리아 철도의 기점으로, 중공업이 발달된 곳이다.

68 독일어 kaputt(괴멸한, 망가진)의 러시아식 발음.

거칠기까지 한, 뼈가 튀어나오고 코가 짧은 농부 같은 얼굴, 동시에 지적이고 섬세하기로는 런던 귀족 저리 가라, 켈빈 경[69] 저리 가라 할 정도의 얼굴이었다.

"곧 전쟁이 끝날 테지." 체삐진은 침울하게 대답했다. "그때 다시 이야기하세, 무엇이 우연이고 무엇이 우연이 아닌지."

"그땐 전 이미 멧돼지들에게 전부 먹힌 다음일 겁니다. 당장 내일 과학위원회에서 절 난도질할 거예요. 지도부에서, 당위원회에서 결정한 일이겠죠. 과학위원회는 그 외형을 갖추어줄 테고요. 잘 아시잖습니까. 인민의 목소리, 사회의 요구, 뭐 그런 말을 들먹이겠죠."

체삐진과 이야기를 나누며 그는 이상한 기분을 느꼈다. 시뜨룸이라는 인간의 삶에 일어난 고통스러운 사건에 대해서 말하고 있는데, 웬일인지 마음이 가벼웠다.

"사실 난 사람들이 지금 자네를 은 쟁반, 아니, 아마도 금 쟁반에 고이 모시고 있으리라 생각했는데." 체삐진이 말했다.

"왜 그러겠습니까? 전 과학을 탈무드적 추상의 늪으로 끌고 갔고 실생활에서 분리했다는데요."

"그래그래, 참 놀라운 일이지! 자, 들어보게. 남자가 여자를 사랑하네. 그에게 삶의 의미는 그녀 속에 있지. 그녀가 그의 행복이고, 열정이고, 기쁨이야. 하지만 그는 웬일인지 그걸 숨겨야 하네. 이 감정이 점잖지 않은 것으로 여겨지거든. 그래서 그는 여자가 자신에게 식사를 마련해주고, 양말을 꿰매주고, 속옷을 빨아주기 때문에 그녀와 잔다고 말해야 하는 거야."

69 William Thomson(1824~1907). 제1대 켈빈 남작이자 아일랜드에서 태어난 영국의 물리학자.

그가 손을 활짝 펼쳐 얼굴 앞에 들어올렸다. 그의 손 역시 감탄스러웠다. 강한 집게와도 같은 노동자의 손이자, 너무도 귀족적인 손이었다.

"하지만 난 부끄러워하지 않겠네." 체뻬진은 갑자기 울화통을 터뜨렸다. "먹을 걸 끓여달라고 하는 사랑은 필요 없어. 학문의 가치는 그것이 사람들에게 주는 행복 속에 있네. 그런데도 우리의 학문적 모범생들은 과학이 실생활을 돕는 가정부고, 셰드린의 말마따나 '뭘 할깝쇼?'[70]라는 원칙에 따라 일하고, 그래서 우리가 데리고 있고 참아준다고 고개를 끄덕이지. 아니, 그건 말도 안 돼. 학문적 발견은 그 자체로 최고의 가치를 지니는 법이야! 바로 그 발견들이 인간을 증기기관이나 터빈, 항공술, 또 노아에서 우리 시대에 이르기까지 발전해온 모든 야금술보다 훨씬 더 높은 곳으로 끌어올리지. 영혼을, 영혼을!"

"저도 동의합니다, 드미뜨리 뻬뜨로비치. 하지만 스딸린 동지는 그 의견에 동의하지 않지요."

"하지만 근거 없이, 근거 없이. 여기 또다른 면이 존재하네. 오늘의 맥스웰의 추론은 내일 전쟁터의 무선 신호로 변화하고, 아인슈타인의 중력장 이론과 슈뢰딩거의 양자역학, 보어의 체계 또한 내일은 최고로 위력적인 실제적 기술로 변할 수 있네. 이걸 이해하지 못한다니…… 어떤 바보도 이해할 만큼 쉬운 것을."

"하지만 직접 경험하셨잖습니까! 정치지도자들은 오늘의 이론이 내일의 실제가 되리라는 걸 인정하려 들지 않아요."

"아니, 바로 그 반대네." 체뻬진이 천천히 말했다. "나 자신이 연

70 러시아 작가 셰드린(Mikhail Saltykov-Shchedrin, 1826~89)이 언론을 비꼬며 했던 말. 자기만의 원칙 없이 세태에 따라 움직이는 사람을 표현할 때 주로 쓰인다.

구소를 이끌기를 원하지 않았어. 그건 바로 내가 오늘의 이론이 내일 실제가 되리라는 걸 알았기 때문이지. 하지만 이상해, 이상해. 핵반응 문제 연구와 연관해서 그들이 시샤꼬프를 밀었다고 확신하는데, 그 문제는 자네 없이는 안 되는데…… 정확히 말하면 생각지도 못했고. 내 견해는 여전하네."

"제가 이해하지 못하는 건 선생님이 연구소를 떠난 동기예요. 도대체 그게 무슨 말씀인지 모르겠군요. 우리 당국이 연구소에 선생님을 불안하게 하는 과제를 설정한 건 아닙니다. 그거야 분명하지요. 하지만 당국은 훨씬 명확한 과제에 있어 실수를 저지르기도 하지요. 주인님께서 독일인들과의 우호 관계를 강화하더니 전쟁이 일어나기 직전에는 히틀러에게 급행열차로 고무며 이런저런 원자재들까지 내줬지요. 반면 우리 업무에 관해서는…… 그래요, 위대한 정치가도 실수를 할 수 있어요.

하지만 제게는 거꾸로입니다. 전쟁 이전에 제가 했던 연구는 모두 실제적인 것들이었습니다. 첼랴빈스끄의 공장에 다니며 전자설비를 만들었죠. 그러다 전쟁 동안에……" 그는 손을 내저었다. 즐거운 체념의 몸짓이었다. "풀기 어려운 문제로 들어가버린 겁니다. 때로는 무섭기도 하고 거북하기도 한 문제로요. 정말이지…… 제가 원한 건 핵반응의 물리학 이론을 구축하는 것뿐이었습니다. 거기서는 중력, 질량, 시간이 와해되고 존재하지 않는 공간이 둘로 쪼개지지요. 그저 수학적 의미 외에는 아무것도 없어요. 제 실험실에 사보스찌야노프라는 젊은이가 있습니다. 젊고 재능 있는 친구예요. 그 친구랑 제 연구에 대해 이야기를 나누기 시작했습니다. 그가 제게 이것저것 묻고 저는 대답했지요. 이건 아직 이론이 아니라 계획안에 불과하다, 하나의 아이디어일 뿐이다, 제2의 공간이라는 건 수학 방정식에서나 존재할 뿐 실재하지 않는다, 소립자의 대칭이 방정식에 부합하는지 나는 모른다, 수학적 해결이 물리학에서보다 먼저 나온 셈이다, 입자물리학이 이 방정식에 들어맞는지는 모르겠다고요. 사보스찌야노프는 열심히 듣더니 말하더군요. '대학 동기가 생각나네요. 그 친구는 방정식을 풀다가 막히면 이건 과학이 아니라고, 덤불 속에서 눈먼 사람들이 벌이는 성교라고 중얼거리곤 했어요.'"

체뻬진이 웃음을 터뜨렸다. "자네 자신이 수학 방정식에 물리학적 의미를 부여할 수 없다니 정말 이상하네. 이상한 나라의 고양이가 떠오르는군. 처음에는 미소만 보였다가 나중에야 고양이가 나타나잖나.[71]"

"아, 바로 그거예요. 전 마음속으로 확신합니다." 시뜨룸이 말을 이었다. "이것이 제 인생의 중심축이고, 바로 여기에 이 축이 놓여 있어요. 저는 견해를 바꾸지 않을 겁니다. 물러서지 않아요. 저는 제 신념을 포기하는 사람이 아닙니다."

"수학과 물리학이 막 이어지려는 순간 실험실을 떠난다는 게 자네에게 어떤 의미인지 충분히 이해하네. 정말 마음이 아프겠지. 하지만 난 자네를 위해 기뻐하네. 그 명예는 결코 지워지지 않을 걸세."

"저 자신이나 지워지지 않기를 바랄 뿐입니다." 시뜨룸이 대꾸했다.

나딸리야 이바노브나가 차를 가지고 들어오더니 책상 위의 책을 옮겨 자리를 만들었다.

71 루이스 캐럴의 소설 『이상한 나라의 앨리스』에 등장하는 체셔 고양이를 말한다.

“야, 레몬……” 시뜨룸이 말했다.

“귀한 손님이니까요.” 나딸리야 이바노브나가 말했다.

“아무 가치도 없는 인간이지요.”

“그만, 그만.” 체삐진이 말했다. “무슨 그런 말을.”

“아니, 정말이에요, 드미뜨리 뻬뜨로비치. 내일 저를 끝장낼 겁니다. 느낌이 와요. 모레쯤엔 어디 있게 될까요?”

그는 찻잔을 당겨와 티스푼으로 받침 접시 가장자리를 두드려 절망의 행진곡을 연주하면서 멍하니 “야, 레몬……” 하고 중얼거리곤 당혹감에 얼굴을 붉혔다. 같은 어조로 같은 말을 두번이나 반복하다니.

잠시 정적이 흐른 뒤 체삐진이 입을 열었다. “자네 의견을 좀 들어보고 싶은데.”

“저야 늘 준비되어 있죠.” 시뜨룸은 멍하니 대답했다.

“그래, 특별한 얘기는 아니야. 그냥 허황한 소리지……[72] 들어보게. 알다시피 우주의 무한성은 이미 뻔한 사실이 되었네. 은하계는 언젠가 가난한 난쟁이가 차에 넣어 먹는 설탕 조각 같은 게 되고, 전자나 중성자는 걸리버들이 사는 세계가 될 걸세. 이미 어린 학생들도 아는 얘기지.”

시뜨룸은 고개를 끄덕이며 생각했다. ‘정말 허황한 소리네. 오늘 노인네 컨디션이 별로 좋지 않은 모양이야.’ 그는 내일 회의에 나타날 시샤꼬프의 모습을 떠올리고 있었다. ‘아니, 난 안 갈 거야. 거기 참석했다가는 결국 자아비판을 하거나 정치적 문제에 대해 논쟁을 벌이게 되겠지. 그건 자살행위나 마찬가지야……’

72 원문은 “마닐롭시나”로, 고골의 희곡 『감찰관』에 나오는 인물 마닐로프의 근성을 가리키는 말이다. 그는 하는 일 없이 허황한 소리만 늘어놓는다.

그는 눈에 띄지 않게 하품을 했다. '왜 이렇게 하품이 나오지? 심장에 문제가 있는 게 분명해. 심장 때문에 계속 하품을 하게 되지.'

"오로지 신만이 무한성을 제한할 수 있지 않나 싶기도 하네." 체삐진이 말을 이었다. "우주의 경계 너머에 있는 신성한 힘을 불가피하게 인정할 수밖에 없는 셈이지. 자네 생각은 어떤가?"

"그럼요, 그럼요." 하지만 시뜨룸은 속으로 생각했다. '드미뜨리 삐뜨로비치, 오늘 전 철학을 논할 기분이 아니에요. 저들이 절 감옥에 넣을 수도 있다고요. 틀림없어요! 아, 까잔에서 마지야로프라는 인간이랑 속마음을 터놓고 이야기한 적도 있어요. 그가 밀고를 했거나, 아니면 감옥에 갇혀 절 고발했을 수도 있겠죠. 모든 게 엉망이에요. 전 사면초가 신세라고요.'

체삐진은 억지로 꾸며낸 그의 진지한 눈빛을 주시하며 이야기를 계속했다. "내 보기엔 우주의 무한성을 제한하는 경계가 분명히 존재하는 것 같네. 그건 삶이야. 그건 아인슈타인의 곡률 속에 있는 게 아니지. 그보다는 대립되는 삶과 무생물 사이에 놓여 있네. 나는 삶을 자유로 정의할 수 있다고 생각하네. 삶은 곧 자유야. 삶의 기본 원칙은 자유야. 자유와 속박 사이에, 삶과 무생물 사이에 경계가 놓여 있네.

그리고 내가 생각한 건, 일단 자유가 등장하면 그다음부터는 제 나름의 진화를 시작한다는 점이네. 그 진화는 두 방향으로 나아가네. 인간은 원생동물보다 더 많은 자유를 지니지. 생명계의 모든 진화는 더 낮은 수준의 자유에서 높은 수준의 자유로 움직이네. 이것이 살아 있는 존재 형태의 진화의 본질이지. 더 높은 존재 형태는 자유를 더 많이 지닌 형태라는 것, 그게 바로 진화의 첫번째 갈래네."

시뜨룸은 생각에 잠긴 채 체삐진을 바라보았다. 체삐진은 청자를 격려하듯이 고개를 끄덕였다.

"그리고 두번째 갈래, 양적인 갈래가 있네. 현재 인간의 평균 몸무게를 50킬로그램으로 잡으면 인류의 무게는 1억톤이라 할 수 있네. 천년 전에 비해 엄청나게 무거워졌지. 생물의 질량은 무생물의 질량을 희생시키며 점점 더 커지기 마련이니, 지구는 점차 생명으로 넘쳐날 거야. 인간은 사막과 극지방에 거주하고, 그다음엔 지하로 이동해 도시와 들판의 지평을 더욱 깊고 넓게 확장할 걸세. 지구에서 생명체의 질량이 우세해지는 거지! 그다음에는 행성들이 살아나게 되네. 시간의 무한성 속 생명의 진화를 상상해보게. 이 과정이 은하계 규모로 이루어질 걸세. 무생물이 살아 있는 물질로, 자유로 진화하는 거지. 우주가 생명으로 가득 차고 세상의 모든 것이 살아나며 자유를 얻는 걸세. 결국 삶이 속박을 이기는 거야."

"네, 네." 시뜨룸이 말하고는 씩 웃었다. "적분을 할 수도 있지요."

"바로 그거네." 체삐진이 말했다. "내가 별들의 진화를 연구하면서 깨달은 게 있다면, 바로 유기 점액질 회색 반점[73]의 움직임을 경시해선 안 된다는 사실이네. 진화의 첫번째 갈래, 낮은 단계에서 높은 단계로의 진화를 생각해보게. 언젠가는 신의 모든 특질을 가진 인간, 모든 곳에 존재하는, 모든 것을 할 수 있는, 모든 것을 주도하는 인간이 나타날 걸세. 다음 세기에는 물질의 에너지로의 변모와 생물체 창조의 문제가 해결될 수도 있어. 또 누가 알겠나? 수천년 뒤에는 에너지의 최고 형태인 심령 에너지를 지배하는 모습을 보게 될지."

73 별들 사이의 성간운을 망원경으로 보면 수십종의 유기 분자가 보이는데, 이는 생물의 기본 물질이 우주 어디에나 존재하리라는 예측을 가능하게 한다.

문득 시뜨룸은 체삐진의 말 전체가 그저 쓸데없는 수다가 아님을 깨달았다. 그는 체삐진과 다른 의견을 발설하지 않을 수 없었다.

"은하계 전체에 걸쳐 일어나는 이성적 존재의 심리 활동, 그 내용과 리듬을 인간은 실험실 계량기의 눈금으로 물질화할 수 있을 겁니다. 심령 에너지는 수백만광년의 공간을 순식간에 가로지를 테고요. 어느 곳에나 존재하는 신의 편재성이 이성의 자산으로 자리 잡겠죠. 하지만 인간은 신과 동등해진 뒤에도 멈추지 않을 겁니다. 신이 해결하지 못한 과제들을 풀어낼 겁니다. 인간은 우주의 고차원적 단계의 이성적 존재들, 인류의 전체 역사가 단지 순간적이고 희미한 발화에 불과해지는 다른 공간과 다른 시간으로부터의 존재들과 연결을 맺을 겁니다. 인간은 인간을 위한 진화가 찰나에 불과하게 되는 소우주 속의 삶과 의식적 연결을 맺을 겁니다. 공간-시간적 차이의 심연이 완전히 없어지는 순간이죠. 그때 인간은 신을 위에서 내려다보게 될 겁니다." 시뜨룸은 고개를 끄덕이며 말을 이었다. "드미뜨리 뻬뜨로비치, 처음엔 선생님의 말을 들으며 생각했지요. 전 철학을 논할 기분이 아니라고, 당장 감옥에 들어갈 수도 있는 마당에 무슨 철학이냐고요. 그런데 갑자기 모든 게 잊히더군요. 꼽첸꼬도, 시샤꼬프도, 베리야 동지도, 내일이면 제가 목덜미를 붙들린 채 실험실에서 쫓겨날 것이고 모레는 감옥에 들어앉아 있을지 모른다는 사실까지 전부 말입니다. 하지만 선생님 얘길 들으며 제가 느낀 건 기쁨이 아니라 절망이었습니다. 자, 우리는 지혜롭습니다. 헤라클레스도 우리 눈에는 한낱 곱사등이로 보이지요. 그런데 바로 지금 이 순간에도 독일인들이 미친 개들을 죽이듯 유대인 노인들과 아이들을 죽이고 있습니다. 그리고 우린 1937년을 겪었지요. 수백만 불행한 농민들의 유형과 기근과 식인을 동반한 전면적인 집단농장화…… 한때는 이 모든 게 지극히 간단하고 분명하게 여겨졌어요. 그렇지만 끔찍한 상실과 재난을 겪고 보니 어느 것 하나 복잡하고 혼란스럽지 않은 게 없습니다. 인간이 신을 내려다보게 되리라는 건 알겠어요. 하지만 악마도 내려다보게 되면요? 인간이 악마마저 넘어서면 어떻게 되는 겁니까? 선생님은 삶이 곧 자유라고 하셨죠. 하지만 수용소에 있는 사람들도 그렇게 생각할까요? 온 우주에 흩어진 그 생명이 제 위력을 무생물의 노예 상태보다 더 무서운 속박의 건설에 쏟는다면 어떻게 되는 거죠? 말씀해보세요. 그자가, 그 미래의 인간이, 선의에 있어서도 예수를 넘어설까요? 바로 이게 핵심입니다! 모든 곳에 존재하는, 모든 것을 주도하는 그 인간에게 현재 우리가 지닌 동물적 자기확신과 계급적, 인종적, 국가적 이기주의가 남아 있다면, 그의 위력이 세상에 무엇을 주게 될지 말씀해보세요. 그 인간은 결국 온 우주를 은하계 강제수용소로 변화시키지 않을까요? 자, 어서 말씀해보세요. 선생님은 선의와 도덕과 자비의 진화를 믿으십니까? 인간에게 그런 진화가 가능하다고 생각하세요?"

시뜨룸은 죄책감에 얼굴을 찡그렸다.

"죄송합니다. 제가 너무 집요하게 굴었죠. 이 질문이 아까 이야기한 방정식보다 훨씬 더 추상적인 것 같군요."

"아니, 그리 추상적인 질문은 아니야." 체삐진이 말했다. "내 삶에 매우 실질적인 영향을 미친 질문이지. 내가 왜 핵분열과 관련한 어떤 연구에도 참여하지 않기로 결심했는지 모르겠나? 지성적 인식의 삶을 영위하기에는 현재 인간의 선과 선의지가 턱없이 부족하기 때문이네. 자네도 바로 이 점에 대해 말하는 것 아닌가? 핵에너지의 힘이 인간의 발아래 떨어지면 대체 어떤 일이 일어날까? 오늘날 우리의 정신적 에너지는 그야말로 비참한 수준이야. 하지만 난 미래를 믿네! 인간의 능력뿐 아니라 인간의 사랑, 인간의 정신도 발전하리라 믿지."

그는 시뜨룸의 표정에 놀란 듯 말을 멈췄다.

"그에 대해 생각하고 또 생각해봤습니다." 시뜨룸이 말했다. "선생님도 저도 인간의 불완전성을 두려워하죠. 하지만 실험실에서 이 모든 것을 두고 고민해본 사람이 또 누가 있을까요? 소꼴로프요? 굉장한 재능을 가진 친구지만 너무나 소심해요. 국가권력 앞에 금세 굴복하고, 신으로부터 오지 않는 권력은 없다고 여기지요. 마르꼬프요? 그는 선과 악, 사랑과 도덕에 관한 질문과 전혀 무관한 사람입니다. 아주 실제적인 재능을 지녔고, 체스의 난제를 풀듯 과학의 문제를 풀어갈 뿐이죠. 아까 말씀드린 그 친구, 사보스찌야노프요? 사랑스럽고 재치 있고 훌륭한 물리학자예요. 하지만 동시에 속 빈 강정 같은 친굽니다. 멋 부리고 술 마시기 좋아하는 춤꾼에, 까잔으로 피난을 떠날 땐 수영복 입은 여자들 사진을 산더미처럼 챙기더군요. 그 친구한테 과학은 일종의 스포츠예요. 마치 기록을 세우듯 문제를 풀고 현상을 이해하지요. 남들보다 먼저 도착하는 게 제일 중요하고요. 하지만…… 사실은 저도 그들보다 나을 게 없습니다. 더는 그 모든 것에 대해서 심각하게 생각하지 않아요. 오늘날의 과학은 위대한 정신을 가진 사람들, 예언자들, 성자들에게 맡겨져야 해요! 하지만 정작 과학을 주무르는 건 실제적 재능을 가진 사람들, 체스꾼들, 스포츠맨들이죠. 자기들이 무엇을 만들어내는지조차 모르는 사람들 말입니다. 선생님은 아시지요! 하지만 선생님은…… 아, 체삐진이 베를린에 있다면 그는 중성자 연구를 거부하지 않을 겁니다! 그럼 어떻게 될까요? 그리고 저는요? 지금 제게 일어나는 일들을 좀 보십시오. 아, 전에는 모든 것이 지극히 간단하고 분명해 보였는데 지금은…… 그거 아세요? 똘스또이는 자신의 천재적인 작품들을 한낱 공허한 장난으로 여겼답니다. 그런데 우리 물리학자들은, 천재성 같은 것도 없는 주제에 어깨에 힘을 주며 잘난 척하지요." 시뜨룸의 속눈썹이 경련하듯 파닥거렸다. "대체 어디서 믿음과 용기와 힘을 찾을까요?" 그는 매우 빠르게, 유대인의 억양으로 말을 쏟아냈다. "글쎄요, 제가 선생님께 무슨 말을 할 수 있겠습니까. 선생님은 제게 닥친 고통을 잘 아시죠. 저는 지금 짓밟히고 있어요. 그 이유라 해봐야……"

시뜨룸은 말을 마치지 못한 채 급히 일어섰다. 티스푼이 바닥으로 떨어졌다. 그의 두 손은 경련하듯 떨고 있었다.

"빅또르 빠블로비치, 제발 진정하게." 체삐진이 말했다. "다른 문제에 대해 이야기해보세."

"아니, 아닙니다. 용서하세요. 전 가봐야겠습니다. 제 머리가 좀 이상해지네요. 정말 죄송합니다." 도무지 흥분을 누를 수 없어 그는 체삐진의 얼굴도 보지 않은 채 작별 인사를 했다. "감사합니다, 감사합니다."

계단을 내려오는 그의 두 뺨은 눈물로 젖어 있었다.

26

집에 돌아왔을 땐 모두 잠들어 있었다. 이제 아침까지 줄곧 책상에 앉아 자아비판 편지를 몇번이나 고쳐 쓰고, 내일 연구소로 갈지 말지 수없이 고민해야 하리라는 생각이 들었다.

집까지 먼 길을 돌아오는 동안 그는 무엇에 대해서도 생각할 수 없었다. 계단을 내려오며 흘린 눈물에 대해서도, 체삐진과의 대화에 대해서도, 갑작스레 터져나온 신경 발작에 대해서도, 끔찍한 내일에 대해서도, 재킷 주머니에 들어 있는 어머니의 편지에 대해서도…… 밤거리의 침묵이 그를 압도해 머릿속에 있는 모든 것이 모스끄바의 공터처럼 황량하고 공허해졌다. 어떤 감정도 느껴지지 않았다. 불안도, 조금 전 흘린 눈물에 대한 부끄러움도, 다가올 일에 대한 두려움도, 모든 일이 결국은 제자리를 찾으리라는 희망도 없었다.

다음 날 아침 시뜨룸은 욕실로 갔다. 문이 안에서 잠겨 있었다.

"류드밀라, 당신이야?" 그가 물었다.

하지만 뜻밖에도 제냐의 목소리가 들려왔다.

"맙소사, 여긴 어쩐 일이야, 제네치까?" 그가 탄성을 지르곤 바보 같은 질문을 던졌다. "여기 온 거 류다가 알아?"

그녀가 욕실에서 나왔고, 두 사람은 입을 맞추었다.

"별로 안 좋아 보이네." 시뜨룸이 말하고는 덧붙였다. "이건 유대인식 칭찬으로 들어줘."

제냐는 통로에 선 채 그에게 끄리모프의 체포 소식과 자신이 온 목적에 대해 이야기했다.

시뜨룸은 충격을 받았지만, 이 소식을 듣고 보니 제냐의 방문이 한층 소중하게 느껴졌다. 만일 제냐가 새롭고 행복한 삶에 대한 생각으로 이곳에 왔다면 이 정도로 사랑스럽고 친밀하게 여겨지지 않았으리라.

그는 그녀에게 이런저런 질문을 던지면서도 내내 시계를 살펴보았다.

“정말 황당하고 말이 안 되는 일이야.” 그가 말했다. “니꼴라이와 내가 나누었던 대화를 떠올려보라고. 그는 늘 내 머릿속 생각을 바로잡아주었잖아. 그런데 지금 이게 무슨 꼴이야. 난 이단적인 사상으로 가득 차 자유롭게 농탕을 치는데, 정통파 공산주의자인 그는 체포되어 있다니.”

류드밀라 니꼴라예브나가 말했다. “비쨔, 식당 시계가 십분 느린 거 알고 있지?”

시뜨룸은 무어라 중얼거리며 방으로 걸어가면서 두번이나 시계를 쳐다보았다.

과학위원회 회의는 오전 11시로 예정되어 있었다. 익숙한 물건들과 책들 사이에서 더 또렷하게, 그는 연구소에 가득한 긴장과 소동을 일종의 환각처럼 경험했다. 10시 30분. 소꼴로프가 재킷을 벗는다. 사보스찌야노프는 낮은 소리로 마르꼬프에게 말한다. “그래, 우리의 미치광이가 결국 오지 않기로 결심한 모양이군요.” 구레비치는 살진 엉덩이를 긁으며 창밖을 바라본다. 연구소 건물 앞에 지스가 도착하고, 모자를 쓴 시샤꼬프가 긴 모피 외투 차림으로 차에서 내린다. 그 뒤를 따라 들어온 차에는 젊은 바진이 타고 있다. 꼽첸꼬가 복도를 걸어온다. 회의실에는 벌써 열다섯명쯤 모여 신문을 뒤적이고 있다. 좋은 자리를 잡으려고 일찍부터 와 있는 이들이다. 스베친과 ‘이마에 비밀 표지가 찍힌’ 당위원회 비서 람스꼬프가 문가에 서 있다. 회색 고수머리의 노인 회원 쁘라솔로프가 시선을 위로 향한 채 복도를 미끄러지듯 걸어온다. 이런 종류의 회의에서 늘 놀랄 만큼 비열한 이야기를 늘어놓는 사람이다. 문가가 왁자지껄하니 시끄럽다. 젊은 동료 학자들이 들어오고 있다.

시뜨룸은 시계를 본 뒤 책상에서 성명서를 집어 주머니에 찔러

넣고 다시 한번 시계를 보았다.

자아비판 같은 거 없이 그냥 과학위원회에 참석해서 앉아만 있어도 되겠지…… 아니야…… 일단 참석하면 침묵을 지킬 수 없을 테고, 일단 입을 열면 자아비판을 할 수밖에 없어. 그렇다고 가지 않으면 스스로 모든 길을 끊어버리는 셈이고……

그래, 다들 떠들어대겠지. 용기가 없다느니…… 보란 듯이 집단에 반발했다느니……정치적 도발이라느니…… 더는 그자와 같은 언어로 이야기할 수 없다느니……

그는 주머니에서 성명서를 꺼냈다가 보지도 않고 당장 주머니에 다시 집어넣었다. 이미 수십번이나 되풀이해 읽고 또 읽은 내용이었다. "당 지도부를 향한 불신을 발설함으로써 소비에뜨적 인간의 행동 규범과 양립할 수 없는 행위를 저질렀으며…… 연구에 있어 의식하지 못한 채 소비에뜨 과학의 정도에서 멀어져 본의 아니게 스스로를……"

그는 끊임없이 이 성명을 반복해 읽어보고 싶었지만, 종이를 손에 쥘 때마다 그 모든 글자가 참을 수 없을 만큼 뻔하게만 여겨졌다…… 공산주의자 끄리모프마저 루뱐까로 떨어지다니. 마음속에 품은 회의로 보나, 스딸린의 잔혹성 앞에 느끼는 공포로 보나, 자유와 관료주의와 소름 끼치는 정치적 역사에 대해 지껄여댄 일들로 보나, 나 시뜨룸은 벌써 오래전에 꼴리마로 보내졌어야 했어……

최근 며칠 그는 유난히 자주 공포에 사로잡혔다. 당장이라도 사람들이 들이닥쳐 자신을 체포할 것만 같았다. 그래, 직장에서 쫓겨나는 것으로 끝날 일이 아니야. 먼저 철저하게 교육하고, 그다음에 직장에서 쫓아내고, 그다음에 감옥에 넣는 거지.

그는 다시 시계를 보았다. 회의실은 이미 가득 차 있다. 자리에 앉은 사람들이 문을 쳐다보며 수군거린다. "시뜨룸은 나타나지 않는군……" 누군가 말한다. "벌써 정오가 다 되어가는데 여전히 안 보여." 의장석에 앉은 시샤꼬프가 안경집을 책상 위에 내려놓는다. 꼽첸꼬 옆에는 여비서가 서명이 필요한 긴급 서류들을 들고 서 있다.

회의실에 모여 기다리는 수십명의 조바심과 짜증이 시뜨룸을 견딜 수 없이 압박했다. 아마 루뱐까에서도 그를 기다리고 있을 것이다. 그를 담당하는 심문관이 음침한 얼굴로 앉아 "그래, 이렇게 나타나지 않으시겠다?"라고 중얼거리는 모습이 보이는 것 같았다. 아내에게 그를 가리켜 "미치광이"라 말하는 지인들의 얼굴도 보였다. 아, 류드밀라는 마음속으로 그를 단죄할 것이다. '똘랴는 국가를 위해 목숨을 바쳤는데 빅또르는 전쟁 기간에 국가에 맞서 싸움을 벌였지.'

자신과 류드밀라의 친척들 중 박해받고 유배된 이들이 얼마나 많은지 떠올릴 때마다 그는 이런 생각으로 스스로를 안심시키곤 했다. '적어도 내 주위에 그런 사람들만 있는 건 아니라고 말할 수 있어. 유명한 공산주의자에 지하에서도 활동했던 오랜 당원인 끄리모프 이름을 대면 괜찮을 거야.' 하지만 이제는 끄리모프도 갇혀버렸다! 거기서 심문을 시작하면 그는 시뜨룸과 나누었던 모든 이단적 대화들을 기억해낼 것이다. 게다가 제냐가 그와 헤어졌으니 끄리모프는 이미 그와 그렇게 가까운 사이도 아니었다. 아냐, 끄리모프와의 대화는 괜찮아. 전쟁 전에는 그렇게 위험한 이야기를 나누지 않았어. 그땐 나도 이렇게까지 회의를 느끼지 않았으니까. 아, 그런데 만일 그들이 마지야로프를 심문한다면!

수십번, 수백번의 압력과 충격과 타격이 합쳐져 그의 갈비뼈를 누르고 머리뼈를 깨뜨리는 것만 같았다.

"홀로 서 있는 사람은 강하다"라는 슈토크만 박사[74]의 말은 틀렸어…… 날 보라고! 대체 어디가 강하다는 거야? 초라하고 한심한 우거지상으로 도둑처럼 주위를 둘러보며, 그는 서둘러 넥타이를 매고 새 예복용 윗도리 주머니에 종잇장들을 넣은 뒤 새 노란 단화를 신었다.

옷을 다 차려입고 책상 앞에 선 바로 그 순간 류드밀라 니꼴라예브나가 방 안을 들여다보았다. 그녀는 말없이 그에게로 다가와 입을 맞추고는 방을 나갔다.

아니, 그는 자아비판을 낭독하지 않을 것이다! 그는 가슴에서 우러나오는 진실을 말할 것이다. 동지들, 내 친구들이여! 난 여러분의 말을 들으며, 스딸린그라드 탈환이라는 이 행복한 시기에 내 동지들, 형제들, 친구들의 분노 섞인 질책을 들으며 어떻게 한 사람이 외톨이가 되는지 고통스레 실감했습니다…… 지금 내 머리와 내 피와 내 능력 모두를 걸고 여러분 앞에 맹세하는바…… 그래, 이제 그는 자신이 해야 할 말을 알 것 같았다. 빨리, 어서 빨리, 아직 늦지 않았어…… 동지들…… 스딸린 동지, 나는 잘못된 삶을 살았습니다. 벼랑 끝에 이르러서야 내 실수를 온전히 들여다보게 되었습니다…… 그래, 영혼의 맨 밑바닥에서 우러나온 이야기를 하는 거야! 동지들, 내 아들은 스딸린그라드에서 죽었습니다……

그는 문을 향해 걸어갔다.

바로 이 마지막 순간에 그의 최종적 결심이 이루어졌으니, 어서 빨리 연구소로 가 외투 보관소에 외투를 맡긴 뒤 회의실로 들어가

74 헨리크 입센의 희곡 『민중의 적』의 주인공. 의사로서의 윤리와 인간으로서의 정의감을 지키는 인물이다.

서는 수십명의 흥분한 속삭임 속에 낯익은 얼굴들을 쳐다보며 "발언을 청합니다. 최근 제가 생각하고 느낀 바를 동지들께 전하고 싶습니다" 라고 입을 여는 일만 남아 있었다.

하지만 바로 이 마지막 순간에, 그는 느린 동작으로 재킷을 벗어 의자에 걸었다. 이어 넥타이를 풀어 접은 뒤 책상 가장자리에 놓고 웅크리고 앉아서 구두끈을 풀기 시작했다.

가볍고 상쾌한 느낌이 그를 휩쌌다. 시뜨룸은 편안한 마음으로 가만히 생각에 잠겼다. 그는 신을 믿지 않지만, 이 순간 왠지 모르게 신이 자신을 바라보고 있는 것만 같았다. 이토록 행복하면서도 겸손한 마음이 든 적은 지금껏 한번도 없었다. 이제 무엇도 그의 정당성을 앗아갈 수 없을 것이었다.

그는 어머니에 대해 생각하기 시작했다. 무의식적으로 마음을 바꾼 순간, 분명 어머니가 그의 곁에 계셨을 것이다. 마음을 바꾸기 일분 전만 해도 그는 연구소로 가 히스테리에 가까운 자아비판을 쏟아내기를 진심으로 원했었다. 이렇게 흔들림 없는 것으로 느껴지는 그의 최종적 결심이 이루어졌을 때, 그는 신에 대해서도 어머니에 대해서도 생각하지 않았다. 그럼에도 불구하고 이들은 그의 곁에 있었던 것이다.

'얼마나 좋은가. 얼마나 행복한가.' 그는 생각했다.

회의, 사람들의 얼굴, 발언자들의 목소리가 다시금 떠올렸다.

'정말 좋구나. 이토록 마음이 밝을 수가.' 인생에 대해, 가까운 사람들에 대해, 자신과 자신의 운명에 대해 이토록 진지하게 생각한 적이 없는 것 같았다.

류드밀라와 제냐가 방으로 들어왔다. 류드밀라는 재킷과 신발을 벗은 채 셔츠 깃을 풀고 앉아 있는 그를 보더니 노파 같은 어조로 탄식했다.

"맙소사, 당신 안 갔네! 그럼 이제 어떻게 되는 거야?"

"몰라." 그가 말했다.

"아직 늦지 않았을지도 몰라." 이어 그녀가 그를 똑바로 바라보며 덧붙였다. "나도 모르겠네, 모르겠어. 당신은 성숙한 인간이지. 하지만 이런 문제 앞에서 자기 원칙만 고집할 수는 없잖아."

그는 대답 없이 한숨만 쉬었다.

"류드밀라!" 제냐가 말했다.

"그래, 괜찮아, 괜찮아." 류드밀라가 말했다. "어떻게든 되겠지."

"맞아, 류도치까," 시뜨룸이 말했다. "우린 고난의 길을 더 가야 할 거야."[75] 이어 그는 손으로 목을 가리며 씩 웃었다. "미안, 제네비예바,[76] 내가 넥타이도 안 맸네."

그는 류드밀라 니꼴라예브나와 제냐를 바라보았다. 지금에야 그는 지상에 사는 것이 얼마나 진지하고 어려운 일인지, 가까운 사람들과의 관계가 얼마나 소중한 것인지 진정으로 이해한 기분이었다.

동시에 그는 삶이 앞으로도 지금처럼 계속되리라는 것을 알았다. 자신은 다시금 시시한 일 때문에 화를 내고, 불안해하고, 아내와 딸에게 화풀이를 할 것이었다.

"자, 이제 내 이야기는 그만하지." 그가 말했다. "제냐, 체스나 한 판 둘까? 지난번에 나를 상대로 연달아 두번이나 체크메이트를 불

75 이 책 2권 138면 각주 참조. 아바꿈의 일화에서 비롯한 표현이다. 화형당하기 전 이 고통이 언제까지 계속되겠느냐고 묻는 아내에게 아바꿈은 "죽을 때까지"라고 답했고, 그러자 아내는 "그렇다면 나도 그 고난의 길을 더 가겠다"라고 말했다 한다.

76 예브게니야의 애칭.

렀지?"

그들은 체스 말들을 세웠다. 백을 잡은 시뜨룸이 폰을 한칸 움직이자 제냐가 말했다.

"니꼴라이도 백을 잡으면 늘 폰을 움직이며 시작했는데. 오늘은 꾸즈네쯔끼에서 뭔가 대답을 들을 수 있을지 모르겠네요."

류드밀라 니꼴라예브나는 허리를 굽혀 시뜨룸의 발치에 슬리퍼를 놓았다. 그가 보지도 않고 발을 넣으려 애쓰자 류드밀라는 불만스럽게 한숨을 내쉬며 주저앉더니 슬리퍼를 신겨주었다. 시뜨룸은 그녀의 머리에 입 맞추며 건성으로 말했다.

"고마워, 류도치까, 고마워."

제냐는 여전히 첫수를 두지 않은 채 고개를 저었다.

"정말이지 난 이해할 수 없어. 뜨로쯔끼주의, 그건 옛날 일이잖아. 무슨 다른 일이 있었던 게 분명해. 무슨 일일까? 대체 뭘까?"

"난 거의 밤을 샜어." 류드밀라 니꼴라예브나가 흰색 폰들을 똑바로 놓으며 말했다. "그렇게 헌신적인 사람이, 그토록 투철한 공산주의자가……"

"언니는 밤새도록 잘만 자던데?" 제냐가 말했다. "내내 코를 골아서 내가 몇번이나 깼다고."

"아니거든. 문자 그대로 눈을 못 붙였는걸." 류드밀라 니꼴라예브나는 화난 목소리로 대꾸하더니, 다시금 자신을 괴롭히는 문제에 생각이 미친 듯 남편을 향해 말했다. "괜찮아, 괜찮아. 체포만 당하지 않으면 돼. 모든 걸 빼앗긴다 해도 난 무섭지 않아. 집이며 물건이며 전부 팔고 별장으로 가자. 당신은 시장에 나가 딸기를 팔고 난 학교에서 화학을 가르치는 거야."

"별장도 빼앗길 텐데." 제냐가 말했다.

"니꼴라이가 아무 죄가 없다는 걸 정말 모른단 말이야?" 시뜨룸이 말했다. "그는 이 시대에 맞지 않고, 이 시대의 방식으로 생각하지 않을 뿐이지."

그들은 체스판 앞에 앉아 유일하게 자리를 옮긴 흰색 폰을 바라보며 이야기를 나누었다.

"제냐, 사랑스러운 제냐," 빅또르 빠블로비치가 말했다. "제냐는 양심에 따라 행동한 거야. 내 말 믿어. 그거야말로 인간에게 주어진 최선이지. 삶이 제냐에게 무엇을 가져다줄지 난 몰라. 다만 확신하는 건, 제냐가 양심에 따라 행동했다는 거야. 우리의 불행은 대개 양심에 따르지 않기 때문에 생겨나지. 우리는 우리가 생각하는 대로 말하지 않아. 느끼는 바와 행동하는 바가 다르다고. 똘스또이가 사형 제도에 대해 했다는 말 기억해? '나는 침묵할 수 없습니다.' 하지만 우리는 1937년에 죄 없는 사람 수천명을 처형할 때 침묵했어. 그것도 가장 훌륭한 사람들이 침묵했지! 심지어 큰 소리로 찬성하는 자들도 있었어. 전면적인 집단농장화 시기에도 우리는 침묵했지. 그래, 우리는 아직 사회주의에 대해 이야기할 수 없어. 왜냐하면 사회주의는 중공업에만 있는 것이 아니니까. 사회주의는 무엇보다 양심에 대한 권리에 있으니까. 인간에게서 양심의 권리를 빼앗는 건 끔찍한 범죄야. 그리고 양심에 따라 행동할 힘을 자신 속에서 발견하는 사람은 그야말로 행복이 밀물처럼 마구 밀려오는 것을 느끼게 되지. 그래서 제냐가 양심에 따라 행동했다는 게 난 정말 기뻐."

"비쨔, 붓다 같은 설교는 그만둬. 바보 같은 여자애를 혼란에 빠뜨리지 말라고." 류드밀라 니꼴라예브나가 말했다. "여기서 갑자기 양심이 왜 나오는 거야? 자기를 망치고, 착한 남자를 괴롭히고,

그러는 게 끄리모프에게 무슨 도움이 돼? 난 그 사람을 풀어줘도 제냐가 행복할 거라고 생각 안 해. 게다가 둘이 헤어졌을 때 끄리모프는 아무렇지도 않았다고. 그러니 제냐는 그 사람 앞에서 양심에 거리낄 게 없지."

예브게니야 니꼴라예브나는 검은색 킹을 들어 공중에서 뒤집더니 밑에 붙인 모직 천 조각을 살펴보고 제자리에 놓았다.

"류다," 그녀가 말했다. "행복은 무슨 행복이야. 난 이제 행복에 대해 생각하지 않아."

시뜨룸은 시계를 보았다. 숫자판은 차분해 보였고 시곗바늘도 졸린 듯 평화롭게만 여겨졌다.

"회의장에서는 토론이 한창이겠군. 죽어라 나를 비난하겠지. 하지만 난 모욕도 분노도 느끼지 않아."

"난 그 뻰뻰스러운 자들의 면상을 갈겨줘야 속이 시원하겠는데." 류드밀라가 말했다. "언제는 당신을 과학의 희망이라느니 부르며 떠받들더니 이제 와서 침을 뱉고 말이야. 제냐, 꾸즈네쯔끼에는 언제 가?"

"4시쯤."

"점심 차려줄게. 밥 먹고 가."

"오늘 점심 메뉴는 뭘까?" 시뜨룸이 말하고는 미소를 지으며 덧붙였다. "혹시 숙녀분들은 지금 내가 하려는 말이 뭔지 아시려나?"

"알고말고. 그래, 일하고 싶으면 방에 가서 일해." 류드밀라 니꼴라예브나가 자리에서 일어나며 말했다.

"이런 날에 다른 사람이라면 열받아서 벽에 머리나 찧고 있을 텐데요." 제냐가 말했다.

"이게 내 약점이지, 강점이 아니고." 시뜨룸이 말했다. "어제 데

뻬[77]랑 과학에 대해 많은 이야기를 나눴어. 관점은 서로 달랐지만…… 예컨대 똘스또이를 봐. 그는 문학이, 자기가 쓰는 책들이 사람들에게 필요한지 회의하고 괴로워했잖아."

"흠, 근데 말이지," 류드밀라가 말했다. "그런 소릴 하기 전에 먼저 물리학에서 『전쟁과 평화』를 써야지."

시뜨룸은 몹시 당황했다. "아, 그래, 류도치까, 당신 말이 맞아. 내가 헛소리를 했군." 그는 저도 모르게 비난 섞인 눈길로 아내를 바라보았다. "맙소사, 이런 순간에도 내가 틀린 말 한마디 한마디 강조해줘야겠어?"

그는 다시 혼자가 되었다. 그는 지난밤 작성한 성명문을 읽어보며 방금 있었던 일에 대해 생각했다. 류드밀라와 제냐가 방에서 나간 순간 왜 그토록 마음이 편안해졌을까? 그들이 곁에 있을 땐 자신이 위선적이라는 느낌이 들었다. 체스를 두자는 그의 제의에, 일하고 싶어 하는 그의 욕구에 위선이 있었다. 그를 붓다라고 부른 것으로 보아 류드밀라도 이를 느낀 게 분명했다. 그도 자신의 양심을 칭찬하는 말을 입에 올리며 자신의 목소리가 얼마나 위선적이고 나무토막처럼 울리는지 느꼈었다. 자기애에 빠졌다는 인상을 줄까 싶어 금세 일상적인 대화로 돌아가긴 했지만, 그 대화 또한 설교 못지않게 공허하고 부자연스러웠다.

막연한 불안감이 그를 사로잡았다. 무언가 빠져 있는 것 같은데 그게 정확히 무엇인지 도통 알 수가 없었다.

몇차례 그는 일어나 문 앞으로 다가갔고, 아내와 예브게니야 니꼴라예브나의 목소리에 귀를 기울이기도 했다.

77 드미뜨리 뻬뜨로비치 체뻬진을 말한다.

회의에서 어떤 이야기가 오갔는지, 특히 편협함과 악의를 드러내며 발언한 자는 누구인지, 어떤 결정이 내려졌는지 그는 알고 싶지 않았다. 병이 나서 며칠간 연구소에 가지 못할 거라는 짤막한 편지를 써서 시샤꼬프에게 보내야겠군. 이후에는 그런 편지도 필요 없어지겠지. 그래, 그는 할 수 있는 만큼 다 할 것이다. 이제, 사실상 이게 다이고.

왜 그렇게 체포를 두려워했을까? 사실상 그렇게 끔찍한 짓을 저지르지도 않았는데. 그저 입을 좀 놀린 것뿐이다. 아니, 정확히 말하자면 입을 놀렸다고 할 수도 없다. 저들도 다 알고 있다.

하지만 불안감이 가시지 않아 그는 초조하게 문을 바라보았다. 배가 고픈 것 같기도 했다. 그러고 보니 리미뜨 상점도 이제 끝이군. 간부 식당도 그렇고.

현관의 초인종 소리가 부드럽게 울렸다. 시뜨룸은 질풍처럼 복도로 달려나가며 부엌을 향해 외쳤다. "내가 열게, 류드밀라!"

그는 문을 활짝 열었다. 현관의 어스름 속에서 마리야 이바노브나의 불안 섞인 두 눈이 그를 바라보고 있었다.

"내 짐작이 맞았네요." 그녀가 낮은 소리로 입을 열었다. "거기 안 가셨을 줄 알았어요."

시뜨룸은 그녀를 들이고 외투를 받아주었다. 외투 깃에서 전해오는 그녀의 목과 뒷덜미의 온기를 두 손으로 느끼며 그는 문득 깨달았다. 자신이 그녀를 기다리고 있었다는 것을, 그녀가 오리라는 예감 속에 귀를 기울이며 문을 바라보곤 했다는 것을. 그녀를 본 순간 곧바로 찾아든 편안함, 그 자연스러운 기쁨의 감정으로 그는 이를 깨달았다. 매일 저녁 무거운 마음으로 연구소에서 돌아오는 길에 지나가는 사람들을 불안하게 쳐다보고 전차나 버스 창 너머 여자들의 얼굴을 살피던 것도 바로 그녀를 만나고 싶어서였다. 집에 도착해 류드밀라 니꼴라예브나에게 "아무도 안 왔었어?" 묻곤 했던 것도 혹시 그녀가 오지 않았나 하는 기대감 때문이었다. 그래, 이미 오래전부터 그랬다…… 그녀가 방문하고, 그들이 이야기를 나누고, 그녀가 돌아가고, 그러면 그는 그녀에 대해 잊었다고 생각했다. 그녀가 기억 속에 다시 등장하는 것은 소꼴로프와 대화를 나눌 때나 류드밀라 니꼴라예브나가 그에게 그녀의 안부를 전할 때뿐이었다. 그녀를 만나는 순간, 또 그녀가 얼마나 사랑스러운 여자인지 이야기하는 순간을 빼면 그녀는 존재하지 않는 것과 같았다. 가끔은 류드밀라를 약 올리려고 당신 친구는 뿌시낀과 뚜르게네프를 읽지 않는다고 말하기도 했다.

그는 그녀와 네스꾸치니 공원을 산책했었고, 그녀를 바라보는 것이 좋았고, 그녀가 단번에, 한번도 틀리지 않게 그의 말을 이해하는 것이 마음에 들었다. 경청할 때 그녀의 얼굴에 떠오르는 신중하고도 순진한 표정에 그는 감동을 받았다. 그런 뒤 그들은 헤어졌고, 그는 그녀를 생각하지 않았다. 나중에 거리를 걸어가면서 다시 그녀를 떠올리기도 했지만 이내 또다시 잊었다.

이제 그는 알 수 있었다. 그녀는 늘 그와 함께 있었다. 단지 곁에 존재하지 않는 것처럼 여겨졌을 뿐이다. 그가 그녀 생각을 하지 않을 때도 그녀는 그와 함께 있었다. 그가 그녀를 보지 않고 기억하지 않았음에도 그녀는 계속 그와 함께 있었다. 그는 그녀에 대해 생각하지 않으면서 그녀가 곁에 없는 것을 느꼈고, 그녀에 대해 생각하지 않으면서 자신이 항상 그녀의 부재를 불안해한다는 것도 깨닫지 못했다. 그러다 그가 자기 자신도, 그의 삶 곁에서 살아가는 이들도 특별한 방식으로 깊이 이해하게 된 이날, 그녀의 얼굴을 보고 스스로의 감정을 깨달은 것이다. 늘 그를 괴롭게 하던 그녀의 부재가 갑자기 중단되자 기쁨이 밀려왔다. 그녀와 함께 있는 지금 그의 마음은 편안하기만 했다. 최근 그는 얼마나 큰 고독을 느꼈던가. 딸과, 친구들과, 체삐진과, 아내와 이야기를 나누면서도 그는 고독을 느꼈다. 하지만 마리야 이바노브나를 보자마자 그것이 사라졌다.

그는 이러한 깨달음에 놀라지 않았다. 그야말로 자연스러운, 논쟁의 여지가 없는 깨달음이었다. 한달 전, 두달 전, 아니, 아직 까잔에 살 때는 이처럼 간단하고 자명한 사실을 어떻게 깨닫지 못했을까?

그리고 그녀의 부재를 특히 강하게 느낀 오늘, 그의 감정은 깊은 곳에서 표면으로 터져나와 의식의 자산으로 자리 잡았다.

더이상 그녀에게 감추는 건 불가능했기에, 그는 당장 얼굴을 찌푸린 채 그녀를 향해 입을 열었다. "나는 내가 굶주린 이리처럼 배가 고파 그러는 줄 알았어요. 언제 밥을 먹으라고 부르는지 살피느라 내내 문을 바라본다고 생각했죠. 그런데 아니었어요. 나는 쭉 마리야 이바노브나를 기다리고 있었어요."

그녀는 아무 소리도 듣지 못한 듯 말없이 방으로 들어갔다.

마리야 이바노브나는 제냐를 소개받고 그녀 옆에 가 앉았다. 빅또르 빠블로비치는 제냐에게서 마리야 이바노브나에게로, 이어 류드밀라에게로 시선을 옮겼다.

얼마나 아름다운 자매인가! 이날 류드밀라 니꼴라예브나는 특히 매력적으로 보였다. 얼굴을 망치곤 하는 엄격함도 사라지고 없었다. 그녀의 커다랗고 밝은 두 눈에는 그저 부드러운 슬픔만이 깃들어 있었다.

제냐는 마리야 이바노브나의 시선을 의식하며 머리칼을 가다듬었다.

"죄송해요, 예브게니야 니꼴라예브나." 마리야 이바노브나가 서둘러 말했다. "하지만 여자가 이렇게 아름다울 수 있으리라고는 상상해본 적이 없어서요. 당신 같은 얼굴은 처음 봤어요." 말을 맺으며 그녀는 얼굴을 붉혔다.

"마센까, 이애의 손이랑 손가락을 좀 봐요." 류드밀라 니꼴라예브나가 말했다. "목이랑 머리칼도."

"그리고 콧구멍, 콧구멍도." 시뜨룸이 거들었다.

"이게 다 무슨 소리야. 내가 까바르진[78] 암말이라도 되나요?" 제냐가 말했다. "이 모든 건 내게 필요한 것들이에요."

"사료가 부족한 모양이구먼!" 시뜨룸이 말했다. 뜻 모를 소리였지만 그의 말이 웃음을 일으켰다.

"비쨔, 뭐라도 먹을래?" 류드밀라 니꼴라예브나가 물었다.

"그래. 아, 아니야." 그는 마리야 이바노브나의 얼굴이 붉어지는 것을 눈치챘다. 그러니까 그녀도 아까 현관에서 그가 한 말을 들은 것이다.

그녀는 작은 참새처럼 자리에 앉아 있었다. 회색빛 여윈 몸, 나지막하니 튀어나온 이마 위로 인민학교 선생님처럼 빗어올린 머리, 팔꿈치를 기운 스웨터. 그녀의 입에서 나오는 말 한마디 한마디가 시뜨룸에겐 지성과 세련미와 선의로 가득 찬 듯 여겨졌고, 그녀의 움직임 하나하나가 우아함과 부드러움을 나타내는 것만 같았다.

78 깝까스 산악지대의 말. 우아한 품종으로 유명하다.

그녀는 과학위원회의 회의에 대해서는 일언반구도 없이 나쟈의 안부를 묻고, 류드밀라 니꼴라예브나에게 『마의 산』을 빌려달라고 부탁하고, 제냐에게는 베라와 그녀의 어린 아들에 대해, 까잔에서 알렉산드라 블라지미로브나가 쓴 편지에 대해 물었다.

마리야 이바노브나가 유일하고도 진정한 대화의 방법을 찾아냈다는 것을 시뜨룸은 시간이 조금 지나서야 깨달았다. 마치 그녀가 인간이 인간으로 남는 것을 막을 권력은 없다는 점을, 어떤 강력한 국가도 부모와 자식과 형제자매의 관계를 침범할 수 없다는 점을, 그리고 이 운명의 날 지금 함께 앉아 있는 사람들에 대한 찬탄 속에 그들의 승리가 그들에게 외부로부터 부과된 것이 아닌 내면에 존재하는 것에 대해 이야기할 권리를 주었음을 강조하는 것 같았다.

실로 정확하고 올바른 방법이었다. 여자들이 나쟈와 베라의 아이에 대해 이야기하는 동안, 시뜨룸은 말없이 앉아 자신의 내면에서 점화된 불꽃이 흔들림 없이 고르고 따뜻하게 타오르는 것을 느꼈다.

보아하니 제냐도 마리야 이바노브나의 매력에 굴복한 것 같았다. 류드밀라 니꼴라예브나가 부엌으로 가고 마리야 이바노브나도 그녀를 도우러 따라나서자 시뜨룸은 생각에 잠겨 중얼거렸다. "얼마나 매력적인 사람인지."

"비찌까, 뭐예요, 비찌까?" 제냐가 놀리듯 그를 불렀다.

예기치 않은 호칭에 그는 깜짝 놀랐다. 비찌까라는 이름으로 불리는 건 스무해 만에 처음이었다.

"유한마담께서 형부에게 고양이처럼 홀딱 빠지셨네." 제냐가 말했다.

"무슨, 말도 안 되는 소리." 그가 말했다. "그리고 유한마담이라니? 다른 건 몰라도 유한마담은 절대 아니지. 게다가 마리야 이바노브나는 류드밀라의 유일한 여자 친구라고. 정말이지 그녀에게 진정한 우정을 품고 있어."

"형부는 어떤데요?" 제냐가 장난스레 물었다.

"나 진지하게 말하는 거야."

그가 화를 내자 제냐는 웃으며 그를 바라보았다.

"제네치까, 지옥에나 가!" 시뜨룸이 말했다.

이때 나쟈가 돌아왔다. 아이는 현관에 선 채 급히 물었다. "아빠는 자아비판 하러 갔어?"

곧 나쟈가 안으로 들어왔다. 시뜨룸은 딸아이를 껴안고 키스했다.

예브게니야 니꼴라예브나가 촉촉해진 두 눈으로 조카를 살펴보았다. "저애한테는 우리 슬라브 피가 한방울도 없네." 그녀가 말했다. "완전 유대인 여자 그 자체야."

"아빠의 유전자 덕분이지." 나쟈가 말했다.

"그거 알아, 나쟈? 난 너라면 죽고 못 살겠다." 예브게니야 니꼴라예브나가 말했다. "할머니한테 세료자가 약점이듯이 나한테는 네가 그래."

"아빠, 걱정 마. 우리가 먹여 살릴게." 나쟈가 말했다.

"우리? 우리가 누군데?" 시뜨룸이 물었다. "너하고 네 중위? 들어왔으면 손부터 씻어라."

"엄마는 저기서 누구랑 얘기하는 거야?"

"마리야 이바노브나."

"너도 마리야 이바노브나가 좋니?" 예브게니야 니꼴라예브나가 물었다.

"내 생각엔 세상에서 제일 훌륭한 사람이야." 나쟈가 말했다.

"할 수만 있다면 결혼이라도 하고 싶어."

"그래? 착해서? 천사 같아서?" 그녀의 물음에는 조롱이 섞여 있었다.

"제냐 이모, 이모는 그분이 맘에 안 들어?"

"난 성스러운 여자들 별로야. 그 거룩함 속에는 히스테리가 숨어 있거든." 예브게니야 니꼴라예브나가 말했다. "그보다는 나쁜 여자들이 더 좋지."

"히스테리라니?" 시뜨룸이 물었다.

"아, 맹세하는데, 그녀를 험담하는 건 아니에요. 일반적인 얘기라고."

나쟈가 부엌으로 가자 예브게니야 니꼴라예브나가 다시 입을 열었다.

"스딸린그라드에 살았을 때 베라에게 중위가 있었어요. 여기 나쟈에게도 중위가 있네요. 오늘 여기 나타났다가 내일 사라지는 사람들! 그들이 얼마나 빨리 죽어버리는지. 비쨔, 정말 슬픈 일이에요."

"제네치까, 제네비예바," 시뜨룸이 말했다. "마리야 이바노브나가 정말로 마음에 안 들어?"

"글쎄, 모르겠어요." 그녀가 서둘러 말했다. "순종적이고 희생적인 여자들이 있죠. '내가 자고 싶어서 그 남자랑 자는 거야'라는 말은 절대로 하지 않을 여자들 말이에요. 그보다는 '그게 내 의무야. 그가 안됐잖아. 그러니 희생해야지'라고 하는 거죠. 이런 여자들은 자기들이 원해서 자고 만나고 헤어지면서도 말은 완전히 다르게 한다고요. '그래야 했어. 의무가, 양심이 명한 일이야. 거부할 수밖에 없었어.' 그런데 알고 보면 사실상 아무것도 희생한 건 없거든요. 그저 자기 원하는 대로 행동한 거죠. 가장 한심한 건, 이들 스스로도 자신의 희생을 믿는다는 점이에요. 난 그런 여자들을 못 참겠어! 왜 그런지 알아요? 나 자신도 종종 그런 부류에 속한다는 생각이 들거든요."

식사 도중에 마리야 이바노브나가 제냐에게 말했다.

"예브게니야 니꼴라예브나, 허락하시면 제가 같이 갈 수 있어요. 유감스럽게도 이런 일에 경험이 있거든요. 그리고 둘이 가면 어쨌든 좀 나을 거예요."

제냐는 몹시 당황한 듯 보였다.

"아니에요, 아니에요. 정말 감사하지만 이런 일은 혼자서 해야 해요. 다른 사람에게 짐을 나눌 수는 없죠."

류드밀라 니꼴라예브나가 동생을 곁눈질하더니, 자신과 마리야 이바노브나는 비밀 없는 사이라는 점을 드러내듯 말했다.

"마셴까도 네가 자기를 마음에 안 들어하는 거 알아."

예브게니야 니꼴라예브나는 아무 대꾸도 없었다.

"그래요, 그래요." 마리야 이바노브나가 말했다. "느낌이 오더라고요. 아무튼 주제넘게 나선 건 죄송해요. 제가 어리석었어요. 어쨌든 당신과 아무 상관 없는 사람인데…… 류드밀라 니꼴라예브나가 공연한 소리를 하는 바람에 이젠 제가 마치 당신더러 저에 대한 인상을 바꿔달라고 간청하는 것처럼 되었네요. 전 정말 그냥 제안을 드린 건데요. 게다가 보통은……"

예브게니야 니꼴라예브나는 저도 모르게 진심을 담아 그녀에게 말했다.

"무슨 말씀이세요, 사랑스러운 분, 정말 그런 말씀 마세요. 제 감정이 혼란스러운 상태라 그래요. 용서하세요. 당신은 정말 좋은 분이에요."

이 말을 하고 나서 그녀는 벌떡 일어나 선언하듯 말했다. "자, 여러분, 엄마가 항상 하던 말마따나 '이제 난 가야 할 시간이야!'"

27

거리는 행인들로 가득했다.

"바쁘세요?" 그가 물었다. "네스꾸치니 공원에 가볼까요?"

"무슨 소리세요, 벌써 퇴근 시간인데요. 뾰뜨르 라브렌찌예비치가 돌아오기 전에 서둘러 가야 해요."

시뜨룸은 그녀가 자기와 같이 가서 소꼴로프로부터 과학위원회 회의 얘기를 들어보자고 하지 않을까 기대하고 있었다. 하지만 마리야 이바노브나는 아무 말이 없었다. 혹시 소꼴로프가 그를 만나는 걸 꺼리는가 하는 의심이 들었다.

그녀가 서둘러 집으로 가려 하자 화가 났다. 그러나 어쩌겠는가. 이는 지극히 당연한 일이었다.

돈 사원[79]으로 이어지는 거리에서 조금 떨어진 작은 공원을 지나던 중 갑자기 그녀가 걸음을 멈추었다.

"여기 앉죠. 잠깐 앉았다가 버스를 탈게요."

침묵이 내려앉았다. 시뜨룸은 그녀에게서 일어나는 동요를 느낄 수 있었다. 그녀는 약간 고개를 기울인 채 그의 두 눈을 들여다보았다.

79 모스끄바 시내에 있는 수도원.

침묵이 이어졌다. 그녀의 입술은 굳게 닫힌 채였지만 그에겐 그녀의 목소리가 들리는 것 같았다. 모든 게 분명했다. 그들이 이미 서로에게 전부 이야기한 것만큼이나 분명했다. 게다가 지금 여기서 무슨 말이 필요할까.

그는 뭔가 예사롭지 않게 심각한 일이 일어나고 있다는 것, 그의 삶에 새로운 각인이 새겨지고 있다는 것, 힘겨운 혼란이 그를 기다리고 있다는 것을 알았다. 그는 아무에게도 고통을 주고 싶지 않았다. 그들의 사랑에 대해서 결코 아무도 몰랐으면 했다, 아마도. 그들도 서로에게 사랑에 대해서 이야기 하지 않았으면 했다, 아마도…… 하지만 그들은 일어난 일을, 그들의 슬픔과 기쁨을 서로에게 감출 수 없었고 이는 피할 수 없는, 모든 것을 뒤엎는 변화를 가져왔다. 일어나고 있는 일 전체가 그들에게 좌우된 일이었고, 그와 동시에 일어난 일은 운명처럼 그들이 이미 받아들일 수밖에 없는 것으로 보였다. 그들 사이에 일어난 일 전체가 진실이었다. 이는 태양이 인간에게 좌우되지 않듯이 그들의 힘으로 어쩔 수 없는, 자연스러운 진실이었고, 동시에 이 진실은 피할 수 없는 거짓, 위선, 가장 가까운 사람들에 대한 잔인함을 낳고 있었다. 이 거짓과 잔인함을 피하는 것은 오직 그들에게 달려 있는, 자연스럽고 분명한 태양빛을 거부하기만 하면 되는 일이었다.

시뜨룸에게 한가지 분명한 것은 이 순간 자신이 영원히 마음의 평안을 잃었다는 것이다. 앞으로 무슨 일이 일어나든 그의 마음에 평안은 없을 것이다. 곁에 앉은 여자에 대한 감정을 감추든 그 감정을 드러내 그녀를 새로운 운명으로 만들든, 그는 이미 평안을 모르게 될 것이다. 줄곧 그녀를 그리워하든 양심의 가책을 느끼며 곁에 두든, 평안은 없을 것이다.

그녀는 여전히 그를 바라보고 있었다. 행복과 절망이 뒤섞인 그 표정을 시뜨룸은 견뎌내기 힘들었다.

그동안 저 거대하고 가차 없는 힘과의 대결 속에서도 피하지 않고 버텨왔는데, 여기 이 벤치에서 그는 얼마나 약하고 의지할 데 없는 인간이 되었는가.

"빅또르 빠블로비치," 그녀가 마침내 입을 열었다. "전 그만 가봐야겠어요. 뾰뜨르 라브렌찌예비치가 기다릴 거예요." 그녀는 그의 손을 잡고 말을 이었다. "우리 더이상 서로 보지 않기로 해요. 전 뾰뜨르 라브렌찌예비치에게 당신을 만나지 않겠다고 약속했어요."

그는 심장병으로 죽어가는 사람이 느낄 법한 혼란을 느꼈다. 자신의 의지와 상관없이 박동하던 심장이 마침내 활동을 멈추고 있었다. 우주가 흔들리고 뒤집혔다. 하늘과 땅이 사라져갔다.

"왜요, 마리야 이바노브나?" 그가 물었다.

"뾰뜨르 라브렌찌예비치가 제게 약속을 받아냈어요. 전 당신과 만나지 않겠다고 맹세했죠. 끔찍한 일이지만 지금 그의 상태가 그래요. 그이는 아파요. 그가 죽을지도 모른다는 생각에 두려워요."

"마샤." 그가 그녀의 이름을 불렀다.

그녀의 목소리, 그녀의 얼굴에는 결코 흔들지 못할 힘이 있었다. 최근 그가 맞닥뜨렸던 것과 같은, 그런 힘이었다.

"마샤." 그가 다시 한번 그녀를 불렀다.

"맙소사, 당신 다 알고 있잖아요. 뻔히 보이잖아요. 전 아무것도 숨기지 않으니까. 그런데도 뭐 하러 이 모든 이야기를 해야 하죠? 전 못해요. 그럴 수 없어요. 뾰뜨르 라브렌찌예비치는 너무나 많은 고통을 겪었어요. 당신도 전부 알잖아요. 류드밀라 니꼴라예브나도 그래요. 그녀가 얼마나 큰 고통을 겪었는지 생각해봐요. 이건 아무래도 불가능한 일이에요."

"그래, 맞아요. 우리에겐 그럴 권리가 없죠."

"사랑하는 사람, 좋은 사람, 불쌍한 사람, 나의 빛." 그녀가 말했다.

그의 모자가 땅으로 떨어졌다. 아마도 사람들이 그들을 쳐다보았을 것이다.

"그래, 맞아요. 우리에겐 그럴 권리가 없어요." 그가 되풀이했다.

그는 그녀의 두 손에 키스했다. 그녀의 작고 차가운 손가락을 쥐면서, 그를 만나지 않겠다는 그녀의 흔들림 없는 결의에 나약함이, 굴종이, 무력감이 함께 있는 것을 느꼈다……

그녀는 벤치에서 일어나 돌아보지 않고 걸어갔다. 그는 앉은 채 생각에 잠겼다. 지금, 처음으로 자신의 행복을, 삶의 빛을 두 눈에 마주한 순간, 다른 모든 것이 그에게서 떠나가버렸다. 조금 전 그가 손가락에 키스했던 이 여자를 그는 그동안 살아오며 원하고 꿈꾸었던 모든 것, 학문, 명성, 대중의 인정이라는 기쁨과 맞바꿀 수 있을 것만 같았다.

28

과학위원회 회의 다음 날 사보스찌야노프가 시뜨룸에게 전화를 걸어와 건강은 어떠냐고, 류드밀라 니꼴라예브나는 괜찮냐고 물었다.

시뜨룸이 회의에 대해 묻자 사보스찌야노프는 말했다. "빅또르 빠블로비치, 당신 마음을 상하게 하고 싶지 않지만, 생각 이상으로 너절했어요."

'소꼴로프도 발언했을까?' 속으로 생각했지만 시뜨룸은 다른 질문을 던졌다. "결정은 났나?"

"가혹한 결정이에요. 함께할 수 없는 자로 여겨짐, 지도부에 향후 거취 문제의 검토를 요청함……"

"그렇군." 바로 그런 결정이 나오리라 예상하고 있었음에도 놀라움을 금할 수 없었다.

'난 아무 죄도 없는데.' 그는 생각했다. '물론 날 감옥에 넣겠지. 끄리모프도 죄가 없다는 걸 알면서 감옥에 넣었잖아.'

"누구 반대한 사람은 있었나?" 시뜨룸이 물었다. 전화기 너머에서 말없는 당혹감이 전해왔다.

"아니요, 빅또르 빠블로비치, 거의 만장일치였습니다." 사보스찌야노프가 마침내 입을 열었다. "불참하신 게 매우 해롭게 작용했어요." 그의 목소리가 또렷이 들리지 않았다. 필시 공중전화를 이용하는 것 같았다.

같은 날 안나 스쩨빠노브나도 전화를 걸어왔다. 이미 일터에서 해고된 그녀는 연구소에 가지 않아 과학위원회 회의에 대해서는 모르고 있었다. 그녀는 두달간 무롬의 언니에게 가 있을 거라고 말하며 그리로 오라고 시뜨룸을 초대했다. 그 친절함에 그는 감동을 느꼈다.

"고맙군요, 정말 고마워요." 그가 말했다. "기왕 무롬으로 갈 거라면 그냥 쉬면서 시간 보내지 말고 기술교육학교에서 강의라도 해요."

"맙소사, 빅또르 빠블로비치," 안나 스쩨빠노브나가 말했다. "전 절망 상태예요. 당신이 그렇게 된 것도 다 저 때문이잖아요. 제가 그럴 가치나 있나요!"

아마 기술교육학교 강의 얘기를 자신에 대한 질책으로 받아들인 것 같았다. 이번에도 목소리가 또렷이 들리지 않았다. 그녀도 집이 아니라 공중전화에서 전화를 건 모양이었다.

'소꼴로프도 발언했을까?' 시뜨룸은 다시금 자문해보았다.

늦은 저녁에는 체뻬진이 전화를 걸어왔다. 이날 시뜨룸은 자기 병에 대해 이야기할 때만 활기를 띠는 중병 환자 같았다. 체뻬진은 이를 금세 눈치챈 듯했다.

"소꼴로프도 발언했을까? 정말 그랬을까?" 시뜨룸은 류드밀라에게 물어보았지만, 그녀도 그와 마찬가지로 소꼴로프가 발언했는지 알지 못했다.

그와 가까운 모든 사람들 사이에 일종의 거미줄 같은 것이 드리운 것 같았다.

사보스찌야노프는 빅또르 빠블로비치가 관심을 가지는 문제에 대해 이야기하기를 두려워하는 게 분명했고, 그의 정보원 노릇을 하고 싶어 하지 않았다. 아마 그가 연구소 사람들을 만나 "이미 다 압니다. 사보스찌야노프에게서 모든 내용을 자세히 들었어요"라고 말할 거라고 생각한 모양이었다.

안나 스쩨빠노브나는 무척 진심으로 그를 대했다. 하지만 이런 상황이라면 전화만이 아니라 그의 집으로 찾아와야 하지 않을까?

그리고 체뻬진. 빅또르 빠블로비치가 생각하기에, 체뻬진은 그에게 천체물리학 연구소에서 함께 일하자고 제안했어야 했다. 최소한 그 가능성에 대해 언급이라도 하는 게 옳았다.

'그들은 내게 화를 내고, 나는 그들에게 화를 내는구나. 차라리 전화를 하지 말 것이지.' 그는 생각했다.

하지만 전화를 하지 않은 사람들에게 더 많이 화가 났다.

하루 종일 그는 구레비치, 마르꼬프, 뻬메노프의 전화를 기다렸다.

그런 다음에는 실험 장비를 조립하는 기계공들과 전기공들에게 화가 났다.

'개자식들.' 그는 생각했다. '그들은 노동자이니 두려울 게 없는데.'

그리고 소꼴로프. 그에 대해서는 생각하는 것조차 견딜 수가 없었다. 뾰뜨르 라브렌찌예비치가 마리야 이바노브나에게 시뜨룸을 만나지 말라고 명령했다니! 오랜 지인들도, 피붙이들도, 동료들도, 그 모든 사람을 그는 용서할 수 있었다. 하지만 친구는! 소꼴로프에 대한 생각이 그의 내면에 엄청난 분노와 몹시 고통스러운 모욕감을 불러일으켜 숨쉬기조차 어려울 지경이었다. 그와 동시에, 친구의 배반을 생각하며 시뜨룸은 자신도 모르게 스스로의 배반에 대한 정당성을 찾고 있었다.

너무나도 긴장한 상태에서 그는 쓸데없이 시샤꼬프에게 편지를 썼다. 연구소 지도부의 결정에 대해 알려달라고, 자신은 병으로 인해 당분간 실험실에서 일할 수 없겠다는 내용이었다.

다음 날도 하루 종일 전화 한 통 오지 않았다.

'좋아, 어쨌든 감옥에 집어넣겠지.' 시뜨룸은 생각했다.

이 생각은 이제 그를 괴롭히는 대신 일종의 위안이 되었다. 마치 아픈 사람들이 '좋아, 어차피 우리 모두는 죽을 거야'라는 생각으로 스스로를 위안하듯이.

"우리에게 새로운 소식을 가져오는 오는 유일한 인간은 제냐야." 그는 류드밀라 니꼴라예브나에게 말했다. "모든 소식이 엔까베데 대합실에서 나오는 셈이지.”

“나 이제 분명히 알 것 같아.” 류드밀라 니꼴라예브나가 말했다. “소꼴로프가 과학위원회 회의에서 발언한 게 분명해. 그것 말고는 마리야 이바노브나가 침묵하는 게 설명이 안 되거든. 그런 일이 있었으니 부끄러워서 전화도 않는 거라고. 좋아, 낮에는 그가 출근하고 없을 테니 내가 직접 그녀에게 전화해봐야겠어.”

“절대 안 돼!” 시뜨룸이 고함을 질렀다. “류다, 내 말 들어. 그건 절대 안 돼!”

“사실 당신과 소꼴로프의 관계가 나랑 무슨 상관이야? 마샤는 내 친구라고.”

왜 마리야 이바노브나에게 전화하면 안 되는지 그로서는 설명할 수 없었다. 류드밀라가 아무것도 모르는 채 그와 마리야 이바노브나 사이의 연결 고리가 되리라 생각하자 수치심이 밀려왔다.

“류다, 지금 우리와 다른 사람들의 관계는 일방적일 수밖에 없어. 감옥에 들어간 사람의 아내는 불러주는 이들한테만 갈 수 있을 뿐 자기가 나서서 ‘당신들에게 가고 싶어요’라고 말할 권리가 없다고. 그건 그녀와 그녀의 남편에게 모욕이 될 거야. 들어봐. 이제 우리는 새로운 단계에 들어섰어. 더는 아무에게도 편지를 쓰면 안 돼. 우린 답장만 할 수 있지. 전화도 걸 수 없어. 누가 우리에게 전화를 걸어오면 수화기를 들 수 있을 뿐이야. 아는 사람에게 먼저 인사하는 것도 안 돼. 아마 그들이 우리와 인사하기를 원하지 않을 거야. 만약 어쩌다 그쪽에서 먼저 인사를 한다 해도 우리가 대화를 시작해서는 안 돼. 상대가 우리에게 고갯짓을 하는 것까지만 가능하고 대화는 안 된다고 생각할 수 있거든. 그쪽에서 먼저 말을 건 다음에야 우리가 대답하는 거야. 알겠어? 우린 불가촉천민이라는 거대한 집단에 합류한 거라고."

그는 잠시 멈추었다. "하지만 다행히 이 법칙에도 예외가 있긴 해. 한두 사람—당신 어머니나 제냐 같은 가까운 사람들 말고—은 이 불가촉천민들의 강력한 지지자가 되어주거든. 이들에게는 허락의 신호 없이 전화를 걸고 편지를 써도 돼. 바로 체삐진이 그런 사람이지!"

"당신 말이 맞아, 비쨔. 전부 사실이야." 류드밀라 니꼴라예브나의 대답이 그를 놀라게 했다. 이미 오랫동안 그녀는 어떤 일에 대해서도 그가 옳다고 인정한 적이 없었다. "나도 그런 친구가 있어. 바로 마리야 이바노브나지!"

"류다!" 그가 말했다. "류다! 그거 알아? 마리야 이바노브나가 소꼴로프에게 더이상 우리를 만나지 않겠다고 약속했대. 그래도 전화하고 싶어? 그래! 어서 해봐! 응? 얼른! 전화하라고!"

그는 걸개식 전화기에서 수화기를 홱 빼들어 류드밀라 니꼴라예브나에게 내밀었다.

그리고 이 순간 그의 마음 한구석에서 작은 희망이 꿈틀거렸다. 류드밀라가 전화하기를…… 그녀라도 마리야 이바노브나의 목소리를 듣기를……

하지만 류드밀라 니꼴라예브나는 수화기를 도로 걸어놓았다.

"아…… 그래서 전화를 안 했구나."

"제네비예바는 왜 아직도 안 오지?" 시뜨룸이 말했다. "불행이 우리를 하나로 묶어주는 모양이야. 내가 지금처럼 제냐에게 사랑스러운 감정을 품은 적이 없는 것 같아."

나쟈가 집에 돌아오자 시뜨룸은 말했다.

"나쟈, 아빠랑 엄마랑 이야기를 좀 나눴는데, 아마 엄마가 너한테 자세히 말해줄 거야. 내가 지금 허수아비 신세가 되었으니 뽀스또예프네 집에도, 구레비치네 집에도 가면 안 돼. 다들 너를 내 딸, 내 딸, 내 딸로만 여길 거야. 무슨 소린지 알겠지? 너도 우리 가족의 일원이니까. 그러니 아빠가 절대적으로 부탁할게……"

그는 딸아이가 흥분해 반항하며 분노 섞인 말을 퍼부으리라 예상했다.

하지만 나쟈는 손을 들어 그의 말을 막고는 차분하게 입을 열었다. "난 아빠가 그 악인들의 위원회에 가지 않는 걸 보고 모든 걸 이해했어."

그는 당황해서 딸을 바라보다가 자기도 모르게 조롱조로 말했다. "네 중위에게 이 일이 영향을 미치지 않았으면 좋겠구나."

"당연히 영향을 미치지 않았지."

"그래?"

그녀는 어깨를 으쓱였다. "응, 됐어. 아빠도 알잖아."

시뜨룸은 아내와 딸을 가만히 바라보며 두 손을 내밀어 보이곤 방에서 나갔다.

그 몸짓에는 너무도 많은 혼란과 죄책감, 나약함, 그리고 감사와 사랑이 담겨 있었다. 두 사람은 오랫동안 아무 말 없이, 서로를 쳐다보지도 않은 채 나란히 서 있었다.

29

전쟁이 일어난 뒤 처음으로 다렌스끼는 공격의 경로를 탔다. 그는 서쪽을 향하는 전차부대를 따라잡고 있었다.

눈 위에, 들판에, 도로들을 따라 불타고 부서진 독일 전차들, 무기들, 앞이 넓적하고 뭉툭한 이딸리아 화물차들이 나뒹굴고 독일인과 루마니아인의 시체들이 너부러져 있었다.

죽음과 추위가 적군의 멸망을 보존하고 있다가 사람들의 시선 앞에 내놓았다. 혼란과 당혹과 고통, 모든 것이 그대로 흔적을 남겼다. 도로에서 몸부림치던 차체들과 인간들의 마지막 절망, 경련의 몸짓들이 얼음에 꼼짝없이 갇혀 있었다.

폭탄들의 화염도, 연기를 피워올리던 모닥불도 검은 얼룩과 노란색, 갈색 빙층으로 눈 위에 흔적을 남겼다.

소련 군대가 서쪽으로 행군하는 동안 포로 무리는 동쪽으로 끌려갔다.

초록색 외투 차림에 높은 양가죽 모자를 쓴 루마니아인들이 걸어가고 있었다. 독일인보다는 추위에 덜 시달리는 듯한 모습이었다. 다렌스끼에게 이들은 도무지 패배한 군대의 병사들로 여겨지지가 않았다. 마치 괴상한 모자를 쓴 수천명의 피곤하고 굶주린 농부 행렬 같았다. 사람들은 비웃음을 보내면서도 분노의 감정 없이, 연민 섞인 경멸을 가지고 그들을 바라보았다. 뒤따라오는 이딸리아인들에게는 훨씬 더 친절한 것 같았다.

반면 헝가리인, 핀란드인, 특히 독일인들은 다른 감정을 불러일으켰다.

그들은 이불 조각으로 머리와 어깨를 친친 싸맨 채 걸었다. 장화에는 부대 자루나 천 조각이 철사나 밧줄로 고정되어 있었다.

많은 사람들의 귀, 코, 뺨이 동상으로 검게 얼룩져 있었다. 허리에 매달린 냄비의 나지막한 소리가 수갑을 연상시켰다.

다렌스끼는 푹 꺼진 배와 성기를 적나라하게 드러낸 시체들을,

초원의 칼바람으로 불그레하게 상기된 호송병들의 얼굴을 바라보았다.

눈 덮인 초원 한가운데 어지러이 널린 독일 전차들과 화물차들, 얼어붙은 시체들, 발을 질질 끌며 동쪽으로 걸어가는 사람들을 바라보며 그는 낯설고 복잡한 감정을 느꼈다.

이것은 복수였다.

그의 머릿속에 독일인들이 어린아이의 요람과 벽난로와 항아리를, 벽에 걸린 그림을, 나무 함지와 진흙으로 빚어 채색한 닭들을, 독일 전차들로부터 달아나는 아이들이 태어나 자라난 사랑스럽고 경이로운 세계를 얼마나 혐오하며 이상하게 바라보았는지, 러시아 농가들의 초라함을 얼마나 비웃었는지 떠올랐다.

운전병이 강한 호기심을 드러내며 그에게 말했다. "저것 보세요, 중령 동지!"

독일 병사 네명이 외투 위에 동료를 눕혀 들고 가는 중이었다. 그 얼굴과 힘줄이 드러난 목을 보니 그들 자신도 곧 쓰러질 것 같았다. 그들은 이리저리 휘청였다. 친친 감아둔 천 조각들이 발에 엉기고, 메마른 눈이 그들의 영혼 없는 눈을 때렸다. 그들은 얼어붙은 손가락으로 외투 자락을 꼭 쥐고 있었다.

"독일 놈들 분탕질도 이제 끝이네요."

"우리는 그들을 초대한 적 없어." 다렌스끼가 침울하게 중얼거렸다.

잠시 후, 강렬한 행복감이 그를 휩쌌다. 누구도 밟은 적 없는 대초원의 눈안개 속에서 소련 전차들, 더없이 맹렬하고 빠르고 강한 근육질의 T-34들이 달리고 있었다……

검은 반외투 차림에 검은 헬멧을 쓴 전차병들이 가슴께까지 해치 밖으로 내민 채 주위를 둘러보았다. 그들은 눈안개 속에서 진흙투성이 눈 거품을 일으키며 거대한 대초원의 바다를 질주하고 있었다. 자부심과 행복감에 그는 숨이 막혔다……

강철 갑옷으로 무장한 러시아, 무시무시하고 준엄한 러시아가 서쪽으로 가고 있었다.

마을 입구에서 정체가 발생했다. 다렌스끼는 자동차에서 내려 두줄로 늘어선 화물차와 방수포로 덮인 까쮸샤 로켓포를 지나쳐 걸어갔다…… 한 무리의 포로들을 대로로 이어지는 길을 건너도록 몰아대고 있었다. 대령 하나가 경차에서 내려 포로들을 지켜보았다. 그는 군단을 지휘하거나 전선 보급요원과 친분이 있는 자에게 주어지는 은빛 카라쿨 털로 된 체르께스 모자를 쓰고 있었다. 호송병들이 포로들을 향해 소리를 내지르며 자동소총을 휘둘러댔다.

"자, 자, 더 신나게!"

포로들과 화물차 운전병들 및 붉은군대 병사들 사이에는 보이지 않는 벽이 세워져 있었다. 초원의 강추위보다도 차가운 냉기가 이들의 시선을 서로 마주치지 못하도록 막았다.

"저것 좀 봐." 누군가 비웃듯 말했다. "꼬리 달린 짐승 꼴이구먼!"

한 독일 병사가 네발로 기어 길을 건너는 중이었다. 솜뭉치들이 삐져나온 이불 조각이 그의 뒤에서 질질 끌려갔다. 병사는 개처럼 버둥버둥 손과 발을 바꿔가며, 마치 후각으로 흔적을 좇듯 고개를 들지 않은 채 서둘러 기어갔다. 그가 곧장 대령을 향해 기어오자 곁에 서 있던 운전병이 말했다. "대령 동지, 조심하세요, 물겠어요. 웬일이야, 겨누고 있어요."

대령은 옆으로 한걸음 움직였다가 독일 병사가 바로 앞까지 오자 장화 신은 발로 그를 밀었다. 그것으로도 그의 참새 같은 힘을 무너뜨리기에는 충분했다. 두 손과 두 발이 흐늘흐늘 허물어졌다.

포로가 고개를 들어 자신을 발로 찬 이를 올려다보았다. 죽어가는 양의 눈이 그렇듯, 독일 병사의 눈에는 원망도 고통도 없었다. 그의 눈에서 볼 수 있는 것이라곤 그저 순종뿐이었다.

"기어가네, 더러워, 침략자." 장화 바닥을 눈에 닦으면서 대령이 말했다.

구경꾼들 사이에 한바탕 조소가 일었다.

갑자기 다렌스끼의 머릿속이 캄캄해졌다. 이미 그 자신이 아닌 누군가, 그가 알기도 하고 모르기도 하는 사람, 결코 흔들림 없는 그 사람이 자신의 행동을 지배하고 있었다.

"러시아인은 쓰러진 사람을 발로 차지 않습니다, 대령 동지!" 그가 말했다.

"그럼 나는 누구지? 난 러시아인이 아니란 말인가?" 대령이 물었다.

"동지는 악당입니다." 대령이 자신을 향해 한발짝 다가서는 것을 보며, 그는 곧 이어질 분노와 협박을 예방하듯 외쳤다. "내 성은 다렌스끼, 스딸린그라드 전선군 참모부 작전과 감찰관 다렌스끼 중령입니다. 난 조금 전 동지에게 한 말 그대로 전선군 사령관과 군사재판관 앞에서 반복할 준비가 되어 있습니다."

대령의 입에서 증오로 가득한 음성이 튀어나왔다. "좋아, 다렌스끼 중령. 이 일은 그냥 넘어가지 못할 줄 알게." 그러고서 그는 옆으로 가버렸다.

포로 몇명이 쓰러진 동료를 끌어냈다. 이상하게도, 어느 쪽으로 몸을 돌리든 다렌스끼의 시선 앞에는 자꾸만 무리 지어 모여 있는 포로들의 눈만 나타났다. 마치 무언가가 그들을 그에게로 끌어당기는 것만 같았다.

천천히 자동차로 걸어가는데 조롱 섞인 목소리가 들려왔다. "독일 놈들 보호자가 납셨군!"

그는 차에 올라 길을 따라 나아갔지만, 또다시 저 맞은편에서부터 다가오던 회색 군복의 독일 병사와 초록색 군복의 루마니아 병사 무리에 막혀 멈춰서야 했다.

운전병이 담배에 불을 붙이는 다렌스끼의 손가락이 떨리는 것을 곁눈질하더니 말했다. "저는 놈들이 하나도 불쌍하지 않아요. 누구라도 쏴 죽일 수 있죠."

"그래, 알겠네." 다렌스끼가 말했다. "41년[80]에 자네가 뒤도 안 돌아보고 도망쳤을 때, 그땐 나도 그랬네, 쏘았으면 좋았겠지."

길을 가는 내내 그는 아무 말도 하지 않았다.

하지만 이 사건이 선善을 향해 그의 마음을 열어준 것은 아니었다. 오히려 그는 선의라는 것을 완전히 소진한 듯한 기분이었다.

야시꿀로 갈 때의 깔미끄 초원과 지금 그가 가는 길 사이에는 얼마나 깊은 심연이 가로놓여 있는지. 모래 안개 속 거대한 달 아래서서 러시아 땅 끝자락에 있는 그에게 사랑스러운 모든 약자들과 불행한 자들을 마음 깊은 애정으로 자신의 영혼에 연결시키며, 달아나는 붉은군대 병사들을, 뱀처럼 꿈틀거리는 낙타들의 목을 바라보았던 사람이 정말 그였을까……

80 독일이 소련을 침공한 때를 가리킨다.

30

전차군단 참모부는 마을 가장자리에 있었다. 다렌스끼의 자동차는 참모부가 자리한 이즈바로 다가갔다. 날이 이미 어두워지고 있었다. 보아하니 참모부 사람들도 조금 전에야 이 마을에 도착한 모양이었다. 붉은군대 병사들이 여기저기서 화물차로부터 트렁크와 매트리스를 내리고, 통신수들은 전선을 끌어당기고 있었다.

보초를 서던 자동소총병이 내키지 않는 듯 복도로 들어가 부관을 외쳐 불렀다. 부관이 내키지 않는 듯 현관으로 나오더니, 부관들이 으레 그러듯 사람의 얼굴이 아니라 장교 견장에 시선을 고정한 채 말했다.

"중령 동지, 군단장님은 막 여단에서 돌아와 쉬고 계십니다. 오데에[81]로 가시지요."

"군단장님께 다렌스끼 중령이 왔다고 보고하게."

부관은 한숨을 내쉬곤 다시 이즈바로 들어갔다.

잠시 후 그가 나와 외쳤다. "어서 들어오십시오, 중령 동지!"

현관으로 올라가자 노비꼬프가 그를 향해 다가왔다. 둘은 한동안 만족스러운 웃음을 띤 채 서로를 바라보았다.

"그래, 이렇게 다시 만났군!" 노비꼬프가 반갑게 말했다.

아름다운 만남이었다.[82]

전처럼 그들은 지능적인 두 머리를 지도 위로 수그렸다.

"퇴각했을 때만큼이나 빠른 속도로 진군하고 있소." 노비꼬프가 말했다. "심지어 이 구간에서는 퇴각 때의 속도를 능가했지."

81 참모부의 공동 보급소.

82 전편 소설에서 노비꼬프와 다렌스끼는 남서전선군 참모부에서 함께 일했다.

"겨울, 겨울이라 그렇군요." 다렌스끼가 말했다. "여름에는 어떻게 될까요?"

"잘될 거라 믿소."

"제 생각도 그렇습니다."

다렌스끼와 함께 지도를 살피는 것, 노비꼬프에게 이는 더없는 기쁨이었다. 노비꼬프만 알고 있는 구체적인 사항들, 그의 기대, 그를 불안하게 하는 문제들까지 다렌스끼는 모든 것을 훤히 이해했다.

사적이고 친밀한 고백이라도 하는 양 목소리를 낮추며 노비꼬프가 말했다. "전차 공격 경로의 정찰, 목표 지정 시 동원되는 모든 전투 수단들의 일사불란한 적용, 지형과 기준점에 대한 체계, 엄격한 상호작용, 모든 게 다 제대로요. 하지만 전차 공격 구간에서 모든 종류의 전투 행위는 T-34라는 신 같은 하나의 영리한 재주꾼에 종속될 거요!"

다렌스끼는 스딸린그라드 전선 남쪽 날개에서 일어난 사건들의 지도만 알고 있는 게 아니었다. 노비꼬프는 그에게서 깝까스 작전의 상세한 사항들, 히틀러와 파울루스 사이에 오간 대화의 도청 내용을 들었다. 프레터-피코[83] 포병대 장군의 집단군의 그가 미처 모르고 있던 움직임에 대해서도 상세하게 알게 되었다.

"우끄라이나가 코앞이오." 노비꼬프가 말하며 지도를 가리켰다. "하지만 내가 다른 누구보다 가까이 있는 느낌이오. 로진 군단만 뒤를 따르고 있지." 이어 그는 지도를 옆으로 밀어냈다. "자, 이제

83 Maximilian Fretter-Pico(1892~1984). 독일의 장교. 독소전쟁 초기에 보병사단을 이끌어 큰 공로를 세웠다. 1942년 6월부터는 장군이자 포병부대 군단장이 되어 같은 해 겨울 '프레터-피코 집단군'(남부 B집단군에 속함)을 결성했으나 붉은 군대에 패퇴당해 스딸린그라드가 항복한 다음 날 해체되었다.

전략과 전술 이야기는 그만둡시다.

"사생활에는 변함이 없으신가요?" 다렌스끼가 물었다.

"모든 게 새롭지."

"결혼이라도 하신 겁니까?"

"매일같이 기다리고 있소. 곧 도착할 거요."

"오, 까자끄 남자 하나가 이렇게 망하는군요." 다렌스끼가 말했다. "진심으로 축하드립니다. 전 여전히 혼자예요."

"비꼬프[84]는 어떻소?" 갑자기 노비꼬프가 물었다.

"여전합니다. 바뚜찐 휘하에 나타나더군요. 성질도 그대로고."

"힘이 있구먼, 개새끼."

"질긴 인간이죠."

"망할 놈." 이어 노비꼬프가 옆방을 향해 소리쳤다. "어이, 베르시꼬프, 자네 우릴 굶겨 죽이려고 작정한 건가? 꼬미사르도 부르게, 함께 식사할 거야."

하지만 게뜨마노프는 이미 와 있었다. 문간에 서서 그가 분하다는 듯 말했다.

"뾰뜨르 빠블로비치, 로진이 돌진을 시작한 것 같소. 우리보다 먼저 우끄라이나로 뛰어들 태세요." 이어 그가 다렌스끼를 향해 덧붙였다. "중령, 이런 시기가 왔군. 적보다 이웃이 더 무서운 시기 말이오. 그러고 보니 혹시 당신도 그런 이웃인가? 아니, 그럴 리 없지. 우린 오랜 전선 동지 아니오."

"내 보기에 동지는 우끄라이나 문제에 병적으로 집착하는 것 같소." 노비꼬프가 말했다.

84 전편 소설에서 두 사람의 상관으로 등장한 인물. 능력 있는 부하들을 질투하고 자신의 뜻에 어긋나면 예비병력으로 보내는 이기적이고 속 좁은 장군이다.

"뾰뜨르 빠블로비치," 게뜨마노프가 통조림 하나를 가까이 끌어당기며 농담 섞인 위협조로 대꾸했다. "동지의 예브게니야 니꼴라예브나가 와도 우끄라이나 아닌 곳에서는 내가 절대로 증인을 안 서주는 것으로 알고 있어야 할 거요.[85] 여기 이 중령 앞에서 맹세하오." 이어 그가 잔을 들어 노비꼬프를 가리키면서 다렌스끼에게 말했다. "자, 중령 동지, 노비꼬프의 러시아인 심장을 위하여."

"좋은 건배사네요." 다렌스끼가 진심을 담아 말했다.

노비꼬프는 꼬미사르에 대한 다렌스끼의 적대감을 떠올리고는 그의 얼굴을 살피며 입을 열었다. "중령 동지, 정말 오랜만이오."

"손님 접대가 형편없군." 게뜨마노프가 식탁을 둘러보며 말을 이었다. "죄다 통조림뿐이라니…… 취사병이 화덕을 땔 시간이 없어서 이렇소. 어디 도착했다 하면 금세 다시 옮겨야 하니 원. 밤낮을 가리지 않고 이동하고 있지. 공세 전에 왔으면 대접이 괜찮았을 텐데. 지금은 아군끼리 따라잡으며 서로 뒤쫓느라, 한시간 쉬고 하루 종일 이동하는 꼴이오."

"여분 포크 하나라도 더 내올 수 없나?" 노비꼬프가 부관에게 물었다.

"식기를 내리라는 명령을 하지 않으셨어요." 부관이 대답했다.

게뜨마노프는 해방된 영토에 대한 이야기를 시작했다.

"러시아인과 깔미끄인은 밤과 낮처럼 상극이오. 깔미끄인은 독일 피리에 장단을 맞추고 무슨 초록색 비슷한 군복까지 받았더군. 다들 초원을 질주하면서 우리 러시아군들을 잡아들였지. 우리 소비에뜨 권력이 그들에게 안 해준 게 뭐 있다고! 거지떼 유랑민의

85 혼인 등록의 증인을 말한다.

나라, 매독과 문맹의 나라 아니었소? 아무리 음식을 먹여도 야수를 길들이기란 불가능한 게지. 내전 때도 그들 거의 모두가 백군 편이었고…… 민족 우애를 위해 수십년간 우리가 얼마나 엄청난 돈을 쓸데없이 뿌렸는지 생각해보시오! 차라리 그 돈으로 시베리아에 전차공장을 세우는 게 나았을 거요. 돈 지방의 어느 젊은 까자끄 여자한테서 그동안 겪은 일들에 대해 들었는데, 정말이지 말도 못하게 끔찍하더구먼. 깔미끄인들은 러시아의 신임을, 소련의 신임을 배반한 거요. 군사위원회에 보내는 보고서에 그렇게 쓸 작정이오."

그러더니 그는 노비꼬프를 보며 말을 이었다.

"내가 바산고프에 대해 경고했던 것 기억하오? 당원으로서의 내 직감은 틀리지 않았소. 아, 열낼 것 없소, 뾰뜨르 빠블로비치. 당신을 비난하려는 게 아니니까. 나 또한 살면서 실수 한번 안 했을 리 없잖소. 어쨌든 민족적 특성이라는 게 무시할 게 못 된다는 거요. 전쟁의 실제 경험이 그걸 증명했지. 자, 볼셰비끼들의 스승이 뭔지 아시오? 바로 실제 경험이오."

"깔미끄인들에 대해서는 저도 같은 생각입니다." 다렌스끼가 말했다. "최근까지 저도 깔미끄 초원에 있었죠. 끼체네르와 셰베네르[86]를 모두 돌아다녔어요."

대체 왜 그는 이런 말을 한 걸까? 깔미끄 지방을 다니는 동안 단 한번도 깔미끄 사람들에 대해 나쁜 감정을 가진 적이 없었는데. 오히려 그들의 일상과 관습에 생생한 호기심과 관심을 느끼지 않았던가.

86 깔미끄인 거주 구역과 거리의 이름이다.

하지만 꼬미사르에게는 무언가 자석 같은 힘이 있었다. 다렌스끼는 내내 그의 말에 동의하고 싶었다.

노비꼬프가 웃으면서 그를 쳐다보았다. 그 역시 꼬미사르의 힘을 잘 아는 터였다.

"당신이 지난 시절 부당한 대우를 받았다는 거 알고 있소." 게뜨마노프가 불쑥 소탈한 투로 이야기를 꺼냈다. "하지만 우리 볼셰비끼에 원한을 품지는 않았으면 하오. 당은 그저 인민에게 선을 행하고 싶어 할 뿐이오."

그러자 군대의 정치국 요원들과 꼬미사르들은 늘 혼란만 야기할 뿐이라고 생각해온 다렌스끼의 입에서 이런 말이 튀어나왔다. "별말씀을 다 하십니다. 제가 그걸 이해 못할까요."

"그렇지!" 게뜨마노프가 말했다. "몇몇 부분에서 실수를 하기도 했지만, 인민은 우리를 용서할 거요. 용서하고말고! 우리는 좋은 사람들이오. 본질적으로 악당은 아니지. 안 그렇소?"

노비꼬프가 두 사람을 바라보며 상냥하게 말했다. "어떻소? 우리 군단의 꼬미사르는 좋은 사람이지요?"

"예, 좋은 분입니다." 다렌스끼가 동의했다.

"그렇지, 바로 그거요!" 게뜨마노프가 말했고, 세 사람은 큰 소리로 웃기 시작했다.

노비꼬프와 다렌스끼의 마음을 간파하기라도 한 듯 게뜨마노프가 시계를 들여다보았다. "가서 쉬어야겠군. 밤낮으로 이동을 해야 하니 오늘만이라도 아침까지 푹 자야겠소. 이거야 원 집시도 아니고, 열흘이나 장화도 못 벗었다니까. 참모장은 아마 잠들었겠지?"

"그럴 리가." 노비꼬프가 말했다. "벌써 길을 나섰으니 새 숙소를 살펴보고 있을 거요. 아침부터 진지를 옮겨야 하니 말이오."

노비꼬프와 둘만 남게 되자 다렌스끼가 말했다.

"뾰뜨르 빠블로비치, 도무지 이해할 수 없는 일입니다…… 얼마 전만 해도 그야말로 절망적인 기분이었지요. 까스삐의 모래사막에서 이미 모든 게 끝장인 듯 여겨졌어요. 그런데 지금은 어떻게 됐습니까? 우리가 이렇게 강력한 군사력을 조직할 수 있었다뇨. 힘! 이 힘 앞에서는 모든 게 아무것도 아니지요."

"나 또한 러시아인이란 게 무엇을 의미하는지 점점 더 분명하게, 더 많이 알아가고 있소" 노비꼬프가 말했다. "우리는 용감한, 실로 강한 투사들이지!"

"강한 힘!" 다렌스끼가 되풀이했다. "그리고 가장 중요한 건, 볼셰비끼의 주도 아래 러시아인이 인류를 이끌고 간다는 점이죠. 나머지들은 부스럼이고 얼룩일 뿐이에요."

"참, 그나저나……" 노비꼬프가 화제를 바꾸었다. "동지의 보직을 옮기는 문제에 대해 다시 건의해보면 어떨까 싶소. 참모차장 자격으로 군단에 오면 어떻겠소? 우리가 함께 싸우면 좋지 않겠소?"

"물론 좋죠! 고맙습니다. 그러면 전 누구 밑에서 일하게 됩니까?"

"네우도브노프 장군. 그 사람 밑에서 차장을 맡는 건 괜찮은 일이오."

"네우도브노프요? 전쟁 전에 외국에 있었지요? 이딸리아였나요?"

"맞소. 수보로프는 아니지만 전반적으로 볼 때 함께 일할 만한 사람이지."

다렌스끼는 말이 없었다.

"자, 어떻소?" 노비꼬프가 그를 바라보며 물었다. "그렇게 건의

해봐도 괜찮겠소?"

다렌스끼는 손가락으로 입술을 젖혀 뺨을 약간 밀어냈다. "보이십니까? 금니 말이에요." 그가 말했다. "1937년 심문 때 네우도브노프에게 맞아 치아 두개가 부러졌죠."

그들은 서로를 바라보다가 잠시 눈을 돌렸고, 이어 다시금 서로를 바라보았다.

"물론 그는 영리한 사람입니다." 다렌스끼가 말했다.

"그렇지. 게다가 깔미끄인이 아닌 러시아인이고." 노비꼬프는 미소를 지어 보이고는 불쑥 목소리를 높였다. "자, 술이나 마십시다. 이왕 마시는 거, 러시아식으로 마시는 거요!"

다렌스끼는 난생처음 정말 많이 마셨다. 하지만 탁자 위에 놓인 빈 보드까 병 두개만 아니라면 누구도 두 사람이 그렇게 정말로 세게 마셨으리라고는 생각지 못했을 것이다. 그들이 너나들이를 한다는 것으로만 알아챌 수 있었을 뿐.

"자, 쭉 들이켜게." 노비꼬프가 잔을 채우며 말했다. 이미 몇잔째인지 세기를 포기한 지 오래였다.

평소 술을 마시지 않는 다렌스끼도 오늘만큼은 머뭇거리지 않았다.

그들은 후퇴에 대해, 전쟁 초기의 나날에 대해 이야기했다. 블류헤르와 뚜하쳅스끼에 대한 기억이 불려나오고, 주꼬프의 이름도 언급되었다. 다렌스끼는 자신이 받았던 심문에 대해, 심문관이 그에게서 뭘 원했는지 털어놓았다.

노비꼬프는 공세 직전 전차의 움직임을 몇분간 지체시킨 일에 대해 들려주었다. 하지만 여단 지휘관들에 대한 평가에서 자신이 얼마나 큰 실수를 범했는지는 말하지 않았다. 독일군에 대한 이야기가 나오자 그는 1941년 여름이 자신을 영원히 단련해 냉혹한 사람으로 만든 줄 알았다고, 하지만 포로들을 몰고 가는 지금 그들을 잘 먹이라고 명했을 뿐 아니라 동상 입은 자들과 부상자들은 차에 태워 후방으로 보내기까지 했다고 털어놓았다.

"내가 자네 꼬미사르를 거들어 깔미끄인을 욕했어. 맞지?" 다렌스끼가 말했다. "네우도브노프가 여기 없는 게 유감이군. 그와 얘기 좀 하면 좋았을 텐데. 제대로 알아듣게 말이지!"

"하지만 오룔과 꾸르스끄 사람들 중에서도 독일 놈들에게 빌붙은 자들이 얼마나 많은데!" 노비꼬프가 말했다. "블라소프 장군만 해도 깔미끄인이 아니잖나. 우리 바산고프는 아주 훌륭한 군인인데…… 그리고 네우도브노프는 원래 체까 요원이라더군. 꼬미사르가 내게 말해줬지. 한마디로 그는 군인이 아닌 셈이야. 그러나저러나, 어쨌든 우리 러시아인은 승리할 걸세. 베를린까지 가야지. 이미 독일인은 우릴 막지 못해."

"네우도브노프, 예조프, 전부 문제가 있지. 하지만 지금 러시아는 하나야, 소비에뜨 러시아. 그리고 내가 아는 건, 내 이빨을 몽땅 부러뜨려도 러시아에 대한 내 사랑은 변치 않으리라는 점이네. 난 마지막 숨이 다할 때까지 러시아를 사랑할 거야. 물론 그렇다고 그 똥갈보 밑에서 차장을 할 순 없지만…… 자네 대체 뭐야? 농담이야, 동지?"

"자, 쭉 들이켜." 노비꼬프는 다시금 잔에 보드까를 채운 뒤 말을 이었다. "일이 어떻게 될지 또 누가 알겠나? 나도 더 나쁜 놈이 될 거야." 그러더니 그가 불쑥 화제를 바꾸었다. "어제 섬뜩한 일이 있었네. 어느 전차병의 머리가 날아갔는데, 그가 죽은 상태로 계속 가속페달을 밟고 있었던 거야. 그렇게 전차는 내내 앞으로 나아갔지.

전진! 전진!"

"내가 자네 꼬미사르를 거들어 깔미끄 사람들을 욕했어. 근데 지금은 머리에서 어떤 깔미끄 노인이 떠나질 않는군…… 그나저나, 그 인간은 몇살이나 먹었나? 네우도브노프 말이네. 자네가 제안한 새 자리로 가서 그 친구를 한번 만나볼까?"

"나는 정말이지 행운아야. 이보다 더 큰 행운은 없지." 노비꼬프는 무거워진 혀로 어눌하게 중얼거리더니 주머니에서 사진 한장을 꺼내 다렌스끼에게 건넸다. 다렌스끼는 말없이 사진을 들여다보았다.

"미인이네. 입이 떡 벌어지는군."

"미인?" 노비꼬프가 말했다. "그런 건 전혀 중요하지 않아. 자네 그거 아나? 어떤 미인이 와도 난 그녀를 사랑하는 것만큼 사랑할 수 없을 거야."

어느새 베르시꼬프가 문가에 나타나 묻는 듯한 눈길로 군단장을 바라보고 있었다.

"꺼져." 노비꼬프가 느릿느릿 말했다.

"자네 대체 왜 그러나? 혹시 뭐 필요한 거라도 있는지 확인하러 온 사람한테 말이야." 다렌스끼가 말했다.

"집어치워! 나는 더 나쁜 놈, 무뢰한이 될 거야. 할 수 있어! 가르쳐줄 필요도 없다고. 그리고 자네 말이야, 중령 주제에 어디다 대고 너나들이를 해? 규율도 몰라?"

"아, 바로 이런 식으로 말이지!"

"농담이야, 농담. 거참 장난도 못 치겠군." 노비꼬프는 제냐가 술 취한 자신을 보지 않는 게 얼마나 다행인지 생각했다.

"바보 같은 농담은 이해 못하네." 다렌스끼가 말했다.

오랫동안 옥신각신 말다툼을 이어가던 그들은 노비꼬프가 같이 자동차를 타고 새 진지에 가서 개머리판으로 네우도브노프를 두들겨패자고 제안했을 때에야 화해의 말을 나누었다. 물론 그들은 아무 데도 나가지 않고 계속 술만 퍼마셨다.

31

알렉산드라 블라지미로브나는 한꺼번에 세통의 편지를 받았다. 두통은 딸들에게서, 한통은 손녀에게서 온 것이었다.

필체를 보고 누가 보낸 것인지 깨닫자마자, 알렉산드라 블라지미로브나는 그 안에 유쾌한 소식이라곤 전혀 없다는 사실을 직감했다. 아이들이 기쁨을 나누기 위해 어머니에게 편지를 쓰는 경우는 없다는 걸 그녀는 오랜 경험으로 알고 있었다.

셋 모두 그녀더러 와달라고 청했다. 류드밀라는 모스끄바로, 제냐는 꾸이비셰프로, 베라는 레닌스끄로. 이 초대들을 통해 알렉산드라 블라지미로브나는 딸들과 손녀 모두 고달프게 지내고 있음을 확신하게 되었다.

베라는 제 아버지에 대해 적어 보냈다. 당과 직장에서의 불쾌한 일들이 그를 기진맥진하게 했다고, 며칠 전에는 인민위원회의 호출을 받아 꾸이비셰프에 다녀왔다고, 이 출장이 전쟁 동안 스딸그레스에서 겪었던 일보다 아버지에게 더 많은 고통을 주었다고 그녀는 적었다. 꾸이비셰프에서는 아직 아무런 결정이 나지 않았고 그는 돌아가 발전소 재건 작업을 도우라는 명령을 받았지만, 동시에 발전소 인민위원회 조직에 남겨둘지 여부는 결정된 바 없다는 얘기도 함께 들었다고, 그녀는 아버지와 함께 레닌스끄에서 스딸린그라드로 이사할 생각이라고, 스딸린그라드에서는 더이상 독일인들이 총을 쏘지 않는다고 했다. 하지만 도시 중심부는 아직 탈환되지 않은 상태이고, 도시로 나가본 사람들에게 듣자니 알렉산드라 블라지미로브나가 살던 집은 지붕이 내려앉아 돌로 된 뼈대만 남아 있다고 했다. 그래도 스삐리도노프의 스딸그레스 공장장 아파트는 석고랑 유리창만 날아갔을 뿐 아직 온전하다고, 그 아파트에 아기를 데리고 들어가 살 거라고 베라는 전했다.

제 아들에 대한 내용도 있었다. 알렉산드라 블라지미로브나에게는 아직 어린아이인 손녀가 마치 어른처럼, 여인처럼, 심지어 아낙처럼 아기의 복통이며 가려움증이며 잠투정이며 신진대사 같은 것들에 대해 쓴 내용을 읽자니 참 이상한 기분이었다. 보통은 남편이나 어머니에게 써야 할 내용을 베라는 할머니에게 쓰고 있었다. 남편도 없었고 어머니도 없었다.

베라는 안드레예프와 그의 며느리에 대해서도 적어 보냈다. 스쩨빤 표도로비치가 꾸이비셰프에서 제냐 이모를 만났다는 얘기도 있었다. 그녀가 쓰지 않은 것은 자기 자신에 대한 이야기였다. 마치 알렉산드라 블라지미로브나가 자신의 삶에는 전혀 관심이 없으리라 생각하는 것 같았다.

편지 마지막장 귀퉁이에는 이렇게 적혀 있었다. "할머니, 스딸그레스 아파트는 넓어요. 모두가 함께 지낼 만큼 충분히 넓죠. 제발 그리로 와주세요." 이 예기치 않은 절규로써 베라는 편지에 쓰지 않은 이야기를 하고 있었다.

류드밀라의 편지는 짧았다. "제 삶의 의미를 모르겠어요. 똘랴는 없고, 비쨔와 나쟈에게는 제가 필요하지 않죠. 저 없이도 잘 살아나갈 거예요."

그동안 류드밀라 니꼴라예브나가 이런 편지를 쓴 적은 한번도 없었다. 알렉산드라 블라지미로브나는 딸과 남편의 관계가 심각하게 멀어졌음을 알아차렸다. 어머니를 모스끄바로 초청하면서 그녀는 덧붙였다. "비쨔한테는 계속 안 좋은 일만 일어나고 있어요. 그런데도 그는 자기 일에 대해 저보다 엄마와 더 이야기를 나누고 싶어 하는 것 같아요."

이런 내용도 있었다. "나쟈는 통 마음을 터놓지 않아요. 자기 삶을 저랑 나누기 싫어해요. 우리 가족이 사는 방식이 이렇게 되어버렸네요……"

제냐의 편지로는 무엇도 알 수 없었다. 편지 전체가 큰 혼란과 불행의 암시로 가득 차 있었다. 어머니에게 꾸이비셰프로 와달라고 청하면서 동시에 자긴 모스끄바로 떠나야 한다고 썼다. 리모노프 이야기를 하며 그가 알렉산드라 블라지미로브나에게 존경과 찬사를 보낸다고 적었다. 어머니도 그를 만나보라고, 마음에 들 거라고, 정말 똑똑하고 재미있는 사람이라고 하더니, 잠시 뒤에는 리모노프가 사마르깐드로 떠났다고 알렸다. 대체 어떻게 그를 만나라는 건지 알렉산드라 블라지미로브나는 도무지 알 수가 없었다.

어쨌거나 한가지는 분명했다. 그녀는 편지를 다 읽은 뒤 생각했다. '아, 가엾은 내 딸.'

이 편지들 때문에 알렉산드라 블라지미로브나는 마음이 뒤숭숭했다. 셋 모두 그녀의 건강은 괜찮은지, 방은 따뜻한지 물었다.

그들 중 누구도 알렉산드라 블라지미로브나에게 자신들이 필요한지에 대해서는 생각하지 않는 것을 알아차리긴 했지만, 그녀는 그들이 걱정하는 것에 감동받았다.

그들은 그녀를 필요로 했다.

하지만 다를 수도 있었는데. 그녀는 어째서 딸들에게 도움을 청하지 않았을까? 그녀의 딸들은 어째서 그녀에게 도움을 청했을까?

그녀는 완전히 혼자인데. 늙고, 집도 없고, 아들과 딸을 잃었고, 세료자에 대해 아무 소식도 모르는데.

직장의 업무도 그녀에게 점점 힘겨워지고 있었다. 심장은 여전히 아팠고, 이젠 어지럼증까지 생겼다.

그녀는 공장의 기술 지도사에게 자신을 작업장에서 실험실로 옮겨달라고 청했다. 하루 종일 기계에서 기계로 걸어다니며 샘플을 검사하는 것이 너무나 힘들었다.

일이 끝나면 줄을 서서 식료품을 구한 뒤 집에 와서 난로를 때고 식사를 준비했다.

삶이 너무도 팍팍하고 궁핍했다! 줄을 서는 것이야 그리 어려운 일이 아니었다. 더 나쁜 건 판매대가 비어 줄이 없는 경우였다. 더 나쁜 건 집에 돌아와서도 식사를 준비하지 못하고 난로도 때지 못한 채 주린 배를 쥐고 축축하고 차가운 침대에 드러눕는 경우였다.

주위의 모든 사람이 매우 힘들게 살고 있었다. 레닌그라드에서 피난 온 의사는 자기가 아이 둘을 데리고 우파로부터 100킬로미터나 떨어진 시골에서 지난겨울을 어떻게 보냈는지 들려주었다. 재산을 몰수당한 부농이 살던 집, 유리창이 다 깨지고 지붕이 다 뜯겨나간 농가에서 지냈다고. 직장으로 가려면 숲길을 6킬로미터나 걸어가야 했는데, 새벽녘이면 나무들 사이로 늑대의 초록빛 눈이 보이곤 했다고. 그녀가 지내던 곳은 아주 궁핍한 마을이었다. 집단농장원들은 마지못해 일을 했다. 아무리 열심히 일을 해도 곡식을 다 가져가버린다는 것이었다. 집단농장에는 곡물 공출 미납 딱지들이 붙어 있었다. 남편이 전쟁터에 나가 그녀 혼자서 굶주린 아이들을 돌봐야 했는데, 아이들 여섯이 공유하는 겨울 장화는 단 한켤레뿐이었다. 이 의사는 자기가 염소를 한마리 샀다고, 깊은 밤 두껍게 쌓인 눈 위를 걸어 멀리 있는 밭으로 데리고 가서는 메밀을 훔치고 추수되지 않은 썩은 날가리를 파냈다고 털어놓았다. 거기서 그녀의 아이들은 거칠고 못된 시골말을 실컷 듣고 쌍욕을 실컷 배웠다고, 까잔으로 온 뒤 그녀는 한 선생에게 불려가 이런 얘기를 들었다고 했다. "1학년생이 그렇게 술꾼처럼 쌍욕을 하는 건 난생처음 봤어요. 그것도 레닌그라드 아이들이 말이에요……"

지금 알렉산드라 블라지미로브나는 예전에 빅또르 빠블로비치가 지냈던 작은 방에서 살고 있었다. 시뜨룸 가족이 떠나기 전까지 곁채에 살던 아파트 관리인, 책임 세입자 부부가 이제 가운데 있는 큰방을 차지했다. 주인 내외는 시끄러운 사람들로, 늘 사소한 집안일을 두고 서로 다투었다.

알렉산드라 블라지미로브나가 분개한 것은 그들이 시끄럽거나 싸워서가 아니라, 화재로 집을 잃고 들어온 작은 방의 세입자인 그녀에게서 월세를 200루블 — 월급의 3분의 1이 넘는 액수였다 — 이나 받아 챙기기 때문이었다. 심장이 무슨 합판이나 함석 쪼가리로 만들어진 것으로 보였다. 그들은 오직 식료품, 물건에 관해서만 생각했다. 아침부터 저녁까지 이어지는 대화는 식용유나 절인 고기, 감자, 중고 시장에서 사고파는 잡동사니에 대한 것이었다. 밤이면 그들은 목소리를 낮추어 이야기를 나누었다. 주인 여자인 니나 마뜨베예브나는 남편에게 이웃집 공장 기술자가 시골에서 하얀 해바라기씨 한자루와 껍질 벗긴 옥수수 반자루를 가져왔다고, 오늘 시장에 싼 꿀이 나왔다고 주절거렸다.

니나 마뜨베예브나는 키가 훤칠하고 회색빛 눈을 한 아름다운 여자였다. 결혼하기 전까지는 공장에서 일하면서 아마추어 공연에 참가해 합창단에서 노래를 하고 극회에서 연기를 했다. 세묜 이바노비치는 군수공장에서 철공으로 일했다. 젊은 시절에는 원양 구축함을 탔으며 태평양 함대의 중량급 권투 챔피언이었다고 했다. 지금 이 책임 세입자 부부의 오래된 과거는 믿을 수 없어 보였다. 세묜 이바노비치는 아침마다 일터로 가기 전 오리에게 먹이를 주고 새끼 돼지에게 줄 죽을 끓였고, 일터에서 돌아오면 부엌에 들어가 귀리를 씻고, 신발을 수선하고, 칼을 갈고, 병을 닦으며 공장 운전사들이 멀리 떨어진 집단농장에서 실어온 밀가루며 달걀이며 염소고기에 대해 떠들어댔다…… 니나 마뜨베예브나는 남편의 말을 가로채가며 자신의 수많은 질병에 대해, 명의들을 찾아간 일에 대해, 강낭콩과 바꾼 수건에 대해, 피난 온 여자에게서 양피 재킷과 찻잔 세트 중 작은 접시 다섯개를 산 이웃 여자에 대해, 돼지기름과 합성 지방에 대해 이야기를 늘어놓았다.

그들은 못된 사람들이 아니었지만 알렉산드라 블라지미로브나에게 전쟁이나 스딸린그라드, 소련 정보국의 보도에 대해 이야기한 적이 한번도 없었다.

학술원 배급을 받던 딸이 떠난 후 굶주리며 지내는 알렉산드라 블라지미로브나를 그들은 동정했고 동시에 경멸했다. 설탕과 버터가 떨어진 것, 차 대신 뜨거운 물을 마시는 것, 인민 식당에서 새끼 돼지조차 거부한 수프를 먹는 것도 동정과 경멸의 이유였다. 그녀에게는 장작을 살 돈이 없었다. 그녀에게는 교환할 물건도 없었다. 그녀의 가난이 책임 세입자 내외에게는 골칫거리였다. 어느날 저녁 알렉산드라 블라지미로브나는 니나 마뜨베예브나가 세묜 이바노비치에게 말하는 것을 들었다. "어제 노파한테 튀김과자를 줬어. 할멈 있는 데서 먹기가 영 불편하더라고. 굶고 앉아서 쳐다보니 말이야."

알렉산드라 블라지미로브나는 잠을 잘 이루지 못했다. 세료자에게서 왜 아무 소식이 없지? 그녀는 이제 류드밀라가 자던 철제 침대에서 잤고, 그래서인지 밤마다 딸을 괴롭히던 예감과 생각 들이 그녀에게로 옮겨온 것 같았다.

죽음은 얼마나 쉽게 사람들을 없애버리는지. 살아남은 이들에게 얼마나 큰 고통을 안겨주는지. 그녀는 베라에 대해 생각했다. 아이 아버지는 죽은 걸까? 아니면 그녀를 잊었을까? 스쩨빤 표도로비치는 괴롭고 불쾌한 일들에 짓눌려 있겠지. 그리고 류드밀라와 빅또르는…… 상실과 고통은 그들을 하나로 묶어주지 못하는구나……

저녁에 알렉산드라 블라지미로브나는 제냐에게 편지를 썼다. "사랑하는 내 딸에게……" 그날 밤새도록 그녀는 제냐를 떠올리며 슬픔에 잠겼다. 불쌍한 아이. 그애의 삶은 얼마나 혼란스러운지. 이제 무슨 일이 그애를 기다리고 있을까.

아냐 시뜨룸, 소냐 레빈똔, 세료자…… 체호프 작품의 구절이 떠올랐다. "미슈스, 너는 어디 있니?"[87]

옆방에서 책임 세입자 내외의 나직한 말소리가 들려왔다.

"혁명 기념일에 오리를 잡아야지." 세묜 이바노비치가 말했다.

"그러려고 감자까지 먹여 키웠어?" 니나 마뜨베예브나가 쏘아붙였다. "그나저나, 노파가 떠나면 바닥부터 새로 칠해야겠어. 벌써 반은 썩었더라고."

87 체호프의 단편 「다락층이 있는 집」의 마지막 구절. 주인공이 사라진 청춘, 꿈, 행복에 대해 이야기하는 대목이다.

노상 물건과 식료품에 대한 이야기였다. 그들이 사는 세계는 물건들로 가득 차 있었다. 그 세계에는 인간적 감정이 없었다. 그저 널빤지, 페인트, 곡물, 30루블짜리 지폐뿐이었다. 그들은 정직한 노동자였다. 이웃들은 니나와 세묜 이바노비치가 남의 돈 한푼 그냥 가져가는 법이 없다고 입을 모았다. 하지만 1921년 뽀볼지예 기근[88]이나 병원의 부상자들, 눈먼 상이군인, 거리의 집 없는 아이들 같은 건 그들의 머릿속에 없었다.

그들은 알렉산드라 블라지미로브나와 완전히 반대였다. 인간들, 공공의 일, 타인의 고통에 대한 무관심은 그들에게 더없이 당연했다. 그러나 그녀는 늘 타인을 생각하고 걱정했으며, 자신이나 가족의 삶과 관계없는 일로 인해 기뻐하고 광분에 이르기도 했다…… 전면적 집단화 시기, 1937년, 남편들 때문에 수용소로 간 여인들의 운명, 파괴된 가정에서 떨어져나와 보호소나 고아원에 갇힌 아이들의 운명, 포로들에 대한 독일군의 폭력, 전쟁의 재난과 실패…… 이 모든 것이 그녀를 괴롭혔고 그녀 자신의 가족들에게 일어난 불행과 똑같이 그녀의 평안을 앗아갔다.

그녀를 가르친 것은 그녀가 읽는 훌륭한 책들도, 인민의의지당을 지지하는 가족 전통도, 친구들도, 남편도 아니었다. 그녀는 그냥 그런 사람이었다. 다른 사람은 될 수 없었다. 그녀는 늘 월급날 엿새 전에 빈털터리가 되었다. 그녀는 배가 고팠다. 그녀가 가진 물건이라곤 모두 합해봐야 손수건 하나에 묶일 정도였다. 하지만 까잔에 사는 동안 그녀는 한번도 스딸린그라드의 아파트에서 불타버린 자신의 물건들, 그 모든 가구와 피아노와 다기에 대해, 스푼과 포크

88 내전 중 볼셰비끼가 지배하던 뽀볼지예 지방에 기근이 닥쳐 4천만여명이 사망했다.

들에 대해 생각한 적이 없었다. 그녀는 불타버린 책들조차 아까워하지 않았다.

지금 자신을 필요로 하는 이들에게서 멀리 떨어져 한없이 낯선, 그야말로 얇은 합판처럼 피상적인 생존을 이어가는 사람들과 한 지붕 밑에 있다니 얼마나 이상한 일인가.

가족들에게서 편지를 받은 지 사흘째 되는 날, 까리모프가 알렉산드라 블라지미로브나를 찾아왔다. 그녀는 그를 반겨 맞으며 들장미를 우려낸 뜨거운 음료를 권했다.

"모스끄바에서 마지막으로 소식이 온 지 얼마나 됐습니까?" 까리모프가 물었다.

"사흘째네."

"그렇군요." 까리모프가 씩 웃으며 말을 이었었다. "편지가 모스끄바에서 여기로 오는 데 얼마나 걸리는지 궁금하네요."

"봉투에 찍힌 직인을 보게."

까리모프는 봉투를 살펴보았다.

"아흐레 만에 도착했군요." 그 더딘 속도가 특별한 근심거리라도 되는 듯 그의 표정이 어두워졌다.

"검열 때문이겠지." 알렉산드라 블라지미로브나가 말했다. "게다가 편지들이 좀 많겠나?"

그의 아름다운 검은 눈이 그녀의 얼굴을 향했다.

"다들 잘 지낸답니까? 뭐 안 좋은 일은 없고요?"

"자네 얼굴이 안 좋아 보이는데." 알렉산드라 블라지미로브나가 말했다. "안색이 나빠."

"무슨 말씀을! 그 반대예요!" 그는 마치 비난을 떨쳐버리듯 서둘러 말했다.

두 사람은 전선에서 벌어진 일들에 대해 이야기하기 시작했다.

"이제 전쟁의 진정한 전환점을 맞이한 셈이에요. 어린애들 눈에도 뻔히 보이는 사실이죠." 까리모프가 말했다.

"그래, 그렇지." 알렉산드라 블라지미로브나가 웃음 지었다. "하지만 지난여름엔 모든 현자들의 눈에 독일인들의 승리가 뻔히 보였잖나."

"혼자서 지내려니 힘드시죠?" 까리모프가 불쑥 물었다. "난로도 직접 때시는 것 같은데."

그녀는 무척 복잡한 질문이라도 들은 양 이마를 찌푸리며 생각에 잠겼다가 한참 뒤에야 입을 열었다. "아흐메뜨 우스마노비치, 자넨 나한테 난로 때는 일이 힘든지 물어보려고 왔나?"

그는 몇차례 고개를 가로젓고는 탁자에 놓인 자신의 두 손을 가만히 바라보았다.

"그들이 절 소환했었어요. 우리 저녁 모임과 대화에 대해 캐묻더군요."

"그걸 왜 이제야 얘기하는 건가?" 그녀가 말했다. "맙소사, 그런데 난로 얘기나 하고 앉아 있었다니."

"우리가 전쟁과 정치에 대해 이야기했다는 사실을 부정할 수는 없었어요." 까리모프가 그녀의 시선을 붙든 채 말을 이었다. "성인 남자 넷이 모여 영화 얘기만 했다고 대답하는 건 우습잖아요. 물론 주제가 뭐였든 다들 소련의 애국자로서 이야기했다고 말했죠. 모두 당과 스딸린 동지의 영도 아래 인민의 승리를 확신했다고요. 그쪽에서 했던 질문들도 그리 적대적인 내용은 아니었어요. 하지만 돌아와서 며칠 지나고부터는 갑자기 걱정이 되어 잠이 안 오더라고요. 아무래도 빅또르 빠블로비치에게 무슨 일이 생긴 것 같아요.

더군다나 마지야로프에 대한 이상한 소식을 들어서…… 그 친구가 열흘 일정으로 꾸이비셰프 사범대학에 다녀온다고 떠나서는 감감 무소식이랍니다. 여기 학생들이 기다리고 있는데 아무 연락이 없고, 학장이 꾸이비셰프로 전보를 쳤는데도 답이 없대요. 밤에 누워 있으면 정말 별별 생각이 다 난다니까요."

알렉산드라 블라지미로브나는 말이 없었다.

"생각해보세요." 그의 목소리가 한층 조용해졌다. "차 한잔 하면서 이야기 좀 나눴을 뿐인데 의심을 받고, 갑자기 소환되고……"

그녀는 여전히 말이 없었다. 까리모프는 이제 전부 이야기했다는 듯 그녀를 바라보며 대답을 기다리고 있었다. 하지만 알렉산드라 블라지미로브나는 계속 말이 없었고, 까리모프는 마침내 이 침묵의 의미를 깨달았다. 그녀는 그가 아직 모든 걸 털어놓지 않았다는 사실을 그런 식으로 알리고 있었다.

"아, 그래요." 그가 말했다.

알렉산드라 블라지미로브나는 여전히 침묵했다.

"제가 잊은 게 있어요." 까리모프가 다시 이야기를 이어갔다. "그런 질문을 하더라고요. 우리 대화 중 출판의 자유에 대한 이야기도 나왔었냐고…… 실제로 그런 대화를 나누긴 했죠. 그렇다고 대답하니 또 갑자기 묻더군요. 류드밀라 니꼴라예브나의 여동생과 성이 끄리모프인가 하는 그녀의 전남편을 아느냐고요. 전 그들을 본 적도 없고 빅또르 빠블로비치도 그들에 대해 이야기한 적이 없어서 그대로 솔직하게 대답했죠. 그러니까 이번엔 빅또르 빠블로비치가 유대인의 처지에 대해 제게 뭐라 이야기한 적이 있느냐고 묻더라고요. 왜 내게 그런 얘길 하겠냐고 되물으니, 그쪽에서 이렇게 대꾸했어요. '당신은 따따르인이고 그는 유대인이니 말이오.'"

그들은 작별 인사를 나누었다. 까리모프가 외투를 입고 모자를 쓴 뒤 문 앞에 서서는 언젠가 류드밀라 빠블로브나가 아들의 치명상을 알리는 편지를 꺼냈던 우편함을 손가락으로 두드리는데, 알렉산드라 블라지미로브나가 불쑥 입을 열었다. "정말 이상하군. 제냐가 대체 무슨 상관이지?"

하지만 물론 까리모프도 그녀도 이 질문에 답할 수 없었다. 어째서 까잔의 엔까베데 요원이 꾸이비셰프에 사는 제냐와 전선에 있는 그녀의 전남편에게 관심을 갖는 걸까?

사람들은 알렉산드라 블라지미로브나를 믿었다. 그녀는 이 비슷한 이야기나 고백을 수없이 들었고, 그러면서도 상대가 늘 무언가를 끝까지 털어놓지 않는다는 느낌에 무척이나 익숙했다. 그녀는 시뜨룸에게 경고나 언질을 줄 생각이 없었다. 이는 그에게 아무런 도움도 되지 않고 오히려 쓸데없는 근심만 안길 테니까. 대화에 참여한 이들 중 누가 떠벌리거나 밀고했는지를 추측하는 것은 의미가 없었다. 이를 밝혀내기란 무척이나 어렵고, 결국은 가장 의심받지 않았던 이가 밀고자로 밝혀지기 마련이었다. 엠게베[89]와 관련된 일은 종종 가장 예기치 않은 방식으로, 예컨대 편지 속 암시나 농담 때문에, 이웃이 있는 자리에서 조심성 없이 던진 말 한마디 때문에 일어나곤 했다. 그렇다 해도, 그 심문관은 대체 무슨 근거로 제냐와 니꼴라이 그리고리예비치에 대해 물었던 걸까?

또다시 그녀는 잠을 이룰 수 없었다. 배가 고팠다. 부엌에서 음식 냄새가 풍겨왔다. 주인 내외가 식용유에 감자를 부치고 있었다. 함석 접시가 달그락대는 소리, 세묜 이바노비치의 평온한 목소리

89 국가보안부의 약자.

가 들렸다. 맙소사, 그것이 얼마나 먹고 싶은지! 그날 식당에서 점심으로 나왔던 멀건 죽이 생각났다. 그걸 다 먹지 않고 남긴 것이 이 순간 너무나 후회스러웠다. 먹을 것에 대한 생각이 다른 모든 생각들을 멈추고 흩뜨려놓았다.

아침에 그녀는 공장에 도착해 출입증 검사 초소에서 공장장의 비서와 마주쳤다. 남자처럼 무뚝뚝한 얼굴을 한 중년 여자였다.

"점심시간에 잠깐 제게 들르세요, 샤뽀시니꼬바 동지." 비서가 말했다.

알렉산드라 블라지미로브나는 놀랐다. 공장장이 이토록 빨리 업무 변경 요청을 들어줄 리는 없는데.

어째서 문득 마음이 가벼워지는지 알렉산드라 블라지미로브나는 알 수 없었다.

그러다 공장 마당을 건던 중 문득 어떤 생각이 들었고, 그녀는 당장 이를 소리 내어 말했다.

"까잔에는 충분히 오래 있었어. 이제 그만 집으로, 스딸린그라드로 돌아가자."

32

야전헌병대장 할프가 제6군 참모부로 중대장 레나르트를 호출했다.

레나르트는 한참 뒤에야 도착했다. 경차에 연료 사용을 금지하는 파울루스의 새 명령 때문이었다. 모든 연료는 군 참모장 슈미트 장군의 재량하에 놓였으니, 열번 죽어도 연료 5리터를 받아내기가 힘들 지경이었다. 이제 병사들의 라이터는 말할 것도 없고 장교용 차량에도 연료가 부족했다.

레나르트는 저녁까지 기다렸다가 야전 우편물을 가지고 시내로 가는 참모부 차량에 올랐다.

작은 자동차가 얼음 덮인 아스팔트를 굴러갔다. 바람 한점 없는 투명한 대기 속에 반투명의 가느다란 연기가 전선의 벙커와 토굴 위로 솟아올랐다. 시내로 향하며 그는 머리에 수건과 스카프를 동여맨 채 걸어가는 부상자들과 명령에 따라 시내에서 공장으로 이송되는, 역시 머리엔 수건을 동여매고 발은 헝겊으로 휘감은 병사들의 모습을 보았다.

운전사가 길가에 죽어 있는 말의 사체 옆에 차를 세우더니 모터를 이리저리 살피기 시작했다. 레나르트는 단검을 들고 반쯤 언 말고기를 잘라내는 이들을 바라보았다. 말의 드러난 갈비뼈 사이로 기어오른 한 병사는 마치 다 지어지지 않은 지붕의 서까래에 올라탄 목수 같아 보였다…… 부서진 건물 잔해들 사이에서 모닥불이 타오르고 삼각대에 검은 솥이 걸렸다. 자동소총으로 무장하고 허리에는 수류탄을 찬 병사들이 헬멧, 군모, 이불, 목도리 따위를 뒤집어쓴 채 둘러서 있었다. 취사병이 장검을 휘저으며 솥 위로 떠오르는 말고기 조각들을 밀어넣었다. 벙커 지붕 위에서는 한 병사가 거대한 하모니카 비슷하게 생긴 말 뼈다귀를 천천히 뜯어 먹고 있었다.

문득 지는 태양이 길을, 죽은 건물들을 비추었다. 다 타버린 건물의 검은 눈구멍들이 꽉 얼어붙은 피로 가득 찬 듯 보였다. 전투가 남긴 검은 재들에 더러워지고 포탄의 발톱에 파헤쳐진 눈밭이 황금색으로 물들고, 죽은 말의 몸체가 만들어낸 검붉은 동굴도 휜히 밝혀졌다. 땅을 휩쓸던 눈보라가 날카로운 청동빛을 내며 소용돌이치기 시작했다.

석양은 사물의 본질을 드러내며 시각적 인상을 그림-이야기로, 감정으로, 운명으로 바꿔놓는다. 꺼져가는 태양 속에서 더러움과 검댕의 반점들이 수백의 목소리를 내고, 인간은 마음의 고통을, 가버린 행복을, 돌이킬 수 없는 상실을, 실수의 고통을, 희망의 영원성을 깨닫는다.

이는 동굴 시대의 광경이었다. 척탄병들, 국가의 영광, 위대한 게르마니아의 건설자들은 이제 승리의 길에서 멀리 내팽개쳐졌다.

헝겊 조각들로 친친 동여맨 사람들을 바라보며 레나르트는 시적인 직관으로 알아차렸다. 이것이 바로 일몰이라는 것을, 꿈이 떠나간다는 것을.

히틀러의 번뜩이는 에너지가, 가장 진보적인 이론으로 무장한 강력한 이들이, 날개 돋친 민족의 힘이 이 얼어붙은 볼가의 고요한 강변으로 이어지다니, 파괴된 잔해와 더러운 눈밭, 일몰의 피로 물든 창문들, 말고기를 담은 솥 위의 연기를 바라보는 존재들의 양순한 인내라는 결과로 이어지다니, 삶의 깊은 곳에는 얼마나 무디고 무거운 힘이 놓여 있는가……

33

불탄 백화점 건물 지하에 자리한 파울루스의 참모부에서는 정해진 일과가 계속되었다. 참모장들은 각자의 공간에 머물렀고, 당번병들은 그들에게 상황의 변화와 적의 동태에 관한 보고서를 올렸다.

여기저기서 전화벨과 타자기 자판 소리가 울려댔다. 판자로 된 문 너머에서는 제2부 참모장인 솅크 장군이 내는 저음의 웃음소리가 들려왔다. 늘 그러듯 돌판 위를 황급히 걸어가는 부관의 장화 소리가 삐걱거렸고, 기갑부대 총사령관이 외알 안경을 번뜩이며 방으로 들어간 뒤에는 습기와 담배와 구두약과 프랑스 향수 냄새가 뒤섞인 채, 아니, 제각기 따로따로 복도에 퍼졌다. 늘 그러듯 털가죽 깃이 달린 긴 외투 차림의 사령관이 지하 행정실의 좁은 통로를 지나갈 땐 사람들의 목소리와 타자기 소리가 일거에 멈추며 수십쌍의 눈이 그의 생각에 잠긴 얼굴과 매부리코로 향했다. 파울루스의 일과도 별반 달라진 것이 없어, 그는 여전히 식사를 마친 뒤 시가를 피웠고 군 참모장 슈미트 장군과 이야기를 나누며 시간을 보냈다. 그리고 늘 그러듯 하급 통신장교는 천민의 오만함으로 법칙과 규율을 깨뜨리며 아담스 대령의 내리깐 눈을 지나 파울루스에게 곧바로 와서는 "직접 전달할 것"이라고 적힌 히틀러의 전보를 내밀었다.

하지만 물론, 모든 것이 겉으로만 변함없이 굴러갔다. 포위된 이후 참모부 사람들의 생활은 헤아릴 수 없을 만큼 수많은 변화를 겪고 있었다.

그들이 마시는 커피의 색에서, 서쪽의 새로운 전선으로 뻗어나간 통신 라인에서, 군량 지급분에 관한 새로운 규정에서, 수송기 융커스가 포위를 뚫고 들어오다가 불에 타 추락하는 매일매일의 광경에서 그 변화들이 감지되었다.

병사들의 머릿속에는 다른 이름을 제압하는 새로운 이름이 나타났다. '만슈타인'[90]이 바로 그것이었다.

이런 변화들을 나열하는 것은 무의미하다. 이 책이 거들지 않아도 그 변화들은 충분히 명백하다. 한때 배불리 먹었던 이들이 늘 배고픔을 느끼게 되었다는 것, 굶주리면서 제대로 먹지 못하던 이들의 얼굴이 흙빛으로 변했다는 것은 분명한 사실이다. 물론 독일 참모부 사람들의 내면에도 변화가 생겼다. 불손하고 거만한 이들은 온순해졌고, 떠버리들은 떠벌리기를 멈추었고, 가장 확고한 낙관주의자마저 퓌러를 저주하며 그의 정치적 정당성을 의심하기 시작했다.

하지만 국민국가[91]라는 개념이 포섭하는 비인간성에 사로잡혀 옴짝달싹 못하던 이들, 마법에 걸렸던 독일인들의 머릿속과 마음속에 일어난 변화는 특별했다. 이는 지반뿐 아니라 지반 아래, 인간 삶의 깊숙한 저층까지 건드리는 변화였고, 따라서 사람들은 이를 이해하지도 알아차리지도 못했다.

이 과정을 감지하기란 시간의 작업을 느끼는 것만큼이나 어려운 일이었다. 기아의 고통 속에서, 밤의 공포 속에서, 닥쳐오는 재난에 대한 인식 속에서 천천히, 점차적으로 인간 속 자유의 해방이 시작되었다. 인간의 인간화, 삶이 아닌 것을 누르는 삶의 승리가 시작되었다.

12월의 낮은 점점 더 짧아졌다. 얼음같이 차가운 열일곱시간의 밤은 점점 더 어마어마해졌다. 포위는 점점 더 팽팽해졌고, 소련의 대포와 기관총이 뿜어내는 화염은 점점 더 격렬해졌다…… 아, 러시아 초원의 추위는 얼마나 가혹한지! 심지어 이런 추위에 익숙한

---

90 Erich von Manstein(1887~1973). 독일군 사령관. 포위 당시 제6군 구출 작전인 '겨울 폭풍 작전'을 주도했으나 병력 및 물자 부족으로 실패한다.

91 나치의 정치 구호 'Volksstaat'를 말한다.

이들, 털가죽 외투를 입고 털가죽 장화를 신은 러시아인들조차 견디기 어려운 추위였다.

얼음처럼 차가운, 사나운 심연이 머리 위에 머무르며 달랠 수 없는 분노를 뿜어냈고, 건조하게 얼어붙은 별들은 강추위로 얼어붙은 하늘에 은백색 성에처럼 돋아나 있었다.

파멸한 자들과 파멸의 숙명에 처해진 자들 중 누가 알 수 있었을까, 이 시기야말로 완전한 비인간성과 잔인성으로 점철된 지난 십년 이후 수천만 독일인들의 삶이 인간화되기 시작하는 첫 시간이었음을.

34

레나르트는 제6군 참모부로 갔다. 황혼 속 잿빛 벽 앞에 홀로 서 있는 잿빛 얼굴의 보초를 보는 순간 그의 심장이 거세게 뛰기 시작했다. 참모부의 지하 복도를 따라 걸어가는 동안 눈에 들어오는 모든 것들이 그를 사랑과 슬픔으로 가득 채웠다.

그는 고딕체로 새겨진 문패의 글씨를 읽으며 나아갔다. '제2과' '부관실' '로흐 장군' '트라우리히 소령'…… 타자기 소리와 사람의 음성도 들려왔다. 전우들, 당 동지들, SS 전우들의 세계, 가족과도 같은 세계와의 익숙한 유대감을 그는 아들로서, 형제로서 느꼈다. 이 모든 것들이 석양빛 속에 잠겨 있었다. 삶이 떠나가고 있었다.

할프의 집무실로 다가가면서 그는 이제 어떤 대화가 이루어지게 될지 생각해보았다. SS의 오버슈투름반퓌러가 자신의 경험을 그와 나누고 싶어 할까?

평화 시절에 당 활동을 함께하며 잘 알고 지내던 사람들이 종종 그러듯 그들은 계급의 차이에 의미를 두지 않고 동지라는 관계의 소박함을 그대로 유지해왔다. 만나면 으레 수다를 떨었고, 동시에 공무에 대해서도 이야기를 나누곤 했다.

레나르트에겐 몇마디 말로 복잡한 일의 본질을 조명하는 능력이 있었고, 그가 한 말은 가끔 보고서로 작성되어 긴 여정을 거쳐 베를린의 최고 내각에까지 이르렀다.

할프의 방으로 들어갔을 때, 레나르트는 그를 얼른 알아볼 수 없었다. 변한 것이라곤 검고 영리한 두 눈의 표정뿐이라는 사실을 알아차릴 때까지 그는 여전히 토실토실한 그 얼굴을 한참이나 들여다봐야 했다.

벽에 걸린 스딸린그라드 지구의 지도 속에서 제6군은 가차 없는 진홍빛 원으로 둘러싸여 있었다.

"우리는 섬에 있네, 레나르트." 할프가 말했다. "물이 아니라 야만인들의 증오로 둘러싸인 섬 말이야."

그들은 러시아의 추위, 러시아의 털가죽 장화, 러시아 베이컨, 몸을 덥혀 동상으로 내모는 러시아 보드까의 속임수[92]에 대해 이야기를 나누었다.

할프는 전선 장교들과 병사들 간 관계에 변화가 있는지 물었다.

"글쎄," 레나르트가 대답했다. "지휘관들의 사고방식과 병사의 철학 사이에 큰 차이는 없는 것 같아. 전체적으로 보면 같은 노래를 부르는 셈이지. 그리고 이 노래 속에 낙관주의는 없네."

"대대나 참모부 역시 같은 노래를 뽑아내고 있어." 이어 할프는

92 귀리에 약초를 섞어 만든 보드까를 마셨을 때 처음에 기운이 났다가 술이 깨면 급속도로 기운이 떨어지는 현상을 말한다.

자신의 말에 효과를 더하기 위해 천천히 덧붙였다. "그 합창대의 선창자는 중장[93]이고."

"노래는 해도 아직 배반자는 없지."

"물어볼 게 있네." 할프가 말을 이었다. "근본적 문제와 연결된 질문이야. 히틀러는 제6군의 방어를 고수하고, 파울루스와 바이히스와 차이츨러는 병사들과 장교들의 물리적 생명의 보전을 위해 항복을 제안하고 있네. 내게 비밀리에 의논해보라는 명령이 떨어졌어. 스딸린그라드에 포위된 부대들이 특정한 시점에 이르러 명령에 불복종하거나 반란을 일으킬 가능성이 있는지 말이야. 러시아인들은 이를 '볼린까'[94]라고 부르더군." 그는 이 러시아 단어를 또렷하게, 명확하게, 거리낌 없이 발음했다.

문제의 심각성을 이해한 레나르트는 침묵에 잠겼다. 얼마 후 그가 입을 열었다.

"일단 구체적인 하나의 사례에서 시작해보지." 그는 바흐를 떠올리며 말을 이었다. "바흐 중대에 다소 의심스러운 인물이 하나 있네. 그동안 그 병사는 젊은이들의 웃음거리였는데, 포위되기 시작하고부터 다들 그에게 호의적으로 대할 뿐 아니라 그의 눈치까지 보게 되었지…… 나는 그 중대와 중대장에 대해서 생각해봤네. 성공의 시기에 이 바흐라는 자는 온 마음을 다해 당의 정책을 지지했네. 하지만 지금은 그의 머릿속에 다른 일이 일어나고 있고, 그도 눈치를 보기 시작했다는 의심이 드네. 그래서 나는 자문하네. 어째서 그의 중대에서 병사들은 얼마 전만 해도 자기들이 비웃던, 광대와 미친놈이 반반 섞인 것으로 여겨졌던 그런 자에게 끌리게 되었

93 파울루스를 말한다.
94 지휘부의 명령에 복종하지 않고 투쟁하는 행위를 뜻한다.

을까? 그런 자는 운명적 순간에 무슨 짓을 할까? 그는 병사들에게 무엇을 호소할까? 그들의 중대장은 어떻게 될까?"

그가 말을 맺었다.

"이 모든 것에 대답하기는 어렵지. 하지만 한가지 문제에는 답할 수 있네. 병사들이 반란을 일으키지는 않으리라는 거네."

할프는 말했다.

"지금 특히 당의 지혜로움이 보이네. 우리는 국민의 몸체에서 병든 조직들만이 아니라 겉보기에 건강하지만 어려운 상황에서 썩을 수 있는 부분들까지 단호하게 도려냈어. 고집 센 자들, 적대적 이데올로기를 가진 자들을 도시들에서, 군대에서, 시골 마을들에서, 교회에서 깨끗이 청소했네. 수다, 욕설, 익명의 편지들은 엄청나게 많을 수 있지. 하지만 반란은 없을 거네. 심지어 적이 우리를 볼가강이 아니라 베를린에서 포위한다 해도 말일세! 우리 모두는 이 점에 대해 히틀러에게 감사해야 하네. 이런 시기에 이런 사람을 우리에게 보내준 하늘을 축복해야 해."

그는 머리 위를 구르며 지나가는 둔탁하고 느릿한 굉음에 귀를 기울였다. 깊은 지하실에서는 이것이 독일군의 무기인지, 소련 폭격기의 폭탄인지 알 수 없었다. 할프는 굉음이 멎기를 기다렸다가 말을 이었다. "자네가 일반 장교와 똑같은 수준의 배급을 받는다는 건 말이 안 돼. 내가 고위 당 동지들과 보안부 요원들이 속한 명단에 자네 이름을 올리겠네. 야전 교통망을 통해 사단 참모부로 소포가 갈 걸세.

"고마운 얘기군." 레나르트가 말했다. "하지만 난 원하지 않네. 다른 사람들이 먹는 걸 먹겠네."

할프는 두 팔을 벌렸다.

"만슈타인은 어떤가?" 레나르트가 물었다. "새로운 무기를 받았다던데."

"나는 만슈타인을 믿지 않아." 할프가 말했다. "그 점에 대해서는 사령관도 나와 의견을 같이하지."

그런 뒤, 오랜 기간 고급 비밀의 범주에 속하는 것들에 대해 이야기해온 사람답게 목소리를 낮추어 그가 말했다. "나한테 명단이 하나 있는데…… 결말이 가까워질 때 항공기 좌석을 배정받을 당 동지들과 보안부 요원들 이름이야. 이 명단에 자네도 들어 있네. 내가 부재할 경우엔 오스텐 중령이 지시를 내릴 걸세." 그는 레나르트의 눈에서 묻는 듯한 기색을 알아채고 설명을 덧붙였다. "내가 독일로 가야 할 수도 있거든. 서류나 전신으로는 전할 수 없는 비밀스러운 문제가 있어서……" 그가 한쪽 눈을 찡긋했다. "떠나기 전에 실컷 마실 작정이네. 기쁨이 아니라 공포 때문이지. 소련인들이 우리 비행기를 계속 부수고 있으니 말이야."

"할프 동지," 레나르트가 말했다. "나는 비행기를 타지 않겠네. 끝까지 싸워야 한다고 모두를 촉구했는데, 정작 내가 그들을 저버린다면 정말 부끄러울 걸세."

할프가 자세를 고쳐 앉았다. "그래, 내겐 자네를 만류할 권리가 없지."

레나르트는 자신의 지나친 비장함이 불편했다. 분위기가 누그러지기를 바라며 그가 다시 입을 열었다. "가능하면 참모부에서 연대로 귀환하는 걸 좀 도와주게. 내게 차편이 없어서 말이야."

"난 힘이 없네!" 할프가 대답했다. "도울 방도가 전혀 없어! 슈미트 그 개자식이 휘발유를 관리하거든. 도무지 1그램도 얻어낼 수가 없네. 이런 일은 처음이야!" 그의 얼굴에는 그의 것이 아닌, 아니, 어쩌면 바로 그의 것인 어벙한 표정이 떠올라 있었다. 이 만남의 첫 순간 레나르트로 하여금 그를 알아보지 못하게 만들었던 바로 그 표정이었다.

35

저녁녘에는 따뜻해졌고 눈이 내려 전쟁의 검댕과 더러움을 덮었다. 바흐는 어둠 속에서 최전선의 요새들을 돌아다니는 중이었다. 크리스마스답게 가볍게 날리는 하얀 눈발이 포탄이 터질 때마다 반짝거렸다. 신호탄에 따라 하얀 눈은 붉어지기도, 부드럽게 어른거리는 초록빛으로 빛나기도 했다.

돌무더기 산맥들, 동굴들, 얼어붙은 벽돌들이 이루는 구불구불한 파도, 수많은 오솔길—식사를 하기 위해, 용변을 보기 위해, 지뢰나 총탄을 챙기기 위해, 부상자들을 후방으로 이송하기 위해, 죽은 자들을 묻기 위해 오가는 모든 길들—이 짧은 섬광 속에 너무도 이상하고 특별하게 보였고, 동시에 완전히 익숙하고 일상적인 것으로 보였다.

바흐는 러시아인들의 총탄을 맞아 구멍이 뚫린 3층 건물의 폐허 속으로 들어섰다. 건너편 건물에서 아코디언 소리와 붉은군대 병사의 나른한 노랫소리가 들려왔다.

벽에 난 구멍 너머 소련군 전선이 펼쳐져 있었다. 공장 작업장과 얼어붙은 볼가의 모습도 보였다.

바흐는 보초를 불렀지만 그의 대답을 들을 수 없었다. 갑자기 투하된 지뢰폭탄이 터지며 얼어붙은 흙덩어리들이 건물 벽을 두들기기 시작했다. 모터를 끈 채 낮은 고도로 미끄러지듯 비행하던 '루스-파네르'[95]가 100톤짜리 폭탄을 떨어뜨린 참이었다.

"빌어먹을 절름발이, 러시아 까마귀 같으니." 보초가 중얼거리며 어두운 겨울 하늘을 가리켜 보였다.

바흐는 그가 앉곤 했던 삐죽 나온 돌에 팔꿈치를 괸 채 쭈그리고 앉아서 살펴보았다. 높은 벽에서 떨리는 가벼운 장밋빛 그림자를 보니 러시아 병사들이 난로를 때는 모양이었다. 연통이 달아올라 희미하게 빛났다. 러시아 벙커에서는 다들 씹어먹고, 씹어먹고, 또 씹어먹는구나. 뜨거운 커피도 꿀꺽꿀꺽 마셔대고.

좀더 오른쪽, 러시아 참호들과 독일 참호들이 가까워지는 곳에서 얼어붙은 땅을 때리는 조용하고 느릿한 금속음이 울렸다.

땅 위로 올라오지 않은 채 아주 천천히, 그러나 지속적으로 러시아 병사들이 자신들의 참호를 독일군 쪽으로 움직여오는 중이었다. 얼어붙은 돌처럼 단단한 땅 밑의 이 움직임에는 끈질기고 강력한 열정이 깃들어 있었다. 마치 땅 자체가 움직이는 것 같았다.

그날 오후 하사관은 러시아 참호에서 수류탄을 던졌다고 보고했다. 수류탄이 중대의 난로 연통을 부수어 온갖 쓰레기를 흩뿌렸다고.

저녁 전에 하얀 반외투 차림에 따듯한 새 모자를 쓴 러시아 병사 하나가 참호에서 갑자기 튀어나오더니 큰 소리로 니미 씹할, 쌍욕을 퍼부으며 주먹을 휘둘러 보였다.

독일군은 쏘지 않았다. 병사들이 자체적으로 벌인 일이라는 사실을 본능적으로 알아차렸던 것이다.

"어이, 닭, 달걀, 러시아 꿀꺽꿀꺽?" 러시아 병사가 소리쳤다.

95 소련제 뽈리까르뽀프 U-2기. 합판으로 만들었고 상하 복엽 날개를 가졌다. 몰래 접근해 까마귀 같은 소리를 내며 폭탄을 투하했다.

그러자 회청색 군복의 한 독일 병사가 참호에서 기어나와 장교 벙커에 들리지 않게끔 크지 않은 목소리로 외쳤다. "어이, 러시아, 머리는 쏘지 마. 나도 씹할 어미를 봐야 한다고. 자동소총 가져, 털 모자 줘."

러시아 참호에서 하나의 단어로, 그것도 매우 짧은 단어로 대답했다.[96] 러시아 단어였지만 독일 병사들은 그것을 알아들었고, 분통을 터뜨렸다.

수류탄 하나가 참호를 넘어 날아오다가 교통호에서 터졌다. 하지만 이미 누구도 관심을 기울이지 않았다.

이 또한 하사관 아이제나우크에 의해 보고되었다.

"그래, 소리 지르게 내버려두게." 바흐가 말했다. "아무도 그쪽으로 넘어가진 않았으니 됐어."

하지만 하사관은 축축한 비트 냄새를 풍기며 보고를 이어갔다. 병사 페텐코퍼가 무슨 수를 썼는지 적과 물물교환을 했다고, 그의 배낭에서 각설탕과 병사용 러시아 흑빵이 나왔다고, 게다가 친한 동료에게 면도칼을 비계 한덩어리와 농축 식품 두봉지로 교환해주겠다고 약속하고 수수료로 비계 150그램을 떼어 받기로 했다고.

"참 쉽구먼." 바흐가 말했다. "그 녀석을 불러오게."

하지만 페텐코퍼는 그날 오전 임무를 수행하던 중 용맹하게 전사한 것으로 밝혀졌다.

"내가 뭘 어쩌겠나?" 바흐는 말했다. "독일인과 러시아인은 이미 오래전부터 교역을 해왔는데."

96 음란한 욕설이었을 것이다. 앞서 러시아 병사가 내뱉은 '어머니'가 들어가는 쌍욕 등 음란한 욕설은 러시아문학에서 오랫동안 금기로 여겨져 쓰이지 못했는데 바실리 그로스만의 이 소설에서는 자주 볼 수 있다.

하지만 아이제나우크는 농담을 꺼렸다. 그는 1940년 5월 프랑스에서 입은 상처가 채 아물기도 전에 남부 독일 경찰대대로 들어가 일하다가 불과 두달 전 스딸린그라드로 배치된 사람이었다. 내내 추위와 굶주림에 시달리고 이와 공포에 뜯긴 그에게 유머를 기대할 수는 없었다.

그리고 저기 어둠 속에 어렴풋이 솟은 도시 건물들이 돌로 된 레이스처럼 희끄무레하게 보이는 이곳에서 바흐는 자신의 스딸린그라드 생활을 시작했다. 9월의 깜깜한 하늘, 거기 박힌 별들, 흐릿한 볼가강, 화재 이후 새하얗게 타버린 건물, 저 멀리 보이는 러시아 남동부의 대초원, 아시아 쪽 사막의 경계……

도시 서쪽 변두리의 건물들은 암흑에 잠겨 눈으로 덮인 윤곽만 겨우 모습을 드러내고 있었다. 이것이 그의 삶이었다.

병원에서 엄마한테 그런 편지를 쓰는 게 아니었는데! 틀림없이 엄마는 그걸 후베르트[97]에게 보여주었으리라! 그리고 레나르트와도 대화를 나누지 말았어야 했다.

왜 인간은 기억이라는 걸 가지고 있을까? 그는 왜 종종 죽고 싶고 기억을 멈추고 싶을까? 포위 직전에 그는 취한 광기를 삶의 진실로 받아들여야 했고, 고통을 느끼며 살아온 긴 세월 동안 실행하지 못했던 일을 실행해야 했던 것이다.

그는 아이들과 여자들을 죽이지 않았고, 아무도 체포하지 않았다. 그러나 주변의 넘실대는 암흑으로부터 영혼의 순수함을 방어하는 그 연약한 방벽을 그는 부수었다. 그러자 수용소와 게토의 피가 밀어닥쳐 그를 사로잡고 뒤덮어버렸다. 이미 그와 암흑 사이에

97 전편 소설에 등장하는 바흐의 친구 후베르트 룬츠를 말한다.

는 경계가 없었다. 그는 이 암흑의 일부였다.

그때 그에겐 대체 무슨 일이 일어났던 걸까? 어리석음일까? 우연일까? 아니면, 그것이 영혼의 법칙일까?

36

중대 벙커 안은 따뜻했다. 몇몇은 앉아서, 몇몇은 낮은 천장에 다리를 올려 기대고서 이야기를 나누었고, 몇몇은 외투를 뒤집어 쓰고 누런 맨발을 내놓은 채 잠들어 있었다.

“기억나?” 유난히 마른 병사가 셔츠를 위로 잡아당기더니, 세상 모든 병사들이 제 내의와 셔츠나 속바지의 솔기를 살펴볼 때 보이는 그 세심하고도 지긋지긋하다는 듯한 표정으로 솔기를 살피며 말했다. “9월에 우리가 주둔했던 지하실 말이야.”

“아, 거기서 너희들을 만났잖아.” 등을 대고 누워 있던 다른 병사가 대답했다.

다른 몇몇 병사들도 입을 열었다.

“그 지하실 좋았지…… 대저택에 있을 법한 침대도 있었어.”

“모스끄바 근처에서도 다들 절망에 빠져 있었는데, 이젠 볼가까지 왔군.”

창검으로 널빤지를 쪼개던 병사가 난로 구멍을 열어 장작개비 몇개를 밀어넣었다. 커다란 회색 돌덩이를 닮은 면도 안 한 그의 얼굴이 불빛을 받아 불그레한 구릿빛을 띠었다.

“그 구덩이에서 훨씬 더럽고 냄새나는 이곳으로 온 걸 기뻐해야 한단 말이야?” 그가 말했다.

"한가지는 확실해." 배낭들을 모아놓은 어두운 구석에서 유쾌한 목소리가 울렸다. "이보다 더 멋진 크리스마스는 상상할 수 없을 걸! 맙소사, 말고기를 생각해보라고!"

먹을 것에 대한 이야기가 나오자 모두들 생기를 띠었다. 말고기에서 누린내를 잘 빼려면 어떻게 삶아야 하는지를 두고 논쟁이 붙었다. 몇몇은 국물이 팔팔 끓을 때 검은 거품을 제거해야 한다고 했고, 다른 몇몇은 국물이 그렇게 끓을 때까지 두지 않는 게 좋다고 했고, 또다른 몇몇은 엉덩이 살을 베어내서 녹이지 말고 언 채로 곧장 끓는 물에 던져야 한다고 주장했다.

"정찰병들 팔자가 최고야." 젊은 병사가 입을 열었다. "걔들은 러시아 사람들한테서 식료품을 빼앗아 그걸로 지하실에 사는 자기 러시아 여자를 먹이거든. 그런데도 왜 정찰병들에게만 젊고 예쁜 여자들이 붙는지 모르는 바보들이 있지."

"난 말이야," 난로를 때는 병사가 말했다. "기분 때문인지 먹을 것 때문인지 그건 생각도 안 나. 그저 죽기 전에 아이들을 볼 수만 있다면 좋겠어. 딱 한시간이라도 말이야……"

"장교들은 달라. 주민들이 사는 어느 지하에서 중대장을 만났는데, 그 사람은 아예 거기가 자기 집인 양 굴더라."

"넌 그 지하실에 왜 갔는데?"

"아…… 나, 나는 속옷 빨래를 하러 갔지."

"내가 한때 수용소에서 보초를 섰던 거 알지? 그때 전쟁포로들이 감자 껍질을 모으고 썩은 양배추 잎사귀 때문에 싸움질하는 걸 실컷 봤거든. 정말 그놈들은 사람도 아니라고 생각했었지. 하지만 지금은 우리도 그들과 똑같은 돼지 신세야."

"암탉, 우리는 암탉들로 시작했는데." 배낭들이 놓인 어스름한 곳에서 노래하는 듯한 음성이 들려왔다.

갑자기 문이 활짝 열리더니 회색 연기가 둥그렇게 피어올랐다.

"일어섯! 차렷!" 쟁쟁한 목소리가 여느 때와 다름없이 평온하고 느릿하게 울려퍼졌다.

차렷. 비애와 고통과 우울과 나쁜 생각을 중지하고 서 있으라는 뜻이다…… 차렷.

안개 속에 바흐의 얼굴이 어른거리고, 이어 다른 누군가의 장화 소리가 울렸다. 뭔가 생소하고 특이한 방식으로 삐걱대는 소리였다. 벙커에 사는 이들은 사단장의 밝은 청색 외투와 찌푸린 근시의 눈, 양가죽 헝겊으로 외알 안경을 닦는 늙은 손, 황금으로 된 결혼반지를 낀 하얀 손가락을 알아보았다.

그리 힘들이지 않고도 연병장에서 연대장들부터 왼쪽 날개 맨 끝줄에 서 있는 병사들에게까지 닿게끔 이야기하는 데 익숙한 목소리가 벙커를 울렸다. "안녕들 한가. 쉬어."

병사들은 무질서하게 대답했다.

장군은 나무 궤짝 위에 앉았다. 그의 가슴에 달린 검은 철십자가 노란 난롯불을 반사하며 번득였다.

"제군들, 성탄절을 축하하네." 노인이 말했다.

그를 호위하던 병사들이 다른 궤짝 하나를 난로 쪽으로 끌어오더니 총검으로 뚜껑을 열어 셀로판지에 싼 한뼘 길이의 전나무 가지들을 꺼내기 시작했다. 가지마다 금줄이며 구슬이며 완두콩알만 한 알사탕들로 장식되어 있었다.

병사들이 셀로판 포장을 벗기는 동안 장군은 중위를 손짓으로 불러 몇마디 귀엣말을 건넸고, 그러자 바흐가 큰 소리로 말했다.

"중장께서 제군들에게 전하라고 하신다. 독일에서 보낸 이 성탄절 선물을 가져오던 항공대원은 스딸린그라드 상공에서 부상당해 전사했다. 그는 삐똠니끄 비행장에 착륙했고, 기체에서 그를 사체로 꺼냈다."

37

사람들은 저마다 전나무 가지를 손에 쥐었다. 따뜻한 벙커에 들어온 나뭇가지는 이내 옅은 이슬로 덮였고, 솔잎의 향기가 전선의 시체 냄새와 대장간 냄새를 지워내며 지하실을 채웠다.

마치 난롯가에 앉아 있는 저 노인의 하얗게 센 머리가 성탄의 냄새를 뿜어내는 것만 같았다.

바흐의 감수성 예민한 심장이 이 순간의 슬픔과 아름다움을 인식했다. 러시아 중포의 위력을 경멸했던 사람들, 잔혹해지고 거칠어지고 굶주림과 들끓는 이에 시달리고 부족한 총탄에 괴로워하던 사람들은 말없이 모든 것을 이해했다. 그들에게 필요했던 건 붕대, 빵, 탄약통이 아니라 쓸데없는 끈들로 감긴 이 전나무 가지들, 고아원으로 갈 법한 이 알사탕들이었다.

병사들이 궤짝에 앉은 노인을 둘러쌌다. 지난여름 기계화사단을 이끌고 볼가로 왔던 사람이 바로 그였다. 일생 동안, 언제 어디서나 그는 배우였다. 군인들의 대열 앞에서, 지휘관들 사이에서만 배우처럼 연기한 것이 아니었다. 집에서 아내와 함께 있을 때도, 정원을 산책할 때도, 며느리와 손자가 함께할 때도 배우였다. 밤에, 곁에 놓인 안락의자에 장군 제복 바지를 놓고 혼자서 침대에 누울 때도 그는 배우였다. 물론 병사들 앞에서도 배우였고, 그들에게 어머니의 안부를 물을 때도, 얼굴을 찌푸릴 때도, 그들의 연애에 관해 진한 농담을 할 때도, 병사들의 솥을 들여다볼 때도, 평지나 다를 바 없는 병사의 무덤 앞에서 엄숙하게 고개를 숙일 때도, 신참들을 세워두고 진심 어린 연설을 할 때도 그는 배우였다. 그리고 이 모든 것은 보여주기 위한 연기가 아니라 그의 생각 속에, 그라는 인간 속에 녹아 있는 내면의 일부였다. 그 자신조차 이를 의식할 수 없었으나, 소금물에서 소금을 걸러낼 수 없듯이 연기를 그에게서 떼어내는 것은 생각할 수 없는 일이었다. 이 연기가 그와 함께 중대의 벙커로 들어왔고, 그가 외투를 활짝 열어젖히고 난로 앞 궤짝에 앉을 때, 고요하고 슬픈 눈으로 병사들을 바라보고 그들에게 인사할 때도 그의 동작 속에서 내내 그와 함께 있었다. 노인은 한번도 자신이 연기를 한다는 사실에 대해 의식해본 적이 없었다. 그런데 문득, 그가 그것을 알아차렸다. 그러자 연기가, 마치 물이 얼어붙자 결정화된 소금처럼 그의 존재로부터 떨어져나갔다.

연기가 빠져나가자 담백함이, 굶주리고 지친 사람들에 대한 노인다운 연민이 그 자리를 채웠다. 의지할 데 없는 무기력한 노인이 의지할 데 없는 불행한 이들 가운데 앉아 있었다.

한 병사가 조용히 입을 열어 노래하기 시작했다.

오, 타넨바움, 오, 타넨바움,
언제나 푸른 네 빛……[98]

두세명이 따라 불렀다. 매혹적인 솔잎 향기 속에서 동요의 노랫

98 O Tannenbaum, o Tannenbaum / wie grün sind deine Blätter……(독일어).

말이 신성한 나팔 소리처럼 울려퍼졌다.

오, 타넨바움, 오, 타넨바움……

그러자 바다 밑으로부터, 그 차가운 암흑으로부터, 잊히고 버려졌던 감정들이 표면으로 떠올랐다. 오랫동안 죽어 있던 생각들이 해방되었다……

이 생각들은 기쁨도 편안함도 주지 않았다. 하지만 그 힘은 인간적인 힘, 세상에서 최고로 강한 힘이었다.

소련의 대구경 대포들이 연이어 폭발음을 냈다. 이반[99]의 심기가 불편한 것이다. 포위된 이들이 성탄절을 기념하는 것을 눈치챈 모양이었다. 그러나 이곳 벙커에 있는 이들 중 천장에서 쏟아지는 검댕이나 난로에서 뿜어져나오는 붉은 불꽃 구름에 조금이라도 관심을 기울이는 병사는 없었다.

강철 북을 때리는 소리가 세차게 울리며 땅이 요동했다. 이반이 자기가 제일 좋아하는 로켓포를 연주하고 있었다. 곧 중기관총들의 발사음이 이어지기 시작했다.

노인은 고개를 숙인 채 앉아 있었다. 오랜 삶에 지친 이들에게서 흔히 볼 수 있는 자세였다. 무대의 조명이 꺼지고, 배우들은 분장을 지운 채 잿빛 대낮으로 걸어나왔다. 이제 그들은 다들 똑같아 보였다. 번개처럼 빠른 기계화부대를 이끌고 전투와 돌파를 거듭하던 전설적인 장군도, 무명의 하사관도, 반국가적 사상을 의심받는 병사 슈미트[100]도…… 레나르트라면 이런 순간에도 굴복하지 않았을

99 '프리츠'라는 이름이 독일 병사를 가리키듯 '이반'은 러시아 병사를 가리킨다.
100 전편 소설에서 슈미트는 독일 노동자 출신이자 나치에 대해 무척 회의적인 관

텐데, 바흐는 생각했다. 그의 내면에 있는 독일적이며 국가적인 것은 이미 인간적인 것으로 변화할 수 없으리라.

그는 고개를 문 쪽으로 돌렸고, 레나르트의 모습을 알아보았다.

38

중대에서 가장 우수한 병사, 신참들의 수줍고도 경탄 어린 시선을 불러일으키던 슈툼페[101]가 완전히 다른 사람으로 변했다. 그 크고 맑고 푸른 눈의 얼굴이 몹시 상했고, 제복과 외투는 이제 러시아의 바람과 추위를 간신히 막아내는 구겨지고 낡은 누더기에 불과했다. 그는 예리한 지능을 잃었으며, 그의 농담은 더이상 웃음을 일으키지 못했다.

체격이 좋은 그는 더 많은 영양을 필요로 했고, 그래서 다른 사람들보다 더 많이 굶주림에 시달렸다.

그는 늘 아침부터 먹을거리를 찾아나섰다. 잔해 더미에서 부스럭대며 땅을 파고, 구걸을 하고, 부스러기를 거두고, 내내 부엌 앞을 서성거렸다.

바흐는 경계와 긴장이 뒤섞인 그의 얼굴에 익숙해졌다. 슈툼페는 끊임없이 음식에 대해 생각했고, 휴식 시간만이 아니라 전투할 때도 음식을 찾아다녔다.

점을 지닌 인물로 묘사된다.

101 전편 소설에서 슈툼페는 부대 병사들의 사기를 북돋는 SS 출신의 익살꾼으로 묘사된다. 농담을 잘하고, 러시아 농가에서 맛있는 식품을 색출하는 데 능하며, 고국에 있는 가족의 사진을 보여주며 여러 일화들을 재미있게 풀어놓는 유쾌한 사람이다.

지하 거처로 가는 길에 바흐는 이 굶주린 병사의 커다란 등과 어깨를 보았다. 그는 포위되기 전 부엌과 식품 창고가 있었던 공터의 땅을 파헤치고 있었다. 곧 그가 땅속에서 양배추 잎사귀 몇장을 끄집어냈고, 도토리만 한 크기의 꽁꽁 언 감자 조각들도 찾아냈다. 크기가 너무 작아 솥에 들어가지 못하고 버려진 것들이었다.

키 큰 노파 하나가 다 해진 남자 외투를 밧줄로 여며 입고 닳아빠진 남성용 축구화를 신은 채 돌벽 뒤에서 걸어나왔다. 그녀는 땅에 집요한 시선을 고정하고 두꺼운 철사 고리로 눈 속을 휘저으며 병사를 향해 걸어왔다.

눈 위에서 서로 부딪치는 그림자를 통해, 두 사람은 고개를 들지 않고도 서로를 알아차렸다. 덩치 큰 독일인이 키 큰 노파를 향해 눈을 들더니 구멍 뚫린 은백색 양배추 잎 한장을 내밀어 보이며 천천히, 그래서 더욱 근엄한 목소리로 말했다. "안녕하십니까, 부인."

노파는 이마로 흘러내리는 머릿수건을 손으로 쓸어넘기곤 선의와 지혜가 가득 담긴 검은 두 눈을 그에게 고정한 채 위엄 있게 대답했다. "안녕하신가, 판[102]."

그야말로 두 위대한 민족을 대표하는 이들의 정상회담이었다. 그러나 바흐 말고는 아무도 그것을 보지 못했고, 병사도 노파도 당장 이 만남에 대해 잊었다.

따뜻한 눈안개가 푸르스름한 잿빛으로 빛났다. 뽀얀 눈이 대기의 공간을 가득 채우며 바람과 포성을 잠재웠고, 흔들리는 부드러운 회색 덩어리로 땅과 하늘을 분간할 수 없게 뒤섞어놓았다.

눈이 바흐의 어깨 위에 쌓였다. 고요함이 송이송이 고요해진 볼

102 '판'(van)은 제정러시아 시기에 폴란드, 우끄라이나, 벨라루스 등지에서 지주, 귀족, 신사를 지칭하는 말로 쓰였다.

가장 위로, 죽은 도시로, 말 뼈다귀 위로 떨어지는 듯 보였다. 눈은 온 곳에 내렸다. 땅 위에뿐만 아니라 별들 위에도 내렸다. 세상이 눈으로 가득 찼다. 모든 것이 눈 밑으로 사라졌다. 시체, 무기, 고름 묻은 헝겊 조각, 벽돌 조각, 휘고 꼬인 쇳조각, 모든 것이.

그것은 눈이 아니라 시간 자체였다. 부드러운 것, 하얀 것이 쌓여 인간의 도시의 전투 위로 층을 이루었고, 현재는 과거가 되었고, 천천히 보풀보풀 흩날리는 눈 속에 미래는 없었다.

39

바흐는 지하실 좁은 구석, 사라사 커튼 뒤편의 침상에 누워 있었다. 그의 어깨 위에는 잠든 여자의 머리가 얹혀 있었다. 여자의 얼굴은 비쩍 말라 어린애 같으면서도 동시에 몹시 시들어 보였다. 바흐는 여자의 마른 목을, 더러운 회색 속옷에서 비어져나온 하얀 유방을 바라보았다. 여자가 깨지 않도록 조용히, 천천히, 그는 그녀의 헝클어진 머리 타래에 입술을 가져갔다. 머리카락은 좋은 향기를 풍겼고, 마치 그 속에도 피가 흐르는 양 생생하고 탄력 있고 따뜻했다.

여자가 눈을 떴다.

실제적인 여자. 때로는 태평하고, 정답고, 교활하고, 참을성 있고, 계산적이고, 순종적이고, 성미가 급한 여자. 때로는 바보 같고, 우울하고, 어딘가 망가진 듯 음울해 보이는 여자. 이따금씩 그녀는 노래를 불렀는데, 그러면 러시아어로 「까르멘」과 「파우스트」의 아리아가 새어나왔다.

그는 그녀가 전쟁 전에 어떤 여자였는지 관심이 없었다. 그녀에게 가고 싶어지면 그녀를 찾아갔다. 그녀와 자고 싶지 않을 때는 그녀를 떠올리지 않았고, 그녀가 배부르게 먹는지, 러시아 저격수가 그녀를 죽이지 않았는지도 걱정하지 않았다. 언젠가 그가 주머니에 지니고 있던 건빵을 꺼내 그녀에게 주자, 그녀는 기뻐했고 조금 후에 그것을 자기 옆에 사는 노파에게 주었다. 그는 감동을 받았지만 정작 그녀에게 갈 때는 거의 늘 먹을 것 챙기는 걸 잊었다.

그녀의 이름은 유럽식 이름이 아니어서 꽤나 낯설었다. 지나.[103]

필시 전쟁 전까지 지나는 이웃한 그 노파와 모르는 사이였을 것이다. 정말이지 이기적이고 믿을 수 없을 정도로 위선적인데다 먹을 것에 대한 광적인 집착으로 가득한 불쾌한 노파였다. 지금 이 노파는 막자로 나무절구를 요령 있게 두들기며 등유가 묻어 거멓게 된 밀알을 빻고 있었다.

포위된 이후 병사들은 주민들의 지하실로 기어들었다.[104] 예전엔 미처 알아채지 못했는데 지하실에서 할 수 있는 일이 참으로 많았다. 비누 없이 재로 빨래하기, 쓰레기 더미에서 음식 찌꺼기를 골라내기, 옷을 수선하고 깁기. 주로 노파들이 지하실에서 지냈다. 하지만 병사들은 노파가 아닌 이들도 찾아다녔다.

바흐는 자신이 지하실에 찾아가는 것을 아무도 모르리라 믿었다. 하지만 어느날 지나의 침상에 앉아 그녀의 두 손을 꼭 쥐고 있는데 커튼 저편에서 모국어가 들려왔다. 그가 아는 목소리였다.

103 전편 소설에서 베라가 빅또로프와의 사랑에 대해 고백하고 임신한 사실을 이야기한 친구의 이름이 지나였다. 이들이 동일인인지는 분명하게 명시되어 있지 않다.

104 스딸린그라드 침공 이후 도시를 빠져나가지 못한 주민들은 지하에서 숨어 지냈다. 소련 군사 기록에 따르면 독일군 항복 당시 도시에 남아 있던 주민은 7655명이었다고 한다.

"저 커튼 너머로는 기어들지 마. 중위의 프로일라인[105]이 있거든."

지금 두 사람은 말없이 나란히 누워 있었다. 친구들, 책, 마리아[106]와의 로맨스, 유년 시절, 그가 태어난 도시, 학교, 대학, 러시아 원정의 굉음…… 그의 삶 전체가 무의미했다. 그 모든 것이 결국 반쯤 타버린 문짝으로 짜맞춘 이 침상에 이르는 여정에 불과했다. 이 여자를 잃을 수도 있다는 생각이 그를 공포로 몰아넣었다. 그는 그녀를 발견했고, 그녀에게로 왔다. 독일에서, 유럽에서 일어난 모든 일들은 그녀와의 만남을 위한 과정에 지나지 않았다…… 전에는 이를 미처 깨닫지 못했고, 종종 그녀를 잊었다. 그녀와의 관계가 달콤했던 것은 거기 진지한 감정이라곤 하나도 없기 때문이었다. 하지만 이제 그녀만이 세상에 남은 전부였다. 모든 것이 그녀의 눈 속에 가라앉아버렸다…… 이 경이로운 얼굴, 약간 들린 콧구멍, 묘한 눈, 지치고 무기력한, 의지할 데 없는 어린아이와도 같은 저 표정이 그의 마음을 빼앗았다. 10월에 그녀는 병원에 있는 그를 찾아 걸어서 그에게로 왔었다. 그때 그는 그녀를 보고 싶지 않았고, 그래서 나가보지도 않았다……

그는 취한 상태가 아니었고, 그녀도 그걸 알고 있었다. 그는 무릎을 꿇어 그녀의 두 손과 두 발에 키스한 뒤 고개를 들어 이마와 뺨을 그녀의 무릎에 기댔다. 그가 빠르고 열정적으로 말했지만 그녀는 알아듣지 못했고, 그도 그걸 알고 있었다. 둘이 썼던 말이라고는 스딸린그라드에서 병사들이 쓰는 끔찍한 언어뿐이었다.

그는 자신을 이 여자에게로 데려온 파도가 이제 자신에게서 그

---

105 독일어 Fräulein(미혼의 젊은 여성)을 러시아 문자로 적었다.

106 베를린에 있는 바흐의 약혼녀. 히틀러의 고문 부관 중 한명인 포스터의 딸이다.

녀를 떼어놓고 그들을 영원히 헤어지게 하리라는 것을 알았다. 그는 무릎을 꿇은 채 그녀의 다리를 껴안고 그녀의 두 눈을 들여다보았다. 그녀는 그의 빠른 말에 귀를 기울이며 그가 말하는 것이 무엇인지, 그에게 무슨 일이 일어났는지 이해하고 추측하려 애썼다.

그녀는 이런 표정을 가진 독일인을 본 적이 없었다. 괴로움과 애원과 사랑으로 가득한 이 정신 나간 눈빛은 러시아 사람들의 것인 줄만 알았다.

그는 말했다. 여기, 지하실에서, 그녀의 두 발에 키스하며 자신은 처음으로 다른 사람의 말이 아니라 심장의 피로써 사랑을 깨달았다고. 그녀가 자신의 과거보다, 어머니보다, 독일보다, 마리아와의 미래보다 더 소중하다고…… 자신은 그녀를 사랑하게 되었다고. 국가들이 세워놓은 장벽, 인종적 분노, 중무기 포화의 화염도 아무 의미 없다고. 사랑의 힘 앞에 전부 무력하다고. 파멸의 전야에 이를 깨닫게 해준 운명에 감사한다고.

그녀는 그의 말을 이해하지 못했다. 그녀가 아는 독일어는 '할뜨' '꼼' '브링' '시넬러'[107]뿐이었다. 그의 말 중에서 귀에 들어온 것이라곤 '하자!' '까뿌뜨' '추꺼' '브로뜨' '비켜' '꺼져'[108]뿐이었다.

하지만 그녀는 무슨 일이 일어난 것인지 알아차렸다. 그녀는 그의 혼돈을 이해했다. 독일 장교를 보듬는 이 경박하고 굶주린 여자는 너그럽고 정다운 마음으로 그의 약한 모습을 바라보았다. 운명이 그들을 헤어지게 하리라는 것을 그녀는 알고 있었고, 그보다 훨

107 독일어 halt(멈춰), komm(이리 와), bring(가져와), schneller(더 빨리)가 러시아 문자로 표기되어 있다.

108 러시아어와 독일어가 섞여 있다. 독일어 kaputt(망가진, 죽은), Zucker(설탕), Brot(빵)는 러시아 문자로 표기되어 있다.

씬 차분하게 이를 받아들였다. 그러나 그의 절망을 보는 지금, 이 남자와의 관계가 놀라울 정도의 힘과 깊이를 지닌 또다른 무언가로 변화하고 있다는 사실을 깨달았다. 그녀는 이를 그의 목소리에서 들었고, 그가 퍼붓는 키스 속에서, 그의 두 눈 속에서 느꼈다.

조심스레 바흐의 머리카락을 쓰다듬는 동안, 그녀의 계산적인 머릿속에 문득 두려움이 일었다. 이 불분명한 힘이 자신을 붙잡지 않을까, 정신을 빼앗지 않을까, 파멸시키지 않을까…… 하지만 심장은 뛰고 또 뛰며 이 경고와 위협의 계산적인 목소리를 듣고자 하지 않았다.

40

예브게니야 니꼴라예브나에게 새로운 지인들이 생겼다. 교도소 대기열에 줄을 선 사람들이었다. 그녀를 보면 그들은 묻곤 했다. "어때요, 뭐 새로운 소식 있어요?" 그녀는 이제 이들보다 경험 많은 선배였고, 조언을 듣는 입장에서 조언을 건네는 입장이 되어 있었다. "걱정 마세요. 아마 그는 병원에 있을 거예요. 병원에서는 지내기가 괜찮아요. 모두 감방에서 병원으로 가기만을 꿈꾸죠."

그녀는 끄리모프가 내부 감옥에 있다는 것을 알아냈다. 차입물을 받아주지 않았지만 그녀는 희망을 잃지 않았다. 꾸즈네쯔끼 대로에서는 차입물을 한번, 두번 거절했다가도 세번째에는 "차입물 줘요"라고 하는 경우가 있었다.

그녀는 끄리모프의 아파트에도 갔었다. 두달 전쯤 아파트 관리인과 헌병 두명이 와서 끄리모프의 방을 열고 서류들과 책들을 잔뜩 가지고 나가며 문을 봉했다고 이웃 여자가 알려주었다. 제냐는 봉인한 인장과 노끈을 멍하니 바라보았다.

"맹세코 난 아무 말도 안 했어요." 이웃 여자가 제냐를 문 쪽으로 끌어당기더니 용기 있게 속삭여 말했다. "정말 좋은 사람이었죠. 자원해서 전쟁에 나갔잖아요."

모스끄바에 있는 동안 그녀는 노비꼬프에게 편지를 쓰지 않았다.

마음속이 얼마나 혼란스러운지! 연민, 사랑, 후회, 전선에서의 승리로 인한 기쁨, 노비꼬프로 인한 불안, 그의 앞에 느끼는 수치심, 그를 영원히 잃을지 모른다는 두려움, 우울한 죄책감…… 이 모든 감정이 그녀 안에 얽혀 있었다.

바로 얼마 전만 해도 그녀는 꾸이비셰프에 살았고, 노비꼬프를 만나기 위해 전선으로 떠나려 했다. 그와의 연결이 운명처럼 필연적이고 불가피한 것만 같았다. 제냐가 두려워한 것은 그와 영원히 결합되어 끄리모프와 영원히 헤어지는 것이었다. 노비꼬프의 모든 것이 낯설게 여겨지는 순간들이 있었다. 그를 동요시키는 것들, 그의 희망, 그가 사귀는 사람들이 그녀에게는 너무도 낯설었다. 그의 식탁에서 차를 따르고, 그의 친구들을 맞이하고, 장군의 아내들이나 연대장의 아내들과 이야기하는 것이 황당하게만 여겨졌다.

노비꼬프는 체호프의 「주교」와 「지루한 이야기」에 무관심했다. 그는 이 작품들보다 드라이저[109]나 포이히트방거[110]의 경향적인 소

109 Theodore Dreiser(1871~1945). 미국의 소설가. 『아메리카의 비극』을 썼다.

110 Lion Feuchtwanger(1884~1958). 독일 바이마르공화국의 소설가. 『유대인 쥐스』로 명성을 얻었으나, 나치 집권 이후 국적과 학위를 박탈당하고 베를린의 집과 재산도 압류당했다.

설을 더 좋아했다. 그리고 노비꼬프와의 결별이 결정되어 다시는 그에게로 돌아갈 수 없다는 사실을 깨닫게 된 지금, 그녀의 마음에서는 그를 향한 부드러운 애정이 되살아났고, 그녀가 말하는 모든 것에 동의하던 그의 순종적인 성급함이 자꾸만 생각났다. 슬픔이 제냐를 휩쌌다. 정말로 그의 두 손이 그녀의 어깨에 닿지 않게 되는 걸까? 그의 얼굴을 보지 못하게 되는 걸까?

힘과 조야한 평범함, 인간다움, 수줍음이 그렇게 예외적으로 결합된 것을 그녀는 한번도 본 적이 없었다. 그녀는 정말로 그에게 끌렸다. 가차 없는 광신주의는 그에게 너무나 이질적인 것이었다. 그의 내면에는 무언가 특별한, 현명하고 더없이 자연스러운 남성적 선의가 깃들어 있었다. 이 순간, 그녀와 사랑하는 이들 간의 관계 속으로 들어온 어두운 것, 지저분한 것에 대한 생각이 머릿속을 떠나지 않았다. 끄리모프가 그녀에게 한 말이 대체 어떻게 알려지게 되었을까?…… 그녀는 끄리모프와 얼마나 깊이 연결되어 있는지, 그와 살았던 삶을 지울 힘이 없었다.

끄리모프를 뒤따라갈 것이다. 그가 그녀를 용서하지 않는다 해도 상관없다. 그녀는 그의 영원한 질책을 받아 마땅하다. 어쨌든 그에게는 그녀가 필요하다. 그는 감옥 안에서 항상 그녀를 생각하고 있다.

노비꼬프는 그녀와의 결별을 이겨낼 힘을 자기 내면에서 찾아낼 수 있을 것이다. 하지만 그녀는 자기 마음의 평안을 위해 무엇이 필요한지 전혀 알지 못했다. 그가 더이상 그녀를 사랑하지 않는다는 걸, 마음의 평화를 찾았다는 걸, 그녀를 용서했다는 걸 알고 싶은 건가? 아니면 반대로 그가 여전히 그녀를 사랑하며, 마음을 달래지도 용서하지도 못한다는 걸 알고 싶은 건가? 그녀 자신에게는 무엇이 더 좋은 걸까? 그들이 영원히 결별했다는 사실을 아는 것? 아니면 마음 깊은 곳에서 그들이 여전히 함께하리라는 사실을 믿는 것?

그녀는 가까운 사람들에게 얼마나 많은 고통을 안겨주었는지! 그 모든 게 다른 이들을 위해서가 아니라 제 변덕에 따라 자기 자신을 위해 벌인 짓은 아닐까? 아, 그야말로 머리에 먹물만 든 정신병자 아닌가!

저녁에 시뜨룸과 류드밀라와 나쟈와 함께 식탁에 앉아 있을 때, 제냐가 언니를 향해 갑자기 물었다. "내가 누군지 알아?"

"너?" 류드밀라는 놀라 되물었다.

"응, 그래, 나 말이야." 이어 제냐가 말했다. "난 작은 암캐야."

"암캐 같은 여자?" 나쟈가 유쾌하게 말했다.

"그래, 바로 그거야." 제냐가 대답했다.

이것이 농담이 아니라는 것을 알았지만, 다들 큰 소리로 웃음을 터뜨렸다.

"있잖아," 제냐가 다시 입을 열었다. "꾸이비셰프에 있을 때 한번은 리모노프가 와서 중년의 사랑이 뭘 의미하는지 설명해주더라. 그 사람 말로는, 바로 정신적 비타민결핍증이래. 남편이 아내와 오랫동안 지내다보면 정신적 결핍증이 생길 수밖에 없는데, 이건 마치 소금을 못 먹은 암소나 여러해 동안 채소를 못 본 극지방 탐험대원한테 나타나는 결핍이랑 비슷한 거야. 의지가 강하고 지배욕이 있는 억센 아내와 사는 남편은 순종적이고, 부드럽고, 양보 잘하고, 수줍음 많은 여자를 동경하기 시작하는 거지."

"그 리모노프라는 작자는 바보구나." 류드밀라 니꼴라예브나가 말했다.

“근데 인간에게 A, B, C, D 등등 여러종류의 비타민이 필요하다면?” 나쟈가 물었다.

나쟈가 잠자리에 들자 빅또르 빠블로비치는 제냐에게 말했다.

“제네비예바, 우린 보통 햄릿적인 분열, 회의, 우유부단을 들어 인쩰리들을 조롱하지. 나도 청년 시절에는 내 안에 있는 그런 특징들을 경멸했어. 그런데 지금은 다르게 봐. 우유부단하고 회의가 많은 사람들이 위대한 발견을 하고 위대한 책도 썼거든. 직선적인 무데뽀들이 한 것에 못지않은 일을 해냈다고. 그들도 필요하다면 불속으로 뛰어들고, 억세고 직선적인 사람들 못지않게 총알 밑으로 돌진해.”

예브게니야 니꼴라예브나가 말했다. “고마워요, 비쩬까. ‘작은 암캐’라는 말 때문에 그 얘길 하는 거죠?”

“그래.” 빅또르 빠블로비치는 순순히 인정했다. 그는 제냐에게 다정한 얘기를 해주고 싶었다. “제네치까, 처제 그림을 다시 한번 봤어. 그림에 감정이 깃들어 있어서 좋더라고. 알잖아, 좌파 미술가들에게는 과감성과 혁신성만 있지 감정이라는 신神은 없다는 거.”

“아이고, 그게 감정이구나.” 류드밀라 니꼴라예브나가 말했다. “초록색 남자, 파란색 농가, 현실에서 완전 벗어난 것들 말이지.”

“있잖아, 밀까,[111]” 예브게니야 니꼴라예브나가 말했다. “마띠스가 이런 말을 했어. ‘내가 초록색을 쓴다고 풀밭을 그리는 게 아니고, 내가 파란색을 쓴다고 하늘을 그리는 게 아니오.’ 색은 미술가의 내면 상태를 표현해.”

제냐에게 다정한 얘기만 해줄 생각이었지만 그 말에 시뜨룸은

111 류드밀라의 애칭.

조롱조로 끼어들지 않을 수 없었다. "에커만[112]은 이런 얘길 했지. '만일 괴테가 세계를 창조했다면 신과 마찬가지로 풀은 초록색으로, 하늘은 청색으로 만들었을 것이다.' 이 말은 내게 많은 것을 의미해. 나도 신이 세계를 창조할 때 사용한 물질과 관련이 있는 사람이니까…… 그래, 그래서 색도 물감도 존재하지 않으며, 다만 원자들과 그들 사이의 공간만이 존재한다는 걸 알지."

하지만 그들 사이에 이런 종류의 대화가 오가는 경우는 아주 드물었고, 대개는 전쟁과 검찰에 관한 이야기뿐이었다……

고달픈 날들이었다. 제냐는 꾸이비셰프로 떠날 채비를 했다. 휴가 기간이 끝나가고 있었다.

직장 상사를 만나면 뭐라고 해야 할지 제냐는 걱정이 되었다. 제멋대로 모스끄바로 와서는 감옥 문턱을 닳도록 밟으며 검찰청과 엔까베데에 진정서들을 써대느라 긴긴 날들을 보내지 않았는가.

그녀는 평생 국가기관을 무서워했으며, 청원서를 작성하거나 여권을 갱신해야 할 때가 다가오면 잠도 잘 못 자고 불안해했다. 하지만 이제 운명은 허가서, 거주 등록증, 경찰과 검찰청, 소환장과 진정서와 관계된 일들만 처리하도록 그녀의 등을 떠밀었다.

언니의 집에는 생기 없는 평온함이 지속되고 있었다.

빅또르 빠블로비치는 직장에 나가지 않은 채 몇시간이고 자기 방에만 틀어박혀 지냈다. 류드밀라 니꼴라예브나는 리미뜨 상점에 다녀올 때마다 지인들의 아내들이 자기한테 인사를 안 한다며 화난 말투로 불평했다.

예브게니야 니꼴라예브나는 시뜨룸이 얼마나 예민한 상태인지

112 Johann Peter Eckermann(1792~1854). 독일의 시인이자 소설가. 『괴테와의 대화』를 썼다.

확인할 수 있었다. 전화벨이 울리면 그는 몸을 떨며 돌진해 맹렬하게 수화기를 잡았다. 식사 중에 종종 대화를 끊고 날카롭게 말하기도 했다. "쉿! 조용히 해봐! 누가 문에서 초인종을 누르는 것 같은데." 그러곤 현관으로 갔다가 어색하게 웃는 얼굴로 돌아오는 것이었다. 자매는 이러한 긴장의 이유를 알았다. 그는 체포를 두려워하고 있었다.

"이렇게 피해망상증이 생기나봐." 류드밀라는 말했다. "1937년에는 정신병원마다 사람들로 그득했지."

시뜨룸이 얼마나 불안한 상태인지 알았기에 제냐는 그가 자신을 대하는 태도에 특히 감동했다. 언젠가 그는 그녀에게 말하기도 했다. "제네비예바, 잊지 마. 처제가 우리랑 지내면서 체포된 사람 일로 여기저기 드나드는 것을 두고 남들이 어떻게 생각하든 난 정말 아무 상관 없어. 알지? 여긴 처제 집이나 마찬가지야!"

저녁이면 예브게니야 니꼴라예브나는 나쟈와 이야기를 나누었다. 그 아이와의 대화는 무척 즐거웠다.

"넌 벌써 너무 똑똑해." 예브게니야 니꼴라예브나는 조카아이에게 말했다. "학생이 아니라 무슨 옛날 정치범 모임의 회원 같다니까."

"옛날 정치범 모임이 아니라 미래의 정치범 모임이야." 시뜨룸이 말했다. "너, 그 중위라는 놈이랑 노상 정치 얘기만 하지?"

"그게 뭐 어때서?" 나쟈가 말했다.

"키스하는 게 차라리 낫네." 예브게니야 니꼴라예브나가 말했다.

"내 말이." 시뜨룸이 말했다. "어쨌거나 그게 덜 위험하지."

아닌 게 아니라, 나쟈는 곧잘 예민한 주제를 입에 올리곤 했다. 갑자기 부하린에 대해 묻는가 하면, 레닌이 뜨로쯔끼를 높이 평가했고 죽기 몇달 전부터는 스딸린을 보지 않으려 했던 게, 레닌이 스딸린이 인민들에게 비밀로 하고 있는 유언장을 썼다는 게 사실이냐고 묻기도 했다.

예브게니야 니꼴라예브나는 나쟈와 둘이 남아도 로모프 중위에 대해 캐묻는 법이 없었다. 하지만 나쟈가 정치와 전쟁이며, 만젤시땀과 아흐마또바의 시며, 자기가 나가는 모임이며, 친구들과 나눈 대화 같은 것에 대해 말하는 것을 듣고 로모프나 그와 나쟈의 관계에 대해 류드밀라 니꼴라예브나보다 훨씬 많은 것을 알아냈다.

보아하니 로모프는 까다롭고 예민한 녀석으로, 모든 승인된 것, 모든 기성의 것을 조롱조로 대하는 것 같았다. 그도 필시 시를 쓰는 모양이군. 제미얀 베드니와 뜨바르돕스끼[113]에 대한 나쟈의 경멸 섞인 조롱도, 숄로호프[114]와 니꼴라이 오스뜨롭스끼에 대한 무관심도 전부 그에게서 온 것이 분명해. 나쟈가 어깨를 으쓱이며 내뱉는 말, "혁명가들은 바보 아니면 거짓말쟁이야. 상상 속의 미래를 위해 세대 전체의 삶을 희생하면 안 되지……" 또한 그 녀석의 말일 거야.

한번은 나쟈가 예브게니야 니꼴라예브나에게 말했다.

"있잖아, 귀여운 이모, 구세대 사람들한테는 뭔가를 믿는 게 필요한가봐. 끄리모프에게는 그게 레닌과 공산주의고, 아빠에게는 자유고, 할머니에게는 인민과 노동자들이지. 하지만 우리 신세대

113 Aleksandr Trifonovich Tvardovskii(1910~71). 소련의 시인. 공산당원으로 겨울 전쟁 당시 꼬미사르로 참전했다. 연작시 「바실리 쬬르낀」으로 유명하다.

114 Mikhail Aleksandrovich Sholokhov(1905~84). 소련의 소설가. 까자끄 마을에서 태어나 노동교원과 사무원직에 종사하며 문학을 공부했다. 사회주의리얼리즘의 모범으로 꼽히는 『개척되는 처녀지』와 『고요한 돈강』 등 다수의 작품을 썼고 1965년 노벨문학상을 수상했다.

의 눈에는 그 모든 게 어리석어 보이거든. 도대체가 믿는다는 게 어리석단 말이야. 믿지 말고 살아야 해."

"그게 그 중위 녀석의 철학이니?" 예브게니야 니꼴라예브나가 불쑥 물었다.

나쟈의 대답은 놀라웠다.

"삼주 뒤면 그는 전선으로 나가. 그 자체가 철학이지. 그 사람이 있었다가 없어진다는 것."

나쟈와 대화를 나누며 예브게니야 니꼴라예브나는 스딸린그라드를 떠올렸다. 베라도 똑같은 이야기를 했었고, 베라도 똑같이 사랑에 빠져 있었다. 하지만 베라의 자연스럽고도 분명한 감정은 나쟈의 복잡함과 사뭇 달랐다. 당시 제냐의 삶과 오늘의 그녀의 삶도 너무나 달랐다. 그때 전쟁에 대해 생각했던 것과 지금, 이 승리의 나날에 생각하는 것은 또 얼마나 다른지. 그럼에도 전쟁은 여전히 진행형이었고 나쟈의 말, "그 사람이 있었다가 없어진다는 것"도 변하지 않았다. 그리고 중위가 한때 기타를 치며 노래를 했건 말건, 미래의 공산주의 왕국을 믿으며 대규모 건설장으로 자원해 나갔건 말건, 인노껜찌 안넨스끼[115]의 시를 읽었건 말건, 상상 속 미래 세대의 행복을 믿지 않았건 말건 전쟁은 아랑곳하지 않았다.

한번은 나쟈가 손으로 베낀 수용소 노래를 예브게니야 니꼴라예브나에게 보여주었다.

차가운 선상 감옥의 화물창, 울부짖는 대양, 배의 요동에 괴로워하며 마치 혈연의 형제들처럼 서로를 껴안은 수감자들, 안개 속에

115 Innokentii Fyodorovich Annenskii(1855~1909). 높은 교양과 지식을 지닌 학자이자 인상주의 시인. 빠스쩨르나끄와 아흐마또바, 러시아 최대의 망명 시인으로 꼽히는 그리고리 이바노프에게 큰 영향을 끼쳤다.

서 떠오르는 꼴리마 변방의 수도 마가단에 대한 노래였다.

모스끄바로 돌아온 지 얼마 안 됐을 때 나쟈가 이런 주제에 대해 이야기하기 시작하면 시뜨룸은 화를 내며 말을 막곤 했다.

하지만 이즈음 그의 내면에서 많은 것이 변했다. 최근 그는 무엇이든 속에 눌러둔 채 참는 법이 없었다. “위대한 교사, 체조의 가장 좋은 친구, 현명한 아버지, 강력한 지휘자, 빛나는 천재”에게 보내는 아첨 가득한 안부 편지를 읽는 것, 스딸린은 겸손한데다 감성이 풍부하고, 또 선하고, 또 동정심이 많은 사람이라고 말하는 것, 스딸린이 밭도 갈고, 철도 제련하고, 작은 스푼으로 탁아소의 어린애들에게 수프도 떠먹이고, 대포도 쏘는 사람이라는 인상이 만들어지는 것, 노동자는 물론 붉은군대 병사들과 대학생들과 학자들까지 전부 그를 그저 사모하며 스딸린이 없으면 위대한 민족 전체가 의지할 데 없는 노예처럼 파멸하리라는 문구, 이 모든 것이 견딜 수 없다고 그는 나쟈가 있는 자리에서도 쏟아냈다.

한번은 시뜨룸이 『쁘라브다』를 들고 헤아려보았다. 하루에 여든여섯번, 다음 날에는 사설에만 열여덟번 스딸린의 이름이 언급되었다.

그는 불법체포와 자유의 부재에 분개했고, 아무나, 별로 깊은 전문 지식이 없는 상관이 당원증을 가졌다는 이유로 학자들과 작가들을 지휘하고 그들에게 점수를 매기고 그들을 가르칠 권리가 있다고 생각하는 것에 분노했다.

그의 내면에 새로운 감정이 나타난 것이다. 국가의 분노라는 절멸의 힘 앞에서 느끼는 공포와 고독과 무력감, 약한 병아리같이 처량한 신세가 되었으며 죽을 운명에 처해졌다는 감정이 점점 더 커졌으니, 이 모든 것들이 일종의 절망, 위험 앞에서 될 대로 되라지하는 식의 조야한 무관심, 조심성에 대한 경멸을 때때로 그의 내면에 나타나게 했다.

어느 아침에 시뜨룸은 류드밀라의 방으로 뛰어들어갔다. 그 얼굴에 나타난 흥분과 기쁨을 보고 류드밀라는 당혹감을 느꼈다. 그만큼 그에게서는 보기 힘든 표정이었다.

“류다, 제냐! 우리가 다시 우끄라이나 땅으로 들어갔대. 방금 라디오방송에 나왔다고!”

그리고 오후에 예브게니야 니꼴라예브나가 꾸즈네쯔끼 거리에서 돌아왔을 때, 시뜨룸은 그녀의 얼굴을 보고 아침에 류드밀라가 그에게 그랬듯 놀라 물었다. “무슨 일이야?”

“차입물을 받아줬어요! 차입물을 받아줬다고!” 제냐가 되풀이해서 말했다.

제냐의 쪽지가 들어 있는 이 차입물이 끄리모프에게 어떤 의미일지는 류드밀라조차도 이해할 수 있었다.

“죽음으로부터의 부활이네.” 그녀가 말하고는 덧붙였다. “넌 여전히 그를 사랑하는 게 분명해. 네게서 이런 눈을 본 게 언제인지 기억도 안 난다.”

“있잖아, 나 정말 정신이 나갔나봐.” 예브게니야 니꼴라예브나가 언니에게 속삭였다. “니꼴라이가 차입물을 받을 거라서 행복하고, 또 노비꼬프가 비열한 짓을 저지를 수 없었다는 것, 결코 그럴 수 없었다는 것을 오늘 깨달았기 때문에 행복해. 언니, 이해하지?”

“넌 정신이 나간 게 아니야. 그보다 더 나쁘지.” 류드밀라는 노기 어린 목소리로 대꾸했다.

“비쩬까, 사랑하는 형부, 우리에게 아무 거나 연주 좀 해줘요.” 예브게니야 니꼴라예브나가 부탁했다.

시뜨룸은 오랫동안 피아노 앞에 앉지 않았다. 하지만 이 순간 그는 거절하지 않고 악보를 가져와 제냐에게 보이며 물었다. "이거 괜찮지?"

음악을 좋아하지 않는 류드밀라와 나쟈는 부엌으로 가버리고 제냐만 그대로 남아 시뜨룸의 연주에 귀를 기울였다. 한참 뒤 연주가 끝나자 잠시 침묵이 이어지다가 이내 새로운 곡이 시작되었다. 그러는 내내 그는 제냐를 쳐다보지 않았다. 그녀도 그의 얼굴을 보지 않았다. 빅또르 빠블로비치가 흐느끼고 있다는 느낌이 들어서였다. 그때 문이 급히 열리더니 나쟈가 외쳤다.

"라디오 켜요! 명령이에요!"

그 즉시 음악이 아나운서 레비딴[116]의 우렁우렁한 금속성 목소리로 대체되었다. "……도시와 중요한 철도 교차점들을 폭풍처럼 점령했고……" 이어 전투에서 뛰어난 공을 세운 장군들과 부대들의 이름이 줄줄이 열거되기 시작했다. 군사령관 똘부힌 중장의 이름이 맨 먼저 불렸다. 그러다 갑자기 레비딴이 환호하는 목소리로 말했다. "그리고 노비꼬프 대령이 지휘하는 전차군단."

제냐는 나직하게 탄성을 질렀고, 아나운서의 강인하고 침착한 목소리가 "우리 조국의 자유와 독립을 위해 전사한 영웅들에게 영원한 영광을"이라고 말하자 울음을 터뜨렸다.

116 Yurii Borisovich Levitan(1914~83). 소련의 방송국 아나운서. 독소전쟁의 개시와 승리, 스딸린의 죽음, 유리 가가린의 우주 비행 등을 알렸다.

41

제냐가 떠나자 시뜨룸의 집은 이제 완전히 우울에 잠겼다.

빅또르 빠블로비치는 며칠 동안 바깥출입도 않은 채 매일 몇시간이고 책상에 앉아 지냈다. 거리에 나갔다가 자신에게 적대적인 사람들을 만나고 그들의 잔인한 눈을 볼까봐 두려운 것 같았다.

전화기도 잠잠했다. 이삼일에 한번씩 전화벨이 울리면 류드밀라 니꼴라예브나는 말했다. "나자를 찾는 거야." 실제로 나자를 바꿔 달라는 전화였다.

시뜨룸이 자신에게 일어난 일의 심각성을 얼른 알아챈 것은 아니었다. 심지어 처음에는 적대적인 음험한 얼굴들을 보지 않고 집에서 조용하게, 좋아하는 책들 사이에 앉아 시간을 보내니 참 편하다고까지 생각했다.

하지만 이내 집 안의 정적이 그를 짓누르기 시작했다. 그는 우울하고 불안했다. 실험실에는 별일 없을까? 작업은 어떻게 진행되고 있을까? 마르꼬프는 뭘 하고 있을까? 실험실이 자신을 필요로 하는 순간 이렇게 집에만 앉아 있다고 생각하면 염려가 되어 견딜 수 없었다. 반대로, 자신이 없어도 실험실은 잘 돌아간다는 생각 역시 그를 견딜 수 없게 했다.

류드밀라 니꼴라예브나는 거리에서 피난 시절의 친구 스또이니꼬바를 만났다. 학술원 행정실에서 일하는 스또이니꼬바는 그녀에게 과학위원회 회의에 대해 상세하게 들려주었다. 그녀는 그 회합을 처음부터 끝까지 속기했던 것이다.

중요한 건 소꼴로프가 발언하지 않았다는 사실이었다! 시샤꼬프가 "뱌뜨르 라브렌찌예비치, 우리는 당신의 발언을 듣고 싶습니다. 당신은 여러해 동안 시뜨룸과 함께 일하셨지요"라고 말했음에도 불구하고 그는 발언하지 않았다. 소꼴로프는 지난밤 심장 발작이 일어났기 때문에 이야기하기가 어렵다고 대답했다.

이상하게도 이 소식은 시뜨룸에게 기쁨을 주지 못했다.

실험실 사람들 중에서는 마르꼬프가 발언했는데, 그는 다른 이들에 비해 한층 절제된 말투로 정치적 질책 없이 주로 시뜨룸의 성격에 집중해서 말했고, 심지어 그의 재능을 언급하기까지 했다.

"발언을 피할 수는 없었을 거야. 그는 당원이니 발언할 의무가 있어." 시뜨룸은 말했다. "그를 탓해선 안 돼지."

하지만 대다수 발언들은 끔찍했다. 꼽첸꼬는 시뜨룸에 대해, 마치 그가 사기꾼이나 협잡꾼이라도 되는 것처럼 말했다. "이 시뜨룸이라는 사람은 여기 나타나시지도 않는군요. 이제 정말, 완전히 불손하게 구시는구먼요. 우리는 더이상 그와 같은 언어로 이야기할 수 없어요. 필시 그도 그걸 원하는 모양이고요."

머리가 허연 쁘라솔로프, 시뜨룸의 연구를 레베제프의 것과 비교했던 그자는 "특정 부류의 사람들이 시뜨룸의 미심쩍은 이론화를 둘러싸고 추잡한 소동을 조직했소"라고 했다.

물리학 박사 구레비치의 발언은 특히 악의적이었다. 그는 시뜨룸의 연구를 과대평가한 자신의 심각한 실수를 인정한 뒤, 빅또르 빠블로비치의 민족적 편협성을 암시하고 이처럼 정치적 분란을 야기하는 자는 학문에 있어서도 어쩔 수 없이 분란의 조장자로 밝혀지리라 단언했다.

스베친은 시뜨룸이 했던 말을 인용했다. "존경하는" 빅또르 빠블로비치가 미국 물리학, 독일 물리학, 소련 물리학이 따로 있는 것이 아니라고, 물리학은 하나라고 말했다는 것이었다.

“내가 그런 말을 하긴 했지.” 시뜨룸이 말했다. “하지만 사적 대화에서 한 말을 회합에서 인용하는 건 그야말로 고발이나 다름없어.”

시뜨룸에게 충격을 준 것은 연구소와 아무 관계도 없는 사람이자 발언을 강요받지도 않은 삐메노프가 회합에서 발언했다는 사실이었다. 그는 자신이 시뜨룸의 연구에 지나친 의미를 부여했고 그 단점들을 보지 못한 것에 대해 자아비판을 늘어놓았다. 정말이지 놀라 자빠질 일이었다. 시뜨룸의 연구가 자신에게 기도하는 감정을 불러일으킨다고, 자신이 이 연구의 실현을 도울 수 있어서 얼마나 행복한지 모른다고 몇번이나 말했던 사람 아닌가.

시샤꼬프는 짧게만 발언했다. 연구소 당위원회 서기 람스꼬프가 결의를 제안했다. 결의는 가혹했고, 지도부는 건강한 집단으로부터 썩은 부분을 도려낼 것을 요구했다. 특히 모욕적인 것은, 결의안에 시뜨룸의 학문적 업적에 대한 이야기가 단 한마디도 언급되지 않았다는 점이었다.

“어쨌든 소꼴로프는 품위 있게 처신했네.” 류드밀라 니꼴라예브나가 말했다. “근데 도대체 마리야 이바노브나는 왜 나타나지 않는 걸까? 남편이 그렇게 두려워하나?”

시뜨룸은 아무 대답도 하지 않았다.

얼마나 이상한 일인지! 그는 기독교의 용서라는 개념과 거리가 먼 사람이었지만, 아무에게도 화가 나지 않았다. 시샤꼬프와 삐메노프에게도 화가 나지 않았고, 스베친이나 구레비치, 꼽첸꼬에게도 분노를 느끼지 않았다. 생각만 해도 열이 올라 숨도 못 쉬게 고통스럽고 정신이 나갈 정도로 분통이 터지는 건 오직 한 사람 때문이었다. 자신에게 적대적이고 가혹하고 부당한 모든 일들이 그 사람, 바로 소꼴로프에게서 나온 것만 같았다. 마리야 이바노브나를 시뜨룸의 집에 가지 못하게 하다니, 어떻게 그럴 수 있단 말인가! 얼마나 비겁한가! 얼마나 잔혹하고 천박하고 저열한가!

이러한 분노가 자신을 적대시한 소꼴로프의 태도만이 아니라 소꼴로프에게 느끼는 자신의 비밀스러운 죄책감 때문이기도 하다는 사실을 그는 인정하지 않을 수 없었다.

요즘 류드밀라 니꼴라예브나는 물질적인 문제에 대해 점점 더 자주 이야기했다.

지나치게 넓은 집, 건물 관리인에게 제출할 급료 증명서, 배급표, 새로운 배급소 등록, 새 분기에 사용할 리미뜨 상점 수첩, 기한이 만료된 여권, 여권 재발급 신청서에 기입할 직장명…… 이 모든 것들이 밤이나 낮이나 류드밀라 니꼴라예브나를 걱정시켰다. 어디서 생활비를 구해야 할까?

예전에 시뜨룸은 허세를 부리며 농담을 던지곤 했다. "집에서 이론적 문제들을 연구해야지. 집에다 오두막 실험실을 차리는 거야."

하지만 더는 웃을 일이 아니었다. 그가 지금 학술원 준회원 자격으로 받는 돈은 아파트와 시골 별장과 공과금에 들어가는 비용을 겨우 충당할 정도였다. 고독이 그를 짓눌렀다.

그래도 살아야 하는데!

대학에서 강의하는 일은 금지되었다. 정치적으로 오점이 있는 자가 젊은이들과 엮여서는 안 되었다.

어떻게 하지?

저명한 과학자라는 위치가 작은 일을 찾는 데 방해가 되었다. 박사 신분으로 과학 서적 편집자나 기술학교의 물리 교사 자리를 요청하면, 인사과에서 일하는 누구라도 절레절레 고개를 젓고 어휴

신음하며 거절할 것이다.

망쳐버린 연구, 곤궁, 의존과 모욕에 대한 생각에 견딜 수 없이 짓눌릴 때면 그는 생각했다. '차라리 얼른 감옥에 넣어주면 좋겠는데.'

하지만 류드밀라와 나쟈가 남게 된다. 어떻게든 그들이 살아가야 하는데.

시골 별장의 딸기가 무슨 소용이람! 어차피 별장도 빼앗기겠지. 별장은 학술원이 아니라 당국의 소유인데, 5월이면 임대 연장을 해야 했다. 그는 바보같이 임대료 지불 기한을 놓쳤고, 지난 임대료를 한꺼번에 지불하면서 이후 반년 치 임대료를 선불할 생각이었다. 하지만 한달 전만 해도 사소했던 금액이 지금은 그를 두렵게 했다.

어디서 돈을 구하지? 나쟈의 새 외투도 사야 하는데.

빚을 낼까? 하지만 갚을 희망도 없이 빚을 내서는 안 되지.

물건들을 내다 팔까? 전쟁 중에 도자기나 피아노를 살 사람이 있을까? 하지만…… 류드밀라가 도자기 수집품을 얼마나 좋아하는데. 똘랴가 죽은 지금도 가끔 그것들을 꺼내 감상하잖아.

종종 그는 군사동원부로 가 학술원 방위를 거부하고 붉은군대 병사로서 전선에 나가기를 요청할까 고민했다. 그러면 마음이 조금 차분해지다가도, 금세 다시 불안하고 괴로운 생각이 고개를 들었다. 그러면 류드밀라랑 나쟈는 어떻게 살지? 학교에 나가 가르쳐서? 방 하나를 빌려주고 세를 받으면 되려나? 하지만 당장에 건물 관리인이랑 경찰이 간섭하겠지. 야간 수색, 처벌, 조서……

건물 관리인, 지구 경찰, 구역 거주과의 감찰관, 인사과의 여비서…… 얼마나 강력하고 무시무시한 힘을 가진 자들인가!

지탱할 곳을 잃은 개인은 배급 사무실에 앉아 있는 젊은 여자에게서 거대하고 막강한 힘을 느끼기 마련이다.

공포, 무력감, 자신감의 결여가 하루 종일 빅또르 빠블로비치를 지배했다. 하지만 이러한 감정이 늘 같은 강도로 변함없이 이어지는 것은 아니었다. 하루가 지나는 동안 공포를 느끼는 때와 슬픔을 느끼는 때가 각기 달랐다.

아침 일찍 따뜻한 침대에서 나와 창밖의 차갑고 흐릿한 어둠을 보면 그는 자신을 짓밟으려는 거대한 힘 앞에 직면한 어린애가 된 듯 무력감을 느꼈고, 다시 이불 밑으로 기어들어가 눈을 감은 채 몸을 웅크리고 꼼짝 않고 싶었다.

오전에는 일을 그리워했고 연구소로 특히 마음이 강하게 끌렸다. 이 시간에는 자신이 아무에게도 필요 없는 인간, 우둔하고 재능 없는 놈이라는 생각이 그를 지배했다.

분노한 국가는 자유와 평온만이 아니라 지성, 재능, 자신감마저 빼앗아 그를 어리석고 둔하고 우울한 속물로 변화시키는 능력을 가진 것 같았다.

식사 직전에는 잠시 활기가 생기고 심지어 유쾌한 기분마저 들었다. 하지만 식사가 끝나면 곧바로 둔하고 답답하고 멍한 우울감이 그를 덮쳤다.

어둠이 짙어지기 시작하면 커다란 공포가 다가왔다. 빅또르 빠블로비치는 이제 황혼녘 숲에 갇힌 석기시대 원시인처럼 어둠을 두려워하게 되었다. 공포는 점점 더 심해지고 짙어졌다…… 시뜨룸은 기억을 되살리며 생각에 잠겼다. 창밖의 암흑으로부터 잔인하고 피할 길 없는 파멸이 이쪽을 들여다보고 있었다. 곧 자동차 소리가 들리겠지, 곧 초인종이 울리겠지, 곧 방에서 장화가 삐걱대겠지. 내가 숨을 곳은 없어. 그러다 갑자기 지독하고도 더없이 유쾌한 무관심이 솟아나는 것이었다!

"짜르 시절의 불평분자 귀족들은 얼마나 좋았을까." 시뜨룸은 류드밀라에게 말했다. "총애를 잃으면 멋진 마차에 올라 수도를 빠져나가서 뻰자의 영지로 달려가면 그만이었겠지! 거기서 시골의 쾌적함을 누리며 사냥이나 하고, 이웃들을 방문하고, 정원에 나가고, 회고록을 쓰고 말이야. 하지만 볼떼르주의자 신사분[117]들이여, 당신들이 한번 그렇게 해보시지. 이주 치 봉급이랑 청소부 자리도 얻지 못할 추천서 한장 손에 쥔 채 버려지는 거야."

"비쨔," 류드밀라 니꼴라예브나가 말했다. "우리도 먹고살 수는 있어. 내가 바느질을 할게, 집에서 재봉 일을 하는 여자가 될 거야. 머릿수건에 물감을 들일 거야. 아니면 실험실에서 일할 수도 있지. 내가 당신을 먹여 살릴게."

시뜨룸은 그녀의 손에 키스했다. 그의 얼굴에 어째서 죄스럽고 괴로워하는 표정이 나타나는지, 눈빛에 왜 그러한 애처로움과 애원이 담겨 있는지 그녀는 이해할 수 없었다.

빅또르 빠블로비치는 방 안을 서성거리며 작은 소리로 오래된 연가의 가락을 흥얼거렸다.

……하지만 그는 잊힌 사람, 홀로 누워 있네……[118]

나쟈는 자원해서 전선으로 가려는 시뜨룸의 충동을 알아차리고

117 뿌시낀이 『예브게니 오네긴』에서 말한 이후 19세기부터 러시아에서 비판적 지식인을 일컫는 말로 쓰였다.

118 골레니셰프-꾸뚜조프(Arsenii Arkad'evich Golenishchev-Kutuzov, 1848~1913)의 시에 무소륵스끼(Modest Petrovich Musorgskii, 1839~81)가 노래를 붙인 「잊힌 남자」의 한 구절이다.

말했다.

"우리 반에 있는 따냐 꼬간이라는 여자애의 아버지가 자원병으로 나갔어. 무슨 고전 그리스학 전문가라는데, 뻰자에 있는 한 예비 연대로 떨어져 그곳 화장실 청소와 비질을 맡았다더라. 이 사람이 눈이 어두워 한번은 실수로 중대장한테 쓰레기를 쓸어보냈다가 주먹으로 맞아서 고막이 터졌대."

"그래그래, 알았다." 시뜨룸이 말했다. "중대장한테 쓰레기를 쓸어보내지 않도록 주의할게."

이제 시뜨룸은 나쟈를 어른으로 대하며 이야기를 나누었다. 그동안 지금처럼 딸과 좋은 관계를 유지한 적이 없는 것 같았다. 최근 들어 딸은 학교 수업을 마치면 곧바로 집으로 돌아왔다. 딸이 자신을 걱정시키지 않으려고 그런다는 생각에 시뜨룸은 감동했다. 늘 조롱이 가득하던 그애의 눈빛도 아버지와 대화할 때면 새로운, 심각하면서도 상냥한 표정을 띠었다.

어느날 저녁에 그는 옷을 갈아입고 연구소 쪽으로 걸어갔다. 창문 너머로 실험실을 들여다보고 싶어서였다. 아직 불이 켜져 있을까? 제2교대조가 일하고 있으려나? 마르꼬프는 장비 조립을 다 마쳤겠지? 하지만 그는 연구소까지 가지 못했다. 아는 사람을 만날까 봐 겁이 나 골목으로 꺾어들어서는 집을 향해 되돌아 걸었다.

골목은 인적 없이 어두웠다. 그 순간 갑자기 행복감이 시뜨룸을 휩쌌다. 눈, 밤하늘, 차갑고 신선한 공기, 자신의 발소리, 어두운 가지들을 드리운 나무들, 나무로 된 작은 단층집의 위장용 블라인드 틈새로 흘러나오는 가느다란 빛줄기들, 이 모든 것이 무척 아름다웠다. 그는 밤공기를 들이마시며 고요한 골목길을 걸었다. 아무도 그를 쳐다보지 않았다. 그는 살아 있었고, 자유로웠다. 뭐가 더 필요해? 뭘 더 바라? 집에 들어오자 행복은 사라졌다.

처음 며칠 동안 시뜨룸은 마리야 이바노브나가 나타나기를 애타게 기다렸다. 며칠이 지나도 마리야 이바노브나는 전화를 걸지 않았다. 이미 모든 것—그의 연구, 명예, 안정, 자신감—을 빼앗겼는데 이젠 마지막 도피처, 사랑마저 빼앗긴 것일까?

그는 가끔 절망에 빠졌고, 두 손으로 머리를 감싸쥐었다. 그녀를 못 보면 살 수 없을 것 같았다. 어떤 때는 "그래, 좋아, 좋다고"라며 혼자 중얼거렸고, 어떤 때는 "누가 나를 필요로 하겠어?" 하고 혼잣말했다.

그러나 그의 절망 깊은 곳에는 밝은 반점이 존재했다. 그것은 그와 마리야 이바노브나가 간직하고 있는 감정, 영혼의 순수함에 대한 감정이었다. 그들은 괴로워했지만 다른 사람들을 괴롭히지 않았다. 하지만 그는 알고 있었다. 자신의 생각, 평온하기도 하고 맹렬하기도 하고 철학적이기도 한 그 모든 생각들이 그의 마음속에서 일어나는 일과 어울리지 않는다는 것을. 마리야 이바노브나에 대한 노여움도, 스스로를 향한 조롱도, 불가피함과의 슬픈 타협도, 류드밀라 빠블로브나에 대한 의무와 편안한 양심에 대한 생각도, 모든 것이 그에겐 절망과 싸우려는 수단에 불과했다. 그녀의 눈, 그녀의 목소리가 떠오를 때마다 참을 수 없는 그리움이 덮쳐왔다. 정말 다시는 그녀를 보지 못하게 되는 걸까?

결별의 불가피함과 상실감이 특히 견딜 수 없어질 때면 그는 부끄러움을 느끼면서도 류드밀라 니꼴라예브나에게 말하곤 했다.
"마지야로프 때문에 걱정이야. 그는 괜찮을까? 무슨 소식 못 들었어? 마리야 이바노브나에게 전화해서 물어보면 어떨까?"

아마도 가장 놀라운 것은 그가 계속 연구를 이어갔다는 사실이리라. 그는 연구를 했고, 슬픔과 불안과 고통은 계속되었다.

연구가 슬픔과 공포와 싸우는 데 도움이 되는 것은 아니었다. 일은 그의 영혼을 치유하는 약이 되지 못했다. 그는 일 속에서 고통스러운 생각을, 영혼의 절망을 잊고자 하지 않았다. 그에게 일은 약 이상이었다.

그는 일을 하지 않을 수 없기 때문에 일을 했다.

42

류드밀라 니꼴라예브나가 남편에게, 아파트 관리인을 마주쳤는데 시뜨룸더러 관리실에 들르라고 청했다고 말했다.

그들은 무슨 일일까 추측했다. 주거 공간이 지나치게 크다는 얘기일까? 신분증 갱신 문제인가? 군사동원부에서 조회를 했나? 아니면 제냐가 허가 없이 시뜨룸의 집에서 지냈다고 누가 신고라도 넣은 걸까?

"물어보지 그랬어." 시뜨룸이 말했다. "그러면 이렇게 골머리를 썩이지 않아도 됐을 텐데."

"정말 물어볼 걸 그랬네." 류드밀라 니꼴라예브나가 대답했다. "하지만 그땐 당황했지 뭐야. 그 사람이 '오전 중에 남편더러 좀 들르라고 전해줘요. 어차피 지금 직장에도 안 나가잖아요' 하잖아."

"맙소사, 이미 모든 걸 알고 있군."

"알지 그럼. 관리인, 엘리베이터 승무원, 이웃집 가정부까지 전부 알고 있을걸. 뭐, 놀랄 일도 아니지."

"전쟁 전에 빨간 수첩을 가진 청년이 나타나서 누가 이웃 사람들에게 드나드는지 알려달라고 했던 거 기억나?"

"기억나고말고." 류드밀라 니꼴라예브나가 말했다. "내가 고함을 꽥 질렀더니 문간에 서서 겨우 하는 말이 '아, 당신은 의식 있는 여자라고 생각했어요'였잖아."

그동안 류드밀라 니꼴라예브나가 수백번쯤 했던 얘기였다. 평소라면 그는 이야기를 짧게 끝내려 했겠지만 오늘은 아내를 재촉하지 않았고, 심지어 이런저런 세부 사항에 대해 묻기까지 했다.

"근데 있잖아," 그녀가 말했다. "혹시 내가 시장에 식탁보 두개를 판 거랑 관련이 있는 건 아닐까?"

"아마 아닐걸. 그렇다면 왜 나를 불렀겠어? 그냥 당신한테 얘기하면 그만이지."

"아니면 무슨 서류에 서명을 해야 돼서 그러나?" 그녀가 우물쭈물하며 막연하게 중얼거렸다.

시뜨룸은 날카롭게 찌르는 듯한 불길한 예감에 사로잡혔다. 샤꼬프와 꼽첸꼬와 나눈 대화가 머릿속을 떠나지 않았다. 아, 그들에게 얼마나 함부로 아무거나 다 이야기했던가. 대학생 시절의 논쟁들도 떠올랐다. 뭐든 지껄였지. 그는 드미뜨리와도, 끄리모프와도 이런저런 논쟁을 벌였다. 물론 가끔은 끄리모프에게 동의하기도 했다. 어쨌든 그는 평생 한번도, 단 한순간도 당과 소비에뜨 권력의 적이었던 적이 없었다. 그러다 갑자기 언젠가 어디선가 자신이 입에 올렸던 특히 심한 말이 기억났다. 생각만 해도 온몸이 싸늘해졌다. 끄리모프를 봐. 엄격하고 이상주의적인 공산주의자, 그야말로 공산주의의 광신도인데도 체포됐잖아. 게다가 난 마지야로프, 까리모프와 망할 놈의 토론을 벌였지.

얼마나 이상한지!

저녁이 되어 어둑해지면 곧 체포조가 들이닥치리라는 생각에 그의 공포는 점점 더 크고 강해졌다. 하지만 파멸이 완전히 불가피한 사실로 여겨지면, 그 순간 갑자기 유쾌해지고 마음이 편해졌다. 아, 젠장, 될 대로 되라지!

그의 연구에 표명된 부당함을 생각하면 미칠 것 같았다. 하지만 그가 재능 없고 어리석으며, 그의 연구는 현실 세계에 대한 내용 없는 조잡한 조롱이라는 생각이 생각으로만 머물지 않고 삶의 느낌이 되면 그는 유쾌해졌다.

더이상 자신의 오류들을 인정하는 것에 대해서도 생각하지 않았다. 그는 보잘것없고 무식하며, 따라서 그의 자아비판은 아무것도 바꿀 수 없을 것이었다. 그는 아무에게도 필요한 사람이 아니었다. 자아비판을 하건 하지 않건, 그는 분노하는 국가 앞에서 여전히 하찮은 존재일 뿐이었다.

그동안 류드밀라는 얼마나 변했는지. 그녀는 더이상 전화로 관리인에게 "당장 수리공을 보내줘요"라고 요청하지 않고, 계단에서 "누가 또 쓰레기 운반 통로 밖에다 껍데기들을 던진 거예요?" 하고 따지며 조사하려 들지 않는다. 옷차림에는 또 어찌나 신경을 쓰는지. 어떤 때는 리미뜨 상점으로 식용유를 사러 가면서 쓸데없이 값비싼 원숭이 가죽 외투를 입는가 하면, 어떤 때는 낡은 회색 머릿수건을 싸매고 전쟁 전만 해도 엘리베이터 승무원에게 주려고 했던 외투를 입기도 했다.

시뜨룸은 류드밀라를 보며 십년 뒤, 십오년 뒤 두 사람의 모습이 어떨지 상상해보곤 했다.

"기억나? 체호프의 「주교」 말이야. 어머니가 소에 풀을 먹이면서 다른 아낙들한테 자기 아들이 주교였다고 말하지만 아무도 믿으려 들지 않잖아."

"기억 안 나." 류드밀라가 말했다. "고교 시절에 읽어서."

"그럼 다시 읽어봐." 시뜨룸은 짜증을 냈다.

그는 평생 체호프에 대한 아내의 무관심에 분개했다. 그녀는 아예 체호프의 단편을 읽어본 적도 없는 게 아닌가 의심스러웠다.

정말 이상하다, 이상해! 그가 점점 더 무력해지고 약해질수록, 완전한 정신적 엔트로피 상태에 점점 더 다가갈수록, 건물 관리인과 배급소 담당 사무원들, 신분증 담당자들, 실험실 사람들, 학자들, 친구들, 심지어 친척들은 물론 어쩌면 체삐진과 아내마저 그를 점점 더 하찮게 여길수록…… 마샤는 그를 점점 더 가깝고 소중하게 여기는 것 같았다. 서로를 만나지 못하는데도 그는 이를 알고 느낄 수 있었다. 새로운 타격을 받을 때마다, 새로운 모욕을 느낄 때마다 그는 속으로 그녀에게 물었다. '당신 나를 보고 있지요, 마샤?'

이렇게 그는 아내 곁에 앉아 그녀와 이야기했고, 아내에게는 비밀인 자기만의 생각에 빠졌다.

전화벨이 울렸다. 이제 전화벨이 울리면 그들은 불행을 전하는 야간 전보가 온 양 당혹감에 빠졌다.

"아, 그래, 조합에서 전화한다고 했었어. 일자리 문제 때문에." 류드밀라 니꼴라예브나가 말하곤 수화기를 들었다.

그녀의 두 눈썹이 치올라갔다.

"잠깐만 기다리세요." 그녀가 말했다. "당신 전화야."

시뜨룸은 눈으로 물었다. '누구?'

류드밀라 니꼴라예브나가 손바닥으로 송화구를 가리고서 말했다. "아는 목소리 같은데, 누구인지 기억이 안 나."

시뜨룸이 수화기를 건네받았다.

"전화 바꿨습니다. 말씀하세요." 이어 그는 류드밀라의 묻는 눈을 바라보며 탁자 위의 연필을 더듬어 쥐고는 종잇조각에 몇글자를 적었다.

류드밀라 니꼴라예브나는 자신이 무슨 행동을 하는지도 모르는 채 천천히 성호를 긋고는 빅또르 빠블로비치에게도 성호를 그어주었다. 그들은 침묵했다.

"……소련의 전국 라디오방송이 말합니다."

1941년 7월 3일, 국민과 군대와 전 세계를 향해 "동지들, 형제들, 내 친구들이여……"라 말했던 목소리가 이 순간 수화기를 쥐고 앉아 있는 오직 한 사람을 향해서 말했다.

"안녕하시오, 시뜨룸 동지."

그 몇초 사이 온갖 생각의 가닥과 감정의 조각이, 승리감과 무력감이, 혹시 어떤 미치광이의 장난이 아닌가 싶은 공포가, 종이마다 빽빽하게 채워진 원고 뭉치가, 설문지가, 루뱐까 광장에 우뚝 선 건물이 한덩어리로 뭉쳐졌다……

운명이 만들어지고 있다는 분명한 감각이 찌를 듯 선명하게 일어났고, 여기에 무언가 이상하게도 사랑스러운 것, 감동적인 것, 훌륭한 것을 상실하고 있다는 슬픔이 섞여들었다.

"안녕하십니까, 이오시프 비사리오노비치." 시뜨룸은 놀랐다. 자신이 정말 이 상상할 수 없는 말을 전화기에 대고 한 것인가, "안녕하십니까, 이오시프 비사리오노비치"라고?

대화는 이삼분 정도 이어졌다.

"내가 보기에 동지는 흥미로운 방면에서 연구하고 있소." 스딸린이 말했다.

목구멍에서 나오는 느릿한 목소리. 특정 음절에 악센트를 주는 그의 목소리는 시뜨룸이 라디오에서 들었던 목소리와 놀랄 만큼 비슷해 마치 누가 일부러 흉내라도 내는 것만 같았다. 시뜨룸 자신 또한 가끔 집에서 그 목소리를 흉내 내곤 했다. 스딸린의 연설을 들은 사람들이나 그에게 호출되었던 사람들, 그들도 전부 바로 이런 목소리로 상황을 전하지 않았던가.

정말 누가 사기 치는 거 아냐?

"저는 제 연구를 믿습니다." 시뜨룸이 말했다.

스딸린은 침묵했다. 시뜨룸의 말에 대해 생각하는 것 같았다.

"전쟁 때문에 외국 연구 자료를 구하기 힘들지 않소? 장비는 충분히 조달되고 있소?" 스딸린이 물었다.

시뜨룸은 자신도 놀랄 만큼 진심을 담아 대답했다. "대단히 감사합니다, 이오시프 비사리오노비치. 연구 조건은 전혀 나무랄 데가 없습니다. 아주 훌륭하지요."

류드밀라 니꼴라예브나는 마치 스딸린이 눈앞에 있기라도 한 듯 자리에서 일어선 채 대화에 귀를 기울이고 있었다.

시뜨룸은 그녀에게 손을 내저었다. '앉아, 부끄럽지도 않아……' 그리고 스딸린은 시뜨룸의 대답에 대해 생각하는지 다시금 침묵하더니 말했다.

"안녕히 계시오, 시뜨룸 동지. 연구에 성과가 있기를 바라오."

"안녕히 계십시오, 스딸린 동지."

시뜨룸은 수화기를 내려놓았다.

두 사람은 여전히 서로 마주 보고 있었다. 몇분 전 류드밀라 니꼴라예브나가 찌신 시장에 내다 판 식탁보에 대해 이야기할 때와 꼭 마찬가지로.

"연구에 성과가 있기를 바라오." 갑자기 시뜨룸이 강한 그루지야 악센트로 그의 말을 되풀이했다.

찬장도, 피아노도, 의자도 변함없이 그대로라니. 아까 건물 관리인에 대해 이야기할 때 그랬듯 여전히 탁자 위에 씻지 않은 접시 두개가 놓여 있다니. 그 상상을 초월하는 불변성에 정신이 아찔해질 지경이었다. 모든 것이 변하고 뒤집혔는데. 그들 앞에 이제 새로운 운명이 놓여 있는데!

"그분이 뭐라고 했어?"

"특별한 얘긴 아니었어. 외국 자료를 구하기 힘들지 않냐고, 그래서 작업에 방해가 되냐고 물어보더라고." 시뜨룸은 짐짓 침착하고 무심한 태도를 보이려 애썼다.

순간적으로 자신을 휩싸는 행복감에 그는 거북함을 느꼈다.

"류다, 류다," 그가 말했다. "생각해봐. 난 자아비판도 안 하고, 그에게 편지를 쓰지도 않았잖아. 그런데 그가 직접, 몸소 전화를 걸었다고!"

믿을 수 없는 일이었다! 일어난 일의 위력은 엄청났다. 안절부절못하고, 밤잠을 못 자고, 간이 콩알만 해져서 잔뜩 움츠러든 채 설문지를 채우고, 과학위원회에서 그에 대해 언급한 내용을 떠올리며 머리를 감싸쥐고, 자기 죄를 떠올리고, 속으로 자아비판을 하며 용서를 구하고, 체포를 기다리고, 궁핍에 대해서 생각하고, 신분증 담당 직원이나 배급소 사무원과의 불쾌한 대화를 예감하며 몸이 얼어붙은 적이 정말 실제로 있었단 말인가!

"오, 맙소사, 맙소사," 류드밀라 빠블로브나가 말했다. "똘랴는 이걸 결코 알지 못하겠네."

그녀가 똘랴의 방문으로 다가가서 문을 열었다.

시뜨룸은 수화기를 다시 들었다가 내려놓았다.

"근데 갑자기 이게 장난으로 밝혀진다면?" 그가 말하고 창가로 다가갔다.

창밖의 거리는 황량했다. 누비 윗도리를 입은 여자 하나가 지나갔다.

그는 다시 전화기로 다가가 굽은 손가락으로 수화기를 가볍게 두드렸다.

"내 목소리 어땠어?" 그가 물었다.

"당신은 아주 천천히 이야기했어. 근데 있지, 왜 내가 갑자기 벌떡 일어섰는지 모르겠어."

"스딸린이니까!"

"그런데 혹시 정말 장난이 아닐까?"

"아, 말도 안 돼. 누가 그럴 마음을 먹는단 말이야? 그런 장난질이면 족히 십년은 때릴 거야."

고작 한시간 전만 해도 그는 방 안을 서성거리며 골레니셰프-꾸뚜조프의 연가를 떠올리고 있었는데.

…… 하지만 그는 잊힌 사람, 홀로 누워 있네……

스딸린의 전화에 얽힌 이야기들! 일년에 한두번 모스끄바에 소문이 돌았다. 스딸린이 영화감독 도브젠꼬에게 전화했대, 스딸린이 작가 예렌부르그에게 전화했대 등등.

그는 누구에게 상을 주라고, 누구에게 아파트를 주라고, 그를 위해 과학 연구소를 지으라고 명령할 필요가 없었다! 그는 이런 것들을 이야기하기에는 너무나 위대했다. 그런 모든 것은 그의 조수들이 했다. 이들은 그의 눈의 표정에서, 그의 목소리의 억양에서 그가 원하는 것을 추측해냈다. 그가 어떤 사람에게 호의를 표하는 웃음을 한번 보내기만 하면 그 사람의 운명이 바뀌었다. 암흑으로부터, 이름 없는 상태로부터 그 사람은 영광, 존경, 위력의 비를 맞게 되었다. 수십명의 위력 있는 자들이 이 운 좋은 사람에게 머리를 조아렸다. 그저 스딸린이 전화를 걸어 그에게 한번 웃고 농담을 건넸을 뿐인데.

사람들은 이런 통화에 대해 상세하게 말을 옮겼다. 스딸린의 입에서 나온 단어 하나하나가 그들을 놀라게 했다. 단어가 평범하면 그럴수록 더 큰 놀라움을 불러일으켰다. 스딸린은 일상어를 사용할 수 없으리라 여겨졌던 것이다.

그가 유명한 조각가에게 전화를 걸어 농담으로 한 말이 돌아다녔다.

"안녕하시오, 늙은 술꾼."

또다른 유명하고 매우 훌륭한 사람에게 스딸린이 체포된 동지에 대해 물었을 때, 그 사람이 당황해서 알아듣지 못하게 우물거리자 스딸린은 이렇게 말했다고 했다. "당신은 친구들을 제대로 방어하지 못하는군요."

한번은 그가 청년 신문 편집실로 전화를 걸었는데 편집장 대리가 받았다.

"부베낀입니다."

스딸린이 물었다.

"근데 부베낀이 누구요?"

부베낀이 대답했다.

"그건 당신이 알아야지." 그러곤 수화기를 탁 내려놓았다.

스딸린은 그에게 다시 전화를 걸어 말했다.

"부베낀 동지, 나 스딸린이오. 밝혀주시오, 어서. 당신은 누구요?"

부베낀은 이 사건 이후 두주일 동안 병원에 입원해 신경 쇼크 치료를 받았다고 했다.

그의 말 한마디가 수천수만의 인간을 파멸시킬 수 있었다. 원수元帥, 인민위원, 당 중앙위원회 위원, 지역위원회 서기, 어제만 해도 군을, 전선군을 지휘하던 이들, 행정구역, 공화국을 다스리는 자들, 거대한 공장들을 움직이게 하는 자들이 오늘 스딸린의 말 한마디에 따라 아무것도 아닌 것, 수용소의 티끌로 전락해 수용소 취사장 부근에서 멀건 죽을 기다리며 밥통을 달그락거리는 신세가 될 수 있었다.

스딸린과 베리야가 루뱐까 감옥에서 풀려난 옛 볼셰비끼 그루지야인에게로 가서 밤새도록 앉아 있었다는 이야기가 돌았었다. 아파트에 사는 주민들은 밤에 화장실로 나가지 못했고 아침에 일터에도 가지 못했다고. 방문객들에게 문을 열어준 여자는 아파트 반장인 어느 산부인과 의사였다. 그녀는 잠옷을 입은 채 발바리 강아지를 안고, 밤에 방문한 사람들이 정해진 규칙대로 초인종을 누르지 않은 것에 몹시 화를 내면서 나왔다. 나중에 그녀는 말했다. "내가 문을 열었는데 초상화가 있는 거예요. 근데 이 초상화가 나를 향해 움직이기 시작했어요." 그날 스딸린은 복도로 나와서 전화기 옆에 걸려 있는, 주민들이 요금 계산을 위해 통화를 몇번이나 했나 빗금으로 표시해놓은 종잇장을 오랫동안 살펴보았다고 했다.

이 모든 이야기들은 그 말과 상황의 평범성 때문에 사람들을 놀라게 하고 웃게 만들었다. 정말 믿기지 않는 이야기 아닌가. 스딸린이 여러 가족이 사는 공동주택 복도를 걸어다녔다니!

그의 말 한마디에 따라 거대한 건설물들이 생겨났고, 벌목대가 따이가로 행군했고, 수만명 인간 집단이 운하를 파고 도시를 세우고 밤과 영원한 얼음으로 덮인 북극지방에 도로들을 만들었다. 그 자신이 위대한 국가의 화신이었다! 스딸린 헌법이라는 태양…… 스딸린 당…… 스딸린 5개년계획…… 스딸린 건설물, 스딸린 전략…… 스딸린 공군…… 위대한 국가가 그 사람 속에서, 그의 성격 속에서, 그의 행실 속에서 스스로를 드러냈던 것이다.

빅또르 빠블로비치는 내내 되풀이했다. '연구에 성과가 있기를 바라오…… 동지는 매우 흥미로운 방면에서 연구하고 있소.'

이제 분명하네. 외국에서 핵반응을 연구하는 물리학자들에게 관심을 가지기 시작했다는 걸 스딸린이 아는 거야.

시뜨룸은 이 문제를 둘러싸고 이상한 긴장이 나타나는 것을 느꼈다. 그는 이 긴장을 영미 물리학자들의 연구 논문 행간에서, 사고의 논리적 전개를 깨뜨리는 암시들 속에서 감지했다. 그는 빈번하게 연구 발표를 해온 연구자들의 이름이 물리학 저널들에서 사라졌고, 중핵분열을 연구하던 사람들이 마치 녹아 없어진 듯 아무도 그들의 연구를 인용하지 않는 것을 알아차렸다. 그는 긴장, 침묵이 커지는 것을 느꼈다. 연구가 우라늄 핵분열 문제에 거의 접근하고 있었던 것이다.

체삐진, 소꼴로프, 마르꼬프가 여러번 이 주제에 대해 이야기를 꺼냈었다. 바로 얼마 전에도 체삐진이 중성자들이 중핵에 미치는 영향과 관련된 현실적 전망을 보지 못하는 근시안적 인간들에 대해 말했었다. 체삐진 자신은 이런 영역을 연구하고 싶어 하지 않았지……

병사들의 장화 소리, 전쟁의 화염, 연기, 전차들이 삐걱거리는 소리로 가득한 공기 속에 새로운 긴장이 소리 없이 나타났고, 이 세상에서 최고로 강력한 손이 수화기를 들었고, 이론물리학자가 그의 느릿한 목소리를 들었다. "연구에 성과가 있기를 바라오."

그러자 새로운, 잡히지 않는, 소리 없는, 가벼운 그림자가 전쟁으로 다 타버린 대지 위에, 노인들과 아이들의 머리 위에 드리웠다. 사람들은 그림자를 알아채지 못했고, 그것에 대해 알지 못했으며, 운명적으로 닥쳐올 수밖에 없었던 힘의 탄생을 예측하지 못했다.

수십명 물리학자들의 책상들로부터, 그리스 문자 베타, 알파, 크시, 감마, 시그마로 가득 채워진 종잇장들로부터, 도서관 서가와 실험실로부터 악마적이고 우주적인 힘 — 미래 국력의 왕홀 — 에 이르는 긴 여정이 놓여 있었다.

여정은 시작되었고 말없는 그림자는 점점 더 짙어져 암흑으로 변해 모스끄바와 뉴욕의 거대한 도시를 휩쌀 준비를 하고 있었다.

이날 시뜨룸은 집 책상 속에 영원히 처박히리라 여겼던 자기 연구의 승리를 기뻐하지 않았다. 이제 그의 연구는 감옥에서 풀려나 실험실로 가고 교수들의 강의와 보고서에서 언급될 텐데도. 그는 과학의 행복한 승리에 대해서, 자신의 승리에 대해서 생각하지 않았다. 이제 그는 다시 과학을 움직이고, 제자들을 가지고, 자신의 아이디어가 계산기와 인화지가 나타내는 진실과 합치되는 것을 보며 흥분하게 될 텐데도.

전혀 다른 흥분이, 그를 박해하던 사람들에 대한 공명심에 가득 찬 승리감이 그를 휩쌌다. 얼마 전까지만 해도 자신이 그들에게 증오심을 품지 않는다고 생각했건만. 오늘도 그들에게 복수하거나 해를 입히고 싶다는 생각은 들지 않았으나 그들이 행한 모든 못된

짓, 부정직한 짓, 잔인한 짓, 비겁한 짓을 떠올리니 마음과 머리가 행복했다. 그들이 그에게 보인 행동이 거칠고 야비했을수록 지금 그런 일을 기억하는 것이 더욱더 달콤했다.

나쟈가 학교에서 돌아오자 류드밀라 니꼴라예브나는 외쳤다.

"나쟈, 스딸린이 아빠에게 전화했었어."

외투를 다 벗지도 않은 채 바닥에 스카프를 질질 끌면서 방으로 뛰어들어온 딸의 흥분을 보고, 시뜨룸은 오늘내일 수십명의 사람들이 이 일을 알게 된 순간 겪을 당혹감을 보다 분명하게 짐작할 수 있었다.

식사하러 앉았을 때, 시뜨룸이 갑자기 스푼을 밀어놓고 말했다.

"난 도대체 전혀 먹을 마음이 안 드네."

류드밀라 니꼴라예브나가 말했다. "당신을 미워하는 사람들과 괴롭히는 사람들에겐 완전한 망신이야. 연구소에서도 학술원에서도 무슨 일이 일어날지 상상해봐."

"그래그래, 그래." 그가 말했다.

"엄마, 리미뜨 상점에서 부인들이 다시 엄마에게 절을 하고 미소를 짓겠네." 나쟈가 말했다.

"그래그래." 류드밀라 니꼴라예브나가 말하고 흥, 웃음 지었다.

시뜨룸은 원래도 아첨꾼들을 경멸했지만, 지금은 알렉세이 알렉세예비치 시샤꼬프의 간사스러운 웃음을 생각하니 특히 기뻤다.

이상해, 이해가 안 돼! 그가 느끼는 기쁨과 승리의 감정 속에 땅 깊은 곳으로부터 나오는 슬픔, 마음 깊은 곳에 간직되어 있다가 지금 이 순간 그로부터 떠나가고 있는 듯 보이는 뭔가 소중한 것에 대한 애석함이 줄곧 뒤섞였다. 자신이 무언가에 대해 누군가의 앞에서 죄인인 것만 같았지만 그게 무엇인지, 그가 누구인지 그는 알지 못했다.

제일 좋아하는 수프—감자알을 넣은 돼지비계 메밀죽—를 먹으며 그는 어린 시절 끼예프에서 봄밤에 산책을 하던 중 꽃 핀 밤나무들 사이로 별들이 자신을 들여다보았을 때 눈물을 흘리던 일을 떠올렸다. 그때 그에게는 세상이 참 멋지게 보였고 미래는 거대하고 경이로운 빛과 선善으로 가득 차 있는 것 같았다. 그리고 오늘, 그의 운명이 결정된 날, 그는 마치 경이로운 과학을 향한 자신의 순수하고 천진한, 거의 종교적인 사랑과 작별하는 것 같았고, 몇 주 전 거대한 공포를 이기고 스스로에게 거짓말하기를 거부했을 때 그에게 다가왔던 감정과 작별하는 것 같았다.

그가 이런 이야기를 할 수 있는 사람은 오직 한 사람뿐이지만 빅또르 빠블로비치 곁에 그 사람은 없었다.

이상도 해라. 그의 마음속에 어서 빨리 모든 사람들이 그에게 일어난 일을 알았으면 하는 강렬한 욕구, 참을 수 없는 감정이 일었다. 연구소에서, 강의실에서, 당 중앙위원회에서, 학술원에서, 아파트 관리소에서, 별장 마을 관리부에서, 학과에서, 학회들에서, 이 모든 곳에서 그에게 일어난 일을 어서 알았으면 싶었다. 소꼴로프가 이 소식을 아는지 여부는 시뜨룸에게 상관없었다. 하지만 머리로가 아니라 심장 어두운 곳에서, 마리야 이바노브나가 이 소식을 아는 것을 그는 원하지 않았다. 자신의 사랑을 위해서는 그가 박해받고 불행한 것이 유리하다는 생각이 들었던 것이다. 그는 그렇게 여겼다.

시뜨룸은 아내와 딸에게 그들 둘 다 전쟁 전부터 익히 알고 있는 사건을 또다시 이야기했다. 스딸린이 밤에 약간 취한 채 지하철에 나타나 젊은 여자 곁으로 가 앉아서는 물었다는 이야기.

"당신에게 무슨 도움을 드릴 수 있을까요?"

여자가 말했다.

"전 끄레믈린을 한번 구경하고 싶어요."

스딸린은 잠시 생각한 뒤 말했다.

"그건 아마 제가 당신에게 해드릴 수 있을 거요."

이야기가 끝나자 나자가 말했다.

"아빠, 알지? 오늘 아빠가 정말 위대하기 때문에 엄마도 이 이야기를 끝까지 하도록 허락한 거야, 중간에 끊지 않고 말이지. 엄마는 이 얘기를 아마 백열한번째 들었을걸."

그리고 그들은 다시, 백열한번째로 그 여자의 순박함에 웃었다.

류드밀라 니꼴라예브나가 물었다.

"비쨔, 이런 경우에는 포도주를 마셔야겠지?"

그녀는 나쟈의 생일을 위해 보관해온 초콜릿 상자를 가져왔다.

"자, 먹자." 류드밀라 니꼴라예브나가 말했다. "단, 나쟈, 늑대처럼 달려들지는 마라."

"아빠, 내 말 좀 들어봐." 나쟈가 말했다. "우리가 뭣 때문에 지하철의 그 여자를 비웃지? 어째서 아빠는 그에게 미쨔 삼촌이랑 니꼴라이 그리고리예비치에 대해 부탁하지 않았어?"

"너 무슨 그런 말을 하니? 그건 생각할 수도 없는 일이야!" 그가 말했다.

"근데 내 생각에는 말이지, 생각할 수 있는 일이야. 할머니라면 당장 이야기했을걸. 난 확신해, 이야기했을 거라고."

"그러실 수 있지." 시뜨룸이 말했다. "그러셨을 거야."

"자, 바보 같은 이야기는 그만해." 류드밀라 니꼴라예브나가 말했다.

"바보 같아도 좋아. 엄마의 오빠에 관한 일이잖아." 나쟈가 말했다.

"비쨔," 류드밀라 니꼴라예브나가 말했다. "시샤꼬프에게 전화해야 돼."

"당신은 무슨 일이 일어났는지 제대로 모르는군. 아무에게도 전화할 필요 없어."

"시샤꼬프에게 전화해." 류드밀라 니꼴라예브나가 고집스럽게 말했다.

"자, 만약 당신이 스딸린에게서 '성과가 있기를 바라오'라는 말을 들었다면, 그때도 시샤꼬프에게 전화하는지 보자고."

이상한, 새로운 감정이 이날 시뜨룸에게 일어났다. 그는 스딸린을 신격화하는 것에 늘 격분했다. 신문들은 첫 단부터 맨 끝 단까지 그의 이름으로 가득 차 있었다. 수없는 초상화들, 흉상들, 입상들…… 성가극들, 서사시들, 찬가들…… 그는 언제나 아버지요 천재라고 불렸다……

스딸린의 이름이 레닌을 덮어버리는 것이, 그의 투쟁적 재능이 레닌의 소시민적 성향과 대비되는 것이 시뜨룸을 격분시켰다. 알렉세이 똘스또이의 한 희곡에서는 스딸린이 파이프에 불을 붙일 수 있도록 레닌이 시중들듯 성냥불을 켰다. 어떤 화가는 스딸린이 스몰니 계단을 걸어가고 그 뒤에서 레닌이 수탉처럼 부산스레 따라가는 모습을 그렸다. 레닌과 스딸린이 군중 가운데 있는 모습이 그려진 경우, 레닌을 사랑스레 바라보는 사람들은 허약한 노인네들, 아낙네들, 아이들뿐인 반면 스딸린 쪽으로는 기골이 장대한 무장한 사람들 — 기관총 탄띠를 휘감은 노동자들, 해병들 — 이 몸을 향하고 있었다. 소비에뜨 국가의 결정적인 순간들마다 — 끄론

시따뜨 반란 동안에도, 짜리찐을 방어할 때도, 폴란드가 침공했을 때도 — 역사가들은 레닌이 내내 스딸린에게 조언을 구한 것으로 대업을 기술했다. 스딸린이 참가한 바꾸 파업에, 스딸린이 언젠가 편집했던 신문 『브르드졸라』에 역사가들은 러시아 전체에서 일어난 혁명운동 전체보다 더 큰 지면을 할애했다.

"브르드졸라, 브르드졸라," 화가 나서 빅또르 빠블로비치는 되풀이하곤 했다, "젤랴보프가 있었고 쁠레하노프, 끄로뽓낀이 있었고, 12월혁명단원들이 있었는데, 지금은 브르드졸라, 브르드졸라만 있네……"

천년 동안 러시아는 조직되지 않은 전제정치와 전제권력의 국가, 황제들과 세도가들의 국가였다. 하지만 러시아의 천년 역사 속에서 스딸린 권력과 비슷한 권력은 없었다.

그런데 오늘 시뜨룸은 화가 나지도 않았고 소름 끼치지도 않았다. 스딸린 권력이 웅대하면 웅대할수록, 찬가와 북이 귀가 먹먹하게 울리면 울릴수록, 살아 있는 우상의 발밑에 피어오르는 향의 연기가 무한히 퍼지면 퍼질수록, 시뜨룸의 행복한 흥분은 더욱더 강해졌다.

깜깜해지기 시작했는데 공포감은 없었다.

스딸린이 그와 이야기했다! 스딸린이 그에게 말했다. "연구에 성과가 있기를 바라오."

완전히 깜깜해졌을 때 그는 거리로 나왔다.

이 깜깜한 밤에 그는 무력감과 절망감을 느끼지 않았다. 마음이 평온했다. 그는 알았다. 그곳, 영장을 발부하는 곳에서 이미 모든 것을 알고 있으리라. 끄리모프, 드미뜨리, 아바르추끄, 마지야로프, 체뜨베르니꼬프가 이질적으로 여겨졌다…… 그들의 운명은 그의 운명이 아닌 것이다. 그는 슬픔과 이질감을 느끼며 그들에 대해 생각했다.

시뜨룸은 승리를 기뻐했다. 그의 정신력이, 그의 머리가 승리했다. 어째서 오늘의 행복이 그 심판의 날, 어머니가 곁에 서 있는 듯 여겨졌던 그날 느낀 감정과 이토록 다른지에 대해 그는 고민하지 않았다. 지금 그에게는 마지야로프가 체포되었는지, 끄리모프가 그에 대해 뭔가를 진술했는지 하는 것들이 아무 상관 없었다. 평생 처음으로 그는 자신의 반역적 농담들과 부주의한 말들 때문에 겁먹지 않았다.

저녁 늦게 류드밀라와 나자가 자러 갔을 때 전화가 울렸다.

"안녕하세요." 작은 목소리가 들려왔고, 시뜨룸은 낮에 느꼈던 것보다 더 강한 흥분에 휩싸였다.

"안녕하세요." 그가 말했다.

"당신 목소리를 듣지 않을 수가 없어요. 제게 아무 말이나 해주세요." 그녀가 말했다.

"마샤, 마셴까." 그는 이 말을 입 밖에 내고 침묵했다.

"빅또르, 사랑하는 사람." 그녀가 말했다, "전 뾰뜨르 라브렌찌예비치에게 거짓말을 할 수 없었어요. 당신을 사랑한다고 그에게 말했어요. 다시는 당신을 만나지 않겠다고 그에게 맹세했어요."

아침에 류드밀라 니꼴라예브나가 그의 방으로 들어와서 그의 머리카락을 쓰다듬고 이마에 키스했다.

"잠결에 듣자니, 당신 밤에 누군가와 전화로 이야기하는 것 같던데."

"아니, 당신이 그렇게 상상한 거야." 그는 까딱없이 아내의 두 눈을 들여다보면서 말했다.

"건물 관리인에게 들르는 거 잊지 마."

43

제복과 전투복의 세계에 익숙해진 눈에 심문관의 재킷은 낯설게 보였다. 심문관의 얼굴은 평범했다. 행정 업무를 담당하는 소령과 정치요원들에게서 흔히 볼 수 있는 누리끼리하니 창백한 얼굴.

첫 질문들에 대답하는 것은 쉬웠고 편안하기까지 했다. 나머지 과정도 그의 성과 이름과 부칭을 말하듯 지극히 쉽고 간단한 일이 될 것 같았다.

체포된 이의 대답에서 심문관을 도우려는 성급한 기세가 느껴졌다. 심문관은 그에 대해 아무것도 몰랐다. 기관의 책상이 둘 사이를 갈라놓았을 뿐 그들은 크게 다르지 않았다. 둘 다 당비를 냈고, 「차빠예프」[119]를 관람했고, 엠까[120]에서 훈시를 들었고, 노동절 전에는 사업장으로 파견되어 강연을 했다.

예비 질문들이 이어지는 동안 체포된 사람은 점점 더 마음이 편안해졌다. 이제 곧 핵심에 들어갈 테고, 그러면 자신이 포위된 이들을 어떻게 데리고 나왔는지 이야기하게 될 것이었다.

자, 드디어, 단추들이 뜯겨나간 군복 윗도리 깃을 풀어헤친 채 텁수룩한 얼굴로 책상 앞에 앉아 있는 존재의 이름과 부칭과 성이, 그가 가을에 태어난 러시아인으로 두차례의 세계대전과 한차례의

119 러시아 내전의 영웅 바실리 차빠예프(Vasilii Ivanovich Chapaev, 1887~1919)를 기려 만든 영화.
120 문화부를 가리킨다.

내전에 참전했고, 사악한 도당에 발을 들인 적도 재판받아 처벌된 적도 없으며, 베까빼(베)[121]에 이십오년간 몸담아온 사람이자 꼬민쩨른 회의의 대표요 노동조합 태평양대회의 대표로 훈장들과 표창을 받았고, 무기는 지니고 있지 않다는 사실이 분명해졌다.

이제 끄리모프는 긴장을 느끼며 포위에 대한 기억, 그와 함께 벨라루스의 늪과 우끄라이나의 들판을 행군하던 사람들을 떠올렸다.

그들 중 누가 체포되었지? 심문에서 의지와 양심을 잃은 자는 누구였지? 그러나 완전히 다른, 그보다 훨씬 먼 과거를 건드리는 갑작스러운 질문에 그는 놀랄 수밖에 없었다.

"말해보시오. 하켄이라는 독일 놈과는 언제 알았소?"

그는 오랜 침묵 끝에 입을 열었다.

"내 기억이 틀리지 않는다면, 베쩨에스빼에스[122]에 있는 똠스끼의 방에서 처음 만났소. 내 기억이 틀리지 않는다면, 1927년 봄이었소."

심문관은 이 먼 과거의 상황을 알고 있는 듯 고개를 끄덕였다.

그러고 나서 그는 한숨을 푹 내쉬더니 '영구 보존'이라 적힌 서류철을 열어 하얀 끈들을 풀고 빼곡하게 적힌 종잇장들을 넘기기 시작했다. 끄리모프는 색색의 잉크, 한줄 혹은 두줄 간격으로 타이핑된 원고, 빨간 색연필, 파란 색연필, 검은 색연필로 듬성듬성 표시된 데를 멍하니 바라보았다.

심문관은 천천히 종잇장들을 넘겼다. 흡사 처음부터 끝까지 미리 철저히 공부한 내용을 살펴보는 훌륭한 학생의 태도였다.

이따금씩 그의 눈길이 끄리모프를 향했다. 이럴 때는 자신이 그

121 전 소련공산당(볼셰비끼).
122 전 소련직업연맹중앙위원회.

린 그림이 실물—내면적 특징, 성격, 영혼의 거울인 눈……—과 닮았는지 확인하는 예술가 같기도 했다.

그의 시선이 어쩌나 험악하게 변했는지…… 1937년 이후 구역위원회, 지역위원회, 구역 경찰서, 도서관과 출판사에서 자주 보았던 평범성이 갑자기 그의 얼굴에서 사라졌다. 끄리모프의 눈에 이제 그는 하나의 인간으로 통합되지 못한 개별적인 입방체들로 보였다. 하나의 입방체에는 눈이 있고, 다른 입방체에는 천천히 움직이는 손이, 또다른 입방체에는 질문을 던지는 입이 있었다. 모든 입방체들이 뒤죽박죽되고 비례를 잃어 입은 측정할 수 없을 만큼 거대해졌고, 두 눈은 주름진 이마에 자리 잡았으며, 이마는 턱이 되었다.

"아, 그런 과정이었군." 심문관이 입을 열자 얼굴의 모든 것이 다시 인간의 모습으로 돌아왔다. 그는 서류철을 덮었지만 거기 달린 구불구불한 하얀 끈들은 아직 묶지 않은 채 내버려두었다.

'끈을 풀어놓은 구두 같네.' 단추가 죄 뜯긴 바지와 속바지를 입은 존재가 생각했다.

"제2인터내셔널," 심문관은 천천히, 엄숙하게 이 단어를 발음한 뒤 이내 평범한 음성으로 덧붙였다. "니꼴라이 끄리모프, 꼬민쩨른 요원." 이어 다시 천천히, 엄숙하게 마지막 단어를 내뱉었다. "제3공산당 인터내셔널."

그러고 나서 그는 상당히 오랫동안 생각에 잠겼다.

"아, 무스까 그린베르그, 그 뻔뻔스러운 여자!" 그가 갑자기 활기를 띠며 다시 입을 열었다. 남자 대 남자의 이야기라는 듯 교활한 말투였다. 끄리모프는 당혹감을 느끼며 몹시 얼굴을 붉혔다.

그랬지! 하지만 그건 정말 오래전의 일인데. 그래도 수치심이 계속 남아 있군. 이미 제냐를 사랑하고 있을 때였을 것이다. 그는 직장에서 돌아오던 길에 친구의 집에 들렀다. 아마 돈을 갚으러 갔을 거야. 아마 출장 경비로 쓰려고 빌렸나 그랬었지…… 그다음부터는 '아마' 같은 것 없이 모든 게 선명하게 기억났다. 꼰스딴찐은 집에 없었다. 그는 그녀에게 호감을 느낀 적도 없었다. 줄담배를 피워 목소리가 가라앉은 여자였어. 매사 자신만만하게 자기 판단을 늘어놓았고. 철학 연구소 당위원회 부서기였는데. 아름다운 여자이긴 했지, 다들 눈길을 주는…… 맙소사, 그날 그는 소파에서 꼬스짜의 아내를 더듬었고, 이후에도 두번이나 더 그녀를 만났다……

한시간 전만 해도 그는 상대가 자신에 대해 아무것도 모른다고 생각했었다. 저자는 그냥 시골에서 출세한 심문관일 뿐이라고……

시간이 흘렀고, 심문관은 내내 외국 공산당원들, 니꼴라이 그리고리예비치의 동지들에 대해 물었다. 그는 그들의 애칭과 장난스러운 별명, 그들의 아내, 그들의 애인까지 알고 있었다. 그처럼 방대한 정보라니, 거기엔 분명 불길한 무언가가 있었다.

설령 니꼴라이 그리고리예비치가 그 말 한마디 한마디로 역사에 중요한 의미를 부여하는 위대한 인물이라 해도, 그처럼 많은 사소한 사항들과 쓰레기 조각들까지 저 파일에 모아둘 필요는 없지 않은가.

하지만 사소한 것이란 없었다.

그가 가는 모든 곳에 그의 자취가 남았고, 저들은 그의 발뒤꿈치에 바짝 따라붙어 삶의 모든 일을 하나하나 기억해두었다.

동지를 조롱하는 언급, 읽은 책에 대한 한마디, 누군가의 생일날 제안했던 장난스러운 건배사, 삼분쯤 이어진 전화 통화, 집행부로 써보냈던 신랄한 메모, 모든 것이 저 몇오라기 끈이 달린 서류철 속에 수집되어 있었다. 그의 말과 행동 하나하나가 모두 채집되고 건조되어 방대한 식물표본을 이루고 이었다. 어떤 몹쓸 손가락이 그토록 열심히 저 잡초를, 쐐기풀을, 지느러미고사리를, 엉겅퀴와 명아주를 모았을까……

위대한 국가가 그와 무스까 그린베르그 사이의 연애 사건에 관심을 기울이다니. 사소한 말, 하찮은 것들이 전부 그의 신념과 엮여 있다니. 예브게니야 니꼴라예브나를 향한 사랑은 아무 의미가 없구나. 우연하고 시시한 관계들이 그보다 훨씬 더 중요했구나. 그는 이미 중요한 것과 사소한 것을 구별할 수 없었다. 스딸린의 철학 지식에 대해 그가 내뱉었던 불경한 문구가 지난 십년간 잠도 안 자고 매진했던 당 활동보다 더 중요한 것이 되어 있었다. 정말 내가 그랬나? 1932년에, 로좁스끼의 방에서, 독일에서 온 동지와 대화하면서, 소련의 노조 활동에는 국가적인 요소가 지나치게 많고 프롤레타리아적인 요소는 지나치게 적다는, 그런 말을 했었나? 그걸 그 동지가 떠벌렸고?

맙소사, 절대 아니야, 모든 게 거짓말이야! 바스락거리는 거미줄이 입안으로, 콧구멍 안으로 기어들어온다.

"들어보시오, 심문관 동지……"

"심문관 씨."

"네, 네, 심문관 씨. 이건 다 속임수고 편견이오. 난 사반세기 동안 당원이었소. 1917년에 병사들을 봉기시켰고, 사년 동안 중국에 있었소. 난 밤낮으로 일했소. 수백 사람이 나를 알아요…… 이번 전쟁 땐 자원해서 전선으로 나갔소. 가장 어려운 순간에 사람들은 나를 믿었고, 나를 따라 행군했소…… 난……"

"당신 뭐요?" 심문관이 물었다. "여기 표창 받으러 온 줄 아시오? 업적 목록 작성하나?"

사실 표창을 받으려고 애쓰는 건 아니지.

심문관은 절레절레 고개를 저었다. "아내가 차입물을 넣지 않는다고 불평까지 하셨구먼, 부군께서!"

그가 감방에서 보골레예프에게 했던 말이다. 맙소사! 까쩨넬렌보겐의 농담이 떠올랐다. "그리스 현인이 예언했노라, 모든 것은 흐른다, 우리는 단언하노라, 모든 사람이 떠벌린다."

그의 전 생애가 몇오라기 끈이 달린 저 서류철 안으로 들어가서 폭과 길이와 비례를 잃었다…… 모든 것이 어떤 잿빛의 끈끈한 국수처럼 뒤죽박죽으로 엉켰고, 그 자신도 이미 무엇이 더 중요한지 알지 못했다. 상하이의 무더위 속에서 초인적으로 이어간 사년의 지하활동인지, 스딸린그라드로의 도강인지, 혁명의 신념인지, 아니면 휴양소 '전나무'에서 잘 모르는 문학 연구자에게 소련 신문의 빈약함에 대해 내뱉은 분노 어린 몇마디 말인지.

심문관이 조용한 목소리로 온화하게, 심지어 다정하게 물었다.

"이제 파시스트 하켄이 어떻게 당신을 첩자의 파괴 암해 활동으로 꾀어냈는지 이야기해보시오."

"설마 진지하게 그런 말을 하는 거요?"

"끄리모프, 바보 흉내는 그만두시오! 우리가 당신 족적 하나하나까지 모두 꿰뚫고 있다는 건 당신 자신이 더 잘 알잖소!"

"바로 그래서 묻는 거요."

"집어치워요. 당신은 보안부 조직을 속일 수 없소."

"그야 물론이지. 하지만 이건 정말 거짓이오!"

"잘 들으시오. 우리는 하켄의 자백을 받았소. 자기 범죄를 회개하면서 그가 당신의 연루 사실에 대해 털어놓았소."

"하켄의 자백 열개를 가져와도 달라질 건 없소. 전부 조작에 헛소리니까! 당신들이 그런 자백을 받았다면 뭣 때문에 내게, 이 방해분자에게, 첩자에게 꼬미사르 직책을 맡기고 전투를 이끌게 했소? 당신들은 어디서 뭘 보고 있었던 거요?"

"우리를 가르치라고 이리로 불려온 줄 아시오? 조직의 활동을 주도하라고? 그렇소?"

"여기서 주도하고 가르치는 게 무슨 상관이오! 자, 논리라는 게 있잖소. 나는 하켄을 알아요. 하지만 그가 나를 끌어들였다고 말했을 리 없소. 그랬을 리 없소!"

"그랬을 리 없다니? 어째서요?"

"그는 공산주의자요 혁명 투사니까."

"늘 그렇게 확신했소?" 심문관이 물었다.

"그렇소." 끄리모프가 대답했다. "항상 그랬소!"

심문관이 고개를 끄덕이더니 서류들을 뒤지며 혼잣말처럼 되풀이했다. "처음에는 항상이라지만 끊임없이 변하고…… 그래서 사건이 변하고……"

그가 끄리모프에게 종이를 한장 내밀었다.

"좀 읽어보시오." 그가 종이의 일부를 손바닥으로 가린 채 말했다.

끄리모프는 그 내용을 읽고서 어깨를 으쓱였다.

"꽤 더럽군." 그가 종이에서 몸을 떼고는 말했다.

"왜지?"

"이자는 하켄이 명예를 아는 공산주의자라고 직접 천명할 용기는 없고, 그렇다고 하켄에게 죄를 뒤집어씌울 만큼 비열하지도 못하오. 그래서 이렇게 빙빙 돌려 말하는 게지."

심문관은 손바닥을 치워 끄리모프의 서명과 날짜—1938년 2월이었다—를 보여주었다.

그들 사이에 침묵이 내려앉았다.

"혹시 구타를 당하고 그런 증언을 했소?" 잠시 후 심문관이 엄격한 말투로 물었다.

"아니, 아무도 날 때리지 않았소."

심문관의 얼굴이 다시 입방체들로 조각조각 분리되었다. 분노와 혐오로 가득한 두 눈이 그를 바라보았고, 입이 열렸다.

"자, 이렇게 된 거요. 포위 상태에서 당신은 이틀간 부대를 떠났소. 전투기가 당신을 독일 집단군 참모부로 데려갔고, 거기서 당신은 중요한 정보들을 건넨 뒤 새로운 지령을 받았지."

"허무맹랑한 헛소리." 군복 깃을 풀어헤친 존재가 중얼거렸다.

심문관은 계속 자기 일을 해나갔다. 끄리모프는 더이상 자신이 사상으로 무장된, 강한, 명확한 사고를 지닌, 혁명을 위해 단두대로 갈 준비가 되어 있는 사람이라 느끼지 않았다.

그는 약하고 우유부단한 사람이었다. 그는 쓸데없는 말을 지껄였고, 엉터리 소문을 옮겼고, 소련 국민이 스딸린 동지에게 느끼는 감정을 비웃기까지 했다. 그는 아무나 사귀었다. 그의 친구들 중에는 탄압받는 이들이 많았다. 혼란이 그의 이론적 견해를 지배했다. 그는 친구의 아내와 붙어먹었다. 그는 하켄에 대해 비열하고 양면적인 증언을 했다.

지금 여기 앉아 있는 사람이 정말 나인가? 나에게 정말 이 모든 일이 일어나고 있는 것일까? 이건 꿈이야. 그래, 한여름 밤의 멋들어진 꿈……

"그리고 당신은 전쟁 전 해외의 뜨로쯔끼 본부에 국제혁명운동지도부 활동가들의 동향에 관한 정보를 전달했소."

보잘것없고 더러운 존재의 배반을 의심하기 위해서 바보이거나 악당일 필요는 없었다. 끄리모프가 심문관의 입장이었어도 자신과 비슷한 존재를 신뢰할 수 없었을 것이다. 그는 1937년에 제거되거나 박해받고 숙청된 당원들을 대체하여 등장한 새로운 유형의 당원들을 잘 알았다. 이들은 그와 다른 성향의 사람들이었다. 그들은 다른 책들을 읽었고, 다른 방식으로 읽었다. 읽는 것이 아니라 '숙지했다'. 그들은 생활의 물질적 혜택을 사랑하며 높이 평가했다. 혁명적 희생은 그들 성격의 근본에서 밀려난, 이질적인 것이었다. 그들은 외국어를 몰랐고, 자기들 내면의 러시아적 특성을 사랑하면서도 러시아어를 정확하게 사용하지 못해 '퍼센트' '재킷' '베를린' '최고 자질 활동가' 같은 단어들을 '푸로' '잰킷' '베에를린' '죄 고자질 활동가'로 틀리게 발음했다. 개중에는 똑똑한 사람들도 있었지만, 그들의 주요한 힘과 그들 활동의 위력은 사상이나 이성이 아니라 현장의 일 처리 능력과 그들 견해의 쁘띠부르주아적 신중함에 있었다.

끄리모프는 당의 신임 간부들과 옛 간부들이 모두 커다란 공통성으로 묶여 있으며, 중요한 것은 차이가 아니라 바로 일치, 유사성에 있음을 알고 있었다. 그럼에도 그는 항상 새로운 사람들보다 자신이, 볼셰비끼 레닌주의자들이 우월하다고 생각했다.

그는 심문관과의 관계가 이제 더이상 그가 심문관을 자신에게로 가까이 끌어당기고 심문관을 당의 동지로 인정할 태세가 되어 있는지의 문제가 아님을 깨닫지 못했었다. 지금 심문관과 합일되고 싶다는 욕구는 심문관이 니꼴라이 끄리모프를 자신에게 끌어당기리라는, 하다못해 그에게 나쁜 것, 시시한 것, 더러운 것만 있지 않다는 데 동의하리라는 초라한 희망일 뿐이었다.

끄리모프 자신도 어쩌다 이렇게 되었는지 알 수 없었지만, 이제는 심문관의 자기확신이야말로 진정한 공산주의자의 확신이었다.

"정말 깨끗한 양심으로 회개할 능력이 있다면, 아직도 여전히 조금이라도 당을 사랑한다면, 당신의 자백으로 당에 도움을 주시오."

그 순간 끄리모프는 자신의 대뇌피질을 잠식한 유약함을 떨쳐내며 고함을 질렀다. "내게서 아무것도 못 건질 거요! 난 거짓 자백에 서명 안 해! 듣고 있소, 당신? 고문한다 해도 난 서명 안 할 거요!"

"생각해보시오."

그는 끄리모프에게 눈길도 주지 않은 채 종잇장들을 넘기기 시작했다. 시간이 흘렀다. 심문관이 끄리모프의 서류철을 옆으로 밀어놓고는 서랍에서 종이 한장을 꺼냈다. 끄리모프에 대해서는 아예 잊어버린 듯 눈을 찌푸린 채 생각을 집중해 무어라 천천히 끼적이더니, 다 쓰고서는 다시 읽고, 다시 생각하고, 그러다 마침내 서류함에서 봉투를 꺼내 그 위에 주소를 적었다. 어쩌면 공무용 서신이 아닐지도 몰랐다. 그는 주소를 확인하고 봉투에 적힌 성에 밑줄을 두개 그어 강조한 다음, 만년필에 잉크를 채우더니 한참이나 펜촉의 잉크 방울을 닦아냈다. 그다음에는 재떨이를 가져와 그 위에 대고 연필을 차례차례 깎기 시작했다. 한 연필에서 심이 자꾸만 부러지는데도 심문관은 짜증을 내지 않고 참을성 있게 다시 깎고 또 깎았다. 전부 깎은 뒤에는 손톱에 대고 심이 뾰족한지 확인했다.

한편 이 존재는 생각에 잠겨 있었다. 그에겐 생각할 것이 많았다.

저 많은 밀고들이 다 어디서 왔을까? 누가 밀고했는지 기억하고 밝혀내야 해. 대체 이게 다 무엇 때문이지? 무스까 그린베르그……

심문관은 결국 제냐까지 입에 올리겠지. 이상하게 아직 그녀에 대해서는 질문은커녕 언급조차 없지만…… 혹시 바샤가 나에 대한 정보를 준 걸까…… 그런데 나를 왜? 나는 뭘 자백해야 하지? 그게 뭔지는 모르지만 어쨌든 난 이미 여기 있어. 아, 왜 이 모든 게 필요한 걸까? 이오시프, 꼬바, 소소.[123] 그는 대체 무슨 이유로 그렇게 많은 선하고 강한 사람들을 쳐냈을까? 그래, 까쩨넬렌보겐 말이 맞아. 심문관의 질문보다 그의 침묵에 집중해야 해. 그가 말하지 않는 것이 무엇인지를 살펴야 해. 물론 곧 제냐 얘기를 시작하겠지. 그녀도 체포됐을 거야. 그런데 이 모든 것이 어디서, 어떻게 시작됐을까? 내가 정말 여기 들어앉아 있는 걸까? 내 인생이 이토록 끔찍하고 더럽게 되다니! 제발 용서해주세요, 스딸린! 당신 말 한마디면 되잖아요! 이오시프 비사리오노비치, 제가 잘못했어요. 제가 탈선했고, 떠벌렸고, 의심을 품었어요. 당은 모든 걸 알고 모든 걸 보고 있어요. 맙소사, 무엇 때문에, 무엇 때문에 내가 그 문학자 나부랭이와 이야기를 나눴을까? 아니, 이제 와서 그게 무슨 상관이람. 그런데 포위됐을 때 얘기는 왜 나왔지? 모든 게 너무 황당해. 모함, 거짓말, 선동이야. 나는 왜, 대체 왜 그때 하켄에 대해 말하지 않았을까? 내 형제, 내 친구, 난 네 무고함을 의심하지 않아…… 하켄은 불행한 두 눈을 내게서 돌려버렸지……

갑자기 심문관이 입을 열었다. "자, 이제 기억이 좀 나는 것 같소?"

"난 아무것도 기억할 게 없소." 끄리모프는 무기력하게 손을 내저었다.

---

123 스딸린의 이름들. 꼬바는 청년 시절에, 소소는 소년 시절에 불리던 이름이다.

전화벨이 울렸다.

"네." 심문관이 전화를 받더니 끄리모프를 흘낏 쳐다보았다. "그래, 준비해. 곧 착수해야 돼." 끄리모프에 대한 이야기 같았다.

심문관은 수화기를 내려놓았다가 다시 들었다. 그리고 놀라운 통화가 이어졌다. 마치 옆에 인간이 아니라 네발 달린 동물이 앉아 있는 것처럼, 심문관은 자기 아내와 떠들어대기 시작했다.

"배급소에서? 거위고기, 그거 좋지…… 왜 제1번 쿠폰을 냈는데 안 줬지? 세르게이 마누라는 부서로 전화했더니 제1번 쿠폰으로 양고기 다리를 줬대. 우리를 초대하더라고. 아, 난 매점에서 코티지 치즈를 챙겼어. 아니, 신 거 아니야. 800그램짜리…… 가스는 오늘 잘 나와? 참, 양복 잊지 말고."

그는 계속 말을 이었다. "그래, 내가 보고 싶지는 않고? 내 꿈 꿨어? 어떤 모습이었어? 여전히 팬티 차림? 유감이네…… 그저 조심해야 해, 알지? 강의는 내가 돌아간 다음에 들으면 되지…… 청소했어? 좋아. 그저 조심해, 무거운 거 들지 말고. 당신은 그러면 절대 안 돼."

이 소시민적인 평범함 속에 도무지 있을 법하지 않은 무언가가 존재했다. 대화가 일상적이고 인간적일수록, 그 말을 하는 자는 점점 더 인간에서 멀어지는 것만 같았다. 인간의 습관을 흉내 내는 원숭이랄까…… 끔찍한 모습이었다. 그리고 동시에 끄리모프는 자신 역시 인간이 아니라는 사실을 분명히 느꼈다. 어떤 인간도 다른 인간이 있는 자리에서 "입술에 키스해줄게…… 아, 싫으면 됐고……" 같은 대화를 할 수는 없었다.

물론 보골레예프의 이론에 따라 끄리모프가 앙고라 고양이나 방울새, 혹은 작은 나뭇가지 위의 딱정벌레라면 이 대화에는 놀랄 만한 구석이 전혀 없을 것이다.

통화가 끝날 무렵 심문관이 물었다.

"아, 뭐가 타고 있어? 그럼 빨리 가봐, 어서. 그래그래, 뽀께도바[124]."

그런 다음 그는 책과 노트를 꺼내 읽기 시작했다. 이따금씩 연필로 무어라 끼적이기도 했다. 아마도 세미나나 강연을 준비하는 모양이었다……

갑자기 그가 격하게 화를 내며 소리쳤다. "그 발 좀 가만 못 두겠소? 왜 내내 그렇게 쿵쿵대는 거요? 체조 행진이라도 하는 거요?"

"발이 저려서 그러오, 시민 심문관 씨!"

그러나 심문관은 다시 전문 서적을 읽는 데 집중했다.

십분쯤 지난 뒤, 그가 다시 건성으로 물었다. "그래, 어때, 기억났소?"

"심문관 씨, 화장실에 가야겠소."

심문관은 한숨을 푹 내쉬더니 문으로 다가가 작은 소리로 누군가를 불렀다. 그의 얼굴에는 자기 개가 적절하지 않은 시간에 산책을 나가겠다고 할 때 개 주인들이 보일 법한 표정이 떠올라 있었다. 곧 전투복 차림의 붉은군대 병사가 들어왔다. 끄리모프는 익숙한 눈길로 그를 살펴보았다. 모든 게 흠잡을 데 없었다. 혁대 정위치, 깨끗한 옷깃, 모자도 제대로 썼다. 다만 이 젊은 군인은 군인의 일을 하지 않을 뿐이었다.

끄리모프는 자리에서 일어섰다. 너무 오랫동안 앉아 있느라 발이 마비되어 처음에는 제대로 걷기가 힘들었다. 화장실에서 보초의 감시를 받으며 그는 서둘러 생각했고, 돌아오는 동안에도 서둘

124 '곧 만나자'를 뜻하는 비속어.

러 생각했다. 생각할 것들이 있었다.

화장실에서 돌아오니 심문관은 보이지 않고 그 대신 붉은색 끈으로 장식된 푸른 대위 견장을 단 제복 차림의 젊은이가 앉아 있었다. 대위는 마치 평생 증오해온 이를 대하듯 험악한 눈빛으로 체포된 자를 쳐다보았다.

"왜 서 있어?" 그가 입을 열었다. "앉아, 어서! 똑바로 앉아. 거적때기야, 등은 왜 그렇게 굽었어? 아주 세게 한방 먹으면 펴지겠지."

'알 만하군, 이게 첫인사라니.' 끄리모프는 생각했다. 공포가 엄습했다. 전장에서도 느껴본 적 없는 크나큰 공포였다. '이제 시작이야.'

대위가 담배 연기를 내뱉었다. 구름처럼 퍼지는 회색 연기 너머에서 그의 목소리가 계속 이어졌다. "여기 종이와 펜이 있군. 어떻게, 내가 대신 써줘?"

대위는 끄리모프를 모욕하는 것이 썩 즐거운 모양이었다. 아니면 그냥 할 일을 하는 것뿐일까? 포병들도 적을 향해 쉬지 말고 쏘라는 명령을 받으면 그저 밤낮없이 쏘아대지 않는가.

"앉은 자세가 왜 그래? 여기 자러 왔어?"

그러고서 몇분 뒤 다시 그가 소리쳤다.

"이봐, 귀먹었나? 내 말이 말 같지도 않다는 거야?"

그는 유리창으로 다가가 가림막을 올리고 램프를 껐다. 아침이 험악하게 끄리모프의 눈을 들여다보았다. 루뱐까에 도착한 이후 태양 빛을 보는 건 이게 처음이었다.

'여기서 밤을 새웠군.' 니꼴라이 그리고리예비치는 생각했다.

그의 평생 이보다 더 나쁜 아침이 있었을까? 행복하고 자유로운 몸으로 태평하게 폭탄 구덩이에 누워 머리 위로 지나가는 쇠붙이의 인간다운 울부짖음을 듣고 있었던 게 정말 불과 몇주 전의 일인가?

시간이 뒤죽박죽되었다. 그는 아주 오래전에 이 방에 들어왔고, 또 바로 얼마 전에는 스딸린그라드에 있었다.

내부 감옥의 내부 갱도가 넘겨다보이는 유리창 밖의 저 잿빛, 저 돌덩이. 빛이 아니라 꼭 구정물 같았다. 이 겨울 아침 햇살 앞에 드러난 것들은 전깃불 속에 있을 때보다 훨씬 더 관료적이고, 험악하고, 적대적이었다.

그렇구나, 장화가 조이는 게 아니라 발이 부은 거구나.

그의 지난 삶과 1941년 포위 당시의 일은 여기서 대체 어떤 식으로 엮였을까? 누구의 손이 결코 결합할 수 없는 그것들을 결합했을까? 그리고 무엇 때문에? 이 모든 게 누구를 위해서지? 무엇을 위한 거지?

이런저런 생각이 하도 뜨겁게 타올라 순간적으로 그는 등과 허리의 통증을 잊었고, 부은 다리가 장화 목을 늘이는 것도 느끼지 못했다.

하켄, 프리츠…… 1938년에 이와 똑같은 방에 이와 똑같이 앉아 있었던 것을 어떻게 잊고 살았지? 아니, 이와 똑같이 앉아 있지는 않았지. 그땐 주머니에 통행 허가증이 있었으니까…… 이제 그는 자신이 저지른 가장 비열한 짓을 기억해냈다. 모든 사람에게 잘 보이려 했던 것. 통행증 사무소 직원들, 보초들, 군복을 입은 엘리베이터 일꾼, 모두의 환심을 사려 했지. 아니, 그게 아니야. 가장 비열했던 짓은, 그래, 솔직하려 했던 거야! 이제 그는 진짜로 기억해냈다! 여기서 필요한 건 솔직함뿐이었다. 그래서 그는 솔직하게 말했었다. 하켄이 스파르타쿠스 운동[125]을 평가하며 오류를 범했던 것,

텔만에게 느낀 적대감, 책의 원고료를 받고자 열망하던 마음, 임신한 엘자와의 이혼까지 전부 다…… 물론 좋은 것도 이야기했지만…… 심문관은 이렇게 적었다. "수년 동안 알고 지낸바 나는 그가 당에 적대하여 직접적인 파괴 암해 공작에 참여했을 가능성이 매우 희박하다 생각하지만, 그렇다고 이중간첩의 가능성을 완전히 배제할 수는 없습니다……"

그렇다, 그는 밀고한 것이다…… 저 영구 보존 서류철에 들어 있는 것들 역시 솔직하고자 했던 그의 동지들이 이야기한 내용이리라.

그는 왜 솔직하고자 했을까? 당원으로서의 의무? 아니, 그건 거짓말이다! 거짓말! 노발대발하여 주먹으로 책상을 내려치며 "하켄은 형제요, 동지입니다. 그는 무죄요!"라고 소리 지르는 것만이 솔직한 태도였다. 하지만 그는 기억의 이상한 구석을 더듬어 사소한 것들을 찾아냈고, 상대의 비위를 맞추며 농담을 던졌다. 그 사람의 서명 없이는 이곳에서 나갈 수 없었으니까. 그는 또 심문관이 "잠깐, 허가증에 서명을 해주겠소, 끄리모프 동지"라고 말했을 때 느꼈던 그 게걸스러운 행복감을 기억했다. 그가 하켄을 감옥에 처넣도록 도운 것이다. 진리를 사랑하는 그자는 서명된 허가증을 가지고 어디로 갔었지? 자기 친구의 아내, 무스까 그린베르그에게? 하지만 그가 하켄에 대해서 말한 내용은 거짓 하나 없는 엄연한 진실 그대로였다. 그렇다면 지금 여기, 그 자신에 대해 진술된 모든 내용 역시 진실인 셈이다. 그는 페자 옙세예프에게 스딸린이 철학 지식에 콤플렉스를 가지고 있다고 말했다. 게다가 그가 만났던 사람들

125 독일 공산당의 전신인 스파르타쿠스 연맹이 벌인 각종 혁명 활동. 제1차 세계대전 당시 반전을 기치로 봉기하기도 했다.

의 으스스한 명단. 니꼴라이 이바노비치,[126] 그리고리 옙세예비치,[127] 로모프, 샤쯔끼,[128] 빠뜨니쯔끼, 로미나제,[129] 류찐,[130] 빨간 머리 실랴뻬니꼬프.[131] '아카데미' 시절에는 레프 보리소비치[132]의 집에 드나들었지. 라셰비치,[133] 얀 가마르니끄, 루뽈[134]…… 연구소에 다닐 땐 랴자노프 영감네 간 적도 있고…… 시베리아에서는 오랜 지인인 예이헤[135]네 집에서 두번인가 잤었어. 그래, 또 그때 끼예프에는 스끄리쁘니끄[136]가 있었고, 하리꼬프에는 스따니슬라프 꼬시오르[137]가 있었지. 그리고 루트 피셔[138]…… 맙소사, 심문관이 제일 중요한 걸

126 부하린을 말한다.

127 지노비예프를 말한다.

128 Stanislav Teofilovich Shatskii(1878~1934). 러시아제국 말기와 소련 초기의 교육학자. 아동교육의 개혁을 도모했다.

129 Vissarion Vissarionovich Lominadze(1897~1935). 조지아의 공산주의 정치가. 1930년 반스딸린 그룹의 일원으로 공산당 중앙위원회에서 축출되었다.

130 Martem'yan Nikitich Ryutin(1890~1937). 소련의 정치가. 반스딸린주의로 인해 총살되었다.

131 Aleksandr Gavrilovich Shlyapnikov(1885~1937). 러시아의 노동조합 활동가이자 정치가. 1935년 스딸린 반대 세력으로 체포되어 1937년 총살되었다.

132 까메네프를 말한다.

133 Mikhail Mikhailovich Lashevich(1884~1928). 소련 정부 관료이자 군인. 레닌 사망 이후 당에서 축출되었다가 1928년에 복귀했다.

134 Ivan Kapitonovich Luppol(1896~1943). 소련의 문학비평가이자 철학자. 스딸린의 숙청 당시 희생되었다.

135 Robert Indrikovich Eikhe(1890~1940). 라트비아 출신 혁명가이자 소련공산당 간부. 충실한 스딸린 추종자로 집단화와 부농 축출에 커다란 공헌을 했으나 이후 체포되어 심한 고문을 받아 거짓 자백 후 총살되었다.

136 Nikolai Alekseevich Skripnik(1872~1933). 우끄라이나 출신의 소련 정치가. 1933년 레닌주의를 왜곡했다고 비난받은 후 자기 사무실에서 자살했다.

137 Stanisław Vikent'evich Kosior(1889~1939). 폴란드 출신의 소련 정치가. 스딸린 숙청 때 희생되었다.

138 Ruth Fischer(1895~1961). 독일-오스트리아 공산당원. 국제공산당에 참여하며

기억 못하네. 당시 레프 다비도비치가 나한테 무척 호의를 보였는데……

완전히 썩었군. 할 말이 뭐가 있겠어? 내 죄가 그들보다 적다 할 수 있을까? 하지만 난 서명을 안 했지. 괜찮아, 이제 금방 서명하게 될 테니까. 암, 하고말고! 그들도 서명했는걸. 아마 제일 더러운 건 마지막에 디저트처럼 나오겠지. 사흘 동안 잠을 안 재우다가 때리기 시작할 거야. 그런데 이 모든 게 사회주의랑은 거리가 멀지 않나? 왜 내 당이 나를 파멸시켜야 하지? 그 모든 사람을? 결국 우리가 혁명을 완수했잖아. 말렌꼬프도 아니고, 즈다노프도 아니고, 셰르바꼬프도 아닌 우리가! 우리 모두가 혁명의 적들에게 가차 없었지. 그게 바로 혁명이 우리에게 가차 없는 이유인지도 몰라. 아니, 어쩌면 혁명과 아무 관련이 없을 수도 있지. 저 대위가 무슨 얼어 죽을 혁명이야. 이건 반동적이고 반혁명적인 검은 100인단의 망나니짓인걸.

시간이 속절없이 흐르는 동안 그는 내내 그렇게 하릴없이 앉아 있었다.

등과 다리의 통증이, 피로가 그를 짓눌렀다. 중요한 건 침상에 누워 맨발로 발가락을 움직이고 다리를 위로 뻗어 종아리를 긁는 거다.

"잠들지 마!" 전투명령을 내리듯 대위가 소리 질렀다.

끄리모프가 한순간이라도 눈을 붙이면 전선이 무너지고 소비에뜨 국가가 몰락하기라도 할 것처럼……

평생 끄리모프는 이렇게 많은 쌍욕을 들어본 적이 없었다.

반스딸린 운동을 펼쳐 나치와 스딸린 정부에 박해받았다.

친구들, 사랑스러운 보좌관들, 비서들, 진솔한 대화를 함께했던 이들이 그의 말과 행동을 수집했다. 그는 기억을 떠올리며 공포를 느꼈다. '그건 내가 이반에게 한 말이야. 딱 한 사람, 이반한테만 말했지.' '아, 그리시까랑 나눈 얘기군. 하지만 그리시까랑은 1920년부터 친하게 지내왔는데.' '이건 마시까 멜쩨르랑 했던 얘기야. 아, 마시까, 마시까……'

갑자기 예브게니야 니꼴라예브나의 소포를 기다리지 말라고 했던 심문관의 말이 떠올랐다…… 그건 바로 얼마 전 감방에서 보골레예프와 나눈 대화에 관한 얘긴데. 마지막 순간까지 끄리모프 채집장을 성실히도 채웠구나.

오후에 그는 죽 한그릇을 받았다. 고개를 푹 숙인 채 그릇 가장자리서부터 조금씩 퍼 먹는데 손이 떨려 스푼이 그릇에 부딪치며 달그락달그락 요란한 소리를 냈다.

"돼지처럼 처먹네." 대위가 우울하게 말했다.

그다음에 또다른 일이 일어났다. 끄리모프가 다시 화장실에 가겠다고 한 것이다. 그는 이제 복도를 걸어가는 동안 아무 생각이 없다가 변기 앞에 서서야 한가지 사실을 떠올렸다. 바지 단추가 없는 게 정말 다행이야. 손가락이 이렇게 떨려서야 단추를 풀 수도 잠글 수도 없잖아.

다시 시간이 흘러갔지만 그냥은 아니었다. 대위의 견장 속 국가가 승리했다. 끄리모프의 머릿속에는 내내 짙은 잿빛 안개가 머물러 있었다. 원숭이의 뇌 속에나 있을 법한 그런 안개였다. 과거도 미래도 끈 달린 서류철도 이제는 사라지고 없었다. 그에게 남은 생각은 그저 하나였다. 장화를 벗고, 긁고, 잠드는 것.

다시 심문관이 들어왔다.

“좀 주무셨습니까?” 대위가 물었다.

“상관은 잠드는 법이 없지. 그냥 쉴 뿐.” 심문관이 짐짓 엄숙하게 군대의 오래된 농담을 중얼거렸다.

“맞습니다.” 대위가 말했다. “대신 부하들은 할 일이 없어서 괴롭고요.”

노동자가 자기 작업대를 살펴보고 교대자에게 사무적인 몇마디를 건네듯, 심문관이 끄리모프와 책상을 훑어보고는 입을 열었다. “수고했소, 대위 동지.”

그는 시계를 확인하더니 책상 앞에 앉아 서류철의 끈을 풀고는 종잇장들을 넘기며 흥미와 생기가 가득한 목소리로 말했다. “자, 끄리모프, 그럼 계속해봅시다.”

그들은 다시 시작했다.

오늘 심문관의 관심사는 전쟁이었다. 다시금 그의 지식의 방대함이 드러났다. 그는 끄리모프의 직책과 소속 연대 및 군번은 물론 끄리모프와 함께 싸웠던 사람들의 이름을 줄줄 열거했고, 그가 정치국에서 한 말들과 그가 글을 제대로 모르는 장군의 메모에 대해 언급한 몇마디까지 상기시켰다.

끄리모프가 전선에서 한 모든 일이, 그가 독일 포화 아래서 행한 연설이, 후퇴와 궁핍과 강추위 속의 그 어려운 시기에 그가 붉은군대 병사들과 나누었던 신념이, 그 모든 것이 단번에 없었던 일이 되었다.

그는 동지들을 혼란에 빠뜨리고 불신과 절망감을 전염시킨 형편없는 떠버리요 표리부동한 이중인격자였다. 그가 스파이 활동과 파괴 및 암해 공작을 이어갈 수 있게끔 독일 첩보국에서 최전선을 열어주었다는 사실을 어떻게 의심할 수 있겠는가?

새로운 심문이 시작되고 첫 몇분 동안은 휴식을 취한 심문관의 생기가 끄리모프에게도 옮아왔다.

"당신 마음대로 하시오." 그가 말했다. "하지만 난 결코 내가 첩자라고 인정하지 않을 거요!"

심문관이 창밖을 바라보았다. 이미 어둠이 내리기 시작해 책상 위의 종잇장들이 제대로 보이지 않았다.

그는 탁상 램프를 켜고 푸른 가림막을 내렸다.

짐승의 소리를 닮은, 숨이 끊어질 듯 고통스러운 울부짖음이 문 밖에서 울리다가 시작될 때처럼 갑자기 멈추었다.

"자, 끄리모프." 심문관이 다시 책상 앞에 앉으며 말했다.

그동안 왜 한번도 진급하지 못했는지 그 이유를 아느냐고 그는 묻더니, 불명료한 답변을 끝까지 듣고서 입을 열었다.

"끄리모프, 당신은 대대 꼬미사르로 전선에서 지껄이고 돌아다녔소. 적어도 군 군사위원, 전선군 군사위원까지도 되었어야 할 시기에 말이지." 심문관은 거기서 말을 멈추고, 아마 처음으로 심문관다운 예리한 시선을 그에게 던지며 의기양양하게 말을 이었다. "뜨로쯔끼가 당신의 논설에 대해 '대리석 같다'고 평했다지. 그 더러운 악당이 권력을 잡았다면 당신도 높은 자리에 올랐겠군! '대리석 같다'라니, 이거 정말 장난 아닌데!"

'드디어 패를 쥐었구나!' 끄리모프는 생각했다. '제일 높은 패가 나왔어.'

좋아, 좋다고. 그는 다 말할 것이다. 언제, 어디서, 어떤 일이 있는지. 하지만 그런 질문은 차라리 스딸린 동지에게 던져야 옳지 않겠는가! 끄리모프로 말하자면 뜨로쯔끼주의와 아무런 관련이 없을 뿐 아니라 뜨로쯔끼의 결의에 늘 반대표를 던졌으며, 한번도 그에게 지지를 보낸 적이 없으니 말이다.

어쨌든 제일 중요한 건 장화를 벗고 누워 부은 다리를 올린 채 잠을 자는 것, 그러면서 몸을 긁는 것이다.

이제 심문관은 상냥한 목소리로 조용히 말하기 시작했다.

"왜 우리를 도와주지 않는 거요? 전쟁 전에 죄를 범한 적이 없고 포위 상태에서 접선과 밀회를 시도하지 않았다는 사실, 지금 그게 중요하다고 생각하는 거요? 아니, 이건 그보다 더 심각하고 심오한 것, 당의 새로운 노선과 관련된 문제요. 투쟁의 새로운 단계에 있는 당을 도와주시오. 이를 위해서는 지나간 견해로부터 벗어나야 하며, 볼셰비끼만이 이러한 과제를 짊어질 수 있소. 그래서 내가 지금 당신과 이야기하고 있는 거요."

"아, 좋소, 좋아요." 끄리모프는 졸린 듯 천천히 대답했다. "내가 나도 모르게 당에 해로운 견해를 피력했다고 칩시다. 나의 국제주의가 독립적 사회주의국가 개념에 모순되었다고 합시다. 좋소…… 1937년 이후 난 저 새로운 노선과 새로운 사람들에게 본질적인 이질감을 느꼈소. 이 점에 대해서는 얼마든지 자백하겠소. 하지만 첩자 활동, 파괴 암해 활동은……"

"'하지만'이라니? 당신이 이미 당의 대업을 향한 적대감을 인지하기 시작했다는 걸 모르겠소? 형식은 아무 의미 없소. 그 기본적인 것을 인정한 이상 '하지만'이라는 말은 할 필요가 없다는 거요."

"아니, 나는 내가 첩자라고 인정하지 않을 거요."

"결국 당을 도울 생각이 없다는 소리군. 대화가 본질에 닿아가는데 갑자기 잔가지들 사이로 숨어버리는 건가? 젠장, 당신은 똥, 개똥이야!"

끄리모프는 벌떡 일어나 심문관의 넥타이를 잡고서 주먹으로 책상을 내리쳤다. 전화기에서 무언가 쩔렁거리며 딸깍이는 소리가 났다. 그는 찢어지는 목소리로 고함을 지르기 시작했다.

"이 개자식아! 내가 사람들을 이끌고 우끄라이나와 브랸스끄 숲에서 투쟁했을 때 네놈은 어디 있었지? 내가 한겨울에 보로네시 부근에서 싸우고 있을 때 네놈은 어디 있었냐고! 네가 스딸린그라드에 있었어? 비열한 자식, 당을 위해 아무것도 안 한 놈은 바로 너야, 이 헌병 돌대가리야. 네놈은 여기, 이 루뱐까에 앉아서 소비에뜨 조국을 지켰냐? 내가 스딸린그라드에서 우리 대업을 거슬렀다고? 상하이에서 교수형을 당할 뻔했던 내가? 이 쓰레기야, 반혁명 귀족 군사독재당원의 총알에 왼쪽 어깨를 관통당한 사람이 누군데? 나야, 아니면 너야?"

곧 그는 구타당했다. 그들은 전선군 특수과에서처럼 그냥 얼굴을 때리는 게 아니라 매우 교묘하게, 과학적으로, 생리학과 해부학 지식을 이용해 그를 때렸다. 새 제복을 입은 젊은이 두명에게 구타당하는 동안에도 그는 내내 고함질을 멈추지 않았다.

"너희들, 이 더러운 놈들, 전부 징벌부대로 보내야 돼…… 소총 하나만 들려서 전차 앞으로 보내야 한다고…… 이 징병 기피자들……"

그들은 성을 내지도, 열을 내지도 않고 묵묵히 자기들의 일을 했다. 팔을 그리 세게 휘두르는 것 같지도 않았다. 그러나 아무렇지 않게 평온한 어조로 내뱉은 야비한 말이 그렇듯, 그들이 가하는 타격에는 한층 끔찍한 무언가가 있었다.

치아를 가격당한 것도 아닌데 끄리모프의 입에서 피가 쏟아져 나왔다. 코나 턱에서 나오는 피가 아니었다. 아흐뚜바[139]에서처럼

139 전선군 특수과가 위치한 곳.

그가 혀를 깨문 것도 아니었다…… 이것은 보다 깊은 곳, 허파에서 나오는 피였다. 그는 이미 자신이 어디 있는지, 무슨 일이 일어나고 있는지 기억하지 못했다…… 위쪽에 다시 심문관의 얼굴이 나타났다. 그가 손가락으로 책상 위에 걸린 고리끼의 초상화를 가리키며 물었다.

"위대한 프롤레타리아 작가 막심 고리끼가 뭐라고 했지?"

그러고는 마치 선생처럼 가르치듯 대답했다.

"적이 굴복하지 않으면 죽인다."

이어 그는 천장에 걸린 전등으로, 가느다란 견장들을 단 남자에게로 시선을 돌렸다.

"자, 이제 충분히 쉬었소." 심문관이 말했다. "의학이 허락하는 한 계속해야겠지."

잠시 후, 끄리모프는 다시 탁자에 앉아 조리 있는 훈계를 듣고 있었다.

"이러다가는 일주일이고 한달이고 일년이고 내내 이렇게 앉아 있겠군…… 자, 쉽게 갑시다. 설사 당신에게 아무 죄가 없다 해도, 결국 당신은 내가 말하는 모든 내용에 서명하게 될 거요. 그런 다음엔 더이상 구타를 당하지 않을 거고. 알아듣겠소? 아마 특별위원회에서 당신을 심판하겠지만, 어쨌든 구타는 없을 거요. 대단한 특혜지! 당신을 때리면서 내 마음은 편할 것 같소? 자, 이제 잠 좀 잡시다. 알아듣겠소?"

그후로도 몇시간 동안 대화는 계속되었다. 이미 무엇으로도 끄리모프의 정신을 빼놓거나 그의 정신을 돌아오게 하기란 불가능한 것 같았다. 그럼에도 딱 한번, 그가 심문관의 말을 들으며 놀라 입을 반쯤 벌린 채 고개를 든 순간이 있었다.

“이 모든 게 오래전 일이지. 그것들이야 잊을 수도 있소.” 심문관이 끄리모프의 서류철을 가리키며 말을 이었다. “하지만 스딸린그라드전투 당시 야비하게 조국을 배반했던 것만큼은 잊지 않았겠지. 여기 증인들, 기록들이 있소! 당신은 독일군이 포위한 건물 6동 1호에서 병사들의 정치의식을 약화시키려 했소. 당신은 애국자 그레꼬프를 충동질해 그가 적의 편으로 넘어가도록 만들었소. 그렇게 당신을 전투 꼬미사르 자격으로 이 건물에 파견했던 지휘관의 신임과 당의 신임을 배반한 거요. 건물로 들어가 당신이 보인 행동을 떠올려보시오. 당신은 적의 첩자였소!”

아침이 될 무렵 니꼴라이 그리고리예비치는 다시 구타를 당했다. 마치 따뜻한 검은 우유 속으로 가라앉는 느낌이었다. 작은 견장을 단 사람이 주삿바늘을 고르며 고개를 끄덕이자 심문관이 말했다.

“어쩔 수 없소. 의학이 허락하는 한 계속할밖에.”

그들은 서로 마주 보고 앉았다. 상대의 지친 얼굴을 바라보며, 끄리모프는 자신이 분노를 느끼지 않는다는 사실에 놀랐다. 그가 정말 이 사람의 넥타이를 움켜쥐고 그를 목 졸라 죽이려 했단 말인가? 이제 니꼴라이 그리고리예비치는 다시금 심문관에게 친밀감을 느끼고 있었다. 탁자는 더이상 그들을 가르고 있지 않았다. 두 동지, 두 비참한 인간이 거기 앉아 있을 뿐이었다.

갑자기 어느 가을밤 대초원에서 총을 맞고 피 묻은 속옷은 입은 채 전선군 특수과로 돌아온 남자가 끄리모프의 머릿속에 떠올랐다.

‘내 운명이 딱 그 꼴이군.’ 그는 생각했다. ‘나 역시 갈 곳이 없으니. 이미 늦었어.’

그런 다음, 그는 화장실에 가겠다고 했다. 그런 다음, 어제의 대위가 나타나 가림막을 올리고 램프를 끈 뒤 담배에 불을 붙였다.

다시 니꼴라이 그리고리예비치의 눈앞에 낮의 우울한 빛이 나타났다. 그건 태양의 빛도 하늘의 빛도 아닌, 내부 감옥의 회색 벽돌에서 나오는 빛처럼 보였다.

44

침상은 전부 비어 있었다. 이웃들을 다른 곳으로 옮긴 걸까? 아니면 그들도 진 빠지게 심문을 받는 중일까?

그는 상처투성이가 되어 자신을 잃은 채, 실컷 더럽혀진 삶을 느끼며 누워 있었다. 허리에 심한 통증이 일었다. 콩팥이 망가진 것 같았다.

생명이 부서지는 고통의 시간에 그는 여인의 사랑이 지닌 힘을 깨달았다. 아내! 무쇠 다리로 짓밟힌 인간도 아내에게는 귀중한 법이다. 온몸이 가래침으로 범벅이 되어도 아내는 그의 발을 씻기고, 헝클어진 머리를 빗어주며, 그의 맥 빠진 두 눈을 들여다본다. 그의 영혼이 더 많이 발가벗겨질수록, 그가 세상에서 역겹고 경멸스러운 인간이 될수록, 아내에게 그는 더욱 가깝고 소중한 존재가 된다. 아내는 화물차를 뒤따라가고, 꾸즈네쯔끼 다리에서, 수용소 울타리에서 줄을 서고, 그에게 사탕 몇알, 양파 한개를 보내려 애쓰고, 그에게 주기 위해 난롯불에 과자를 튀기고, 반시간이라도 그를 보고자 인생의 몇년을 내놓는다……

같이 자는 모든 여자가 아내는 아니지!

그러자 절망이 칼날처럼 그를 파고들었다. 다른 누군가를 절망으로 밀어넣고 싶게 만드는 그러한 절망이었다.

그는 편지 몇줄을 적었다. "일어난 일을 알면 당신은 기뻐하겠지. 내가 쓰러져서가 아니라, 내게서 달아날 수 있었던 당신 자신에 대해…… 침몰하는 배에서 도망치게 해주는 쥐의 본능을 자축하겠지…… 나는 혼자야……"

심문관의 책상 위에 놓여 있던 전화기가 눈앞에 어른거렸다…… 그의 옆구리와 갈비뼈 아래를 가격하던 황소…… 대위가 가림막을 올리고, 불을 끄고…… 서류의 종잇장들이 바스락거리고, 바스락거리고, 또 바스락거리는 소리를 들으며 그는 잠이 들었다……

갑자기 뜨겁게 달궈진 구부러진 송곳이 그의 머리통을 쑤시고 들어오면서 뇌가 타는 듯한 고약한 냄새를 풍겼다. 예브게니야 니꼴라예브나, 그녀가 밀고했구나!

대리석! 대리석 같다고 했지! 어느날 아침 즈나멘까[140]에서, 공화국 혁명투쟁위원회 의장의 방에서 뾰족한 턱수염에 코안경알을 번뜩이며 그 사람이 끄리모프의 논문을 읽고서 나직한 소리로 했다는 말. 언젠가 밤에 그가 제냐에게 이야기했던 것이 분명하게 기억났다. 체까가 그를 꼬민쩨른으로 불러 정치출판부에서 책자 편집을 하라고 지시했다고. "한때는 나도 인물이었지" 운운하며, 그는 뜨로쯔끼가 그의 글 「혁명과 개혁 — 중국과 인도」를 읽고서 "대리석 같군"이라고 했다는 이야기를 그녀에게 들려주었다.

이 이야기를 그와 직접 주고받은 사람은 제냐뿐이다. 그는 다른 누구에게도 되풀이하지 않았으니, 바로 그녀가 심문관에게 이야기한 것이다. 그녀가 밀고를 하다니!

140 우끄라이나 중앙부에 있는 도시.

일흔시간이나 깨어 있었는데도 잘 마음이 나지 않았다. 잠은 이미 싫도록 잤잖아. 밀고하도록 강요받은 걸까? 아무래도 상관없어. 아, 동지들, 미하일 시도로비치, 난 죽었소! 죽임을 당했소. 총알도, 부농도, 불면도 아니오. 제냐가 날 죽였소. 진술하겠소. 모든 것을 시인할 거요. 단, 그녀가 밀고했다는 것만 확인해준다면 말이오.

그는 침상에서 기어내려와 주먹으로 문을 두드리며 소리치기 시작했다. "심문관한테 데려다줘! 모든 것에 서명하겠소!"

당번이 다가와서 말했다. "시끄럽게 굴지 마시오. 호출하면 그때 진술할 수 있소."

여기 혼자 있을 수는 없었다. 두들겨맞다가 의식을 잃는 편이 더 나았고 더 수월했다. 의학이 허락하는 한……

그는 비틀거리며 침상으로 걸어갔다. 그리고 더이상 영혼의 고통을 참을 수 없을 듯한 순간, 이제 막 그의 뇌가 터지고 수천개의 바늘이 심장을, 목구멍을, 눈을 찌르려는 순간, 그는 문득 깨달았다. 아니, 제네치까가 밀고했을 리 없어! 그는 발작하듯 기침을 하며 몸을 떨기 시작했다.

"용서해줘, 날 용서해줘. 내겐 당신과 함께 행복할 운명이 주어지지 않았어. 그건 내 잘못이지 당신 잘못이 아니야."

그러자 제르진스끼의 장화가 첫발을 내디딘 이래 이 건물에서 누구도 경험하지 못했던 경이로운 감정이 그를 휩쌌다.

그는 잠에서 깨어났다. 맞은편에 까쩨넬렌보겐이 베토벤처럼 헝클어진 회색 머리카락을 얹은 채 무겁게 앉아 있었다.

끄리모프가 씩 웃어 보이자 이웃의 낮고 두툼한 이마가 찌푸려졌다. 웃음을 광증의 발현으로 보는구나.

"보아하니 많이 맞았구먼." 까쩨넬렌보겐이 끄리모프의 피로 얼룩진 제복을 가리켰다.

"그렇소, 많이 맞았지." 입을 일그러뜨리며 끄리모프가 대답했다. "당신은 어떻소?"

"병원에서 빈둥거렸소. 다른 이들은 다 떠났고. 특별위원회가 드렐링에게 십년을 더 줬으니 이제 삼십년이군. 보골레예프는 다른 방으로 옮겨졌소."

"아, 나는……"

"얘기해보쇼, 어서."

"내 생각에……" 끄리모프가 말했다. "공산주의 치하에서 엠게베는 사람들 각자의 훌륭한 면면과 선한 말들을 죄다 수집하게 될 것 같소. 요원들의 정직이나 명예나 선의와 관련된 모든 것을 전화로 엿듣고, 편지에서 찾아내고, 솔직한 대화로부터 채취해 루반까에 밀고하고, 그렇게 문서철에다 모아두는 거지. 좋은 것만 말이오! 결국 이곳은 인간에 대한 믿음이 부서지는 게 아니라 강화되는 곳이 될 거요. 그 첫번째 초석을 내가 놓았고…… 나는 믿소. 밀고와 거짓에 대항해 내가 승리했다고…… 진심으로 나는 믿소……"

까쩨넬렌보겐은 멍하니 귀를 기울이다가 대꾸했다. "그래그래, 그렇게 될 거요. 다만 한가지 덧붙여야겠군. 저들은 그런 환하게 빛나는 문서철을 모은 다음 당신을 이리로, '큰집'[141]으로 데려와 다시금 후려갈길 거요."

그가 탐색하듯 끄리모프를 면밀하게 살펴보았다. 부어터지고 움푹 꺼진 눈에 턱에는 검은 핏자국이 남은 채로 누런 흙빛이 된 끄

141 뻬쩨르부르그 루반까 건물의 별명.

리모프의 얼굴이 어째서 저리도 행복하고 평온하게 미소 짓고 있는지 그는 아무래도 이해할 수 없었다.

45

파울루스의 부관 아담스 대령은 활짝 열린 여행가방 앞에 서 있었다.

사령관의 당번병 리터가 쭈그리고 앉아서 펼쳐진 신문지들 위에 널린 내의들을 정리하고 있었다.

지난밤 내내 아담스와 리터는 원수의 집무실에 있는 서류들을, 아담스가 전쟁의 신성한 성물로 여겨온 사령관의 커다란 개인용 지도를 태웠다. 파울루스는 밤을 꼬박 새웠다. 그는 아침 커피도 거절하고 가만히 앉아 아담스의 분주한 움직임을 살펴보다가, 이따금씩 자리에서 일어나 바닥에 쌓인 채 소각을 기다리고 있는 서류 뭉치들을 넘어다니며 방 안을 오갔다. 캔버스에 붙은 지도들은 잘 타지 않았다. 난로의 화격자가 막히는 바람에 리터가 부지깽이로 전부 깨끗이 긁어내야 했다.

리터가 화구를 열 때마다 원수는 불 쪽으로 두 손을 뻗쳤다. 아담스는 원수의 어깨에 외투를 얹어주었다가 파울루스가 짜증스럽게 어깨를 털어내자 다시 옷걸이로 가져갔다.

아마 이 순간 원수는 시베리아 포로수용소에 있는 자신을 보고 있는 것 같았다. 앞에도 뒤에도 그저 황량한 벌판만 펼쳐져 있는 가운데, 병사들과 함께 모닥불 앞에 서서 두 손을 불에 쬐는 모습을.

"리터에게 따뜻한 내의를 충분히 챙기라고 했습니다." 아담스가 원수에게 말했다. "어릴 적 상상하던 심판의 날과는 완전히 다르군요. 불이나 숯덩이 같은 건 찾아볼 수도 없으니 말입니다."

밤사이 슈미트 장군이 두번 들렀다. 전화는 선이 끊겨 먹통이었다.

포위된 순간부터 파울루스는 자신이 지휘하는 군대가 볼가에서 더이상 전투를 이어갈 수 없다는 사실을 분명하게 알고 있었다.

지난여름 그들의 성공을 결정지었던 전략적, 심리적, 기후적, 기술적 상황들이 사라지고 유리한 것들은 전부 불리한 것으로 변했음을 그는 알았다. 그는 히틀러에게 제6군이 만슈타인과 협력하여 중무기 대부분을 그냥 남겨두고라도 남서 방향의 포위를 뚫고 회랑을 형성해 사단들을 끌고 나와야 한다고 보고했다.

12월 24일 예료멘꼬가 미시꼽까[142] 유역에서 만슈타인 군대를 상대로 승리를 거두었을 때, 스딸린그라드에서 그들에 대적하기란 불가능하다는 사실이 어떤 보병대대 지휘관에게도 명백해졌다. 단 한 사람에게만 그렇지 않았다. 그는 제6군을 백해에서 쩨레끄강[143]에 이르는 전선의 전초기지로 개칭했다. 그는 제6군을 '스딸린그라드 요새'라 선언했다. 제6군 참모부에서는 스딸린그라드가 무장한 전쟁포로들의 수용소로 변했다고들 했다. 파울루스는 아직 돌파의 가능성이 남아 있다고 다시금 암호전보를 보냈다. 그는 무시무시한 분노의 폭발을 예상했다. 아무도 감히 두번이나 최고사령부에 반대한 적이 없었다. 그는 히틀러가 룬트슈테트 원수의 가슴팍에서 기사 십자 훈장을 뜯어냈고 이를 지켜보던 브라우히치[144]가

142 돈강의 왼쪽 지류로 스딸린그라드 부근을 지나는 강.
143 북깝까스를 흐르는 강. 조지아와 러시아연방을 통과해 까스삐해로 흘러든다.
144 Walther von Brauchitsch(1881~1948). 양차 세계대전에서 활약한 독일의 군인. 1941년 말 모스끄바 공방전 실패의 책임을 지고 물러났다.

심장 발작을 일으켰다는 말을 들었다. 퓌러는 적당히 대해도 되는 사람이 아니었다.

1월 31일 파울루스는 암호전보의 회신을 받았다. 그에게 원수의 칭호가 내려졌다. 그는 다시 한번 자기 주장의 정당성을 증명해 보이려 시도했고, 이번에는 제국 최고 훈장인 참나무 잎사귀들이 달린 기사 십자 훈장을 받았다.

그는 히틀러가 자신을 죽은 사람 취급하고 있다는 사실을 점차 깨닫기 시작했다. 이는 사후 진급이요, 사후 훈장이었다. 그는 그저 영웅적인 방어를 이끈 비극적 지도자의 형상을 만들어내는 일에 필요한 사람일 뿐이었다. 국가의 선전은 그의 지휘 아래 있는 수만 명의 인간들을 성자요 순교자로 선언했다. 다들 아직 살아서 말고기를 끓이고, 스딸린그라드에 존재하는 마지막 개들을 사냥하고, 들판에서 까치들을 잡고, 들끓는 이를 눌러 죽이고, 겹겹의 종이를 말아 담배를 피우는데, 국영 라디오방송에서는 지하의 영웅들을 기리며 장엄한 장송곡을 내보내고 있었다.

그들은 살아 있었다. 살아서 빨갛게 얼어붙은 손가락을 후후 불어대고 줄줄 흐르는 콧물을 훌쩍였다. 그들의 머릿속에서는 온갖 생각들이 떠돌아다녔다. 뭐 삼킬 거 없나? 훔칠 거 없나? 병자라고 속여야지. 항복해서 포로가 되어야지. 러시아 계집이랑 몸 좀 녹여 볼까…… 그런데 같은 순간 방송에서는 국가의 소년 소녀 합창단이 노래하고 있었다. "독일을 살리고자 그들이 죽었다"라고. 오직 국가의 멸망이라는 조건하에서만 이들은 죄 많고 아름다운 삶으로 부활할 수 있었다.

모든 일이 파울루스가 예측했던 대로 이루어졌다.

그는 자신이 이끄는 군의 파멸로 하나의 예외도 없이 완전히 증명된 자신의 정당성을 고통스럽게 절감하며 지내고 있었다. 그리고 이 파멸에서 그는, 그 자신의 의지와 상관없이 높은 자존감의 기반이 되는 괴롭고도 이상한 만족감을 발견했다.

억눌려온 생각들, 승리의 시기에 닳아 희미해졌던 생각들이 다시 머릿속으로 슬그머니 들어왔다.

카이텔[145]과 요들[146]은 히틀러를 "신성한 퓌러"라 불렀다. 괴벨스는 히틀러의 비극이 그가 전쟁에서 그 자신에게 필적하는 천재적 사령관을 만나지 못한다는 것이라고 선언했다. 한편 차이츨러는 히틀러가 자신의 미적 감각을 이유로 들어 전선을 직선으로 펴라고 요구한 적이 있다고 했다. 그렇다면 히틀러가 모스끄바 공격에 대해 광기에 가까운 히스테리적 거부 반응을 보인 이유는 무엇일까? 갑작스레 의지가 약해져서 레닌그라드 공격을 중단하라고 명령한 건 또 뭐고? 그의 광신적이고 지독한 방어 전략은 그저 권위를 잃을지 모른다는 두려움에서 나온 것일 뿐이었다.

이제 모든 것이 최종적으로 명확해졌다.

하지만 최종적 명확함이란 끔찍하게 무서운 것이기도 했다. 그는 명령에 복종하지 않을 수 있었다! 물론 퓌러는 그를 처형했겠지만, 그는 사람들을 구원했을 것이다. 그는 많은 이들의 눈에서 비난을 보았다.

군을 구할 수 있었는데. 구할 수 있었는데!

그는 히틀러를 두려워했고, 자신의 위신을 두려워했다!

---

145 Wilhelm Bodewin Johann Gustav Keitel(1882~1946). 나치 독일의 국방부 원수. 군을 나치에 종속화하는 데 앞장섰다.

146 Alfred Josef Ferdinand Jodl(1890~1946). 독일의 군인. 제2차 세계대전 초기 덴마크와 노르웨이 침공 계획을 입안하고 이 작전들을 성공으로 이끌었다.

며칠 전 군 참모부에서 제국 보안부 최고위 대표인 할프가 베를린으로 떠나며 그에게 에둘러 이야기했다. 퓌러는 심지어 독일 민족 같은 민족에게도 너무나 위대한 인물이라고. 옳소, 옳소, 물론이오.

그 모든 연설, 그 모든 선동.

아담스가 라디오를 켰다. 지직대는 간섭음 사이로 음악이 떠올랐다. 독일은 이미 스딸린그라드에서 죽은 이들을 추모하고 있었다. 음악 속에 특별한 힘이 들어 있었다…… 아마도 국민을 위해서는, 앞으로의 전투들을 위해서는 퓌러가 만들어낸 신화가 동상과 들끓는 이에 시달리는 영양실조자들을 구원하는 일보다 더 중요하리라. 아마도 훈령을 읽고, 전투 배치표를 작성하고, 작전 지도를 보는 것으로는 퓌러의 논리를 이해할 수 없으리라.

아마도 히틀러가 제6군에게 운명 지운 순교의 후광 속에 파울루스와 그의 병사들의 새로운 삶, 독일의 미래 속에서의 그들 존재의 새로운 몫이 형성되었으리라.

이 지점에서 연필과 대수표와 계산기 들은 아무런 역할을 할 수 없었다. 이 지점에서는 어느 낯선 후방의 총참모장이 영향력을 발휘했고, 그는 다른 계산법과 다른 예비병력을 가지고 있었다.

아담스, 사랑스럽고 성실한 아담스. 하지만 고급의 정신적 혈통을 지닌 인간들은 언제나 회의에 시달리는 법이다. 자신의 정당성에 대해 흔들림 없는 확신을 가진 편협한 이들만이 세계를 지배한다. 고급 혈통의 인간들은 국가를 지배하지 않으며, 위대한 결정을 내리지 못한다.

"그들이 옵니다!" 아담스가 외치고는 리터에게 명령했다. "치워!" 리터는 열린 여행가방을 얼른 옆으로 치운 뒤 제복을 잡아당겨 똑바로 폈다.

서둘러 가방에 집어넣은 원수의 양말 뒤축에 나 있던 작은 구멍, 이것이 리터의 마음을 괴롭고 아프게 했다. 꼼꼼하지 못한 성격에 더는 도움도 받지 못할 파울루스가 낡은 양말을 신게 되어서가 아니라, 양말에 난 구멍들이 저 적대적인 러시아인들의 눈에 띄게 될 것이기 때문이었다.

아담스는 의자 등받이에 두 손을 얹고 곧 활짝 열릴 문을 등진 채 배려와 사랑을 담은 시선으로 파울루스를 바라보며 서 있었다. 그것이 원수의 부관다운 자세라고 그는 생각했다.

파울루스는 책상에서 몸을 약간 뒤로 젖힌 뒤 입을 꽉 다물었다. 이 순간에도 퓌러는 그가 연기하기를 원했고, 그는 연기할 태세가 되어 있었다.

자, 문이 열리면 그들의 어두운 지하실이 지상에 사는 사람들 눈에 드러나게 될 것이다. 고통과 비애는 지나가고 공포만이 남았다. 그들과 마찬가지로 장엄한 장면을 연출할 준비가 되어 있는 소련 지휘관 대표들이 아니라, 자동소총 방아쇠를 마구잡이로 누르는데 습관이 든 원한 가득한 소련 병사들이 문을 열지 모른다는 공포였다. 이제 이 장면이 끝나고 인간으로서의 삶이 시작될 텐데 어떤 삶이, 어디에서 시작될까—시베리아에서, 모스끄바 감옥에서, 수용소 바라끄에서?—하는 미지 앞의 불안도 그들을 짓눌렀다.

46

밤에 자볼지예 사람들은 스딸린그라드의 하늘이 색색의 불빛으로 밝혀지는 것을 보았다. 독일군은 항복했다.

그날 밤 자볼지예 사람들이 볼가강을 건너 스딸린그라드로 왔다. 스딸린그라드에 남아 있던 주민들이 최근 심한 굶주림을 겪었다는 소문이 퍼져 있었다. 병사들과 장교들, 볼가 분함대의 해병들은 빵과 식료품 통조림을 꾸려서 가져왔다. 몇몇은 보드까와 아코디언도 챙겼다.

하지만 이상하게도, 그날 밤 처음으로 무기 없이 스딸린그라드에 도착해 도시를 방어하던 이들에게 빵을 나눠주고 입맞춤과 포옹을 건네는 병사들은 슬퍼 보였다. 그들은 즐거워하지도, 노래를 부르지도 않았다.

1943년 2월 2일 아침은 안개가 자욱했다. 얼어붙은 볼가의 물구덩이와 얼음 구멍 위로 김이 피어올랐다. 8월의 가혹한 여름날에 그랬듯, 땅 바로 위로 낮게 부는 바람이 몰아치는 겨울날에도 태양은 황량한 대초원 위로 떠올랐다. 평평한 초원 위로 마른 눈이 불어와서는 우유 기둥처럼 휘돌아 올라가 수레바퀴처럼 돌돌 말렸다가 갑자기 의지가 꺾여 주저앉았다. 동풍의 행차는 흔적을 남겼다. 무거운 눈의 옷깃을 달고 삐걱거리는 가시덤불 줄기들, 계곡 경사면에 얼어붙은 물결무늬들, 진흙이 드러난 공터들, 튀어나온 이마처럼 울퉁불퉁한 둔덕들……

파괴된 스딸린그라드에서 보면 볼가를 건너오는 사람들은 꼭 초원의 안개로부터 생겨나는 것 같았다. 마치 추위와 바람이 그들을 빚어낸 듯했다.

이들이 스딸린그라드에서 할 일은 없었다. 누구도 이들을 이곳으로 보내지 않았다. 전쟁은 끝났다. 그들은 스스로 온 것이었다. 붉은군대 병사들, 철도 기사들, 제빵사들, 참모부 요원들, 운전병들, 포병들, 전선의 재봉사들, 수리공장의 전기공들과 기계공들…… 그들과 함께 머릿수건을 뒤집어쓴 노파들과 병사용 누비바지를 입은 아낙들이 볼가를 건너와 강벼랑을 기어올랐고, 아이들도 보따리와 담요가 실린 썰매를 끌고 이들을 따랐다.

도시에서는 이상한 일이 벌어졌다. 자동차 경적이 울리고 트랙터 모터 소리가 시끄러웠다. 사람들이 아코디언을 들고 떠들어대고, 펠트 장화를 신은 채 눈 위에서 춤을 추고, 붉은군대 병사들은 큰 소리로 탄성을 지르며 껄껄 웃어댔다. 그럼에도 불구하고, 아니, 어쩌면 이 모든 것 때문에 도시는 죽은 듯 보였다.

몇달 전에 스딸린그라드의 일상은 중단되었다. 학교, 공장 작업장, 양장점, 아마추어 합창단, 경찰서, 탁아소, 영화관까지 모든 것이 죽어버렸다……

도시 곳곳을 휩싼 화염 속에서 새로운 도시가 — 전시의 스딸린그라드가 — 그 고유의 거리와 광장, 지하 건축물, 교통의 흐름, 교역망, 공장 작업장의 둔탁한 소리, 수공업자들, 공동묘지, 술꾼들과 음악회와 함께 자라났다.

모든 시대는 그 고유한 세계적 도시를 가진다. 그 도시는 시대의 영혼이고 의지이다.

제2차 세계대전은 인류의 한 시대였고, 스딸린그라드는 얼마 동안 이 시대의 세계적 중심 도시였다. 스딸린그라드가 인류의 사고이자 열정이었다. 그를 향해 공장들과 농장들이 일했고 윤전기와 자동식자기가 일했다. 스딸린그라드가 의회 지도자들을 연단에 세웠다. 하지만 초원에서 스딸린그라드로 수천의 무리가 들어오고, 빈 거리들이 사람들로 채워지고, 처음으로 자동차 엔진들이 소리를 내기 시작하자 전쟁의 이 세계적 중심 도시는 그 삶을 중단했다.

같은 날 신문들은 독일의 항복에 대해 상세하게 보도했고 유럽, 아메리카, 인도 사람들은 원수 파울루스가 어떻게 지하실에서 걸어나왔는지, 슈밀로프 장군의 제64군 참모본부에서 독일 장군들에게 행해진 첫 심문이 어떻게 시작되었는지, 파울루스 참모부의 참모장 슈미트는 어떤 복장이었는지를 알게 되었다.

이 시간에 세계적 전쟁의 수도는 이미 존재하지 않았다. 히틀러, 루스벨트, 처칠의 눈은 세계를 아우르는 군사적 긴장의 새로운 중심지가 될 곳들을 찾고 있었다. 스딸린은 손가락으로 책상을 두드리며 참모총장에게 스딸린그라드 병력을 현재 위치한 후방으로부터 새로운 중심으로 이동시킬 수단들이 확보되어 있는지 물었다. 아직 백전노장들, 시가전의 명수들이 가득하고, 무기들로 가득 차 있고, 현장 작전 지도들, 잘 짜인 통신망이 갖추어진 세계적인 전쟁 도시가 존재하기를 멈추고 새로운 생존을 시작했다, 현재 아테네와 로마가 영위하는 그런 생존을. 역사가들, 박물관 해설사들, 교사들과 늘 지루해하는 학생들이 이미 어느새 도시의 주인이 되어가고 있었다.

새로운 도시가 탄생하는 중이었다, 일과 일상의 도시, 공장과 학교와 분만소와 경찰과 오페라극장과 감옥이 있는 도시가.

화력진지로 포탄과 빵 덩어리를 실어나르고 기관총과 죽 보온병을 운반하던 작은 길들, 저격병들이나 감독관들, 무선전신수들이 돌로 된 저마다의 비밀 거처로 잠입하던 구불구불하고 교묘한 오솔길들이 가벼운 눈에 살짝 덮였다.

연락병들이 중대에서 대대로 가던 길들, 바쮸끄서부터 반니 계곡으로, 육류 가공공장으로, 급수 전차로 난 길들도 눈에 살짝 덮였다.

대도시의 거주자들이 담배를 빌리러 가던 길, 동료의 명명일을 맞아 200그램씩 마시러 가던 길, 지하 목욕탕으로 씻으러 가던 길, 카드놀이 한판 때리고 이웃의 양배추절임을 시식하러 가던 길들이 눈에 살짝 덮였다. 친한 여자들, 마냐와 베라를 만나러 가던 길들, 시계수리공, 라이터 제조 장인들, 재봉사, 아코디언 연주자, 창고지기에게로 가던 길들이 눈에 살짝 덮였다.

사람들 무리가 새로운 길들을 냈다. 그들은 잔해에 몸을 붙이지 않고 걸었고, 구불구불하게 돌아가지 않았다.

전투의 오솔길들과 소로들은 첫눈에 덮였고, 이 눈 덮인 도합 백만 킬로미터의 길 위로 새로운 발자국은 하나도 없었다.

첫눈 위에 곧 두번째 눈이 내려 그 밑의 길들은 희미해지고 형체를 잃어 보이지 않게 되었다……

세계적 도시의 거주자들은 이루 말로 전할 수 없는 행복감과 허탈감을 느꼈다. 스딸린그라드를 방어한 사람들의 내면에 이상한 비애가 생겨났다.

도시가 공허해졌다. 군사령관, 소총사단 지휘관들, 노인 민병대원 뽈랴꼬프, 자동소총병 글루시꼬프, 모두가 이 공허를 느꼈다. 이것은 불합리한 감정이었다. 투쟁이 승리로 끝났고 죽음이 없는데 과연 비애가 생길 수 있단 말인가?

하지만 그랬다. 군사령관의 책상 위 누런 가죽 케이스 속 전화는 울리지 않았다. 기관총 케이스 위에도 눈은 점점 더 높이 쌓이고, 포대경들과 총구들이 막히고, 닳아 떨어진 채 어지럽게 널려 있던 계획표들과 지도들이 케이스에서 다시 야전 배낭으로, 몇몇 야전 배낭에서 벌써 다시 소대, 중대, 대대 지휘관들의 트렁크와 짐 보따리 속으로 들어가고…… 그리고 죽었던 건물들 사이로 사람들 무리가 걸어다니고, 포옹하고, "만세"를 외쳤다……

사람들은 서로를 살펴보았다. '이 모두가 얼마나 멋지고 무섭고 평범하고 영광스러운 사람들인지. 우리는 누비옷을 입고 귀마개를 하고 걸어간다, 너희들이나 똑같이. 우리는 대업을, 생각하기조차 무서운 일을 이루어냈다. 우리는 지상에서 가장 무거운 짐, 진실을 거짓 위로 들어올렸다. 누구 한번 해보라고 그래, 들어올려보라고 해. 아무도 못할걸…… 그건 동화에나 나오는 이야기니까. 근데 여기서는 동화 속 이야기가 아니었지.'

모든 사람들, 일부는 꾸뽀로스나야 골짜기, 일부는 반니 계곡으로부터, 일부는 급수 전차 아래로부터, 일부는 '붉은 10월'로부터, 일부는 마마예프 꾸르간으로부터 온 사람들 모두가 동포였다. 그들에게로 짜리짜 강변, 하안 구역, 석유 저장소에 거주했던 사람들이 다가왔다…… 모든 이들이 주인이기도, 손님이기도 했다. 그들은 스스로를 축하했고, 차가운 바람은 낡은 함석 소리를 냈다. 이따금씩 그들은 공중에다 대고 자동소총을 쏘았고, 이따금씩 수류탄도 신음 소리를 냈다. 그들은 서로를 알아보고, 서로의 등을 두들기고, 가끔은 포옹하며 차가운 입술로 입을 맞추었다가 당황하고, 기뻐하며 욕을 했다…… 그들은 땅속으로부터 물줄기처럼 솟아나왔다, 철공, 선반공, 농부, 목수, 토공. 이들이 적을 격퇴했고 돌과 철과 진흙을 갈아엎었다. 세계적 도시는 사람들이 도시가 전 세계의 공장들과 전장들과 연결되어 있음을 느끼기 때문에만 다른 도시들과 구별되는 것이 아니다.

세계적 도시는 영혼을 지니고 있기에 특별하다.

전쟁의 스딸린그라드 속에도 영혼이 있었다. 스딸린그라드의 영혼은 자유였다.

반파시스트 전쟁의 수도는 이제 전쟁 이전 소련의 산업 중심지, 상업도시이자 항구도시의 잔해, 마비되고 차가운 잔해로 변해버렸다.

십년 뒤, 여기서 수천 대군의 포로들이 강력한 댐을 세우고 세계에서 가장 규모가 큰 국영 수력발전소의 하나를 건설했다.

47

그 사건은 벙커에서 깨어난 독일군 하사 한명이 독일의 항복에 대해 알지 못했기 때문에 일어났다. 하사의 총이 자드네쁘루끄 중사에게 부상을 입힌 것이다. 이 일이, 독일 병사들이 벙커의 커다란 아치로 나와 시끄러운 소리를 내며 자동소총과 소총들을 점점 더 커지는 무더기로 던지는 모습을 관찰하던 러시아인들에게 분노의 불길을 지폈다.

포로들은 그들의 눈 또한 포로 신세임을 드러내느라 옆을 보지 않으려 애쓰면서 걸었고, 슈미트 병사만이 검고 흰 수염으로 덥수룩한 채 지상으로 나와 미소를 지으며 마치 자신이 아는 얼굴을 만나리라 확신하듯 러시아 병사들을 쳐다보는 중이었다.

지난밤 모스끄바로부터 스딸린그라드 전선에 도착한 필리모노프 대령은 약간 술이 오른 채, 항복한 벨러 장군 사단의 부대들을 인계받는 지점으로 파견된 통역과 함께 서 있었다.

검은 테가 둘린 붉은 패치를 붙이고 새로운 황금 견장을 단 그의 외투는 스딸린그라드 중대장들과 대대장들의 더럽고 불에 그슬린 누비옷과 구겨진 모자, 마찬가지로 그슬리고 더러운 독일 포로들의 옷 사이에서 유독 눈에 띄었다.

그는 어제 군사위원회 식당에서 모스끄바 군사 보급 창고에 옛 러시아 군대의 견장을 만들던 황금줄이 보관되어 있으며 그의 친구들은 이 좋은 구시대의 재료로 된 견장을 구하게 되는 것을 행운으로 여긴다는 이야기를 늘어놓은 사람이었다.

총성이 울리고 가벼운 부상을 입은 자드네쁘루끄의 비명이 들려오자 대령이 소리쳐 물었다.

“누가 쏘았지? 무슨 일인가?”

그에게 대답하는 몇몇 목소리가 들렸다. “어떤 독일 바보였습니다. 그는 이미 끌려갔고요…… 아마 항복 사실을 몰랐던 것 같습니다.”

“어떻게 몰랐단 말인가?” 대령이 소리를 질렀다. “죽일 놈, 우리 피가 아직 모자란다는 거야?” 그는 유대인 정치지도원인 꺽다리 통역을 향해 말했다. “장교를 찾아서 데려와. 죽일 놈, 총 한발 값을 모가지로 치르게 될 거다.”

이때 그는 마침 미소 짓고 있던 병사 슈미트의 커다란 얼굴을 발견하고는 소리를 지르기 시작했다.

“너, 죽일 놈! 감히 어디다 대고 웃어! 또 한 사람 병신 만들었다고 웃는 거야?”

슈미트는 그렇게도 크나큰 호의를 표현하려 했던 자신의 미소가 어째서 러시아 상급 장교로 하여금 고함을 지르게 하는지 이해하지 못했고, 보아하니 그 고함과는 상관없이 권총 발사음이 울렸을 때 이미 그는 전혀, 아무것도 이해하지 못한 채 비틀거리며 뒤에서 걸어오던 병사들의 발밑으로 쓰러졌다. 그의 사체는 옆으로 끌려나와 모로 뉘였다. 그를 아는 사람도 모르는 사람도 모두 그의 곁을 스쳐지나갔다. 포로들이 모두 지나가자 남자아이들이 죽은 자를 겁내지도 않고 텅 빈 벙커와 참호로 기어들어가서는 판자로 된 침상들을 헤집고 다녔다.

필리모노프 대령은 이때 대대장의 지하 거처를 살펴보며 모든 것이 얼마나 견고하고 안락하게 지어졌는지 감탄하고 있었다. 자동소총병이 침착한 푸른 눈의 젊은 독일 장교를 그에게 데려왔고, 통역이 말했다.

"대령 동지, 여기 이자가 대령님이 데려오라고 명령하신 상급 중위 레나르트입니다."

"누구라고?" 대령이 놀라워했다. 독일 장교의 얼굴이 호감형으로 보였기에, 또 난생처음으로 자신이 살인 행위에 가담했다는 사실에 당혹감을 느꼈기에 필리모노프는 말했다. "집결지로 데려가. 자네 책임하에 바보 같은 일 없이 산 채로 거기 도착할 수 있게 하게."

심판의 날이 끝나가고 있었다. 그리고 이미 총을 맞은 병사의 얼굴에서는 미소를 볼 수 없었다.

48

전선군 참모부 정치국 제7과 소속 선임 통역관 미하일로프 중령은 포로가 된 원수를 제64군 참모부로 호송하였다.

파울루스는 지하에서 나와, 탐욕스러운 호기심을 가지고 자신을 바라보며 어깨에서 허리까지 사선으로 초록색 가죽을 댄 원수의 외투와 회색 토끼털 모자의 질을 평가하는 소련 장교들와 병사들에게 시선을 주지 않고 눈을 위로 들어 스딸린그라드의 잔해를 응시하며 고개를 꼿꼿이 세운 채 커다란 보폭으로 대기하고 있는 지프차를 향해 걸어갔다.

전쟁 전 종종 외교관 영접에 참가했던 경험이 있는 미하일로프는 파울루스를 대하는 데 있어서도 쓸데없이 부산 떨지 않고 냉정하게 예의를 지키되 자신 있게 행동했다.

파울루스 옆에 앉아 그의 얼굴 표정을 지켜보면서 미하일로프는 원수가 침묵을 깨기를 기다렸다. 파울루스의 행동거지는 미하일로프도 참가했던 예비 심문에서 다른 독일 장군들이 보인 행동거지와 달랐다.

제6군 참모장은 내키지 않는 목소리로 느릿느릿, 루마니아인과 이딸리아인이 이 파국을 불러왔다고 말했다. 매부리코를 한 직스트 폰 아르님 육군 중장은 메달들을 쟁그랑거리며 우울하게 덧붙였다. "가리발디의 제8군[147]뿐 아니라 러시아의 혹한, 식량 보급과 탄약의 결핍이 원인이오."

머리가 센 전차군단 사령관 슐레머는 철로 된 기사 십자 훈장과 다섯차례 부상의 대가로 받은 메달을 쩔렁거리며 대화를 중단시키더니 자기 트렁크를 보관해줄 것을 요청했다. 그러자 희미한 미소를 머금고 있던 의무대대 책임자 리날도 장군도, 얼굴이 일그러지고 칼에 베인 자국이 있는 음울한 표정의 전차사단 사령관 루트비히 대령도 모두 말하기 시작했다. 휴대용품 가방을 잃어버린 파울루스의 부관 아담스 대령이 눈에 띄게 흥분해서 두 손을 내젓고 고개를 흔들자 표범 가죽으로 만든 모자의 두 귀가 떨렸는데, 꼭 물

147 이딸리아 제8군을 말한다.

에서 나온 순혈종 개 같은 모습이었다.

그들은 사람다워졌지만, 무언가 나쁜 방식으로였다.

하얀색 멋진 반외투를 차려입은 운전사는 좀 천천히 가라는 미하일로프의 명령에 작은 소리로 대답했다.

"넵, 중령 동지."

그는 전쟁이 끝나 집으로 돌아가면 동료 운전사들에게 "내가 말이지, 파울루스 원수를 태우고 갈 때……" 하며 파울루스에 대해 이야기하며 자랑하고 싶었다. 그에 더해 파울루스가 '이 소련인 운전사, 최고 기술을 가졌네'라고 생각하도록 특별하게 차를 운전하고 싶었다,

러시아인들과 독일인들이 이처럼 빽빽하게 섞여 있다니, 전선을 경험한 눈으로는 믿기 어려운 광경이었다. 신이 난 자동소총부대원들은 지하실을 뒤지고 물탱크로 기어들어가 독일 군인들을 혹한의 지표면으로 내몰았다.

그들은 빈터에서, 거리에서, 밀고 때리고 소리를 질러대며 독일군을 재편해 다양한 전투 병과의 병사들을 하나의 행군 종대로 통합시켰다.

독일 군인들은 무기를 든 손에 시선을 고정한 채 넘어지지 않으려 애쓰며 걸음을 옮겼다. 그들을 순종하게 만드는 것은 방아쇠에 걸린 저 손가락에 대한 공포만이 아니었다. 승리자들로부터 나오는 힘이 그들로 하여금 마치 최면에 걸린 듯 우울한 열정으로 복종하게 만들었다.

원수를 태운 자동차는 남쪽을 향해 달리고, 맞은편에서는 포로들이 오고 있었다. 째질 듯한 노랫소리가 확성기를 통해 울려퍼졌다.

나 어제 먼 타향 전장으로 떠나왔네,
내 사랑이 문가에서 머릿수건을 벗어 흔들었네……

두 사람이 다른 한 사람을 안아 나른다. 부상당한 이의 핏기 없는 더러운 두 손이 그들의 목에 걸려 있다. 두 사람의 머리가 가까워지고, 그 사이로 불타버린 두 눈을 한 죽은 얼굴이 보인다.

병사 넷이서 부상자를 누인 시트를 끌고 벙커에서 나온다.

푸르스름한 철의 무기 더미들이 마치 철로 된 곡식단을 타작해서 쌓아놓은 것처럼 눈 위에 쌓여 있다.

예포가 울리고 죽은 붉은군대 병사가 무덤 속으로 내려진다. 바로 옆에는 지하 병원에서 끌어낸 독일 병사들의 시신이 무질서하게 흩어져 있다. 옛 무사들처럼 희고 검은 모자를 쓴 루마니아 병사들이 낄낄거리고 손을 흔들며 살아 있는 독일 병사들과 죽은 독일 병사들을 비웃는다.

포로들이 삐똠니끄에서, 짜리짜에서, '전문가의 집'에서 쫓겨난다. 그들은 자유를 잃은 인간과 짐승에게서 흔히 볼 수 있는 특별한 걸음걸이로 걷는다. 경상자들과 동상에 걸린 이들은 지팡이나 불탄 판자 조각에 의지한다. 그렇게 걷고 또 걷는다. 이들의 얼굴은 하나같이 푸르뎅뎅한 잿빛에, 하나같이 고통과 비애의 기색을 띠고 있다.

놀라운 일이다! 이 사람들 중 키가 작은 자들, 낮은 이마에 코만 커다란 자들, 참새 같은 머리통에 우스운 토끼 입을 한 자들이 얼마나 많은지! 여드름과 부스럼과 주근깨로 뒤덮인 검은 살갗의 아리아인들이 얼마나 많은지![148]

여기 추하고 약한 사람들, 어머니에게서 태어나 어머니의 사랑을 받은 사람들이 걸어가고 있었다. 사람 같지 않은 사람들, 무거운 턱과 자랑스러운 입을 가진, 대리석 같은 가슴에 금빛 머리칼과 흰 피부를 가진 사람들은, 아니, 사람들이 아니라 '국민'은 사라진 것 같았다.

얼마나 놀라운가! 어머니에게서 태어난 이 추악한 사람들의 무리가 1941년 가을 독일인들이 나뭇가지와 막대기를 들고 수용소로, 서쪽으로 내몰았던 무리, 러시아 어머니에서 태어난 슬프고 비참한 이들의 무리와 형제처럼 닮아 있으니 말이다. 이따금씩 벙커와 참호 방향에서 권총 발사음이 울렸다. 얼어붙은 볼가강을 향해 흘러가는 무리 전체가 하나같이 이 소리의 의미를 이해했다.

미하일로프 중령은 옆에 앉은 원수를 흘끗 보았다. 운전사는 백미러를 들여다보았다. 미하일로프는 파울루스의 길고 마른 뺨을 보았고, 운전사는 그의 이마와 눈과 꽉 다문 입술을 보았다.

그들은 하늘로 주둥이를 향한 무기 더미를 지나 이마에 하켄크로이츠를 박은 전차들, 바람에 펄럭이는 방수포에 덮인 화물차들, 장갑차들과 자주포들을 지나쳤다.

제6군의 강철 같은 육체, 그 근육이 땅속으로 얼어붙었다. 그 옆에서 사람들은 천천히 행군을 이어갔다. 그들도 마치 멈춰선 채 굳어져서 땅속으로 얼어붙을 것만 같았다.

미하일로프와 운전사와 호송병은 파울루스가 입을 떼기를, 그가 누군가를 부르고 고개를 돌리기를 기다렸다. 하지만 그는 입을 열지 않았다. 그의 눈이 무엇을 보는지, 그 인간의 심장이 있는 저 깊

---

148 나치가 선전한 아리아인의 외관과 완전히 다른 모습이다.

은 곳으로 무엇을 전하는지 그들은 알 수 없었다.

그는 그의 병사들이 자신을 볼까봐 두려워하고 있을까? 아니면 그들에게 모습을 보이고 싶어 할까? 그때 갑자기 파울루스가 미하일로프에게 물었다.

"마호르카가 뭔지 말해주겠소?"[149]

이 예기치 않은 질문에 미하일로프는 혼란에 빠졌다. 원수는 매일 수프를 먹고, 따뜻하게 잠을 자고, 담배를 피울 수 있을지 근심했을 뿐인데.

49

게슈타포 야전본부 사무소가 있던 2층 건물 지하실에서 독일 포로들이 소련인들의 시체를 꺼내고 있었다.[150]

추위에도 불구하고 여자들, 노인들, 소년 몇명이 보초 옆에 서서 이들이 시체를 언 땅에 내려놓는 모습을 지켜보았다.

대부분의 독일인 포로들은 무심한 표정으로 발을 질질 끌며 잠자코 시체 냄새를 들이마셨다.

그들 중 한 사람, 장교 외투를 입고 더러운 손수건으로 코와 입을 동여맨 자만이 등에때에 뜯긴 곳이 못 견디게 따가워 경련하는 말처럼 머리를 이리저리 흔들어댔다. 그 눈에는 광란에 가까운 고

149 Sagen Sie bitte, was ist es, Machorka?(독일어). 마호르카는 러시아어로 '담배'를 뜻한다.

150 독일인 포로들은 이미 1943년 2월부터 시체를 치우고 지뢰나 폭탄을 제거하는 노동을 하며 스딸린그라드 재건에 일조했다.

통이 어려 있었다.

때때로 포로들은 들것을 땅에 내려놓고 시체들을 들어내기 전에 팔과 다리를 찾아 온전치 않은 시체의 몸에 맞춰보았다. 시체들 중 절반은 벗은 상태거나 속옷 바람이었고, 몇몇은 군복 바지만 입고 있었다. 한 시체는 완전히 벌거벗은 채 비명 지르듯 입을 크게 벌리고 척추에 들러붙은 배와 성기 주변에 난 불그레한 털, 비쩍 마른 다리를 드러내고 있었다.

입과 눈구멍이 움푹 팬 이 시체들이 얼마 전만 해도 살아서 저마다 이름과 거주지를 가졌고, "예쁜 내 사랑, 키스해줘. 몸조심하고, 나 잊지 마"라 말하고, 맥주 한조끼를 꿈꾸고, 시가 한대를 피웠다는 것을 상상하기란 불가능했다.

입을 꽁꽁 싸맨 장교만이 이를 느낀 것이리라.

하지만 지하실 입구에 서 있는 여자들을 특히 자극한 사람 또한 그 장교였다. SS 표지가 뜯겨 밝은 얼룩만 남은 외투를 입은 두명을 포함한 나머지 포로들을 모두 무시한 채, 여자들은 오직 그만을 뚫어져라 바라보았다.

"시선을 피하는군." 작은 사내아이의 손을 잡고 장교를 주시하던 작고 옹골찬 여자가 중얼거렸다.

장교 외투를 입은 독일인은 자신을 찬찬히, 탐욕스럽게 주시하는 여자의 시선을 의식했다. 숲 위에 멈춘 뇌운 속에 쌓인 전기의 힘이 타격할 곳을 찾지 않을 수 없어 애먼 나뭇등걸을 선택해서 재로 만들듯, 한번 들끓기 시작한 증오 또한 내려앉을 곳을 찾지 않을 수 없는 법이다.

장교 외투를 입은 독일 포로의 짝은 격자무늬 수건으로 목을 두르고 발은 자루 속에 넣어 전화선으로 묶은 어린 청년이었다.

지하실 부근에 말없이 서 있는 사람들의 시선이 너무나 험악해 독일 포로들은 어두운 지하실에 들어갈 때마다 안도의 한숨을 내쉬었다. 바깥 공기와 대낮의 밝은 빛보다 어둠과 악취가 차라리 편안하게 느껴져, 그들은 그곳에서 최대한 오래 머물렀다.

빈 들것을 가지고 지하실로 향할 때마다 익숙한 러시아 쌍욕이 들려왔다. 포로들은 걸음을 재촉하지 않았다. 서두르는 기색이라도 보이면 군중이 당장에 달려들어 덮치리라는 동물적 본능이 발동한 터였다.

장교 외투를 입은 독일인이 갑자기 비명을 지르고, 보초의 짜증스러운 목소리가 이어졌다. "꼬마야, 왜 돌을 던져? 독일 놈이 자빠지면 네가 대신 일할 거야?"

지하실에서 병사들은 이야기를 나누었다.

"계속 중위만 욕을 보네."

"그 여자 봤구나. 내내 중위만 째려보던데."

어둠 속에서 누군가의 목소리가 들렸다. "중위님, 이번엔 지하실에 그냥 계세요. 중위님부터 시작해서 우리들까지 끝장낼 것 같아요."

"아니, 아니, 최후의 심판에서 숨을 수야 없지." 중위는 졸린 듯 멍한 목소리로 중얼거리고는 자기 짝을 향해서 몸을 돌리며 덧붙였다. "가자, 가자, 가자."

지상으로 이어지는 나선형 출구에서 장교와 그의 짝은 약간 걸음을 빨리했다. 이번 짐은 좀 가벼웠다. 들것에는 소녀의 시체가 놓여 있었다. 쪼그라들고 말라비틀어진 몸에, 오직 헝클어진 금빛 머리칼만이 우유 같고 밀 같은 아름다움을 유지한 채 죽은 새와 같은 끔찍한 암갈색 얼굴 주위로 흩어져내렸다. 군중 사이에서 낮은 신음이 흘러나왔다.

옹골찬 여자의 째지는 울부짖음이 번쩍이는 칼날처럼 차가운 허공을 갈랐다. "아가! 내 아가! 황금 같은 내 아가야!"

다른 이의 아이를 위한 이 절규가 사람들을 뒤흔들었다. 여자가 다가와 여전히 컬의 흔적이 남아 있는 금빛 머리카락을 가지런히 정리했다. 그녀는 일그러진, 돌처럼 굳어버린 입을 한 얼굴을 들여다보았고, 이 끔찍한 모습과 언젠가 강보 속에서 미소 짓던 살아 있는 얼굴, 그 사랑스러운 얼굴을 동시에 보았다. 오직 어머니만이 둘을 함께 볼 수 있는 법인데.

여자는 다리에 힘을 주고 섰다. 여자는 독일인을 향해 발걸음을 옮겼고, 그녀의 눈이 그를 바라보는 동시에 땅에서 다른 벽돌들에 완전히 꽁꽁 얼어붙지 않은 벽돌을, 그녀의 커다란 손, 끔찍한 노동과 얼음같이 차가운 물과 끓는 물과 잿물로 망가진 손만이 잡아 뗄 수 있을 만한 큰 벽돌을 찾고 있다는 것을 모두가 알 수 있었다.

보초는 일어날 일을 피할 수 없으리라 짐작했다. 여자가 그와 그의 자동소총보다 더 강했으므로 그는 여자를 막을 수 없었다. 독일 포로들은 그녀에게서 눈을 떼지 못했고, 아이들은 간절하고도 성마른 눈으로 그녀를 바라보았다.

그리고 이미 여자의 눈에는 입을 꽁꽁 싸맨 저 독일 사람의 얼굴 말고는 아무것도 보이지 않았다. 이 순간 무슨 일이 벌어지는지 스스로도 인지하지 못한 채, 주위의 모두를 복종시키는 강한 힘을 지니고서 자신 또한 그 힘에 복종하며, 그녀는 누비옷 주머니를 더듬어 어제 붉은군대 병사에게서 받은 빵 한조각을 꺼내 독일인에게 내밀었다. "자, 받아. 어서 삼켜."

이 일이 어떻게 일어났는지, 왜 자신이 그런 행동을 했는지 세월이 가도 그녀는 이해할 수 없었다. 그녀에겐 모욕받고 의지할 데 없고 화가 치미는 고통의 시간이 무척 많았다. 식용유 한병을 훔쳤다고 죄를 뒤집어씌우던 이웃 여자와 싸운 날, 푸념에 진저리가 난 구역 노동자 대의원의 집무실에서 쫓겨난 날, 아들이 결혼하더니 그녀더러 집에서 나가 살라고 한 날, 임신한 며느리한테 늙은 갈보라는 소리를 듣고 비참과 모욕을 느낀 날, 그녀는 속상하고 마음이 아파 잠을 이루지 못한 채 침상에 누워 이 겨울 아침을 떠올리곤 했다. '난 정말 바보였어. 지금도 바보고.'

50

노비꼬프의 전차군단 참모부로 여단 지휘관들이 불안한 정보들을 보내왔다. 정찰대가 아직 전투에 참여하지 않은 독일군 전차부대와 포병부대를 색출한 것이다. 적이 후방 깊숙한 곳에 예비부대를 숨겨놓고 있다가 전방으로 움직인 것이 틀림없었다.[151]

이 정보들이 노비꼬프를 불안하게 했다. 일선 부대는 양 날개를 확보하지 않은 채 진군 중이었다. 적이 몇 안 되는 겨울 도로를 차단해버리면 전차들은 보병도 화력도 없이 남겨질 것이었다.

노비꼬프는 게뜨마노프와 상황을 논의했다. 그는 잠시 전차들의 이동을 제지하고 뒤처진 후미 부대를 시급히 끌어당겨야 한다고 생각했다. 게뜨마노프는 군단이 우끄라이나 해방의 시초를 이루기

151 당시 이미 독일군은 반격 준비에 들어가 있었다. 러시아군이 우끄라이나의 주요 도시 하리꼬프를 탈환한 것은 1943년 2월 16일이었고, 만슈타인의 독일군은 2월 20일에 반격을 시작해 3월 14일 하리꼬프를 재탈환했다.

를 몹시 원했다. 결국 노비꼬프가 부대로 나가 상황을 점검하고, 게뜨마노프는 뒤처진 후미 부대를 재촉하기로 결정했다.

여단들로 떠나기에 앞서 노비꼬프는 전선군 부사령관에게 전화를 걸어 상황을 보고했다. 그는 이미 부사령관의 대답을 알고 있었다. 부사령관은 책임을 지려 하지 않을 것이다. 군단을 멈추게 하지도, 계속 움직이라고 제의하지도 않을 게 뻔했다.

그의 예상대로 부사령관은 전선군 정보과에서 입수한 정보를 조속히 조회하라고 명하며 노비꼬프와의 대화를 사령관에게 보고하겠다고 대꾸할 뿐이었다.

그런 다음 노비꼬프는 이웃한 저격군단의 지휘관 몰로꼬프와 통화했다. 그는 거칠고 화를 잘 내는 사람으로, 늘 이웃 군단장들이 전선군 사령관에게 자신에 대한 나쁜 정보를 준다고 의심했다. 그들의 통화는 결국 말다툼과 쌍욕으로 끝났는데, 이는 물론 개인적인 공격이라기보다는 거리가 점점 더 벌어지는 전차와 보병 사이의 관계에서 비롯한 것이었다.

이제 노비꼬프는 왼편에 이웃한 포병사단장에게 전화를 걸었다. 포병사단장은 전선군의 명령 없이는 더이상 앞으로 나가지 않겠다고 약속했다.

노비꼬프는 그의 속내를 짐작하고 있었다. 포병이 질주하는 전차들을 보조하는 역할에 그치지 않고 스스로 빠른 기동력을 발휘했으면 하는 것이다.

포병사단장과의 대화가 끝나자마자 참모장이 들어왔다. 그렇게 초조해하고 불안해하는 네우도브노프의 모습을 보는 건 처음이었다.

"대령 동지," 그가 입을 열었다. "항공군 참모장이 전화를 걸어왔소. 우리를 지원하는 항공기들을 전선군 왼쪽 날개에 재편할 생각이라더군요."

"그런 정신 나간 소리를…… 그게 말이 되오? 대체 뭐요?" 노비꼬프가 소리를 질렀다.

"한마디로, 우리가 제일 먼저 우끄라이나에 진입하지 않기를 바라는 자들이 있는 거요." 네우도브노프가 말했다. "수보로프 훈장과 보그단 흐멜니쯔끼를 노리는 자가 한둘이 아니오. 항공 지원이 없다면 우리로선 이동을 멈출 수밖에 없는데 말이지요."

"사령관에게 전화해보겠소." 노비꼬프가 말했다.

하지만 그는 사령관과 통화하지 못했다. 예료멘꼬는 똘부힌의 군으로 나가고 없었다. 부사령관에게 재차 전화를 걸었으나 그는 여전히 아무 결정도 내리려 하지 않고, 그저 노비꼬프가 어째서 아직 부대로 나가지 않았는지 의아해할 뿐이었다.

"중장 동지, 이게 무슨 일입니까?" 노비꼬프가 부사령관에게 말했다. "어떻게 이럴 수가 있습니까? 전선군 중에서 가장 서쪽으로 앞서 있는 군단의 항공 엄호를 아무 합의도 없이 철수시키다니요?"

"공군을 어떻게 이용해야 하는지는 사령부가 제일 잘 알고 있소." 부사령관은 오히려 화를 냈다. "당신네 군단만 공격에 참가하는 게 아니잖소."

"독일군이 공중에서 공격하기 시작하면 저는 전차병들에게 뭐라고 말해야 할까요?" 노비꼬프가 거칠게 대꾸했다. "그들을 어떻게 보호하면 되겠습니까? 전선군 지령[152]으로요?"

152 스딸린의 명령 "한걸음도 물러서지 말라"를 의미한다.

그러자 부사령관이 어조를 누그러뜨리며 달래듯 말했다. "일단 여단들로 출발하시오. 사령관에게 상황을 보고할 테니."

수화기를 내려놓자마자 게뜨마노프가 들어왔다. 그는 이미 군용 외투에 털모자까지 갖추고 있었다.

"아, 뾰뜨르 빠블로비치, 이미 출발한 줄 알았는데." 그는 유감스럽다는 듯 두 손을 내저어 보이더니 부드러운 어조로 말을 이었다. "지금 후방 부대가 많이 뒤처져 있소. 후방 부대 부사령관 얘기로는 독일군 부상자와 병자들 때문에 트럭과 귀중한 휘발유를 낭비할 수는 없다는군." 그가 의미심장한 얼굴로 노비꼬프를 바라보았다. "그리고 사실상 우리는 꼬민쩨른 지부가 아니라 전차군단이니까."

"여기서 꼬민쩨른이 무슨 상관이오?" 노비꼬프가 물었다.

"일단 출발하시지요, 어서, 대령 동지" 네우도브노프가 애원하듯 말했다. "일분이 소중해요. 내가 전선군 참모부와 협상해서 모든 가능한 수단을 보장하겠소."

밤중에 나누었던 다렌스끼와의 대화 이후 노비꼬프는 늘 참모장의 얼굴을 들여다보고 그의 행동과 목소리에 주의를 기울이곤 했다. 네우도브노프가 스푼을 잡거나, 포크로 오이절임을 찌르거나, 전화 수화기, 빨간 연필, 성냥을 쥘 때마다 그는 속으로 생각했다. '정말 저 손으로 그랬을까?'

하지만 지금 노비꼬프는 네우도브노프의 손을 보지 않았다.

노비꼬프는 한번도 이토록 상냥한, 흥분한, 사랑스럽기까지 한 네우도브노프를 본 적이 없었다.

네우도브노프와 게뜨마노프는 군단이 제일 먼저 우끄라이나 국경을 넘기 위해서라면, 여단들이 중단 없이 서쪽으로 전진하도록 하기 위해서라면 영혼이라도 바칠 태세였다.

그들은 이 일을 위해 어떤 위험이라도 감수할 태세였지만 단 한 가지, 실패할 경우 책임지는 위험만은 원치 않았다.

스스로도 모르는 사이 열정이 노비꼬프를 사로잡았다. 그도 군단의 일선 부대들이 제일 먼저 우끄라이나 국경을 넘었다고 전선군으로 무전을 치고 싶었다. 이는 전쟁에서 아무런 의미가 없는 일이며, 적에게 특별한 타격을 가하는 일도 아니었다. 하지만 노비꼬프는 전쟁의 영광을 위해, 전선군 사령관의 감사를 위해, 훈장을 위해, 바실렙스끼의 칭송을 위해, 라디오로 읽혀질 스딸린의 명령을 위해, 장군 계급장을 위해, 이웃들의 부러움을 사기 위해 이를 원했다. 한번도 이 비슷한 감정과 생각이 그의 행동을 결정한 적은 없었다. 하지만 아마 바로 그래서 이런 감정과 생각이 그토록 강했을 것이다.

이 욕망이 뭐 잘못되었단 말인가…… 스딸린그라드에서 그랬듯이, 1941년에 그랬듯이 추위는 여전히 혹독했고, 피로가 병사들의 뼈를 부수었으며, 죽음은 무서웠다. 하지만 이미 전쟁은 다른 공기를 마시기 시작하고 있었다.

이를 이해하지 못한 채 노비꼬프는 자신이 처음으로 정말 쉽게, 반마디 말로도 게뜨마노프와 네우도브노프를 이해한다는 것에, 화가 나지 않고 모욕을 느끼지도 않고 정말 자연스럽게 그들과 똑같은 것을 원한다는 사실에 스스로 놀라워했다.

그의 전차들이 전투의 움직임을 가속화하면 실제로 점령자들을 몇시간 빨리 수십개의 우끄라이나 시골 마을에서 몰아낼 수 있을 것이고, 그는 노인들과 아이들의 흥분한 얼굴을 보며 기쁨을 느낄 것이고, 농부 할머니가 그를 아들처럼 껴안고 입을 맞추면 그의 눈에서 눈물이 흐를 것이었다. 동시에 전쟁의 정신적 움직임 속에 새로운 열정, 새로운 주요 목표가 설정되었으니, 1941년과 가파른 강변의 스딸린그라드전투에서 중요했던 목표는 보존되고 존재하되 어느새 보조적인 것이 되어버린 터였다.

전쟁의 변화라는 비밀을 처음으로 알아챈 이는 1941년 7월 3일 "형제들과 자매들, 내 친구들이여……"[153]라고 말한 바로 그 사람이었다.

그를 재촉하는 게뜨마노프와 네우도브노프와 흥분을 공유하면서도, 노비꼬프는 스스로도 알 수 없는 이유로 이상하게 한참이나 출발을 미루었다. 그리고 마침내 자동차에 올라앉은 순간에야 그 이유를 깨달았다. 그는 제냐를 기다리고 있었던 것이다.

예브게니야 니꼴라예브나에게서 편지를 받지 못한 지 벌써 삼 주가 지났다. 부대로 나갔다가 돌아올 때마다 그는 참모부 현관에서 혹시 제냐를 마주치게 되지 않을까 싶어 두리번거렸다. 그녀는 그의 삶의 동반자였다. 여단장들과 이야기를 나눌 때도, 전선 참모부와 통화를 할 때도, 최전선으로 나가 독일군이 폭탄을 터뜨릴 때마다 젊은 말처럼 떠는 전차의 진동을 느낄 때도 그녀는 그와 함께였다. 언젠가 게뜨마노프에게 자신의 어린 시절 이야기를 들려주면서, 그는 꼭 그녀에게 이야기하는 기분이었다. 가끔은 혼잣말도 했다. "맙소사, 나한테서 술 냄새가 나네. 제냐가 당장 알아차릴 텐데." "이건 그녀가 봐야 했는데!" 불안한 마음으로 이런 생각에 잠긴 적도 있었다. '내가 소령을 군사재판에 넘긴 걸 제냐가 알면 뭐라고 할까?'

153 1941년 7월 3일에 있었던 스딸린 연설의 일부.

최전방 감시 초소에 들어가 담배 연기와 전화교환원들의 목소리에 둘러싸였을 때도, 총소리와 폭발음 속에 있었을 때도 그는 문득 그녀의 생각에 온몸이 불타곤 했다……

때때로 그는 그녀의 과거 삶에 대한 질투에 사로잡혀 한없이 침울해졌다. 때때로 그녀가 꿈에 보이면 잠에서 깨어 다시 잠들 수 없었다.

그들의 사랑이 무덤까지 이어질 듯 여겨지는가 하면, 다시 그녀 없이 혼자 남게 되리라는 불안이 덮치기도 했다.

자동차에 오른 뒤 그는 볼가로 이어지는 길을 돌아보았다. 길에는 아무도 없었다. 그녀가 벌써 오래전에 여기 도착했어야 한다는 생각에 화가 치밀었다. 아니, 혹시 병이 났나? 1939년에 그녀의 결혼 소식을 듣고 총으로 자살하려 했던 일이 떠올랐다. 왜 그는 그녀를 사랑하는가? 그가 만났던 다른 여자들도 그녀 못지않았다. 한 사람에 대해 집요하게, 끊임없이 생각하는 건 행복일까, 아니면 무슨 병 같은 걸까? 참모부에서 일하는 여자들 중 누구와도 관계하지 않은 건 다행스러운 일이다. 그녀가 왔을 때 그는 깨끗한 상태일 테니까. 사실 삼주 전쯤 죄를 짓긴 했지만…… 제냐가 이곳으로 오는 도중에 바로 그 죄지은 농가에서 하룻밤을 묵으며 젊은 집주인 여자와 이야기를 나눈다면? 그 여자가 그를 묘사하며 "참 멋진 대령이었어요"라고 말한다면? 후, 머릿속으로 별 황당한 생각이 다 기어들어오는군. 한도 끝도 없이……

51

다음 날 정오 무렵, 노비꼬프가 부대들을 시찰하고 돌아왔다. 전차 무한궤도로 여기저기 움푹 패고 꽁꽁 얼어붙은 길에서 이리저리 흔들리며 오느라 허리며 등이며 뒷목이 뻣뻣했다. 전차병들의 피로와 여러날의 불면으로 인한 무감각 상태가 그에게 전염된 것만 같았다.

참모부로 다가가면서 그는 현관에 서 있는 사람들을 눈여겨보았다. 예브게니야 니꼴라예브나가 게뜨마노프 곁에 서서 다가오는 자동차를 보고 있는 모습이 눈에 들어왔다. 온몸이 불타며 미칠 듯한 광란이 머리를 때렸다. 그가 고통에 가까운 기쁨으로 숨이 막혀 아직 움직이고 있는 자동차에서 뛰어내리려는 순간, 뒷좌석에 앉은 베르시꼬프가 말했다.

"꼬미사르가 자기 여의사랑 바람을 쐬고 있네요. 사진 한장 찍어서 집으로 보내면 사모님께 큰 기쁨이 될 텐데요."

참모부로 들어간 노비꼬프에게 게뜨마노프가 편지를 내밀었다. 그것을 받아 뒤집어 예브게니야 니꼴라예브나의 필적을 알아본 그는 얼른 편지를 주머니에 찔러넣었다.

"자, 상황을 보고하겠소." 그가 게뜨마노프에게 말했다.

"근데 편지는 안 읽고? 사랑이 식은 거요?"

"괜찮소. 나중에 읽을 거요."

곧 네우도브노프가 들어왔고 노비꼬프가 말했다.

"문제는 사람들이오. 전투 중에 전차 안에서 잠을 자더군. 다들 완전히 뻗은 거요. 여단장들도 마찬가지고. 까르뽀프는 아직 그럭저럭 버티지만 벨로프는 나와 이야기를 나누다가 그대로 잠들었소. 닷새 내내 쉬지 않고 진군했으니 무리도 아니지. 운전병들도 이동 중에 잠을 자고, 너무 피곤해 밥도 먹지 않소."

"그렇다면 뾰뜨르 빠블로비치, 전반적인 상황에 대해서는 어떻게 평가하오?"

"독일군은 공격할 상황이 아니오. 우리 전투 지역에서 반격할 가능성은 아예 없지. 터져서 바람이 빠진 꼴이랄까. 프레터-피코. 픽.[154]"

그동안 그의 손가락은 내내 주머니 속 봉투를 만지작거리고 있었다. 한순간 그는 봉투를 놓았다가 다시 재빨리 꽉 잡았다. 가만히 두면 주머니에서 그대로 사라질 것만 같았다.

"알 만하군." 게뜨마노프가 말했다. "자, 나도 얘기할 게 있소. 여기 장군과 나는 저기 하늘 꼭대기까지 다녀왔소. 니끼따 세르게예비치와 직접 이야기했지. 그가 우리 전투 지역에서 항공 지원을 철수하게 두지 않겠다고 약속했소."

"하지만 그에겐 직접적인 지휘 권한이 없잖소." 이렇게 말하며 노비꼬프는 주머니 속에서 봉투를 뜯었다.

"그거야 그렇지." 게뜨마노프가 말을 이었다. "하지만 방금 장군이 공군 참모부에서 확약을 받았거든. 항공 지원은 계속될 거요."

"후미 부대들이 금방 우리를 따라잡을 거요." 네우도브노프가 다급히 말을 받았다. "길이 별로 나쁘지 않거든요. 중요한 건 당신의 결정이오, 중령 동지."

'날 중령으로 강등시켜버리는군. 흥분한 모양이야.' 노비꼬프는 생각했다.

154 Ernst Otto Fick(1898~1945). 독일 군인. 바르바로사 작전 당시 제5 SS 전차사단 포병연대에 근무했고 이 시기에는 SS 오버퓌러로 무장 친위대 교육을 담당했다.

“자, 여러분,” 게뜨마노프가 말했다. “우리가 제일 먼저 우리의 어머니 우끄라이나를 해방하게 될 것 같소. 내가 니끼따 세르게예비치에게 분명히 얘기했소. 전차병들이 우끄라이나 군단으로 불리기를 꿈꾸며 지휘부를 둘러싸고 있다고 말이오.”

“그들이 꿈꾸는 건 단 하나, 잠을 좀 자는 거요.” 노비꼬프는 그의 거짓말에 짜증이 나 퉁명스레 내뱉었다. “다들 닷새 동안 한숨도 못 잤단 말이오. 모르겠소?”

“그러니까 이동을 계속하고 앞으로 돌진하기로 결정된 거지요, 뾰뜨르 빠블로비치?” 게뜨마노프가 말했다.

노비꼬프는 주머니 속에서 봉투를 반쯤 연 뒤 손가락 두개를 집어넣어 편지를 만져보았다. 익숙한 필체를 보고 싶은 마음에 가슴이 온통 쑤셨다.

“내 생각은 다르오.” 그가 말했다. “병사들에게 열시간의 휴식을 주어 조금이라도 기력을 회복하도록 하는 편이 좋을 거요.”

“맙소사,” 네우도브노프가 말했다. “그 열시간 동안 잠자느라 우리는 세상의 모든 걸 잃게 되겠군요.”

“잠깐, 잠깐, 정리해보자고.” 게뜨마노프가 말했다. 그의 두 뺨과 귀는 물론 목까지 점점 붉어지기 시작했다.

“자, 난 이미 그렇게 정리했소.” 살짝 웃으며 노비꼬프가 말했다.

갑자기 게뜨마노프가 폭발했다.

“뭐, 니미 씹할…… 그게 다 무슨 소리야!” 그는 소리를 지르기 시작했다. “잠을 못 잤다고? 곧 실컷 자게 될 텐데! 염병할 놈들, 그것 때문에 큰일을 열시간이나 늦춰? 그런 코흘리개 짓에는 반대요, 뾰뜨르 빠블로비치! 돌진을 지연시키더니 이제는 애들을 재우겠다고? 점입가경이구먼. 전선군 군사위원회에 보고하겠소! 지금 탁아소를 운영하는 줄 아시오?"

"잠깐, 잠깐만." 노비꼬프가 말했다. "적의 포병부대를 제압하는 동안 내가 전차들의 돌진을 지연시켰을 땐 내게 입을 맞추지 않았소? 보고서에 그것도 쓰시지."

"내가 입을 맞춰?" 게뜨마노프가 경악하여 소리를 질렀다. "이젠 헛소리를 막 지어내는군!" 이어 그가 불쑥 말했다. "공산주의자로서 솔직히 얘기하지. 순혈 프롤레타리아인 당신이 늘 이질적인 것의 영향을 받는 게 나로선 큰 걱정이오."

"아, 그런 거요?" 노비꼬프가 으르렁거렸다. "좋소, 이제 다 알겠군. 이해했소." 그는 자리에서 일어나 어깨를 펴고 성난 목소리로 말을 이었다. "군단을 지휘하는 사람은 나요. 내가 말한 대로 될 거요. 나에 대해 보고서건 중편소설이건 장편소설이건 맘대로 쓰시오, 게뜨마노프 동지. 스딸린에게도 써 보내시지."

그런 뒤 그는 옆방으로 갔다.

노비꼬프는 다 읽은 편지를 내려놓고 휘파람을 불었다. 소년 시절 이웃집 창 밑에서 친구를 부를 때 이렇게 휘파람을 불곤 했지…… 아마 이 멜로디를 떠올리지 않은 지 서른해쯤 되었을 텐데. 갑자기 휘파람이 나왔다.

그런 뒤 그는 창밖을 내다보았다. 아니, 대낮이었다. 밤이 아니다. 갑자기 노비꼬프는 히스테릭하게, 반갑게 중얼거렸다. "고마워, 고마워, 모든 게, 다 고마워."

금방이라도 쓰러져 죽을 것만 같았으나 그는 쓰러지지 않고 방

안을 서성거렸다. 다시 책상 위에서 하얀 빛을 발하는 편지를 바라보았다. 꼭 몹쓸 살모사가 빠져나온 뒤 남은 빈 껍데기 같았다. 그는 옆구리와 가슴을 손으로 이리저리 더듬었다. 살모사는 만져지지 않았다. 이미 그의 안으로 들어가 똬리를 튼 채 심장을 따갑게 에고 있었다.

얼마 후에 그는 창가에 서 있었다. 운전사들이 변소로 가는 전화교환원 마루샤를 바라보며 웃고 있었다. 사령부 전차 운전병은 양동이를 들고 우물에서 걸어오는 중이었고 참새들은 주인집 외양간 입구에 놓인 짚가리 속에서 저희들 일을 하느라 바빴다. 제냐는 자기가 가장 좋아하는 새가 참새라고 했지…… 그는 불붙은 집처럼 타고 있었다.[155] 대들보가 부서져 내려앉고, 천장이 무너져내렸다. 그릇이 바닥으로 떨어지고, 찬장과 책과 쿠션 들이 마치 비둘기처럼 공중에서 회전하며 불꽃에 휩싸인 채 연기 속을 날아다녔다…… 그게 무슨 소리야. "난 평생 당신에게 순수하고 높은 모든 것에 대해 감사할 거야. 하지만 나 자신도 나를 어떻게 할 수 없네. 과거의 삶이 나보다 강해서 그걸 없앨 수도, 잊을 수도 없어…… 하지만 날 책망하지 마. 내게 죄가 없어서가 아니라, 나도 당신도 내 죄가 무엇인지 모르니까…… 나를 용서해, 용서해, 우리 둘이 가여워서 울고 있어."

운다고! 광분이 그를 사로잡았다. 염병할 년, 이보다 더러운 년! 뱀 같은 년! 이빨을, 눈을 후려치고 개머리판으로 개 같은 년의 콧잔등을 깨놓아야 해……

그러자 정말 견딜 수 없이 돌발적으로 솟아난 감정, 무력감이 곧

155 마야꼽스끼의 서사시 「바지 입은 구름」 제1부에 나오는 실연당한 남자의 심정 묘사를 상기시킨다.

바로, 그야말로 순식간에 그를 덮쳤다. 아무도, 이 세상의 어떤 힘도 도울 수 없어. 오직 제냐만이 도울 수 있지만 그녀가, 바로 그녀가 나를 파멸시켰어.

그는 그녀가 왔어야 할 방향으로 고개를 돌리고서 말했다. "제네치까, 당신 나한테 무슨 짓을 한 거야? 제네치까, 들려? 제네치까, 나 좀 봐, 제발. 내게 무슨 일이 일어나는지 좀 보라고."

그는 그녀를 향해 두 손을 뻗었다.

무엇을 위해 그 오랜 세월을 희망 없이 기다렸나. 하지만 이게 그녀의 결정이라면, 어린 소녀가 아닌 성인 여성이 몇년을 끌어 결정한 것이라면, 이해해야겠지, 결정했으니……

하지만 몇초 뒤에, 그는 다시금 증오 속에서 구원을 찾으려 애썼다. '그래, 내가 소령도 못 되고 니꼴스끄-우수리스끄에서 이 산 저 산 돌아다니며 빈둥거렸을 때 그녀는 날 원하지 않았지. 내가 대령이 된 이후에야 마음을 정했어. 장군 부인이 되고 싶었던 거야. 그래, 너희들은 다 똑같아. 너희 여자들은 다 그래.' 하지만 이 생각이 얼마나 말도 안 되는 것인지 그는 바로 깨달았다. 차라리 그랬으면 좋았을 텐데…… 그녀는 떠났어. 수용소로, 꼴리마로 갈 사람에게 돌아갔어. 그래봐야 아무런 이득도 없는데…… 네끄라소프가 쓴 「러시아 여자들」이라는 시의 여주인공처럼…… 그녀는 나를 사랑하지 않아, 그녀는 그를 사랑해…… 아니, 그를 사랑하지 않아, 그를 동정해, 그냥 동정하는 거야. 그런데 왜 나는 동정하지 않지? 루뱐까에 앉아 있는 사람들, 수용소에 있는 사람들, 팔다리가 잘려 병원에 있는 사람들을 다 합쳐도 나보다 불쌍하지 않은데. 당장 수용소로 가겠어. 그럼 당신은 누구를 선택할 거지? 그를 선택하겠지! 같은 족속이니까. 나는 낯선 사람이지. 그녀는 나를 그렇게 불렀어. 낯선 사람, 낯선 사람. 원수元帥가 되어도 난 여전히 농부에 광부에 무식자, 그녀의 똥 같은 그림을 이해하지 못해…… 그는 증오 섞인 목소리로 크게 외쳤다. "왜? 대체 왜 그랬어?"

그는 뒷주머니에서 권총을 꺼내 손바닥에 놓고 무게를 가늠해보았다. 내가 살기 싫어서가 아니라, 네가 평생 괴로워하라고, 더러운 년, 양심의 가책을 받으라고 죽는 거야.

그러고서 그는 권총을 숨겼다.

'일주일만 지나면 날 잊겠지.'

그가 잊어야 했다. 기억하지 말아야 해. 돌아보지 말아야 해!

그는 책상으로 다가가 다시 편지를 읽어보았다. "가엾은 내 사랑, 사랑하는 사람, 좋은 사람……" 끔찍한 것은 가혹한 단어들이 아니라 상냥하고 동정 넘치는 말들, 그를 가엾다며 낮춰보는 단어들이었다. 이 단어들을 그는 도저히 참을 수 없어 숨쉬기조차 힘들 지경이었다.

그는 그녀의 가슴을, 어깨와 무릎을 보았다. 지금 그녀는 저 보잘것없는 끄리모프에게로 가고 있다. "나 자신도 나를 어떻게 할 수 없네." 숨 막히는 기차 안에서 사람들 틈에 끼어 가는데 누군가 그녀에게 어디 가느냐고 묻는다. "남편한테요." 그녀가 대답한다. 부드럽고 순종적인 눈, 강아지처럼 슬픈 눈으로.

이 창문으로 그녀가 오지 않는지 바라보곤 했지. 어깨가 흔들리는가 싶더니 흐느낌이 터져나왔다. 바깥으로 비어져나오려는 소리를 속으로 억누르느라 숨이 막혔다. 그녀에게 줄 생각으로 전선군 후생국에서 초콜릿을 가져오라고 지시하며 베르시꼬프에게 농담을 던졌던 일이 떠올랐다. "건드리면 그 즉시 모가지를 뽑아버릴 거야!"

"날 봐, 내 사랑, 나의 제네치까." 다시 그는 중얼거렸다. "당신 나한테 무슨 짓을 한 거야…… 눈곱만큼이라도 나를 동정해줄 순 없어?"

그는 급히 침상 밑에서 트렁크를 꺼내 여러해 동안 늘 지니고 다니던 편지와 사진 들, 그리고 그녀가 최근의 편지 속에 넣어 보낸 사진, 또 가장 처음 보낸 사진 — 셀로판지에 싼 여권용 작은 사진 — 을 손에 쥐고는 크고 강한 손가락으로 갈기갈기 찢기 시작했다. 그는 그녀가 쓴 편지들을 작은 조각들로 찢었고, 조각마다 종잇조각마다 어른거리는 글줄 속에서 수십번 읽고 또 읽었던, 정신을 혼미하게 했던 단어들을 알아보았고, 찢어진 사진들 속에서 얼굴이 사라지고 두 입술, 두 눈, 목이 부서지는 것을 보았다. 그는 서두르고 또 서둘렀다. 그러자 점점 마음이 편해졌다. 단번에 그녀를 찢어내고 통째로 짓밟는 기분, 마녀로부터 자신을 해방시키는 기분이었다.

그녀 없이도 살아오지 않았나. 이겨낼 것이다! 일년 뒤에는 그녀 옆을 지나도 심장이 떨리지 않을 것이다. 자, 이제 끝이다! '넌 술꾼에게 술병 마개 같은 존재야! 아무 필요 없는 거.'

그런 생각을 하자마자 그는 자신의 바람이 헛되다는 것을 느꼈다. 심장으로부터는 아무것도 떼어내지 못하지, 심장은 종이로 된 게 아니고, 심장 속 삶은 잉크로 쓴 게 아니니까. 조각조각 찢어낼 수 없고, 뇌와 영혼 속에 각인된 오랜 세월을 자신으로부터 뜯어낼 수도 없어.

그는 그녀를 자신의 일과 자신의 불행과 자신의 생각의 참여자로, 자신의 약한 날들과 강한 날들의 목격자로 만든 것이다.

그리고 찢어진 편지들은 사라지지 않았다. 수십번 읽었던 말들이 기억 속에 남아 있었고, 그녀의 눈은 조각난 사진들 속에서 여전히 그를 바라보고 있었다.

그는 찬장을 열고 보드까를 한잔 가득 채워 단숨에 들이켠 뒤 담배를 피우기 시작했다. 담배가 타고 있는데도 다시 불을 붙였다. 슬픔이 그의 머릿속을 울리고 속을 온통 태워버렸다.

"제네치까!" 그는 다시 큰 소리로 울부짖었다. "아, 작고 사랑스러운 내 여자. 당신 내게 무슨 짓을 한 거야! 대체 무슨 짓을 한 거냐고! 어떻게 그럴 수 있어?"

그런 다음 그는 종잇조각들을 트렁크에 담고 술병을 찬장에 넣었다. '보드까를 마시니 좀 낫네.'

이제 전차들이 돈바스로 들어가면 그는 고향 마을을 지나갈 것이고, 노인들이 묻힌 장소를 찾아낼 것이다. 아버지는 뻬뜨까를 자랑스럽게 여기고, 어머니는 애처로운 아들을 동정하겠지. 전쟁이 끝나면 형에게 가서 그 집 식구들이랑 같이 살아야겠어. 조카는 그에게 물을 것이다. "뻬쨔 삼촌은 왜 말이 없어?"

갑자기 어린 시절이 떠올랐다. 집에서 기르던 털북숭이 개가 교미하러 갔다가 물리는 바람에 털이 뜯기고, 귀가 씹히고, 대가리 전체가 부어 눈도 못 뜨고 입은 비뚤어진 채 돌아와 슬프게 꼬리를 내린 채 현관 옆에 서 있었다. 아버지가 녀석을 살펴보고는 너그럽게 물었다. "뭐야, 들러리만 서다 온 거냐?"

그래요, 들러리만 섰네요……

베르시꼬프가 방으로 들어왔다.

"대령 동지, 쉬고 계십니까?"

"그래…… 잠깐만."

그는 시계를 보고 생각했다. '내일 7시까지는 이동을 중단시켜

야겠어. 암호화해서 무선으로 전달해야지.'

"다시 여단에 나가볼까 싶네." 그가 베르시꼬프에게 말했다.

난폭한 운전이 고통을 조금이나마 잊게 해주었다. 윌리스는 시속 80킬로미터로 달렸는데, 길이 완전히 엉망이라 차체가 껑충껑충 솟구치는가 하면 몹시 흔들리고 이리저리 미끄러지기까지 했다. 운전사는 겁을 먹어 제발 속도를 늦추게 해달라고 하소연하듯 애처로운 시선으로 노비꼬프를 바라보았다.

그는 전차여단 참모부로 갔다. 그 짧은 사이 모든 것이 얼마나 변했는지! 마까로프는 또 얼마나 변했는지! 마치 몇년 만에 그를 만난 기분이었다.

마까로프는 당황한 마음에 일상적인 절차도 잊은 채 손을 내저으며 말했다. "대령 동지, 어떻게 된 겁니까? 방금 게뜨마노프가 휴식을 중단하고 공격을 이어가라는 전선군 사령관의 명령을 전달했습니다."

52

삼주 뒤, 노비꼬프 전차군단은 전선군 예비병력으로 철수되었다. 군단은 인력을 보충하고 전차들을 수리할 예정이었다. 전투하며 400여킬로미터를 진군하느라 사람도 전차도 완전히 탈진한 상태였다.

예비병력으로의 철수 명령과 함께 노비꼬프 대령을 모스끄바의 총참모부와 고위급 지휘관 총관리국으로 소환한다는 명령이 떨어졌다. 그가 다시 군단으로 돌아오게 될지 그 누구도 확실히 알 수 없었다.

노비꼬프가 부재하는 동안 지휘는 네우도브노프 중장에게 맡겨졌다. 이 일이 있기 며칠 전, 꼬미사르 게뜨마노프는 당 중앙위원회가 가까운 시일 내에 자신을 군의 기간요원에서 해임하기로 결정했다는 소식을 받았다. 그는 돈바스의 해방된 지역들 중 한곳에서 서기로 일할 예정이었고, 이 일에 중앙위원회는 특별한 의미를 부여하고 있었다.

노비꼬프를 모스끄바로 소환한다는 명령은 전선군 참모부와 장갑병력 관리부에 이런저런 소문을 불러일으켰다.

어떤 사람들은 이 소환에 아무 의미도 없으며, 노비꼬프는 모스끄바에 잠깐 머물다 돌아와서 다시 군단 지휘를 맡게 될 거라고 했다.

어떤 사람들은 이것이 공격이 최고조에 달했던 시기에 노비꼬프가 명한 열시간의 휴식 조처와 돌파 시작 당시 공격을 지연했던 일과 관계가 있다고 말했고, 또 어떤 사람들은 그가 큰 공로를 세운 군단 꼬미사르 및 참모장과 사이가 좋지 않았기 때문이라고 했다.

정보통으로 알려진 전선군 군사위원회 서기에 따르면, 몇몇 사람들이 누군가 노비꼬프의 개인적 인맥과 관련하여 그를 비난했다고 말했다. 한때는 군사위원회 서기도 노비꼬프의 불행이 군단 꼬미사르와의 사이에 생긴 불화와 관련된 것이라 여겼다. 하지만 그렇지 않다는 것이 분명히 밝혀졌다. 게뜨마노프가 당국에 써보낸 편지를 군사위원회 서기 자신이 두 눈으로 똑똑히 보았던 것이다. 이 편지에서 게뜨마노프는 노비꼬프를 군단장에서 해임하는 것에 반대했고, 노비꼬프가 뛰어난 군사적 재능을 보유한 훌륭한 지휘관이며 정치적으로나 도덕적으로나 비난의 여지가 없는 인물이라고 썼다.

그리고 참으로 놀랍게도, 소환 명령을 받은 바로 그날 밤 노비꼬프는 고통으로 밤을 지새우던 수많은 날들 이후 처음으로 아침까지 편안하게 잠을 잤다.

53

기차가 요란한 소리를 내며 시뜨룸을 싣고 가는 것만 같았다. 이런 기차에 탄 사람에게는 집의 고요함을 생각하고 기억하는 것이 이상하다. 시간이 여러가지 일과 사람들, 전화 통화들로 꽉 채워졌다. 시샤꼬프가 시뜨룸의 집으로 찾아와 사려 깊고 친절하게 건강에 대해 묻고 지나간 모든 일을 망각으로 넘긴 장난스럽고 우정 어린 해명을 한 날로부터 십년쯤 지난 것 같았다.

시뜨룸은 자신을 파멸시키려 애썼던 사람들이 그가 있는 쪽으로 고개를 돌리는 것조차 부끄러워할 것이라고 생각했지만 그가 연구소에 돌아온 날 그들은 기쁘게 그와 인사를 나누었고, 헌신과 우정이 가득한 시선으로 그의 눈을 들여다보았다. 특히 놀라웠던 것은 이 사람들이 진정으로 솔직했다는 사실이었다. 그들은 진정으로 시뜨룸에게 이제 좋은 일이 있기만을 바랐다.

그는 다시 연구에 대해 많은 호평을 들었다. 말렌꼬프는 그를 불러내 주의 깊고 지혜로운 검은 두 눈으로 그를 응시하며 사십분이나 이야기를 나누었다. 시뜨룸은 말렌꼬프가 그의 연구 강좌에 왔었고 전문용어들을 상당히 자유자재로 사용하는 것에 놀랐다.

작별할 때 말렌꼬프가 건넨 말도 놀라웠다. "우리가 물리학 이론의 영역에서 조금이라도 당신의 연구를 방해한다면 참으로 유감일 겁니다. 이론 없이는 실천도 없다는 걸 우리 모두 잘 알고 있어요."

그런 말을 들으리라고는 전혀 기대하지 않았는데.

말렌꼬프와 만난 다음 날, 알렉세이 알렉세예비치의 불안하고 묻는 듯한 시선을 보면서 그는 이상하게도 시샤꼬프가 집에서 모임을 가지며 자신을 부르지 않았을 때 느낀 모욕감과 굴욕감을 떠올렸다.

다시 마르꼬프는 싹싹하고 친절했고, 사보스찌야노프는 재치 있는 농담을 하고 웃어댔다. 구레비치는 실험실로 와서 시뜨룸을 껴안고 "얼마나 기쁜지 모르겠소, 얼마나 기쁜지 몰라. 당신은 행운의 베냐민[156]이오"라고 말했다.

기차는 계속 그를 싣고 갔다.

시뜨룸은 그의 실험실을 기반으로 독자적 연구 기관을 만드는 게 필요하다고 생각하느냐는 문의를 받았다. 그는 특별기 편으로 우랄에 갔고 인민위원회 부회장이 동행했다. 그에게 승용차가 나왔고, 류드밀라 니꼴라예브나도 특별 상점에 승용차를 타고 다녔으며, 몇주 전에는 그녀를 아는 척하지 않으려던 바로 그 여자들을 태워주기도 했다.

전에는 복잡하고 착잡하게만 보였던 모든 일이 수월하게 저절로 이루어졌다.

젊은 란제스만은 감동을 받았다. 꼽첸꼬가 그의 집으로 전화를 걸었고, 두벤꼬프는 한시간 만에 수속을 마쳐 그가 시뜨룸의 실험실로 들어오도록 해주었던 것이다.

156 구약성서에 나오는 야곱과 라헬의 아들. 신실하고 사랑받는 이를 말한다.

안나 나우모브나 바이스빠삐르는 까잔에서 도착한 뒤 시뜨룸에게 말했다. 호출과 수속이 이틀 사이 다 끝났고 모스끄바에서는 꿉첸꼬가 기차역으로 차를 보냈다고. 안나 스쩨빠노브나는 두벤꼬프로부터 직책 회복 사실과 함께 부득이한 결근에 대해서는 부소장과의 협약에 따라 급료를 전액 지급할 것이라 알리는 서면 통보를 받았다.

새로운 직원들은 쉴 새 없이 식사를 제공받았다. 그들은 자기들 업무가 아침부터 저녁까지 '회원 식당'들을 돌며 먹는 것으로 귀결된다고 웃으며 말했다. 하지만 그들의 일은 물론 그것만이 아니었다.

시뜨룸의 실험실에 조립된 장비들은 그에게 이미 완벽한 것으로 여겨지지 않았다. 그는 일년 뒤면 이 장비가 스티븐스의 증기기관차처럼 웃음을 자아내리라 생각했다.

시뜨룸의 삶에서 일어나는 모든 일이 자연스러운 동시에 완전히 부자연스러워 보였다. 실제로 시뜨룸의 연구는 정말로 의미 있고 흥미로운데 어떻게 그걸 칭찬하지 않을 수 있을까? 란제스만도 재능 있는 학자인데 어떻게 그가 연구소에서 일하지 않을 수 있단 말인가? 안나 나우모브나도 대체 불가능한 인물인데 뭣 때문에 그녀가 까잔에 머물러야 한단 말인가?

동시에, 시뜨룸은 스딸린의 전화가 없었다면 연구소에서 아무도 그의 뛰어난 작업들을 칭찬하지 않았을 것이며 란제스만이 제아무리 재능 있는 학자라 해도 일없이 빈둥거렸을 것이라는 점을 이해하고 있었다.

하지만 스딸린의 전화는 우연이 아니었고, 변덕도 괴벽도 아니었다. 스딸린은 즉 국가요, 국가는 변덕도 괴벽도 부리지 않는다.

시뜨룸은 새 동료들을 맞이하고 장비를 주문하고 회의하는 등의 행정 업무가 자신의 시간 전체를 점령하리라 생각했다. 하지만 자동차는 빨리 달렸고, 회의는 짧았으며, 아무도 회의에 지각하지 않았고, 그가 원하는 바들은 쉽게 실현되어 가장 값진 아침 시간을 항상 실험실에서 보낼 수 있었다. 이 가장 중요한 업무 시간에 그는 자유로웠다. 아무도 그를 구속하지 않았고, 그는 그의 흥미를 끄는 일에 대해서만 생각했다. 그의 학문은 학문으로 남아 있었다. 고골의 소설 「초상화」에 나오는 예술가에게 일어난 일과는 전혀 달랐다.[157]

누구도 그의 학문적 관심거리들을 빼앗으려 하지 않았는데, 그것이 그가 가장 두려워하던 바였다. '난 정말 자유롭구나.' 그는 놀라워했다.

빅또르 빠블로비치는 문득 까잔에서 기술자 아르젤레프가 했던 이야기를 떠올렸다. 군수공장은 원료, 에너지, 공작 기계를 보장받는다고, 그곳엔 쓸데없는 서류 작성질이 없다고 했지……

'그래,' 빅또르 빠블로비치는 생각했다. '날아다니는 양탄자식으로, 관료제는 관료제가 없는 곳에서 나타나는 게 분명해. 국가의 주요 목적에 봉사하는 일은 특급으로 질주하잖아. 관료제의 힘은 두 대척적인 면을 가지고 있어. 어떤 움직임이라도 멈출 수 있지만, 동시에 움직임에 전대미문의 가속을 가할 수도 있지. 중력의 한계를 벗어나 날아갈 정도로.'

하지만 그는 이제 까잔의 작은 방에서 나눴던 저녁 대화들에 관해 드물게, 무심하게 떠올렸고, 마지야로프도 그렇게까지 훌륭하고

157 가난한 화가 차르뜨꼬프는 자신이 구입한 초상화 속에서 돈이 쏟아져나와 부자가 되자 점차 화가로서의 재능을 잃고 반미치광이로 죽는다.

현명한 사람으로 여겨지지 않았다. 마지야로프의 운명에 대한 생각이 집요한 불안을 안겨주는 일도 없었으며, 까리모프가 마지야로프 앞에서 느끼던 공포, 마지야로프가 까리모프 앞에서 느끼던 공포도 그렇게 자주, 그렇게 집요하게 머릿속에 떠오르지 않았다.

일어난 모든 일이 저도 모르게 자연스럽고 합법칙적으로 여겨지기 시작했다. 시뜨룸의 생활이 법칙이 되었다. 시뜨룸은 이 삶에 익숙해졌다. 예전의 삶이 예외적인 것으로 보이기 시작했고, 시뜨룸은 그 삶에서 멀어졌다. 아르쩰레프의 이야기가 정말 맞는 거였지 않나?

예전에는 인사과로 들어가는 순간 두벤꼬프의 시선을 의식하며 짜증과 긴장을 느끼곤 했다. 하지만 그는 두벤꼬프가 친절하고 마음 좋은 인간임을 알게 되었다.

그는 시뜨룸에게 전화를 걸어 말했다.

"두벤꼬프가 성가시게 해드리네요. 제가 방해한 건 아니지요, 빅또르 빠블로비치?"

꼽첸꼬는 자기에게 방해가 되면 누구라도 파멸시키는 기만적이고 사악한 음모꾼이요 연구의 생생한 본질에는 관심이 없는 사람, 문서로 되지 않은 비밀스러운 지령의 세계에서 온 선동가로 여겨졌었다. 하지만 그에게 완전히 다른 면모가 있다는 걸 시뜨룸은 알게 되었다. 그는 매일 시뜨룸의 실험실에 들러 허물없이 굴고 안나 나우모브나와 농담을 나누었다. 그는 모든 사람들과 악수했으며 철공들, 기계공들과 대화했다. 그 자신이 젊은 시절 작업장에서 선반공으로 일했던 진정한 민주주의자임이 밝혀졌다.

시뜨룸은 몇년 동안 시샤꼬프를 좋아하지 않았다. 그는 알렉세이 알렉세예비치의 집으로 식사하러 가서 그가 손님 대접을 잘하는 미식가에다 재담가, 일화 전문가이고, 고급 꼬냑 애호가이며, 판화 수집가라는 걸 알게 되었다. 가장 중요한 건, 그가 시뜨룸 이론의 숭배자임을 알게 된 것이었다.

'내가 승리했어.' 시뜨룸은 생각했다. 하지만 물론 그가 최상의 승리를 얻은 것은 아니라는 것, 그가 관계하는 사람들이 그에 대한 태도를 바꾸고 도우며 그를 방해하지 않게 된 것은 그의 지력이나 재능, 혹은 그의 다른 힘이 그들을 사로잡았기 때문이 아니라는 것을 그는 알고 있었다.

그럼에도 여전히 그는 기뻤다. 그가 승리했다!

거의 매일 저녁 라디오에서 '최후의 시간' 뉴스가 전해졌다. 소련 부대들의 공격 범위가 점점 넓어지고 있었다. 이제 빅또르 빠블로비치에게는 전쟁의 합법칙적 변화, 국민과 군대와 국가의 승리가 자기 삶의 합법칙성과 정말 간단하고 수월하게 연결되는 듯 여겨졌다.

물론 그는 모든 게 이미 그렇게 간단하지 않음을 알고 있었으며, '여기에도 스딸린, 저기에도 스딸린이 있다. 스딸린 만세'라는 가장 단순한 사실 하나만을 보려는 자신의 욕망을 비웃었다.

그의 눈에 행정가들, 당 활동가들은 가족과 있을 때조차 간부의 순수성에 대해 말하고, 빨간 연필로 서류에 서명을 하고, 아내에게 공산당 『약사』를 낭독하고, 꿈에서도 시간 규칙과 의무 훈령들을 보는 이들이었다.

그러다 예기치 않게 이 사람들을 다른, 인간적 측면에서 보게 되었다.

당위원회 서기 람스꼬프는 알고 보니 낚시꾼이었다. 전쟁 전에는 아내와 아이들과 보트를 타고 우랄의 강들을 이리저리 여행했다고 했다.

"에이, 빅또르 빠블로비치," 그가 말했다." 인생에서 더 좋은 게 뭐 있겠소. 새벽에 나가면 이슬이 반짝이고 강변의 모래는 차갑지. 거기 낚싯줄을 풀면 여전히 짙고 속을 알 수 없는 강물은 뭔가를 약속하고…… 이제 전쟁이 끝나면, 당신을 낚시 동맹으로 끌어들일 거요……"

언젠가 꼽첸꼬는 시뜨룸과 소아 질병에 대해 이야기했다. 시뜨룸은 구루병과 편도선염 치료 방법에 대한 그의 지식에 감탄했다. 까시얀 쩨렌찌예비치에게 친자식 두명 외에 입양한 스페인 소녀이 있는 것도 알게 되었다. 어린 스페인 소녀이 자주 병이 나 까시얀 쩨렌찌예비치가 직접 치료에 관심을 기울였던 것이다.

심지어 메마른 스베친까지도 시뜨룸에게 그 추웠던 1941년 겨울에 건사해낸 선인장 이야기를 들려주었다.

'에이 참, 그렇게 나쁜 사람들이 아니었잖아?' 시뜨룸은 생각했다. '모든 사람들 속에는 인간적인 것이 들어 있지.'

물론 이 모든 변화들이 실제로 그 무엇도 변화시키지 않는다는 것을 그는 마음 깊이 알고 있었다. 그는 바보도 냉소주의자도 아닌, 생각할 줄 아는 사람이었다.

이즈음 끄리모프가 자신의 오랜 동지, 군검찰청 선임 심문관 바그랴노프에 대해 했던 이야기가 떠올랐다. 바그랴노프는 1937년에 체포되었다가 1939년 베리야가 짧은 기간 자유화 정책을 펴던 시기에 수용소에서 풀려나 모스끄바로 복귀했다.

끄리모프는 바그랴노프가 다 떨어진 셔츠에 다 떨어진 바지를 입고 주머니에 수용소 통지서를 넣은 채 한밤중 기차역에서 곧장 그에게로 왔던 일에 대해 이야기했다.

첫날 밤 그는 자유애에 넘치는 발언을 쏟아내며 모든 수용소 수감자들을 동정했고, 자기는 벌을 치거나 정원사로 일할 작정이라고 했다.

하지만 예전 생활로 복귀해가면서 점차 그의 말이 달라졌다.

바그랴노프의 이데올로기가 어떻게 점차로, 단계적으로 변했는지 끄리모프는 웃으면서 이야기했다. 군복 바지와 윗도리가 도로 주어졌고, 아직 자유주의적인 견해들은 이 단계에 상응했다. 하지만 이미 그가 당똥처럼 악을 폭로하는 일은 없었다.

이제 수용소 통지서 대신 모스끄바 거주증이 발부되었다. 그러자 당장 그의 내면에서 '모든 현실적인 것은 이성적이다'라는 헤겔적 입장에 서겠다는 욕구가 감지되었다. 그다음 그에게 아파트를 돌려주자 그는 새로운 방식으로 이야기하기 시작했고, 수용소에는 소련 국가에 적대적인 행위를 했기 때문에 선고받은 자들이 적지 않다는 말을 했다. 그다음에는 훈장을 돌려받았다. 그다음에는 복당되었고 당원 경력도 회복되었다.

바로 이때 끄리모프에게 당과의 불화가 시작되었다. 바그랴노프는 그에게 전화하기를 중단했다. 어느날 끄리모프는 제복에 이등변사각형 휘장을 단 채 연방검찰청 입구에 멈춰선 승용차에서 내리는 그와 마주쳤다. 그 인간이 다 떨어진 셔츠 차림에 주머니에 수용소 통지서를 지니고 밤중에 끄리모프네 집에 와서는 죄 없이 선고받은 사람들에 대해, 눈먼 폭력에 대해서 말한 지 여덟달 후였다.

"그날 밤 그가 이야기하는 것을 들으며 난 그가 검찰청에 다시는 못 들어가리라 생각했었죠." 싸늘한 웃음을 띠고 끄리모프는 말했었다.

이 이야기는 물론 공연히 떠오른 것이 아니었다. 빅또르 빠블로비치가 나쟈와 류드밀라 니꼴라예브나에게 이에 대해 공연히 이야기한 것도 물론 아니었다.

1937년에 파멸한 사람들에 대한 그의 태도에서 바뀐 것은 조금도 없었다. 스딸린의 잔혹성에 공포를 느끼는 것도 예전과 마찬가지였다.

인간들의 삶은 시뜨룸이라는 사람이 불운아이건 행운아이건, 그에게 훈장과 명예 메달이 주어지건 말건, 말렌꼬프가 그를 초대하건 말건, 시샤꼬프가 티 파티 명단에 그를 넣건 말건 변하지 않는다. 집단농장화 시기에 죽은 사람들, 1937년에 총살당한 사람들은 다시 살아나지 않을 것이다.

이 모든 것을 빅또르 빠블로비치는 썩 잘 기억하고 이해하고 있었다. 그런데 이 기억과 이해 속에 무언가 새로운 점이 나타났다. 그의 내면에 예전의 당혹감이, 언론과 출판의 자유에 대한 동경이 없는 것 같기도 했고, 죄 없이 파멸당한 사람들에 대한 생각이 전처럼 강하게 그의 영혼을 불태우지 않는 것 같기도 했다. 혹시 이것이 그가 더이상 아침, 저녁, 밤에 지속적으로 날카로운 공포를 느끼지 않게 된 것과 관련이 있을까?

빅또르 빠블로비치는 꼽첸꼬, 두벤꼬프, 스베친, 쁘라솔로프, 시샤꼬프, 구레비치, 또 많은 다른 사람들이 그를 대하는 태도를 바꿈으로써 더 나은 사람이 된 것이 아님을 알고 있었다. 광신도 같은 고집으로 시뜨룸과 그의 연구를 계속 혹평하는 가브로노프가 정직했다.

그는 나쟈에게 말했다. "있지, 해롭더라도 검은 100인단처럼 제반동적인 신념을 고수하는 편이 그래도 나은 것 같아. 출세를 위해

게르쩬이나 도브롤류보프를 옹호하는 것보다 말이야."

그는 자신이 스스로를 통제하고 스스로의 생각을 따른다는 것이 딸 앞에 자랑스러웠다. 그는 다른 사람들처럼 하지 않는다고. 성공은 그의 견해, 그의 친구 선택에 영향을 미치지 않는다고…… 나쟈는 공연히 언젠가 그가 그 비슷한 죄를 짓는다고 의심했었지……

산전수전 다 겪은 인간. 그의 삶에서 모든 것이 변했지만 그 자신은 변하지 않았다. 그는 낡은 양복, 구겨진 넥타이, 뒤축이 닳은 구두를 바꾸지 않았다. 그는 예전처럼 제대로 다듬지 않아 헝클어진 머리로 돌아다녔고, 예전처럼 면도도 안 한 채 가장 중요한 회의에 들어갔다.

그는 예전처럼 청소부나 엘리베이터 승무원들과 이야기하는 것을 좋아했다. 그는 예전처럼 인간의 약점들을 내려다보며 경멸조로 대했고, 많은 사람들의 비겁함을 비판했다. '난 말이지, 굴복하지 않았어. 허리를 굽히지 않았고, 이겨냈어. 자아비판 하지 않았어. 그들이 내게로 다가온 거지.' 이러한 생각이 그의 위안이었다.

그는 자주 아내에게 말했다. "주위에 시시껄렁한 일들이 얼마나 많은지! 정직할 권리를 방어하는 걸 사람들이 얼마나 겁내는지, 얼마나 뒤로 물러서는지, 얼마나 타협을 많이 하는지, 얼마나 시시한 행동을 많이 하는지."

그는 체삐진에 대해서조차 어쩐지 비판적으로 생각하기 시작했다. '그가 지나칠 정도로 여행을 좋아하고 산행을 하는 건 삶의 복잡성에 대한 무의식적인 두려움 때문이야. 그가 연구소에서 나간 건 우리 삶의 주요 질문 앞에 공포를 의식했기 때문이고.'

물론 그의 내면에서 여전히 변화가 일어났고 그 자신도 그것을 느꼈으나, 그게 도대체 무엇인지 시뜨룸은 알 수 없었다.

54

직장으로 복귀한 이후 시뜨룸은 실험실에서 소꼴로프를 만나지 못했다. 시뜨룸이 연구소로 돌아오기 이틀 전, 뾰뜨르 라브렌찌예비치에게 폐렴이 시작되었다.

소꼴로프가 병이 나기 전에 시샤꼬프와 의논해 새로운 직책을 맡기로 했다는 사실을 그는 알게 되었다. 소꼴로프는 새로 조직되는 실험실의 실장으로 임명되었다. 뾰뜨르 라브렌찌예비치의 상황은 전반적으로 상승세를 타고 있었다.

모르는 게 없는 마르꼬프조차 소꼴로프로가 시뜨룸의 실험실을 떠난 진짜 이유에 대해서는 알지 못했다.

소꼴로프가 떠난 것을 알고 빅또르 빠블로비치는 슬픔이나 유감을 느끼지 않았다. 그의 얼굴을 보며 함께 일할 수는 없었다. 정말이지 생각만으로도 힘든 일이었다.

소꼴로프가 빅또르 빠블로비치의 눈 속에서 무엇인들 읽어내지 못하겠는가. 물론 친구의 아내에 대해 그런 생각을 해선 안 되었다. 그는 그녀를 그리워할 권리가 없었고, 몰래 그녀를 만날 권리도 없었다.

누군가 그에게 그 비슷한 고민을 털어놓았다면 그는 화를 냈을 것이다. 아내를 속이다니! 친구를 속이다니! 하지만 그는 그녀를 그리워했고, 그녀와의 만남을 꿈꾸었다.

류드밀라는 마리야 이바노브나와의 관계를 회복했다. 그들은 오랫동안 통화하며 이야기를 나누었고, 그런 다음엔 만나서 서로에 대해 나쁜 생각과 의심을 품고 우정을 믿지 않은 것을 후회하며 울었다.

맙소사, 삶이란 얼마나 복잡하게 얽혀 있는지! 마리야 이바노브나, 정직하고 순수한 마리야 이바노브나가 친구인 류드밀라 앞에서 양심을 속이다니! 하지만 이 모든 게 그에 대한 사랑 때문이었다.

요즘 시뜨룸은 마리야 이바노브나를 거의 만날 수 없었다. 그녀에 대한 소식을 듣는 것은 대개 류드밀라를 통해서였다.

그는 소꼴로프가 전쟁 이전에 발표한 연구들로 스딸린상 후보에 오르리라는 사실을 알게 되었다. 소꼴로프가 젊은 영국 물리학자들로부터 열광적인 편지를 받은 것도 알게 되었다. 임박한 학술원 선거에서 제2급 최고 회원 후보로 표결에 붙여지리라는 것도 알게 되었다. 마리야 이바노브나가 이 모든 것을 류드밀라에게 들려주었다. 이제 시뜨룸은 어쩌다 짧게 마리야 이바노브나를 만나도 뾰뜨르 라브렌찌예비치에 대해 이야기하지 않았다.

업무상의 문제들, 회의들, 출장들도 그의 끊임없는 그리움을 누를 수 없었다. 그는 항상 그녀가 보고 싶었다.

류드밀라 니꼴라예브나는 몇차례 그에게 말했다. "소꼴로프는 왜 당신한테 등을 돌린 걸까? 도무지 이해가 안 돼. 마샤도 제대로 설명을 못하더라고."

물론 그 간단한 이유를 마리야 이바노브나는 류드밀라에게 설명할 수 없었다. 시뜨룸을 향한 자신의 감정을 남편에게 말한 것만도 그녀에겐 충분히 힘든 일이었다.

그 고백이 시뜨룸과 소꼴로프의 관계를 영원히 망쳐버렸다. 그녀는 남편에게 더이상 시뜨룸을 만나지 않겠다고 약속했다. 만일 마리야 이바노브나가 류드밀라에게 한마디라도 꺼내면 시뜨룸은 앞으로 오랫동안 그녀에 대한 것들, 그녀가 어디 있는지, 무슨 일이 일어나는지 아무것도 모르게 되리라. 그들은 아주 드물게만 만났고, 그조차 너무나 짧게 끝났다. 이 짧은 만남 동안 두 사람은 거의 말을 하지 않았다. 그저 손을 잡고 거리를 거닐거나 작은 공원의 벤치에 앉아 있을 뿐이었다.

그가 비참하고 불행했던 시기에 그녀는 그가 겪는 모든 일을 지극히 예민하게 이해했으며 그가 무슨 생각을 하는지, 그가 어떤 행동을 할지도 전부 짐작해냈다. 마치 그에게 일어날 모든 일을 미리 알고 있는 것 같았다. 그의 마음이 무거울수록 그녀를 보고자 하는 갈망은 점점 더 고통스러워졌고 강해졌다. 자신의 행복이 그 온전하고 완전한 이해 속에만 존재하는 듯 여겨졌다. 이 여자가 곁에 있으면 어떤 고통이건 쉽게 극복할 수 있을 것만 같았다. 그녀와 있으면 그는 행복할 것이었다.

까잔에 있던 시절 어느날 밤 두 사람은 이야기를 나누었고, 모스끄바에서는 둘이서 네스꾸치니 공원을 걸었다. 그리고 딱 한번, 깔루시스까야 거리에 있는 작은 공원의 벤치에 몇분쯤 앉았었고…… 사실 이게 전부였다. 그것도 예전에 있었던 일이다. 지금은 어떤가. 몇차례의 전화 통화, 거리에서의 짧은 만남. 이 짧은 만남에 대해 그는 류드밀라에게 말하지 않았다.

하지만 그는 자신의 죄와 그녀의 죄가 둘이서 몰래 벤치에 앉아 있던 몇분으로 측정할 수 없다는 사실을 알고 있었다. 죄는 결코 작지 않았다. 그는 그녀를 사랑하고 있었다. 왜 그녀는 그의 삶에서 이토록 거대한 자리를 차지하게 되었단 말인가!

아내에게 건네는 그의 말 한마디 한마디가 진실의 반쪽이었다.

동작 하나하나, 시선 하나하나가 그의 의지와 상관없이 거짓을 품게 되었다.

그는 무심한 척 류드밀라 니꼴라예브나에게 묻곤 했다. "그래, 어때, 당신 친구한테 전화 왔었어? 잘 지낸대? 뾰뜨르 라브렌찌예비치 건강은 좀 어떻대?"

그는 소꼴로프의 성공을 기뻐했지만 그에게 좋은 감정을 품고 있어서가 아니었다. 왠지 소꼴로프의 성공이 마리야 이바노브나에게 양심의 가책으로부터 자유로울 권리를 부여하는 것만 같아서였다.

류드밀라를 통해 소꼴로프와 마리야 이바노브나의 소식을 듣는 것이 그는 견디기 힘들었다. 이는 류드밀라에게도, 마리야 이바노브나에게도, 그에게도 모욕적인 일이었다.

그러나 진실에 거짓이 뒤섞였다. 똘랴에 대해서든, 나쟈에 대해서든, 알렉산드라 블라지미로브나에 대해서든, 류드밀라와 이야기를 나눌 때마다 그의 말에는 어김없이 거짓이 담겼다. 왜? 뭣 때문에 이래야 할까? 마리야 이바노브나에 대한 감정은 그의 마음과 생각과 욕망의 진실이었다. 대체 왜 이 진실이 그렇게 많은 거짓을 낳는 걸까? 자신만 그 감정을 포기하면 류드밀라도, 마리야 이바노브나도, 자기 자신도 거짓으로부터 해방되리라는 것을 그는 알고 있었다. 그러나 이 권리 없는 사랑을 단념해야 한다고 생각하는 순간, 교활한 감정이 고통을 두려워하며, 생각을 흐리게 하며 그를 말렸다. '이 거짓은 정말 끔찍한 건 아니지, 누구도 해를 입지 않잖아. 거짓보다 고통이 더 끔찍해.'

그러다가 류드밀라와 헤어지고 소꼴로프의 삶을 파괴할 만큼 강한 의지와 잔인함을 자신의 내면에서 발견한 듯 여겨지는 순간에는, 그의 감정이 전과는 정반대의 생각으로 그를 이끄는 것이었다. '그래, 거짓이 제일 나빠. 매사에 거짓을 말하느니 차라리 류드밀라와 헤어지는 게 나을 거야. 마리야 이바노브나에게 거짓말을 하도록 시켜서도 안 되고 말이야. 거짓이 고통보다 더 끔찍하다고!'

그는 자신의 생각이 감정의 지시에 공손히 따르게 되었다는 사실을, 감정이 생각을 이끌고 간다는 사실을, 이 쳇바퀴에서 벗어나기 위해서는 오직 하나의 출구—가까운 사람에게 타격을 주고, 다른 사람들이 아니라 자신을 희생하는 것—밖에 없다는 사실을 알아차리지 못했다.

이 모든 것에 대해 생각하면 할수록 그는 점점 더 갈피를 잡을 수 없었다. 이를 어떻게 이해해야 하는지, 어떻게 해결해야 하는지, 마리야 이바노브나를 향한 그의 사랑은 그의 삶의 진실이자 그의 삶의 거짓이었으니! 여름날 아름다운 니나와 관계를 가졌을 때 그건 중고생 같은 로맨스가 아니었다. 니나와는 작은 공원에서 산책만 한 것이 아니었다. 하지만 지금 그는 배신자가 된 기분으로 가족의 불행을 자각하고 있었다. 류드밀라에 대한 죄책감이 그를 내리눌렀다.

그는 이 문제에 정신과 생각과 염려를 무척이나 많이 쏟았다. 필시 플랑크도 양자이론을 세우는 데 이 못지않은 힘을 썼을 것이다.

한때는 이 사랑이 자신의 고통과 불행에서 비롯한 것이라 여기기도 했다…… 고통과 불행이 없었다면 이런 감정을 느끼지 않았을 거라고…… 하지만 삶이 그를 한껏 끌어올린 이 순간에도 마리야 이바노브나를 향한 갈망은 전혀 줄어들지 않았다.

그녀는 특이한 성격을 가졌지. 부도, 명예도, 권력도 그녀의 마음을 끌지 못했어. 그녀는 그와 불행을, 고통을, 결핍을 나누고 싶어 했지……

이 생각이 들자 그는 그녀가 지금 갑자기 그를 떠나면 어쩌나 걱정되었다.

그는 마리야 이바노브나가 뾰뜨르 라브렌찌예비치를 숭배한다는 것을 알고 있었다. 이제 이것도 그를 미칠 지경으로 만들었다.

제냐가 옳은 것 같아. 자, 오랜 결혼 생활 이후에 다가온 두번째 사랑, 이 사랑은 정말이지 정신적 비타민결핍의 결과야. 그래, 젖소가 여러해 동안 풀밭에서, 건초에서, 나뭇잎에서 찾지만 발견하지 못한 소금을 핥고 싶어 하는 것과 같다고. 정신의 이러한 굶주림은 서서히 진행되어 거대한 힘에 이르게 되지. 이게 바로 그런 거야. 오, 물론 그는 그 자신의 정신적 굶주림에 대해 잘 알고 있었다…… 마리야 이바노브나는 류드밀라와는 완전히 달랐다……

그의 생각이 옳았을까, 틀렸을까? 시뜨룸은 이성이 생각을 만들어내며 그 생각의 옳고 그름이 행동을 결정하는 게 아니라는 점을 알아차리지 못했다. 이성은 그의 주인이 아니었다. 마리야 이바노브나를 보지 못하면 괴로웠고, 그녀를 볼 수 있으리라는 생각이 들면 행복했다. 그들이 헤어지지 않고 항상 함께 있는 것을 상상할 때면 행복해졌다.

왜 그는 소꼴로프를 생각하며 양심의 가책을 느끼지 않았을까? 왜 그는 부끄러워지지 않았을까?

사실, 뭘 부끄러워해야 하나? 네스꾸치니 공원을 함께 걸었고 벤치에 앉아만 있었을 뿐인데.

아, 하지만, 벤치에 앉아만 있었다는 게 무슨 상관이람? 그가 류드밀라와 헤어질 판인데, 자기 친구에게 그의 아내를 사랑한다고,

그에게서 그녀를 빼앗으려 한다고 말할 태세인데.

그는 류드밀라와 함께한 삶에서 겪어온 모든 나쁜 것을 떠올려 보았다. 류드밀라가 그의 어머니에게 좋지 않게 대한 것을 떠올렸다. 류드밀라가 수용소에서 돌아온 그의 사촌 형을 재워주지 않은 것을 떠올렸다. 그녀의 박정함과 무례함을, 고집과 잔인함을 떠올렸다.

나쁜 기억이 그를 잔인하게 만들었다. 잔인한 행동을 하려면 잔인해질 필요가 있었다. 하지만 류드밀라는 그와 함께 힘들고 어려운 그 모든 일들을 견뎌온 사람이었다. 이제 그녀의 머리칼은 하얗게 세어가고 있다. 얼마나 많은 고통이 그녀를 짓눌렀던가. 그녀 속에 진정 나쁜 것만 있단 말인가? 정말 오랜 세월 그는 그녀를 자랑스러워했고, 그녀의 직선적인 성격과 정직성을 보며 기뻐했는데. 그래그래, 이제 그녀에게 잔인한 짓을 할 기세로구나.

아침에 출근을 준비하면서 빅또르 빠블로비치는 얼마 전 예브게니야 니꼴라예브나가 방문했을 때의 일을 떠올렸다. '제네비예바가 꾸이비셰프로 떠난 게 그나마 다행이야.'

곧바로 부끄러움이 그를 덮쳤다. 맙소사, 이런 생각을 하다니. 바로 그때 류드밀라 니꼴라예브나가 말했다. "감옥에 들어앉은 그 모든 친척들도 모자라 이제 니꼴라이까지 추가됐네. 제냐가 모스끄바에 없는 게 그나마 다행이야."

그는 아내를 질책하려다가 얼른 입을 닫았다. 그의 질책은 더없이 위선적일 것이었다.

"아, 깜빡했네. 체삐진이 전화했었어." 류드밀라 니꼴라예브나가 말했다.

그는 시계를 보았다. "저녁에 좀 일찍 들어와서 전화를 걸어봐야겠군. 그건 그렇고, 아마 또 우랄에 가게 될 것 같아."

"오래 있어?"

"아니, 한 사흘쯤."

그는 서둘렀다. 오늘도 중요한 날이 될 것이었다.

그의 연구는 중요한 것, 중요한 사업들, 국가적인 것들인데, 마치 머릿속에 반비례의 법칙이 작용하는 양 그 자신의 생각은 하나같이 작고 시시하고 사소한 것들이었다.

제냐가 떠나면서 제 언니에게 꾸즈네쯔끼 다리로 가 끄리모프에게 전해달라고 200루블을 부탁했었지.

"류드밀라," 그가 말했다. "제냐가 부탁한 돈을 전해줘야 해, 당신. 이미 기한을 놓쳤을지도 몰라."

그가 이 말을 한 것은 끄리모프와 제냐를 걱정해서가 아니었다. 그보다는 류드밀라가 주의하지 않으면 제냐가 더 빨리 모스끄바로 올지도 모른다는 생각이 들었기 때문이었다. 모스끄바에 오면 제냐는 해명서를 쓰고 구명 편지를 쓰고 전화를 걸어대며 시뜨룸의 아파트를 수감자 변호 작업의 근거지로 변화시킬 것이었다.

시뜨룸은 이런 생각이 시시하고 사소할 뿐 아니라 비열하다는 것을 알았다. 그는 부끄러워서 황급히 말했다.

"제냐에게 편지를 써. 당신과 내 이름으로 그녀를 초청하는 거야. 아마 모스끄바에 와야 할 텐데 초청장 없이는 곤란할 테니. 내 말 들려, 류다? 당장 편지 써!"

그러자 기분이 한결 나아졌지만, 이내 그는 깨달았다. 이 모든 말은 오로지 내 마음의 평화를 위한 거구나…… 어쨌든 이상한 일이다. 궁지에 몰려 방에 들어앉아 관리인과 배급소 여자를 겁내던 시기, 아무도 그를 필요로 하지 않고, 전화통이 몇주 내내 침묵하고, 아는 사람들도 거리에서 그를 만나면 인사조차 없이 피하려 했던 그 시기에도 머리는 온통 삶과 진실과 자유와 신에 대한 생각들로 꽉 차 있었는데…… 그런데 수십명이 그를 기다리고, 전화통이 쉴 새 없이 울리고, 여기저기서 편지가 쏟아지고, 지스-101이 창문 아래서 조심스레 경적을 울리는 지금, 그는 해바라기씨 껍질 같은 공허한 생각과 보잘것없는 걱정과 시시한 근심에서 벗어날 수가 없었다. 무엇 하나 잘못 말한 것이 없고 부주의한 농담 한번 던진 적도 없는데, 현미경으로나 겨우 보일 법한 미세한 걱정들이 그를 따라다녔다.

스딸린의 전화를 받은 뒤로 한동안 그는 공포심이 완전히 자신의 삶에서 떠나갔다고 여겼다. 하지만 아니었다. 다른 종류의 공포로, 천민의 공포가 아닌 귀족적 공포로 변했을 뿐 그것은 저 승용차 안에, 끄레믈린에서 걸려온 전화에 그대로 남아 있었다.

불가능하게만 보이던 일, 다른 이들의 학문적 해답과 성과에 부러움을 느끼고 그들과 운동선수처럼 경쟁을 벌이는 일이 자연스럽게 느껴졌다. 그는 다른 사람들이 추월하지 않을까, 자신을 속여넘기지 않을까 걱정했다.

지금 그는 체삐진과 별로 이야기하고 싶지 않았다. 길고 어려운 대화를 이어갈 만한 힘이 부족한 기분이었다. 그들은 국가에 대한 학문의 의존성을 너무도 단순하게 여겼었다. 어쨌든, 이제 그는 정말로 자유롭다. 그의 이론 구조는 더이상 무의미한 탈무드적 추상으로 여겨지지 않는다. 아무도 감히 그것들을 공격하지 못한다. 국가는 물리학 이론을 필요로 한다. 이는 시샤꼬프에게도, 바진에게도 분명한 일이다. 마르꼬프가 실험에서, 꼬츠꾸로프가 실제에서 제 능력을 발휘하도록 하려면 이방인 같은 이론가라는 존재가 필요하다. 이 사실을, 스딸린이 전화한 이후에 갑자기 모든 사람이 깨달은 것이다. 하지만 그 모든 걸 드미뜨리 뻬뜨로비치에게 어떻게 설명한단 말인가? 그 전화 한통이 자유를 가져왔다고? 하지만 류드밀라 니꼴라예브나의 단점들을 갑자기 못 견디게 된 이유를, 알렉세이 알렉세예비치에 대해서 그렇게 좋은 감정을 갖게 된 이유를 설명할 수 있을까?

그는 특히 마르꼬프를 좋아하게 되었다. 상관들의 사생활과 공공연한 비밀, 악의 없는 계책과 치밀한 속임수, 간부 회의 참석 여부와 관련된 모욕과 상처, 특별한 명단에 이름을 올리는 기쁨과 "명단에 없네요"라는 말을 들을 때의 수치심, 이 모든 것이 그에게 흥미로워졌으며 실제로 그를 사로잡았다.

그래, 그는 이제 까잔의 소규모 모임에 참여해 마지야로프와 토론을 벌이기보다는 마르꼬프와 수다를 떨며 한가하게 저녁을 즐기기를 선호할 것이다. 마르꼬프는 놀랄 만큼 적확하게 인간들의 우스꽝스러운 면모를 지적했고, 악의 없는 독살스러움으로 그들의 허점을 비웃었다. 그는 세련된 지성의 소유자이자 일류 과학자요, 아마 이 나라 최고의 실험물리학자일 것이었다.

시뜨룸이 이미 복도에 서서 외투를 입고 있는데 류드밀라 니꼴라예브나가 말했다. "마리야 이바노브나가 어제 전화했었어."

"그래? 왜?" 그는 재빨리 물었다.

아마 그의 안색이 달라진 모양이었다.

"당신 왜 그래? 무슨 일 있어?" 류드밀라 니꼴라예브나가 물었다.

"아니, 아무 일도 없는데." 그가 방으로 돌아오며 말했다.

"솔직히 난 이해를 잘 못했어. 무슨 안 좋은 일 같아. 꼽첸꼬가 전화를 했던 모양이야. 아무튼 마셴까는 당신이 또 피해를 입을까

봐 걱정하더라고."

"무슨 일이지?" 초조하게 그가 물었다. "도무지 모르겠네."

"그러니까! 나도 이해를 못했다니까. 아마 전화로 자세히 이야기하기가 불편했나봐."

"자, 처음부터 다시 잘 말해봐." 그는 외투 단추를 풀고 문가의 의자에 앉았다.

류드밀라는 그를 바라보며 고개를 가로저었다. 왠지 그 눈에 질책과 슬픔이 어려 있는 것만 같았다.

"비쨔, 체삐진한테 아침에 전화할 시간은 없는데 마셴까 이야기를 들을 시간은 있나보네." 그의 추측을 확인이라도 해주듯 그녀가 말했다. "심지어 나가려다 돌아오기까지 하다니…… 벌써 지각이야."

시뜨룸은 일그러진 표정으로 아내를 비스듬히 올려다보았다. "그래, 지각이네."

그는 그녀에게 다가가 손을 잡고는 자기 입술로 가져갔다. 그녀가 그의 뒷덜미를 쓰다듬으며 머리카락을 살짝 헝클어뜨렸다.

"자, 봐, 마셴까가 얼마나 중요하고 흥미로운 존재가 되었는지." 류드밀라가 나직하게 말하고 애처롭게 픽 웃은 다음 덧붙였다. "발자끄와 플로베르를 구분하지 못하는 그녀가 말이지."

그녀의 두 눈이 젖어 있고 그녀의 입술은 떨리는 것 같았다. 그는 무력하게 두 손을 내젓고는 문가에서 뒤를 돌아보았다.

그녀의 표정에 그는 깜짝 놀랐다. 그는 계단을 내려가면서 생각했다. 류드밀라와 헤어지고 다시 그녀를 만나지 않게 되면 저 표정, 무력하고 가슴을 치는, 괴로움에 지친, 남편과 스스로를 부끄러워하는 저 표정이 삶이 끝나는 날까지 기억에 남을 거야. 그는 이 몇분 사이 무척 중요한 일이 일어났음을 알았다. 아내는 마리야 이바노브나를 향한 그의 사랑에 대해 자신이 알고 있음을 암시했고, 그는 그것을 확인해주었다.

그가 아는 것은 오직 하나였다. 마샤를 보면 행복하고 그녀를 더 이상 볼 수 없으리라 생각하면 숨을 쉴 수 없다는 사실이었다.

연구소에 이를 즈음 시샤꼬프의 지스가 그의 지스를 따라잡아 두 자동차는 거의 동시에 입구에 멈추었다.

조금 전 지스 두대가 그랬듯 그들은 나란히 복도를 걸었다. 알렉세이 알렉세예비치가 시뜨룸의 팔을 잡고 물었다.

"우랄로 날아가는 거요?"

"그렇게 될 것 같아요." 시뜨룸이 대답했다.

"곧 우리는 완전히 헤어지겠군. 당신도 독립적인 군주가 되는 거지." 농담조로 알렉세이 알렉세예비치가 말했다.

'내가 지금 이 사람에게 당신은 남의 아내를 사랑하게 된 적이 있느냐고 물으면 그는 뭐라고 대답할까?' 시뜨룸은 갑자기 생각했다.

"빅또르 빠블로비치," 시샤꼬프가 말했다. "오늘 2시쯤 내 방에 들를 수 있겠소?"

"그 무렵이면 괜찮을 겁니다. 기꺼이 가죠."

이날은 일이 제대로 진척되지 않았다.

실험실에서 마르꼬프가 재킷도 입지 않고 소매까지 걷어붙인 채 시뜨룸에게로 다가오더니 활기 있게 말했다. "빅또르 빠블로비치, 괜찮으시면 조금 있다 방에 들를까 하는데요. 흥미로운 얘깃거리가 있어서요."

"2시에 시샤꼬프 방에 가기로 했는데." 시뜨룸이 말했다. "좀 늦게 오면 어떻겠소? 나도 할 얘기가 있으니."

"2시에 알렉세이 알렉세예비치 방으로 간다고요?" 마르꼬프가 되묻더니 잠시 생각하다가 다시 입을 열었다. "아, 그가 당신에게 뭘 요청할지 알 것 같군요."

55

시샤꼬프가 시뜨룸을 보고 말했다.

"당신에게 전화하려던 참인데. 약속을 상기시키려고 말이오."

시뜨룸은 시계를 보았다. "늦지 않은 것 같은데요."

알렉세이 알렉세예비치는 거대한 몸에 꽉 끼는 회색 정장 차림으로 은발의 커다란 머리를 쳐든 채 그의 앞에 서 있었다. 하지만 지금 시뜨룸에게 알렉세이 알렉세예비치의 눈은 차갑고 거만하게 보이지 않았다. 그 눈은 소년의 눈, 뒤마와 메인 리드를 많이 읽은 눈이었다.

"오늘 당신에게 특별한 용무가 있소, 친애하는 빅또르 빠블로비치." 알렉세이 알렉세예비치가 미소를 지으며 말하더니 시뜨룸의 팔을 끼고 그를 안락의자로 이끌었다. "썩 즐겁지는 않은 진지한 용무지."

"뭐, 모든 건 익숙해지기 마련이니까요." 시뜨룸은 대답한 뒤 권태로운 표정으로 이 거대한 몸집을 한 학자의 서재를 둘러보았다. "말씀하시지요."

"자, 그러니까," 시샤꼬프가 말했다. "외국에서, 주로 영국에서 비열한 캠페인이 일어났소. 우리가 전쟁에서 가장 큰 짐을 지고 있는 이 와중에, 영국 학자들이 제2전선을 어서 빨리 열라고 요구하는 대신 도를 넘는 이상한 캠페인을 펼치며 우리나라에 대한 적대감을 부채질하고 있는 거요."

그가 시뜨룸의 두 눈을 들여다보았다. 빅또르 빠블로비치는 사람들이 나쁜 짓을 저지를 때 보이곤 하는 이 거리낌 없고 솔직한 시선을 알고 있었다.

"아, 네, 네, 네." 시뜨룸이 말했다. "그런데 대체 어떤 캠페인입니까?"

"중상모략 캠페인이지." 시샤꼬프가 말했다. "우리나라에서 총살당했다는 학자들과 작가들의 명단이 발표되고, 정치적 범죄 때문에 탄압받은 사람들이 엄청나게 많다는 얘기가 떠돌기 시작했소. 그들은 이해할 수 없는, 심지어 미심쩍은 열정으로 알렉세이 막시모비치 고리끼를 죽인 의사 쁠레뜨뇨프와 레빈의 범죄, 수사와 재판으로 이미 확정된 범죄에 이의를 제기했소. 이 모든 게 정부 인사들과 가까운 신문에 발표되었고."

"아, 네, 네, 네." 시뜨룸은 같은 대답을 세번 거듭했다. "그외에는요?"

"중요한 건 그거요. 그리고 유전학자 체뜨베리꼬프에 대해 언급하면서 그를 옹호하기 위한 위원회를 만들었다는군."

"친애하는 알렉세이 알렉세예비치," 시뜨룸이 말했다. "하지만 체뜨베리꼬프는 실제로 감금되어 있잖습니까."

시샤꼬프는 어깨를 으쓱였다. "알고 있겠지만, 빅또르 빠블로비치, 난 보안부 업무와 아무 관계가 없소. 하지만 그가 실제로 감금되어 있다면 이는 분명 그가 저지른 죄 때문이지요. 나나 당신은 감금되지 않았잖소."

이때 방으로 바진과 꼽첸꼬가 들어왔다. 시뜨룸은 시샤꼬프가 그들이 올 것을 기다렸으며 분명 사전에 그들과 협의한 바가 있음을 알아차렸다. 알렉세이 알렉세예비치는 심지어 새로 들어온 사람들에게 지금 무엇에 대한 대화를 나누고 있는지 설명조차 하지 않았고, "동지들, 자 앉으세요, 앉으세요"라고 하더니 시뜨룸을 향해 이야기를 계속했다. "빅또르 빠블로비치, 그 추한 짓이 아메리카까지 이동해서 『뉴욕 타임스』에 발표되었고, 이는 당연히 소련 지식인들에게 격분을 일으켰소."

"물론 격분하지 않을 수 없었지." 꼽첸꼬가 꿰뚫는 듯 예리하고 상냥한 시선으로 시뜨룸의 두 눈을 들여다보며 말했다.

그의 갈색 눈에 진정한 우정이 깃들어 있어서 빅또르 빠블로비치는 절로 떠오르는 생각—'소비에뜨 지식인들은 『뉴욕 타임스』를 태어나서 한번도 본적이 없는데 어떻게 격분한다는 거지?'—을 입 밖에 낼 수 없었다.

시뜨룸은 어깨를 으쓱이며 입속으로 알아듣지 못할 말을 웅얼거렸다. 이 동작은 물론 시샤꼬프와 꼽첸꼬에게 동의의 의미로 여겨질 것이었다.

"물론," 시샤꼬프가 말했다. "우리 동료들 간에도 이 모든 추악한 행태에 마땅한 질책을 가하자는 욕구가 일었소. 그래서 문서를 만들었지."

'난 아무것도 안 만들었는데. 나 빼고 만들었구먼.' 시뜨룸은 생각했다.

시샤꼬프가 말했다. "문서는 서신 형식이오."

그러자 바진이 크지 않은 소리로 말했다." 읽어봤는데 필요한 내용이 잘 들어가 있어요. 우리나라에서 가장 훌륭한 학자들, 유럽적, 세계적 명성을 가진 사람들의 서명이 필요하오."

시뜨룸은 시샤꼬프가 첫 몇마디를 꺼낸 순간 이미 이야기가 어디로 귀결될지 알아차렸다. 다만 그가 몰랐던 것은 알렉세이 알렉세예비치가 구체적으로 무엇을 요구할 것인가였다. 과학위원회에서 발언하는 것인지, 논설인지, 혹은 투표에 참여하는 것인지…… 이제 명확해졌다. 그가 요구하는 것은 서신 끝에 놓일 그의 서명이었다.

혐오감이 그를 휩쌌다. 자아비판을 요구하는 회의를 앞두고 그랬듯, 그는 또다시 나비처럼 부서지기 쉬운 자신의 허약함을 실감했다.

수백만 톤의 화강암이 다시 그의 어깨 위에 놓일 태세였다…… 쁠레뜨뇨프 교수! 시뜨룸은 『쁘라브다』에 실린 기사를 떠올렸다. 쁠레뜨뇨프가 더러운 행동을 했다고 비난하는 어떤 히스테릭한 여자에 대한 내용이었다. 언제나 그랬듯 인쇄된 것은 진실로 보였다. 고골, 똘스또이, 체호프, 꼬롤렌꼬[158]의 작품을 읽는 일이 인쇄된 러시아어를 거의 기도문처럼 대하는 습관을 들인 게 분명했다. 하지만 시간이 흐르고 어느날 어느 때가 되었을 때, 시뜨룸은 신문이 거짓말을 했으며 쁠레뜨뇨프 교수가 중상모략을 당했다는 것을 명확히 알게 되었다.

그리고 그후 얼마 지나지 않아 쁠레뜨뇨프와 끄레믈린 병원의 저명한 치료 전문가 레빈 박사가 구금되었고, 그들은 알렉세이 막시모비치 고리끼를 죽였다고 자백했다.

세 사람이 시뜨룸을 바라보고 있었다. 그들의 눈은 친절하고 상

158 Vladimir Galaktionovich Korolenko(1853~1921). 우끄라이나 태생의 러시아 작가이자 기자, 인권 활동가. 『마까르의 꿈』 『눈먼 음악가』 등 휴머니즘적인 작품을 발표했다.

냥했으며 확신에 차 있었다. 그들은 같은 편이었다. 시샤꼬프는 시뜨룸을 형제처럼 여겼으며 그가 한 연구의 거대한 의미를 인정했다. 꼽첸꼬는 아래로부터 그를 올려다보았고, 바진의 눈은 말하고 있었다. '그래, 당신이 한 일은 그때 내게 낯설게 보였소. 하지만 내가 실수한 거지. 당이 나를 바른 길로 이끌었소.'

꼽첸꼬가 빨간색 파일을 열어 시뜨룸에게 타자기로 친 편지를 내밀었다.

"빅또르 빠블로비치," 그가 말했다. "영미인들의 이 캠페인이 파시스트에 의해 움직인다는 사실을 말해둬야 할 것 같소. 아마 제5열[159]의 악당들이 영감을 주었을 거요."

바진이 끼어들었다. "무엇 때문에 빅또르 빠블로비치에게 구구절절 설명하며 지지를 구하는 거요? 우리 모두와 마찬가지로 그도 러시아 소비에뜨 애국자의 심장을 가지고 있는데."

"물론이지." 시샤꼬프가 말했다. "바로 그렇소."

"그거야 의심할 바가 없지." 꼽첸꼬가 말했다.

"네, 네, 네." 시뜨룸이 말했다.

가장 충격적인 것은 얼마 전까지만 해도 그를 경멸과 의심으로 대했던 사람들이 지금은 완전히 자연스럽게 그를 신임하고 우의를 품으며, 그 또한 그들이 자신에게 가혹했던 일을 늘 기억하면서도 이 우정 어린 감정을 자연스럽게 받아들인다는 사실이었다.

바로 그러한 우정과 신임이 그를 꽁꽁 묶어 힘을 빼앗았다. 만약 그를 향해 소리를 지르고 발을 구르고 주먹질을 했다면 그는 아마도 격분하여 더 강해졌을 것이다……

159 1936~39년 스페인 내전 시기에 나온 용어. 국가나 도시 단위의 공동체 내부에 형성되어 기저에서 암약하는 존재를 말한다.

스딸린이 그와 이야기했다. 여기 그 옆에 앉아 있는 사람들은 그것을 기억하고 있었다.

하지만 맙소사, 동지들이 서명한 그 편지는 얼마나 끔찍한지. 얼마나 끔찍한 일에 관한 것인지.

더군다나 그는 쁠레뜨뇨프 교수와 레빈 박사가 위대한 작가의 살인자들이라고 믿을 수 없었다. 모스끄바에 오면 그의 어머니는 레빈 집에서 열리는 파티에 다녔고 류드밀라 니꼴라예브나는 그에게 치료를 받았다. 그는 우수한 두뇌를 가진 섬세하고 부드러운 사람이었다. 두 의사를 그렇게 무시무시하게 중상모략하기 위해서는 어떤 괴물이 되어야 할까?

이 유죄판결은 중세 암흑의 숨결을 내뿜고 있었다. 의사-살인자들이라니! 의사들이 위대한 작가, 러시아 최후의 고전 작가를 살해했다니. 이 피 튀기는 중상모략이 누구에게 필요하단 말인가? 마녀재판, 종교재판의 화형장, 이단자 처형, 연기, 악취, 끓는 타르, 이 모든 것을 어떻게 레닌과, 사회주의 건설과, 파시즘에 대항하는 위대한 전쟁과 연결해야 할까?

그는 편지의 첫장을 손에 들었다.

편하냐고, 빛이 충분하냐고 알렉세이 알렉세예비치가 물었다. 안락의자로 옮겨앉지 않겠냐고. 아니, 아니, 편합니다. 대단히 고맙습니다.

그는 천천히 읽었다. 활자들이 머릿속에 박혔지만 스며들지는 못했다. 사과에 박히는 모래알 같았다.

그는 읽어내려갔다. "변절자이자 인간쓰레기인 쁠레뜨뇨프와 레빈, 의사들의 고귀한 소명을 더럽힌 자들을 옹호함으로써 당신들은 파시즘의 인간 혐오 이데올로기의 물레방아에 물을 대고 있습니다."

그는 계속 읽었다. "소련 국민은 중세의 마녀재판과 유대인 박해, 종교재판의 화형장, 심문과 고문을 재생시킨 독일 파시즘과 일대일로 각개전투를 벌이고 있습니다."

맙소사, 어떻게 정신이 안 나갈 수 있지?

자, 계속해서. "스딸린그라드에 쏟아진 우리 아들들의 피는 히틀러주의와의 전쟁에서 변곡점이 되었습니다. 당신들이 의지와 상관없이 제5열의 변절자를 옹호한다면, 당신들은 바로……"

네, 네, 네.

"세계에서 유일하게, 우리나라에서는 학문하는 이들이 국민의 사랑과 국가의 배려로 둘러싸여 있습니다."

"빅또르 빠블로비치, 우리끼리 이야기를 나누는 게 편지 읽는 데 방해가 되지 않소?"

"아니, 아니요, 무슨 말씀을요." 시뜨룸은 이렇게 말한 뒤 생각했다. '운이 좋은 사람들은 이럴 때 시골 별장에 가 있거나 아프거나 해서 이런 상황을 피할 텐데……'

꼽첸꼬가 말했다.

"이오시프 비사리오노비치가 이 서신에 대해서 알고 있으며 우리 학자들의 주도를 좋게 받아들였다고 들었습니다."

"바로 그래서 빅또르 빠블로비치의 서명이……" 바진이 말했다.

괴로움, 혐오감, 자신이 복종하리라는 예감이 그를 휩쌌다. 그는 위대한 국가의 친절한 숨결을 느꼈고, 그에게는 스스로를 차디찬 암흑 속으로 던져버릴 힘이 없었다…… 오늘 그의 내면에는 힘이 없었다. 공포와는 전혀 다른, 나른한 복종의 감정이 그를 꼼짝 못하게 했다.

인간이란 얼마나 이상하고 신기하게 만들어져 있는지! 자신 속에서 목숨을 버릴 힘을 찾아냈었는데, 갑자기 케이크와 알사탕을 거부하는 게 힘들다니.

네 머리를 쓰다듬고 어깨를 두들겨주는 전능한 손을 한번 거부해보라.

바보짓이다. 무엇 때문에 스스로를 중상모략해야 하나. 여기서 케이크와 알사탕은 아무 상관이 없어. 그는 늘 일상의 안락과 물질적 혜택에 무관심하니까. 그에게 필요한 것이자 파시즘과의 전투 시기에 가장 소중한 것은 분명 삶에서 가장 중요한 그의 생각, 그의 연구였다. 바로 그게 행복이지!

그래, 실상 이게 대체 어떻다는 거야? 그들은 예심에서 자백했어. 그들은 재판에서 자백했어. 그들이 스스로 위대한 작가를 살해했다고 자백했는데 그들의 무죄를 믿는다는 게 가능해?

서명을 거절할까? 그건 고리끼의 살해자에게 동조하는 짓이지! 안 돼, 불가능한 일이야. 그들의 자백을 의심하는 건가? 그건 그들이 강요당했다고 말하는 거지! 정직하고 선한 지성인을 고용된 살해자라고 자백하게 만들어 사형시키고 오명을 씌우는 유일한 방법은 고문밖에 없잖아. 하지만 그런 의심의 그림자라도 발설하는 것은 미친 짓이지.

하지만 이 비열한 서신에 서명하는 것은 구역질 난다, 너무나 구역질 나. 그는 머릿속으로 그들에게 대답할 말들을 떠올렸다. '동지들, 내가 병이 났어요. 관상정맥 경련이에요.' '말도 안 돼, 병으로 도망가다니. 혈색이 이렇게 좋은데.' '동지들, 왜 내 서명이 필요한 겁니까? 난 전문가들의 좁은 그룹에서만 알려져 있어요. 나라 밖에는 거의 알려져 있지 않다고요.' '말도 안 돼(이 경우 말도 안

된다는 말은 기분 좋다), 당신을 알고말고! 당신 서명 없이 서신을 스딸린 동지에게 보이는 건 생각할 수도 없소. 그가 왜 시뜨룸의 서명이 없냐고 물을 거요.'

'동지들, 완전히 터놓고 말하지요. 몇몇 문구들이 불완전해 보여요. 그 문구들이 우리 학문의 지식층 전체에 그림자를 드리울지도 모릅니다.'

'제발, 제발, 빅또르 빠블로비치, 제안해주시오. 당신에게 불완전해 보이는 문구들을 기꺼이 고치겠소.'

'동지들, 날 이해해주세요. 여기 당신들은 국민의 적 작가 바벨, 국민의 적 작가 삘냐끄, 국민의 적 학자 바빌로프,[160] 국민의 적 예술가 메이예르홀드라고 적었군요. 하지만 난 물리학자이자 수학자이자 이론가고, 몇몇은 나를 조현병 환자 취급합니다. 그만큼 내가 활동하는 분야는 추상적이지요. 사실 난 부족한 사람이에요. 그런 사람들은 그저 가만두어야 하죠. 난 이런 모든 일을 전혀 이해하지 못해요.'

'빅또르 빠블로비치, 집어치워요. 당신은 정치적 문제를 뛰어나게 이해하잖소. 그 논리도 훌륭하고 말이오. 기억해보시오, 얼마나 많이, 그리고 날카롭게 당신이 정치적 주제에 대해 이야기했는지.'

'오, 맙소사! 이해해주세요, 내겐 양심이 있습니다. 내겐 고통스럽고 어려운 일이라고요. 내가 꼭 해야 하는 것도 아니잖습니까. 왜 내가 서명해야 하지요? 난 정말 괴로워요. 내게 평온한 양심을 가질 자유를 주세요.'

160 Nikolai Ivanovich Vavilov(1887~1943). 러시아의 육종학자. 세계 각지의 재배식물 및 근연 야생종을 수집, 연구하여 '유전변이의 상동 계열 법칙'을 발표하는 등 많은 성과를 올렸으나 간첩 혐의를 받아 실각했다.

그러자 당장 다시 무력감이, 자기화磁氣化가, 잘 먹고 잘 보살펴진 짐승의 복종심이, 삶의 새로운 파멸에 대한 두려움, 새로운 두려움에 대한 두려움이 나타난다.

이게 대체 뭐야? 다시 스스로를 집단에 대항시키는 거야? 다시 고립되는 거야? 이제 삶을 진지하게 대할 때도 됐잖아. 감히 꿈도 못 꾸던 것을 이뤘잖아. 자유롭게 자기 연구를 하고, 배려와 관심으로 둘러싸여 있잖아. 아무것도 요청하지 않았고 자아비판도 하지 않았는데 말이야. 그는 승리자다! 뭘 더 바라겠는가? 스딸린이 그에게 전화했는데!

'동지들, 이 모든 게 매우 진지한 문제라 생각을 좀 하고 싶어요. 내일까지라도 결정을 연기해주십시오.'

그러자 당장 잠 못 이루는 고통스러운 밤, 망설임, 우유부단이 떠올랐다. 충동적인 결정과 결정 앞의 공포, 다시 우유부단, 다시 결정, 이 모든 게 지독하고 혹독한 말라리아열처럼 그를 기진맥진하게 했다. 굳이 이런 고문을 몇시간 더 끌어야 할까? 그에겐 힘이 없다. 어서 빨리, 어서 빨리, 어서 빨리.

그는 만년필을 꺼냈다.

이때 그는 시샤꼬프가 가장 고집 센 그가 오늘 이토록 고분고분한 사람이 된 데 어리둥절해하는 것을 알아챘다.

하루 종일 시뜨룸은 일을 하지 않았다. 아무도 방해하지 않았고, 전화도 울리지 않았다. 그는 일을 할 수 없었다. 일이 지겹고 공허하고 재미없게 보였다.

누가 서신에 서명했지? 체삐진? 이오페는 서명했나? 끄릴로프[161]

161 Nikolai Mitrofanovich Krylov(1879~1955). 러시아의 수학자. 당시 새로 건립된 우끄라이나 학술원의 수리물리학 분야를 주도했다.

는? 만젤시땀은? 그는 누군가의 등 뒤로 숨고 싶었다. 하지만 거절하는 건 불가능했지. 그건 자살이나 마찬가지니까. 아니, 정말 그런 건 아니야. 거절할 수도 있었어. 그래, 맞아, 아무도 그를 위협하지 않았다. 차라리 짐승 같은 공포심 때문에 서명했다면 마음이 가벼웠을 텐데. 하지만 그는 공포심 때문에 서명한 게 아니었다. 그보다는 나른하고 구역질 나는 복종심 때문이었다.

시뜨룸은 안나 스쩨빠노브나를 자기 방으로 불러 새로운 장비에서 행한 실험들을 점검할 일련의 필름을 내일까지 현상해달라고 부탁했다.

그녀는 모든 것을 받아적고 나서도 계속 앉아 있었다.

그가 묻는 듯한 얼굴로 그녀를 바라보았다.

"빅또르 빠블로비치," 그녀가 말했다. "예전에는 말로 표현할 수 없다고 생각했어요. 하지만 이제 말하고 싶네요. 당신이 저와 다른 사람들을 위해 무슨 일을 했는지 아시나요? 그건 사람들에게 위대한 발견보다 더 중요한 것이에요. 당신이 세상에 살고 있다는 생각만으로도 저는 기분이 좋아요. 철공들, 청소부들, 수위들이 당신에 대해서 뭐라고 말하는지 아세요? 그들은 당신이 올바른 사람이라고 말해요. 전 여러번 당신 집으로 찾아가려고 했어요. 하지만 싫어하실까봐 겁이 났지요. 가장 어려운 시기에도 당신에 대해 생각하면 제 마음은 가볍고 괜찮아졌어요. 당신이 있어서 고마워요. 당신은 진정한 인간이에요!"

그는 아무 말도 할 수 없었다. 그녀가 재빨리 방에서 나가버렸던 것이다. 거리를 마구 뛰어다니며 소리 지르고 싶었다…… 이 고통, 이 강한 수치심이 사라지도록. 하지만 그것은 끝이 아니었고 단지 시작일 뿐이었다.

퇴근 무렵 전화가 울렸다.

"누군지 아시겠어요?"

맙소사, 누군지 알겠냐고? 청각만이 아니라 전화기를 쥔 손가락들이 차가워지는 것을 통해 그는 이 목소리를 알 수 있었다. 자, 마리야 이바노브나가 다시 그의 삶의 어려운 순간으로 들어왔다.

"공중전화라 소리가 몹시 나쁘네요." 마샤가 말했다. "뾰뜨르 라브렌찌예비치가 좀 나아져서 이제 제게도 시간이 생겼어요. 괜찮으시면 내일 8시에 그 작은 공원으로 오세요." 그러더니 그녀가 갑자기 말했다, "내 사랑, 내 연인, 내 빛, 당신 때문에 걱정돼요. 서신 때문에 우리에게도 사람이 왔었어요. 제가 무슨 말 하는지 아시지요? 당신 덕분에, 당신의 힘 덕분에 뾰뜨르 라브렌찌예비치도 버틸 수 있었어요. 우리에게는 모든 게 원만히 지나갔어요. 그리고 당장 저는 당신이 이 일로 얼마나 자신을 해쳤을까 생각했어요. 당신은 정말로 모난 사람이잖아요. 다른 사람이 다칠 때 당신은 피를 흘리며 산산조각이 나지요."

그는 수화기를 내려놓고 두 손으로 얼굴을 가렸다.

그는 이미 자신이 처한 상황의 끔찍함을 알고 있었다. 오늘 그를 벌하는 것은 적들이 아니었다. 가까운 사람들이, 그에 대한 그들의 신뢰로써 그를 벌했다.

집에 도착하자 그는 외투도 벗지 않은 채 당장 체삐진에게 전화를 걸었다. 류드밀라 니꼴라예브나가 그 앞에 서 있었는데도 그는 자신의 친구이자 자신을 사랑하는 스승에게 잔인한 상처를 입히게 되리라 확신하고 또 확신하면서 체삐진의 전화번호를 돌렸다. 너무나 서둘렀기에 서신에 서명했다는 것을 류드밀라에게 말할 틈조차 없었다. 맙소사, 류드밀라의 머리가 언제 저렇게 셌지? 그래그래, 난 대단한 사람이군, 저 센 머리에 타격을 주다니!

"좋은 일이 많군, 소식지를 읽었어." 체삐진이 말했다. "내겐 별 일 없다네. 참, 오늘 몇몇 존경받는 인사들과 다투었지. 자네 무슨 서신에 관해서 들어봤나?"

시뜨룸은 바싹 마른 입술에 침을 바르고 말했다.

"네, 뭐, 조금요."

"그래그래, 이해하네. 이건 전화로 할 이야기가 아니지. 만나서 이야기 나누세. 자네가 이리로 오면 말이야." 체삐진이 말했다.

자, 괜찮아, 괜찮다 치자. 곧 나쟈가 돌아올 텐데 어쩌지. 맙소사, 맙소사, 내가 무슨 짓을 저지른 거야……

56

그날 밤 시뜨룸은 잠을 이루지 못했다. 심장이 너무도 아팠다. 이 끔찍한 우울감은 어디서 오는 걸까? 무겁구나, 무거워, 그대의 짐이, 승리자여![162]

건물 관리소의 어린 여직원을 겁내던 때도 그는 지금보다 강하고 자유로웠다. 오늘 그는 감히 논쟁을 시작조차 하지 못했을 뿐 아니라 의심스러운 바를 발설하지도 못했다. 강자가 되면서 내면의 자유를 잃은 것이다. 어떻게 체삐진의 눈을 들여다본단 말인가? 연구소로 돌아간 날 유쾌하고 호의적인 마음으로 그를 맞이했던 많은 사람들처럼 그 역시 평온하고 아무렇지 않게 행동할 수 있

162 뿌시낀의 희곡 『보리스 고두노프』 중 양심의 가책으로 고통받는 황제의 대사를 연상시킨다.

을까?

이 밤, 기억나는 모든 것이 그를 상처 입히며 괴롭혔다. 그 어느 것도 그에게 평안을 주지 못했다. 그의 미소와 행동, 몸짓 하나하나가 그 자신에게 낯설었고 그의 마음에 거슬렸다. 오늘 저녁 나쟈의 눈에는 동정과 혐오의 표정이 떠올랐지.

늘 그에게 엇서며 화를 돋우곤 하던 류드밀라만이 그의 이야기를 듣고 갑자기 "비쩬까, 괴로워할 필요 없어. 나한테 당신은 최고로 현명하고 최고로 정직한 인간이야. 당신이 그렇게 했다면, 그건 어쩔 수 없는 거지"라고 말했다.

모든 것을 옳다고 인정하고 모든 것을 긍정하려는 욕망은 대체 어디서 나타났을까? 얼마 전만 해도 참을 수 없었던 것을 왜 이제는 참을 수 있게 된 걸까? 이제 그는 무슨 이야기를 하든 그저 낙천주의자가 되어 있었다.

전쟁의 승리가 그의 개인적 운명의 변곡점과 일치했다. 그는 군대의 힘, 국가의 위대함, 눈앞의 빛을 본다. 마지야로프의 생각이 그리도 진부한 것으로 여겨지는 이유는 무얼까?

연구소에서 내팽개쳐진 날, 그는 자아비판을 거부했다. 그러자 마음이 얼마나 밝아지고 가벼워졌는지. 류드밀라, 나쟈, 체뻬진, 제냐, 그와 가까운 모두가 그에게 얼마나 큰 행복이었는지…… 아, 마리야 이바노브나를 만날 텐데…… 그녀에게는 뭐라고 말하지? 그동안 늘 소심한 뾰뜨르 라브렌찌예비치의 순종과 굴종을 상기하며 자신의 우위를 확신했는데. 그런데 이제는……! 어머니에 대해서는 생각하기조차 겁났다. 그는 어머니 앞에 죄를 지었다. 어머니의 마지막 편지를 손에 쥐기가 무서웠다. 공포와 고통 속에서, 그는 자신에게 영혼을 지킬 힘이 없음을, 더는 스스로의 영혼을 방어할 수 없음을 깨달았다. 그를 노예로 변화시키는 힘이 그의 내면에서 자라고 있었다.

그는 비열한 짓을 저질렀다! 그가, 인간인 그가, 피투성이가 되어 무력한 처지로 내몰린 불쌍한 인간들에게 돌을 던진 것이다.

아픔과 고통이 심장을 짓눌러 이마에서 땀이 솟았다.

그의 내면의 정신적 자기확신은 어디서 생겼을까? 누가 그에게 다른 이들 앞에서 자신의 순수성과 용기를 자랑하고 사람들을 심판하며 그들의 약점을 용서하지 않을 권리를 주었나? 강한 인간의 진실은 오만함 속에 있는 게 아닌데.

죄인과 의인 모두 나약할 수 있다. 그들의 차이는, 보잘것없는 자는 좋은 행동을 한 뒤 평생 이를 자랑하는 반면, 올바른 사람은 좋은 일을 하면서도 스스로 이를 모르며 자신의 잘못은 오랫동안 기억하는 데 있다.

그는 늘 자신의 용기, 자신의 강직함을 자랑스러워하며 나약하고 소심한 이들을 비웃었다. 하지만 자, 이제 그가, 인간인 그가 사람들을 배신했다. 그는 부끄러웠다. 스스로가 경멸스러웠다. 그가 사는 집, 그의 세계, 그를 데우는 온기, 이 모든 것이 무용지물로, 손가락 사이로 흩어져 빠져나가는 마른 모래로 변해버렸다.

체삐진과의 우정, 딸에 대한 애정, 아내에 대한 애착, 마리야 이바노브나를 향한 희망 없는 사랑 — 그가 지닌 인간으로서의 죄와 인간으로서의 행복 — 도, 그리고 그의 노력도, 그의 멋진 학문도, 어머니에 대한 사랑과 애도까지, 그 모든 것이 그의 영혼으로부터 사라져버렸다.

무엇을 위해서 그 끔찍한 죄를 저질렀나? 그가 잃어버린 것과 비교하면 세상의 모든 것이 하찮았다. 태평양에서 흑해까지 뻗어 있는 제국도, 학문도, 한 작은 인간의 진실과 순수성에 비하면 그저 하찮기 그지없었다.

그는 아직 늦지 않았다는 것을, 그의 내면에는 아직 고개를 쳐들 수 있는 힘이, 어머니의 아들로 남을 수 있는 힘이 있다는 것을 분명히 깨달았다.

그는 위안과 변명거리를 찾지 않을 것이다. 밤이나 낮이나 그에게 자신이 행한 그 나쁜 짓, 보잘것없는 짓, 비열한 짓을 상기시켜 평생 그를 질책하도록 할 것이다. 꼭 그렇게 할 것이다. 꼭, 꼭, 꼭! 자랑스러워하고 우쭐거리기 위해 영웅적 행위를 하려고 애쓸 필요는 없다.

매일, 매시간, 한해 한해, 인간이기 위한 권리, 선하고 순수할 권리를 위한 투쟁을 이어가야 해. 이 투쟁 속에는 자존심도 허영도 없어야 하며 오직 하나, 겸손만이 존재해야 해. 무서운 시대, 출구 없는 시간에 이를 때 인간은 죽음을 두려워해선 안 돼. 인간으로 남기를 원한다면 두려워하지 말아야 해.

"됐어요, 자, 두고 봐요, 엄마." 그는 소리 내어 말했다. "나한테는 충분한 힘이 있을 거예요, 엄마, 엄마의 힘이요."

57

루뱐까 근교 마을의 야회……

심문이 끝난 뒤 끄리모프는 침상에 누워 신음했고, 생각했고, 까쩨넬렌보겐과 이야기를 나누었다.

부하린과 리꼬프, 까메네프와 지노비예프의 놀라운 자백, 뜨로쯔끼주의자 재판, 우경분자, 좌경분자, 중심 세력 재판, 부브노프[163]와 무랄로프, 실랴쁘니꼬프의 운명, 더는 이 모든 것이 믿을 수 없는 일로 여겨지지 않았다. 혁명의 살아 있는 몸에서 가죽이 벗겨지고, 새로운 시대가 혁명의 옷을 차려입었다. 프롤레타리아혁명의 피투성이 생살, 김 나는 내장이 쓰레기가 되었으며, 새로운 시대는 그것들을 필요로 하지 않았다. 필요한 건 혁명의 가죽이었으니, 이 가죽을 살아 있는 사람들에게서도 벗겨냈다. 혁명의 가죽을 뒤집어쓴 사람들은 혁명의 언어로 말했고 혁명의 몸짓을 따라 했지만 다른 뇌, 다른 허파, 다른 간, 다른 눈을 지니고 있었다.

스딸린! 위대한 스딸린! 철의 의지를 가진 인간이 어느 누구보다 의지가 약한 인간일 수 있다. 시대와 상황의 노예, 새로운 시대 앞에 문을 활짝 열어젖히는 오늘의 온화하고 순종적인 하인.

네, 네, 네…… 그리고 새로운 시대 앞에 몸을 굽히지 않은 사람들은 쓰레기장으로 갔다.

이제 그는 그들이 어떻게 인간을 깨부쉈는지 알았다. 수색, 단추 떼기, 안경 벗기기는 인간으로 하여금 자신의 육체적 하찮음을 느끼게 한다. 조사실에서 인간은 그가 혁명에, 내전에 참가한 일이 아무것도 아니라는 것을, 그의 지식과 일까지 모든 게 어리석은 수작이라는 것을 깨닫게 된다! 그리고 이는 인간이 육체적으로만 하찮은 존재가 아니라는 두번째 결론을 이끌어낸다.

인간으로서 존재할 권리를 고집하는 사람들은 부스스 허물어지고, 시들시들 꺾이고, 가소성과 허약성을 지니게 될 때까지 흔들리고, 부서지고, 쪼개지고, 부러지고, 씻기고, 뜯기기 시작해 이미 더

163 Ivan Grigor'evich Bubnov(1872~1919). 전함과 군함 및 잠수함 제작에 커다란 공헌을 한 해군 장성. 10월혁명 이후 레닌에 의해 노동수용소로 보내졌다.

이상 정의, 자유, 심지어 평안조차 원하지 않고 그저 증오스러운 삶으로부터 해방되기만을 바라게 된다.

거의 항상 패배하지 않는 심문 작업의 술책은 육체적 인간과 정신적 인간을 일치시키는 데 있다. 영혼과 육체는 관으로 이어져 서로 소통한다. 인간의 육체적 본성의 방어를 파괴하고 억압함으로써 공격하는 쪽은 항상 성공적으로 민활한 수단들을 들여보내고, 이로써 영혼을 지배하며 무조건적인 항복을 이끌어낸다.

그는 이 모든 것에 대해 생각할 힘이 없었고, 생각하지 않을 힘도 없었다.

그런데 누가 그를 폭로했을까? 누가 밀고했을까? 누가 중상모략했을까? 그는 이제는 자신에게 이 문제가 흥미롭지 않다고 느꼈다.

자신이 삶을 논리에 종속시킬 능력을 지녔다는 사실에 그는 늘 자랑스러워했다. 그러나 이제는 그렇지 않았다. 논리는 뜨로쯔끼와 그의 대화에 관한 정보가 예브게니야 니꼴라예브나에게서 나온 것이라 말했다. 그런데 현재 그의 삶 전부, 심문관과의 투쟁, 숨을 쉬고 끄리모프 동지로 남을 능력은 제냐가 그런 일을 할 수 없다는 믿음에 바탕을 두고 있었다. 그는 자신이 몇분 동안이나마 이에 대한 확신을 잃었다는 것을 의아해했다. 제냐를 믿지 않도록 할 수 있는 힘은 없었다. 비록 제냐 이외에는 누구도 뜨로쯔끼와 그의 대화에 대해 알지 못한다는 것을 알았지만, 여자들이 배반한다는 것을, 여자들이 약하다는 것을 알았지만, 제냐가 그를 버렸고 그의 삶의 어려운 시기에 그를 떠났다는 것을 알았지만, 그는 그녀를 믿었다.

그는 까쩨넬렌보겐에게 심문 이야기를 들려주었지만 이 일에 대해서는 한마디도 꺼내지 않았다.

까쩨넬렌보겐은 이제 농담을 하지도, 익살을 부리지도 않았다.

실제로 끄리모프는 그를 제대로 파악했다. 그는 똑똑한 사람이었다. 그러나 그가 말하는 모든 것이 끔찍하고 이상했다. 어떤 때는 이 늙은 보안부원이 내부 감옥에 앉아 있는 게 전혀 부당하지 않게 여겨졌다. 달리 그를 어떻게 하겠는가? 어떤 때는 그가 미친 사람 같아 보였다.

이 사람은 보안부 조직을 찬양하는 계관시인이었다.

그는 스딸린이 최근 전당대회 휴식 시간에 예조프에게 왜 징벌 정책에서 탈선을 허락했는지 물었다고, 당황한 예조프가 자신은 스딸린의 직접 명령을 이행했다고 대답하자 이 지도자는 주위의 대표들을 향해 서글프게 "당원이 이렇게 말하네요"라 말했다고 열정적으로 이야기했다.

그는 야고다가 경험한 공포에 대해서 이야기했다……

그는 언젠가 밤새 잠들지 않는 커다란 건물 안의 일을 주도했던 사람들, 볼떼르 숭배자들, 라블레 연구자들, 베를렌 옹호자들이었던 위대한 보안부원들을 기억에서 끄집어냈다.[164]

그는 여러해 동안 일했던 모스끄바의 망나니, 착하고 조용한 라트비아 영감에 대해 이야기했다. 처형이 끝나면 노인은 처형당한 사람의 옷을 고아원에 전해도 되냐며 허락을 구했다고 했다. 이어서 곧바로 그는 다른 형 집행자, 밤이나 낮이나 술을 마셨고 일이 없으면 괴로워했고 그를 면직하자 모스끄바 근교의 소련 국영농장으로 가서 돼지들을 찔러 죽였고 돼지 피가 담긴 큰 병들을 가지고

164 자유와 혁명, 반항과 전복의 대표자로 여겨진 볼떼르 및 라블레, 온몸으로 사회적 관행과 싸우며 살았던 프랑스 시인 베를렌에 조예가 깊은 이들이 보안부원으로 일했다는 아이러니를 드러낸다.

다니면서 의사가 빈혈이니 돼지 피를 마시라 처방했다고 떠들어 대던 사람에 대해 이야기했다. 그는 1937년에 매일 밤 서신 교환의 권리가 없는 형을 선고받은 사람들에 대한 수백건의 처형이 어떻게 집행되었는지, 밤에 모스끄바 화형장의 연통에서 얼마나 연기가 났는지, 형을 집행하고 시체를 내가기 위해 동원된 소년단원들이 어떻게 미쳐버렸는지 이야기했다.

그는 부하린의 심문에 대해, 까메네프의 저항에 대해 이야기했다…… 그들은 아침까지 밤새도록 이야기를 나누었다.

그날 밤 이 보안부 요원은 자신의 이론을 전개했고 일반화했다.

까쩨넬렌보겐은 끄리모프에게 네쁘만, 기술자 프렌껠[165]의 놀랄 만한 운명에 대해 이야기했다. 프렌껠은 네쁘 초기에 오데사에 자동차 모터공장을 건설했다. 1920년대 중엽 그는 체포되어 솔롭끼[166]로 보내졌다. 솔로베쯔끼 수용소에 들어앉아서 프렌껠은 스딸린에게 천재적인 — 늙은 보안부 요원은 바로 이 '천재적'이라는 단어를 입에 올렸다 — 프로젝트를 제출했다.

프로젝트 속에는 경제적이고 기술적인 근거와 함께 거대한 수감자 집단을 도로, 댐, 수력발전소, 인공 저수지 건설에 이용하는 방법이 구체적으로 설명되어 있었다.

수감자 네쁘만은 엠게베의 중장이 되었다. 주인이 그의 생각을 높이 평가한 때문이었다.

바야흐로 20세기가 짜르 시대의 강제노동 죄수부대와 유형지

165 Naftalii Aronovich Frenkel(1883~1960). 소련의 보안요원. 1920년대에 솔로베쯔끼 노동수용소 구조를 발전시키고 수감자로 구성된 노동 인력을 조직하여 레닌 훈장을 받았다.

166 솔로베쯔끼는 솔롭끼섬, 솔롭끼라고 불리기도 했다.

강제노동으로 표현되는 원시성, 삽과 곡괭이와 도끼와 톱이 대표하는 노동의 원시성으로 들어간 것이다.

수용소 우주는 진보를 받아들이고 그 궤도 속으로 전기기관차, 굴착기, 불도저, 전기톱, 터빈, 착암기, 거대한 자동차공장, 트랙터 공장을 끌어들였다. 수용소 우주는 수송기와 연락기, 무선통신과 철도 수송에 널리 쓰이는 분리식 전화 통신, 자동공작기계, 현대적인 선광選鑛 시스템을 습득했다. 수용소 우주는 기안하고 계획하고 도면을 작성했으며, 광산, 공장, 새로운 호수, 거대한 발전소 들을 만들어냈다.

수용소 우주가 급속하게 발전하자 옛 유형지는 그 옆에서 어린 아이의 장난감 블록처럼 우스꽝스럽고 감상적으로 보였다.

하지만 수용소는 여전히 수용소의 발전을 촉진하는 현실을 따라가지 못했다고 까쩨넬렌보겐은 말했다. 예전과 마찬가지로 많은 학자들과 전문가들을 이용하지 못했고, 수용소에 필요한 기술과 의술과도 아무런 관계를 맺지 못했다고……

세계적 명성을 지닌 역사가들, 수학자들, 천문학자들, 문학 연구자들, 지리학자들, 세계적인 미술 감식가들, 산스크리트어와 고대 켈트 방언에 능통한 학자들이 굴라그 체제 내에서 전혀 활용되지 못하고 있다고 했다. 발전 도상에 있는 수용소가 이 사람들의 전문성을 이용할 수 있을 정도로 성숙하지 못했다고. 그들은 잡역부나 시시한 사무실 업무와 문화 교육 부서—까베체—에서 소위 얼뜨기 신세로 일하거나, 자신들의 지식, 종종 전 러시아를 넘어 세계적 가치를 지니는 지식을 활용하지 못한 채 부상자 수용소에서 쓸데없는 수다를 떤다고.

끄리모프는 까쩨넬렌보겐의 이야기에 귀를 기울이면서 학자가 필생의 작업에 대해 이야기하는 듯한 느낌을 받았다. 그는 찬양하고 찬미하는 데 그치지 않았다. 그는 연구자였다. 그는 비교하고, 결함들과 모순들을 파헤치고, 동류화하고, 대립시켰다.

결함들은 물론 비교할 수 없을 만큼 더 약한 형태이긴 하지만 수용소 철조망 바깥쪽에도 존재한다고 그는 말했다. 대학에서, 편집국에서, 학술원 산하 연구소에서 자신이 할 수 있는 분야에 할 수 있는 만큼 참여하지 못하는 사람들이 적지 않다고.

까쩨넬렌보겐은 수용소에서 형사범들이 정치범 위에 군림한다고 했다. 방종한, 무지한, 게으른, 매수 가능한, 피 흐르는 폭력과 강도질을 좋아하는 형사범들이 수용소 노동의 발전과 수용소 문화의 발전에 제동을 건다고.

바로 이어서 그는 하지만 철조망 저편에도 무식하고 미개하고 시야가 좁은 자들이 학자들, 최고의 문화 활동가들의 작업을 주도한다고 말했다.

수용소는 철조망 밖 삶의 과장된, 강화된 반영을 나타내는 듯하다고, 하지만 철조망 양쪽의 현실은 대척성이 아니라 대칭의 법칙에 상응한다고.

여기서부터 그는 계관시인도 사상가도 아닌, 예언자로서 말하기 시작했다.

그는 수용소 시스템을 제동과 결함에서 벗어나게 해 대담하고 합리적으로 발전시키면 이 발전이 경계를 허물게 될 거라고 했다. 수용소와 철조망 바깥의 삶이 융합될 것이라고. 그 융합 속에, 수용소와 철조망 바깥의 삶이 이루는 대척성의 소멸 속에 성숙이, 위대한 원칙들의 승리가 있다고. 수용소 시스템의 모든 결함에도 불구하고 그 속에는 한가지 결정적 장점이 있는데, 오직 수용소 안에서만 절대적으로 순수한 형태로서의 개인적 자유의 원칙에 더 높은 원칙 — 이성 — 이 대적한다는 점이라고. 이 원칙은 수용소의 자체 소멸로, 수용소가 시골 마을과 도시의 삶과 융합되기를 허용하는 경지로 수용소를 이끌 것이라고.

수용소의 까베 — 건설 사무실 — 들을 관리하는 동안, 까쩨넬렌보겐은 학자들과 기술자들에게 수용소라는 상황에서 최고로 복잡한 과제들을 해결할 능력이 있음을 확신하게 되었다. 이들이 세계의 학문적이고 기술적인 아이디어의 모든 문제를 해결할 수 있다는 것이었다. 사람들을 현명하게 이끌고 좋은 생활 조건을 찾아주면 된다고. “자유 없이 학문 없다”라는 구닥다리 우스갯소리는 말짱 엉터리라고.

“수준이 같아지면,” 그가 말했다 “우리는 철조망 이쪽과 저쪽에서 진행되는 삶 사이에 평등의 지표를 설정할 거요. 억압은 필요가 없어지지. 우리는 더이상 구속영장을 치지 않게 될 거요. 우리는 감옥과 정치범 수용소를 파괴해버릴 거요. 까베체, 그러니까 문화 교육 부서가 여하한 비정상 상태도 처리하게 되지. 마호메트와 산이 서로를 마주 보고 다가오는 셈이오.”

수용소의 소멸은 휴머니즘의 승리가 될 것이며, 동시에 혼란스럽고 야만적이고 동굴 인간적인 개인적 자유라는 원칙은 패배할 것이고 이후 활기를 얻지 못할 것이라고, 오히려 그 원칙은 완전히 지양될 것이라고 그는 말했다.

긴 침묵 끝에 그는 아마도 백년 후쯤 이 시스템도 자체 소멸하고 그 속에서 민주주의와 개인적 자유가 태어날 것이라고 말했다.

“달 아래 영원한 것은 아무것도 없소.” 그가 말했다. “하지만 나는 그 시대에 살고 싶진 않군.”

끄리모프가 말했다. "미친 생각이오. 그건 혁명의 정신과 심장이 아니오. 정신병원에서 오래 일하다보면 치료사들 본인이 미치게 된다고들 하던데. 미안하지만 당신은 공연히 감금된 게 아니군. 까쩨넬렌보겐 동지, 당신은 보안부 조직에 신의 속성을 부여하잖소. 정말 당신을 갈아치워야 할 때가 왔던 게지."

까쩨넬렌보겐은 온순하게 고개를 끄덕였다. "그렇소, 나는 신을 믿소. 나는 무지한, 신을 믿는 노인이오. 각 시대는 자기에게 맞는 신을 창조하는 법이오. 보안부 조직은 이성적이고 강력하지. 그 조직이 20세기 인간들을 지배하오. 오래전에 인간이 경배한 힘, 지진과 번개와 천둥, 숲의 화재 같은 거지. 나만이 아니라 당신도 감금되지 않았소? 당신 역시 갈아치워야 할 때가 된 거요. 언젠가는 밝혀질 거요, 당신이 옳은지, 내가 옳은지."

"그리고 드렐링 영감은 지금 집으로, 수용소로 돌아가는 중이지요." 끄리모프가 말했다. 그는 까쩨넬렌보겐이 이 말을 그냥 무시하지 못할 것을 알았다.

아닌 게 아니라, 까쩨넬렌보겐이 곧장 대꾸했다.

"바로 그 이교도 영감이 내 신앙을 방해하오."

58

끄리모프에게 나직한 소리가 들려왔다.

"최근에 우리 군대가 스딸린그라드의 독일 집단군을 궤멸시키고 파울루스를 사로잡았다는 소식을 들었습니다. 전 사실 무슨 소리인지 제대로 이해를 못했어요."

끄리모프는 환호성을 지르고 온몸으로 펄쩍펄쩍 뛰며 발을 구르기 시작했다. 그는 누비옷을 입고 펠트화를 신은 사람들 무리 속으로 들어가고 싶었다…… 그들의 사랑스러운 목소리가 크게 울리며 옆에서 이어지는 나직한 대화 소리를 눌러버렸다. 그레꼬프가 휘청거리며 벽돌 더미 위를 걸어 끄리모프에게로 오고 있었다.

의사가 끄리모프의 손을 잡고 있다가 말했다 "잠깐 중단해야겠습니다. 장뇌를 더 주입하고…… 맥박이 네번에 한번씩 떨어지는군요."

끄리모프는 찝찔한 덩어리를 삼킨 뒤 말했다.

"괜찮으니 계속하시오. 의학이 허락하잖소. 어찌 됐든 난 서명하지 않을 거요."

"서명하게 될 거요, 서명하게 될 거야." 심문관이 공장 작업반장 같이 선량한 확신에 찬 어조로 말했다. "당신보다 더한 사람들도 서명했소."

사흘 뒤 두번째 심문이 끝났고, 끄리모프는 감방으로 돌아왔다.

보초가 하얀 헝겊 조각으로 싼 차입물을 그의 옆에 놓았다.

"수감자는 서명하시오, 차입물을 수령했다고." 그가 말했다.

니꼴라이 그리고리예비치는 낯익은 필체로 작성된 물품 목록을 읽었다. 양파, 마늘, 설탕, 흰 건빵. 목록 끝에 "당신의 제냐"라고 적혀 있었다.

오, 하느님, 하느님. 그는 울었다……

59

1943년 4월 1일, 스쩨빤 표도로비치 스삐리도노프는 소련 발전소 인민위원회 협의체의 결정문을 받았다. 스딸그레스에서의 직위를 내놓고 우랄로 가 작은 이탄발전소의 소장직을 받아들이라는 제안이었다. 그리 심한 문책은 아니었다. 그는 재판에 회부될 수도 있었다. 스삐리도노프는 집에는 이 명령에 대해 알리지 않은 채 주위원회 지도부의 결정을 기다리기로 했다. 4월 4일, 주위원회 지도부는 어려웠던 시기에 허가 없이 기관을 떠난 사실에 대해 그를 엄중히 질책했다. 이 역시 그리 무거운 처분은 아니었다. 그는 당에서 제명될 수도 있었다. 하지만 스쩨빤 표도로비치에게는 주위원회 지도부의 결정이 부당하게 여겨졌다. 그가 스딸린그라드 방어의 마지막 날까지 발전소를 지휘하다가 소련의 공격이 시작된 날에야, 그것도 바지선 갑판에서 아이를 낳은 딸을 만나기 위해 좌안으로 떠났다는 사실을 주위원회 동지들 모두 알고 있지 않은가. 그는 지도부 회의에서 논박을 시도했으나, 쁘랴힌은 가혹했다.

“지도부의 결정에 불만이 있다면 중앙 조정위원회에 탄원하시오. 하지만 내 생각에 시끼랴또프 동지는 오히려 우리의 결정이 매우 온건하고 미약하다 여길 거요.”

“아니, 난 중앙 조정위원회가 이 결정을 파기하리라 확신하오.” 스쩨빤 표도로비치는 이렇게 대꾸했으나, 시끼랴또프에 대해 들은 이야기가 워낙 많은 터라 이의 제기를 망설이고 있었다.

그는 쁘랴힌의 가혹함이 스딸그레스 일 때문만은 아니지 않나 걱정했고 의심했다. 물론 쁘랴힌은 예브게니야 니꼴라예브나 샤뽀시니꼬바와 끄리모프가 그의 친척이라는 사실을 잘 알고 있었다.

게다가 자신이 수감된 끄리모프와 오랜 지인 사이라는 것을 아는 스쩨빤 표도로비치를 보는 마음이 편치 않으리라.

더욱이 이 상황에서는 쁘랴힌 자신이 원한다 해도 스삐리도노프를 전혀 지지해주지 못할 것이다. 그럴 경우 권력을 지닌 사람 곁에 늘 도사리기 마련인 적대적인 자들이 즉각 나서서 쁘랴힌이 인민의 적 끄리모프에게 호의를 품고 그의 친척이자 비겁자인 스삐리도노프를 옹호한다고 필요한 곳에 보고할 테니 말이다.

하지만 쁘랴힌이 그를 지지하지 않은 것은 그런 어쩔 수 없는 상황 때문만이 아니라 그 자신이 원하지 않기 때문이기도 한 것 같았다. 끄리모프의 장모가 스딸그레스로 옮겨와 지금 스삐리도노프의 아파트에서 살고 있다는 사실을 아는 게 틀림없었다. 예브게니야 니꼴라예브나가 어머니와 편지를 교환하는 것도, 얼마 전 스딸린에게 보내는 자술서의 복사본을 어머니에게 보낸 것도 알고 있을 것이다.

주위원회 지도부 회의가 끝난 뒤 스쩨빤 표도로비치는 유제품과 소시지를 사러 매점에 갔다가 주 엠게베 과장인 보로닌과 마주쳤다. 보로닌은 위아래로 그를 훑어보더니 비웃듯이 말했다. “타고난 살림꾼이구먼, 스삐리도노프. 방금 엄중한 선고를 받고도 그저 사들이느라 바쁘니 말이야.”

“가족을 챙겨야 하니 어쩌겠소? 나도 이젠 할아버지가 되었는데.” 스쩨빤 표도로비치는 죄지은 기분으로 민망하게 씩 웃었다.

그러자 보로닌도 씩 웃으며 말했다. “아, 난 차입물을 보내려는 줄 알았지.”

‘차라리 우랄로 쫓겨나는 게 낫겠어.’ 스삐리도노프는 생각했다. ‘여기 있다가는 완전히 망할 거야. 하지만 그러면 베라와 아기는

어디로 가야 하지?'

그는 1.5톤짜리 화물트럭 앞자리에 앉아 스딸그레스로 가는 동안 흐린 창문 너머로 곧 재건될 부서진 도시를 바라보았다. 지금은 온통 벽돌이 널려 있는 저 보도를 걸어 일터로 향하던 아내가 떠올랐다. 송전망에 대한 생각, 스베르들롭스끄에서 새 케이블을 보낼 즈음엔 그도 여길 떠나고 없을 거라는 생각, 손자 녀석이 영양 부족으로 두 팔과 가슴에 부스럼이 돋았다는 생각도 났다. '처벌은 처벌이야. 별것 아닌걸.' 자신이 '스딸린그라드 방어' 메달을 받지 못하리라는 생각이 들었는데, 메달에 대한 아쉬움이 그의 삶과 일, 심지어 마루샤까지 단단하게 묶여 있는 이 도시와의 임박한 작별보다 더욱 그를 속상하게 했다. 메달을 받지 못하는 것이 너무도 유감스러운 나머지 그가 큰 소리로 쌍욕을 하자 운전사가 물었다.

"누구에게 욕을 하는 겁니까, 스쩨빤 표도로비치? 주위원회에 뭐 잊고 온 거라도 있습니까?"

"잊었어, 잊었고말고." 스쩨빤 표도로비치가 대답했다. "대신 위원회가 나를 잊지 않았지."

스삐리도노프의 아파트는 축축하고 싸늘했다. 부서진 유리창은 합판과 판자 조각으로 막혀 있고, 방마다 회벽 여러곳이 무너져 있었다. 물이 나오지 않아 3층까지 양동이로 날라야 했고, 방들은 작은 함석 난로로 난방을 했다. 방 하나는 잠긴 채였고, 부엌은 장작과 감자 저장소로 쓰여서 이용할 수 없었다.

스쩨빤 표도로비치, 베라와 아기, 까잔에서 그들을 뒤따라온 알렉산드라 블라지미로브나는 예전에 식당으로 쓰던 큰방에서 함께 지냈다. 베라가 쓰던 부엌 곁방으로는 안드레예프 노인이 이사해 들어왔다.

스쩨빤 표도로비치는 천장을 고치고, 벽을 칠하고, 벽돌 난로를 설치할 수 있었다. 스딸그레스에 필요한 장인들이 있었고 자재도 있었다.

하지만 웬일인지 보통은 집안 살림을 잘 꾸려가고 꾸준한 스쩨빤 표도로비치가 이 일을 벌이고 싶어 하지 않았다.

베라도, 알렉산드라 블라지미로브나도 전쟁의 파탄 가운데 사는 것을 편하게 여기는 게 분명했다. 전쟁 이전의 삶이 부서졌는데 뭣 때문에 아파트를 다시 고치고 사라져버린, 돌아오지 않을 것에 대해 기억한단 말인가.

알렉산드라 블라지미로브나가 온 지 며칠 지나지 않아 안드레예프의 며느리 나딸리야가 도착했다. 레닌스끄에서 바르바라 알렉산드로브나의 여동생과 말다툼을 벌이곤 아들을 잠시 그 집에 버려둔 채 혼자 스딸그레스의 시아버지에게로 온 것이다.

"넌 바르바라하고도 그러더니 그 여동생이랑도 사이좋게 지내지 못하는구나." 안드레예프는 며느리에게 화를 냈다. "그 어린 볼로지까[167]를 거기 두고 오다니, 어떻게 그럴 수가 있냐!"

나딸리야는 레닌스끄에서 무척이나 궁핍하게 지냈던 듯했다. 안드레예프의 방으로 들어와 천장과 벽을 둘러보더니 그녀는 감탄한 듯 외쳤다. "아, 정말 좋네요!" 천장에 매달린 가막쇠와 구석에 쌓인 회벽 덩어리, 형체가 이지러진 연통 말고는 아무것도 없는 방인데 말이다.

조명이라곤 창문에 덧댄 판자 한가운데 끼운 작은 유리를 통해 들어오는 빛이 전부였고, 그 작은 창 너머에도 온통 우울한 광경뿐

167 나딸리야의 아들 볼로쟈의 애칭.

이었다. 예전에 푸른색과 진홍색으로 칠했던 외벽의 부스러기들, 다 떨어져 너덜거리는 지붕의 철근……

알렉산드라 블라지미로브나는 스딸린그라드에 도착하자마자 병이 났다. 부서지고 불탄 자신의 집을 보러 갈 생각이었지만, 몸이 좋아지지 않아 시내 방문을 계속 미뤄야 했다.

처음에 그녀는 고통을 견디며 베라를 도왔다. 난롯불을 지피고, 빨래를 하고, 함석 난로 연통 위에 기저귀를 말리고, 층계참으로 회벽 부스러기를 내가고, 아래에서 물이 담긴 양동이를 옮겨오기까지 했다.

하지만 점점 더 상태가 나빠졌다. 뜨겁게 불을 땐 방 안에서도 오한이 드는가 하면, 차가운 부엌에서 이마에 갑자기 땀이 솟았다.

그녀는 자신이 얼마나 아픈지 얘기하지 않았다. 혼자서 견뎌낼 생각이었다. 하지만 어느날 아침 장작을 가지러 부엌으로 가던 중 바닥에 쓰러지면서 머리를 부딪혀 피를 흘렸다. 스쩨빤 표도로비치와 베라가 그녀를 침대에 눕혔다.

알렉산드라 블라지미로브나는 정신이 들자 베라를 침대가로 불러서 말했다.

“너 그거 아니? 까잔에서 류드밀라랑 사는 게 나한테는 훨씬 더 힘들었어. 내가 여기 온 건 너희만이 아니라 나 자신을 위해서야. 하지만 건강을 회복하고 일어날 때까지 네가 공연히 고생할까봐 걱정이구나.”

“할머니, 난 할머니랑 있는 게 정말 좋아요.” 베라는 말했다.

그러나 실은 베라도 매우 힘든 시간을 보내고 있었다. 물이며 장작이며 우유며, 뭐 하나 쉽게 구할 수 있는 게 없었다. 마당은 햇살을 받아 따뜻했지만 방 안은 너무 습하고 싸늘해 쉴 새 없이 불을 때야 했다.

어린 미쨔는 배탈이 났고, 밤마다 울었고, 젖은 늘 부족했다. 베라는 방과 부엌 사이를 왕복하고, 우유와 빵을 사러 가고, 빨래를 하고, 설거지를 하고, 물을 날라오느라 하루 종일 바빴다. 그녀의 손이 빨개지고 튼 얼굴은 기미로 뒤덮였다. 피로와 끝없는 일거리 때문에 잿빛 잠이 항상 심장 위에 놓여 있었다. 그녀는 빗질은커녕 세수도 거의 하지 않았고, 거울을 들여다보는 일도 없었다. 삶이라는 짐에 짓눌린 것이다. 하루 종일 잠이 왔고, 저녁마다 손과 발과 어깨가 쑤셔 그저 쉬고만 싶었다. 그러나 눕기라도 하면 곧장 미쨔가 울기 시작해 다시 일어나야 했다. 새벽에 깨면 잠은 그걸로 끝이었다. 밝기도 전에 그녀는 무겁고 흐리멍덩한 상태로 부엌에서 장작을 가져와 난롯불을 지핀 뒤 아버지와 할머니가 마실 찻물을 데우느라 주전자를 올려놓고 빨래를 시작했다. 하지만 놀랍게도 그녀는 단 한번도 화를 내지 않았다. 이제 베라는 온유하고 참을성 있는 여인이 되어 있었다.

레닌스끄에서 나딸리야가 오자 베라에겐 모든 것이 수월해졌다.

나따샤가 도착한 직후 안드레예프는 스딸린그라드 북부 지구의 공장 단지에 다녀오겠다며 며칠간 집을 비웠다. 그저 자기 집과 공장을 보고 싶어서 그랬는지, 혹은 아들을 두고 온 나따샤에게 화가 나서인지, 아니면 나따샤가 스삐리도노프네 빵을 축내는 게 싫어 자기 배급표를 넘기려는 생각이었는지 알 수가 없었다.

나딸리야는 도착한 날부터 곧장 베라를 돕기 시작했다.

맙소사, 그녀가 얼마나 일을 쉽고 능숙하게 해냈는지! 그녀의 강하고 젊은 팔이 움직이면 무거운 양동이도, 물이 가득 찬 빨래 솥도, 석탄 자루도 얼마나 가벼워졌는지!

그 덕분에 베라는 미쨔와 함께 거리로 나가 바윗돌에 앉아서 반짝이는 샘물과 초원 위로 피어오르는 안개를 바라보며 삼십분쯤 시간을 보낼 수 있었다.

모든 것이 고요하고 전쟁은 스딸린그라드에서 수백 킬로미터 떨어진 곳으로 물러났지만, 그와 함께 돌아온 것은 평안이 아니었다. 고요와 함께 돌아온 것은 슬픔이었다. 공중에 독일 항공기들이 울어대고, 폭탄이 터지고, 삶이 화염과 공포와 희망으로 가득하던 시절이 오히려 수월했던 것만 같았다.

베라는 곪은 부스럼으로 뒤덮인 아들의 작은 얼굴을 들여다보았다. 연민이 그녀를 휩쌌다. 빅또로프도 고통스러울 만큼 가여워졌다. 맙소사, 맙소사, 불쌍한 바냐, 그가 얼마나 허약하고 마르고 잘 우는 아들을 가졌는지.

그런 생각이 들면 그녀는 쓰레기와 부서진 벽돌이 널린 계단을 따라 3층으로 올라가 일을 하기 시작했다. 그 분주함 속으로, 흐린 비눗물 속으로, 벽난로의 연기 속으로, 벽에서 줄줄 흘러내리는 누기 속으로 슬픔이 가라앉았다.

할머니가 그녀를 가까이 불러 머리를 쓰다듬었다. 늘 침착하고 밝은 알렉산드라 블라지미로브나의 눈 속에 견디기 어려운 슬픔과 온화함이 떠올라 있었다.

베라는 아버지에게도, 할머니에게도, 심지어 이제 다섯달이 된 아들 미쨔에게도 빅또로프 이야기를 하지 않았다.

나따샤가 도착한 뒤로 아파트의 모든 것이 변했다. 나딸리야는 벽에서 곰팡이를 긁어내고, 어두운 구석을 밝게 칠하고, 마루판의 일부인 양 단단히 눌어붙은 바닥의 때를 모두 씻어냈다. 날이 따뜻해질 때까지 미뤄두었던 큰 빨래들을 다 해치우고 층층마다 쌓인 계단의 쓰레기를 치운 것도 그녀였다.

그녀는 검은 이무기같이 생긴 기다란 연통을 붙들고 반나절 내내 씨름하기도 했다. 연통이 형편없이 휜데다 이음새마저 헐거워 방울방울 떨어진 타르가 바닥에 웅덩이를 이루던 터였다. 나딸리야는 연통에 석회를 바른 뒤 곧게 펴서 철사로 묶고는 이음새마다 작은 깡통들을 매달아 타르가 모이도록 했다.

그녀는 첫날부터 알렉산드라 블라지미로브나와 가까워졌다. 이런저런 여자들과 남자들에 대해 바보 같은 이야기를 늘어놓곤 하는 이 시끄럽고 나대는 여인이 샤뽀시니꼬바의 마음에 들 리 없을 텐데 신기한 일이었다. 게다가 나딸리야는 다른 이들과도 순식간에 사귀었다. 전기공, 터빈실에서 일하는 기술자, 화물차 운전사가 그들이었다.

한번은 줄을 섰다가 돌아온 나딸리야에게 알렉산드라 블라지미로브나가 말했다. "나따샤, 어떤 군인 동지가 찾아왔었어요."

"그루지야 사람 맞죠?" 나딸리야가 말했다. "다시 오면 쫓아버리세요. 그 매부리코 녀석이 제게 청혼할 생각을 했지 뭐예요."

"만난 지 얼마나 됐다고?" 알렉산드라 블라지미로브나는 놀라 물었다.

"워낙 급하게들 굴잖아요. 전쟁이 끝나면 그루지야로 저를 부르겠대요. 나 원, 내가 자기를 위해서 계단을 닦은 줄 아나봐요."

그날 저녁 그녀는 베라에게 말했다. "영화 상영이 있다니 같이 시내로 나가요. 운전사 미시까가 화물차로 데려다주겠대요. 베라는 아기와 운전석에 앉아요. 난 짐칸에 탈게."

베라는 고개를 저었다.

"나가보렴." 알렉산드라 블라지미로브나가 말했다. "나중에 몸이 좀 나으면 나도 같이 갈게."

"아녜요, 전 안 갈래요."

나딸리야가 말했다. "산 사람은 살아야죠. 여기 죄다 과부와 홀아비만 모여 있잖아요." 그런 다음 질책하듯 덧붙였다. "늘 집구석에 박혀 아무 데도 안 나가려 하면 쓰나요. 그렇다고 아버지를 잘 돌보는 것도 아니고. 어제 빨래를 했는데, 아버지 속옷이며 양말이며 완전히 헐었더라고요."

베라는 아기를 안고 부엌으로 나갔다. "미쩬까, 네 엄마 과부 아니지? 그치?"

요즘 스쩨빤 표도로비치는 알렉산드라 블라지미로브나를 매우 세심하게 보살폈다. 시내에서 두차례나 의사를 모셔오는가 하면 베라를 도와 부항을 뜨고, 가끔은 그녀의 손에 초콜릿을 쥐여주기도 했다. "베라한테 줘버리지 마세요, 그애에게는 벌써 줬으니까. 이건 매점에서 특별히 사온 거예요.

알렉산드라 블라지미로브나는 무언가 불쾌한 일이 스쩨빤 표도로비치를 괴롭히고 있다는 것을 알았다. 하지만 지역위원회에서 무슨 소식이라도 있는지 물을 때마다 스쩨빤 표도로비치는 고개를 흔들며 말을 돌렸다.

자신에 대한 처분이 곧 결정되리라는 소식을 듣고서야 그는 알렉산드라 블라지미로브나의 침대에 나란히 앉아 입을 열었다. "제가 무슨 짓을 저질렀는지…… 이 일을 알면 마루샤는 정신이 나갈 거예요."

"자네가 무슨 죄를 지었다고 하던가?" 알렉산드라 블라지미로브나가 물었다.

"모든 게 제 탓이죠."

나딸리야와 베라가 방으로 들어오는 바람에 그들의 대화는 중단되었다.

알렉산드라 블라지미로브나는 나딸리야를 보며 생각했다. 어려운 삶이 아무 해를 끼치지 못하는 강하고 꺾일 줄 모르는 아름다움이 있구나. 나딸리야의 모든 것이 아름다웠다. 목, 젊은 가슴, 두 다리, 거의 어깨까지 드러낸 날씬한 두 팔. '철학이 필요 없는 철학자야.' 고생에 익숙지 않아 어려운 상황에 빠져들면 그 즉시 빛을 잃고 스스로를 놓아버리는 여자들을 그녀는 종종 보았다. 베라도 그랬다. 하지만 그녀는 작업장에서 고된 일을 하는 젊은 여자들, 바라끄의 먼지와 오물 속에서도 파마를 하고 거울을 들여다보고 벗겨진 콧잔등에 분을 바르는 여자들을 좋아했다. 악천후가 몰려와도 모든 것에 맞서서 자기 노래를 부르는, 꺾일 줄 모르는 새들.

스쩨빤 표도로비치도 나딸리야를 보고 있다가 갑자기 베라의 손을 잡아 끌어당기더니 그녀를 껴안고 용서를 구하듯 입을 맞추었다.

"뭐 하는 건가, 스쩨빤?" 알렉산드라 블라지미로브나가 불쑥 말했다. "자네, 죽기는 이르네! 이 노파도 건강하게 이 세상에서 살아보겠다고 애를 쓰는데 말이야."

그러자 스쩨빤이 재빨리 그녀를 바라보며 씩 웃었다.

나딸리야가 대야에 따뜻한 물을 부어 침대 옆 바닥에 놓고는 무릎을 꿇었다. "알렉산드라 블라지미로브나, 발을 씻어드릴게요. 지금 방 안이 따뜻해요."

"맙소사, 정신 나갔구먼! 바보! 당장 일어나요!" 알렉산드라 블라지미로브나가 소리쳤다.

60

오후에, 안드레예프가 트랙터공장 지구에서 돌아왔다.

방으로 들어온 그는 알렉산드라 블라지미로브나를 보자 어두운 얼굴에 미소를 머금었다. 그녀가 이날 처음 침대에서 일어나 창백하고 야윈 모습으로 책상에 앉아서 안경을 낀 채 책을 읽고 있었던 것이다.

그는 자기 집이 있던 자리를 한참이나 찾을 수 없었다고, 전부 참호로 패고, 온통 폭탄 구덩이에 해골들에 웅덩이투성이라고 말했다.

공장에는 이미 사람들이 많이 있으며 새로운 이들이 시시각각 도착한다고, 경찰도 있다고. 민병대원들에 대해서는 아무것도 알아낼 수 없었다고 했다. 병사들을 파묻고 또 파묻는데도 내내 지하실과 참호에서 새로운 시체들이 발견된다고. 그곳에는 온통 쇠붙이에 파편들에……

알렉산드라 블라지미로브나는 그리로 들어가기 어렵지 않았는지, 어디서 잤는지, 뭘 먹었는지, 화로는 많이 상하지 않았는지, 노동자들의 배급 상태는 어떤지, 공장장을 만났는지 물었다.

안드레예프가 돌아오기 전, 아침에 알렉산드라 블라지미로브나는 베라에게 말했었다.

"난 항상 예감이나 미신을 비웃었는데, 오늘 처음으로 빠벨 안드레예비치가 세료자 소식을 가져오리라는 확실한 예감이 드는구나."

하지만 이는 잘못된 예감이었다.

안드레예프가 한 이야기는 불행한 사람에게나 행복한 사람에게

나 상관없이 중요한 것이었다. 노동자들은 안드레예프에게 말했다. 배급이 없고 급료를 주지 않는다고, 지하실과 토굴 안은 춥고 축축하다고, 예전에 독일군이 스딸린그라드로 들어왔을 때 함께 작업장에서 일하던 친한 친구가 새로운 공장장으로 왔는데 지금은 여기 노동자들과 말도 섞지 않으려 한다고, 그는 새로 집을 받았고 승용차도 사라또프에서 끌어왔다고.

"스딸그레스도 마찬가지로 사정이 어렵지만 스쩨빤 표도로비치에게 화내는 사람은 아무도 없어요. 그가 사람들을 잘 챙긴 것 같더라고요."

"그는 우울해하고 있어요." 알렉산드라 블라지미로브나가 말했다. "근데 당신은 대체 어떻게 할 거죠, 빠벨 안드레예비치?"

"작별하러 왔어요. 집으로 가려고요. 집은 없지만 말이지요. 기숙사에 자리를 찾았어요. 지하실에요."

"그래, 그게 맞아요." 알렉산드라 블라지미로브나가 말했다. "아무래도 당신의 삶은 그곳에 있으니까요."

"이걸 파냈어요." 그가 주머니에서 녹슨 골무를 꺼냈다.

"나도 곧 시내로 갈 거예요. 고골렙스까야 거리, 내 집으로요. 가서 나도 잔해를 파볼 거예요." 알렉산드라 블라지미로브나가 말했다. "집에 가고 싶어요."

"너무 빨리 일어나신 것 같은데요. 몹시 창백하세요."

"당신 이야기가 절 가슴 아프게 했어요. 이 신성한 땅의 모든 것이 달라졌으면 했는데요."

그는 잠시 기침을 했다.

"재작년에 스딸린이 했던 말 기억하세요? '내 형제자매들이여……' 그런데 이제 독일군을 쳐부수고 나니 공장장에게는 집이 있지만 강연 때가 아니면 거기 들어가지도 못하고, 형제자매들은 토굴 속에 있네요."

"맞아요, 맞아. 좋아진 게 거의 없어요." 알렉산드라 블라지미로브나가 말했다. "세료자는 물속에 가라앉은 것처럼 흔적도 없고."

저녁에 스쩨빤 표도로비치가 시내에서 돌아왔다. 그는 아침에 스딸린그라드시로 떠나면서 주위원회 지도부가 그의 건을 심사하게 되리라는 이야기를 아무에게도 하지 않았었다.

"안드레예프는 돌아왔습니까?" 그가 딱딱 끊어지는 소리로 상관처럼 물었다. "세료자에 대한 소식은 없고요?"

알렉산드라 블라지미로브나는 고개를 가로저었다.

베라는 아버지가 진탕 마신 걸 당장에 알아챘다. 문을 여는 품새로, 술이 올라 번쩍거리는 불행한 두 눈으로, 시내에서 선물로 가져온 과자 상자를 식탁에 꺼내놓고 외투를 벗는 동작으로, 질문을 던지는 그의 태도로 알 수 있었다.

그는 빨래 바구니 속에서 잠든 미쨔에게 다가가 아기 위로 몸을 숙였다.

"아기에게 숨 내뿜지 마세요." 베라가 말했다.

"괜찮아, 얘도 익숙해져야지." 흥이 오른 스삐리도노프가 말했다.

"앉아서 식사하세요. 술만 마시고 아무것도 안 잡수셨을 거잖아요. 할머니가 오늘 처음으로 침대에서 일어났어요."

"자, 이거 정말 좋군." 스쩨빤 표도로비치가 말하며 접시 안으로 스푼을 떨어뜨리는 바람에 재킷에 수프가 튀었다.

"저런, 자네 오늘 심하게 취하도록 마셨구먼, 스쩨뽀치까[168]." 알

168 스쩨빤의 애칭.

렉산드라 블라지미로브나가 말했다. "무슨 좋은 일이라도 있었나?"

그는 접시를 밀어놓았다.

"아빠, 좀 드시라니까요." 베라가 말했다.

"자, 설명하지요, 내 소중한 사람들." 스쩨빤 표도로비치가 나직하게 말했다. "새 소식이 있어요. 내 건이 결정되었어요. 당 노선에 따른 엄격한 문책과 함께, 인민위원회로부터 스베르들롭스끄 지역의 작은 발전소로 가서 탄광 촌부로 일하라는 계고장을 받았지요. 한마디로 대령에서 죽은 자가 된 셈이에요. 거주 공간은 보장한답니다. 부임 수당으로 두달 치 급료가 나오고요. 내일 인수인계를 시작할 겁니다. 우리 모두 비행기표를 받게 될 거예요."

알렉산드라 블라지미로브나가 베라와 시선을 교환한 뒤 말했다.

"실컷 마실 이유가 있었군. 두말할 거 없네."

"그리고 어머니, 우랄로 가면 방을 따로 드릴게요. 제일 좋은 방은 어머니 거예요." 스쩨빤 표도로비치가 말했다.

"분명 거기서는 방 하나밖에 안 나올 텐데." 알렉산드라 블라지미로브나가 말했다.

"상관없어요, 어머니. 그 방은 어머니 거예요."

스쩨빤 표도로비치가 난생처음으로 그녀를 어머니라고 불렀다. 아마도 취해서인지 그의 두 눈에는 눈물이 고여 있었다.

나딸리야가 들어오자 스쩨빤 표도로비치는 화제를 바꾸어 물었다.

"우리 노인이 공장에 대해서 뭐라고 합디까?"

"빠벨 안드레예비치는 당신을 기다리다가 방금 잠들었어요." 나따샤가 말했다.

그녀는 식탁 앞에 앉아 두 주먹으로 뺨을 받치고 말했다. "빠벨 안드레예비치가 그러는데, 공장노동자들이 해바라기씨를 삼키고 있대요. 그들에게 가장 중요한 건 식량이래요."

이어 그녀가 갑자기 물었다. "스쩨빤 표도로비치, 당신이 떠난다는 게 정말인가요?"

"정말이에요! 믿기지 않는 그 말이 내게도 들려왔지요." 그가 유쾌하게 말했다.

그녀가 말했다. "노동자들이 몹시 아쉬워해요."

"아쉬울 게 뭐 있나요? 새 공장장 찌시까 바뜨로프는 좋은 사람이에요. 대학에서 함께 공부했지요."

알렉산드라 블라지미로브나가 말했다. "거기 가면 누가 자네 양말을 그렇게 예술적으로 기워주려나. 베라는 못하는데."

"맞아요, 그게 정말 문제네요." 스쩨빤 표도로비치가 말했다.

"자네와 함께 나따샤도 파견돼야겠군." 알렉산드라 블라지미로브나가 말했다.

"그러게요," 나따샤가 말했다. "저도 갈래요!"

그들은 웃음을 터뜨렸지만 농담조의 대화 후 이어진 정적은 어색하고 부자연스러웠다.

61

알렉산드라 블라지미로브나는 스쩨빤 표도로비치와 베라와 함께 꾸이비셰프로 떠날 채비를 했다. 얼마간은 예브게니야 니꼴라예브나의 거처에서 지낼 생각이었다.

출발 하루 전날, 알렉산드라 블라지미로브나는 시내로 가 집의 잔해를 보기 위해 새 공장장에게 자동차를 내달라고 부탁했다.

가는 도중에 그녀는 운전사에게 묻곤 했다.

"근데 저기 저건 뭐예요? 예전에는 뭐가 있었죠?"

"예전 언제 말인가요?" 운전사는 짜증을 내며 되물었다.

도시의 잔해에는 삶의 세가지 층, 전쟁 이전의 삶, 전투 시기의 삶, 그리고 현재의 삶이 담겨 있었다. 언젠가 세탁소와 작은 수선집이 있던 건물의 창은 모두 벽돌로 막혔고, 전투 중 독일 포병사단의 대포들이 불을 뿜던 구멍들은 이제 줄을 선 여자들에게 빵을 내주는 자리가 되어 있었다.

건물들 잔해 사이 여기저기에 벙커와 참호 들이 보였다. 병사들, 참모부, 라디오방송국이 자리 잡았던 곳, 보고서들이 작성되고, 기관총의 탄대가 채워지고, 자동총들이 장전되던 곳이었다.

그런데 이제는 평화로운 연기가 굴뚝에서 피어오르고 있었다. 참호들 곁에서 빨래가 마르고 아이들이 뛰어놀았다.

전쟁으로부터 평화가, 빈곤하고 불쌍하고, 거의 전쟁과 마찬가지로 힘든 평화가 나타났다.

대로 여기저기 널린 돌 쓰레기들을 치우는 곳에서는 전쟁포로들이 일하고 있었다. 지하실에 있는 식료품 상점들마다 함석 통을 든 사람들이 줄을 이루었다. 루마니아인 전쟁포로들은 돌무더기 사이에서 어슬렁거리며 시체들을 파내고 있었다. 병사들은 보이지 않았다. 아주 드물게 해병들만 눈에 띄었다. 운전사는 지뢰들을 제거하느라 볼가 분함대가 스딸린그라드에 남아 있다고 설명했다. 이곳저곳에 그을림 없는 새 널빤지, 통나무, 시멘트 부대 들이 쌓여 있었다. 새 토목공사를 위한 재료들이었다. 잔해들 사이 군데군데

아스팔트가 새로 깔린 포장도로들도 보였다.

인적 드문 광장에서 한 여자가 보따리들을 잔뜩 실은 두바퀴 수레에 제 몸을 매어 말처럼 끌고, 아이 둘이 그녀를 도와 끌채에 맨 밧줄을 잡아당기고 있었다.

모두가 집으로, 스딸린그라드로 이끌리는 지금, 알렉산드라 블라지미로브나는 도착했다가 다시 떠나려는 것이었다.

알렉산드라 블라지미로브나가 운전사에게 물었다.

"스삐리도노프가 스딸그레스에서 떠나게 된 게 유감스러운가요?"

"그게 저랑 무슨 상관이에요?" 운전사가 말했다. "스삐리도노프는 저를 마구 부려먹었어요. 새로 오는 사람도 마구 부려먹을 거고요. 다 똑같은 악마예요. 운전하라고 명령하니 운전하는 겁니다."

"그런데 여기 이건 뭐죠?" 그녀가 화재로 시커멓게 그을리고 부서진 창문들이 퀭하니 입을 벌리고 있는 넓은 벽을 가리키며 물었다.

"여러 관청들이죠. 주민들에게 내주는 편이 더 나을 텐데 말이에요."

"예전에는 여기가 뭐였나요?"

"파울루스가 머물렀던 곳이에요. 여기서 그를 붙잡았죠."

"그럼 그전에는요?"

"못 알아보시겠어요? 백화점이었잖아요."

전쟁이 과거의 스딸린그라드를 몰아낸 것 같았다. 독일 장교들이 지하실에서 나오는 모습, 독일 야전 사령관이 이 그을린 벽을 지나 걸어가고 그 앞에 보초들이 한줄로 길게 서 있는 모습은 분명하게 떠올랐다. 하지만 정말 여기서 알렉산드라 블라지미로브나가 외투감을 샀고, 마루샤 생일에 선물하려고 시계를 샀고, 세료자와 함께 와 2층 스포츠용품점에서 스키를 사주었단 말인가?

말라호프 꾸르간,[169] 베르됭, 보로지노[170] 전장…… 그런 곳으로 돌아왔던 주민들 역시 이처럼 뛰어노는 아이들이나 빨래하는 여자들, 건초를 실은 수레, 써레를 든 노인을 보며 어리둥절했겠지. 여기 포도밭에서 뿌알랴 종대[171]가 걸어다니고, 방수포를 덮은 화물마차들이 이동했겠지. 저 농가, 집단농장의 말라빠진 가축들과 사과나무들이 있는 곳으로 뮈라[172] 기마부대가 지나가고, 여기서 꾸뚜조프가 안락의자에 앉아 늙은 두 팔을 휘둘러 러시아 보병을 반격으로 이끌었고, 닭과 염소 들이 먼지를 뒤집어쓴 돌 틈에 난 풀을 뜯는 저 언덕 위에 나히모프[173]가 서 있었고, 여기서 똘스또이가 묘사한 번쩍거리는 폭탄들이 날아갔고, 부상자들이 비명을 질렀고, 저쪽에서부터 영국군의 총알이 휙휙 날아들었겠지.

여자들이 길게 늘어선 줄, 날림으로 지은 집, 판자를 내리는 청년, 저기 빗줄에 걸린 셔츠, 누덕누덕 기운 시트, 뱀처럼 구불구불한 양말, 죽은 벽에 붙은 공고문들…… 그 모든 것이 알렉산드라 블라지미로브나에게는 이상하게 보였다.

그녀는 스쩨빤 표도로비치를 떠올렸다. 노동력, 널빤지, 시멘트 분배를 두고 구역위원회에서 일어난 논쟁에 대해 이야기할 때 그의 얼굴에는 현재의 삶을 얼마나 무미건조하게 여기고 있는지가

169 끄림전쟁 당시 끄림반도 세바스또뽈의 남동쪽에 지어진 임시 요새.

170 1812년 9월 7일 나뽈레옹의 러시아원정 중 가장 치열한 격전이 벌어진 곳.

171 프랑스 군인들을 조롱조로 일컫는 말이다.

172 Joachim Murat(1767~1815). 나뽈레옹의 매제로 프랑스 군대의 원수.

173 Pavel Stepanovich Nakhimov(1802~55). 끄림전쟁 당시 시노프 해전에서 오스만의 해군을 격파한 해군 장교.

보였지. 잔해 정리와 거리 청소, 목욕탕 건설과 노동자 보급품 담당 직원 식당에 대한 『스딸린그라드 쁘라브다』의 기사를 보며 그는 얼마나 지루해했던가. 폭격에 대해, 화재에 대해, 전선군 사령관 슈밀로프의 스딸그레스 입성에 대해, 언덕에서 내려오는 독일 전차들에 대해, 이 전차들을 대포로 쏜 소련 포병부대 청년들에 대해 이야기할 때에야 그는 비로소 생기를 띠었어.

이 거리에서 전쟁의 운명이 결정되어갔다. 이곳의 마지막 전투가 전후의 지도를, 스딸린의 위대함 혹은 아돌프 히틀러가 지닌 끔찍한 권력의 크기를 규정해갔다. 구십일 동안 내내 끄레믈린과 베르히테스가덴[174]은 스딸린그라드라는 단어 하나에 살고, 숨 쉬고, 고생했다.

스딸린그라드가 역사철학을, 미래의 사회체제를 규정하도록 결정되었다. 세계의 운명이라는 그림자가 한때 평범한 삶이 영위되던 도시를 인간의 눈에서 덮어버렸다. 스딸린그라드는 미래의 시그널이 되어 있었다.

자신도 모르는 사이, 옛집을 찾아가는 이 늙은 여자는 자신이 일하고, 손자를 키우고, 딸들에게 편지를 쓰고, 감기를 앓고, 신발을 사던 스딸린그라드에서 실현된 힘의 지배하에 놓여 있었다.

그녀는 운전사에게 세워달라고 부탁한 뒤 자동차에서 내렸다. 그러곤 잔해가 쌓인 황량한 거리를 어렵사리 지나쳐 자신의 집으로 가 폐허 속을 들여다보았다. 곁에 서 있던 건물들의 잔해가 눈에 익은 듯도 했고, 또 영 알아보지 못할 듯도 했다.

거리로 난 아파트 건물의 외벽은 아직 남아 있었다. 유리가 다

174 히틀러의 별장이 있던 곳.

부서져 입을 벌리고 있는 창문들 너머, 알렉산드라 블라지미로브나는 늙어 침침해진 두 눈으로 자기 아파트의 벽을 알아보았다. 푸른색과 초록색 페인트로 칠해졌던 빛바랜 그 벽들. 하지만 방에는 바닥이 없었고, 천장이 없었고, 딛고 올라갈 계단도 없었다. 불탄 흔적이 남은 벽돌들, 탄환 파편에 깨어진 여러곳이 눈에 들어왔다.

자신과 딸들의 삶을, 불행한 아들과 손자 세료자를, 영영 되찾지 못할 그 모든 것을, 머리가 다 세어버린 자신의 고독한 처지를 의식하며 그녀는 영혼을 뒤흔드는 통렬한 힘을 느꼈다. 낡은 외투를 입고 기운 신발을 신은 병들고 무력한 여자, 그녀가 집의 잔해를 바라보고 있었다.

무엇이 그녀를 기다리고 있을까? 일흔살의 그녀가 그것을 모른다. '삶은 앞에 있지.' 알렉산드라 블라지미로브나는 생각했다. 무엇이 그녀가 사랑하는 사람들을 기다리고 있을까? 그녀는 모른다. 아파트의 유리 없는 창문을 통해 봄 하늘이 그녀를 내려다보고 있었다.

그녀와 가까운 사람들의 삶은 불안정하고 혼란스럽고 불분명했으며, 회의와 고통과 실수로 가득 차 있었다. 류드밀라는 어찌 살아야 하나? 그애 가족의 불화는 어떻게 끝나려나? 세료자는 어찌 됐을까? 아직 살아 있을까? 빅또르 시뜨룸은 얼마나 힘든 일을 겪는지! 베라와 스쩨빤 표도로비치는 어찌 될까? 스쩨빤은 다시 삶을 일구어내고 안정을 찾을 수 있을까? 나쟈, 똑똑한, 착하기도 하고 못되기도 한 나쟈의 앞길은 어떨까? 그리고 베라는? 외롭고 힘겨운 생활에 지쳐 꺾이고 말까? 제냐는? 끄리모프를 따라 시베리아로 갈까? 그애도 수용소에 떨어지는 건 아닐까? 드미뜨리가 죽었듯이 그애도 죽어버리는 건 아닐까? 국가는 세료자에게, 수용소에서 죄 없이 죽은 부모의 아들에게 부모의 죄를 사해줄 것인가?

그들의 운명은 왜 이토록 혼란스럽고 불분명한가?

그리고 죽은 이들, 살해된 이들, 처형된 이들…… 그들 역시 그녀의 삶과 계속 이어져 있었다. 그녀는 그들의 미소와 농담과 웃음을, 슬픔과 당혹감에 젖은 눈을, 그들의 절망과 희망을 기억했다.

미쨔는 그녀를 껴안고 말했었다. "괜찮아요, 엄마. 중요한 건 엄마가 내 걱정을 안 하는 거예요. 여기 수용소에도 좋은 사람들이 있어요." 검은 머리칼에 윗입술에는 얇은 털이 수염처럼 돋은 소냐 레빈똔, 젊음과 분노와 생기로 가득한 그녀는 선언하듯 열렬히 시를 낭독했지. 그리고 아냐 시뜨룸, 창백하고 늘 우울에 잠겨 있지만 똑똑하고 시니컬한 여자. 똘랴는 빠르마산 치즈를 얹은 마카로니를 쩝쩝거리며 게걸스럽게도 먹었어. 도통 류드밀라를 도우려 하질 않아 내 화를 돋웠지. "물 한잔도 갖다달라고 못해요? 알았어요, 알았어, 제가 가져다 마실게요. 근데 나지까는 왜 가만 앉아 있어요?" 아, 마루센까! 제냐는 늘 네가 선생처럼 훈계를 늘어놓는다며 비웃었는데. 그래, 네가 스쩨빤에게 공산주의의 원리를 가르쳤어…… 그리고 나중엔 슬라바 베료즈낀이랑 노파 바르바라 알렉산드로브나와 함께 볼가강에 빠져 죽었지.[175] 미하일 시도로비치, 내게 설명 좀 해줘요. 맙소사, 그가 이제 뭘 설명하겠어……

항상 여러가지 고통과 비밀스러운 아픔과 이런저런 회의에 시달리며 방황하는 사람들. 그들 모두 행복을 꿈꾸었다. 그중 몇몇은 그녀를 찾아왔고, 다른 몇몇은 그녀에게 편지를 썼다. 그녀는 화목

175 전편 소설에서 바르바라 알렉산드로브나는 배에 자리가 없어 타지 못하고 이후 레닌스끄로 갔으나 알렉산드라 블라지미로브나는 그녀가 함께 강을 건너다 죽은 것으로 알고 있다.

한 대가족인데 어딘가 마음속에 각자 고유한 고독감을 품고 있다는 이상한 감정을 느꼈다.

여기 그녀, 노파인 그녀도 살아 있고, 내내 좋은 것을 기대하고, 신념을 가지며, 악을 두려워한다. 그리고 살아 있는 사람들의 삶 때문에 불안으로 가득 차 있고, 산 자와 죽은 자 구분 없이 염려하고, 여기 서서 자기 집의 잔해를 바라보고 봄 하늘을 감상하며, 심지어 자신이 봄 하늘을 감상하고 있다는 것도 알아차리지 못하고, 여기 서서 어째서 그녀가 사랑하는 사람들의 미래가 어렴풋한지, 어째서 그들 삶에 그렇게 많은 실수가 있는지 스스로에게 묻고, 이 불명확함 속에, 이 안개 속에, 이 비애와 혼란 속에 그 대답이, 명확성과 희망이 있다는 것도 알아차리지 못하고, 그녀 자신은 물론 다른 가까운 이들의 몫인 삶의 의미를 알아차리지 못하고, 그녀 자신이 그녀가 그렇다는 것을 알아차리지 못하면서 그녀가 온 마음으로 인지하고 이해하는 것은, 비록 그녀는 물론 그들 중 누구도 자신을 기다리는 것이 무엇인지 말할 수 없기는 해도, 그리고 무서운 시대에는 인간이 이미 자기 행복의 대장장이가 아님을, 사면하고 처형하고 영광으로 들어올리고 곤궁으로 처박고 수용소의 먼지로 변화시키는 권리가 세계의 운명에 맡겨져 있다는 것을 그들이 알고 있기는 해도, 그럼에도 인간이라고 불리는 존재들을 변화시키는 권리는 세계의 운명, 역사의 치명적인 숙명, 국가의 분노, 전투의 영광과 치욕에 맡겨지지 않는다는 진실, 그들을 기다리는 것이 노동의 영광이든 고독이든 절망과 곤궁이든 수용소와 처형이든, 그들은 인간으로서 이를 겪어낼 것이고 인간으로서 죽음을 맞이할 것이라는 진실, 죽음을 당한 사람들은 인간으로서 죽을 수 있었다는 진실, 그리고 여기에, 세상에 과거에도 있었고 미래에도 있을, 왔다가 가버리는 모든 거대하고 비인간적인 것에 대한 그들의 영원하고 비통한 인간적 승리가 있다는 진실이다.

62

이 마지막 날, 아침부터 술을 마신 스쩨빤 표도로비치만 취한 상태인 것은 아니었다. 알렉산드라 블라지미로브나와 베라 역시 여행 전의 열뜬 상태에 있었다. 노동자들이 몇번이나 와서 스삐리도노프에게 질문을 했다. 그는 마지막 지시를 내리고, 퇴거 문제로 구역위원회에 다녀오고, 친구들에게 전화를 걸고, 군사동원부 등록을 해지하고, 공장 작업장들을 이리저리 돌아다니고, 이야기를 나누고, 농담을 하다가, 혼자 터빈실에 있게 된 순간 가동하지 않아 차가운 바퀴에 뺨을 대고 피곤하게 눈을 감았다.

베라는 짐을 싸고 벽난로 위에 기저귀들을 말리는 사이사이 미짜에게 먹일 우유를 뜨겁게 데워 넣은 병들을 준비하고 자루에 빵을 쑤셔넣었다. 이날 그녀는 빅또로프와, 어머니와 영원히 작별하고 있었다. 그들은 홀로 남겨질 것이고, 여기에서는 아무도 그들에 대해 생각하지도 묻지도 않을 것이다.

이제 그녀 자신이 어머니 역할을 하는 여주인이고 힘든 삶과 화해한 매우 평온한 여인이라 생각하니 위안이 되었다.

알렉산드라 블라지미로브나는 계속되는 수면 부족으로 충혈된 손녀의 눈을 들여다보며 말했다.

"자, 베라, 이제 다 준비됐구나. 고통을 많이 겪은 집과 작별하는 일이 제일 힘들지."

나따샤는 헤어지기 전에 스뻬리도노프네 식구들에게 만두를 구워주고 싶어 했다. 그녀는 아침부터 장작과 식재료들을 잔뜩 들고 러시아식 벽난로가 있는 노동자 마을의 지인에게로 가서 만두소를 만들고 반죽을 이겼다. 요리하느라 발갛게 달아오른 그녀의 얼굴은 정말이지 젊고 아름다웠다. 그녀는 작은 거울을 보고 웃으면서 코와 뺨에 밀가루로 분을 발랐다. 그러다 그 집 여자가 방에서 나가려는 순간 나따샤의 눈에서 눈물이 흘러 반죽으로 떨어졌다.

나가던 여자가 그녀의 눈물을 알아차리고 물었다.

"너 왜 울어, 나딸리야?"

나따샤가 대답했다.

"그들에게 정이 들었어. 노파는 정말 좋은 사람이야. 베라랑 그 아빠 없는 아기도 안됐고."

여자는 주의 깊게 설명을 다 듣고서 말했다.

"나따시까, 너 거짓말하는구나. 노파 때문에 우는 게 아니면서."

"아냐, 노파 때문에 그래." 나따샤가 말했다.

새로운 공장장은 안드레예프를 보내주겠다고 약속하면서 닷새만 더 스딸그레스에 머물라고 명했다. 나딸리야는 그 닷새 동안 시아버지와 지내다가 레닌스끄의 아들에게로 가겠다고 했다.

"그리고 그곳에서, 그다음에 어디로 갈지 분명해질 거예요." 그녀가 말했다.

"어째서 그곳에서 분명해진다는 거냐?" 시아버지가 물었지만 그녀는 대답하지 않았다.

필시 그녀가 운 것은 아무것도 분명한 게 없기 때문이기도 했을 것이다. 빠벨 안드레예비치는 며느리가 그를 염려하는 기색을 보이면 좋아하지 않았는데, 이는 나딸리야에게 그가 자신과 바르바라 알렉산드로브나의 다툼을 떠올리며 그녀를 비난하고 용서하지 못하는 것으로 여겨졌다.

식사 시간 무렵에 스쩨빤 표도로비치가 집으로 돌아와 기계 제작소 노동자들과의 작별에 대해 이야기했다.

"그래, 여기에서도 아침 내내 자네에게로 순례 행렬이 이어졌네." 알렉산드라 블라지미로브나가 말했다. "노동자 대여섯명이 자네를 찾아왔었어."

"자, 어쨌든 이제 다 준비된 거죠? 5시 정각에 화물트럭이 올 겁니다." 그는 씩 웃어 보였다. "그래도 바뜨로프한테 고마워해야겠네요, 차를 내주었으니."

모든 일을 마무리하고 짐도 전부 꾸렸는데 왠지 술에 취한 듯 격한 흥분이 스삐리도노프를 떠나지 않았다. 그는 트렁크들을 이리저리 옮겨놓고 보따리도 전부 새로 여몄다. 꼭 한시라도 빨리 떠나고 싶어 안절부절못하는 사람 같았다. 얼마 안 있어 안드레예프가 사무실에서 돌아오자 그는 물었다.

"어떻습니까? 모스끄바에서 케이블 관련한 전보는 왔고요?"

"아니, 전보는 한장도 안 왔네."

"아, 개똥 같은 자식들, 내내 일을 망쳐놓으니 원…… 5월 노동절 전까지는 첫 단계가 마무리돼야 하는데."

안드레예프는 알렉산드라 블라지미로브나에게 말했다.

"몸이 아직 그리 쇠약해서 어떻게 여행을 하려고 그래요?"

"괜찮아요, 난 질긴 사람이니까. 그리고, 달리 무슨 수가 있어요? 저기 고골렙스까야 거리에 있는 집으로 갈 수도 없잖아요. 게다가 이 집엔 벌써 칠장이들이 들락거린다고요. 새 공장장을 위해 수리를 한다나."

"그 하루를 못 기다려서…… 무뢰한 같으니." 베라가 말했다.

"왜 무뢰한이니?" 알렉산드라 블라지미로브나가 말했다. "삶은 계속 이어지는 법이다."

"식사 안 하십니까?" 스쩨빤 표도로비치가 물었다. "다 차려져 있는데 뭘 기다리고 있어요?"

"나딸리야가 만두를 가져온다고 해서."

"오, 만두라…… 그러다가 기차 시간에 늦을 것 같은데." 스쩨빤 표도로비치가 말했다.

그는 그다지 식욕이 없었지만 작별 식사를 위해 보관해둔 보드까는 무척 마시고 싶었다.

집무실에 들러 몇분이라도 거기 머물면 어떨까? 하지만 그건 불편할 것이다. 바뜨로프의 방에서 작업반장 회합이 있으니까. 비통한 감정이 솟자 더욱 술을 마시고 싶어졌다. 그는 내내 "우리 늦을 거야, 늦을 거라고" 하고 말하며 고개를 절레절레 흔들었다.

늦을지 모른다는 두려움, 나따샤를 기다리면서 느끼는 초조한 감정에는 무언가 기분 좋은 구석이 있었지만 그 자신은 그게 뭔지 알지 못했다. 전쟁 이전에 아내와 극장으로 갈 채비를 할 때도 연신 시계를 들여다보며 지금과 꼭 마찬가지로 "우리 늦을 거야, 늦을 거라고" 하고 말하며 절망적으로 고개를 절레절레 흔들곤 했던 것을 그는 잊고 있었다.

이날 그는 자신에 대한 좋은 이야기를 듣고 싶었고, 그래서 점점 더 기분이 나빠졌다. 그는 다시 똑같은 말을 했다.

"전쟁 기피자에 비겁한 자인 내가 사라진다고 뭐 아쉬울 것 있겠어? 게다가, 누가 알아? 내가 국방에 참가했으니 훈장을 내놓으라고 진상을 부릴지."

“자, 정말 이제 식사를 하세.” 스쩨빤 표도로비치가 제정신이 아닌 것을 보고 알렉산드라 블라지미로브나가 말했다.

베라가 수프 냄비를 가지고 왔다. 스삐리도노프는 보드까 병을 잡았다. 알렉산드라 블라지미로브나와 베라는 안 마시겠다고 했다.

“할 수 없네. 그럼 남자들만 마십시다.” 스쩨빤 표도로비치가 말하고 덧붙였다. “아니면 나딸리야가 올 때까지 기다릴까요?”

바로 그 순간 나따샤가 바구니를 들고 들어와 식탁 위에 만두를 꺼내놓았다.

스쩨빤 표도로비치는 안드레예프와 자신의 잔을 가득 채우고 나딸리야의 잔에는 반만 따랐다.

“작년 여름이 생각나네요.” 안드레예프가 말했다. “그때도 다들 고골렙스까야 거리의 알렉산드라 블라지미로브나 집에 모여 이렇게 만두를 먹었는데.”[176]

“이 만두도 작년 것 못지않게 맛있는데요.” 알렉산드라 블라지미로브나가 말했다.

“그땐 식탁에 사람들이 잔뜩 모였었는데 지금은 할머니랑 아저씨, 그리고 나랑 아버지뿐이네요.” 베라가 말했다.

“우리는 스딸린그라드에서 독일인들을 패주시켰지요.” 안드레예프가 말했다.

“위대한 승리야! 사람들에게 비싼 대가를 치르게 했지만.” 그러고서 알렉산드라 블라지미로브나가 덧붙였다. “수프를 좀더 들어

176 전편 소설에서 독일군이 돈강으로 접근할 무렵 알렉산드라 블라지미로브나의 아파트에 모스똡스꼬이, 소피야 레빈똔, 마루샤, 안드레예프, 제냐, 베라, 똘랴, 똘랴의 동반자인 꼬발료프 중위, 세료자, 따마라와 그녀의 딸, 스쩨빤 표도로비치가 함께 모여 만두를 먹었다.

요. 가는 내내 마른 음식이나 먹지, 뜨거운 것은 구경도 못할 테니까."

"그래요, 쉬운 여정은 아니지요." 안드레예프가 말했다. "기차에 오르는 것부터 녹록지 않을 거예요. 깝까스에서 발라쇼프[177]로 가는 직통열차라 죄 병사들로 꽉 차 있을 테고⋯⋯ 그 대신 깝까스에서 가져온 흰 빵이 있겠지!"

스쩨빤 표도로비치가 입을 열었다.

"우리에게 닥쳤던 먹구름은 이제 어디 가 있을까요? 소비에뜨 러시아가 승리했어요."

얼마 전만 해도 스딸그레스에서 독일 전차 구르는 소리가 들렸는데, 지금은 수백 킬로미터를 몰아내 벨고로드 부근, 추구예프와 꾸반에서 전투가 진행되고 있었다.

다시금 그는 자신을 견딜 수 없이 속상하게 하는 것에 대해 말하기 시작했다.

"좋아, 내가 전쟁 기피자라고 쳐. 그런데 누가 나를 견책하는 거지? 스딸린그라드 병사들더러 심판하라고 해. 그들 앞에서라면 나도 완전히 죄를 인정할 테니."

베라가 말했다.

"빠벨 안드레예비치, 그때는 아저씨 곁에 모스똡스꼬이가 앉았었죠."

하지만 스쩨빤 표도로비치가 대화를 끊었다. 오늘의 비참한 감정에 이미 너무나 속을 태운 것이다. 딸을 향해서 그가 말했다.

"주위원회 제1서기에게 전화를 걸었어, 작별 인사를 하려고. 어

177 사라또프주 발라쇼프 구역의 중심지.

쨌든 공장장들 중 방어 기간 내내 우안에 남아 있던 사람은 내가 유일하니까. 한데 보좌관 바룰린이 그를 연결해주질 않더군. '쁘랴힌 동지는 당신과 이야기할 수 없습니다. 바쁘십니다.' 그래, 할 수 없지. 바쁘다면 바쁜 거지."

베라는 아버지 말이 들리지 않는지 이어 말했다.

"세료자 곁에는 중위가 앉아 있었고요. 똘랴의 친구 말이에요. 그는 지금 어디 있을까요? 그 중위는……"

아무라도 "그가 어디 있든 간에, 아마 살아 있고 성한 몸으로 싸우고 있을 거야"라고 대답해주기를 그녀는 몹시 바랐다.

그런 말이 오늘 그녀의 슬픔을 조금이나마 위로할 수 텐데.

하지만 스쩨빤 표도로비치가 다시금 그녀의 말을 끊었다.

"내가 그랬지. '오늘 떠납니다, 아시겠지만.' 그가 말하더군. '할 수 없네요. 그러면 서면으로 하세요, 편지 형식으로요.' 좋아, 염병할 놈. 아, 조금만 더 부어줘요. 우리가 이 식탁에 앉는 것도 마지막이네요."

그는 안드레예프를 향해서 잔을 들었다.

"빠벨 안드레예비치, 저에 대해 나쁜 건 기억하지 말아주세요[178]."

안드레예프가 말했다.

"그게 무슨 말인가, 스쩨빤 표도로비치? 이 지역 노동계급 전체가 당신 때문에 무척 마음 아파하고 있네."

스삐리도노프는 술을 들이켜고는 물속에서 방금 솟아나와 정신을 차린 듯 잠깐 침묵하더니 수프를 먹기 시작했다.

식탁이 조용해졌다. 들리는 거라곤 스쩨빤 표도로비치가 만두를

178 러시아식 작별 인사.

씹고 스푼을 달그락대는 소리뿐이었다.

"만두 좀 드세요, 알렉산드라 블라지미로브나." 마치 생사의 문제가 걸린 양 나딸리야가 필사적으로 말했다.

"먹을 거예요." 알렉산드라 블리지미로브나가 말했다.

스쩨빤 표도로비치는 엄숙하고 취기 어린, 그러면서도 행복한 목소리로 단호하게 입을 열었다.

"나따샤, 모두가 있는 데서 할 말이 있어요. 당신은 여기서 아무 할 일이 없어요. 레닌스끄로 가 아들을 데리고 우리가 있는 우랄로 와요. 우리 함께합시다. 함께하면 더 쉬워요."

그는 나따샤의 눈을 들여다보고 싶었지만 그녀는 고개를 깊이 숙였고, 그가 본 것은 그녀의 이마와 검고 아름다운 눈썹뿐이었다.

"빠벨 안드레예비치, 당신도요!" 그가 말을 이었다. "함께하면 더 쉽다고요."

"내가 어딜 가겠나." 안드레예프가 말했다. "난 이미 부활하지 못하네."

스쩨빤 표도로비치는 재빨리 베라를 살펴보았다. 그녀는 미쨔를 안고 식탁 앞에 선 채 울고 있었다.

이날 처음으로, 그는 자신이 떠나는 벽들을 바라보았다. 그의 속을 태우던 고통도, 해고에 대한 생각도, 명예와 사랑하는 직장을 잃었다는 생각도, 승리를 기뻐할 수 없도록 정신을 빼놓은 모욕감과 창피함도 모두 사라졌고 의미가 없어졌다.

그 옆에 앉아 있는 노파, 그의 아내의, 그가 사랑했고 영원히 잃어버린 아내의 어머니가 그의 머리에 키스하며 말했다.

"괜찮네, 괜찮아, 내 착한 사람. 삶은 삶이야. 산 사람은 살아야지."

63

저녁부터 벽난로를 너무 때서 농가 안은 밤새도록 숨이 막힐 지경이었다.

세입자 여자와 부상을 입고 병원에 있다가 어제저녁 휴가차 그녀에게 온 남편은 아침이 다 되도록 잠을 자지 않았다. 그들은 주인 노파와 궤짝 위에서 자고 있는 딸아이를 깨우지 않으려고 속삭이며 이야기를 나누었다.

노파는 잠을 이루려고 애썼으나 허사였다. 세입자 여자가 남편과 속삭이며 이야기하는 것에 화가 났다. 그 속삭임이 거슬려, 그녀는 저도 모르게 간간이 들리는 단어들을 꿰어맞추려고 애쓰며 귀를 기울였다.

그들이 더 크게 이야기했다면 노파는 조금 듣다가 잠들었을 것이다. 그녀는 심지어 벽을 두들기며 말하고 싶었다. "뭘 그렇게 속삭이는 거요? 당신들 이야기 듣는 게 뭐 재미있는 줄 아오?"

몇번인가 한두 문장이 들리긴 했는데, 그것도 이내 속삭임으로 바뀌었다.

군인이 말했다.

"병원에서 오느라 사탕 한알 못 가져왔어. 전선에 있다가 왔으면 달랐을 텐데……"

"그리고 난 당신에게 내어준 게 식용유에 볶은 감자밖에 없네." 세입자 여자가 말했다.

그러고는 속삭임이 이어져 아무것도 알아들을 수 없었다. 세입자 여자가 우는 것 같았다.

그녀의 목소리가 들려왔다.

“내 사랑이 당신을 지킨 거야.”

‘오, 저 망할 놈!’ 노파는 생각했다.

노파가 몇분쯤 코를 골며 잠든 사이 그들의 목소리가 커졌다.

그녀는 잠에서 깨어 귀를 기울였다.

“삐보바로프가 병원으로 편지를 보냈어. 내게 중령 계급을 준 게 바로 얼마 전인데 금세 대령 승진 서류를 보냈다네. 군사령관이 직접 제출했대. 그가 나를 사단장으로 임명했다니까. 레닌 훈장도 받았어. 그런데 이 모든 게 내가 돌가루를 뒤집어쓴 채로 부대와 연결이 끊긴 공장 작업장 안에 앉아 앵무새처럼 노래를 불렀던 그 전투 때문이거든. 사기꾼이 된 기분이야. 얼마나 마음이 불편한지 당신은 상상도 못할걸.” 이어 노파가 코를 골지 않는 것을 알아챈 듯 그들은 다시 속삭이기 시작했다.

노파는 외로웠다. 영감은 전쟁 전에 죽었고 하나뿐인 딸은 그녀와 떨어져 스베르들롭스끄에서 일하고 있었다. 전쟁 때 그녀에겐 아무도 없었다. 군인이 어제 도착한 것이 어째서 마음을 이토록 산란하게 하는지 그녀는 이해할 수 없었다.

그녀는 세입자 여자를 좋아하지 않았다. 노파에게 그녀는 속이 텅 비고 의존적인 여자로만 보였다. 여자는 늦게 일어났고, 딸아이는 다 떨어진 누더기를 입고 돌아다니며 아무거나 먹었다. 여자는 식탁에 앉아 말없이 창밖만 내다보다가 가끔 퍼뜩 기운을 차려 일을 시작하곤 했다. 일은 제대로 할 줄 아는 여자였다. 바느질, 바닥 청소, 수프 요리. 도시 여자인데도 우유까지 짤 줄 알았다. 분명 그녀는 뭔가 제정신이 아닌 것 같았다. 그리고 딸애는 괴팍한 구석이 있었다. 딱정벌레, 베짱이, 바퀴벌레와 노는 걸 좋아했고, 다른 아이들과는 달리 뭔가 더러운 방식으로 벌레에게 입을 맞추고 뭐라 얘기를 하다가 그들을 놓아준 뒤 우는가 하면 이름을 붙여 부르기도 했다. 노파가 가을에 숲에서 고슴도치를 그애에게 가져다주었는데, 아이는 고슴도치가 어디를 가든 내내 뒤를 따라다녔다. 고슴도치가 쿨쿨 소리를 내면 기뻐서 어쩔 줄 몰랐고, 고슴도치가 장 밑으로 들어가면 그 옆 바닥에 앉아 기다리면서 어머니에게 말했다. "조용히 해, 고슴도치가 지금 자고 있어." 그러다가 고슴도치가 숲으로 아주 가버리자 이틀 동안 아이는 아무것도 먹으려 하지 않았다.

노파는 내내 세입자 여자가 목매달아 죽을 거라 생각했다. 그럴 경우 어린 여자애를 어쩌나 싶어 염려가 되었다. 늙은 나이에 새 근심거리가 생기는 건 원치 않았다.

"내 의무가 아니야." 그녀는 그렇게 말했지만 아침에 일어나면 세입자 여자가 목매달아 죽어 있는 장면이 머릿속에 떠올라 괴로움을 느꼈다. 여자애를 어쩌지?

노파는 세입자 여자가 남편에게서 버림받았다고, 남편이 전선에서 다른 여자, 좀더 어린 여자를 만났고 그래서 세입자 여자가 늘 생각에 잠겨 있는 거라고 생각했다. 드물게 남편에게서 편지가 와도 그녀는 기분이 나아지지 않았다. 그녀에게서는 아무것도 알아낼 수 없었다. 도통 말이 없었다. 그래서 이웃들은 노파의 집에 이상한 여자가 세 들었다며 수군댔다.

노파는 남편 때문에 많은 고통을 겪었다. 그는 술꾼에 말썽쟁이였다. 그녀와 싸울 때도 보통 정도로 싸우는 게 아니라 부지깽이로 찌르거나 막대기로 손찌검을 했다. 그는 딸도 때렸다. 술을 먹지 않았을 때도 그리 좋을 것은 없었다. 노랑이에다 늘 생트집을 잡았고, 여편네처럼 단지마다 열어 냄새를 맡으며 이게 아니네, 저건 틀렸네 참견질을 했다. 그건 사지 말아야 했고, 젖은 그렇게 짜는 게 아니고, 이불은 그렇게 펴는 게 아니라며 사사건건 그녀에게 훈시를 늘어놓았다. 게다가 말끝마다 쌍욕이 따라붙었다. 그녀도 그걸 배워서 지금은 혼자서도 쌍욕을 하게 되었다. 사랑하는 암소에게도 쌍욕을 했다. 남편이 죽었을 때 그녀는 눈물 한방울 흘리지 않았다. 게다가 그는 늙어서도 그녀 몸으로 기어올랐다. 어쩔 수 있나, 술 취한 사람이니. 딸 앞에서도 창피해하지 않았지. 기억하기조차 끔찍해. 게다가 얼마나 크게 코를 고는지. 술을 처먹으면 특히 심했어. 그나저나 그녀의 암소는 얼마나 잘 달아나는지. 아휴, 정말 잘 달아나. 걸핏하면 외양간에서 달아나니 늙은 몸으로 따라잡을 수가 있어야지.

노파는 칸막이 너머의 속삭임에 귀를 기울이고, 남편과 함께한 자신의 불행한 삶을 기억하고, 모욕감과 함께 남편에 대한 연민을 느꼈다. 그는 열심히 일했지만 돈을 거의 벌지 못했다. 암소가 없었다면 그들 살림은 정말 형편없었을 것이다. 그는 광산에서 탄가루를 너무 많이 삼키는 바람에 죽었지. 그녀는 죽지 않고 이렇게 살아 있는데. 언젠가 그는 그녀에게 예까쩨린부르그에서 목걸이를 사다주었고, 지금 그 목걸이는 딸의 목에 걸려 있다……

세입자 부부는 아침 일찍, 아직 딸아이가 깨기 전에 이웃 마을로 떠났다. 그곳에서 전장용 배급표로 흰 빵을 받을 수 있기 때문이었다. 그들은 손을 잡고 말없이 걸었다. 1.5킬로미터에 이르는 숲길을 지나 호수로 내려간 다음 강변을 따라가야 했다.

눈은 아직 녹지 않아 푸르스름해 보였다. 크고 거친 결정체들 속에 호수의 푸른빛이 가득했다. 작은 언덕, 햇빛이 비치는 사면의 눈은 이미 녹아 길가의 도랑에서 물소리가 났다. 눈, 물, 얼어붙은 웅덩이가 반사하는 빛에 눈이 부셨다. 빛이 너무 강해서 덤불숲을 지나가듯 빛을 지나가야 했다. 웅덩이의 얼음이 그들의 발에 밟혀 터질 때마다 마치 발밑에서 빛이 부서져 뾰족하고 날카로운 파편들로 쪼개지는 것 같았다. 빛은 길가의 도랑으로도 흘러들어, 물이 자갈로 막힌 자리에서 솟구치고 거품을 내고 잘그랑거리고 졸졸거렸다. 봄의 태양이 땅에 아주 가까이 접근해 있었다. 공기는 서늘하면서도 따듯했다.

추위와 보드까에 타버린 목구멍, 담배와 화약 연기, 먼지, 쌍욕으로 그을린 그의 목구멍이 빛과 하늘의 푸르름으로 헹궈지는 것만 같았다. 그들은 숲속으로, 첫 척후병인 전나무의 그늘로 들어섰다. 이곳에는 눈이 녹지 않는 단단한 덮개처럼 쌓여 있었다. 전나무 위, 가지들이 초록으로 동그랗게 모인 곳에는 다람쥐들이 부지런히 돌아다녔고, 아래쪽에 쌓인 눈의 표면에는 갉아먹힌 솔방울들과 도끼로 찍은 나무 부스러기가 떨어져 넓은 원을 이루고 있었다.

숲은 고요했다. 빛이 몇겹의 바늘잎들에 억눌린 채 작은 소리조차 내지 않았다.

그들은 여전히 말없이 걸었다. 그들은 함께 있었다. 단지 그 이유로 주위의 모든 것이 아름다워졌고 봄이 왔다.

그들은 약속이나 한 듯 동시에 멈춰섰다. 배불리 먹은 산까치 두 마리가 전나무 가지 위에 앉아 있었다. 산까치의 빨갛고 통통한 가슴이 마술 걸린 눈 위에 피어난 꽃들처럼 보였다. 이 순간, 고요함은 경이롭고 신비했다.

고요함 속에는 지난해에 태어났다가 죽은 나뭇잎, 실컷 내리다가 그친 비, 지어졌다가 비워진 둥지, 어린 시절, 개미들의 노고, 여우와 솔개의 배반과 약탈, 만인이 만인에 맞선 세계 전쟁, 하나의 심장 속에서 태어난, 그리고 이 심장과 함께 죽어버린 선과 악, 토끼와 전나무 몸통을 떨게 했던 폭풍우와 천둥에 대한 기억이 있었다. 서늘한 어스름 속에, 눈 밑에 지나가버린 삶이, 연인들이 누리는 만남의 기쁨이, 4월의 자신 없는 새소리가, 처음에는 낯설었다가 이내 친숙해진 이웃들과의 첫 교우가 잠자고 있었다. 강한 자와 약한 자, 용감한 자와 소심한 자, 행복한 자와 불행한 자 들이 잠자고 있었다. 인적이 끊기고 버려진 집에서 영원히 집을 떠난 망자들과의 마지막 작별이 이루어지고 있었다.

하지만 봄은 햇빛 비치는 들판에서보다 숲의 차가움 속에서 더욱 강렬하게 느껴졌다. 가을의 고요함보다 이 숲의 고요함 속에 더욱 큰 슬픔이 있었다. 아무 소리 없는 이 침묵 속에서 죽은 자들에 대한 통곡과 삶의 맹렬한 기쁨이 들려왔다……

아직 어둡고 춥지만 곧 문이 열리고, 덧창이 열리고, 빈집은 어린애의 웃음소리와 울음소리로 가득 차며 생기를 띨 것이다. 사랑스러운 여인들의 동동거리는 발소리가 울릴 것이고, 확신에 찬 주인이 집 안을 걸어다닐 것이다.

그들은 빵을 담을 바구니를 든 채 서 있었고, 아무 말도 하지 않았다.

1960년

작품해설

자유와 선의, 인간애를 향한 여정

1. 지난한 출판 과정과 시대적 배경

올해가 2024년이니 나치 독일이 1938년 유럽 각국의 영토를 점령하기 시작하고 1939년 제2차 세계대전이 발발, 1941년 소련을 침공한 지 이제 팔십년도 훌쩍 더 지났다. 그런 끔찍한 대규모 전쟁이 다시는 일어나지 않으리라고 여겨왔는데 2022년 러시아가 우끄라이나를 침공하면서, 또 2023년 팔레스타인 무장 정파의 테러에 대한 이스라엘의 가자 지구 공격으로 세계는 다시 전쟁에 휘말린 상태이다.

세계인들은 오랜 세월 2차대전의 영향력 아래 살아왔으며 이를

20세기 역사의 핵심 기억으로 간직하고 있다. 전후 오랫동안 지속된 냉전 속에서 잊혔거나 비밀에 부쳐졌던 많은 사료가 1990년대 중반부터, 전쟁이 끝난 지 오십년 만에 공개되어 2차대전의 실상은 점점 더 객관적으로, 다각도로 조명되고 있다. 이에 따라 이 전쟁을 배경으로 탄생한 소설들 역시 지속적으로 세계인들의 주요 독서 목록에 오르고 또한 영화화되고 있다. 소설이 지닌 진실의 힘이 빛을 발하는 것이리라. 우리나라 독자들에게도 이런 소설과 영화가 꾸준히 소개되어왔다. 역자의 관심을 끈 2차대전 관련 주요 소설들을 연대순으로 꼽아본다.

아서 쾨슬러/아르투르 쾨스틀러(Arthur Koestler/Artur Kösztler) 『한낮의 어둠』(*Sonnenfinsternis*, 1940/2018; 우리말 번역 2010)

로맹 가리(Romain Gary) 『유럽의 교육』(*Éducation européenne*, 1945; 우리말 번역 2003/2018)

빅토르 프랑클(Viktor Frankl) 『죽음의 수용소에서』(*Ein Psychologe erlebt das Konzentrationslager*, 1946; 우리말 번역 2005/2020)

쁘리모 레비(Primo Levi) 『이것이 인간인가』(*Se questo è un uomo*, 1947/1958; 우리말 번역 2007)

어윈 쇼(Irwin Shaw) 『젊은 사자들』(*The Young Lions*, 1948; 우리말 번역 2006)

꼰스딴찐 게오르기우(Constantin Gheorghiu) 『25시』(*A 25-a oră*, 1949; 우리말 번역 1992)

에리히 레마르크(Erich Remarque) 『사랑할 때와 죽을 때』(*Zeit zu leben und Zeit zu sterben*, 1954/2018; 우리말 번역 2010/2015)

엘리 위젤(Elie Wiesel) 『나이트』(*La Nuit*, 1958/2007; 영어 번역

1960/2006; 우리말 번역 2007/2023)

하인리히 뵐(Heinrich Böll) 『여인과 군상』(*Gruppenbild mit Dame*, 1971; 우리말 번역 1982)

바를람 샬라모프(Varlam Shalamov) 『꼴리마 이야기』(*Kolymskie Rasskazy*, 1971 독일어·프랑스어; 우리말 번역 2015)

스베뜰라나 알렉시예비치(Svetlana Alexievich) 『전쟁은 여자의 얼굴을 하지 않았다』(*U voyny ne zhenskoe litso*, 1985/2002; 우리말 번역 2015)

미셸 깽(Micheal Quint) 『처절한 정원』(*Effroyables Jardins*, 2000; 우리말 번역 2002)

로랑 비네(Laurent Binet) 『HHhH』(2010; 우리말 번역 2016)

안 브레스뜨(Anne Berest) 『우편엽서』(*La carte postale*, 2021; 우리말 번역 2024)

이런 소설들과 나란히, 아니, 보다 총체적으로, 바실리 그로스만(Vasilii Grossman)의 『삶과 운명』(*Zhizn' i sud'ba*)은 2차대전의 원인과 실상을 알려주는 소설로서 이 전쟁에 대해 알고 싶은 사람들에게 필독서로 자리한다.

『삶과 운명』은 소련의 국내외적 정치 지형 때문에, 체제에 맞서 자유와 인간애를 주장하는 용감성 때문에, 전쟁 일반에 대한 반대의 메시지 때문에 매우 어려운 출판 과정을 겪었다. 러시아가 지금도 2차대전 승리의 날을 대대적으로 기념하는 데서 볼 수 있듯이 막대한 희생을 치른 이 전쟁은 러시아인에게 애국주의의 핵심이다. 더욱이 2차대전이 소련을 명실공히 강대국으로 만들어준 계기인 점을 감안하면 이 소설의 출판이 순탄치 않았던 것은 당연한 일이라고도 할 수 있다. 이 소설은 1959년 완성되었으나 1970년대 중반에 마이크로필름으로 밀반출되어 1980년 스위스에서 처음 출판되었고, 러시아 국내에서는 1988년에 문학잡지 『10월』(*Oktyabr*)에 연재된 후 1989년 단행본으로 출간되었다. 이후 검열로 인한 수정 및 삭제를 지속적으로 보완해 좀더 원래 원고에 가까운 책이 출간되어왔다.

2차대전을 사실주의적이고 예리하게 파헤친 이 소설이 스딸린 사후 1960년대 소련의 해빙 무드에도 불구하고 출판에 어려움을 겪은 것은, 이 소설이 소련 체제 자체에 의문을 제기하며 당국이 금기시하는 제반 문제를 다루었고 전시 소련 장성들 및 정치가들의 비리는 물론, 한걸음 더 나아가 전쟁의 실상을 그대로 그리며 소련이 내세우는 애국전쟁을 포함해 전쟁 자체에 회의적인 태도를 드러냈기 때문이다.

작가 그로스만은 스딸린 사후의 해빙 무드에서 이 소설이 자유롭게 출판될 수 있으리라 여겼다. 1956년 스딸린 격하운동이 시작되어 1961년에는 당국의 스딸린 비판이 더욱 강한 어조로 표현된 바 있었다. 하지만 1960년에 보낸 원고의 출판은 허용되지 않았다. 오히려 1961년 보안부 요원들이 그로스만의 자택뿐만 아니라 뜨바르돕스끼(Aleksandr Tvardovskii)의 금고에 있던 원고, 타자수가 가지고 있던 원고 및 관련 기록, 타자기 리본까지 압수해갔다. 그로스만은 1962년 서기장 흐루쇼프에게 서신을 보내 책에 자유를 줄 것을 청원했으나, 제2인자였던 수슬로프로부터 그 책은 이백년 후에나 출판될 수 있을 것이라는 답을 들었다고 한다. 하지만 수슬로프의 예상은 틀렸다. 용의주도한 그로스만은 원고를 적어도 세벌 작성해 그중 적어도 한부를 지기에게 맡겨두었는데, 이 압수되지 않은 원고를 그의 사후 친지가 몰래 마이크로필름으로 촬영해 스위스로 밀반출하여 1980년에 출판될 수 있었던 것이다.

이 소설은 1985년에 첫 영어 번역본이 나온 뒤 2006년 재출간되었다. 이 번역본은 1980년 스위스에서 나온 러시아어본을 저본으로 했기 때문에 2017년에 나온 러시아어본과 다른 부분이 더러 있다. 예를 들어 러시아어 원본은 제1부 74장, 제2부 64장, 제3부 63장으로 총 201장이지만 영어본은 총 195장이다. 제1부의 제57장이 빠지고 제64장과 제65장을, 제66장과 제67장을 합쳤기 때문에 제1부가 모두 71장이 되었고, 제2부는 제8장이 빠져 모두 63장이며, 제3부에서는 제7장이 빠지고 제61장과 제62장을 합쳐 모두 61장으로 되어 있다. 합쳐지는 과정에서 생략된 부분들이 있고 그외에도 군데군데 생략된 부분이 있다.

독일어권에서 이 소설은 1984년 부분 번역된 후 2005년에 나온 러시아어본을 저본으로 삼아 2007년에 재번역되었고, 1985년에 출간된 프랑스어본은 2008년에 재번역되었으며(프랑스어본은 제1부의 제50장과 제51장이 합쳐져 전체 200장이다), 2012년에는 2005년에 나온 러시아어본을 저본으로 한 일본어판이 출간되었다.

지난한 과정에도 불구하고 이 작품은 뻬레스뜨로이까와 함께 1989년부터 새로이 출간되면서 러시아는 물론 전세계에서 큰 관심을 받았다. 이미 2006년 레프 도진(Lev Dodin)에 의해 만들어져 2007년 러시아 말리 극장에서 공연된 연극은 빠리 공연에서 인기가 매우 높았고, 지금도 독일 등 서구 무대에서 꾸준히 상연되고 있다. 2012년 러시아에서 전12회 시리즈로 방영된 드라마도 전세계인의 사랑을 받는다. 2013년에 나온 러시아 영화 「스딸린그라드」의 감독 표도르 본다르추끄(Fyodor Bondarchuk)는 이 소설의 내용을 많이 참고했다고 언급하기도 했다.(이들 드라마와 영화에는 소설에서 중요한 위치를 차지하는 유대인 박해의 구체적인 장면은 들어 있지 않다.) 특히 2010년대 초반부터 서구 일반 독자들의 관심이 커지면서 2013년에는 1961년 보안부에 압수당했던 원고가 해금되기에 이르렀다.

1961년에 원고를 압수당한 지 오십이년, 1964년 작가가 암으로 사망한 지 사십구년이 지난 2013년에 원고가 구금에서 풀려난 이후 2017년 러시아에서 출판된 책을 역자는 우리말 번역의 저본으로 삼았다. 2차대전의 실상이 2000년을 전후해 본격적으로 밝혀지기 시작한 것을 감안하면, 1959년에 완성된 이 소설이 당시 소련의 실상을 속속들이 정확하게 파헤친 데 놀라움을 금할 수 없었다.

빼레스뜨로이까가 시작된 이후 이 소설을 둘러싸고 러시아 내에서 일어난 논쟁은 러시아 평론가들의 시각의 편협성을 나타내는 경우가 적지 않았다. 결국 작가의 의도가 오랫동안 충분히 조명되지 못할 만큼 이 작품이 지닌 진실의 폭발력은 컸다고 하겠다. 사실 소련에서 전쟁문학 출판은 전쟁 직후부터 당국의 심한 규제를 받아왔다. 2차대전에서 귀향한 한 가장의 내면을 사실주의적으로 그린 쁠라또노프(Andrei Platonov)의 단편 「귀향」(Vozvrashenie, 1946. 원제 '이바노프 가족'Semya Ivanova)이 말도 안 되는 비판을 받고 작가가 문단에서 퇴출당한 사실은 2차대전을 주제로 한 문학작품에 대한 검열 상황을 대변한다. 스딸린 사후에도 이는 크게 다르지 않았다.

종전 시 이제 미국과 소련이 힘을 합하고 유럽이 자유로워지리라는 기대의 무지개는 곧 사라졌다. 미국과 소련을 양 축으로 한 냉전은 2차대전에 대해 사실적이고 객관적인 태도를 취하는 작품의 출판과 수용에 방해가 된 주원인이다. 전후 미국에서 매카시즘으로 억울하게 탄압받은 인사들(2차대전 관련 드라마 「모두가 나의 아들」All my sons, 1947을 쓴 아서 밀러도 그 한 예이다)을 생각하면 참 기가 차다.

독일에서도 전쟁을 사실적으로 다룬 소설은 전후 출판에 상당한 어려움을 겪었다. 예를 들어 우리나라 독자들에게 비교적 잘 알려진 레마르크의 『사랑할 때와 죽을 때』(원제는 '살 때와 죽을 때'*Zeit zu leben und Zeit zu sterben*)와 쾨슬러의 『한낮의 어둠』도 그렇다. 전자는 1954년 5월부터 미국에서 영어로 연재되어 1954년 영어본으로 처음 출판되었고, 1958년에 영화화되어 우리나라에서도 1960년대에 상영된 바 있다. 이 소설은 1954년 가을 서독에서 출간될 당시 편집진의 수정 제의에 따라 축약, 수정되었다. 서독 편집진이 그렇게 한 이유는 당시 시작된 냉전과 관련해 전쟁의 실상을 사실 그대로 기억하기를 꺼렸기 때문이다. 그래서 예컨대 긍정적인 인물이 공산당원이면 사회민주당원으로 수정되는 식의 어처구니없는 일이 벌어졌던 것이다. 1989년 서독에서 출간된 판본에서야 축약, 수정된 부분을 영어에서 독일어로 번역해 보충했다고 한다. 이 소설의 독일어 원고가 원본대로 출간된 것은 2018년이다.

후자인 『한낮의 어둠』은 오스트리아-헝가리 태생 작가 아르투르 쾨슬러가 독일 공산당원으로 스페인 내전에 참가해 체포되었다가 풀려난 후 2차대전이 터지자 프랑스 남부 집단수용소 르베르네에 불온분자로 수용되었던 시기인 1939~40년에 쓴 소설로, 스딸린 대숙청에 의해 1938년 처형당한 부하린을 비롯한 인물들의 내면을 파헤친 작품이다. 독일어로 '일식'(Sonnenfinsternis)이라는 제목의 이 소설은 독일어로 출판되지 못했고, 영어로 번역되어 '한낮의 어둠'(Darkness at Noon)이라는 제목으로 1940년 출판되었다. 그간 초고를 발견할 수 없어 영어에서 독일어로 재번역되었던 이 소설의 독일어 초고가 2015년 발견되었고, 이를 바탕으로 2018년에 독일어 원본이 출판될 수 있었다.(참고로 러시아에서는 1988년에 영어본에서 러시아어로 번역되었다.) 이는 작가의 디아스포라적 운명이 바로 20세기 유럽의 지성인이 처했던 험난한 운명이라는 것을 짐작게 해준다. 쾨슬러와 마찬가지로 2차대전 관련 주제를 다룬 쁘리모 레비나 로맹가리도 세계인의 많은 관심을 받았지만 자살로 생을 마감했다.

새천년에 들어서서 2차대전에 관한 문학작품들이 재조명되는 한편 이를 주제로 한 훌륭한 작품들이 지속적으로 탄생해 애독되고, 공연되고, 영상으로 만들어지고 있다. 이제 새로운 세대가 지난 전쟁을 담담하게 바라볼 만한 거리를 얼마간 확보했다고 말할 수 있겠다.

2. 창작 과정과 작품의 의미

똘스또이의 『전쟁과 평화』(*Voina i mir*)는 2차대전 동안 러시아 작가들의 모범이 된 소설로서 흔히 이 사건이 일어난 당시의 모든 것을 담은 호수에 비유되는데, 바실리 그로스만의 『삶과 운명』 역시 2차대전에 처한 소련의 모든 것을 보여준다는 의미에서 호수에 비유할 수 있다. 이 소설은 소련의 역사와 인간에 대한 철학적 사색, 러시아 문학·미술·학문·무기·전투 상황, 나치 독일의 포로수용소 및 유대인 수용소, 유대인 절멸을 위한 가스실, 스딸린 시대의 숙청 및 소련의 노동교화수용소를 자세히 보여주며, 히틀러와 스딸린으로 대표되는 국가권력에 굴종해야만 했던 평범한 사람들의 일상과 내면부터 히틀러와 스딸린의 심리 상태에 이르기까지 세세하게 묘사하고 있다.

똘스또이가 『세바스또뽈 이야기』(*Sevastopol'skie rasskazy*)를 쓰면서 본인이 직접 겪은 전투를 기록했고 이를 이후 1812년의 조국전쟁을 테마로 한 『전쟁과 평화』를 쓰는 데 뛰어난 상상력으로 참고했다면, 바실리 그로스만은 본인이 직접 겪은 전투를 종군기자로서 기록하고 소설의 자료로 삼았다. 똘스또이의 『전쟁과 평화』를 읽으면 작가가 마치 1812년 전쟁 한가운데 있었던 것 같은 느낌을 받는데, 이는 똘스또이가 『전쟁과 평화』를 집필할 때 참고한 세바스또뽈 전투 양상과 1812년 전투의 양상이 크게 차이 나지 않았기 때문이기도 하겠지만, 작가의 천재적 재능과 역사에 대한 끈질긴 연구 덕분일 것이다. 하지만 바실리 그로스만은 자기가 직접 겪은 전투를 있는 그대로 자신의 스딸린그라드 소설들에 그렸다.

바실리 그로스만, 도수 높은 안경에 폐결핵을 앓았고 무기라고는 손에 쥐어본 적 없는 그는 독소전쟁 발발 며칠 후 군에 자원했고 종군기자가 되었다. 1941년 8월부터 그는 전선에서 신문 『붉은 별』(*Krasnaya Zvezda*)에 전투 기록을 쓰기 시작했다. 그는 1천일 이상 전장에 있으면서 항상 실제로 전쟁에 처한 사람들의 구체적인 상황을, 그들이 털어놓는 진솔한 심정을 이해했고 또 자세히 기록했다. 벨라루스의 도시 고멜이 함락되는 것을 눈으로 보았고, 그해 여름과 가을 소련군이 계속 후퇴하는 것을 체험했고, 1942년에는 남부전선군에 몸담아 스딸린그라드전투를 처음부터 끝까지 온몸으로 체험했다. 당시 그의 전투 일지는 전세계인의 주목을 받았다고 해도 과언이 아니다. 그만큼 스딸린그라드전투는 세계의 이목을 집중했다. 그전까지 연합군은 계속 열세였다가 스딸린그라드에서 비로소 승기를 잡았기 때문이다. 유럽에서 1942년 가을과 겨울 나치에 대항한 군대는 오직 붉은군대뿐이었다. 붉은군대는 당시 나치에 대항하는 세계인의 희망이었다.

스딸린그라드에서 독일군이 패망한 후 바실리 그로스만은 1943년 꾸르스끄 전투를 기록할 수 있었고, 소련군이 폴란드로 진격할 때 붉은군대와 함께 탈환하는 도시들로 들어가 트레블린카와 마이다네크에서 직접 나치가 저지른 만행들을 목격했다. 1944년에는 트레블린카 죽음의 수용소에 도달해 답사하면서 그곳 가스실에서 일하던 노동자들, 무장봉기를 일으켰다가 탈출에 성공해 살아남은 사람들과 인터뷰를 진행했다. 이런 답사와 인터뷰의 결과가 당시 유대어, 폴란드어, 헝가리어, 루마니아어, 프랑스어, 독일어 등 여러 언어로 번역되어 널리 알려진 『트레블린카의 지옥』(*Treblinskii ad*, 1945)과 『검은 책』(*Chyornaya Kniga*, 1945)이다. 그는 소련군이 베를린을 함락하는 것을 목격했고, 그들이 패배한 독일인들에게 저지른 만행을 기록했다. 『삶과 운명』은 이런 생생한 기록들을 바탕으로 쓰인 소설이다.

스딸린그라드전투를 중심 사건으로 다룬 이 소설은 실상 2차대전의 전모를 보여주며 나아가 20세기 소련과 독일, 스딸린 및 히틀러 시대 인간들의 삶과 운명을 입체적으로 조명하고 있다. 소설 속에 언급되거나 다루어진 역사적 사건들은 2000년 이후 역사 기록물이 공개, 연구되면서야 진상이 밝혀진 경우가 많을 만큼 이 소설은 여러 금기시되던 사항들을 파헤쳤다. 예를 들면 히틀러를 레닌과 스딸린의 제자라고 말한 독일인 SS장교의 말을 집어넣은 점,

주요 인물인 맑스-레닌주의자 끄리모프가 스딸린이 지배하는 국가가 혁명의 이상을 배반했다고 여기는 점, 스딸린 지배하의 국가를 전체주의국가로 보고 독자에게 체제의 부조리를 통찰하게 하는 점, 소련의 노동교화수용소 굴라그를 언급한 점, 나치 독일의 유대인 박해뿐만 아니라 소련의 유대인 박해도 구체적으로 서술한 점(유대 인종에 대한 박해는 소련에서 언급이 금기시되었다), 전쟁 초기 소련의 패배에 대한 언급과 전쟁 일반에 대한 비판적 태도, 1930년대 부농 정책과 그 결과인 우끄라이나 기아, 소련에서 존재하지 않은 것으로 치부되었던 여러 방면의 인사들에 대한 언급 등이 그렇다.

또한 국가 주도 통치체제, 관료주의의 폐해, 이데올로기를 앞세운 독재와 부패, 이로 인한 학문 및 문화의 피폐, 유대인 박해의 원인과 특성, 스딸린의 핵무기에 대한 관심과 당시 물리학의 동향, 이와 연관된 사고방식의 위험성, 히틀러의 등장 배경 등을 날카롭게 포착한데다, 소련과 독일을 막론하고 이런 시대에 살게 된 운명을 타고난 사람들의 삶, 그들의 사랑과 우정과 연민과 증오와 질투와 배반에 대해 구체적으로 서술함으로써 그 시대를 겪은 사람들을 깊고 넓게 이해하게 해준다. 가까이는 2차대전에 휘말린 막바지 식민지시기에 새파란 청춘을 보냈던 역자의 부모님 세대를 좀더 깊이 이해하는 데도 도움이 되었다.

그로스만이 이토록 인간의 심리와 사회의 실상을 날카롭게 포착, 서술할 수 있었던 것은 소설에 고스란히 녹아 있는 작가의 경험이 러시아 리얼리즘의 전통, 똘스또이와 체호프, 도스또옙스끼의 전통을 만났기 때문이다. 이는 똘스또이의 사실주의적 묘사와 섬세한 심리묘사, 도스또옙스끼적인 다성악적 의사직접화법 및 자유간접화법의 사용, 소설 속 인물 마지야로프의 입을 통해 높이 평가된 체호프의 민주주의와 다양한 개개인을 존중하는 진정한 휴머니즘, 자유에 대한 지향 등에서 잘 드러나는 아이러니와 반전의 문체이다. 세 선배 작가의 인간에 대한 치열한 관심이 낳은 문학 기법이 그로스만의 소설에 두루 사용되었다.

세계문학의 맥락에서도 이 소설은 핵심 메시지인 자유와 선의 및 인간애에 대한 사색과, 이를 위한 투쟁으로서 권력의 반인간적 행태에 대한 풍자와 비판을 아우를 뿐 아니라 인간 본성에 대한 이해를 심화하고, 인간이 저항하기 어려운 강적을 만날 때를 그린 까뮈의 『페스트』 같은 작품에 나타나는 휴머니즘을 공유한다. 『삶과 운명』 제1부 제1장에 나오는 "살아 있는 모든 것은 고유하다. 똑같은 두 인간, 똑같은 두송이 들장미는 상상할 수 없다…… 삶은 그 고유성과 독특성을 폭력으로 지워 없애려는 곳에서 고사(枯死)한다"라는 표현은 이 작품 전체의 핵심 메시지이다. 이 소설에서 그로스만은 인간의 승리는 모든 거대한 것, 추상적인 것을 이기는 구체적인 것, 개인적인 것에 있으며, 집단주의 및 획일화, 편견, 오만, 악의, 폭력, 전쟁의 대척점에 개인주의 및 다양성, 공감, 배려, 선의, 비폭력, 평화가 자리하고, 절망, 체념, 증오, 죽음, 부자유의 반대편에 희망, 저항, 사랑, 삶, 자유가 자리한다는 것을 성공적으로 설득해냈다.

역자에게 특히 인상 깊게 다가온 부분은 제1부 이꼰니꼬프의 이야기와 제2부 유대인 박해 및 말살에 대한 구체적인 묘사이다. 이꼰니꼬프 이야기는 작가 그로스만이 신봉했던 혁명의 이데올로기만이 아니라 모든 이데올로기를 넘어서는 인간의 길에 대해 숙고하게 한다는 점에서 특히 인상적이다.(작가의 레닌에 대한 비판적

시각은 마지막 소설 『모든 것은 흐른다』*Vsyo techyot*, 1963에서 좀더 확실해진다.) 『삶과 운명』에 보이는 독일의 유대인 박해에 대한 구체적이고 깊이 있는 서술은 타의 추종을 불허한다. 이는 작가의 어머니가 전쟁 중에 말살당했기 때문에 겪은 뼈아픈 고통의 결실일 것이다. 박해 과정에서 가스실 말살에 이르기까지 이를 둘러싼 인간들의 개인사도 날카롭게 파헤치는데, 가해자와 피해자 모두 마찬가지다. 예를 들어 가스실 점검창을 들여다보는 독일 병사 로제를 그리면서 한 심약한 보통 인간이 극악한 전쟁 속에서, 증오로 인한 연쇄적 추행 속에서 어떻게 일그러져 살아가는가를 가감 없이 드러낸다.

이를 통해 이 소설은 오늘의 우리 독자에게 2차대전의 전모를 보여줄 뿐만 아니라, 전쟁의 원인을 파헤치고 그 참상과 부조리함을 환기시켜 이데올로기와 전쟁에 대해 숙고하게 함으로써 오늘날에도 여전한 반전 메시지를 온전히 설득해낸다. 또한 국가 간 갈등, 집단 간 갈등을 전쟁으로 해결하려는 시도—예를 들어 강한 러시아의 부활을 꿈꾸며 우끄라이나를 침공하고, 2차대전 종전 후 연합국이 주장한바 독일의 군사동원을 해제해야 한다는 말에서 따온 듯 '나치화된 우끄라이나의 군사동원을 해제해야 한다'며 역사를 왜곡해 무기로 사용하려는 말도 안 되는 주장—에 대한 구체적이고 통렬한 비판이 될 수 있을 것이라고 생각한다.

3. 전편 소설과의 관계

이 작품은 총 201장의 상당히 긴 분량임에도 작품의 시간적 배경은 1942년 9월 하순경부터 1943년 3~4월경으로 불과 육개월 남짓이다. 여기서 덧붙이고 싶은 사항은 『삶과 운명』이 그 자체로 충분히 한편의 소설로서 완결적이지만, 실상 이 소설은 1952년작 『정의로운 일을 위하여』(*Za pravoe delo*)의 속편이라는 점이다.

『삶과 운명』에서 작가 바실리 그로스만은 독자들 대부분이 전편 소설을 읽었다고 전제하고 있다. 예를 들면 『삶과 운명』 제1부 초두에 포로수용소 생활을 하는 모스똡스꼬이가 아그리삐나와 운전사 세묘노프, 의사 레빈똔과 함께 8월 어느날 스딸린그라드 부근에서 독일군에게 체포되었다는 이야기가 나오는데, 전편 소설을 읽은 독자에게 이 인물들은 모두 친숙하다. 전편 소설을 모르면 이 운전사가 모스똡스꼬이의 운전사라고 여길 수 있는데, 여기서 세묘노프는 모스똡스꼬이의 오랜 지기이자 혁명 동지인 끄리모프, 이 소설에서 중심적으로 다루어지는 샤뽀시니꼬프 가족의 막내딸 제냐의 전남편이자 당시 꼬미사르로 활동 중인 그의 운전병 세묘노프를 말한다. 세묘노프는 끄리모프가 모스똡스꼬이를 주위원회 서기에게 모셔다드리라고 한다며 모스똡스꼬이, 제냐의 어머니와 유럽 유학을 함께한 오랜 친구 레빈똔, 모스똡스꼬이의 가사도우미 아그리삐나를 차에 태웠던 것이다.

소설 『정의로운 일을 위하여』는 시간적으로 1942년 4월 29일 잘츠부르크에서 진행된 무솔리니와 히틀러의 회담에서 시작한다. 그것이 진행되는 공간과 인물의 외면과 내면의 세부에 이르는 상세한 묘사와 더불어 이 회담이 앞둔 스딸린그라드전투와 연관해 2차대전과 독소전쟁을 둘러싼 전쟁사적, 세계사적 맥락을 서술한다. 이어서 독일군이 스딸린그라드로 들어오기 전 1942년 여름에 스딸린그라드에 살던 사람들, 『삶과 운명』에 나오는 주요 인물들의 이야기가 시작되면서 스딸린그라드 침공에 이르기까지 소련인과 독일인에 관한 내용이 서술된다.

알려진 바와 같이 1941년 6월 22일 독일군은 '바르바로사 작전'을 개시하여 동맹국인 이딸리아, 루마니아, 크로아티아, 헝가리의 3백만 대군과 함께 소련 전역을 침략한 후 빠른 속도로 진군해 레닌그라드를 포위하는 등 붉은군대를 승승장구 패퇴시키다가, 12월 모스끄바 공방전에서 반격당한 후 1942년 봄까지 주춤했다. 히틀러는 1942년 6월 28일부터 소련 남부를 공격하기 시작했다('청색 작전'). 이 공격의 목표는 돈바스의 석탄과 마이꼬쁘, 그로즈니, 바꾸의 석유를 장악하기 위한 것이었다.

독일군이 워낙 빠른 속도로 진군하게 되면서 붉은군대가 와해되었다고 생각한 히틀러는 7월 7일 군대를 두 그룹으로 나누어 A집단군은 곧장 깝까스를 향하고, B집단군은 북동쪽으로 방향을 돌려 스딸린그라드를 향하게 했다. A집단군은 8월 9일 마이꼬쁘 유전 점령에 성공하지만 유전은 붉은군대가 퇴각하면서 이미 불태운 뒤였다. 11월 이후 눈에 띄게 진격 속도가 느려진 A집단군은 깝까스 지방에서 교착상태에 빠진다.

파울루스 장군의 제6군을 선두로 하는 B집단군의 초기 진격은 순조로워 7월 17일에 제6군은 돈강의 지류인 치르강에 다다라 붉은군대 제62군을 공격한다. 7월 24일 독일군은 깔라치 부근에서 돈강을 건넜고, 1942년 7월 28일 스딸린은 227호 명령 '니 샤구 나자드'(일보불퇴)를 내린다.(전편 소설에서 이 명령은 1954년판 제1부 62장에 언급되었는데—1956년판 및 2020년판에는 이 장 전체가 없다—꼬미사르 끄리모프가 얇은 종이에 쓰인 이 명령을 읽고 자기 마음을 그대로 나타낸 것으로 여기며 소중하게 받아들이는 것이 서술되었다.) 8월 9일 예료멘꼬가 스딸린그라드 전선군을 맡았고, 8월 23일 독일 전차는 볼가에서 70킬로미터 떨어진 스딸린그라드 북쪽에 접근해 도시 진입을 막았다. 독일 제6군의 남쪽에 있던 독일 제4기갑군은 모스끄바시 공략을 위해 북쪽으로 방향을 돌렸다. 8월 23일 이후 이주간 독일군은 스딸린그라드를 공습했다. 8월 23일에만 독일군 폭격기 600대가 공격을 개시해 도시를 불지옥으로 만들었고 시민 약 4만여명 이상이 사상하는 결과를 낳았다. 8월 하순까지 B집단군은 볼가강을 눈앞에 두었다. 독일군의 화력과 공습에 노출되어 위험했음에도 소련군은 볼가강 도하를 통해서만 스딸린그라드 내 부대들에 보급과 지원이 가능했다. 9월 8일 예료멘꼬는 전선군 본부를 볼가강 동안으로 옮긴다. 계속되는 후퇴 속에 총본부 스땁까는 우랄에 예비병력을 조성해 나중에 독일군을 포위하게 되는 '천왕성 작전'을 비밀리에 진행한다. 제냐를 사랑하는 남자 노비꼬프는 전차군단 사령관이 되어 우랄에서 군단을 정비한다. 이것이 전편 소설에서 언급된 사항이다.

속편 『삶과 운명』 처음 부분에 그려지는 전투 상황은 추이꼬프가 예료멘꼬와 흐루쇼프가 참모부로 쓰던 짜리짜 협곡에 사령부를 두고 있다가 9월 27일 '붉은 10월' 공장으로 사령부를 옮긴 후 독일군의 주요 공격이 북부 공장 지대로 집중되고, 10월 2일 석유탱크 화재가 일어나 군사령관의 벙커로 불이 번진 날이다.

초고에 '스딸린그라드'라는 제목이 붙었던 전편 소설은 '정의로운 일을 위하여'라는 제목으로 1952년에 잡지 『신세계』(*Novyi Mir*)에 연재되고 1954년 출판사 '군사문학'에서 단행본으로 출판되었으며, 1956년 출판사 '소련 작가'에서 개정판이 나왔다. 역자는 전편 소설을 모르는 우리 독자를 위해 필요하다고 여겨지는 경우 간단한 각주를 달았다. 이 전편 소설을 언급할 때는 2020년 '아즈부까'에서 출판된 책을 참고했다.

4. 감사의 말

역자가 바실리 그로스만의 『삶과 운명』을 만난 것은 2017년 은퇴한 이후이다. 은퇴 후 역자는 1990년 베를린자유대학에서 2차대전 시기 소련 시문학을 주제로 마무리했던 박사논문을 개정하려고 마음먹고 그간 새로 나온 일차 자료, 이차 자료를 이리저리 모으는 과정에서 이 소설을 알게 되었다. 그때부터 만사 제쳐놓고 이 소설을 읽었다. 큰 가르침을 준 이 소설이 정말 고마웠고, 이 소설을 좀 더 가까이 읽고 우리 독자와 공유하고 싶어 우리말로 옮기고 2019년 『안나 까레니나』 출간으로 인연이 닿은 창비에서 출간하게 되었다. 이제 이 소설에 관심 있는 독자들이 역자가 미력하나마 성심을 다한 번역을 읽으리라 생각하니 부끄럽기도 하지만 덮어놓고 기쁜 심정이다. 1980년대 초 『인텔리겐찌야와 혁명』(공편역, 홍성사 1981)과 『國譯 韓國誌』(공역, 한국정신문화연구원 1984) 번역에 참여하면서 시작한 러시아어를 우리말로 옮기는 일, 역자의 삶에서 운명처럼 함께한 일에 『삶과 운명』이 포함되어 뿌듯하고 고마울 따름이다.

이 자리에서 각별히 고마움을 전하고 싶은 이들이 있다. 석사학위를 받은 지 칠년 만인 1985년, 소련에 뻬레스뜨로이까가 막 시작된 무렵 다시 찾아뵈었을 때 박사논문 주제를 받고 못마땅해하는 역자를 바라보시던 고(故) 제만(K.-D. Seemann) 교수님, 항상 따뜻한 성원을 보내고 큰 도움을 주신 창비의 전성이 부장님과 정편집실 김정혜 실장님, 이 소설에 무척이나 큰 관심을 보이며 격려해준 남편, 제자들, 친구들, 소설 번역이 언제 끝나느냐고 걱정하던 큰손녀 이효재 학생이다. 이 책을 읽으시는 모든 독자께도 기쁜 마음으로 말하고 싶다. "고맙습니다."

최선(고려대 노문학과 명예교수)

작가연보

1905년 12월 12일(러시아 율리우스력으로 11월 29일) 현 우끄라이나 베르지체프에서 1905년 혁명에 열성적으로 참가했던 화공 엔지니어 아버지와 프랑스어 교사였던 어머니 사이에서 출생. 개화한 유대인 지식인 가정에서 자라면서 아무런 전통적 유대인 교육을 받지 못함. 아버지는 사회민주당원으로 멘셰비끼에 합류함.

1910~12년 1900년에 결혼한 부모가 이혼한 후 스위스 제네바에서 어머니와 생활하면서 초등학교에 다님. 1912년 베르지체프로 돌아옴.

1914년 끼이우 기술학교에 입학했으나 시민전쟁으로 인해 베르지체프에서 어머니와 함께 살면서 교육받고 나무 베는 일을 함.

1921~23년 끼이우 전문대학에서 수학 후 1923년 모스끄바 대학교 물리수학

부 화학공학과에 입학.

1928년 안나 뻬뜨로브나 마쭈끄(Anna Petrovna Matsuk)와 결혼, 1930년 딸을 낳음.

1929~32년 대학 졸업 후 돈바스로 가서 탄광의 안전과 위생을 연구하고 실험하는 연구원으로 일하면서 몇편의 논문을 씀. 모스끄바 대학교 화공과 시절부터 단편 집필을 시작해 돈바스의 스딸리노 광산에 취업한 후에도 계속함.

1933~34년 안나와 이혼, 이후 모스끄바로 돌아와 연필공장에서 선임 연구원으로 일함. 1934년 첫 단편 「베르지체프시(市)에서」를 발표해 고리끼, 불가꼬프 등 주요 작가들의 주목과 격려를 받기 시작함. 이 단편을 기반으로 1967년 영화 「꼬미사르」가 만들어졌으나 검열 때문에 상영되지 못하다가 1987년 모스끄바 영화제에 출품된 이후 1990년 일반 극장에서 상영됨.

1935~36년 친구이자 동료 작가 보리스 구베르의 아내 올가 미하일로브나(Olga Mikhailovna)와 사랑에 빠져 1935년 10월부터 동거를 시작, 1936년 5월에 결혼함. 1930년대 중반부터 본격적으로 작가로 전업.

1937년 소설집 『단편집』(*Rasskazy*)을 출간하고 작가연합에 들어감. 이해 6월 15일자 『깃발』(*Znamya*)지에 실린 「뜨로쯔끼-부하린 음모 공개 비판서」에 그로스만의 서명이 있음. 보리스 구베르가 체포되고 그의 전처이자 그로스만의 아내가 된 올가 역시 체포됨. 그로스만은 보리스와 올가 사이 두 자녀의 법적 후원자가 되어 아이들의 고아원행을 막고 당시 보안부장 예조프 등에게 올가의 석방 청원 편지를 써 1938년 석방시킴. 보리스 구베르가 처형됨.

1941년 1937~40년에 연재한 『스쩨빤 꼴추긴』(*Stepan Kolchugin*)으로 스딸린상에 지명되나 멘셰비끼에 대한 긍정적 묘사 때문에 스딸린에 의해 거부됨. 이해 여름 전쟁이 발발하자 자원입대해 신문 『붉은 별』(*Krasnaya Zvezda*)의 기자로 활동하기 시작, 전선에서 1천일 이상 기자로 일하며 모스끄바 전투, 스딸린그라드전투, 꾸르스끄 전투, 우끄라이나 및 벨라루스 탈환, 베를린 함락을 보고함. 또한 전쟁 동안 소설 「인민은 죽지 않는다」(*Narod beccmerten*, 1942) 및 최초의 홀로코스트 보고서 『트레블린카의 지옥』(*Treblinskii ad*, 1945) 등을 집필함. 이는 우끄라이나, 폴란드, 벨로루스에서의 유대인 학살, 트레블린카 절멸수용소, 마이다네크 집단수용소에 대한 기록으로, 『트레블린카의 지옥』은 전후 전범재판에 증거로 제출됨. 9월 15일 베르지체프에 머물던 어머니가 2만~3만명의 그곳 유대인들과 함께 대량 학살에 희생됨.

1942년 아내 올가가 아이들을 데리고 치스또뽈로 피난. 그곳에서 큰아들 미하일이 폭발로 사망함.

1945년 나치의 소련 국적 유대인 학살 보고서 『검은 책』(*Chyornaya Kniga*)의 대표 편집 일을 작가 일리야 예렌부르그로부터 넘겨받아 완수했으나 1946년~47년 검열로 원고를 수정함. 대량 학살이 반유대인적 성격이라는 점과 우끄라이나 경찰이 이에 참여했다는 내용에 대한 수정 및 삭제 요구를 받은 이때부터 그로스만은 스딸린의 반유대인 성향 캠페인 '뿌리 없는 코즈모폴리턴'에 크게 실망하고 소련 체제에 대한 믿음을 잃은 것으로 보임. 결국 이 책은 당시 출판되지 못했고 러시아에서는 2015년에 출판됨. 1994년 출판된 독일어판은 그로스만의 서문과 함께 삭제와 수정이 요구된 부분을 이탤릭체로 표시하고 연구자들과 역자들의 꼼꼼한 해설과 각주를 달았음.

1952년 7~10월 『신세계』(*Novyi Mir*)에 『삶과 운명』(*Zhizn' i sud'ba*)의 전

편을 이루는 소설 『정의로운 일을 위하여』(*Za pravoe delo*)를 연재, 1954년 단행본으로 출간함.

1953년 1월 유대인 의사들이 체포된 후 유대인 지식인들이 스딸린에게 보호를 요청하는 공개서한에 서명함. 이는 실상 스딸린의 대규모 유대인 박해를 정당화하는 데 이용될 것이었으나, 이를 알면서도 어쩔 수 없이 서명한 데 대해 이후 그로스만은 무척 죄책감을 느꼈으며 이는 소설 『삶과 운명』 및 『모든 것은 흐른다』(*Vsyo techyot*)에 표현됨. 3월 5일 스딸린 사망.

1954년 본격적으로 『삶과 운명』을 집필하기 시작함.

1960년 1954~59년 집필한 『삶과 운명』을 출판하고자 『깃발』과 『신세계』에 원고를 보냈으나 『깃발』의 편집인 회의에서 반소비에뜨적이라는 이유로 출판 불가 판정을 받음.

1961년 2월 14일 소설 원고가 보안부에 의해 압수됨. 자택에 있던 모든 원고, 『신세계』 편집장 뜨바르돕스끼(Aleksandr Tvardovskii)의 금고 속 원고 및 타자수가 입력한 원고와 모든 관련 기록, 타자기 리본까지 압수당함. 11~12월 아르메니아에 머물면서 여행기를 완성하나 검열에서 유대인 관련 언급 삭제를 요구하자 이를 거부해 출판되지 못함(1989년 소련에서 출판).

1962년 서기장 흐루쇼프에게 서한을 보내 작가의 육체적 자유가 무슨 의미가 있겠느냐며 자신의 자식 같은 소설에 자유를 달라고 요청하나 소설 출판을 허락받지 못함. 죽은 동료 문인 니꼴라이 자볼로쯔끼의 아내 예까쩨리나 자볼로쯔까야(Ekaterina Zabolotskaya)와 사랑에 빠져 올가와 결별, 이혼하지 않은 상태로 집을 나와 혼자 살기 시작함.

1963년 1955년부터 쓰기 시작한 소설 『모든 것은 흐른다』를 완성함

(1989년 소련에서 출판).

1964년 9월 14일 향년 58세의 나이로 암으로 사망.

발간사

고전의 새로운 기준, 창비세계문학

오늘날 우리는 인간의 존엄과 개성이 매몰되어가는 시대를 살고 있다. 물질만능과 승자독식을 강요하는 자본주의가 전지구적으로 확산되면서 현대사회는 더 황폐해지고 삶의 질은 크게 훼손되었다. 경제성장만이 최고의 선으로 인정되고 상업주의에 물든 문화소비가 삶을 지배할수록 문학은 점점 더 변방으로 밀려나고 있다. 삶의 본질을 성찰하는 문학의 자리가 위축되는 세계에서는 가진 자와 못 가진 자 할 것 없이 모두가 불행할 수밖에 없다.

이 시대야말로 인간답게 산다는 것의 의미가 무엇인지 근본적인 화두를 다시 던지고 사유의 모험을 떠나야 할 때다. 우리는 그 여정에 반드시 필요한 벗과 스승이 다름 아닌 세계문학의 고전이라는 점을 강조한다. 고전에는 다양한 전통과 문화를 쌓아올린 공동체의 경험이 녹아들어 있고, 세계와 존재에 대한 탁월한 개인들의 치열한 탐색이 기록되어 있으며, 새로운 세상을 꿈꾸는 아름다운 도전과 눈물이 아로새겨 있기 때문이다. 이 무궁무진한 상상력의 보고이자 살아 있는 문화유산을 되새길 때만 개인의 일상에서 참다운 인간적 가치를 실현하고 근대적 삶의 의미와 한계를 성찰하는 지혜를 얻을 수 있을 것이다.

'창비세계문학'은 이러한 문제의식에서 출발한다. 세계문학의 참의미를 되새겨 '지금 여기'의 관점으로 우리의 정전을 재구성해야 할 필요성이 그 어느 때보다 절실하다. '정전'이란 본디 고정된 목록으로 존재하는 것이 아니라 그때그때 주어진 처소에서 새롭게 재구성됨으로써 생명을 이어가는 것이다. 우리는 먼저 전세계 문학들의 다양성과 차이를 존중하면서 국가와 민족, 언어의 경계를 넘어 보편적 가치에 기여할 수 있는 가능성에 주목하고자 한다. 근대를 깊이 성찰한 서양문학뿐 아니라 아시아와 라틴아메리카, 중동과 아프리카 등 비서구권 문학의 성취를 발굴하고 재평가하는 것 역시 세계문학의 지형도를 다시 그리려는 창비의 필수적인 작업이 될 것이다.

여러 전집들이 나와 있는 세계문학 시장에서 '창비세계문학'은 세계문학 독서의 새로운 기준이 되고자 한다. 참신하고 폭넓으면서도 엄정한 기획, 원작의 의도와 문체를 살려내는 적확하고 충실한 번역, 그리고 완성도 높은 책의 품질이 그 기초이다. 독서시장을 왜곡하는 값싼 유행과 상업주의에 맞서 문학정신을 굳건히 세우며, 안팎의 조언과 비판에 귀 기울이고 독자들과 꾸준히 소통하면서 진정 이 시대가 요구하는 세계문학이 무엇인지 되묻고 갱신해 나갈 것이다.

1966년 계간 『창작과비평』을 창간한 이래 한국문학을 풍성하게 하고 민족문학과 세계문학 담론을 주도해온 창비가 오직 좋은 책으로 독자와 함께해왔듯, '창비세계문학' 역시 그러한 항심을 지켜나갈 것이다. '창비세계문학'이 다른 시공간에서 우리와 닮은 삶을 만나게 해주고, 가보지 못한 길을 걷게 하며, 그 길 끝에서 새로운 길을 열어주기를 소망한다. 또한 무한경쟁에 내몰린 젊은이와 청소년들에게 삶의 소중함과 기쁨을 일깨워주기를 바란다. 목록을 쌓아갈수록 '창비세계문학'이 독자들의 사랑으로 무르익고 그 감동이 세대를 넘나들며 이어진다면 더없는 보람이겠다.

2012년 가을
창비세계문학 기획위원회
김현균 서은혜 석영중 이욱연 임홍배 정혜용 한기욱

창비세계문학 100
삶과 운명 3

초판 1쇄 발행 / 2024년 6월 28일

지은이 / 바실리 세묘노비치 그로스만
옮긴이 / 최선
펴낸이 / 염종선
책임편집 / 전성이 · 한예진 · 정편집실 · 홍상희
조판 / 신혜원 · 박지현 · 박아경
펴낸곳 / (주)창비
등록 / 1986년 8월 5일 제85호
주소 / 10881 경기도 파주시 회동길 184
전화 / 031-955-3333
팩시밀리 / 영업 031-955-3399 편집 031-955-3400
홈페이지 / www.changbi.com
전자우편 / lit@changbi.com

ISBN 978-89-364-6497-4 03890

* 책값은 뒤표지에 표시되어 있습니다.